# A LA SOMBRA
# DEL ÁRBOL KAURI

# A LA SOMBRA
# DEL ÁRBOL KAURI

## SARAH LARK

Traducción de Susana Andrés

GRUPO ZETA

Barcelona • Madrid • Bogotá • Buenos Aires • Caracas • México D.F. • Miami • Montevideo • Santiago de Chile

Título original: *Im Schatten des Kauribaums*
Traducción: Susana Andrés
1.ª edición: noviembre, 2014

© 2011 by Bastei-Lübbe GmbH & Co. KG, Köln
© Ediciones B, S. A., 2014
   Consell de Cent, 425-427 - 08009 Barcelona (España)
   *www.edicionesb.com*

Printed in Spain
ISBN: 978-84-666-5493-7
DL B 19641-2014

Impreso por LIBERDÚPLEX, S.L.U.
Ctra. BV 2249, km 7,4
Polígono Torrentfondo
08791 Sant Llorenç d'Hortons (Barcelona)

# Agradecimientos

Como siempre, son muchas las personas que me han ayudado a elaborar este libro. La colaboración con mi editora, Milanie Blank-Schröder, y mi correctora de texto, Margit von Cossart, ha sido, una vez más, extraordinaria: ¡muchas gracias a las dos!

Klara Decker ha cooperado también en esta ocasión leyendo el manuscrito y con sus búsquedas en Internet; y en cuanto al tema «conducir carruajes tirados por caballos en general y la Harness Racing en particular», doy las gracias a Judith Knigge por su asesoramiento en el tema de las luces de los carruajes y los auténticos métodos para matar con ayuda de *sulkys*.

Mi especial agradecimiento a todos aquellos que siempre están ahí para hacer llegar con éxito las novelas de Sarah Lark de Nueva Zelanda al lector. ¡De distribuidores a libreros, de encargados de prensa a diseñadores de cubiertas, en realidad sus nombres también deberían figurar en las listas de los más vendidos!

Y, naturalmente, nada funcionaría sin mi maravilloso agente Bastian Schlück y todos los trabajadores de la agencia. A todos ellos, una vez más, mil gracias.

SARAH LARK

NUEVA ZELANDA

*Cabo Reinga*

*Bahía de Islas*

Auckland

Hamilton

ISLA NORTE

*MAR DE TASMANIA*

Parihaka

Nelson

Wellington

Blenheim

Greymouth

Kaikoura

Arthur's Pass

Llanuras de Canterbury

Christchurch

Lyttelton

Bridle Path

ISLA SUR

Queenstown

*Lago Wakatipa* Gabriel's

Gully

Waikouaiti

Planicie
de Waimea

Lawrence Dunedin

Invercargill

N

* En 1866 Tuapeka recibió el nombre de Lawrence

2.

Peter Burton ⚭ Kathleen O'Donnell — Michael Drury ⚭ Lizzie Owens — Kahu Heke

1.

Ian Coltrane ⚭

Colin *1848
Heather *1849

Sean *1847

Kevin *1867
Patrick *1869

Matariki *1864

Ellen Seekers ⚭ Jim Paisley

Fred *1863
Violet *1865
Rosie *1874

2.

Matt Edmunds ⚭ Claire Campbell ⚭ James Dunloe

1.

Chloé *1849

# HIJA DE LAS ESTRELLAS

*Nueva Zelanda, Dunedin y Waikato*

1875-1878

*Inglaterra, Londres*
*Gales, Cardiff y Treherbert*

1878

# 1

—¿Y ha recibido clases particulares hasta ahora?

Miss Partridge, la renombrada directora de la Otago Girls' School de Dunedin, dirigió una severa mirada a Matariki y sus padres.

Matariki respondió con toda serenidad, a pesar de que aquella mujer madura, vestida de oscuro y con monóculo, le parecía un poco rara. Miss Partridge debía de tener la misma edad que las abuelas del poblado maorí, pero allí nadie llevaba aparatos ópticos. La directora, sin embargo, no le infundía temor alguno, como tampoco la habitación con sus muebles oscuros, importados sin duda de Inglaterra, los pesados cortinajes de las altas ventanas ni las paredes cubiertas de numerosas estanterías cargadas de libros. A la pequeña Matariki solo le resultaba insólito el comportamiento de su madre. Ya durante todo el trayecto desde Lawrence hasta Dunedin había mostrado una inquietud rayana en la histeria, no dejó de criticar cómo iba vestida Matariki y lo que hacía, y casi parecía como si fuera ella misma quien tuviese que pasar el examen al que su hija iba a someterse ese día.

—No siempre, se...

Lizzie Drury apenas logró contenerse para no llamar respetuosamente «señora» a la directora, y de hecho había estado a punto de hacer una reverencia al presentarse. Se llamó fríamente al orden. Lizzie llevaba más de diez años casada y era la propietaria de Elizabeth Station, una finca junto a Lawrence. Hacía ya mucho tiempo que había dejado de trabajar de doncella, pero no podía remediarlo: las formalidades seguían intimidándola.

—Miss Partridge —prosiguió, intentando imprimir firmeza a su tono de voz—. En realidad nuestra hija fue a la escuela de Lawrence. Pero desde que se marcharon los buscadores de oro, la población está decayendo lentamente. Lo que todavía queda… En fin, la cuestión es que no queremos seguir enviando a nuestros hijos allí. Por eso en los últimos años hemos optado por profesores privados. Pese a ello… a estas alturas, la profesora que les enseña en casa ya no puede aportarles nada más.

Lizzie comprobó con dedos nerviosos si seguía bien peinada. Llevaba el cabello rubio oscuro y crespo formalmente recogido bajo un atrevido sombrerito. ¿Tal vez demasiado atrevido? Ante la indumentaria oscura de Miss Partridge, digna pero que en cierto modo le confería un aire de corneja, el azul claro y las flores de adorno de colores pastel casi parecían demasiado audaces. De haber sido por Lizzie, habría sacado del rincón más escondido del armario ropero la aburrida capota y se la habría puesto para adquirir un aspecto más grave. Pero en eso Michael no había condescendido.

—Lizzie, ¡vamos a una escuela; no a un entierro! —había dicho riendo—. Aceptarán a Riki. ¿Por qué no iban a hacerlo? Es una niña espabilada. Y si no fuera así… esta no es la única escuela para niñas de la Isla Sur.

Lizzie se había dejado convencer, pero en esos momentos, ante la implacable mirada de la directora, habría querido que la tierra se la tragase. Poco importaba que la Otago Girls' School fuera peculiar o no: Matariki era, sin la menor duda, un caso especial…

Miss Partridge jugueteó con el monóculo y adoptó una inequívoca expresión de desaprobación.

—Interesante, pequeña… —señaló, dirigiéndose por vez primera a Matariki en lugar de hablar solo con sus padres—. Tienes… ¿cuántos eran…? ¿Once años recién cumplidos? ¿Y tu profesora particular ya no es capaz de enseñarte más? ¡Debes de ser realmente una niña con mucho talento!

Matariki, totalmente ajena a la ironía del comentario, esbozó una sonrisa, una sonrisa que por lo general alcanzaba a todos los corazones.

—Las abuelas dicen que soy lista —confirmó con su voz dulce y melodiosa—. Aku dice que puedo bailar más *haka* que todas las demás niñas de mi edad. Y Haeata asegura que podría convertirme en *tohunga*, sanadora, si siguiera estudiando las flores. Ingoa también...

—Pero ¿cuántas abuelas tienes, niña? —preguntó Miss Partridge, desconcertada.

Los grandes ojos castaño claro de Matariki se perdieron en la distancia mientras iba repasando mentalmente el número de ancianas de la tribu. No tardó demasiado, también en cálculo estaba avanzada para sus años, aunque de esto no eran responsables los profesores particulares ni las «abuelas», sino su ahorradora madre.

—Dieciséis —respondió.

Miss Partridge volvió a dirigir su mirada de un azul acuoso a los padres de Matariki. La expresión dejó a Lizzie sin habla.

—Se refiere a las ancianas de la tribu maorí vecina nuestra —explicó Michael—. Entre los ngai tahu es habitual llamar «abuela» a todas las ancianas, no solo a la abuela biológica. Lo mismo se aplica a los abuelos, tías y tíos... incluso madres.

—Entonces... ¿no es su hija?

Esa idea casi pareció aliviar a Miss Partridge. A fin de cuentas, Matariki no presentaba ningún parecido especial con sus padres. Si bien Michael Drury tenía el cabello oscuro como la niña, sus ojos eran tan azules como el cielo de Irlanda, incluso la forma de hablar delataba todavía sus orígenes. Tenía el rostro de rasgos angulosos, no redondo como el de Matariki, y la tez más clara. De su madre, la niña había heredado la figura menuda y el cabello rizado, pero el de Lizzie era crespo, mientras que el de la pequeña era ondulado. Por añadidura, los ojos de la mujer eran azul claro. La niña no había heredado el color ambarino de sus pupilas de ninguno de los dos.

—¡Sí, sí! —Michael Drury movió la cabeza con vehemencia—. Por supuesto que es hija nuestra.

Lizzie le dirigió una breve mirada cargada de culpabilidad, pero Michael no reaccionó, sino que hizo frente al evidente malestar de la directora de la escuela. Michael Drury tenía sus defectos y lo irreflexivo de su temperamento seguía irritando a Lizzie. No obstante, mantenía sus promesas, también aquella que le había hecho a su esposa, antes de que naciera Matariki, de que nunca reprocharía a la niña lo que su madre era y fue.

En efecto, Michael jamás había mencionado la cuestión de la paternidad, aunque muy poco después del nacimiento de la pequeña había quedado manifiesto que él no podía haber engendrado a esa encantadora niña de piel oscura y ojos castaños. La única observación respecto a ese tema que surgió por entonces estaba relacionada con la elección del nombre.

—¿Querrás llamarla Mary? —había dicho Lizzie, al tiempo que bajaba avergonzada la mirada.

El nombre de Mary Kathleen, el amor de juventud de Michael, casi se habría convertido en el inspirador del de la niña. Pero Michael se había limitado a sacudir la cabeza en un gesto de negación.

En esos momentos Lizzie se irguió. La directora no podía creer que Matariki fuera la hija de esa pareja. Si sabía algo de biología, no podía pasarle por alto que dos personas de ojos azules no podían tener un hijo de ojos castaños.

—Yo soy su madre —declaró con firmeza—. Y además es una hija de las estrellas.

Así había llamado una vez Hainga, la mujer sabia de la tribu maorí, a Matariki. La niña había sido engendrada durante la festividad de Tou Hou. Los maoríes celebraban la fiesta de fin de año cuando la constelación de Matariki, las Pléyades, aparecía por vez primera en el cielo nocturno.

Miss Partridge volvió a fruncir el ceño.

—Así que no solo está dotada de un talento sobrenatural, sino que además su origen es celestial... —comentó.

Matariki observó a la directora de la escuela. Era bastante cándida y las palabras de la mujer no le decían gran cosa, pero sí se dio cuenta de que ofendían a su madre. Y ella no iba a permitirlo.

—Haikina dice que soy la hija de un jefe tribal —declaró—. Es más o menos como ser una princesa. O eso creo yo.

Lizzie casi habría sonreído. En una época también ella lo había pensado. Kahu Heke, el padre de Matariki, la había atraído diciéndole que un día la convertiría en reina. Pero de hecho la situación había tomado un giro distinto... y Haikina había hecho bien en no contar a la niña todo lo referente a su origen.

Miss Partridge pareció todavía más indignada, pero en ese momento Michael reaccionó. Tenía que intervenir, no se quedaría mirando mientras Lizzie se iba achicando cada vez más ante esa matrona impertinente.

—Miss Partridge, se trata de Matariki Drury, hija de Michael y Elizabeth Drury. Es lo que pone en el certificado de nacimiento de Dunedin y así pedimos que lo admita usted. Nuestra hija es una niña inteligente, pero yo tampoco calificaría su talento de sobrenatural. Por otra parte, su profesora particular, Haikina, solo ha asistido a la escuela de la misión. Sabe leer y escribir bien, una habilidad que enseña con afectuoso rigor a nuestros hijos. Pero no habla francés ni latín y no puede preparar a Matariki para estudiar una carrera ni para contraer matrimonio con un hombre de su misma categoría social.

Michael imprimió un tono casi amenazador a las palabras «de su misma categoría social». Que se atreviera la directora a contradecirle. En los últimos años, Lizzie y él no se habían convertido exactamente en barones de la lana, pero sí habían construido un pequeño y muy próspero establecimiento de cría de ovejas con la granja junto a Lawrence. En él no se ocupaban tanto de la producción de lana en grandes cantidades como de la cría de animales de calidad. Era más fácil llevar a término un apareamiento selectivo y experimentar con la obtención de distintas calidades de lana en una empresa pequeña que en las granjas grandes, que ya tenían suficiente trabajo con la regulación de los pastizales y el esquileo. Los carneros y ovejas madre de Elizabeth Station alcanzaban los más altos precios en las subastas y los Drury gozaban de muy buena reputación.

Lizzie, sin embargo, siempre se sentía un tanto desplazada cuando los invitaban a los encuentros de las uniones de los criadores de ovejas o cuando asistían a los bailes que se celebraban allí. Los orígenes de la pareja Drury eran humildes, y Michael, en especial, no mostraba el menor interés por pulir sus modales en sociedad. Lizzie se esforzaba más por lograrlo, pero era tímida. Con gente como los Warden, de Kiward Station, o los Barrington y los Beasley, de Canterbury, le fallaba primero la sonrisa, que solía cautivar a todo el mundo, y luego también la voz. Se había jurado que a Matariki no le ocurriría lo mismo. La escuela para chicas de Otago le facilitaría las herramientas necesarias para ello.

En cualquier caso, Matariki no tendía a la timidez. Tampoco se puso nerviosa cuando, al final, Miss Partridge no tuvo más remedio que hacerle un par de preguntas sobre cultura general y le puso unos problemas de cálculo. Con la voz clara y sin deje alguno de dialecto irlandés o cockney londinense, contra el que Lizzie llevaba toda su vida peleándose, solucionó las tareas. A este respecto, Haikina había sido una profesora ideal. La joven maorí había aprendido en la escuela de la misión un inglés extraordinario y sin ningún acento.

A continuación, Matariki esperó aburrida hasta que Miss Partridge hubo acabado de corregir el dictado. Acto seguido, la directora puso mejor cara. La niña solo había cometido un error en una palabra sumamente difícil.

—Bien, por lo que se refiere a conocimientos no hay ningún impedimento para que ingrese en la escuela —observó Miss Partridge algo agria—. No obstante, deben ustedes tener claro que... esta... Mata... esto... riki, será la única alumna con ese tipo de... de antecedentes exóticos.

Michael ya pretendía protestar de nuevo cuando la directora levantó la mano con aire apaciguador.

—Por favor, señor Drury, se lo digo con la mejor intención. Tenemos aquí a muchachas... en fin, las mejores familias de Canterbury y Otago nos envían a sus hijas, y algunas de esas niñas no están... bueno... no están acostumbradas a...

—¿Se refiere usted a que la mera visión de nuestra hija asustaría tanto a esas chicas que correrían de vuelta a sus casas?

Michael estaba empezando a hartarse. La paciencia no era una de sus virtudes y, si hubiese sido por él, ya se habría marchado a otra escuela de inmediato. Tal vez el instituto de Miss Partridge fuese la mejor escuela para niñas de Otago, pero, como era sabido, no era la única de toda la Isla Sur de Nueva Zelanda. Por otra parte, no veía a Lizzie capaz en absoluto de enfrentarse a otra situación como esa. En ese momento parecía un gatito aterrorizado.

—Digo todo esto por el bien de su hija —respondió Miss Partridge—. La mayoría de estas niñas conocen a los maoríes como criados, en el mejor de los casos. No será fácil.

Lizzie se irguió. Cuando alzaba la cabeza y se enderezaba, parecía más alta y segura; y por primera vez en ese día encarnó a la mujer blanca de quien los ngai tahu hablaban con más respeto en toda la Isla Sur: la *pakeha wahine* tenía para ellos más *mana* que la mayoría de los guerreros.

—Miss Partridge, la vida no es fácil —observó con serenidad—. Y será envidiable que Matariki no lo aprenda en peores circunstancias que a través del trato con un par de niñas mimadas de una escuela de señoritas. —Miss Partridge miró por primera vez con admiración a su interlocutora. Hasta hacía unos instantes no la había considerado más que un ratoncito gris, pero ahora... Y Lizzie todavía no había terminado—. Quizás usted misma se acostumbre a su nombre si en el futuro asiste a su escuela. Se llama Matariki.

Miss Partridge frunció los labios.

—Sí... bueno... esto es algo de lo que también deberíamos hablar... ¿No podríamos llamarla... Martha?


—¡Claro que la enviaremos a la Otago Girls' School!

Los Drury se habían despedido de Miss Partridge sin alcanzar un acuerdo preciso acerca del ingreso de Matariki en la escuela, y Michael había empezado a criticar a esa «tipeja impertinente» en cuanto pusieron el pie en la calle. Lizzie lo dejó refunfuñar un rato, pensando que ya se calmaría mientras iba a recoger a los caballos en el establo de alquiler. Pero cuando sacó a colación la Escuela católica para niñas del Sagrado Corazón, defendió con energía su parecer.

—Otago es la mejor escuela, tú mismo has oído que los barones de la lana envían a sus hijas ahí. Y aceptarán a Matariki. Sería una locura renunciar a eso.

—Esas niñas ricas le harán pasar un infierno —protestó Michael.

Lizzie sonrió.

—Como ya le he explicado a Miss Partridge —señaló ella—, el infierno no se compone de sofás afelpados, muebles ingleses y aulas bien caldeadas. En esos lugares puede que ronden un par de diablillos, pero seguro que no tantos como en Newgate Prison y Wicklow Gaol, los campos de trabajo australianos y los campamentos de buscadores de oro neozelandeses. Nosotros pudimos superar todo eso, ¿no ves a Matariki capaz de enfrentarse a una escuela para niñas?

Michael la miró casi avergonzado por el rabillo del ojo mientras ponía en movimiento a los caballos.

—Siempre será una princesa. —Sonrió y luego se volvió hacia su hija—. ¿Quieres ir a esa escuela, Matariki?

La niña se encogió de hombros.

—La ropa es bonita —respondió, señalando a un par de chicas que pasaban con los uniformes que combinaban el azul y el rojo de la Otago School. Lizzie se sorprendió pensando que su hija tendría un aspecto encantador así vestida. Las blusas blancas también le quedaban muy bien con su tez de brillos casi dorados, los labios de color frambuesa y los bucles negros, tan suaves como el cabello de la misma Lizzie, pero más fuertes y espesos—. Y Haikina dice que las niñas tienen que aprender mucho más que los niños. Quien sabe mucho tiene mucho *mana*, y el que más *mana* tiene puede llegar a ser jefe de la tribu.

Lizzie soltó una risa algo forzada. Sabía, por propia y dolorosa experiencia, que tener mucho *mana* no siempre beneficiaba a una mujer. Por ello decidió, a su pesar, advertir a su hija de las posibles dificultades con que tropezaría en la escuela.

—Pero es posible, Matariki, que no encuentres aquí a ninguna amiga.

La pequeña miró a su madre con aire indiferente.

—Haikina dice que un jefe no tiene amigos. Los jefes son in... in...

—Intangibles —completó Lizzie. También eso le despertaba malos recuerdos.

La niña asintió.

—Yo también lo seré.

—¿Pasamos a ver a los Burton?

Lizzie hizo la pregunta sin mucho entusiasmo mientras el carruaje traqueteaba por las calles toscamente adoquinadas de Dunedin en dirección al suroeste. Si bien el reverendo Burton siempre había sido un amigo para ella, sentía cierto recelo hacia la esposa de este, Kathleen. Michael había amado durante demasiado tiempo a su «Mary Kathleen», y el enlace matrimonial con Lizzie casi había fracasado cuando la pasión de Michael por su antiguo amor se había vuelto a encender. Esta era la razón por la que Lizzie habría preferido romper el contacto con los Burton, y sabía que el reverendo Peter lo entendería. Le gustaba tan poco tener a Michael cerca como a ella tener a Kathleen a su lado. Pero, al fin y al cabo, estaba Sean, el hijo de Kathleen y Michael. El muchacho había conocido a su padre casi en la edad adulta y, aunque no sentían gran entusiasmo el uno por el otro, no debían volver a perderse de vista.

—¿No están en Christchurch? —preguntó Michael—. Pensaba que Heather exponía allí.

Heather era la hija del matrimonio de Kathleen con Ian Coltrane, otra historia que Michael prefería no recordar. Muchos años atrás, cuando lo deportaron por robar unos sacos de grano, se había visto forzado a dejar en Irlanda a su novia Kathleen embarazada. El padre de esta la había casado con un tratante de caballos, Ian Coltrane, quien prometió ser un padre para su hijo. El matrimonio había sido desdichado, pese a lo cual se había visto bendecido con dos hijos más. La benjamina era Heather, que estaba adquiriendo renombre como retratista. Esa semana, una galería de Christchurch exponía sus obras. Kathleen y Peter habían viajado allí con la joven pintora para celebrar el acontecimiento.

Lizzie escuchó las palabras de Michael con atención y no percibió tristeza en ellas. Tampoco Michael parecía morirse de ganas por visitar a los Burton, pese a que todos los interesados se comportaban de modo muy cordial. Pero, por supuesto, debía de resultarle extraño ver a su antigua amada casada y, además, con un sacerdote de la Iglesia de Inglaterra. Michael y Kathleen habían crecido juntos en un pueblo de Irlanda y, claro está, habían recibido una educación católica. Tal vez reunirse con el cultivado e instruido Peter Burton también intimidara un poco a Michael o, aún más, coincidir con el no menos ilustrado e igual de culto Sean.

Aunque Michael podía aceptar que un reverendo fuese más inteligente que él, reaccionaba con cierta susceptibilidad ante el sabelotodo de su hijo, en particular porque el joven, al principio de conocerse, no ocultó que no quería saber nada de su padre biológico. En el ínterin la situación había mejorado algo. Desde que Kathleen se había casado con el reverendo y Michael con Lizzie Owens, Sean ya no se sentía amenazado por la presencia de ese padre que había aparecido de golpe.

—Y Sean todavía estará en el despacho —siguió Michael. El chico había estudiado Derecho en la Universidad de Dunedin y acababa de conseguir su primer trabajo como pasante. Quería ser abogado y trabajaba duramente para ello—. Si queremos verlo, tenemos que quedarnos en la ciudad. ¿Buscamos un hotel?

Entre Dunedin y Elizabeth Station había casi setenta kilómetros y a Lizzie se le encogía un poco el corazón cuando pensaba que, en adelante, iba a estar tan separada de su hija. También dudaba respecto a si pernoctar o no allí. Por una parte le gustaba el lujo de los hoteles de calidad y disfrutaba con una buena cena y una copa de vino en compañía de su esposo. El vino, así como la viticultura, formaban parte de las pasiones de

Lizzie, quien incluso intentaba cultivar cepas en su granja. Por otra parte, Haikina seguramente se preocuparía si no volvían por la noche tal como le habían anunciado. La amiga maorí y profesora particular de sus hijos había pasado tantos nervios a causa de la prueba de admisión de Matariki como la misma Lizzie y consideraría un honor que la escuela aceptase a una niña medio maorí. Por añadidura, los chicos estarían haciéndole mil travesuras a Haikina. No le parecía bien dejar a la joven sola con ellos sin haberlo acordado previamente.

—No, vámonos —decidió finalmente Lizzie—. Sean ya tendrá otros planes. Es mejor que no le cojamos desprevenido. Vale más que lo veamos cuando llevemos definitivamente a Matariki a la escuela.

Michael se encogió de hombros y Lizzie volvió a suspirar, aliviada una vez más de que su marido se conformara tan fácilmente con un contacto superficial con Sean y Kathleen. Michael no detuvo los caballos —unos animales bonitos y fuertes, de los que se sentía muy orgulloso— en la iglesia y parroquia de Caversham, un suburbio de Dunedin en el que se hallaba la congregación de Peter Burton. A partir de ahí enseguida se llegaba a la montaña en dirección a Lawrence. La carretera era ancha y estaba bien construida, aunque no era muy transitada. Antes había sido distinto. Lizzie y Michael habían llegado a Otago en la época de la fiebre del oro. Por aquel entonces, todavía se conocía a Lawrence por el nombre de Tuapeka y cientos de hombres llegaban cada día al yacimiento de Gabriel's Gully. En la actualidad, la zona parecía haber sido el escenario de una guerra: de tanto excavar la vegetación normal había quedado totalmente destruida. Los buscadores de oro habían dejado a sus espaldas un desierto de fango que se recuperaba muy lentamente.

Entretanto, ya hacía mucho que no quedaba oro alrededor de Lawrence, al menos donde tenían acceso los buscadores. Lizzie pensó, con una sonrisa, en las reservas de Elizabeth Station. Solo ella y la tribu maorí vecina sabían cuánto oro llevaba el río a su propiedad y todos tenían el máximo interés en no contárselo a nadie más. Con todo, el oro había financiado la granja de los

Drury, hacía a la tribu maorí rica según las escalas de los ngai tahu y permitiría que Matariki ampliara su formación.

Los buscadores de oro se habían trasladado a los nuevos yacimientos cercanos a Queenstown y las poblaciones que ellos habían fundado, antaño grandes y bulliciosas, se iban convirtiendo en pueblos más reducidos, habitados por algunos granjeros y comerciantes. Quedaba, claro está, un poso de maleantes y aventureros, buscadores de oro que eran demasiado viejos, estaban demasiado cansados o simplemente eran demasiado perezosos para volver a probar suerte en otro lugar. Seguían cavando en los bosques que rodeaban Lawrence y, también por ese motivo, Michael y Lizzie preferían no dejar solos a Haikina y los niños en Elizabeth Station. Cuando planeaban pasar la noche fuera de casa, Lizzie pedía protección a la tribu y el jefe les enviaba a un par de guerreros, que acampaban junto al río.

No obstante, los Drury no tenían motivo para preocuparse en esa ocasión. Cuando sus caballos salieron del bosque para tomar el camino de acceso a Elizabeth Station, vieron que había actividad en el río. Un fuerte maorí manejaba una sartén para lavar oro en lo alto de la cascada, mientras Haikina pescaba. Kevin y Pat, los hijos menores de Michael y Lizzie, chapoteaban en el diminuto estanque que había debajo.

Hemi, el marido de Haikina, se contentó con saludar a los recién llegados y siguió moviendo la sartén. Haikina, en cambio, dejó caer la nasa en la orilla y salió al encuentro del carruaje. Era una joven alta y delgada, con el cabello liso y largo hasta la cintura. Para responder a su cargo de profesora llevaba un vestido como los blancos, los *pakeha*, como los llamaban los maoríes, pero se había subido la falda despreocupadamente por lo que dejaba a la vista sus largas y morenas piernas.

—¿Cómo ha ido, Matariki? —preguntó ansiosa.

La niña se irguió muy seria.

—La educación hace el corazón tan fuerte como un roble —dijo, repitiendo con orgullo el lema de la Otago Girls' School.

Lizzie miró atónita a su hija. ¿Cómo lo sabía? Debía de haberlo leído en alguna parte y retenido en la memoria.

—Aunque no sé lo duro que es un roble —observó Matariki—. A lo mejor la madera del roble no es tan dura como la del kauri o el totara...

A Michael se le escapó la risa.

—Dios mío, estamos realmente en un extremo del mundo. ¡Los niños crecen sin haber visto nunca un roble! La madera es muy buena, Riki, lo suficiente para un corazón fuerte.

Haikina sonrió.

—Entonces, ¿te han admitido? —preguntó esperanzada.

Matariki asintió.

—Sí. Pero solo como... como... como hija de jefe tribal. Y tengo que llamarme Martha porque las alumnas no saben decir Matariki.

Haikina tomó a la niña entre sus brazos en un gesto espontáneo.

—¡En la escuela de la misión me llamaban Angela! —confesó.

—¡Y yo me llamaré Hongi Hika!

Mientras tanto, Kevin y Pat habían descubierto a sus padres y no se habían tomado la molestia de vestirse o de secarse al menos antes de correr a su encuentro. Pat, el pequeño, se subió al pescante y abrazó a su padre; Kevin, que con ocho años ya se sentía lo suficiente mayor para ir a la escuela de Dunedin y envidiaba a Matariki por gozar de ese privilegio, manifestó con aire triunfal su nombre ficticio.

—Si en la escuela te ponen un nombre nuevo, quiero llamarme como el jefe tribal más importante.

—El más importante es Te Maiharanui —replicó Matariki—. ¡Y Hone Heke! Además en la escuela *pakeha* no puedes llamarte como un jefe tribal. Solo como un *pakeha*. A lo mejor... ¿capitán Cook? ¿O príncipe Alberto?

Lizzie rio, pero el rostro de Michael adoptó una expresión severa.

—¡Kevin, tú tienes un noble y antiguo nombre irlandés! Te llamas como tu abuelo, y él destilaba el mejor whisky de Irlanda Occidental. Sin mencionar cómo tocaba el violín y...

—Te pusimos el nombre del santo Kevin —corrigió Lizzie al tiempo que guiñaba el ojo a su marido—. Era un gran hombre, bondadoso, fundó el monasterio de Glendalough. Y es probable que no destilara whisky. Aunque no estoy segura de eso. De todos modos, a ti nadie te cambiará el nombre, no te preocupes.

—¡Solo a las niñas les ponen un nombre nuevo! —informó Matariki, bajando dignamente del carro—. ¡Y también tendré vestidos nuevos!

Michael arqueó las cejas.

—Costará una fortuna —advirtió a Hemi, que acababa de acercarse a él y, sin mediar palabra, le tendió una botella de whisky. Michael tomó un trago y sonrió al maorí—. ¿Volvéis a necesitar dinero? —preguntó, señalando la sartén.

Hemi suspiró.

—Tenemos noticias del norte —respondió—. Y peticiones, si se las puede llamar así.

Como Haikina, también Hemi hablaba bien el inglés, motivo por el que formaba parte del reducido grupo de amigos auténticos de Michael en el poblado maorí. En realidad eran Lizzie, y después, naturalmente, también Matariki, quienes establecían los contactos. Lizzie hablaba la lengua de los ngai tahu y había vivido con ellos. Michael permanecía siempre a su sombra y sospechaba que los guerreros lo consideraban un hombre débil. Pero, al igual que Haikina, Hemi había asistido a la escuela de la misión y luego había trabajado en una gran granja de ovejas. Hacía poco que había regresado a la tribu y, sobre todo, a Haikina.

—¿Peticiones? —preguntó Michael—. Y no me vengas ahora con que a vuestro *kingi* se le ha ocurrido subir los impuestos.

Hemi rio con aire irónico. Apenas diez años antes no había ningún gobierno central de los maoríes en Nueva Zelanda. Pero a alguien se le había ocurrido la idea de que la posición de las tribus mejoraría a la hora de negociar con los blancos si estaban representadas por un único «rey». Tawhiao, el jefe procedente de la tribu de Waikato, era ahora el segundo de esos *kingi*.

—Eso sería el final de su reinado —replicó Hemi—. Pero hay asambleas y contribuciones voluntarias, en su mayoría de los jefes que se rebelan contra los *pakeha*. Y nosotros, los ngai tahu, nos compramos la mar de contentos la libertad. Que se peleen en la Isla Norte. Nosotros preferimos vivir en paz con los *pakeha*...

En efecto, las tribus de la Isla Sur solían solucionar los conflictos mediante negociaciones.

—Jefes agitadores... me recuerda a Kahu Heke —observó Michael—. ¿Todavía hace de las suyas con los hauhau?

Los maoríes llamaban «hauhau» a una rama del movimiento religioso *pai marire* que se dedicaba enérgicamente a conservar las tradiciones maoríes y a recuperar en lo posible la tierra que ahora ocupaban los *pakeha*. Kahu Heke siempre había defendido ese punto de vista, aunque antes de que aparecieran los hauhau le había parecido imposible que se hiciera realidad. Había soñado con una nación maorí gobernada por un *kingi* fuerte y capaz de imponerse en una Nueva Zelanda libre de *pakeha*, y durante un tiempo él mismo se había visto en las funciones de un regente de ese tipo. Además, había planeado tender un magnánimo puente hacia los blancos: Lizzie Owens, la *pakeha wahine*, habría tenido que ser su esposa.

Pero al final Lizzie había elegido a Michael y Kahu Heke había reconocido a los hauhau como nuevo trampolín hacia el poder. No obstante, algo se había torcido al principio. Las tropas de Kahu Heke habían matado al sacerdote anglicano Carl Völkner y Kahu había tenido que ocultarse.

—Por desgracia, Kahu Heke sabe demasiado acerca de nuestro oro —suspiró Hemi—. Creemos que él siempre está detrás cuando nos dicen que tenemos que apoyar al menos económicamente la gloriosa guerra por nuestro país, Aotearoa. Pero qué le vamos a hacer... Todo sea por que no nos envíen misioneros hauhau y a los nuestros no les entren ganas de comer carne humana... —Sonrió irónico e hizo sonar la sartén.

Michael bebió otro trago más de whisky.

—Lo principal es que Kahu Heke no salga de donde está

—señaló, mirando por el rabillo del ojo a Matariki, que se había despojado de su precioso vestido de encaje y saltaba desnuda con sus hermanos al estanque.

En la Otago Girls' School no podría comportarse así.

Matariki Drury era una niña feliz. Nunca en su vida había experimentado la antipatía o el rechazo. Todo el mundo, sin excepción, quería a la preciosa y vivaz pequeña. Por supuesto, la cuestión de su origen había sido tema de conversación en la diminuta ciudad de Lawrence mientras había asistido allí a la escuela, pero ella ni siquiera se había percatado. En la que había sido la pequeña población de buscadores de oro de Tuapeka había muchos habitantes con un pasado todavía más escandaloso. La respetada propietaria de la tetería, por ejemplo, en el pasado había sido una chica de vida alegre, y el tendero no debía la parcela de su negocio a un golpe de suerte al lavar oro, sino a su habilidad como tahúr. Qué importancia podía tener un pequeño desliz por parte de Lizzie Drury...

Además, Lizzie y Michael pertenecían al grupo de habitantes más ricos y mejor considerados del lugar, y eran uno de los escasos ejemplos de que un buscador de oro realmente podía hacer fortuna y también conservarla. ¡Ahora, con Matariki Drury, un niño de Lawrence sería admitido en la prestigiosa Otago Girls' School! Cuando visitó la ciudad, la pequeña fue blanco de la admiración y los mejores deseos. Miss Barbara la invitó a un chocolate caliente y el tendero le regaló unos bastones de caramelo que ella compartió de mala gana con sus hermanos.

Sin embargo, a Matariki solía vérsela con mayor frecuencia en las casas del poblado maorí que en la ciudad de Lawrence, que se hallaba a varios kilómetros de Elizabeth Station. Era en el poblado donde tenía sus amigas y «parientes» y, naturalmente, allí también la querían. Los niños siempre eran bien recibidos entre los maoríes y todo el mundo disponía de tiempo para ellos. Matariki trenzaba lino con las otras niñas y aprendía a confeccionar vestidos de baile con las hojas de lino endurecidas. Tocaba las flautas nguru con la boca y la nariz y escuchaba las historias de las abuelas y los abuelos sobre los dioses y los héroes maoríes. En casa escuchaba con atención las leyendas que Michael le contaba sobre santos y personajes irlandeses, mientras que Lizzie la instruía en la viticultura. La niña colaboraba en la vendimia. El zumo de la uva que se obtenía al principio resultaba muy ácido, lo que, lamentablemente, afectaba también después al vino, pero esto solo espoleaba la ambición de Lizzie como viticultora. De joven, había trabajado en la Isla Norte en la casa del gobernador James Busby, quien había sido uno de los primeros en introducir cepas en Nueva Zelanda. No había salido demasiado airoso de esa experiencia, pero eso no inquietaba a Lizzie. Matariki aprendía de su madre a no arrojar la toalla y ser optimista. Era una niña de temperamento alegre.

También el primer día de clase en la Otago Girls' School estaba la mar de contenta mientras su madre volvía a ponerse nerviosísima tras pasar por las imponentes puertas de la noble institución. Era el primer día después de vacaciones, por lo que en la zona de la entrada y en los pasillos reinaba un gran bullicio entre las chicas que iban llegando. La mayoría de las alumnas no vivían en Dunedin, sino que procedían de granjas de ovejas muy alejadas. También Matariki se instalaría en el internado contiguo a la escuela. En esos momentos la niña miraba interesada alrededor del vestíbulo de entrada mientras Lizzie buscaba la secretaría.

—Espera aquí —indicó escuetamente a su hija.

Había tenido que rellenar un montón de formularios y no estaba segura de algunos puntos de la lista que la escuela le había dado durante la matrícula. En esos momentos volvía a sentirse amilanada: ¿debía llevarse a Matariki con ella a la oficina de la escuela? ¿Y quién la ayudaría a descargar el equipaje? Michael no había podido acompañarla porque ese mismo día se celebraba una importante subasta de ganado y Lizzie extrañaba su despreocupado aplomo.

En ese momento siguió a otra madre hacia el interior de la oficina mientras Matariki se quedaba mirando los cuadros que adornaban las paredes de los pasillos de la escuela, pero las naturalezas muertas y los paisajes no atrajeron durante mucho tiempo su atención. Lo que estaba ocurriendo en los pasillos del vestíbulo era mucho más emocionante. Matariki observaba cómo las alumnas se saludaban, charlaban unas con otras y reían, y de pronto distinguió a dos muchachas maoríes algo mayores que ella, ataviadas con vestidos azul claro, cofias y delantalitos de encaje, que cargaban con maletas y bolsas. No parecían sentirse muy felices y ninguna de las recién llegadas les dirigía la palabra. Matariki se disponía a ir a hablar con ellas cuando desde una de las salas abiertas alguien la increpó.

—¿Eres nueva? ¿Qué andas haciendo por aquí? Ven, toma estas cosas y llévalas a la gobernanta. Hay que plancharlas, se han arrugado totalmente en la maleta.

La interlocutora, una chica rubia y alta, puso en los brazos de la sorprendida Matariki un montón de blusas y faldas y luego hizo un ademán más propio de quien ahuyenta a una gallina. Obediente, Matariki se encaminó hacia la dirección señalada, si bien, claro está, no tenía ni idea de lo que era una gobernanta ni cómo encontrarla.

Al final preguntó a una chica de cabello oscuro que alzó teatralmente la mirada al cielo.

—¿No te lo enseñaron cuando empezaste aquí? ¡Cualquiera diría que acabas de salir de la selva! —replicó, y le indicó el camino entre las risitas de sus amigas.

Matariki no tardó en encontrar una especie de lavandería en la que una mujer rolliza distribuía ropa de cama y toallas a las alumnas que hacían cola. Matariki se colocó sensatamente en la fila y esperó tranquila a que la mujer se percatara de su presencia.

—Vaya, ¿me traes algo en lugar de venir a llevártelo? —preguntó esta con amabilidad.

Matariki hizo una reverencia, tal como le había enseñado Haikina. En la escuela de la misión así lo ordenaban cuando se cruzaban con una profesora.

—Hay que plancharlas —indicó, repitiendo el deseo de la alumna.

La mujer frunció el ceño.

—¿Hay que? Dime, ¿eres la nueva doncella? Pensaba que llegaría la semana que viene, nadie puede ponerse al corriente de sus tareas con este lío. Y tenía que ser mayor que tú. —Miró sorprendida a Matariki.

—Soy Mata... bueno... Martha Drury —se presentó Matariki—. Y todavía no sé planchar. Pero estoy dispuesta a aprender. También historia, geografía, literatura...

Empezó a enumerar el nombre de asignaturas de las que se acordaba. Pero no recordaba que «planchar» estuviera incluido en el plan de estudios.

La gobernanta soltó una sonora carcajada y liberó a Matariki del montón de ropa.

—¡Te doy la bienvenida de todo corazón, hija mía! Soy Miss Maynard, la gobernanta. Y tú eres la pequeña de Lawrence, cuyo nombre nuestra querida directora es incapaz de pronunciar. ¿Cómo te llamas? Matariki, ¿verdad? Bueno, pues yo no lo encuentro tan difícil. Yo vengo de Australia, cariño, y ahí sí que los aborígenes tienen nombres extraños. ¿Te imaginas que alguien se llame Allambee? ¿O Loorea?

Matariki sonrió, ya menos cohibida. Miss Maynard era amable.

—Y ahora, dime, ¿quién te ha dado este montón de ropa que planchar? ¡Vamos a dejarle las cosas claras, Matariki! Las pequeñas baronesas de la lana siempre se olvidan en las vacaciones de que aquí no hay nadie que vaya poniendo orden en lo que ellas desordenan.

Salvo las criadas maoríes. Tal idea pasó fugazmente por la cabeza de Matariki, pero en esos momentos se percató solo de las miradas curiosas que las otras chicas posaban en ella y la gobernanta, aunque las muchachas maoríes parecían tan sorprendidas como las *pakeha*. Aun así, bajaron la cabeza intimidadas. ¿Tendrían miedo de la gobernanta?

—¡Son tan tremendamente sumisas! —suspiró la gobernanta cuando descubrió la mirada compasiva de Matariki—. Vienen de la escuela de la misión, ¿sabes? Y allí hacen reverencias y rezan más que aprenden.

En ese momento la niña se percató de que ninguna de las alumnas hacía una reverencia cuando Miss Maynard pasaba por su lado. Las chicas la saludaban contentas, se diría que todas apreciaban a la gobernanta.

Finalmente, pidió explicaciones a la chica rubia, a la que abordó con el nombre de Alison Beasley. Alison recuperó sus ropas con la indicación de que se las planchara ella misma y, de paso, enseñara a las nuevas estudiantes cómo hacerlo.

—Las alumnas de la clase primera te esperan mañana en la lavandería a las diez, Alison. Naturalmente, yo también estaré presente. Y en lo sucesivo eres responsable de que las pequeñas lleguen a clase cada día bien aseadas.

Alison esbozó una mueca de disgusto. Ya estaba en tercer curso, procedía de una gran granja de ovejas y seguro que no estaba acostumbrada a ayudar a limpiar la casa ni a responsabilizarse de nada.

—Ah, sí, y para evitar malentendidos... —Miss Maynard alzó la voz para que todas las chicas del pasillo y de las salas la oyesen—, esta es vuestra nueva compañera, Matariki Drury. No le importa que la llaméis Martha, pero, desde luego, no va a plancharos la ropa.

Alison lanzó una mirada burlona a Matariki.

—¿De dónde vienes? —preguntó—. Seguro que de ninguna de las grandes granjas de ovejas.

—Alison, seguramente no lo entenderás, pero también hay seres humanos inteligentes y muy valiosos que no descienden de barones de la lana —replicó Miss Maynard.

Matariki contestó a la mirada de la mayor con su característica serenidad.

—Es cierto —intervino, interrumpiendo el sermón de la gobernanta—. Yo soy una auténtica princesa.

Lizzie estaba muerta de preocupación y casi habría llorado de alivio cuando Miss Maynard le llevó de vuelta a Matariki ilesa.

—Matariki se había extraviado un poco —explicó—. Pero así hemos podido conocernos. Su hija es una niña extraordinaria.

Lizzie frunció el ceño y miró con recelo tanto a Matariki como a Miss Maynard. ¿Lo decía en serio o en broma, la gobernanta?

Marariki le sonrió.

—¡Las otras alumnas me confundieron con una criada! —anunció alegre.

La señora Maynard se mordió el labio.

—Ni que decir tiene que el incidente me resulta extremadamente lamentable, señora Drury. Nosotras...

Lizzie la fulminó con la mirada.

—¿Esas pequeñas impertinentes ya han comenzado a meterse con ella? —Parecía a punto de ir a reñir ella en persona a las futuras compañeras de estudios de Matariki. Lizzie tal vez se dejara intimidar por la gente con autoridad, pero por su hija era capaz de pelearse como una leona.

—Lo siento mucho. Solo ha sido... —Miss Maynard intentaba encontrar disculpas.

Pero Matariki la interrumpió una vez más.

—¡Ha sido divertido! —intervino—. Además, siempre he querido trabajar de doncella. ¡Como tú antes, mamá! ¡Dijiste que te gustaba! —Tras lo cual hizo una afectada reverencia y dirigió una sonrisa irresistible a su madre y Miss Maynard.

Lizzie le devolvió la sonrisa. A lo mejor esas chicas tenían la intención de ofender a su hija, pero Matariki era fuerte. No necesitaba que nadie hablara por ella.

Miss Maynard también sonrió, sobre todo de alivio.

—Tal como le decía: una niña extraordinaria. Estamos muy orgullosos de tenerte entre nosotros, princesa Matariki Drury.

Las horas de clase de Matariki se perfilaron de igual modo que su entrada en la Otago Girls' School. Por más que Alison y las otras chicas intentaran burlarse o molestar a la niña de padre maorí, eso resultaba a la práctica imposible. No era que la pequeña fuese una cándida; tras el primer par de semanas se dio cuenta de su mala fe y comprendía sus burlas e indirectas. Pero no estaba dispuesta a tomarlas en serio, eso era todo. Las perversas observaciones de Alison acerca de las «princesas pobres» y su intento de fastidiarla con el apodo de «Cenicienta» le resbalaban, simplemente, a la hija de Lizzie. El primer curso escolar, Miss Maynard puso mucho cuidado en elegir bien a las compañeras de habitación de la recién llegada. Luego, sin embargo, no tardó en confirmarse que a Matariki le era bastante indiferente con quién compartía la habitación. La niña se mostraba amable con todo el mundo, pero no intentaba estrechar vínculos. El viernes a mediodía, en cuanto la escuela cerraba, se marchaba a caballo hacia casa. Su padre le había dejado en el establo de alquiler más cercano una yegua menuda y fuerte, cuya compra había causado una pequeña sensación entre las baronesas de la lana de la escuela. *Kiward Igraine*, a quien Matariki se contentaba con llamar *Grainie*, descendía de los animales de cría de los Warden de Kiward Station, Canterbury. Era una yegua cob de Gales de pura raza y del mejor pedigrí y, sin lugar a dudas, se trataba de un animal muy caro. Con *Grainie*, Matariki no precisaba que sus padres la recogieran, como a la mayoría de las demás niñas, una particularidad que a Miss Partridge la inquietó un poco al principio.

—No dejan de ser setenta kilómetros, señor Drury —objetó a Michael—. Si a la niña le pasa algo...

Pero Michael Drury solo se echó a reír, al igual que su hija.

—¡*Grainie* es veloz como el rayo, Miss Partridge! —señaló Matariki, orgullosa—. ¡A mí nadie puede atacarme, me escapo a toda velocidad!

En cualquier caso, en las carreteras transitadas de los alrededores de Dunedin tampoco amenazaba ningún peligro. Solamente en los antiguos yacimientos de oro rondaban individuos sospechosos, pero, a ese respecto, los maoríes se encargaban de la protección de la niña. Los ngai tahu empezaban a volver a apropiarse lentamente de las áreas devastadas por los buscadores de oro y no perdían de vista a Matariki en cuanto *Grainie* ponía un casco en los alrededores de Lawrence.

Naturalmente, el caballo también necesitaba hacer ejercicio durante los días escolares para afrontar el largo trecho del fin de semana, lo que constituía un buen pretexto para que la amazona se ausentase de la escuela en cuanto acababa los deberes. De ese modo se saltaba las tardes de juegos y costura, los ensayos de coro y teatro con los que las demás chicas solían trabar amistades.

—¡Martha prefiere hablar con su caballo! —se burlaba de nuevo Alison Beasley (pues Miss Maynard era la única de la escuela que llamaba a la niña por su auténtico nombre), a lo que Matariki respondía sin inmutarse que sí.

—Una princesa sabe exactamente cuáles son sus responsabilidades —objetaba en cambio Mary Jane Harrington, una muchacha corpulenta que también era víctima de las burlas de Alison—. Tengo entendido que los cob de Kiward tienen un árbol genealógico más largo que los Beasley de Koromiko Station.

Miss Maynard sonrió para sus adentros y en cuanto se le brindó la oportunidad destinó a Mary Jane a la habitación de Matariki. En los años que siguieron, aunque entre las chicas no nació ninguna auténtica amistad, entre ellas siempre reinó una armonía extraordinaria.

La colección de animales de Matariki se amplió pocos meses después con otro cuadrúpedo. Durante uno de sus paseos a caballo se unió a ella un perro de color marrón claro y patas altas. Medio muerto de hambre y con miedo, se escondía en la hierba junto al puesto de *Igraine*. Al principio, Matariki renunció por él a su cena y luego escuchó impertérrita la irritada retahíla de improperios del dueño del establo de alquiler.

—Aquí no puede quedarse este chucho —declaró Donny Sullivan—. Me niego a dar de comer a ese bicho.

—No tiene que hacerlo gratis —replicó la niña.

El siguiente viernes, el perro siguió a Matariki hasta Elizabeth Station y durmió delante de la puerta de su habitación, en absoluto dispuesto a marcharse con Kevin o Pat, que solicitaban sus favores. Matariki también rechazó el ofrecimiento que le hicieron sus padres de quedarse al animal en la granja. En lugar de ello, escondió durante la cena un plato en el vestido y, con las primeras luces del día, subió a lo alto de la cascada. Los Drury intentaban que sus hijos no supiesen nada del yacimiento de oro, pero los maoríes eran menos prudentes y Matariki no era tonta. El lunes, la niña pagó a Donny Sullivan literalmente con oro la estancia de su perro en el establo, con el acuerdo de que todas las tardes le dejara entrar allí. Por lo demás, *Dingo* —como Miss Maynard lo llamaba, en recuerdo de su perro en Australia— aprovechaba cualquier oportunidad que se le presentaba para entrar en la Otago Girls' School y tenderse delante de la habitación de Matariki.

—Este sí que no puede probar que pertenece a un linaje extraordinario —observó Alison con mala idea—. ¿O vas decir que es un príncipe?

Matariki se limitó a hacer un inequívoco gesto de indiferencia.

—Bueno —contraatacó Mary Jane—, pero a cambio tiene buen carácter.

Matariki Drury no tenía problemas ni tampoco los causaba, a diferencia de su padre biológico, como comprobaron Michael Drury y su amigo Hemi Kute durante el tercer curso de la niña en Dunedin. Era verano y los hombres estaban bebiendo una cerveza alrededor de una hoguera junto al arroyo de Elizabeth Station, mientras Lizzie y Haikina hacían el experimento de despellejar un conejo, destriparlo y cocinarlo. Michael lo había matado de un tiro, mientras Hemi lavaba oro. Alguien había introducido esos animalitos en Nueva Zelanda y a falta de enemigos naturales se multiplicaban de forma escandalosa. Pese a ello, los ngai tahu enseguida aprendieron a apreciarlos como nueva fuente de alimento. Al igual que la invasión de los *pakeha*, aceptaban también la de estos mamíferos como un designio del destino.

—Te Kooti considera que estos bichos son los nuevos enviados del dios Whiro —dijo Hemi, sonriendo irónicamente. Volvía a echar pestes del movimiento de los ringatu y los hauhau, pues Kahu Heke había vuelto a «pedir» una donación—. Le sacó a un conejo el corazón y se lo ofreció a los dioses.

—¿No eran los lagartos los enviados de Whiro? —preguntó Lizzie desconcertada. El dios Whiro representaba toda la maldad de la tierra y el lagarto estaba consagrado a él—. A esos no me apetece comerlos, la verdad...

—¡Antes te come él a ti! —replicó Haikina, riendo—. Si los dioses quieren que te mueras, te envían uno y te comen de dentro afuera. Los conejos solo se comen la hierba de las ovejas. De hecho, así perjudican a los *pakeha* más que los hauhau. En el fondo Te Kooti debería amarlos. ¡Pero para él cualquier método es bueno con tal de llamar la atención!

—¿Despachándose un conejo de forma ritual? ¡Pues no sé! —Michael levantó la botella de whisky—. ¿Es que los maoríes no tenéis nada mejor que ofrecer?

Hemi reaccionó con inesperada gravedad.

—¿Te refieres a la *tikanga*? ¿La tradición? Claro que tenemos, ya lo sabes. —Lizzie y Michael estaban invitados a todas las fiestas de la tribu, donde Lizzie y Matariki participaban en los cantos y bailes. Michael, por el contrario, sentía que estaba de más y siempre suspiraba aliviado cuando por fin se empezaba a beber whisky y a charlar—. Pero todas esas antiguas costumbres que están desenterrando los hauhau...

—Recuperan en parte rituales que todavía proceden del Mar del Sur. De Hawaiki, de donde venimos —añadió Haikina, no menos preocupada—. De algunos, ni siquiera se sabe si se practicaron alguna vez en Aotearoa —dijo, aludiendo al nombre maorí de Nueva Zelanda—. En cualquier caso, ha transcurrido mucho tiempo desde que los maoríes nos comíamos a nuestros enemigos —contó Haikina—. Pero de los hauhau se oye cada cosa... Dicen que en las guerras que emprende Te Kooti degüella de la forma más cruel a los hombres.

Entre 1868 y 1872, Te Kooti y sus partidarios habían tenido en vilo la Isla Norte a causa de sus continuos asaltos. En una batalla habían matado a casi treinta *pakeha*, entre los que se encontraban muchas mujeres y niños.

—No puedo imaginar que Kahu Heke participe en algo así —dijo Lizzie.

En general no hablaba del padre de Matariki, y aún menos en presencia de Michael. Claro que su marido se había enterado con quién y en qué circunstancias había engendrado a Matariki, pues también entre los maoríes existía el chismorreo. Pese a ello, en el matrimonio nunca se tocaba el tema de la relación de Lizzie con Kahu Heke.

En ese momento, sin embargo, Lizzie no pudo reprimirse. Simplemente, tenía que expresar lo que pensaba; a fin de cuentas, Kahu Heke no era ningún bruto. Había asistido a la escuela de la misión hasta el bachillerato. Si hubiese sido más paciente y comedido en sus opiniones, podría haber sido abogado o médico. Pero Kahu era hijo de un jefe tribal, orgulloso, arrogante y susceptible. Las humillaciones que había sufrido entre los misioneros y, más tarde, con los distintos patrones de la Isla Norte, habían acabado por enfurecerlo y convertirlo en un ferviente nacionalista. Al principio, sus acciones habían sido infantiles: como su antepasado Hone Heke, cuya impertinencia había desencadenado la guerra del Mástil en 1845, también Kahu daba que hablar a los *pakeha* derribando las astas de la bandera británica o profanando monumentos conmemorativos.

Cuando su tío Hongi Hika lo eligió como sucesor empezó a tomarse realmente en serio la política. Primero había sido Lizzie quien le había desbaratado el sueño de tener un reino y luego su propia falta de destreza como vengador en Opotiki. De hecho, todavía no había sucedido a Hongi Hika. Los ngati pau habían elegido a un hombre de opiniones más moderadas como jefe y se mantenían totalmente al margen de las guerras contra los *pakeha*.

—Pero Kahu no es tonto —afirmaba Lizzie—. Y lo que predican los hauhau... es imposible que crea que unos simples rituales son capaces de hacer invulnerables a los guerreros o que se pueda envenenar a alguien con el agua que chorrea del tejado de la casa del jefe.

Michael iba a soltar un desaire, pero Hemi le pidió que se contuviese.

—Él no —señaló el joven maorí—. Al menos eso supongo, no he tenido el placer de conocerlo. —Cuando Kahu Heke fue huésped de los ngai tahu, Hemi todavía no estaba en Dunedin—. ¡Pero sí sus partidarios! El hauhau medio es un guerrero, no un alumno de la misión. Se reclutan entre las grandes tribus de la Isla Norte, siempre dispuestas a romperse la crisma unas a otras. Ahora un par de ellas se han unido contra los *pakeha*, pero, en mi opinión, lo que quieren sobre todo es ver sangre. Quieren creer en algo, entusiasmarse por algo... en fin, y si con ello también obtienen un generoso botín, tanto mejor.

—Kahu no debería apoyar algo así —opinó Lizzie, preocupada.

Haikina asintió.

—Cierto. Pero en lo que a estos asuntos se refiere jamás tuvo ningún escrúpulo. Y eso me da miedo. Nunca se sabe qué se le ocurrirá a esa gente, ni cuál será la próxima y delirante tradición o *tapu* a los que tal vez recurran para desencadenar una nueva guerra.

# 2

—Son estrellas totalmente distintas...

Heather Coltrane se apoyó sobre la borda del potente velero, dando la espalda al mar, y alzó la mirada al cielo.

—Sí, y nunca imaginé que volvería a verlas otra vez.

Kathleen Burton, la madre de Heather, había vuelto la vista al mar, o mejor dicho, a la tierra, pues ya se distinguían las primeras luces de Londres en el horizonte. Las estrellas nunca le habían interesado demasiado, Kathleen era esencialmente una persona pragmática. Ni siquiera en esos momentos recordaba con nostalgia sus primeros años de vida en Irlanda, sino que pensaba que era evidente que las ciudades de Europa estaban mejor alumbradas que las de Nueva Zelanda. Cuando una tarde de verano, casi tres semanas antes, el barco había zarpado, Kathleen había perdido de vista la tierra a los pocos minutos. No obstante, Dunedin, la ciudad donde residía en el otro extremo del mundo, disponía de alumbrado de gas desde hacía un tiempo.

—¿Qué estás pensando? —preguntó Peter Burton risueño, depositando un beso en la nuca de su esposa.

Incluso después de diez años de convivencia, apenas podía contener el deseo de tocar a su mujer, estrecharla contra sí y protegerla, tal vez debido a lo mucho que había tenido que esperar hasta poder permitírselo. El reverendo había amado a Kathleen durante muchos años antes de que ella aceptase casarse con él y todavía hoy estaba orgulloso de no haberse rendido ante todos los muertos y no muertos del pasado de ella. Por aquel entonces, Kathleen había huido de su agresivo esposo Ian Coltrane, y luego, tras la muerte de este, había reaparecido su amor de juventud, Michael Drury. El último obstáculo antes de la boda —la conversión de Kathleen de la Iglesia católica a la anglicana— a él no le había parecido más que un escollo insignificante.

Kathleen se volvió hacia su marido y sonrió. No podía confesarle que estaba pensando en el alumbrado de las calles.

—Pensaba en Colin —respondió—. En lo raro que será... volver a verlo.

Colin Coltrane era el hijo menor de Kathleen. Tras la violenta muerte de su padre, Ian Coltrane, unos años antes, había sido un joven difícil y al final Kathleen había consentido en enviarlo a una academia militar de Inglaterra. No le había resultado fácil, pues como irlandesa sentía un horror natural hacia la Corona británica. La escuela, sin embargo, le había sentado bien al chico. Este había concluido los estudios con unas notas satisfactorias y desde entonces servía de *corporal* en la Royal Army. En la actualidad estaba destinado en la Royal Horse Guard londinense y era de esperar que se alegrara de reunirse con su madre y su hermana.

—También podríamos haber viajado a Irlanda —señaló Peter, y se apartó el cabello liso, castaño claro de la cara. Soplaba un viento procedente de tierra: Londres solía ser lluvioso y frío también a principios de verano—. Así habrías visto a toda tu familia. Me... me parece un poco injusto que vayamos a visitar a mis parientes y que tú solo veas a Colin. No volveremos aquí en nuestra vida. ¡A lo mejor puedes aprovechar la oportunidad!

Kathleen miró los amables ojos castaños de Peter. Se alegraba de que fuese tan atento, pero sacudió la cabeza con determinación.

—No, Peter, no quiero. Mira, ahí..., junto al Vartry... nada ha cambiado. La gente vive en la miseria bajo la férula del propietario de las tierras y Trevallion sigue haciendo de las suyas; al menos hace tres años disfrutaba de una salud de hierro.

Tres años antes, Father O'Brien, el sacerdote que había bautizado a Kathleen y Michael, y que les había dado clases cuando eran niños, había muerto a una edad bíblica de bien pasados los noventa años. A través de él había mantenido cierto contacto con su familia. Desde la muerte del clérigo no había vuelto a saber nada de sus hermanos y hermanas, y sus padres ya llevaban años muertos.

—Si aparecemos por ahí... Dios mío, Peter, les pareceremos unos millonarios. Yo... yo no quiero que me tengan envidia...

Kathleen ató con más fuerza el original lazo de tul que sujetaba su sombrerito verde oscuro y que al mismo tiempo le fijaba el cabello hacia atrás como un pañuelo. Un modelo de la última colección de su taller de confección, combinable con cualquier tipo de traje de viaje. Lady's Goldmine, la tienda de ropa del casco antiguo de Dunedin, proporcionaba cierta holgura económica a sus propietarias. Kathleen y su amiga y socia, Claire Dunloe, ganaban mucho más de lo que aportaba la parroquia de Burton en un suburbio de Dunedin.

Peter sonrió a su esposa con aire burlón.

—Y, sobre todo, no tienes ningunas ganas de apoyar generosamente a tu parentela de aquí en adelante. Lo que, sin duda, te sugerirían o lo que a ti misma se te ocurriría si la pobreza realmente fuera tan terrible como dicen siempre de Irlanda.

Le guiñó el ojo.

Kathleen echó la cabeza atrás, molesta.

—Seguro que la pobreza es terrible. Pero también lo es entre los buscadores de oro fracasados en Dunedin. —Durante el período de la fiebre del oro, Peter Burton siempre había tenido abierto un comedor para pobres, y en la actualidad su congregación apoyaba a las familias de los aventureros que habían naufragado y no habían tenido suerte en Dunedin. Kathleen y Claire eran muy generosas. En realidad no tenía que reprocharse ninguna falta de caridad—. ¡Y a mi familia, bien sabe Dios, no le debo nada! —siguió indignada Kathleen—. Para ellos yo ya estaba muerta cuando empezó a redondeárseme el vientre con el hijo de Michael. Ni una sola carta, ni una pizca de interés por mi vida, después de que me vendieran contentos a Ian y me enviasen al otro extremo del mundo. Así que, por favor, no me des la lata con Irlanda y mi familia. Yo pertenezco a Dunedin. ¡Y a ti!

Kathleen le cogió de la mano y a Peter le pasó por la cabeza que una mujer más abierta le habría abrazado al decir estas palabras. Pero Kathleen seguía siendo prudente e incluso algo mojigata: de ella no podían esperarse muestras de cariño en público.

Heather, su hija de veintinueve años, dirigió a su madre una mirada casi burlona.

—Toda nuestra parentela no parece ser especialmente amable —observó. Heather no ardía en deseos de volver a ver a Colin—. Espero que la tuya sea al menos simpática, reverendo.

El tratamiento hizo reír a Peter. Cuando los hijos de Kathleen eran pequeños siempre lo habían llamado reverendo Peter, y aunque, haciendo un esfuerzo, el hijo mayor de Kathleen, Sean, había logrado llamarlo simplemente Peter, Heather no lo conseguía nunca.

—Mis parientes son los típicos nobles rurales —respondió—. Reservados, cultivados, rancios... y seguro que no nos ven con buenos ojos, aunque tío James ha dado como herencia las tierras de Gales precisamente a su hijo pródigo del Pacífico.

Heather soltó una risita divertida.

—Si bien la justificación es realmente algo cínica... —Puso una expresión severa, pestañeó como si llevara el monóculo de un lord inglés y citó las frases del testamento de James Burton—: Lego mis tierras en Treherbert, Gales, al único miembro de la familia Burton que ha hecho con su vida algo razonable...

Peter se encogió de hombros.

—En eso lleva razón —señaló—. Pero mejor no contar con que la familia nos reciba con los brazos abiertos. Mirad, ¡ahí está Londres! Una gran urbe, una metrópoli, cientos de bibliotecas, teatros, palacios, grandes avenidas... ¡Deberíamos pasar un par de días aquí y disfrutar de la vida cultural! Seguro que encontraría a un compañero párroco y podríamos pernoctar en su casa.

—Y muchos, muchos comedores para pobres —añadió Kathleen, arrugando la todavía tersa frente—. Te conozco, Peter. Seguro que el amable compañero de trabajo no tendría ninguna sinecura en la City. La gente que conoces lucha en los barrios más pobres de la capital contra la miseria de los pordioseros y los niños de la calle. Al cabo de dos días estaríamos, tú escuchando las historias de veinte jóvenes Lizzie Owens, y yo cortando verduras y preparando pucheros. ¡Ni pensarlo, Peter Burton! Nos instalamos en un hotel decente, que no sea ostentoso, pero tampoco sórdido. Allí nos reuniremos con Colin, a ser posible mañana mismo. Y luego nos vamos a Gales.

Peter levantó las manos.

—Haya paz, Kate, el hotel está aprobado. Además, renuncio a la audiencia con la reina. Aunque me gustaría decirle un par de cosas... justamente acerca de la caridad. Pero hasta que hayamos fijado la cita con Colin, podré enseñaros un poco la ciudad, ¿no?

Ya al día siguiente, Kathleen se puso en contacto con Colin en las barracas de Hyde Park. A continuación, y por deseo de Heather, visitaron la National Gallery y, sobre todo las mujeres, disfrutaron de las obras de Botticelli, Durero y Van Eyck. La hija de Kathleen había heredado el talento artístico de su madre, pero no se limitaba a dibujar y esbozar colecciones de moda, sino que había estudiado arte y se había especializado en retratos. Eran muchos los barones de la lana de la Isla Sur que estaban deseosos de que Heather Coltrane los inmortalizara en un óleo, que retratase a sus esposas, hijos o caballos. Después de que pintara por diversión uno de los carneros premiados de Michael Drury, también los Sideblossom, Beasley y Barrington querían cubrir las paredes de sus casas con los cuadros de sus animales. Heather no se ganaba mal la vida de ese modo, aunque en ese momento mencionó afligida que nunca expondría en la National Gallery el cuadro del semental de cría de Beasley.

—Ahí, no; pero en Nueva Zelanda seguro que sí —bromeó Peter, y Kathleen rio con ellos porque Heather parecía divertirse y volver a tener ganas de vivir.

No había sido fácil convencer a la joven para que los acompañase, pues Heather estaba en duelo. No porque alguien hubiese muerto, al contrario; en realidad había sido un feliz acontecimiento el que había robado la alegría de vivir a la hija de Kathleen. Chloé, su amiga desde la infancia, la hija de la amiga y socia de Kathleen, Claire Dunloe, se había enamorado y casado. Sin embargo, las chicas siempre habían hablado de abrir juntas una tienda, como habían hecho tiempo atrás sus madres con Lady's Goldmine. Chloé se imaginaba dirigiendo una galería de arte donde venderían, entre otros, los cuadros de Heather. Pero entonces apareció Terrence Boulder, un joven banquero que iba a dirigir la sucursal del banco privado Dunloe en la Isla Norte, y Chloé solo tuvo ojos para él.

Pese a todo, no había nada que decir en contra del joven. Era inteligente y amable, cultivado y razonable. La madre y el padre adoptivo de Chloé, Jimmy Dunloe, no podrían haber deseado un yerno mejor. Sin embargo, la tristeza empañaba todos los encargos y logros de Heather desde entonces. Tras una estupenda ceremonia nupcial —el acontecimiento social de Dunedin—, la joven pareja se había mudado a Auckland.

—Ya me imagino la exposición —bromeó Peter—. Junto a las mazas de guerra maoríes, los retratos del carnero de Drury y el collie de Kiward. Al menos tendrías que pintar también la catedral de Dunedin, Heather, para que el arte sacro no quedara al margen.

Peter visitó a su compañero párroco por la tarde —tal como había esperado Kathleen, el hombre trabajaba en la zona más deteriorada de Whitechapel—, mientras Kathleen y Heather averiguaban qué artículos ofrecía Harrods. Heather se rio de su madre porque la nueva colección de verano de los diseñadores ingleses la entusiasmaba más que los cuadros de Leonardo da Vinci. De ese modo pasaron una tarde muy relajada.

Tal como esperaba, Kathleen encontró en el hotel una nota de Colin. El joven *corporal* escribía atentamente que, por supuesto, estaría encantado de cenar con su madre y su familia. Ese día no tenía más obligaciones, por lo que sus superiores le darían permiso sin problemas. Colin sugería quedar en el vestíbulo del hotel a las siete aproximadamente. Esto enseguida puso a Kathleen en guardia.

—¡A las siete! ¡Oh, Dios mío, si ya son las seis! Tenemos que cambiarnos, Heather, al menos que nos vea un poco arregladas. Esperemos que Peter regrese a tiempo... ¿Crees que servirá de algo enviarle un mensaje a Whitechapel? Lo mismo se le pasa la hora hablando con su amigo y...

Heather puso los ojos en blanco y arrastró a su madre hacia la escalera sin alterarse.

—Mamá, Colin ya nos ha visto a las dos sin peinar y en bata, igual que con traje de noche, y si quieres saber mi opinión, eso no tiene para él ninguna importancia: vayamos como vayamos, no le importamos demasiado. Solo espero que en el ejército le hayan enseñado a no contradecir continuamente y hacer absurdas alusiones a lo sumamente superiores que son los hombres Coltrane respecto a cualquier ser femenino de este mundo.

Kathleen ya se disponía a protestar, pero finalmente cambió de opinión. Heather estaba en lo cierto: su relación con Colin nunca había sido muy buena. El chico había idolatrado a su primer marido, Ian, lo que no era ningún milagro, pues este lo había mimado de forma escandalosa y lo había considerado el preferido de sus hijos. Por este motivo Colin fue el único que se quedó con su padre cuando Kathleen abandonó a su esposo, algo que no había hecho ningún bien al muchacho. Cuando tras la muerte de Ian, Kathleen recuperó a su hijo, este fue incapaz de adaptarse a la familia. No quería ir a la escuela ni conservaba ninguno de los trabajos que Kathleen le conseguía. Y lo que era peor, era un tramposo y un ladrón.

La madre de Colin esperaba que el ejército le hubiese despojado al menos de sus peores modales. Pese a todo ello, en esos momentos la mujer se apresuró a subir a su habitación a fin de arreglarse para su hijo. Cuando Peter llegó a las seis y media, ella ya llevaba un vestido de noche verde oscuro, decente, pero que realzaba su esbeltez. Se había recogido en un moño el cabello, de un rubio dorado —mientras buscaba con suspicacia las primeras hebras grises que seguían sin aparecer por el momento—, y lo había cubierto con un original y diminuto sombrerito verde. Un pequeño velo revoloteaba a un lado de su rostro sin ocultar sus grandes, brillantes y verdes ojos.

Kathleen Burton era una belleza, incluso ahora, con cuarenta y tantos años. Tenía la tez de un blanco marmóreo, y los pómulos altos y los labios carnosos conferían nobleza a sus rasgos. A nadie se le habría pasado por la cabeza que esa rosa inglesa procedía de un pueblo irlandés desconocido junto al Vartry.

Peter silbó alegremente entre dientes como si fuera un golfillo cuando vio a su esposa ante el espejo, mientras ella se ponía un collar de perlas, valioso pero sobrio, exactamente de su estilo.

—¡Desde luego, tu hijo puede estar orgulloso de ti! —dijo Peter mientras sustituía la sencilla chaqueta marrón por una levita bajo la cual el alzacuellos se veía extrañamente fuera de lugar. Solo lo hacía por complacer a Kathleen. Peter odiaba la ropa formal, tal vez como consecuencia de los años que había pasado como pastor de almas en los campamentos de los buscadores de oro. Por entonces pocas veces había llevado la sotana, dado que en esas circunstancias eran más necesarias las instalaciones sanitarias, los comedores para pobres y la asistencia a enfermos que los sermones—. En su cuartel no habrá nadie con una madre más hermosa. ¿Nos invitará a su casino de oficiales? Nunca he visto uno por dentro.

Kathleen negó con la cabeza al tiempo que se ruborizaba un poco.

—No... ya sabes que no puede ser. Él...

—Claro, todavía lleva el nombre de Dunloe —dijo Peter, riendo—. No había pensado en ello. Por supuesto, no podía simplemente tacharlo. ¡Pobre Jimmy! Pero a lo mejor se siente muy orgulloso de ese apuesto joven con casaca roja.

Para Kathleen el asunto no era tan divertido. Efectivamente, el hecho de separarse de su hijo como si fuese un inglés y además descendiente del banquero Jimmy Dunloe le había provocado grandes remordimientos. El marido de Claire se lo había sugerido, puesto que de otro modo no habría sido posible que el hijo de un tratante de caballos irlandés ingresase en la Academia de Sandhurst. Y ahora, sin duda, temía que la mirasen con malos ojos por ser una mujer divorciada y madre soltera del retoño de Dunloe. No obstante, Peter no creía que nadie se preocupase todavía por los orígenes dudosos de Colin. En cualquier caso, en la actualidad era miembro de la Royal Horse Guard y, como tal, incluso custodiaba a la reina.

Un golpe en la puerta impidió que Kathleen respondiera.

Un botones se inclinó e informó de que esperaban al reverendo Burton y a su esposa en el vestíbulo del hotel. Kathleen dio al joven un penique mientras el corazón le latía con fuerza. Acto seguido se contempló de nuevo en el espejo y dejó que Peter la ayudase a ponerse el abrigo. El tiempo en Londres era variable y seguro que no cenarían en el hotel.

En el vestíbulo les esperaba una sorpresa. Heather ya estaba ahí y conversaba de forma inesperadamente animada con un joven alto y rubio con el uniforme rojo de la guardia real. Ambos se volvieron hacia Peter y Kathleen cuando estos bajaban la escalera y ella se percató con alivio de que Heather sonreía. Al menos ella no tenía intención de poner mala cara durante la velada y estaba preciosa con su vestido rojo vino y el sombrerito a juego sobre el cabello ondulado y rubio ceniza.

—Madre..., reverendo...

Colin se acercó a ellos con una sonrisa afectuosa, besó formalmente la mano de su madre y se inclinó, no menos ceremonioso, ante Peter Burton. Este casi se asustó al principio. El impresionante parecido de Colin con su madre no le había resultado tan manifiesto en Tuapeka, antes bien, se semejaba más a su padre. Pero por entonces era un adolescente malhumorado y de movimientos torpes, y siempre tenía una expresión algo taimada. Ese día, sin embargo, un joven *corporal* lo miraba de frente con ojos francos y afables. Se trataba de un hombre extraordinariamente apuesto, de semblante aristocrático y unos expresivos ojos castaños. Esto último no era herencia de Kathleen, aunque los ojos de Colin tampoco mostraban el resplandor negro de los de su padre, Ian, del que se había dicho que descendía de nómadas irlandeses, de *tinkers*.

—Me alegro mucho de volver a verte, madre, y también al

reverendo y... por supuesto, a mi encantadora hermana. No te habría reconocido, Heather, has crecido y te has convertido en una mujer preciosa.

Ella se ruborizó y Peter se planteó si no debía matizar la buena impresión que le había causado el chico. El elogio había sido demasiado exagerado, casi algo inadecuado entre hermanos. La hija de Kathleen era una chica bonita, pero de un tipo totalmente distinto al de Kathleen y Colin. Heather era menuda, más baja que su madre, y tenía el cabello fino. Los suaves rasgos de su rostro y sus ojos oscuros y dulces tenían, al contemplarlos por segunda vez, cierta hermosura virginal, cautivadora. Pero no era en absoluto tan llamativa como su madre, quien de joven hacía enmudecer a todos los presentes al entrar simplemente en la cafetería de un hotel.

—¿Adónde vamos, Colin? —preguntó Peter tras el lamentable silencio que siguió a la observación del joven—. ¿O debo decir «*corporal* Dunloe»?

Hablaba con afabilidad, sonriendo, pero en el rostro de Colin asomó una expresión de desconfianza y disgusto.

—¡No es culpa mía si todavía no soy sargento! —replicó.

Kathleen hizo un gesto de indiferencia.

—Sea como sea, estás guapísimo con ese uniforme —observó alegremente—. ¿Nos recomiendas algún restaurante? Peter había pensado ir a un comedor de oficiales, tal vez, pero...

—No sería adecuado —señaló Colin con sequedad, y esta vez hasta Kathleen lo miró desconcertada—. Me refiero a que... —Colin iba a dar una explicación, pero Heather lo interrumpió.

—En cualquier caso, tengo un hambre canina —advirtió complacida—. Y frío. Será porque «en Inglaterra será verano cuando lleguemos, Heather. Solo tienes que llevarte vestidos frescos». Puede que aquí lo llamen verano, pero, en mi opinión, en el mejor de los casos se ajusta más bien a «estación de las lluvias».

Las palabras de Heather hicieron reír a los tres y les permitieron cambiar de tema con naturalidad. Colin ya debía de haber explicado antes a su hermana que había pasado el último año en la India. En ese momento, mientras conducía a los Burton a un *steakhouse* cercano al hotel, les habló de los monzones en ese país.

—¿Entonces no acabó de gustarte la India? —preguntó Kathleen preocupada, una vez que hubieron pedido los platos.

El local era algo sombrío, pero Colin les aseguró que la carne era estupenda y también dio muestras de conocer la carta de vinos. Peter paladeó complacido el burdeos de primera clase que el hijo de Kathleen había pedido sin mirar ni siquiera la lista.

—¡No! —respondió él con brusquedad—. Todos son maleantes solapados, tanto los marajás cultivados como los oficiales de la Corona, todos viviendo de sus prebendas. —Parecía que el joven quería seguir explayándose, pero se irguió, tomó una profunda bocanada de aire y una sonrisa apareció de nuevo en su rostro—. Pero los caballos, Heather, son interesantes. Te imaginas, ¡tienen orejas curvadas hacia dentro! En serio, en algunos las puntas se llegan a tocar.

Heather, gran aficionada a los caballos como su amiga Chloé, lo escuchaba interesada mientras Kathleen y Peter intercambiaban miradas sorprendidas. La India era una de las colonias más importantes de Inglaterra —justo el año anterior el príncipe de Gales la había visitado— y constantemente estallaban tumultos en el territorio. Kathleen había estado inquieta cuando enviaron a Colin allí, pero para un joven soldado, servir en ese país era sin duda un trampolín. Pese a ello, el muchacho había regresado un año después. ¿Había pedido que lo trasladasen porque realmente no le gustaban el clima ni los nativos?

—Pero aquí te encuentras bien, ¿no es así, Colin? —preguntó Kathleen, preocupada—. Me refiero a que... es un honor... estar en la Royal Horse Guard...

—¿No jugaste al polo en la India? —preguntó, casi al mismo tiempo, Heather.

Colin no sabía a qué pregunta responder antes y su rostro oscilaba entre la sonrisa y el enojo. Al final se dirigió primero a la joven.

—Claro que sí, hermanita, siempre he sido un buen jinete. Era...

—¿Y por eso estás también en la Royal Horse Guard? —preguntó Peter, decidido a evitar que el chico se anduviese por las ramas con otra descripción de los ponis de polo indios—. Se supone que hay que ser un buen jinete para...

Colin hizo un mohín.

—¡Qué va! —exclamó airado—. Cualquier principiante es capaz de ejecutar las pocas figuras que hacemos durante el cumpleaños de la reina. O de escoltar la carroza como guardia de honor... Es ridículo. No fui a Sandhurst para eso.

—Entonces, ¿por qué lo haces?

Kathleen no pretendía inmiscuirse en la vida de su hijo, pero casi sentía que había vuelto al pasado, cuando todas las noches, durante la cena, intentaba que le dijera la auténtica razón de que lo hubiesen despedido de su último puesto de trabajo.

Por lo visto, también Colin se acordó de ello. Su rostro se contrajo como si fuera a sufrir un arrebato de ira, pero luego se repuso enseguida, como la vez anterior.

—Bueno, en el ejército uno hace lo que tiene que hacer —contestó en tono alegre—. Y es cierto que no causo mala impresión a lomos de mi caballo. Tal vez a la reina le guste tener cerca *corporals* jóvenes y guapos, simplemente... —Esbozó una sonrisa mordaz—. O jóvenes y guapos sargentos...

Colin canturreó un aire de taberna que a Peter le resultaba familiar de sus propios años locos. Heather, que también había oído la letra anteriormente, se ruborizó. Kathleen no conocía la canción, pero tampoco logró contestar a la sonrisa de Colin. La reina Victoria tenía fama de ser sumamente ñoña. Seguro que no prestaba atención a los hombres que formaban su escolta.

—¿Crees... que pronto te ascenderán? —Peter no dio importancia a la alusión que Colin había hecho a su saludo—. ¿Estás disgustado porque no lo hicieron en la India?

El joven esbozó un gesto que pretendía expresar indiferencia.

—Eso puede tardar. Se ve que en el ejército no les sobra nada para un pobre diablo irlandés que quiere llegar a ser algo en la vida.

Kathleen enseguida bajó la vista, pero Peter frunció el ceño. Nadie en el ejército conocía los orígenes irlandeses de Colin. Para sus superiores era un Dunloe, tal vez nacido en oscuras circunstancias en un extremo del mundo, pero un descendiente de una familia de banqueros con contactos hasta en la casa real.

—Estoy pensando... —Colin tomó aire—. Madre, ¿qué dirías si regresara a Nueva Zelanda?

—¿*Armed constable*? Pero ¿qué es eso? —preguntó Kathleen.

La noche anterior no había querido preguntarlo; Colin hablaba con tanto entusiasmo de su regreso y de las nuevas perspectivas en la Armed Constabulary Field Force que no quiso oponer ningún reparo. El joven debía sentirse bien recibido, por más que todo ese asunto a ella le daba mala espina. Después de que Colin les comunicara la noticia, habían concluido enseguida la velada y pasado la última media hora, hasta que hubieron bebido el vino y pagado la cuenta, discutiendo y hablando francamente acerca del polo y el cricket en la India.

Pero ahora, en el tren que les llevaba a Cardiff, Kathleen expresó sus preocupaciones. Aún más porque su marido parecía saber en qué consistían las tareas de un *armed constable*. Kathleen conocía a Peter: si no había preguntado nada, sin duda era porque estaba al corriente.

—La Armed Constabulary es una especie de organización intermedia entre un regimiento del ejército y una patrulla de la policía, armada, como su nombre indica —explicó el reverendo—. Se formó en 1867 y se legitimó con una ley parlamentaria. Según mi parecer bajo la presión de las guerras maoríes. Por entonces todo apuntaba a que podía producirse una auténtica revolución y hasta enviaron tropas de Inglaterra a la Isla Norte. Pero eran soldados totalmente ajenos al medio, que debían combatir contra tipos como ese Te Kooti en su propia tierra... Ya se ha visto en ocasiones suficientes adónde conduce eso. Los bandos no se entienden entre sí y al final se derrama más sangre de la que en realidad es necesaria. Siguieron además algunas masacres por ambas partes. Y, finalmente, en Wellington se decidió enviar a los ingleses de vuelta a casa. Los *armed constables* se encargaron de la estrategia de la guerra. Y con éxito, por lo visto: Te Kooti al menos se rindió y se ocultó con su *kingi*.

—¿Y de dónde salió esa gente? —preguntó Kathleen—. Seguro que no de las academias militares británicas.

Peter movió la cabeza.

—No. Reclutaron a la mayoría entre las patrullas de la policía local y colonos, una medida razonable, pues al menos conocían la zona. Además, decidieron incluir a maoríes. Una buena idea también, pues no todos se habían rebelado y eso seguro que contribuyó a apaciguar la situación.

Heather, que hasta entonces había estado ocupada dibujando al carboncillo esbozos rápidos del paisaje inglés que pasaba por la ventana, rio.

—Puede verse de esta manera. Bueno, en la universidad dicen que las tribus se peleaban entre sí, a cuál más salvajemente. Dicen que en East Cape y Gisborne estallaron auténticas guerras civiles.

Kathleen hizo un gesto de impotencia.

—En fin —respondió—. Ya no hay más guerras. ¿Para qué necesitamos ahora *armed constables*?

No planteó la pregunta «¿Para qué necesitamos ahora a Colin?», pero los ocupantes del elegante compartimiento de primera clase casi podían palparla.

—¿Para evitar otras guerras? —sugirió Peter—. En cualquier caso, es evidente que siguen reclutando hombres, de lo contrario Colin no podría regresar.

—Por lo visto, su sargento ha intercedido en su favor —señaló Kathleen igual de tensa que antes.

Colin había presentado el tema como si la Armed Constabulary Field Force lo estuviese esperando solo a él y, al parecer, sus superiores británicos habían apoyado su traslado.

Peter asintió —esperaba que sosegador— y mentalmente agradeció a Heather que no dijese nada. Kathleen tendría que averiguar por sí misma que a veces también se ascendía a los subordinados díscolos para librarse de ellos...

El hermano de Peter había prometido enviar un carruaje a la estación para recoger a sus parientes neozelandeses. En Roath, una pequeña localidad al este de Cardiff, los Burton poseían una propiedad que en su origen había sido el granero de un castillo normando. Según Peter, todo muy rural.

Tan solo distaba unos pocos kilómetros de la capital de Gales, así que el lugar resultaba céntrico pese a ser muy campestre. También Cardiff había sido en sus inicios una pequeña e idílica ciudad, pero desde que había estallado la explotación de las minas de carbón, porque todos construían fábricas y acerías, el pequeño fondeadero había crecido hasta convertirse en uno de los puertos industriales más importantes del mundo. Así pues, la ciudad presentaba todas las marcas de una población que ha crecido demasiado deprisa: casas feas y construidas a toda velocidad, instalaciones metalúrgicas alrededor del núcleo urbano y muchos inmigrantes que, de forma más o menos legal, querían hacer fortuna o, como mínimo, ganarse el pan de cada día. No obstante, también se erigían inmuebles suntuosos y nuevos edificios públicos. La ciudad estaba a todas vistas en construcción. A Kathleen le recordó en varios aspectos a Dunedin durante la fiebre del oro.

—Para nosotros, en Roath, esto es definitivamente una ventaja —explicó Joseph Burton, un hombre rechoncho y rubicundo, que dejaba intuir el aspecto que habría tenido Peter si no hubiese estado trabajando constantemente para su congregación. Joseph tenía el cabello liso y del mismo color que su hermano, así como unos rasgos faciales armónicos. Sin embargo, en lugar de las arrugas de la risa típicas de Peter y los hoyuelos, sus mejillas daban más bien la impresión de estar hinchadas y mostraba bolsas bajo los ojos: el rostro de un hombre que prefería los placeres de la buena mesa a cualquier tipo de acción—. Cardiff crece hacia Roath. Ahora mismo en nuestro barrio se está construyendo mucho. Claro que solo gente pudiente, se entiende, banqueros, armadores, hombres de negocios que trabajan en el carbón sin mancharse la cara de hollín. —Joseph rio—. En Roath viven prácticamente en el campo y en un instante están en sus despachos portuarios. Para eso pagan casi cualquier precio. También nosotros hemos vendido un poco de tierra. Y obtenido... humm... un modesto beneficio.

En realidad, la apariencia de Joseph Burton no podía calificarse de modesta. Su vehículo era sumamente elegante y estaba tirado por cuatro caballos magníficos; naturalmente no conducía él mismo, sino que un criado con librea se encargaba de ello. Peter alabó los preciosos caballos, volviéndose a Kathleen y alzando los ojos al cielo. Era totalmente excesivo enviar un carruaje tirado por cuatro caballos. A fin de cuentas, solo había que llevar a tres personas y tres maletas y no, como señaló más tarde Peter con ironía, un vagón de carbón.

Por supuesto, la ropa que Joseph vestía también era cara, y sin duda le habían confeccionado a medida la levita.

—Me las hacen en Londres... —respondió él cuando Kathleen, una modista vocacional, hizo un comentario al respecto—. En Savile Row. Aquí en provincias solo se obtienen artículos de serie, pero donde vosotros vivís, en la otra punta del mundo, debe de ser todavía peor.

Joseph dirigió una mirada desdeñosa al traje marrón y algo gastado de Peter. Al instante, Kathleen se avergonzó de su marido. En Dunedin había buenos sastres de caballero, sin la menor duda, pero a Peter no le importaba su apariencia. Kathleen se alegró de que al menos los trajes de viaje de ella y Heather superasen cualquier examen crítico. En Londres había observado complacida que su última colección se anticipaba incluso a la última moda europea.

Heather no se dejaba impresionar tan fácilmente. Encontró antipático al hermano de Peter y se preguntó a quién se refería con el «nosotros» con que hablaba de su familia. ¿O se refería solo a sí mismo? ¿Utilizaba acaso el plural mayestático? Lástima que su tío por parte del reverendo se sentase enfrente de ella en el coche y no pudiese compartir esa idea con Peter sin que la oyese.

El carruaje abandonó el hermoso casco antiguo de Cardiff. Pronto dejaron atrás los barrios menos bonitos de las afueras y Kathleen se olvidó de sus tristes pensamientos, así como Heather de su sarcasmo. La carretera que conducía a Roath transcurría entre campos y prados de un verde intenso, y Roath mismo se caracterizaba por los lagos que salpicaban su paisaje. Los establos, almiares y cabañas cubiertas de hiedra eran, a ojos de los neozelandeses, como casitas de muñecas. Kathleen pensó en Irlanda, mientras que Heather se sintió transportada a los cuentos de su infancia.

La casa de los Burton descansaba en medio de unos jardines junto a un lago. Aunque Kathleen no se hubiese referido a ella como a una casa; el edificio era una construcción de ensueño de piedra rojiza con ventanas altas, con las fachadas adornadas con balcones y torrecillas. Lo rodeaban unos árboles centenarios y el acceso estaba cubierto de gravilla clara. ¡Los Burton poseían un castillo!

—Pues sí, un auténtico castillo —titubeó Peter cuando Kathleen le echó luego en cara que no hubiese descrito en toda su grandeza la propiedad de su familia—. Es precisamente una casa señorial inglesa. Ya lo dije: *countrygentlemen*. Y la familia tampoco tenía tanto dinero... hasta que mi hermanito, especulando con la propiedad, obtuvo un «modesto beneficio». Pero mejor así, de este modo no envidiarán nuestra casa en Treherbert.

Fuera como fuese, era evidente que se había invertido una considerable cantidad de dinero en el mobiliario del vestíbulo, los salones y las habitaciones de los invitados. Kathleen podía apreciar el valor de los muebles y alfombras, pues las telas para Lady's Goldmine las compraban en Inglaterra. Además, todo estaba puesto a la última moda, lo que no sorprendió a los Burton cuando conocieron al «nosotros» de Joseph Burton. El hermano de Peter vivía en la casa junto con el hijo de su primer matrimonio y su segunda esposa. Joseph se había quedado viudo y había vuelto a casarse el año anterior. La anciana madre de Peter y Joseph residía en las habitaciones del piso superior de la casa. El padre había muerto.

—¿No ha dicho algo de un hijo? —susurró Heather cuando una muchacha entró en una sala de recepciones con muebles tapizados en rosa viejo. La joven, de cabello oscuro y tez clara, era muy fina y de una belleza deslumbrante.

—Bienvenidos a Paradise Manor —los saludó con una dulce voz.

Joseph Burton rio a sus espaldas.

—¡Este es el nombre que le ha puesto! —explicó—. Paradise Manor. Antes se llamaba simplemente Burton Manor, pero Alice tiene debilidad por la poesía... ¿puedo presentaros? Alice Burton, mi esposa.

—¡Dios mío, la chica es más joven que Heather! —exclamó Kathleen cuando por fin estuvo a solas con Peter.

Ambos habían mostrado una sonrisa inalterable mientras Joseph y Alice les enseñaban la casa («¡Alice la ha amueblado toda de nuevo!») y luego les ofrecieron un té. A Kathleen siempre le resultaban desagradables las viejas ceremonias inglesas del té, en secreto daba gracias al cielo por que quienes visitaban la casa parroquial de Peter preferían en general el café y un ambiente algo menos formal. Pero el procedimiento en Paradise Manor le recordó tanto a los lejanos días en Irlanda, que casi sintió miedo. Solo que por entonces ella había sido la chica algo torpe que había servido el té y que anhelaba probar las pastas dulces que lo acompañaban. La joven Mary Kathleen había servido en la residencia de un terrateniente, un privilegio al que agradecía la oportunidad de poder llevar eventualmente algo de pan a casa... y la constante tentación de robar los pastelillos de té que habían sobrado y repartirlos con su amado Michael Drury...

Kathleen sonrió animosa a la apocada doncella rubia que sirvió el té con manos temblorosas, a quien Alice había censurado con dureza cuando derramó un par de gotas. Tampoco debía de ser fácil para esa joven ama de casa reafirmar su posición. La bien educada Heather se estremeció, desagradablemente incomodada, cuando Alice riñó a la doncella.

—¿De dónde habrá sacado a esa Alice? —se preguntó Peter después—. No tiene unos modales excepcionalmente distinguidos, aunque sin duda se esfuerza. Y no es mucho mayor que el hijo de Joseph, si mal no recuerdo.

—En cualquier caso, me gustaría marcharme de aquí en cuanto sea posible —advirtió Kathleen—. Por bonito que sea el entorno. Y por mucho que aprecie a tu madre.

La madre de Peter apenas abandonaba sus dependencias en el piso superior de la casa, supuestamente porque le costaba subir y bajar por las escaleras. Sin embargo, durante la breve conversación con la anciana, Kathleen había concluido que la decoración de Alice no le agradaba especialmente. Fuera como fuese, Kathleen congenió con la dama mucho más que con la joven nuera, pero, aun así, no quería juzgar a Alice. Tal vez la muchacha había tenido sus buenas razones para casarse con ese hombre mucho mayor que ella y poco atractivo. En cualquier caso, la joven no daba la impresión de ser muy dichosa y quizá se había consolado amueblando de nuevo su residencia.

—Mi madre sabe que queremos seguir enseguida el viaje a Rhondda. Y yo creo que le caes bien, ha hecho unos comentarios muy positivos acerca de ti. —Peter había conversado a solas con su madre mientras enseñaban las habitaciones de los invitados a Kathleen—. Pero puede que tengamos un problema con la casa de Treherbert. Al parecer, Randolph se ha mudado allí. Después de que Joseph y Alice se casaran y antes de la muerte de tío James. Ahora reclama la casa, se supone que mi tío quería cambiar el testamento a su favor...

Randolph era el hijo del primer matrimonio de Joseph. Kathleen entendía muy bien que hubiese huido de la casa de su padre.

—A lo mejor podemos llegar a un acuerdo con él —dijo sosegadora—. También forma parte de la herencia un pueblo en el que viven aparceros... ¿O era una mina incluso? Si nosotros nos quedamos con la propiedad y lo nombramos administrador...

Peter se encogió de hombros.

—¿Te sentirías a gusto siendo un noble rural, lejos de tus propiedades, y que otra persona recaudara tus impuestos?

Kathleen enrojeció. Al parecer, la situación empeoraba. Soportar la ceremonia del té ya había sido suficiente pesadilla. ¿Debía ahora interpretar el papel de una Lady Wetherby? De nuevo se trataba de un pueblo perdido, pero esta vez junto al río Rhondda.

# 3

Era un resplandeciente y hermoso día de marzo en Dunedin y Matariki pensó que hacía un tiempo casi propio del verano. Sin embargo, hacía ya dos semanas que habían pasado las largas vacaciones de Navidad y el nuevo curso, el cuarto en la Otago School, acababa de empezar. Un par de chicas se quejaron del calor, pero a ella no le había importado regresar a Dunedin. Había nacido y crecido en la montaña (durante sus primeros años de vida solo había dejado Elizabeth Station y Lawrence para hacer excursiones a las altas montañas o a los lagos de Otago), pero cuando sus padres la llevaron por vez primera a Dunedin, ya el puerto la fascinó. Michael había conducido el carro por la carretera de la costa en dirección a Parakanui y Matariki no había conseguido apartar la vista de las idílicas bahías y de las playas bañadas por las brillantes aguas del Pacífico, de un azul profundo y un verde marino.

Desde que vivía en Dunedin y asistía a la escuela, se marchaba de las salas de estudio cuando el tiempo lo permitía y acompañaba su paseo a caballo diario con las lecturas que tenía como deberes. Al sur de la ciudad se encontraban distintas playas, aunque Matariki prefería las calas en las que la hierba descendía suavemente hacia el mar. Allí podía atar al caballo y dejarlo pastar, mientras ella se tendía en la playa y realizaba las tareas de la escuela, como se disponía a hacer ese día. Su lugar favorito era una calita diminuta, algo apartada de la carretera de la costa, rodeada de peñascos. En ese lugar, Matariki podía imaginar que vivía en su propia fortaleza escondida, esperando al príncipe azul, aunque las lecturas escolares pocas veces invitaban a soñar tanto como la obra *Romeo y Julieta* que estudiaban en la actualidad. Mary Jane hasta había llorado, conmovida por la tragedia de los amantes, y luego había vuelto a llorar cuando nadie había tomado en consideración su deseo de interpretar el papel de Julieta en el grupo de teatro.

Matariki era más crítica al respecto. A fin de cuentas todo podría haberse resuelto fácilmente si Romeo hubiese actuado de forma un poco más sensata. En su opinión había sido bastante inútil matar a Tybald. Cuando había peleas, los ngai tahu se conformaban con agitar un poco las lanzas y bailar un *haka*. Eso solía bastar para que los combatientes liberasen suficiente energía. A eso se añadía que el último acto también habría concluido de otra forma si Romeo hubiese sido maorí. Sin duda Julieta habría tenido tiempo de despertar antes de que él hubiese terminado los cánticos fúnebres rituales. Además, a él no le habría molestado que fuese llenita como Mary Jane...

A Matariki se le escapó la risa al pensar en eso; era obvio que su capacidad de concentración dejaba mucho que desear. En lugar de subrayar los párrafos que la ayudasen a definir el carácter de Romeo, como indicaba la tarea que debía hacer, paseó de nuevo la mirada por el mar azul. El pueblo de su padre lo había atravesado en canoas, y el mismo Kahu Heke era un intrépido navegante. Años antes, había ayudado a Lizzie a escapar de un arresto en la Isla Norte llevándola en la canoa de guerra de los ngati pau desde Bahía de Islas hasta Kaikoura. Los padres de Matariki habían rodeado por mar la mitad de la Isla Norte y recorrido el estrecho de Cook, que separaba la Isla Sur de la Isla Norte. Matariki lo encontraba mucho más romántico que esos duelos medievales con espadas. Ensimismada, acariciaba a *Dingo*, que se había tendido junto a ella, y se estremeció cuando el perro se puso de pie de un salto y empezó a ladrar.

Los hombres que surgían de la sombra de las rocas al otro extremo de la cala, como salidos de la nada, levantaron los brazos en un signo de advertencia cuando el perro corrió hacia ellos. Horrorizada, Matariki vio que iban armados.

—¡*Dingo!*

La muchacha gritó cuando resonó un disparo que, por fortuna, no alcanzó al animal. *Dingo*, que tenía un miedo de muerte a las tormentas, abandonó la idea de atacar a los intrusos y corrió al lado de Matariki. Con el tembloroso animal pegado a ella, la niña miró de frente a los hombres. El libro se le cayó de las manos.

—¡No te muevas!

El hombre hablaba maorí, pero tenía un acento raro. También su aspecto le resultó extraño. Matariki nunca había visto a un joven con la cara tan cubierta de tatuajes tradicionales de la tribu, los *moko*. Los ngai tahu seguían cada vez menos esa costumbre. Haikina y Hemi no iban tatuados, mientras que otros miembros del *iwi*, la tribu, solo lucían pequeños tatuajes en la nariz y la frente. En cambio los dos hombres que en ese momento se aproximaban a ella con una extraña mezcla de gesto de amenaza y postura defensiva tenían un aspecto realmente marcial. Los tradicionales rombos y espirales se deslizaban por sus mejillas hasta la barbilla y rodeaban los ojos confiriendo un aire salvaje a la mirada y haciendo más estrechas sus frentes. Ambos se habían peinado recogiéndose el cabello largo en el moño de guerra y también el resto de su apariencia y vestimenta era la de los guerreros maoríes preparados para el combate. Sobre los taparrabos llevaban faldas largas de lino endurecido, una especie de chal de colores alrededor del tórax y las pequeñas figuras de los dioses, *hei tiki*, hechas de hueso, colgando del cuello. Sin embargo, no amenazaban a Matariki con mazas y lanzas de guerra, sino con armas de fuego modernas. Uno la apuntaba con un revólver y el otro con una escopeta de caza.

*Dingo* volvió a ladrar. Uno de los hombres levantó el arma, pero el otro movió la cabeza. Dijo algo de lo que Matariki solo entendió la palabra *tapu*.

—¿Eres Matariki Heke? —preguntó el hombre con la escopeta. De nuevo apuntaba a Matariki, no a *Dingo*.

La niña hizo callar al perro.

—¡Soy Matariki Drury! —dijo, decidida a no mostrar ningún miedo.

De hecho estaba más sorprendida que asustada. Esos hombres le parecían marciales, pero también le dio la impresión de que llevaban un disfraz: los ngai tahu solo se arreglaban así para las fiestas. Matariki no veía a sus agresores como soldados, sino como miembros de una *kepa*, un grupo de bailarines que iban a empezar a danzar un *haka*.

—Ha llegado el momento de que cumplas con tus obligaciones frente a la tribu —anunció el otro, y se volvió algo desconcertado hacia su compañero cuando Matariki no reaccionó—. Había creído que ella...

—Ha crecido entre *pakeha* —respondió el primero—. Seguramente no conoce su destino...

—Ahora tengo que irme —anunció Matariki.

Todavía no sabía por qué los hombres la apuntaban con las armas, pero creía que iban a discutir el asunto entre ellos. A lo mejor la dejaban marchar, tal vez hasta era ella quien se había interpuesto en su camino. ¿Eran contrabandistas? Así de pronto no se le ocurría nada que pudiese suministrarse de forma ilegal, pero tampoco era asunto de su incumbencia. Hizo ademán de levantarse lentamente.

—¡Tú no te vas! —Uno de los hombres agitó el revólver.

Matariki levantó las manos en actitud sosegadora. Al menos esta vez *Dingo* permanecía tranquilo.

—No... no le diré a nadie que os he visto, ¿de acuerdo? —aventuró, forzando una sonrisa.

El hombre de la escopeta parecía haber tomado entretanto una decisión. Se irguió ante ella, mientras mantenía cierta distancia, y aumentó con eso su aire de intérprete principal de un grupo de danza.

—Tenemos la orden de llevarte con nosotros. ¡Perteneces a tu pueblo! ¡Perdure por siempre la santa casa de los ngati pau!

Matariki sintió de repente que el corazón le latía con más fuerza. Todo eso daba la impresión de ser la peor parte de una función del grupo de teatro de la Otago Girls' School. Pero, por otro lado, esos hombres llevaban armas, ¡y no eran accesorios teatrales! A fin de cuentas, casi habían disparado contra *Dingo*. Claro que «la santa casa de los ngati pau» aclaraba algo la situación. Aunque esos individuos eran maoríes, evidentemente no eran representantes del *iwi* de los ngai tahu.

—¿Quién... quién os lo ha ordenado? —preguntó cautelosa—. Me refiero a que... Yo no tengo ni idea.

—Tendrás que cumplir las obligaciones de la hija de un jefe tribal —se dignó responder el otro hombre.

Se acercó más a Matariki, quien se obligó a no retroceder ante él. Entre los maoríes, lo primero en la lucha y la defensa consistía en imponerse ante el enemigo. Si este quedaba lo bastante impresionado, prescindía de atacar.

*Dingo* volvió a ladrar, pero esta vez nadie le hizo caso. Los hombres parecían estar demasiado ocupados en que Matariki no se les escapara. La niña encontraba muy rara la expresión de sus ojos. Su audacia debía de confundirlos, pero, de hecho, ella no tenía nada con que enfrentarse a ellos. El más alto de los hombres medía casi dos metros y el más bajo tampoco habría necesitado de ninguna arma para vencer a una muchacha menuda de catorce años recién cumplidos. Para raptarla no tenía más que echársela al hombro. Sin embargo, prefería, por lo visto, llegar a un acuerdo...

—Nos envía tu padre. *Ariki* Kahu Heke. Te llevaremos con él.

Matariki frunció el ceño. Sentía una mezcla de desconcierto y de creciente preocupación. ¿Acaso estaban locos esos sujetos?

—Pero Kahu Heke vive en la Isla Norte —respondió—. ¿Cómo llegaremos hasta allí? ¿Volando?

Los hombres sacudieron la cabeza y agitaron enérgicamente las armas indicando a Matariki que subiera los peñascos por los que habían aparecido de forma tan inesperada. Se mantenían a distancia mientras la azuzaban para que fuese por delante de ellos.

Matariki tuvo que vadear el agua y *Dingo* incluso se vio obligado a nadar, pero la niña conocía bien la cala y sabía que no se corría ningún peligro bordeando las rocas cuando el mar estaba tranquilo. A través del agua transparente, en la que nadaban unos peces diminutos, se llegaba a la siguiente cala, que a menudo estaba inundada, pasando junto a las rocas. Ese día la pequeña playa de guijarros quedaba a la vista y en ella había una espléndida canoa adornada con tallas de madera. A Matariki le pareció enorme; seguro que cabían veinte hombres en el interior cuando todos los bancos de remeros estaban ocupados. Evidentemente, esos dos hombres no habían llegado solos remando hasta allí. Doblada con esmero, una vela mariposa descansaba en la embarcación. Matariki oscilaba entre la incredulidad, el miedo y... la atracción de la aventura. La canoa era, sin duda, apta para navegar y esos tipos parecían ir en serio. Tenían la intención de secuestrarla para llevarla a la Isla Norte.

—Pero... pero... yo no sé nada... ¿Qué se supone que he de hacer allí? ¿Cuáles son... las obligaciones de la hija de un jefe?

A Matariki le daba vueltas la cabeza y se apoyó en una piedra. Los hombres que la habían seguido hasta la pequeña cala reaccionaron alarmados ante su movimiento, casi asustados. Uno estuvo a punto de ovillarse cuando la sombra de la chica casi le rozó.

—¡Ahí! ¡Ahí arriba!

El otro hombre indicó enérgicamente a Matariki que subiera en el bote o que se colocara detrás. Por lo visto, también él quería que la niña se mantuviera a una prudente distancia de él y su compañero. No respondió a la pregunta de Matariki, pero las ideas se agolpaban en la mente de la jovencita cuando siguió su indicación y subió a la canoa. ¿Qué querría Kahu Heke? ¿Cuáles eran los deberes de una princesa maorí?

Como alumna diligente de la Otago Girls' School, cuyas profesoras solo enseñaban, claro está, historia europea, en lo primero que pensó fue en la política matrimonial. ¿Acaso su padre pretendía casarla? ¿Quería que contrajera matrimonio con algún príncipe maorí para que así la tribu de este concediera su apoyo a los hauhau? ¡Pero no, qué tontería! Matariki se censuró por ese ataque de pánico. Una vez había leído un informe de unos misioneros que vivían en las islas del mar del Sur y que expresaban con gran locuacidad su indignación por el hecho de que en las familias de los jefes tribales siempre se casaban entre hermanos y hermanas. Al final había preguntado a Haikina si eso era normal entre los maoríes y ella lo había confirmado en gran parte.

—Entre nosotros ya hace tiempo que eso no sucede, pero en la Isla Norte, sí —le había explicado—. No te pongas así, tenía sus ventajas y sus inconvenientes...

Matariki recordaba vagamente una disertación sobre *tapu* y una fuerte línea real, pero en esos momentos no iba a preocuparse por ese tema. Por lo que sabía, Kahu Heke no tenía más hijos que ella, y aunque hubiera un hijo varón, no podía estar en edad casadera.

Los hombres habían conversado brevemente entre sí y parecían sentirse más seguros ahora que Matariki estaba al otro lado de la canoa, junto a la orilla de la pequeña playa. Allí no había posibilidades de escaparse, como mucho habría podido huir a nado. El tipo alto con la escopeta se dispuso a explicarse.

—Tú te quedas ahí, hija del jefe —le indicó—. Detrás de la canoa. El perro también. Nosotros nos quedaremos aquí delante. ¿Entendido?

Al parecer quería dividir la cala entre ellos y Matariki y *Dingo*. La muchacha no entendía qué sentido tenía todo eso.

—Creo que queréis... bueno, creo que tengo que... viajar en el barco con vosotros... ¡Pero no es tan sencillo! Primero he de informar a la escuela. Mis padres se preocuparán. Mi caballo...

*Grainie* estaba atada en la playa, pero Matariki no se preocupaba demasiado por ella. En algún momento se soltaría y correría al establo de alquiler.

—No vas a informar a nadie —gruñó el hombre más alto.

—Tu familia es la tribu de los ngati pau —aclaró el otro en tono ceremonioso. Parecía resuelto a dar más información—. Ahora tienes un compromiso. Y partiremos en cuanto suba la marea.

Matariki se mordisqueó el labio superior. Eso podía tardar todavía algunas horas. Para entonces la echarían en falta en la escuela. Y seguro que nadie sabía dónde buscarla. A lo mejor le había mencionado la playa a Mary Jane, pero no estaba segura. Aunque era cierto que no la había descrito, y tampoco tenía nombre. Claro que un grupo de búsqueda podía recorrer la carretera de la costa y ella no dudaba de que Michael lo haría. Pero ¿avisaría Miss Partridge a sus padres antes de la mañana siguiente?

De hecho, en la escuela no se preocuparon excesivamente cuando Matariki no apareció para la cena. Creyeron que se había despistado paseando con el caballo. La gobernanta, Miss Maynard, empezó a ponerse nerviosa cuando vio que Mary Jane estaba sola a la hora de acostarse. Por supuesto le preguntó por su compañera de habitación, pero no obtuvo ninguna información de valor. No, Mary Jane y Martha no se habían peleado, Mary Jane tampoco sabía si Matariki había tenido algún problema con otras chicas.

—Se ha ido simplemente a cabalgar. Como todos los días —dijo Mary Jane.

—Pero si siempre sucede lo mismo —advirtió Miss Partridge cuando Miss Maynard le informó de la situación, preocupada—. Las chicas se encubren mutuamente cuando una toma la senda equivocada. ¿Ha controlado las otras habitaciones? ¿Se está celebrando una fiesta de medianoche en algún lugar?

Miss Maynard agitó la cabeza.

—Sería demasiado pronto para eso. Además... Matariki Drury... ¡a ella no la invitan a esas fiestas! También he preguntado en el establo. El caballito y el perro todavía no han llegado. Estoy empezando a inquietarme, Miss Partridge. ¿Tenemos que enviar a alguien a Lawrence?

Miss Partridge se rascó la frente. Por una parte no quería provocar una falsa alarma, pero por otra causaría mala impresión que Matariki llegase llorando dos horas más tarde a Elizabeth Station porque se había sentido ofendida por alguna razón. Aunque hasta entonces nunca había sucedido algo así con la pequeña Drury, sí había pasado con otras alumnas. Si la escuela no reaccionaba y no informaba a los padres de la desaparición de la hija, solía haber problemas.

—¿Sería posible que tuviese un... ejem... novio? —preguntó Miss Partridge, no sin recelo—. Me refiero a que esas chicas maoríes son precoces. Tal vez haya...

Miss Maynard no se dignó responder a esa insinuación.

—Voy a ver otra vez al señor Sullivan —dijo con firmeza—. Tiene que enviar a sus mozos de cuadra a los Drury. Esto no me gusta nada. Matariki no es de las que desaparece sin avisar a nadie.

Mientras tanto, el sol ya se había puesto en la cala y Matariki temblaba de frío con su ligero vestido de verano. A los maoríes les ocurría lo mismo, pero habían encendido una hoguera en su parte de playa y se cubrían con mantas. En el fuego hervía un guiso de carne y boniatos, *kumara,* como los llamaban los maoríes. Matariki notó que tenía hambre. Y poco a poco empezó a enfadarse. Bien, esto era un secuestro y era probable que en general las víctimas no recibieran ningún trato especialmente amable. Pero por otra parte, ella era la hija del jefe, y seguro que Kahu Heke no tenía el propósito de matarla de hambre y frío.

Matariki, que hasta entonces se había acurrucado en la parte protegida del viento de la canoa, se levantó decidida.

—¿Me vais a dar algo a mí? —preguntó malhumorada—. ¿Algo que comer y con que taparme? ¿O es *tikanga* en la santa casa de los ngati pau dejar morir de hambre a la hija de un jefe?

Los hombres se sobrecogieron de nuevo cuando la sombra de la niña se proyectó hacia ellos. Intercambiaron pareceres en voz baja, como ya habían hecho antes. Por lo visto opinaban de modo distinto. Pronunciaron en varias ocasiones la palabra *tapu.*

—¡Le daremos la manta negra! —decidió finalmente el más bajo, e hizo ademán de acercarse prudentemente con la manta a Matariki. Al final se la arrojó por encima de la canoa—. Toma. Ahora es tuya, ¿de acuerdo?

—¡No toques las otras! —advirtió el alto en tono atemorizado.

Matariki miró con el ceño fruncido el montón de mantas de que disponían los hombres. Tenían suficientes, podrían haberle tendido otra más e incluso una para *Dingo,* que con su corto pelaje también temblaba de frío. Todas las demás eran azules, sin embargo. ¿Habría algún *tapu* relacionado con el color de las mantas?

Cogió lo que le ofrecían sin dar las gracias y señaló la comida.

—¿Y eso?

Se produjo otra agitada discusión entre susurros. Matariki creyó entender algo así como: «No podemos dejar que pase hambre durante todo el viaje.»

—¿Sabes encender una hoguera? —preguntó el guerrero más bajo.

Matariki arqueó las cejas.

—La santa casa de los ngai tahu —contestó con insolencia— siempre está debidamente caldeada.

—Bien —dijo el hombre—. Entonces vendrás aquí y cogerás esta leña. —Separó una pila—. Y aquí hay una olla, *kumara* y carne seca. Cógelo todo y prepárate la comida. ¡No, espera!

Matariki iba a saltar y recoger las cosas, pero el hombre la apuntó nervioso con la escopeta. Tenía que aguardar a que ambos se retirasen tras las rocas que había al borde de la cala. Mientras los hombres la amenazaban desde allí con el arma, ella subió de nuevo lentamente a la canoa y llevó la leña y la comida a la parte de la playa que le correspondía. Hasta entonces todo lo ocurrido le había resultado extraño, pero en esos momentos la conducta de los hombres le infundió miedo de verdad. Era obvio que se encontraba en manos de unos locos. Y no tenía la menor posibilidad de huir.


El pequeño mozo de cuadra de Donny Sullivan recorrió casi todo el trayecto hasta Lawrence a galope y más o menos a las tres de la madrugada arrancó del sueño a Lizzie y Michael Drury. Sobresaltados, Lizzie corrió a la habitación de Matariki y Michael, hacia el establo, pero la esperanza que había abrigado Miss Partridge de que la chica simplemente se hubiese marchado a casa de sus padres no se cumplió. Mientras Michael enganchaba el carro, Lizzie encendió un par de antorchas, la señal de peligro que había acordado con el poblado maorí. Poco después se habían reunido con ellos diez guerreros maoríes, listos para rechazar con la fuerza de las armas eventuales agresiones a los Drury y la mina de oro, quienes confirmaron que Matariki tampoco se había ocultado con los ngai tahu.

Hemi y otros tres guerreros que hablaban algo de inglés acompañaron a los Drury a Dunedin. Por la mañana llegaron todos a la Otago Girls' School, donde los imponentes guerreros, parcialmente cubiertos por el *moko*, dieron un susto de muerte a la directora de la escuela. Mary Jane incluso se puso a llorar al verlos. Michael y Lizzie creyeron a la muchacha cuando les prometió que no sabía nada, pero al menos se acordó de que «Martha» solía ir a pasear con el caballo a la playa. Michael enseguida repartió a los hombres. Hemi cabalgó con uno de ellos hacia el sur y él se dirigió hacia el norte.

Lizzie se encargó de seguir investigando en la escuela. Cuando tras una breve inspección en la habitación de Matariki entró en el despacho de la directora, estaba pálida como una muerta.

—Miss Partridge, tenemos que dar parte a la policía. A mi hija debe de haberle pasado algo grave, ella...

—¡No se imagine lo peor! —dijo la directora, esforzándose por conservar la calma—. Son niñas... Martha puede haberse ido... con algún... ejem... galán...

Miss Maynard resopló, mientras Lizzie se limitaba a mirar a la mujer mayor con frialdad.

—Miss Partridge, mi hija no es tonta. Nunca se escaparía sin llevarse algo de dinero. Sin embargo, todo el dinero de bolsillo y el del alquiler del establo está todavía en su armario. No se ha llevado ningún vestido para cambiarse. Según Mary Jane lleva una falda de montar y una blusa liviana, con la que de noche pasaría un frío terrible. ¡Y lo sabe! Ya ha pasado varias noches al aire libre.

Miss Partridge se frotó de nuevo la nariz.

—Pero si se ha marchado con un...

Lizzie hizo callar a la mujer con un ademán.

—En cuanto al posible «galán» de Matariki: nunca ha mencionado a ningún joven, ni a mí ni a su compañera de habitación ni a las amigas de casa. Y tenga en cuenta que los maoríes, como sin duda sabrá, muestran mucho desparpajo. Mi hija no habría visto ningún motivo para esconder una relación. En resumen: llame ahora a la policía, ¿o debo hacerlo yo misma?

El agente de policía ya estaba haciéndose una primera imagen a partir de las descripciones de las profesoras cuando Hemi llegó con más datos. Su compañero y él habían encontrado a *Grainie* en la carretera de la costa y a continuación habían explorado las calas de los alrededores.

Miss Maynard dio un respingo cuando el joven sacó del bolsillo un ejemplar de *Romeo y Julieta* y lo depositó sobre el escritorio de Miss Partridge. Además también había recogido las botas de montar de Matariki.

—Todavía hemos encontrado más —anunció—. Tal vez debería verlo usted mismo, agente. Michael ya está informado; Lizzie, nos reuniremos todos en la cala.

Media hora más tarde, los Drury se encontraban en una cala, a esas alturas solitaria e iluminada por el sol matutino, a la que podía accederse vadeando o bajando por las rocas con una cuerda. Hemi y su amigo Weru, ambos excelentes rastreadores, habían seguido la pista de los piececitos de Matariki, las patas de *Dingo* y los pies sin calzar de dos hombres hasta el agua.

—Estaba leyendo en la arena —dijo Hemi, reconstruyendo los acontecimientos ante los Drury y el agente—. Se había quitado las botas, que le molestaban en la arena. Y entonces aparecieron esos hombres y la siguieron hasta el agua. No, agente, Matariki iba primero, y no la han arrastrado. Luego hemos rodeado las rocas por el agua, ya que no es muy probable que Matariki se fuera nadando con los hombres. Hemos descubierto esta cala. Había una canoa. —Señaló las marcas, todavía claramente reconocibles entre los guijarros, de un objeto al ser arrastrado—. Y aquí había una hoguera y otra ahí. Ni idea de por qué necesitaban dos, pero pernoctaron aquí hasta que subió la marea. ¡Y ahora echad un vistazo ahí!

Hemi condujo a sus oyentes a la parte posterior de la cala, donde había ardido la hoguera más pequeña. También estaba limitada por las rocas, piedras claras, y a la altura más o menos de la cadera había una nota escrita.

«Secuestro, Kahu Heke, Isla Norte, dos hombres, armas, M.»

Las letras eran de distintos tamaños y la caligrafía, burda. Matariki debía de haberlas escrito de forma interrumpida y, seguramente, casi a oscuras del todo, quizás hasta con la mano izquierda o de espaldas. No cabía duda de que se hallaba bajo vigilancia.

Lizzie se frotó los ojos.

—¡Tendría que haberlo imaginado! Los hauhau y sus locas ideas sobre la *tikanga*...

El agente la miró escandalizado.

—¿Está hablando de los hauhau? Por el amor de Dios, ¿no creerá que quieren... que van a... comerse a la niña?

Hemi movió la cabeza.

—¿A la hija de un jefe? Desde luego que no. Al contrario, no la tocarán. Pero de todas formas hemos de encontrar a Matariki. ¿Existe algún tipo de guardia costera, agente?

—¡Conseguiremos botes patrulla como sea! —intervino Michael—. En caso de duda, yo mismo los pagaré, ¡el dinero no importa! ¡No pienso dejar a mi hija en manos de ese chiflado!

Lizzie miraba fijamente la nota de su hija.

—No le hará nada —susurró—. Pero si él no quiere, no la encontraremos.

# 4

Kathleen, Peter y Heather cogieron el tren hacia Treherbert, un pueblo de Rhondda, al sur de Gales. Desde hacía unos años ese territorio, antes rural, se había incorporado a la línea de ferrocarril que conducía a Cardiff. Hacía dos décadas que se extraía carbón de allí.

—Forma parte de la cuenca minera del sur, el Southern Coalfield —explicó Peter a su familia—. Que además es la más grande de toda Gran Bretaña, se extiende a lo largo de casi cien kilómetros.

—¿Es bonito el entorno? —preguntó Heather con candidez.

El ambiente de la casa de los Burton en Roath le había gustado tan poco como a su madre y al reverendo, pero habría deseado pintar el paisaje, más suave, acogedor y accesible que el de su país.

—Fue bonito —respondió el reverendo—. De niño visitaba a mi tío y celebrábamos cacerías. Pueblos diminutos, apenas habitados, cascadas, montañas, lagos, ríos de aguas cristalinas. Pero eso fue antes de que se explotara el carbón en grandes cantidades. Entonces todavía resultaba difícil extraerlo, no había prácticamente carreteras ni conexiones viarias, y la mayor parte del carbón se encontraba a una profundidad relativamente grande. Hoy en día, los valles del Rhondda se dedican por completo a la explotación minera. En general, ningún paisaje por bello que sea resiste algo así.

Esa descripción no llegaba a reflejar del todo la realidad, como Heather y Kathleen pudieron comprobar poco después, cuando el tren cruzó la primera colonia minera. La tierra verde y amable era sustituida por un desierto negro, escombreras de carbón y castilletes. La carbonilla estaba presente por doquier, los Burton creían notarla hasta en la lengua, y cuando Kathleen mojó su pañuelo en agua de colonia y se frotó la cara, la tela de batista se manchó de negro.

Tampoco se veían apenas huertos o jardines de flores en las casas de campo de los alrededores. En su lugar se veían los alojamientos de los mineros junto a la línea de ferrocarril. Fue una hilera de viviendas lo primero que los viajeros contemplaron en Treherbert. Eran edificios de dos pisos, alineados en largas filas y, como mucho, se diferenciaban entre sí por las entradas. Delante de las casas más nuevas había una superficie diminuta de césped, pero ya grisáceo y de aspecto enfermizo. No era extraño con todo ese carbón.

—¡Qué construcciones tan feas! —exclamó Heather.

Peter se encogió de hombros.

—No dejan de ser viviendas —señaló—. Los propietarios de las minas las construyen y las alquilan a sus trabajadores por una suma relativamente baja. Se dice que esto es muy progresista.

—¡Y lo es! —intervino Kathleen con vehemencia—. En comparación con las cabañas donde vivíamos nosotros en Irlanda. La gente tiene trabajo y un techo que les cobija. ¡Eres una mimada, Heather!

La joven rio con cierta incomodidad.

—Esta gente tiene en su trabajo un par de cientos de pies de tierra por encima de la cabeza, si he entendido bien —señaló—. E inhalar el polvo del carbón les causa la muerte.

—Nosotros nos moríamos de hambre —replicó Kathleen.

—Ahora no os peleéis por quién es más desdichado —intervino Peter—. A estas personas seguro que les va mejor que a los irlandeses durante la hambruna, muestra de ello es cómo prosperan los *pubs*. —La primera de las tabernas se veía desde la misma estación y parecía estar llena de clientes, aunque ya era entrada la tarde. Era de suponer que los mineros trabajaban por turnos y tenían distintas horas libres—. Pero lo que está claro es que Heather es una mimada.

Soltó una risa y tiró del velo del elegante sombrero que su hija adoptiva llevaba con toda naturalidad para pasear, pese a que en ese lugar casi resultaba escandaloso. Las mujeres de Treherbert, sobre todo, miraron a los recién llegados con desconfianza en cuanto dejaron la estación y salieron a la polvorienta calle. No se veían coches de punto por ningún sitio.

—A lo mejor tendríamos que preguntar en el *pub* si hay por aquí —advirtió Peter, después de haber estado buscando por los alrededores de la estación—. A pie no podemos ir, la casa está fuera de la población. Es muy bonita, si no recuerdo mal, junto a un riachuelo...

Peter se dirigió a la taberna mientras Kathleen y Heather vigilaban el equipaje. En Gales no sería distinto que en Irlanda y Nueva Zelanda: estaba mal visto que las mujeres entraran en un *pub*.

Pese a ello, a quien primero se encontró Peter en la puerta del local fue a una mujer. No llevaba ni sombrero ni abrigo, sino un vestido de estar por casa raído, de color azul, y parecía querer entrar en la taberna. En el último momento, sin embargo, no se atrevió. Abrió la puerta de par en par y gritó desesperada hacia el interior.

—Jim Paisley, ¡sé que estás ahí! ¡Y de nada te servirá esconderte, no pienso irme de aquí! Esta vez no me voy, yo...

—¿Quiere que busque a su marido en el interior? —Peter vio las lágrimas en el rostro de la mujer, que todavía no era mayor, pero ya estaba ajada y consumida. Seguro que había sido bonita, tenía el cabello rizado y castaño y los ojos de un azul intenso—. Soy reverendo, a lo mejor quiere hablar conmigo.

La mujer suspiró resignada y se secó avergonzada las lágrimas.

—Puede intentarlo, aunque nuestro reverendo nunca ha conseguido meterlo en vereda. Pero a lo mejor todavía está lo suficiente sobrio para escuchar. Tiene que darme la paga. Y el chico también, por Dios, ¡los niños se están muriendo de hambre! Ni siquiera los hombres pueden vivir solo de pan líquido.

Si no les doy nada de comer, no podrán rendir en la mina. Y por muy paciente que sea el capataz, un día se hartará de Jim.

Peter asintió comprensivo.

—Le enviaré a su marido —le prometió—. ¿Cómo se llama? ¿Jim Paisley?

La mujer hizo un gesto afirmativo y se apartó el cabello de la cara. Se lo había recogido, pero era evidente que sin mucho esmero, pues los primeros mechones ya empezaban a caer. La señora Paisley parecía avergonzada de ello.

—Cielos, disculpe mi aspecto, reverendo. Debe de pensar que encajo con todos los borrachos y maleantes que hay ahí dentro —murmuró—. Pero cuando Violet me dijo que Jim y Fred se habían ido después del trabajo directos al Golden Arms, salí enseguida. Mientras no lleve más de tres cervezas todavía se le podrá hablar.

Peter, que conocía a ese tipo de hombres, asintió animoso y entró en el *pub*. El patrón había oído la conversación con la señora Paisley y lo miró desconfiado. Sin embargo, en cuanto vio el alzacuellos, salió de su reserva.

—¡En efecto, un párroco! ¡Y yo que pensaba que le estaba tomando el pelo a esa mujer! ¿Es un refuerzo para nuestro reverendo Clusky? Este pueblucho tiene tres *pubs* y solo una iglesia. Así visto, usted hace falta. —Rio—. ¡Ese de ahí es Jim Paisley! —El tabernero señaló a un hombre corpulento, de cabello rubio rojizo, que en ese momento brindaba con sus amigos. Por el brindis se concluía que era él quien pagaba la ronda—. Y el flaco que está a su lado es Fred, su hijo. Bebe tanto como el padre. Pero mire a ver si tiene suerte.

Peter se acercó a la mesa del bebedor. Si la señora Paisley hasta gozaba de la simpatía del dueño, el asunto era grave. La conciencia de esa gente no se despertaba tan fácilmente; a fin de cuentas vivían de que los mineros se gastaran allí, emborrachándose, gran parte de los ingresos familiares. Peter carraspeó.

—Señor Paisley, mi nombre es Peter Burton. Reverendo Burton. Su esposa está fuera y quiere hablar con usted...

—Ah, ¿eso es lo que quiere? —El hombre levantó la vista

hacia Peter y rio: una mueca fea en un rostro tiznado por el carbón. Peter había oído que llegaba un momento en que ya no servía de gran cosa lavarse: el polvo se depositaba en los poros, los obstruía... Aunque a hombres como Jim Paisley tal vez tampoco les importaba qué impresión causaban en quienes los rodeaban—. Entonces tendría que ser un poco más amable conmigo y no estar siempre gruñendo y refunfuñando. Tanto griterío delante de todo el mundo es de pena. —Los hombres que estaban con él asintieron, dándole la razón—. ¿Quiere una cerveza, reverendo?

Peter movió la cabeza rechazando la invitación e imprimió más severidad al tono de su voz.

—¡No voy a ser yo quien colabore en gastar en una borrachera el presupuesto de su esposa para administrar la casa! Señor Paisley, le espera a usted y su familia toda una semana en la que todos habrán de comer. Por cierto, ¿cuántos hijos tiene?

Paisley sonrió con ironía.

—Tres —contestó—. Pero Fred, el mayor, ya trabaja la mar de aplicado conmigo.

Señaló al chico que estaba a su lado, un muchacho pelirrojo y fuerte de unos quince años. Si Jim Paisley había tenido de joven el mismo aspecto, no era extraño que su esposa se hubiese enamorado de él. Fred Paisley era un apuesto chico, con unos brillantes ojos azules y unos dientes blancos, que todavía destacaban más en su rostro porque no se había lavado la cara a fondo antes de ir a la taberna. Sus rasgos eran agradables, aunque también un poco toscos.

—Y bien, ¿le has dado hoy a tu madre el dinero para la casa? —preguntó Peter a Fred.

El chico sonrió desconcertado.

—Ya lo haré más tarde —titubeó.

—¡Si es que más tarde queda algo! —Peter movió la cabeza, censurándolo—. ¿Y por qué no lo haces ahora mismo, Fred? Tu madre espera fuera. Coge un par de peniques después de cada turno para beberte una cerveza y el resto se lo das a ella. Para tus hermanos y hermanas. —Peter lo miraba fijo a los ojos.

—Solo son dos chicas —musitó Fred—. No necesitan mucho.

—¿Una cerveza después del turno? —gritó un chico más grueso que estaba junto a Fred—. Eso... eso es muy poco... ¿Usted... usted sabe la cantidad de polvo que se traga ahí dentro, rev... reverendo?

—Tu amigo ya está borracho, Fred —dijo Peter con severidad—. ¿De verdad te parece que vale la pena imitarlo?

—¡Salid, Jim, Fred!

La mujer que estaba delante del local se había decidido entretanto a no seguir confiando solo en el reverendo. Su estrategia era clara, Peter ya la conocía por las mujeres del campamento de buscadores de oro. Si conseguía armar jaleo el tiempo suficiente delante del *pub*, su esposo acabaría reaccionando o el patrón se enfadaría. Algunos hombres bajaban las orejas y repartían el dinero del trabajo con sus esposas. Con algo de suerte, se olvidaban del episodio durante las siguientes horas que pasarían bebiendo. Lo más frecuente era que molieran a palos a las mujeres al regresar a casa, a fin de cuentas había que castigarlas por su atrevimiento. Otros tenían menos escrúpulos y las pegaban en la misma calle. Entonces todo lo que ellas obtenían era unos cuantos cardenales y ni una moneda. Pero valía la pena correr el riesgo, según le había asegurado a Peter más de una mujer.

Tal vez la intervención del sacerdote daba a Fred y Jim Paisley una tercera solución. El joven, al menos, sacó en ese momento la bolsa y contó lentamente los pocos chelines de la paga semanal que le habían dado por la tarde. Separó un tercio y se lo tendió al reverendo.

—Aquí tiene. Déselo a mi madre. —Luego volvió a su cerveza.

El padre, refunfuñando, hizo lo mismo.

—Y que sea la última vez —murmuró al mismo tiempo.

Peter, algo atónito, se quedó junto a la barra con un puñado de billetes sin saber qué decir.

—¡Y ahora váyase de una vez! —añadió Paisley.

Peter se precipitó hacia el exterior.

—No es que sea mucho —señaló, cuando dio el dinero a la mujer. Pero ella estaba tan contenta que el reverendo temió que fuera a besarle la mano.

—¡Lo suficiente para sobrevivir! —respondió ella contenta—. Solo he de administrarlo con cuidado. Y puede que Violet gane también un par de peniques en algún sitio, siempre está buscando trabajo. Como yo, claro, lavo la ropa al reverendo. Si usted también... pero usted está casado...

La señora Paisley debía de haberse dado cuenta de que Kathleen y Heather acompañaban a Peter. Las dos seguían esperando junto a las maletas, lo que hizo que Peter recordara el coche de punto.

—Estaremos aquí solo por poco tiempo —comunicó a la mujer—. Y ahora necesitaríamos un coche para ir a... la casa Burton.

Los ojos de la señora Paisley se abrieron como platos cuando él mencionó la mansión señorial junto al río. ¿Sabrían los mineros que se esperaba la llegada de un heredero? Entonces la mujer movió pesarosa la cabeza.

—Aquí no hay cocheros. Todos los propietarios de las minas tienen sus propios carruajes. Nosotros vamos a pie.

Peter suspiró.

—Queda un poco alejada para ir caminando. Pero el tabernero acaba de mencionar una iglesia. ¿Dónde está? Seguro que con ayuda del reverendo nos puede solucionar el transporte hasta allí.

La señora Paisley asintió con vehemencia.

—Santa María solo está dos calles más abajo. Y ahí viene Violet. —Señaló a una niña delgada, de unos doce o trece años, que se aproximaba corriendo—. Puede ayudarles a llevar las maletas.

La niña se detuvo jadeante delante de ellos. Tenía en el rostro una expresión preocupada, pero ya se veía que Violet llegaría a ser toda una belleza. Tenía los ojos brillantes, color azul turquesa, y las cejas ligeramente arqueadas. Se había recogido el cabello, de un intenso color castaño, en dos gruesas trenzas que le llegaban a media espalda. Tenía la tez clara, las mejillas se le habían sonrojado a causa de la veloz carrera y los labios eran de un reluciente rojo cereza, carnosos y bien perfilados. Llevaba un vestido azul oscuro, zurcido en repetidas ocasiones, que se le ceñía sobre el pecho.

—Mamá... has... él...

La señora Paisley mostró a su hija el dinero con una sonrisa. El semblante de la jovencita se relajó y sus ojos centellearon.

La madre miró agradecida a Peter.

—Gracias a la ayuda del reverendo...

—Burton —se presentó de nuevo Peter—. Vengo con mi esposa y mi hija. —Señaló a Kathleen y Heather, que en esos momentos se dirigían con las maletas hacia él, aburridas de tanto esperar.

—El reverendo y las señoras quieren ir a la iglesia —explicó la señora Paisley a su hija—. Podrías acompañarles hasta allí y ayudarles a llevar las maletas. ¿Dónde has dejado a Rosie?

—La señora Brown está cuidando de ella —contestó Violet—. Está de buen humor, su marido le ha dado el dinero antes de entrar en el *pub*. Y ha trabajado muchas horas extra. En cualquier caso, va a preparar caramelos con Rosie.

—Rosemary es mi hija pequeña —dijo la señora Paisley—. Por cierto, me llamo Ellen. Ellen Paisley. Una vez más, muchas, muchas gracias, reverendo.

Ellen Paisley ya se había guardado entretanto el dinero en el bolsillo y se dio media vuelta para marcharse. Como si no se esperase otra cosa de ella, Violet cogió la maleta más pesada. Peter se la quitó.

—Puedes ayudar a las señoras —le indicó, dirigiendo una expresiva mirada a Kathleen y Heather. Por supuesto, ellas mismas podrían haber llevado el equipaje, pero Violet aceptaría unas monedas si le permitían echarles una mano.

Finalmente cargó con la bolsa de Kathleen hasta la iglesia que, como les habían indicado, no estaba muy lejos. Santa María era un modesto edificio de ladrillo, la parroquia apenas se diferenciaba de las casas de las minas, pero se levantaba en solitario en medio de un huerto pequeño y no demasiado cuidado.

—Le he dicho al reverendo que le plantaría un par de remolachas —comentó Violet, disculpándose por su triste estado—. Pero me ha contestado que de todos modos aquí no crece nada. No anda equivocado, el polvo lo cubre todo.

Subió con la bolsa los tres escalones de la entrada y llamó a la puerta. Le abrieron enseguida. Un hombre achaparrado de cabello oscuro, que a Kathleen le resultó familiar, sonrió afablemente a Violet.

—¿Y eso? ¿Qué te trae por aquí? —preguntó—. ¿Una visita?

Violet hizo una reverencia.

—Son el reverendo Burton y la señora y la señorita Burton... de Londres, creo.

Kathleen tomó nota de que la niña había memorizado los nombres y de que también había sacado sus conclusiones por su vestimenta y la hora de llegada. Una niña lista. Lástima que tuviera tan pocas oportunidades en ese entorno.

—De Nueva Zelanda —corrigió Peter Burton—. Dunedin, Isla Sur. Y yo soy...

—¿Ha dicho Burton? —El reverendo lanzó a Peter una mirada escrutadora, como si buscase alguna similitud familiar—. Pero, entren, por favor. ¡Reciban ustedes mi más sincera bienvenida! Violet, muchas gracias; puedes llevarle de paso la ropa para lavar a tu madre.

Los bonitos ojos de Violet volvieron a brillar, y todavía más cuando Kathleen le dio un penique por haberla ayudado a llevar la bolsa. Para las mujeres de la familia Paisley, ese era un día de suerte: además del sueldo obtenido con tanta perseverancia se añadía el encargo del reverendo y el penique de los recién llegados.

La niña se marchó con el cesto de ropa después de hacer mil reverencias y expresiones de agradecimiento.

—Qué niña más simpática —comentó Peter—. Pero el padre...

El reverendo Clusky puso los ojos en blanco.

—Y el hermano también es un inútil. ¡Ellen Paisley lleva una cruz! Pero dejen sus cosas, señora Burton, señorita... Y dígame si es simple coincidencia o ¿es usted el beneficiario de la legítima herencia de la casa junto al río Rhondda?

Peter asintió.

—Lo último. Pero no tenemos en mente mudarnos aquí. En realidad, lo que querría es vender cuanto antes la casa y las tierras. No obstante, parece que no va a ser fácil.

El reverendo suspiró.

—Tiene toda la razón. El joven señor Randolph se comporta como si la finca le perteneciera a él. Y lo peor de todo no es que esté vaciando la bodega a una velocidad vertiginosa, sino que también espanta al servicio. Todos aquellos a los que no ha despedido se han ido por su cuenta. Está destruyendo totalmente la propiedad. Corre la voz de que ya se ha vendido la mitad de los muebles y que ha destrozado otros en medio de una borrachera. Está iracundo, reverendo Burton. Contra Dios y el mundo. Lo cual soy capaz de comprender muy bien.

La mirada del sacerdote se deslizó por la repisa de la chimenea, donde se hallaban unas fotografías modestamente enmarcadas. Un daguerrotipo más antiguo mostraba a una matrona de apariencia tranquila, tal vez la esposa fallecida del reverendo Clusky. Pero las imágenes más recientes dejaron pasmada a Kathleen. La dulce criatura que al principio estaba retratada como una muchacha de largo cabello oscuro y luego henchida de orgullo con vestido de novia junto a un hombre regordete era Alice Burton.

El reverendo se percató de la expresión de sus huéspedes.

—Sí, esta es una de las razones por las que apenas consigo influir sobre el joven —señaló—. No me siento nada dichoso por lo que Alice ha provocado. ¡Si se hubiese decidido por el hijo! Creo que en realidad le había echado el ojo al joven señor Randolph, pero de repente empezó a pasar todo el día en casa de los Burton, de la noche a la mañana, después de que el señor James recibiera la visita de sus sobrinos y sobrinos segundos. Dios mío, todavía hoy me hago reproches por no haberlo impedido.

Yo no me habría opuesto a una unión con Randolph. Pero, lamentablemente...

Peter soltó una risa cansina.

—Por desgracia se enamoró ciegamente de mi hermano —concluyó la frase del otro religioso—. En ello, por supuesto, no hay nada de malo. Joseph era viudo y seguro que no arrastraron a su hija de los pelos hasta el altar. Por lo que no hay razón para envidiarles su felicidad, si es que la encuentran.

El reverendo Clusky levantó las manos como si fuera a dar la bendición.

—Si es que la encuentran —repitió, y sonó como una plegaria a Dios—. En cualquier caso, el joven señor Randolph lo ve de otro modo. Se siente engañado, privado de su herencia, posiblemente. Su padre le ha reducido también la renta. Por lo que me llega de Cardiff, Alice necesita mucho dinero para ser feliz.

Clusky no parecía tener una opinión positiva de su hija, pero lo que contaba proporcionaba mucha información a Kathleen: explicaba tanto la buena educación de Alice como su falta de experiencia en el trato con la servidumbre. Su placer al representar el papel de señora, pero también su comportamiento de nueva rica. La hija de un párroco que había escapado de la triste vida en un pueblucho como Treherbert, una chica que ya se había medio prometido al párroco más joven de la congregación vecina. Alice había huido con el mejor hombre que había encontrado, dispuesta a pagar el precio por ello. Kathleen no podía condenarla.

—Pero esta no es razón para que el... humm... hijo adoptivo de Alice... se apropie de las casas de otra gente —señaló.

El reverendo Clusky asintió.

—Claro que no. Pero el señor Randolph montó en cólera cuando su padre se casó con ella. —Se pasó nervioso los dedos por el cabello casi negro y luego se dirigió a un armario de pared, de donde sacó una botella de whisky—. Por Dios, no me obliguen a contarles toda esta desdichada historia... ¿Les apetece? —Cogió vasos del armario cuando Peter asintió—. ¿Y un jerez para las señoras?

Los invitados callaron mientras el sacerdote servía las bebidas. El reverendo Clusky tomó un buen trago antes de seguir hablando.

—Fue el señor Randolph el primero que prometió a Alice llevársela a Cardiff —dijo—. Sí, pero al parecer el viejo fue quien le tomó la delantera al joven. Y, además, el que le cerró el grifo del dinero cuando el hijo se enfureció por ello.

«Puede que incluso antes», pensó Kathleen. Para Alice Clusky, una razón de peso para decidirse por Joseph habría sido el hecho de que su joven galán dejara de disponer de más medios para satisfacerla en todos sus antojos.

—Lo dicho... les ruego que me ahorren los detalles. Pero luego Randolph se vino aquí, hizo a su tío segundo responsable de todas sus miserias y se dedicó a aumentar los ingresos de los *pubs* y billares de los alrededores. El señor James tampoco tenía mucho a lo que oponerse. Murió poco después.

—Pero sin cambiar el testamento, ¿no es cierto? —preguntó Peter.

—Sin cambiar el testamento, de eso estoy seguro —respondió el religioso—. Fui testigo cuando se redactó su última voluntad, que luego se depositó ante notario. Su tío era un hombre muy íntegro, reverendo, no habría dejado nada por escrito a un cazador de herencias cualquiera. Sin contar con que no estaba en absoluto satisfecho con el señor Randolph. Tan poco como con mi... humm... yerno Joseph.

Peter gimió.

—Así que tendremos la desagradable tarea de echar de ahí al hijo —señaló—. Estupendo. Y yo que esperaba volver a casa en un mes a más tardar. Espero que no os mareéis en el barco, señoras. Puede que hasta el invierno no partamos de regreso a casa.

# 5

Lizzie Drury iba a tener razón. Parecía que la canoa en la que navegaban Matariki y los hombres de Kahu Heke hubiese desaparecido por completo. Sin embargo, la policía de Dunedin puso botes patrulla a disposición. Los pescadores de las poblaciones y anteriores estaciones balleneras estaban informados y las tribus maoríes de la costa este de la Isla Sur buscaban a los intrusos. O al menos lo hacía el *iwi* de los ngai tahu, pues los ngati toa, una tribu guerrera, que poseía un par de pequeños enclaves en la punta septentrional de la isla, protegieron a los secuestradores.

Con la marea, los dos hombres de los ngati pau enseguida se alejaron de la costa, después de haber obligado a Matariki a colocarse en la proa de la embarcación bajo un toldo. *Dingo* había saltado con ella al interior, lo que desencadenó una nueva discusión acerca del animal. Una vez más volvió a escucharse la palabra *tapu*, pero también la expresión «animal protector», con lo que Matariki ya no entendía si se trataba de la cuestionable aptitud de *Dingo* como perro guardián o de una especie de encantamiento.

Cuando los hombres hablaban deprisa y a media voz, tenía dificultades para entenderlos, porque muchas palabras eran distintas o se pronunciaban al menos de otro modo que entre las tribus de la Isla Sur. A los secuestradores, por su parte, parecía sucederles lo mismo que a la niña. No siempre era por falta de cortesía por lo que no respondían a sus preguntas, algunas veces simplemente no entendían a la muchacha, y era obvio que les resultaba difícil comprender el dialecto en que ella hablaba.

Con ello se confirmó la primera impresión de Matariki: su padre debía de haberle enviado los guerreros más fuertes y leales, pero no los más listos. Estaba segura de que en tierra enseguida los habría despistado y se habría escapado, pero en mar abierto era imposible. Y cuando los hombres, tras una travesía relativamente breve, la escondieron en el país de los ngati toa, tampoco se le presentó ninguna oportunidad para huir. Los guerreros de los ngati toa parecían estar ansiosos por complacer a los hauhau y vigilaban a Matariki las veinticuatro horas del día. Sin embargo, la joven no tardó en preguntarse por qué no se limitaban a atarla o encerrarla en algún lugar. Eso, a los centinelas, les habría facilitado las cosas. Sin embargo, procuraban por todos los medios no tocarla. Era como si una especie de barrera invisible rodease a Matariki y ninguno de los hombres pudiese atravesarla.

El tercer día de su cautiverio, cuando su inicial temor hacia esos hombres gigantescos que constantemente formaban un círculo en torno a ella se aplacó, Matariki intentó cruzar ella misma ese límite. Tranquilamente, se dirigió hacia los guerreros y caminó entre ambos. Y de nuevo se quedó atónita frente a su comportamiento. En lugar de obligarla a retroceder con firmeza, lo primero que hicieron los hombres fue apartarse, temerosos. Una vez que el círculo alrededor de Matariki se había hecho casi tan grande que ella habría podido correr al bosque de helechos, uno se atrevió a disparar. La bala golpeó el suelo delante de los pies de Matariki y el hombre le indicó que volviera junto a su hoguera.

Asustada y desmoralizada, la muchacha obedeció. Era evidente que estaban dispuestos a utilizar las armas y prefirió no aventurarse a que la hiriesen.

En los días que siguieron se demostró que entre los ngati toa había un par de hombres más listos que los dos secuestradores de Matariki. No tardaron en descubrir que la niña casi se preocupaba más por *Dingo* que por sí misma, así que cuando se rebelaba de algún modo o intentaba sondear sus límites, ellos apuntaban al perro sin mediar palabra. Matariki se rendía al instante. A esas alturas lamentaba haberse llevado a *Dingo*, aunque al menos el animal le proporcionaba algo de calor cuando por las noches se apretaba contra ella bajo la manta. Conservaba solo la que le habían dado, y los hombres no la admitían alrededor de sus hogueras. Desde que la habían raptado, Matariki no había visto a una sola mujer, ni tampoco ancianos. Era probable que la tribu ignorase que tenían a una persona cautiva. Solo había unos pocos guerreros jóvenes que, para congraciarse con los admirados rebeldes de la Isla Norte, suministraban leche y alimentos a Matariki, pero ella misma tenía que encender la hoguera y prepararse la comida.

La joven no entendía todo eso y en cierto modo la ofendía verse marginada de este modo. Su propia tribu de Otago era hospitalaria. Tras la correspondiente ceremonia de saludo, cualquier maorí e incluso la mayoría de los *pakeha* eran bien recibidos junto a la hoguera. Allí, en cambio... Por lo que decían sus secuestradores, Matariki debía reconocer a los ngati pau como su tribu y cumplir las tareas que tenía para con ellos. Pero sus «hermanos tribales» se reunían a reír y charlar con los ngati toa, mientras que ella se acuclillaba sola junto a su hoguera.

En algún momento, cuando Matariki se encontraba de nuevo en la canoa y la Isla Sur se desvanecía lentamente a sus espaldas, se acordó de la palabra «intangible», su orgullo infantil por conocer esa palabra y los escasos datos que Haikina le había facilitado sobre la vida de un jefe en la Isla Norte. ¿Era posible que no fuese desprecio lo que mantenía a los hauhau alejados de ella, sino más bien algo semejante al respeto?

Poco a poco, Matariki empezó a arder en deseos de ver a su padre. Tenía un par de cosas que decirle.

No cabía duda de que los secuestradores de Matariki no se distinguían en el terreno del *whaikorero*, el arte del recitado, pero eran buenos navegantes. Gracias a su destreza cruzaron sin dificultades el estrecho de Cook, pese a que se decía que allí el mar solía estar embravecido. Matariki, quien por una parte disfrutaba de la aventura, aunque por otra sentía algo de miedo cuando no había tierra a la vista, suspiró aliviada cuando por fin emergió en el horizonte la punta meridional de la Isla Norte. Pese a ello, sus raptores no atracaron en Wellington, sino que siguieron navegando junto a la costa oeste para alcanzar el país de los te maniapoto. Eso impacientaba a la muchacha, sobre todo porque nadie se tomaba la molestia de explicarle la ruta y el lugar de destino.

El tercer día cargaron provisiones para el viaje. Los raptores las completaron con el pescado que ellos mismos atrapaban dando muestras de su gran habilidad. Matariki nunca había pescado, solo había utilizado nasas para conseguir peces de río. Los hombres rechazaron horrorizados su ofrecimiento cuando se prestó a ayudarlos y más tarde casi encontró cómico el modo en que intentaban tirarle los pescados sin tocarla. La misma Matariki tenía que sacar el anzuelo de la presa y destriparla, y en cualquier otra circunstancia habría renunciado de buena gana al pescado crudo. Tampoco entendía del todo por qué no tocaban tierra y encendían una hoguera en la orilla. Entretanto los hombres ya navegaban cerca de la costa y las playas se le antojaban en parte a la joven muy atractivas. Sin embargo, los raptores se negaban rotundamente a fondear. Seguramente no había más tribus implicadas en el secuestro.

¿O es que tenían miedo de los *pakeha*?

Matariki se preguntaba si sus padres habrían alertado también a las autoridades de la Isla Norte y esperaba que Lizzie y Michael no estuvieran demasiado preocupados por ella. A este respecto, estaba animada y segura de que los rastreadores de los ngai tahu se habrían encargado de explorar la costa y habrían encontrado su mensaje.

Matariki calculó que la canoa había rodeado la mitad de la Isla Norte cuando la costa, a veces abrupta, cedió paso a un paisaje ondulado y suave. A lo largo de la orilla se extendían unas playas de arena largas e invitadoras, y entre ellas parecían asomar bahías que podrían haberse utilizado estupendamente como fondeaderos. Finalmente, los hombres acercaron la canoa a la orilla, haciendo visos de buscar con la vista el lugar adecuado donde atracar, y dieron muestras de regocijo cuando encontraron una desembocadura. Se pusieron tan contentos que incluso el menos taciturno de los dos se permitió informar a la niña del nombre del río.

—El Waikato —dijo, señalando la desembocadura—. Enseguida llegaremos.

Matariki suspiró aliviada y tomó la noticia como excusa para dejar el pescado crudo y, en lugar de eso, tomarse el último trozo de pan ácimo al mediodía. Era un bocado precioso para ella, pero no tan sabroso como los panes que se cocían al fuego de su propia tribu. La causa debía de residir en que la misma Matariki había tenido que moler la harina para prepararlo. Los ngati toa solo le habían facilitado el grano y un molinillo de mano para que ella misma preparase las provisiones del viaje, y los primeros ensayos de Matariki como molinera no habían salido del todo bien.

En esos momentos mordisqueaba los restos de la torta de pan, dura como una piedra a esas alturas, y contemplaba la costa. Colinas de bosques verdes, el curso del río: todo era bonito, pero no se distinguían asentamientos humanos. Sin embargo, no era extraño: también los *marae*, los lugares donde se reunían los ngai tahu, a veces quedaban ocultos. Por último, los hombres dirigieron la canoa hacia una de las bahías. La entrada no era fácil de encontrar, pues no se distinguía desde el mar. Sin duda habían elegido ese escondite. Matariki se preocupó al principio porque el fuerte oleaje empujaba la canoa hacia unas rocas escabrosas, pero el desembarco en sí fue sencillo, pues en cuanto hubieron rodeado los escollos, apareció una playa de arena oscura, como las calas anteriores. Matariki sabía que ello se debía a las erupciones volcánicas que se habían sucedido miles de años atrás. En algún momento, las montañas que ahora formaban un paisaje ondulado tan hermoso habían escupido fuego.

Los secuestradores de la muchacha le señalaron que se quedara en la canoa hasta que la hubiesen arrastrado a tierra, aunque a Matariki le habría encantado bañarse y, por lo visto, también *Dingo* sentía necesidad de hacerlo. El perro saltó complacido al agua poco profunda.

A primera vista, la bahía parecía solitaria, pero Matariki percibió un movimiento entre los arbustos que había sobre la playa. Surgió de allí un guerrero maorí, con una musculatura tan impresionante y tan escasamente vestido como los secuestradores. Estos lo saludaron complacidos desde abajo y le hicieron gestos que se correspondían al de victoria de los *pakeha*. El hombre se mostró manifiestamente satisfecho, pero no hizo ningún ademán de ayudar a sus hermanos a depositar la canoa en tierra. Los dos navegantes se esforzaban por realizar esta tarea, pero el guerrero maorí no movió ni un solo dedo. Al final, alzó la lanza como si saludase y se marchó, probablemente a anunciar al resto de la tribu la llegada de la canoa.

Los dos hombres ordenaron a Matariki que bajara y esperase: así que había intención de ejecutar la ceremonia de bienvenida. Al principio la muchacha llegó a preguntarse si no esperarían que les recitase solemnemente su *pepeha*. En realidad, contar la biografía era propio del *powhiri*, el ritual de saludo formal que servía, entre otras cosas, para averiguar si los recién llegados tenían buenas o malas intenciones. Pero una muchacha tan joven no constituía ningún peligro para una tribu, ni tampoco era tan importante para honrarla con danzas, oraciones y ceremonias de presentación. Por otra parte, esa tribu esperaba a la hija de un jefe...

Para mayor seguridad, Matariki repasó los hechos que tendría que contar en su *pepeha*. Repitió la línea de sus antecesores, hasta donde ella tenía constancia. Su madre Lizzie era una niña abandonada y había crecido en un orfanato londinense. Los antepasados de su padre habían llegado a Aotearoa, Nueva Zelanda, en canoa. Luego, Matariki tenía que describir el paisaje de donde procedía, tal vez el camino que había tomado hasta llegar allí. No le apetecía demasiado todo eso, en el fondo compartía la opinión de Michael de que las tribus exageraban con sus rituales de presentación. Además, tenía hambre.

No tardó en ver movimientos y oír ruidos en el bosque que limitaba la playa al sur. Un grupo de personas se acercaba, Matariki esperaba sobre todo a mujeres y niños: los maoríes también eran curiosos. Pero, de hecho, la comitiva se había reunido de forma selectiva y estaba compuesta exclusivamente por hombres con atuendos de guerra que caminaban erguidos hacia la playa, con lanzas y hachas de guerra al hombro. Matariki pensó en el desfile de un ejército. Y si lo que pretendían era amedrentarla, lo estaban consiguiendo. Sentía desconfianza y volvió a pensar en las observaciones de sus padres y compañeros de la tribu sobre las costumbres de los hauhau respecto al canibalismo. ¿Formaría parte del culto comerse a las hijas de los jefes tribales?

Matariki decidió no mostrar sus sentimientos. Se levantó, se enderezó y miró orgullosa a la comitiva. Los hombres formaron delante de ella, daban la impresión de ser soldados en prácticas o bailarines de *haka* antes de una función. En cuanto los primeros diez guerreros ocuparon sus posiciones, al principio no sucedió nada, pero después se destacó entre la multitud, que respetuosamente le dejó paso, un guerrero alto y musculoso, aunque muy delgado. Llevaba el rostro cubierto de tatuajes, como los otros, y también se había recogido el cabello, negro y brillante, en el moño de guerra. Pese a ello, a Matariki le resultó vagamente conocido y al observarlo con mayor atención reconoció que el nacimiento del pelo del guerrero se parecía al suyo. Los ojos eran algo oblicuos y de color ámbar, aunque más oscuros que los de Matariki. El hombre llevaba las insignias del jefe: el cinturón y el bastón de mando, además de una valiosa capa de rayas negras y blancas.

Matariki resolvió presentarse con la misma dignidad que mostraba él.

—¿Kahu Heke? —preguntó—. ¿Padre?

El hombre estuvo a punto de esbozar una sonrisa en su rostro, pero se dominó. Sonreír al ver a su hija no se ajustaba al *mana* de un jefe de guerra. Sin embargo, se acercó a Matariki y se inclinó frente a ella para intercambiar el saludo tradicional de los maoríes, el *hongi*. La niña apoyó la frente y la nariz en el rostro tatuado y áspero de su padre.

—*Kia ora*, Matariki —dijo Kahu Heke—. *Haere mai.*

Bienvenida. En cualquier caso, era evidente que la comida del mediodía no habría recibido un saludo como ese. Matariki no podía remediarlo, el asunto le hacía gracia. Todo eso era tan... raro... El jefe tan digno, los guerreros tan callados; cuando en realidad las tribus solían saludarse de forma muy vivaz. Entre los ngai tahu, los secuestradores ya llevarían rato intercambiando bromas y *hongi* con sus viejos amigos. Pero ahí estaban los dos marineros, igual de aislados de los miembros de la tribu como la misma muchacha lo había estado de ellos durante toda la travesía. Intangible... Matariki oscilaba entre el horror y una risa histérica.

Kahu Heke se volvió hacia los secuestradores.

—Hanu, Kahori, *haere mai.* Habéis cumplido vuestra tarea. Recibid el agradecimiento de vuestra tribu y la bendición de los dioses. Ahora podéis marcharos y purificaros.

Matariki frunció el ceño. Los dos habían estado nadando antes. Seguro que estaban más limpios que ella y que los guerreros cubiertos de sudor. No obstante, Hanu y Kahori se inclinaron y se dirigieron hacia el interior.

Kahu Heke, que se percató de la sorpresa de Matariki, volvió a mostrar la sombra de una sonrisa.

—Es lo que deben hacer —aclaró brevemente, y, para admiración de la muchacha, habló en un inglés perfecto y sin acento—. Han estado en contacto con la hija de un jefe, durante días han estado demasiado cerca de ti. Si hubiesen muerto después de violar todos los *tapu*, es probable que no les hubiesen dejado entrar en Hawaiki. —Las almas de los maoríes fallecidos flotaban sobre el mar hacia la tierra mítica de sus padres—. Pero ahora se someterán a una ceremonia de purificación, así que no te preocupes por ellos.

Matariki puso los ojos en blanco.

—No me preocupo —respondió enfadada, y también en inglés—. Esos sujetos me han secuestrado. Por mí, sus almas pueden irse adonde sea. ¿Qué es esto, padre? Si querías verme, la Otago Girls' School no es una cárcel y estoy segura de que mis padres te habrían recibido encantados en nuestra granja o en el *marae* de los ngai tahu.

Kahu Heke hizo un gesto de rechazo.

—Ya hablaremos de eso más tarde, pequeña. —Se volvió de nuevo hacia los guerreros—. ¡Saludad a Matariki, hija de las estrellas, elegida de los dioses!

Los hombres enarbolaron las lanzas y entonaron una especie de grito de guerra. Matariki se esforzó por reprimir un ataque de risa. Todo eso parecía simplemente como una función de las chicas de la Otago Girls' School representando el Tratado de Waitangi. A continuación sonrió a los hombres e hizo un gesto que semejaba aquel con que saludaban al César en el club de teatro de la escuela. Al parecer, los guerreros quedaron satisfechos.

—Sígueme, Matariki —le pidió solemnemente Kahu Heke y luego puntualizó en inglés—: Limítate a seguirme, pero pon atención en que no te toque mi sombra. Ni que la tuya se proyecte sobre otra persona. Enseguida nos quedaremos a solas y hablaremos.

El grupo de guerreros volvió a formar y condujo a Matariki en solemne comitiva al campamento maorí. La peculiar tribu de Kahu Heke, sin embargo, no disponía de un *marae* cercado con casa de asambleas, cocinas y despensas. Parecía más bien un campamento temporal con tiendas de campaña en cuyo centro se erigía una enorme asta de bandera... y no había ni mujeres ni niños. «Un campamento militar», pensó Matariki, y sintió que su regocijo dejaba lugar a un frío interno. Claro, Kahu Heke era un jefe tribal, no un anciano paternal a quien todo su pueblo, incluidas las mujeres, habían escogido. Pero ¿qué hacía ella en ese lugar? Matariki procuró recordar lo que Haikina le había contado en una ocasión sobre las hijas de los jefes.

Una vez llegados al acantonamiento, la formación de guerreros fue disolviéndose. Los hombres debían ocuparse del fuego en el que hervían las ollas de boniatos y carne. Por lo visto habían interrumpido la preparación de la comida y lo habían dejado todo tal como estaba para dar a Matariki un recibimiento adecuado. A la joven se le hizo la boca agua. Seguro que ahora le darían algo de comer...

Kahu Heke se quedó al borde del reducto, ocupado en no acercarse demasiado para que su sombra no cayera en las hogueras ni en las cabañas provisionales.

Entonces inició su discurso.

—¡Hombres! Hoy es un día feliz para todos los creyentes del *pai marire* y, aunque no lo sepan, para todos los miembros del pueblo elegido por Dios.

Los hombres reaccionaban con gritos de admiración.

—*¡Rire, rire, hau!*

Recitaban las palabras sin sentido una y otra vez mientras Matariki cavilaba en dónde había escuchado antes esa expresión de «pueblo elegido». Con toda certeza, nunca en la lengua de los maoríes, pero con frecuencia en la iglesia del reverendo Burton y también en las oraciones y las lecturas de la Biblia de la escuela. El pueblo elegido de Dios eran los israelitas esclavizados por los egipcios. Pero ¿qué tenía eso que ver con los maoríes?

—Sabéis —explicó acto seguido Kahu Heke— que el arcángel Gabriel se apareció en una ocasión a nuestro gran dirigente, Te Ua Haumene, para darle un mensaje en el camino. ¡Libertad para el pueblo elegido por Dios! Para cumplir la voluntad divina la nación maorí debe librarse de las cadenas *pakeha*. ¡Basta ya de explotación y robo de tierras! ¡Basta ya de despojar a Papa de su *mana*!

A Matariki le zumbaba la cabeza. De algún modo su padre estaba mezclando todo lo que ella había aprendido de religión. El Antiguo Testamento, los israelitas y el arcángel con la leyenda maorí de la creación del mundo a través de la separación de Papa, la Tierra, y Rango, el Cielo. Ella, por su parte, encontraba todo eso bastante absurdo, pero los hombres parecían entusiasmados. Se olvidaron de las hogueras y de la preparación de la comida y empezaron a correr como en trance alrededor del asta que había en el centro del campamento y a repetir de nuevo sus *rire, rire, hau, hau*.

—¡Tenemos la misión de desembarazarnos de los curas y las herejías de los *pakeha*! —gritaba Kahu Heke—. Lo que de verdad es grato a Dios es solo la *tikanga*. ¡Las antiguas costumbres de nuestro hogar, de nuestro pueblo, nos hacen invencibles! ¡La *tikanga* nos vuelve inmortales! Recordemos las verdades centenarias, el sacerdocio natural del jefe y de sus hijos. Atua, Dios, nos ha enviado hoy a su sacerdotisa. ¡Sangre de la sangre de una larga lista de orgullosos *ariki*!

Kahu Heke hizo una seña a Matariki para que avanzara. La muchacha enrojeció avergonzada, lo que no ocurría con mucha frecuencia, pensando que la habían colocado en un lugar que no le correspondía. Cualquier hombre y cualquier mujer de su propio *iwi* la habrían tomado por una chiflada.

—Esta muchacha, Matariki, hija de las estrellas, nos conducirá a la paz en la guerra, de vosotros guerreros hará guerreros de Dios. Inmortales, invulnerables, invencibles, implacables.

Los hombres vitorearon y Matariki deseó que la tierra se la tragase.

—¡Celebrad, hombres! ¡Celebrad la liberación de Aotearoa mientras yo cumplo con la tarea de preparar a mi hija para su destino! *¡Pai marire, hau, hau!*

Kahu Heke acompañó brevemente el grito de los hombres y acto seguido se volvió para marcharse. De nuevo, Matariki fue tras él y respiró aliviada cuando abandonaron el campamento. Solo los siguió, por un sendero trillado a través del bosque, uno de los hombres, todavía muy joven, que guardaba una distancia considerable. Poco después llegaron a un claro. La casa del jefe, construida de forma tan provisional como las cabañas del campamento, se levantaba bajo un amplio kauri.

Kahu Heke invitó a su hija a tomar asiento con él sobre un par de piedras colocadas delante de la cabaña. El joven guerrero permaneció al borde del claro, donde ya ardía una hoguera. Se puso a cocinar y Matariki esperó que estuviera preparando la comida para el jefe. Al menos parecía que como «sacerdotisa» no tenía la obligación de ocuparse de la cocina.

—¿Qué significa todo esto? —preguntó Matariki.

Kahu Heke ya no contuvo la sonrisa.

—¡Lo has hecho muy bien! —la elogió—. ¿Prefieres hablar en inglés o en nuestra lengua?

Matariki se encogió de hombros.

—Me da igual —contestó—. Solo quiero que me contestes a un par de preguntas. ¿Qué significa esto, padre? Yo no soy una sacerdotisa. Ni siquiera soy *tohunga*, no tengo ni idea de las antiguas costumbres. En cualquier caso, no sé más que cualquier otra chica maorí.

—Estás muy guapa cuando te enfadas. Igual que tu madre. Pero no tienes *moko* —reflexionó Kahu Heke, haciendo caso omiso del aluvión de preguntas de Matariki—. Bueno, tal vez podamos remediarlo.

—¡No pienso permitir que me tatúen! —protestó Matariki—. Ya no lo hace nadie, yo...

—Muy pronto todos volveremos a llevar con orgullo las marcas de nuestra tribu —aseguró Kahu Heke—. Incluso los ngai tahu, por muy de acuerdo que se hayan puesto con quienes ocupan sus tierras.

—¡Pero es una tontería! —exclamó Matariki, alzando la voz—. No hay miembros de tropas de ocupación. Somos todos un pueblo, *pakeha* y maoríes. Ya lo dijo el capitán Hobson en Waitangi: *He iwi tahi tatou...*

Kahu Heke montó en cólera.

—¡No somos ningún pueblo! Y el Tratado de Waitangi no fue más que una estafa. Los jefes no sabían lo que estaban firmando...

El Tratado de Waitangi era una normativa que el capitán William Hobson y James Busby habían estipulado en 1840, estableciendo la igualdad de maoríes y *pakeha* como habitantes de Nueva Zelanda. Cuarenta y nueve jefes tribales —a excepción de los de la Isla Sur, pues los ngai tahu no habían participado— lo habían firmado. Más tarde se descubrió, sin embargo, que la Corona británica deducía de ello que también tenía derechos sobre la propiedad y adquisición de tierras.

Matariki hizo un gesto de indiferencia.

—Entonces deberían haber sido más prudentes —observó—. En cualquier caso, yo no puedo cambiarlo. Y quiero volver pronto a la Isla Sur. Sin tatuajes. ¿Qué significa en realidad eso de *rire, rire, hau, hau*?

Kahu Heke suspiró.

—No significa nada en absoluto, Matariki. Son palabras sin sentido, pero ayudan a los guerreros a tener conciencia de sí mismos. De su pueblo y su fuerza...

—¿Como dijo el arcángel Gabriel? —se burló Matariki.

Kahu Heke se frotó la frente y al hacerlo se tocó el pelo y se llevó apresurado la mano a la nariz para inspirar el aire con fuerza.

—El dios Rauru —señaló—. Vive en la cabeza del jefe. Al tocarme el pelo lo he ahuyentado, ahora debo inhalarlo de nuevo... Pon cuidado tú también, por favor, en no tocarte por descuido el cabello, Matariki, cuando alguno de los guerreros te esté mirando. —Señaló al joven que estaba al borde del claro—. Es un *tapu*.

Matariki rio.

—¡Acabas de delatarte, padre! Ni tú te crees todo esto. El arcángel Gabriel no se apareció a nadie y...

Kahu Heke inspiró otra vez el aire tan fuerte que parecía estar inhalando al arcángel en persona.

—Escucha bien, Matariki: nuestro guía, Te Ua Haumene, vio al arcángel. Eso no puede probarse, pero él se limita a afirmarlo. A partir de ahí ha fundado la religión *pai marire*.

—«Bondad y paz» —tradujo Matariki al inglés—. Pero lo que tú decías sonaba totalmente distinto.

Kahu Heke volvió a tocarse los cabellos, olvidando esta vez al dios Rauru.

—Últimamente algunos se han inspirado en el arcángel Miguel —admitió—. Es más combativo. Pero lo que cuenta es esto: los dioses y ángeles del cristianismo nos ayudan a nosotros, los dirigentes maoríes. Te Ua Haumene nos llama el nuevo pueblo elegido. Ya no queremos que nos manden, no necesitamos que nos evangelicen. Con la ayuda de Dios recuperaremos nuestra tierra.

—¿Y para eso me necesitas a mí? —preguntó Matariki.

# 6

Ellen Paisley regresaba abatida a la casa que habitaba con su familia tirando de Rosie, su hija de cuatro años, e intentando no hacer caso de la llantina de la pequeña, que ya duraba unas horas. Violet no podía vigilarla, desde hacía una semana trabajaba de sirvienta en la casa Burton, pues la esposa del reverendo la había contratado para que las ayudara a ella y su hija a habilitar la casa. Ellen no sabía nada más concreto —bastantes preocupaciones tenía ella—, pero el reverendo Burton había conseguido meter en vereda a su sobrino. Violet contaba que, aunque el joven señor Randolph seguía viviendo en la mansión, estaba obligado a comportarse casi de forma decente. Los salones tenían un aspecto desolador cuando el reverendo se había hecho cargo de la finca. Las mujeres seguían limpiando y ordenando, y también tenían intención de ocuparse del jardín.

—Si no lo hacen, no podrán vender la casa a nadie —decía Violet, repitiendo en tono redicho las palabras de Kathleen Burton. El reverendo de Nueva Zelanda y su bella esposa no habían tardado en convertirse en los nuevos modelos de la niña, que admiraba sobre todo a la joven Heather—. ¡Pinta tan bien! ¡Cuánto me gustaría saber pintar yo también! Y me ha enseñado cuadros de su país. Qué bonito es... El aire es transparente y las montañas siempre están cubiertas de nieve. ¿Te imaginas, mamá? ¡También en verano! Las aguas de los ríos son claras y nadie las ensucia. ¡Y no hay carbonilla!

Violet dejó que su mirada se perdiese en el horizonte. No cabía duda de que soñaba con marcharse con los Burton a esa isla en el otro extremo del mundo.

Ellen no podía echárselo en cara, pues en el fondo le habría encantado partir con ella de inmediato. El dinero que Jim le había dado el día de la paga había sido lo último que había recibido. El marido se había jactado de eso al llegar a casa. Estaba harto de trabajar para ese desgraciado de capataz y, en especial, para esos ricachos de los Bute. A continuación, Jim, y también Fred, los dos, habían mandado al cuerno el trabajo, de manera triunfal, además, después de que el capataz los llamara borrachuzos. El marido de la señora Brown había explicado, no obstante, que habían despedido a Jim Paisley. Y luego habían despachado a Fred después de que este amenazara al capataz con un pico. El joven era fuerte, pero trabajar no era lo suyo.

Al principio, Ellen no se había tomado todo eso demasiado en serio, ya que en los últimos años se habían abierto veinte minas en los alrededores de Treherbert y sus explotadores se llevaban casi todos como perro y gato. Sin embargo, el odio mutuo entre quienes gestionaban las minas no afectaba necesariamente a sus capataces. Al contrario, a estos les gustaba ir a beber juntos una cerveza de vez en cuando y así conversaban sobre los buenos y malos trabajadores. Jim y Fred Paisley no salían bien parados en sus comentarios, sobre todo después del incidente con el pico.

Había pasado media semana antes de que ambos volviesen a encontrar trabajo. Y ya no se trataba de una auténtica mina subterránea, sino de una mina de montaña. Jim no se había expresado con claridad al respecto, pero al parecer alguien estaba abriendo una nueva galería. A diferencia de las minas subterráneas, en las que uno bajaba verticalmente y se extraía el carbón bajo tierra, a una mina de montaña se accedía mediante una galería horizontal excavada en la ladera. Por todo lo que Ellen había oído decir, un proceso no especialmente prometedor en Treherbert: el carbón yacía ahí a niveles relativamente profundos, por eso las primeras minas se habían abierto diez años antes. Por otra parte, perforar una galería era mucho más barato que construir castilletes y pozos. Ellen se había preguntado cómo se le había ocurrido al *countrygentleman* que vivía en las cercanías probar fortuna con la explotación del carbón. No debía de tener mucha idea ni tampoco, como era obvio, mucha experiencia en evaluar a sus trabajadores. De lo contrario, no habría contratado a Jim Paisley como capataz...

Ellen se reprendió por estos pensamientos. Jim tenía, por supuesto, mucha experiencia y tal vez no llegase a defraudar a nadie. Sin embargo, en el fondo no tenía grandes esperanzas, y el sueldo también se hacía esperar. Ese día, Ellen había fracasado al intentar que su marido le entregara al menos una parte de la paga de la semana. El nuevo jefe solo había dado a los trabajadores dinero de bolsillo como anticipo. El auténtico sueldo se lo entregaría cuando hubiesen comenzado a extraer el carbón.

—¿Y si no hay carbón? —preguntó Violet, indiscreta, cuando su padre les había comunicado esa condición de su contrato, con lo cual se ganó un bofetón.

—Donde Jim Paisley pone el pico, encuentra carbón —se había jactado el padre.

Ellen encontró inquietante tal afirmación, pues le indicaba que el nuevo propietario de la mina dejaba la colocación de los pozos en manos de su capataz. Un asunto del que Jim no tenía ni la menor idea.

En cualquier caso, la familia podría aguantar una o dos semanas sin sueldo. Violet cobraba con regularidad por su trabajo en casa de los Burton y también llevaba ropa sucia que Ellen lavaba en casa. Si los Burton se quedaban unas cuantas semanas más —y parecía que iba a ser así, porque las negociaciones sobre la venta de las tierras se demoraban—, los Paisley sobrevivirían. Hasta entonces, era de esperar que Jim se decidiera a pasar por el aro y trabajar de nuevo con Bute o en otra mina.

Al menos eso había pensado Ellen hasta ese día, cuando llegó una carta del administrador. La casa en la que la familia vivía pertenecía a la mina Bute. Los trabajadores de la misma tenían preferencia como inquilinos y se les concedía una prórroga para el pago aunque los alquileres fueran bajos. Si alguien se empleaba en otra mina o no trabajaba, la administración reaccionaba de inmediato: quien no pagaba, se iba. Ellen se había quedado mirando perpleja la hoja de papel en la que se amenazaba con desahuciar a la familia el siguiente lunes.

—Lo siento, buena mujer, pero tengo las manos atadas —se disculpó el empleado que se ocupaba de ello cuando Ellen entró en su despacho con Rosie de la mano y suplicó que le concediera una prórroga—. Su marido debe dos meses de alquiler, ya le habíamos reclamado el pago; es lo que solemos hacer para no preocupar a la familia. Los capataces hablan de ello con los trabajadores y la mayoría de estos suele pagar... tarde o temprano. En el peor de los casos, les retenemos algo de la paga. —El hombre hizo una mueca, y Ellen se llevó nerviosa la mano a los cabellos. En la mayoría de las familias mineras sucedía lo mismo que en la suya: las mujeres recibían el dinero para administrar la casa y los hombres se ocupaban del alquiler. Y de vez en cuando el dinero previsto para ello no acababa en la administración, sino en el despacho de apuestas o en los billares—. Puesto que su marido ya no trabaja con nosotros... Tiene que comprenderlo, necesitamos las casas para nuestros propios empleados. Nunca echamos a nadie solo porque se vaya con la competencia, pero, aun así, tiene que pagar el alquiler. Periódicamente, y el importe íntegro.

Pese a todo, Ellen había conseguido —seguro que con ayuda de los llantos de Rosie— una prórroga de una semana, aunque no se hacía ilusiones de que en ese período de tiempo fuera a cambiar algo. Ella y Violet no podían reunir el alquiler de tres meses. Y hasta que Jim ganara dinero en la nueva mina...

Cerró la puerta de la pequeña vivienda y empezó a pelar patatas con desgana. Una vez más, solo tendrían una sopa clara si trataba de ahorrar algo de dinero. A lo mejor el administrador se dejaba convencer y dilataba un poco más el plazo si pagaba al menos una mensualidad. Ellen lloraba en silencio mientras cocinaba. Su vida con Jim no había sido fácil. Las borracheras, los golpes cuando descargaba en ella algún disgusto, las miradas compasivas de las vecinas a las que les iba aunque fuera un poco mejor...

Sin embargo, hubo un tiempo en que le había ido mucho mejor. Intentó consolarse evocando su infancia feliz, pensó en la casa de sus padres en Treorchy, al borde del pueblo, en el huerto... en esa época en que el valle todavía no estaba lleno de carbonilla y hollín. En realidad, Ellen solo recordaba los días soleados, las espigas doradas en los campos, un cielo azul brillante, comidas campestres en los prados. Su padre había sido zapatero y por las tardes ella se quedaba en su taller, jugaba con los restos de cuero y escuchaba las conversaciones con los campesinos y artesanos a los que el zapatero confeccionaba botas a medida. Pero entonces se abrieron las primeras minas y de repente aparecieron en los valles del Rhondda mineros procedentes de todos los rincones de Inglaterra. En Treorchy, uno de los primeros en llegar había sido Jim Paisley, por entonces un joven apuesto de rostro anguloso, ojos brillantes y unos labios que dibujaban una sonrisa maravillosa y daban unos besos todavía más fantásticos.

Ellen se había reído cuando él había ido a verla después de su turno en la mina, oscuro como si fuese un moro. Lo había conocido junto al río Rhondda, donde él estaba nadando y lavándose. Al final ella había cogido a escondidas jabón perfumado del que guardaba su madre y le había enjabonado complacida con él. Un día Jim la había llevado al río. Habían bromeado, se habían salpicado como niños y, como es de esperar, al final ella no tuvo más remedio que desvestirse. Entonces sucedió. Ellen había disfrutado de cada beso, de cada caricia y de cada embate del maravilloso sexo de él.

Naturalmente, no tardaron en ser descubiertos por los vecinos del río, lo que les supuso molestos interrogatorios y prohibiciones. Ellen Seekers, la hija del zapatero, una muchacha con una buena dote, no podía casarse, de ninguna de las maneras, con un minero de origen desconocido. Y encima con uno como Jim Paisley, a quien ya por entonces le gustaba gastarse el dinero en el *pub*.

La situación se agravó cuando la madre de Ellen sorprendió a su hija in fraganti cogiendo el dinero destinado al mantenimiento de la casa.

«Solo serán un par de chelines —había dicho Jim—. Los devolveré.» Hubo lágrimas, palabras de disculpa, y una segunda oportunidad que Ellen dejó pasar de nuevo porque en los brazos de Jim se olvidaba de todo. Al final, su padre la había echado de casa. Era por su propio bien, afirmaba el zapatero. Ellen ya estaba harta de Paisley antes de conseguir arrastrarlo hasta el altar.

Pero la muchacha tenía algunas joyas y un par de vestidos que se llevó consigo. A Jim le bastaba eso como dote y tampoco era reacio a una celebración conforme a las reglas. El dinero alcanzó para celebrar una boda con mucho alcohol y también para un par de pucheros y mesas y sillas de segunda mano. Ellen amuebló triunfal una cabaña que les alquiló un granjero en Pentre.

Entonces se abrían en los valles del Rhondda una mina tras otra. Al principio Ellen no se percató de la frecuencia con que Jim cambiaba de puesto de trabajo. Su hijo Fred nació en Pentre y, poco antes de mudarse a Treherbert, llegó al mundo su hija Violet. Rosie había sido una hija tardía con la que no contaban. Cuando estaba embarazada de Violet, Ellen había empezado a preocuparse. Con Rosemary había llorado. Ya entonces sabía en qué lío se había metido casándose con Jim Paisley. Pero era demasiado tarde para dar marcha atrás.

—¿Y si te vas a Treorchy y hablas con los abuelos? —preguntó Violet.

La niña ya se había temido lo peor cuando encontró a su madre llorando a lágrima viva a la mesa de la cocina, y eso que volvía a casa de muy buen humor. Heather Coltrane le había regalado un vestido y Kathleen le había enseñado cómo ajustarlo a su talla. Además, Peter Burton se quejaba de las pesadas negociaciones con el propietario de una mina que ahora quería comprar la casa, pero a lo mejor no, tal vez con las tierras o sin ellas. Fuera como fuese, vender toda la propiedad era ilusorio, así que los Burton todavía tendrían que quedarse unas semanas más en Treherbert. Pero entonces Ellen le tendió la carta del administrador a Violet y esta casi se puso a llorar con su madre.

En el valle del Rhondda no había más opciones que las casas de las compañías mineras, e incluso estas se encontraban abarrotadas. Quien había pillado una vivienda más grande solía subalquilar a uno o dos jóvenes. Naturalmente también había un par de granjas en los alrededores, pero allí no querían mineros y, con toda certeza, no habría nadie dispuesto a compartir su casa con los Paisley. Así pues, Violet no se hacía ilusiones. Dejarían Treherbert y se mudarían a otra colonia de mineros, lo cual significaría el final seguro de su empleo con los Burton y de las coladas de su madre. En otro lugar deberían empezar de nuevo, al principio totalmente dependientes de los sueldos del padre y el hermano. A no ser que...

—Ha pasado ya mucho tiempo, madre. ¿Cuánto hace que no los has visto? ¿Quince años? Uno no puede estar enfadado durante tanto tiempo con su propia hija.

Violet llevaba años intentando convencer a la madre de que volviera a establecer contacto con sus padres. Más que echarlos de la casa de los Seekers, razonaba, no podían hacer. Y si se quedaban con Rosie... ¿Quién en este mundo podía resistirse a las mejillas sonrosadas y el cabello rizado y rojizo de su hermanita?

Rosie también dejó por fin de llorar y permitió que su hermana la sentara en su regazo. Adoraba a Violet casi tanto como temía a su padre y su hermano.

—Pero me da vergüenza, Violet. ¡Es lamentable! No puedo aparecer por allí de golpe como una pordiosera.

Ellen se sonó la nariz. Jim y Fred pronto regresarían a casa, si es que conseguían pasar al lado del *pub* sin detenerse mucho rato. No quería mostrar un aspecto desesperado y lloroso. Tenía que hablar con los dos de forma razonable. A lo mejor podían convencer al administrador de la mina para que les diera algo de dinero. Ellen quería averiguar de todos modos cómo se llamaba.

—Entonces iré yo —afirmó decidida Violet—. Si tú no puedes, iré yo.

—Lo que no entiendo es por qué tiene usted tanta prisa.

Uno de los interesados en las tierras que Peter había heredado, el acaudalado propietario de una mina, no acababa de decidirse por una de las parcelas. Acababa de comunicar a Peter que volvería otra vez con dos de sus capataces más experimentados y le había preguntado si tenía alguna objeción si hacían una perforación de prueba.

Tanta vacilación estaba sacando a Peter de sus casillas. Haciendo un esfuerzo por dominarse, le había explicado al hombre que quería desprenderse de las tierras tan deprisa como fuera posible. Si la perforación se realizaba pronto, no tenía nada que oponer. No quería engañar a nadie y a él le daba igual que la comprase como superficie industrial o de cultivo. ¡Lo único que quería era vender de una vez!

A este arrebato siguió la pregunta sorprendida del comprador.

—Pero si ahora pretende incorporarse también al negocio de la minería... Desde lejos no puede usted controlar las excavaciones. Desde Nueva Zelanda seguro que no.

Peter frunció el ceño.

—Pero ¿qué está diciendo? —preguntó, enojado—. Señor Hobbs, lo último que mi mujer y yo tenemos en mente es abrir una mina aquí. En primer lugar, porque no tengo ni idea de cómo funciona la explotación de carbón, y en segundo lugar, porque amo mi trabajo como reverendo. Tengo una congregación cerca de Dunedin que me está esperando. Y en lo que respecta a mi esposa... —sonrió irónico—, ella ya tiene una mina de oro. Y no la cambiaría por un par de galerías de carbón.

Malcolm Hobbs sonrió con incredulidad.

—¿Ah, sí? Pero ¿no es en sus tierras donde están abriendo ahora una nueva mina de montaña, al sur de la ciudad? Vaya, habría jurado que iba a ofrecerle la parcela a Arnold Webber, cuya mina está al lado. Y ahora perfora usted mismo. Aunque al menos tengo que darle la razón en una cosa: de minería no sabe nada. En ese terreno no hay carbón, reverendo. A lo mejor cincuenta varas más abajo, pero ya puede cavar diez galerías en la montaña que no encontrará nada.

Rio al tiempo que se inclinaba y desmigajaba un poco de tierra entre los dedos, como si por su consistencia pudiese averiguar si tal vez, cincuenta varas más abajo, había estratos de carbón.

En ese momento Peter estaba seriamente desconcertado.

—Las minas de montaña son esas galerías horizontales, ¿verdad? —preguntó—. Pero ¿en mi montaña? ¿Seguro que no se confunde usted?

Hobbs agitó la cabeza, sonriendo con aire mordaz.

—Ni mucho menos. Mis hombres también han estudiado la tierra, reverendo. Si hubiésemos sospechado que había carbón, habríamos presentado una contraoferta a la de Webber. Sé en cuánto está. Y respecto a este, ayer mismo me contó que, pese a todo, aún estaba pensando en hacerle una oferta. Necesita superficie para construir nuevos alojamientos para los trabajadores. Pero, lo dicho, ahora es usted quien remueve allí la tierra. Se ha divertido de lo lindo a su costa, reverendo.

Peter Burton se apartó enojado un mechón de la cara y se colocó un sombrero de ala ancha porque empezaba a llover. El caballo mordisqueaba la hierba fuera del establo de su tío, pero en ese momento recogió las riendas.

—Me temo que, dadas las circunstancias, tendrá usted que disculparme, señor Hobbs. He de comprobar qué está ocurriendo en esa montaña. Si realmente hay alguien trabajando allí, quiero saber quién es y por qué lo hace. ¡Y comuníquele al señor Webber que espero su oferta!

—¡Poco a poco debería usted encontrar algo!

Randolph Burton, un joven alto, que ahora todavía se veía musculoso pero que a la larga seguramente se volvería tan pesado y apático como su padre, se volvió enojado hacia el capataz. Randolph poseía sin duda unos rasgos armónicos, pero desde hacía casi un año siempre estaba malhumorado y las primeras arrugas ya surcaban su rostro.

—Todavía no hemos avanzado mucho —dijo Jim Paisley,

apaciguador—. Pero ya tendríamos que empezar a apuntalar las galerías. Yo no soy tan cobarde —Paisley miró confiado el techo del pasillo que se adentraba unos diez metros en la montaña—, pero los otros ya están quejándose de que esto se va a derrumbar.

Randolph Burton encogió el cuello de forma instintiva y miró preocupado a los cuatro individuos que, pertrechados con picos y palas, seguían excavando diligentemente la galería en la montaña. Pocos minutos antes se había alegrado de escapar de la lluvia que iba recrudeciéndose por momentos. Pero si ese lugar no era seguro... Hasta entonces ni se le había pasado por la cabeza que su galería pudiese derrumbarse.

—En cualquier caso, tiene usted que pedir madera, señor Burton. También puedo hacerlo yo por usted... si me da dinero. Y ya que hablamos del tema, las pagas... Bueno, yo no soy tan codicioso. Pero los demás...

Randolph Burton comprobó malhumorado las paredes del pasillo. A lo mejor ese Paisley había pasado por alto alguna veta. Randolph estaba francamente orgulloso de sus recién adquiridos conocimientos sobre minería. Ya antes de que falleciera su tío había buscado siempre la compañía de capataces en el *pub* y había escuchado atentamente a los propietarios de las minas para informarse. A fin de cuentas, se encontraban en actos sociales, o al menos siempre habían invitado a Randolph cuando su tío todavía vivía. Por entonces el joven ya había tratado de convencer a su tío James de que se uniera al negocio de la explotación minera. En el fondo tenía que ser ridículamente sencillo, se suponía que el Southern Coalfield of Wales era el mayor de toda Gran Bretaña.

—Aquí hay carbón por todos lados —había azuzado a su tío segundo—. ¡Solo tenemos que sacarlo y hacernos ricos!

Pero James solo se había reído.

—No está por las calles, hijo, sino a veces enterrado muy abajo. Y ya soy lo suficientemente rico. No pienso convertir mis tierras en una escombrera de carbón. Si eso es lo que pensáis hacer cuando yo muera, no está en mi poder cambiarlo. Pero contempla el río, la colina, el bosque. Todo esto es precioso, Randolph, ¡lo amo! Y justo con ese paisaje ante mi ventana y escuchando el trino de los pájaros es como deseo abandonar este mundo. ¡No con un suculento extracto bancario en la mano!

De todos modos, tío James no habría tenido tiempo para construir una mina de verdad, pero Randolph... De acuerdo, costaba un montón de dinero excavar una galería de esas en la montaña, pero con la herencia de los Burton se lo podía permitir sin esfuerzo. Randolph esperaba poder sacar los primeros vagones llenos de carbón antes de que su tío Peter se enterase de algo. Entonces todo se vería de otro modo. Seguro que el reverendo ya no querría vender el terreno y que le dejaría a él, Randolph, la administración de la mina Burton. ¡Qué bien sonaba! ¡La mina Burton! La mera idea le levantaba el ánimo. Residiría ahí como los Webber y los Hobbs, o se compraría una propiedad junto a Cardiff como el marqués de Bute. Al reverendo le enviaría algo de dinero cada mes para los pobres de Nueva Zelanda o de donde fuese. A fin de cuentas, Peter Burton no dejaba de decir que utilizaría el producto de su herencia para fines benéficos.

¡Si no hubiese que invertir tanto antes de que se cumpliesen todos esos hermosos sueños! Herramientas, salarios, ahora madera... Lentamente ese asunto le iba superando, sobre todo desde que Peter y su familia ocupaban la casa. Antes había podido vender muebles y objetos de valor para llevar a término su ambicioso proyecto minero.

—Pero ¿está seguro de que hay carbón en esta mina? —preguntó una vez más Randolph a Paisley.

A lo mejor su padre cedía y le adelantaba parte de su herencia. Una pizca de mala conciencia sí tendría. Acababa de anunciarle por carta que Alice esperaba un hijo.

Paisley asintió.

—¡Aquí hay carbón por todas partes!

Fuera, la lluvia caía con tal intensidad que los hombres no oyeron el sonido de los cascos del caballo de Peter. Solo cuando el reverendo apareció envuelto en un abrigo encerado empapado y el sombrero goteando agua, Randolph y Jim volvieron la vista a la entrada de la galería. Peter había oído las últimas palabras de Paisley.

—Exacto, señor Paisley —dijo—. No me sorprende verlo aquí. Su hija me contó que tenía usted un nuevo empleo de capataz. Decía, con razón, además, que quien le ha contratado no debía de ser muy listo...

Tras un par de minutos, el tiempo que necesitó para entender esa observación, Paisley contrajo la cara en una mueca de ira.

—Moleré a palos a esa cría.

Peter sacudió la cabeza.

—Eso tampoco hará que el carbón suba como por arte de magia desde cincuenta varas de profundidad, señor Paisley. Es muy probable que se encuentre ahí. Aquí arriba en la montaña no está, Randolph. ¿Quién te ha vendido esta estúpida idea de excavar una mina de montaña? Te estás convirtiendo en el hazmerreír de todo el mundo. Y yo contigo. A fin de cuentas, esta tierra es mía, por si no lo tenías claro. ¿Con qué estás pagando las excavaciones? Tienes... —Peter hizo cuentas— cinco hombres trabajando. O... espera... ¿son mujeres, Randolph?

Peter miró horrorizado las frágiles siluetas que vaciaban con palas los escombros que Fred Paisley dejaba tras de sí con el pico.

Randolph se encogió de hombros.

—Las mujeres son más baratas —respondió—. Se las suele contratar en las minas de montaña. Mientras que en las subterráneas...

—Las mujeres traen mala suerte en los pozos —afirmó Jim Paisley.

Peter Burton puso los ojos en blanco.

—Señoras, dejen ahora mismo este ímprobo trabajo. Y tú también, Fred Paisley. Lo que estáis haciendo es, además, peligroso. Este agujero puede derrumbarse, precisamente ahora, con la lluvia. Por Dios, Randolph, esto no es piedra ni tampoco carbón, esta colina se compone de tierra. —Se volvió hacia las trabajadoras—. Naturalmente, recibirán ustedes su paga...

—¿Completa? —preguntó con voz nítida una de las mujeres. No se podía calcular su edad, tenía el rostro negro de suciedad y polvo, y llevaba pantalones y un jersey grueso—. ¿También el de las dos últimas semanas?

Peter se frotó la frente mientras Randolph miraba a la mujer con ojos furibundos.

—El acuerdo establecía claramente que se le pagaría cuando encontrase carbón, señora Carlson.

Resignada, la mujer cerró los ojos unos segundos.

—Necesitamos el dinero —intervino otra.

Peter inspiró hondo.

—Claro que recibirá su paga, señora, no se preocupe. Pero esto no es válido para usted, Paisley. Por lo que cuenta su hija, trabaja usted desde hace diez años en Treherbert. Debería saber a qué profundidad se encuentra el carbón bajo tierra. Así que si se aventura usted en estas locuras, debe aceptar las consecuencias.

A juzgar por las apariencias, Paisley tampoco parecía haber trabajado demasiado. Peter se percató de que el «capataz» era el único que no iba sucio y cubierto de polvo, sino bastante limpio y aseado.

Tanto Paisley como Randolph quisieron replicar, pero Peter les impuso silencio con un gesto de la mano.

—Ya hablaremos más tarde, Randolph... antes de que te marches a Cardiff en el próximo tren. Y usted, Paisley, vaya con Fred a casa, o mejor dicho, vaya a ver al señor Webber. Dígale que le rebajaré el precio de esta tierra si lo contrata a usted y su hijo. Y entonces, trate de mantener el trabajo por el bien de su esposa y de sus hijas. Señoras, preséntense por favor mañana por la tarde en Burton House. Como podrán comprender, ahora no llevo el dinero encima, pero mañana por la mañana iré al banco. Ah, sí, y el resto de la semana pueden ayudar a mi esposa en el jardín, de este modo no perderán la paga de la semana...

Las cuatro mujeres se marcharon agradecidas. Peter contempló resignado la lluvia que caía a raudales.

—Espero que tu padre me devuelva el dinero —señaló, dirigiéndose a Randolph—. Y ahora salid todos de aquí antes de que se derrumbe la galería.

Peter sacó al caballo al exterior: diluviaba. Suspiraba por una taza de té o, aún mejor, un buen vaso de whisky. Y por el rostro de Kathleen, su risa y su comprensión. ¿Habría amado Randolph Burton de la misma forma a Alice Clusky? ¿No estarían todas esas ideas delirantes destinadas a atraer a la joven? Peter suspiró y miró a las mujeres que en ese momento, caladas hasta los huesos, caminaban hacia la ciudad. A ellas no las aguardaba, seguro, ningún fuego en la chimenea, ningún té, ningún whisky ni consuelo alguno. En lugar de ello, tareas domésticas, niños y hombres que no se avergonzaban de enviar a sus mujeres e hijas a trabajar a una mina.

Había cosas peores que un amor desdichado.

# 7

Kahu Heke no explicó al principio lo que su hija debía hacer para salvar al pueblo maorí, porque no permaneció mucho rato a solas con Matariki. El joven guerrero que había estado cocinando al borde del claro se acercó a los dos tímidamente, con un extraño utensilio en la mano.

—*Ariki...* la comida es lista —anunció respetuosamente—. Primero para tú. Para hija es sobre el fuego. —Se expresaba con dificultad y cometía errores gramaticales.

Matariki se sorprendió una vez más; no podía tratarse de otro dialecto, parecía como si el joven maorí llevase poco tiempo aprendiendo la lengua de su pueblo. Sin embargo, la muchacha se olvidó enseguida de todos los problemas lingüísticos cuando Kahu Heke dio las gracias y se instaló majestuosamente junto al fuego. El guerrero puso cuidado en no tocar su sombra mientras se acercaba a él y colocaba en sus labios el extraño utensilio. Era una especie de cuerno con una abertura en cada extremo. Con toda seriedad, el guerrero fue vertiendo en la cavidad la comida, que se deslizaba a través del agujero más pequeño al interior de la boca de Kahu Heke.

—No debo tocar la comida —explicó el jefe cuando el guerrero le quitó un momento el cuerno—. Si utilizase platos y cubiertos como todos los demás, tendría que realizar después unas costosas ceremonias de purificación. Sería molesto y además una ofensa para los dioses. De ahí el cuerno para suministrarme el alimento. Uno se acostumbra, Matariki.

La muchacha se llevó las manos a la frente, pero sin tocarse el cabello para mayor seguridad. Le habría resultado demasiado lamentable tener que inhalar a Rauru.

—¡A mí no va a darme de comer! —dijo simplemente, con la vista clavada en el joven.

Era guapo de verdad. Solo llevaba un pequeño tatuaje por la zona de la nariz que ella encontraba más gracioso que amenazador. Matariki observó que acentuaba sus hoyuelos. El joven tenía el rostro oval, cabello corto y oscuro, que se estaba dejando crecer para poder recogérselo en el moño de guerrero, unos ojos castaños afables y una boca bonita y carnosa. Matariki se lo habría imaginado como poeta o cantante más que como guerrero. En cualquier caso, tenía que practicar esta última disciplina si quería llegar a atemorizar a alguien.

De hecho era él quien parecía más acobardado. Después de que Matariki pronunciara decidida esas últimas palabras, la mirada asustada del joven le recordó los ojos de un osito de peluche herido.

—¿Yo hecho falta?

Kahu Heke negó con la cabeza.

—Todo está bien, Kupe —lo tranquilizó... en inglés. El guerrero se relajó.

»No tiene que darte de comer a ti, Matariki. —El jefe volvió a emplear la lengua de los maoríes—. Los *tapu* no son tan rígidos con los hijos del *ariki*. Aunque se cocina para ti por separado, quedas dispensada del cuerno de alimentos. Así que cálmate. ¿Tienes hambre? Tu comida enseguida estará lista.

Matariki no comentó la respuesta, pero al menos entendió entonces por qué sus raptores la habían evitado durante todo el viaje. Al parecer nadie podía acercarse a más de tres pasos de la familia de un *ariki* de la Isla Norte sin violar algún *tapu*.

Respecto a la purificación de los compañeros de viaje de Matariki, había otro problema más. Una vez que «hubieron dado de comer» al jefe, un agitado mensajero le comunicó la noticia.

—Hanu y Kahori han comenzado la ceremonia de la purificación —anunció el guerrero—. Hemos encendido un fuego santo y cocinado en él. Luego, tal como nos dijiste, frotamos la comida en las manos de los impuros. Pero ¿quién tiene que comérsela? Me refiero...

Kahu Heke reflexionó.

—Dijiste —recapituló el guerrero— que la mujer de rango más elevado de la tribu tenía que comérsela. Pero no hay mujeres entre nosotros. Salvo... —Dirigió a Matariki una mirada recatada.

—Yo, desde luego, no pienso comerme nada de lo que esos dos tuvieran entre los dedos —declaró Matariki—. Entre otras cosas porque sería *tapu* —prosiguió—. Tocaría algo que los hombres han tocado antes y...

—Tiene razón, no puede ser —dijo con gravedad el jefe—. Envíamelos aquí, los libraré de la maldición cubriéndolos con mi manto.

El guerrero abrió los ojos como platos.

—¡Se les otorga un gran favor, *ariki*! —exclamó.

Kahu Heke se encogió de hombros.

—Hanu y Kahori han prestado un gran servicio al pueblo —concluyó dignamente antes de darse la vuelta para marcharse.

Matariki se mordió el labio inferior cuando su padre se introdujo en la casa. En el fondo había pensado que le haría compañía mientras ella comía y así le contaría algo más acerca de la misteriosa misión por la que la habían llamado. Pero probablemente también era *tapu* que un jefe viese cómo comía su hija. La joven vaciló de nuevo entre echarse a reír o enfadarse.

Kupe se acercó pudoroso a ella.

—Ahora poder comer. Yo cocinado pájaro. Pero tú coger sola, cuando yo cojo es *tapu*.

Matariki se puso en pie con un refunfuño de protesta. Entendía: no se lo iba a servir. Y posiblemente también para ella se emplearían ollas por separado. Esperaba al menos que el joven fuese un buen cocinero, si bien el «cocinado pájaro» no sonaba muy prometedor.

En efecto, la visión del guiso, compuesto de boniatos que flotaban en una especie de caldo de pollo, le hizo poca gracia. El joven, que todavía estaba ocupado en apagar el fuego mientras Matariki se sentaba a comer, se percató de su desgana.

—Es kiwi —le explicó, y añadió que sabía mejor asado cuando Matariki contrajo el rostro en un gesto de aversión—. Pero es mejor hervir. A malos espíritus no gustan los hervidos.

Matariki levantó la vista al cielo.

—¿Pensáis de verdad que los espíritus pueden devorar vuestra comida si la preparáis de modo que sea más sabrosa? No estáis bien de la cabeza.

El joven se ruborizó.

—¿Puedes decir otra vez? No entendido.

—No tiene importancia —murmuró Matariki, algo avergonzada. Sus padres le habían enseñado a respetar la religión de los ngai tahu, como la tribu respetaba el cristianismo de Lizzie—. Pero ¿por qué no comprendes el maorí? ¿Eres de otra tribu más alejada? Los guerreros de aquí vienen de tribus distintas, ¿verdad?

Una vez más, Kupe solo comprendió la mitad. Era obvio que el dialecto de la Isla Sur de Matariki le exigía demasiado esfuerzo. Pero de repente la muchacha tuvo una idea. Kupe se diferenciaba en todos los aspectos de los demás. No lucía tatuajes, llevaba el pelo corto...

—¿Hablas inglés a lo mejor? —preguntó.

El joven asintió con entusiasmo.

—Oh, sí, sí, claro. Pero... pero yo no debo hablar inglés. Es lengua de enemigo. Debo aprender nuestra lengua...

Matariki lanzó otro suspiro.

—Bueno, ya aprenderás mañana. Vamos a hacer un trato, Kupe, ¿de acuerdo? No diré a nadie que hemos hablado en inglés, pero, a cambio, me haces compañía.

—Es *tapu* —advirtió Kupe, aunque sin perder la calma.

Hanu y Kahori siempre habían mostrado miedo cuando Matariki se acercaba demasiado a ellos. Pero Kupe solo parecía tener miedo de violar el protocolo y de que el jefe tribal le privara de sus favores.

Matariki le sonrió.

—Puedo extender mi manto sobre ti al final —se ofreció—. O mi colcha, ya que por desgracia no llevaba la chaqueta cuando tus simpáticos hermanos me cautivaron. Pero será suficiente...

Kupe le sonrió.

—Creo que en asuntos *tapu* —dijo en inglés—, a veces hay que improvisar un poco.

Matariki respiró aliviada. ¡Por fin una persona con la que podía hablar! Y al parecer no solo porque empleaban el mismo idioma.

—¿De dónde procedes, en realidad? —preguntó a Kupe, mientras daba cucharadas inapetentes a la sopa de kiwi. Los ngai tahu cocinaban mejor—. Eres maorí, ¿no?

Por sus rasgos y complexión física, Kupe no era hijo de *pakeha* y maorí.

El joven asintió.

—Vengo de Poverty Bay —dijo. Matariki se percató de que utilizaba el nombre inglés de la bahía. Seguro que Kahu Heke le habría reñido por ello—. De Gisborne. Estaba en un orfanato.

Matariki lo miró asombrada. Kupe se había sentado a su lado, pero en ese momento se apartaba un poco para no arriesgarse a que la sombra de la hija del jefe se proyectara sobre él. Tampoco la miraba, pero sin duda notaba que ella encontraba extraña su historia. Los niños maoríes no solían acabar en un orfanato, ni siquiera en el caso de que sus padres murieran. La tribu los cuidaba con cariño.

—Todos los niños de mi tribu crecieron en un hospicio —explicó—. En Opotiki se desencadenó en 1865 una epidemia de tifus y muchos miembros de la tribu murieron allí. Te Ua Haumene creyó que debían ser vengados. Envió guerreros que mataron a un misionero...

Matariki había oído hablar de lo ocurrido. Se preguntó si su nuevo amigo sabía que su padre era responsable del asesinato de Carl Völkner.

—Y después quisieron echar al mar a todos los *pakeha* de Poverty Bay —siguió Kupe.

—Lo que ellos no permitieron. —Matariki también sabía esto. Kupe miraba al suelo.

—Los blancos rechazaron el ataque de los hauhau. Y entonces llegaron a nuestro pueblo. No teníamos nada que ver, no sabíamos nada de los hauhau. Pero no nos hicieron caso. Mataron al jefe, ahuyentaron a la tribu y cogieron a los niños. —Kupe hablaba sin inmutarse, como si hubiese contado muchas veces la historia. Pero entonces lo invadió la rabia—. Tuvimos que ser educados como respetables cristianos... —El joven escupió esas palabras.

—¿Metieron a los niños de todo el pueblo en un orfanato? —preguntó Matariki, horrorizada.

Kupe asintió.

—Yo apenas recuerdo nuestro poblado. Era demasiado pequeño. Pero los niños mayores así lo contaban, antes de que nos separasen. Acabamos en distintos hospicios, para que no hablásemos entre nosotros en maorí. Los pequeños enseguida olvidamos la lengua. Por eso ahora tengo que volver a aprenderla.

Matariki estaba consternada. Iba a poner la mano sobre su brazo para consolarlo, pero él lo retiró sobresaltado: era *tapu*. Matariki jugueteó nerviosa con el colgante de jade que llevaba al cuello. Era un *hei-tiki*, un pequeño dios maorí. Haikina se lo había regalado el último cumpleaños.

—Y fue horrible —prosiguió Kupe—. En el orfanato nos pegaban constantemente, siempre nos decían que no servíamos para nada. Con cada error que cometíamos nos repetían lo mediocre que era nuestro pueblo. Si alguien decía aunque fuera una sola palabra en maorí, lo encerraban durante días. Y eso que llevábamos tiempo comportándonos como los niños *pakeha*. Ya no recordaba a mi tribu, y no era ni vago ni tonto, siempre sacaba buenas notas, tal vez podría haber estudiado una carrera. Había becas para Teología. Pero entonces oí hablar de los hauhau en King Country. —Era el nombre *pakeha* de Waikato y otros distritos—. Los misioneros los mencionaban como si fuesen el diablo en persona. Pero para mí fue la oportunidad. Al final me escapé. Y de hecho la encontré. ¡A mi tribu! —exclamó con orgullo.

Por una parte Matariki entendía la dicha de Kupe. Pero, por otra, pensaba que seguramente los blancos no eran los únicos culpables de su infeliz infancia. Sin las provocaciones de los hauhau, a los *pakeha* nunca se les habría ocurrido atacar el poblado del chico.

—¡También tengo un nombre nuevo! —le comunicó el joven guerrero, encantado—. Kupe... ¡el nombre de un héroe! Kupe fue el primer colono de Aotearoa.

Matariki puso los ojos en blanco. Naturalmente, conocía la leyenda. Pero también la historia sobre cómo Kupe y su familia se establecieron en Nueva Zelanda, y podía verse desde distintos puntos de vista. Sin duda había sido audaz al dejar Hawaiki y conducir su canoa hacia un lugar incierto. Aun así, en realidad no le quedaba otro remedio que huir. Kupe había asesinado a un compañero de la tribu y raptado a su mujer. Y luego abandonó a Kura-maro-tini y sus hijos para emprender nuevas aventuras. El padre adoptivo de Matariki, Michael, tal vez habría considerado que Kupe era un héroe, pero su madre Lizzie lo calificaba con desprecio de aventurero. Sin embargo, más le valía no contarle todo eso a su nuevo amigo. Kupe parecía tan contento cuando hablaba de su vida con los hauhau...

—En el orfanato me llamaban Curt.

Matariki rio; ahí al menos podía hacer un comentario despreocupado.

—¡A mí me llaman Martha! —confesó—. Algo de lo que yo, dicho sea de paso, estaba la mar de orgullosa cuando entré en la escuela. Pero, en fin, Kupe es un nombre bonito. —Supo que había dicho lo correcto cuando los ojos de su amigo resplandecieron. A veces Kupe tenía algo casi infantil, aunque debía de ser unos tres años mayor que ella.

Matariki pasó a las preguntas prácticas.

—¿Dónde puedo bañarme, Kupe? A ser posible sin transgredir ningún *tapu*. En algún lugar tiene que haber un estanque o un lago, ¿no? Al menos tendría que lavarme el pelo. Si es posible, sin tocarlo...

Una hora más tarde, Matariki se había lavado en las claras

aguas de un arroyo, para lo cual había tenido que quitarse la blusa mientras Kupe procuraba mirar hacia otro lado. Otra señal de su educación *pakeha*. A las muchachas maoríes no les preocupaba mostrar el torso desnudo delante de sus compañeros de tribu. Matariki encontró el comportamiento de Kupe conmovedor, sobre todo cuando, ruborizado, le tendió un cuenco con agua y jabón.

—Si te lo echas por la cabeza y luego te aclaras el pelo, no tendrás que tocártelo...

Para Matariki se trataba de un *tapu* absurdo, pero hizo lo que le indicaban. Luego dejó caer la melena en el agua. Flotó boca arriba, mientras la corriente le desprendía el jabón, y miró hacia lo alto, hacia la copa verde del kauri. Se preguntaba cuánto tiempo habría necesitado para llegar a esa altura. Al parecer, los kauris alcanzaban los cuatro mil años. Si ese había mantenido la custodia del arroyo aunque solo fuera una cuarta parte de ese tiempo, su semilla habría germinado antes de que los primeros maoríes ocupasen esa tierra. Tal vez un blanco ni siquiera se hubiese dignado mirarlo. Matariki no sabía exactamente dónde se encontraba, pero si hubiese asentamientos *pakeha* en las proximidades, Kahu Heke seguro que habría buscado otro lugar donde acampar. Si fuera por su padre, ahí no habría jamás un hacha *pakeha* que cortara los árboles y los helechos...

La muchacha intentó imaginar Aotearoa sin los blancos, sin casas de piedra, escuelas, rebaños de ovejas... No lo consiguió del todo, y tampoco era algo que anhelase... Pero el aquí y el ahora le gustaba. El río arrastraba el cabello largo hasta la cintura de Matariki, la corriente le acariciaba el cuero cabelludo y ella creía notar hasta en las puntas de los cabellos cómo el agua jugueteaba con sus rizos.

La voz de Kupe la sobresaltó, arrancándola de su ensoñación. El joven había vuelto y miraba fascinado el abundante cabello negro que rodeaba, flotando, el rostro de Matariki como el aura de una ondina.

—Así pareces de verdad una... una maga... —susurró el chico.

Matariki se irguió.

—¡Pues no lo soy! —declaró—. Soy una chica normal y corriente. Pero ya que hablamos de magia: ¿tienes idea de lo que he de hacer para que vosotros... tú y tus hermanos de tribu... os volváis invulnerables?

Kupe se encogió de hombros.

—A lo mejor te lo dice tu padre. Quiere verte antes de las ceremonias nocturnas. Por eso me envía. —Su voz tenía un deje de disculpa. De haber sido por él, no la habría molestado.

Matariki se preguntó cómo tenía que secarse el cabello sin tocárselo. Podría haber cogido el traje de montar, pero no tenía ningunas ganas de quedarse toda la noche sentada, con la ropa mojada, junto a una hoguera, si es que había alguna para ella. Por otra parte, el traje estaba sucio y gastado. Necesitaba urgentemente ropa nueva. También que fuera más de abrigo, el invierno estaba a punto de llegar y ya ahora temblaba de frío por las noches.

La muchacha ignoró cualquier idea en torno a los *tapu* y se escurrió con las manos el agua de sus bucles pesados y negros. Regresó entonces a la casa de su padre y descubrió una construcción provisional en el claro del bosque. ¿Sería esa su vivienda? Seguro que no la dejaban entrar en la cabaña del jefe.

Kahu Heke estaba de pie delante de su casa; probablemente había un *tapu* que no le permitía sentarse frente a los miembros de la tribu de rango inferiores. ¿Cómo se hacían las hijas y los hijos de los jefes si el *ariki* aplicaba todo eso en las relaciones con sus esposas? Matariki se reprimió enérgicamente la risa que le provocaba esa idea blasfema. No podía remediarlo, no lograba tomarse en serio la conducta de su padre.

—Has tenido tiempo de reponerte, Matariki —dijo Kahu Heke—. ¿Crees que estás preparada espiritualmente para participar en las ceremonias de esta noche?

Matariki se encogió de hombros.

—Depende de lo que tenga que hacer —contestó—. Por ahora sigo sin tener ningún hechizo contra las balas de fusil...

Kahu Heke estaba empezando a perder la paciencia.

—Niña, ¿cuántas veces te he dicho que tienes que interpretarlo metafóricamente? —exclamó en inglés. No había palabra maorí para «metafóricamente»—. Y tampoco tenemos que empezar con una gran ceremonia. Tú...

—Padre, te lo repito, no soy una *tohunga* —puntualizó la muchacha—. Ni tampoco voy a convertirme en una, no estoy siguiendo las enseñanzas de ninguna mujer sabia. Cuando era pequeña pasé un tiempo con Hainga y conozco un par de plantas medicinales. Y también sé bailar distintos *haka*.

—¡Ya es algo! —se alegró Kahu Heke—. Por supuesto bailarás, forma parte del rito. También conjurar a los dioses de la guerra. Pero, como ya te he dicho, no lo haremos enseguida, sino... humm... ¿en la luna nueva?

Matariki levantó las manos en un gesto de impotencia.

—Padre, no sé cuándo se hace eso. Ni tampoco qué se hace exactamente. Necesito que me enseñen. ¿Hay alguna *tohunga* que pueda ayudarme?

Kahu Heke caviló unos segundos.

—En fin... Hare dice que una vez asistió a una ceremonia de estas... cuando las tribus todavía luchaban entre sí, en su juventud.

—Hare es... ¿sacerdote?

Matariki empleó la palabra inglesa. En maorí se habría empleado el término *tohunga*, pero significaba «experto» en general. Se podía ser *tohunga* en asuntos espirituales, pero también, simplemente, arquitecto o comadrona.

Kahu Heke se pasó inquieto la mano por el cabello y Matariki observó —divertida una vez más—, que después se olvidaba de inhalar al dios Rauru.

—Es... esto... bueno, yo diría que es *tohunga* en *whaikorero*. Él dirige las ceremonias cuando yo no estoy... Pronuncia unos discursos muy conmovedores.

Matariki sacudió la cabeza.

—Es maestro en el arte del recitado —precisó ella—. Podría decirse que es un contador de historias. ¿Y es él quien tiene que reconstruir ahora una ceremonia tan importante? ¿A la que asistió de niño? ¿O a lo mejor ni siquiera eso?

Kahu Heke se acordó de repente de Rauru y se concedió una breve moratoria en la que inhaló respetuosamente al dios.

—Matariki, ya te lo he dicho antes. Que la ceremonia transcurra con exactitud no es importante. Lo esencial es llegar a los corazones de los hombres. Su propio espíritu los hace invulnerables, no los dioses.

—¿Y si los dioses lo ven de forma totalmente distinta? —replicó la muchacha con insolencia—. Igual los enojamos si nos limitamos a inventarnos algo. Bueno, Hainga, en cualquier caso, no haría algo así. ¡Eso sí sería *tapu*!

Kahu Heke perdió la compostura y empezó a pasear arriba y abajo delante de su casa. Matariki, a su vez, se quedó quieta, donde estaba, sin esquivar la sombra de su padre.

—¡Tú deja que yo decida lo que es o no es *tapu*! —concluyó impaciente el *ariki*—. Salvo bailar, tú no tienes ningún otro papel. Al menos hoy. Baila algún *haka* que conozcas...

—¿Así? —preguntó Matariki, mirándose el cuerpo—. Padre, no tengo ni *piu piu* ni *poi poi*. Así no puede ser...

Las danzas de las chicas jóvenes se expresaban no solo a través de la gracia de las bailarinas, sino también por sus faldas confeccionadas con muchas hojas de lino, endurecidas una a una, que al moverse producían un susurro que acompañaba la melodía de las chicas. Además, balanceaban bolas de lino al extremo de unas largas cintas que también emitían un sonido y acentuaban el ritmo. Matariki sabía cómo confeccionar ambos elementos, pero el lino necesario para ello habría tardado semanas en endurecerse. Sin contar con que habría que tejer la parte superior con los colores de la tribu.

—¡No puedo bailar con el viejo traje de montar!

Kahu Heke no podía hacer oídos sordos a ese argumento, aunque en realidad no estaba seguro de si la hija del jefe tenía que ir desnuda en las ceremonias decisivas. El guerrero Hare había mencionado algo así, pero no quería correr el riesgo de que Matariki volviese a contradecirle.

—Bien —dijo finalmente—. Hoy todavía no bailarás. Enviaré de inmediato un guerrero al pueblo vecino y allí conseguirá la indumentaria necesaria. Tienes que ir vestida como uno de los nuestros.

—¿Siempre? —preguntó Matariki, horrorizada.

La ropa tradicional maorí era bonita, pero no proporcionaba mucho abrigo. Esa era la razón de que los ngai tahu prefirieran llevar vestidos *pakeha* cuando no había que celebrar ninguna fiesta o ceremonia de saludo. En tales casos uno entraba en calor bailando y cantando.

Kahu Heke no le contestó. En lugar de ello, volvió a hablar de los tatuajes.

Los ojos de Matariki centellearon de furia.

—Ya te lo he dicho, ¡no quiero llevar *moko*! Primero, no me gusta y... ¡hace daño! Con esa aguja que rasca. Y los colores... ¡Además, puede infectarse la piel!

Hainga había hablado a las muchachas de los ngai tahu de distintas plantas que antes se utilizaban para evitar las infecciones que se producían tras haber tatuado a una persona. De todos modos, los resultados no siempre eran satisfactorios, una razón más, probablemente, por la que los ngai tahu, debido a su pragmatismo, hubiesen rechazado esa práctica.

—¡Eres la hija de un jefe! —le recordó con severidad Kahu Heke.

—¡Por eso! —Matariki sonrió con aire triunfal—. Yo soy la hija de un jefe y nadie tiene que tocarme. Así que nada de *moko*. ¿Quién iba a dibujarme el tatuaje? ¿Acaso los ngati pau no se lo tomaban antes en serio? ¿O es que en realidad no eres hijo de un jefe? ¿No era Hongi Hika solo tu tío?

—¡Tengo suficiente sangre real! —declaró solemnemente Kahu Heke, pero dejó sin responder la pregunta acerca de su tatuaje—. Y ahora ven, Matariki, los hombres aguardan. Bailarán alrededor del *niu*... y, como mínimo, debes hacer acto de presencia, aunque hoy no aportes nada a las ceremonias.

# 8

Estaba oscureciendo y, lentamente, Violet empezaba a sentir miedo de su propia osadía. El camino de Treherbert a Treorchy se alargaba y, además, Rosie se iba deteniendo: hacía rato que la pequeña estaba cansada. Por añadidura, la ligera llovizna de la tarde se había convertido en un aguacero. Violet estaba totalmente empapada y sus viejos zapatos se habían ensanchado cuando por fin llegaron a las primeras casas del pueblo.

Treorchy no había surgido como Treherbert, solo a partir de la fundación de una mina. Antes de que se abrieran los primeros pozos ya existía una población. De ahí que hubiese más casas aisladas y que el pueblo no ofreciera únicamente calles con hileras de viviendas todas idénticas. Treorchy había sido diminuto en su origen e incluso ahora, cuando había crecido una enormidad a causa de las viviendas mineras, bastaron las explicaciones de Ellen para encontrar la casa del zapatero Seekers.

El corazón de Violet latía deprisa cuando abrió la puerta del jardín, con una verja de celosía bonita y cuidada, arriates de flores y bancales de hortalizas con quien alguien se esforzaba por luchar contra la carbonilla, también ahí presente por doquier. Violet puso atención en que Rosie no pisara los sembrados. Y cuando llegó delante de la puerta, miró la aldaba con forma de fauces de león. Una aldaba de latón... un lujo para Violet. En las casas de los mineros no podían permitirse algo así ni tampoco lo necesitaban. Como nadie tenía nada que robar, la mayoría de las veces las mujeres se limitaban a dejar la puerta abierta. Por lo demás, bastaba con un simple golpe en la puerta para anunciar que había visita. Las viviendas eran pequeñas y las paredes, delgadas.

Si no hubiese llovido tanto, Violet tal vez se habría pensado una vez más si debía golpear a la puerta. En ese lugar todo le parecía bonito, muy distinto de su casa. El buzón, por ejemplo, también de latón con adornos de esmalte. Y el felpudo de colores delante de la puerta de la vivienda, en el que había algo escrito. «Bienvenido», deletreó Violet. Eso le dio valor.

—¡Quiero volver a casa! —gimoteó Rosie.

Violet tomó aire y llamó a la puerta. Luego cogió a su hermana en brazos después de limpiarle rápidamente la nariz.

—¿Es que no puedes sonreír? —murmuró.

Pero entonces se oyeron unos pasos. La puerta se abrió y una bocanada de aire caliente la golpeó. Violet pestañeó a la luz de una lámpara de aceite. El hombre que había abierto era flaco y estaba pálido. Y el rostro barbudo, en el que se veían unos ojos tan azules como los de Violet, reflejaron una perplejidad total.

—¿Ellen? —preguntó.

Pocos minutos después, Walter Seekers había superado la impresión. Por supuesto, no podía ser Ellen quien en esos momentos se hallaba inesperadamente ante su puerta, pero la joven Violet guardaba un parecido enorme con su madre a la turbia luz de la lámpara. El zapatero era incapaz de apartar la vista de ella. A su vez, la muchacha casi se había desplomado cuando él se había dirigido a ella con el nombre de su madre. Violet no había logrado pronunciar palabra, pero, al final, ambos se recompusieron. Violet Paisley, la hija de Ellen... Walter Seekers casi no lograba creer que la persona que lo visitaba fuese de carne y hueso.

Sin embargo, enseguida puso suficiente orden en su mente para invitar a su nieta a cobijarse de la lluvia. Violet se encontraba en esos momentos sentada frente a la chimenea, con su hermana menor en brazos. Trataba de secarse la ropa y de no mirar a su alrededor con demasiada curiosidad mientras Walter preparaba un té.

—¿Y la pequeña? ¿Cómo se llama? Querrá una taza de chocolate, ¿verdad? —preguntó vacilante—. No... ¿no será tu hija?

Violet miró a su abuelo con severidad, una expresión que él conocía bien en su hija.

—Claro que no: tengo trece años. Es Rosemary, mi hermana.

Walter Seekers («mi abuelo», pensó Violet) tenía lágrimas en los ojos.

—Rosemary... —musitó—. Como mi difunta esposa. La llamó como su madre.

Violet sabía esto, pero desconocía que Rosemary Seekers había muerto.

—Falleció hace un año —contó Walter con tristeza, al tiempo que depositaba una humeante taza de té delante de Violet.

Pero todavía más apetitoso era el aroma que desprendía la bebida dulce y de color marrón que Rosie paladeó al principio con cierta desconfianza. ¡Y ahora su abuelo abría una lata de galletas para el té!

—Ojalá hubiese podido vivir este momento. Siempre pensamos que Ellen volvería algún día. Rosemary estaba totalmente convencida. Ese tipo... disculpa, hija, por supuesto es tu padre... pero siempre fue un inútil. Pensábamos que Ellen acabaría dándose cuenta tarde o temprano.

—A mamá le da vergüenza —resumió Violet.

Walter gimió.

—El orgullo le viene de mi Rosie... ¡Pero cuéntame, Violet! ¿Por qué has venido? ¿Qué puedo hacer por ti?

Violet le contó que Jim no trabajaba y que se habían quedado sin casa, mientras Rosie engullía una galleta tras otra.

—Pero ahora papá tiene un puesto de capataz —añadió Violet, para no dejar tan mal a su padre—. Lo malo es que todavía no le han dado ninguna paga. Cuando se la den, podrá pagar el alquiler. A lo mejor... a lo mejor podrías ayudarnos con un par de chelines...

Walter Seekers suspiró y planteó la misma reflexión que atormentaba a Violet durante las dos últimas semanas.

—Ay, hijita, si a tu padre no le han pagado hasta ahora, ya

no le pagarán. ¿Qué clase de mina es esa que está en quiebra dos semanas después de su apertura? En fin... una mina de montaña en Treherbert...

Aunque Walter Seekers era zapatero y no minero, llevaba tiempo suficiente en esa región para conocer los datos más importantes en torno a la minería.

Violet se encogió de hombros.

—Creo que os llevaré a casa en el carro. ¿Sabe vuestra madre que estáis aquí?

La niña, avergonzada, movió negativamente la cabeza.

—Ella no quería que viniera. Pero yo... señor Seekers, yo...

—Abuelo —la corrigió el hombre sonriendo—. ¡Ya he esperado suficiente! Y da igual lo que piense tu madre, ahora estará muerta de preocupación por si os ha pasado algo a ti y a la pequeña Rosie.

Entretanto, la niña se había subido a las piernas del anciano. Normalmente solía recelar de los hombres, pero la barba de Walter Seekers la cautivaba, y su voz era tranquila y cordial, no estrepitosa y agresiva como la de su padre y los amigos de este. En esos momentos Walter le impedía con suavidad que le tirase de la barba y le revolviera el cabello.

—Puedo ir a pie —contestó Violet, declinando el ofrecimiento.

Sin duda habría sido una falta de consideración permitir que el anciano enganchara el carro con ese diluvio. Además, su padre ya habría llegado. Si veía que su abuelo la llevaba a casa...

—¡Bah! —Walter cogió el abrigo y se metió en su dormitorio para salir después con un capote ancho y sin duda impermeable—. Toma, es de mi Rosie. Las dos cabréis ahí dentro. Es como una tienda de campaña, Rosemary, podrás esconderte debajo.

Rosie se puso a reír y enseguida se metió debajo del capote para aparecer acto seguido con un alegre «cucú», cuando la intimidada Violet se cubrió con él.

—Gracias —musitó—. Puedo... ¿puedo ayudar en algo? ¿Con el caballo, por ejemplo?

Violet nunca había estado más cerca de dos varas de un caballo, pero quería ofrecer su colaboración a toda costa.

—¿Podemos llevarnos las galletas? —preguntó Rosie.

Walter frunció el ceño cuando vio la mirada ávida de Violet. Aunque su nieta mayor lo rechazó educadamente, en el fondo...

—Dime, Violet —preguntó pensativo—, ¿pasáis hambre?

Cuando el caballo por fin estuvo enganchado y Walter Seekers hubo arrojado un par de lonas en el coche para proteger en parte a sus dos pasajeras de la lluvia, añadió también un cesto lleno de víveres que reunió a toda prisa. Pan, queso, algo de carne seca (de la que Violet no lograba apartar la vista), mantequilla y leche. La niña apenas recordaba el sabor de la mantequilla... Ya se imaginaba la cara de Ellen cuando desenvolviera todos esos tesoros.

*Lucy*, la yegua cob de Walter Seekers, vieja pero bien cuidada, trotó con brío en cuanto salieron a la carretera pavimentada que conducía a Treherbert. A juzgar por las apariencias, esperaba concluir el viaje bajo la copiosa lluvia lo antes posible. A esas alturas, ya era de noche.

—¿Hay un establo de alquiler o algo parecido en Treherbert? —preguntó Seekers, cubriéndose a sí mismo y a sus nietas con las lonas, con escaso resultado—. No creo que vuelva esta misma noche. *Lucy* debe estar al abrigo de la lluvia, y yo también.

—¡Puedes dormir conmigo! —invitó Rosie a su abuelo generosamente. Violet se mordió el labio inferior.

—No lo sé —musitó.

Walter Seekers le dirigió una sonrisa de complicidad.

—Ya lo sé —dijo—. Tu padre y yo no somos precisamente grandes amigos. Y a estas horas seguramente llevará ya bastante rato borracho.

Violet asintió aliviada y evitó que ambos constataran que Jim Paisley ebrio no era lo que podía calificarse de amable.

—No te preocupes, algún sitio encontraré donde refugiarme. Conozco muy bien al cochero de Davies, hace años que le hago las botas. —David Davies era uno de los mayores propietarios de minas de Rhondda. Su cochero viajaba mucho—. Si me dices dónde tienen su residencia los Davies, me alojaré en el establo.

Violet no tenía ni idea de dónde vivía el acaudalado señor Davies, pero en ese momento ante sus ojos surgieron las débiles luces de Treherbert e indicó a su abuelo el camino por But Street, en cuya zona más antigua vivían los Paisley. En realidad había esperado encontrar la casa sin luz o, como mucho, haber visto brillar la llama de una vela detrás de la ventana. Su madre sin duda estaría preocupada. Sin embargo, ya desde el exterior se percataron de que algo estaba ocurriendo en la vivienda. Las lámparas ardían en la sala de estar y en el dormitorio, y por todas partes resonaban voces y gritos.

—¡Te voy a matar a ti y a esa listilla también!

—Déjalo estar, papá...

—¡Deje a su esposa en paz o llamamos a la policía!

La atrevida señora Brown, de la casa contigua, parecía más decidida que Fred, que daba toda la impresión de estar completamente borracho.

El señor Brown todavía habría podido ser más convincente, pero nunca se mezclaba en los asuntos ajenos.

—Papá está pegando a mamá —susurró asustada Rosie, ovillándose bajo el capote de Violet.

La niña mayor se desprendió vigorosamente de su hermanita y saltó del pescante tan deprisa como pudo. Su abuelo estaba más ágil de lo que ella había pensado: el hombre se limitó a dejar el carro en la calle y echó a correr hacia la entrada. Tras la puerta cerrada se oían ruidos como de una batalla y los gritos sofocados de Ellen. Walter Seekers arremetió contra la puerta y la abrió de par en par. Violet quería meterse directamente, pero la señora Brown la agarró y cogió en brazos a Rosie, que había seguido a su hermana y su abuelo.

—Yo me ocupo de la pequeña, es mejor que no lo vea...

Violet musitó las gracias e irrumpió en la vivienda, justo a tiempo de ver cómo su flaco abuelo, con un potente gancho de derecha, derribaba al más pesado, pero también borracho y totalmente perplejo, Jim Paisley.

—¡Ni te atrevas a volver a tocar a mi hija! —gritó Walter.

Fred, que llevaba rato intentando separar a su padre de su madre, aunque sin mayor empeño, contemplaba atónito la escena.

Ellen gemía acurrucada en un rincón y se protegía el rostro con la mano. Le sangraban unas heridas en la ceja y junto a los labios, uno de los ojos se estaba hinchando, pero su estado no parecía ser grave.

—Mamá... —Violet la ayudó a levantarse y se lanzó a sus brazos.

Pero Ellen no prestó atención a su hija, sino que miraba incrédula al recién llegado que, lleno de determinación, había golpeado a su esposo.

—Papá... —susurró.

—En esta casa no te quedas ni un día más.

Walter Seekers necesitó algo de tiempo para recuperar el aliento y luego se quedó mirando desconcertado el decrépito alojamiento de donde acababa de expulsar a patadas a Jim Paisley. No era fácil sacar al zapatero de sus casillas, pero cuando montaba en cólera, era algo serio. Muchos años antes, la misma Ellen lo había tenido que experimentar dolorosamente, y ahora Jim había probado la misma medicina. Fred había seguido a su padre sin pronunciar palabra. También el joven daba la impresión de estar muy bebido, hasta el extremo de creer incluso que Walter Seekers era una especie de espíritu vengativo salido del infierno.

En cualquier caso, ambos Paisley volvían ahora hacia el *pub*, si es que todavía estaba abierto. Rosemary se abrazaba a su madre, que iba reaccionando lentamente, mientras Violet intentaba vanamente poner orden en la casa. En su ataque de ira, Jim había destrozado la mitad del ya de por sí escaso mobiliario.

—Ha vuelto a perder el trabajo —informó Ellen, todavía jadeante—. Y, por algún motivo, te hace responsable a ti, Violet, no tengo ni idea de la razón. Tendría que haberlo dejado en paz, a lo mejor se habría dormido y mañana se habría olvidado. Pero tenía que contarle lo de la carta.

Señaló impotente la orden de desahucio, o más bien lo que

quedaba de ella, pues Jim Paisley había roto el papel y lo había tirado al suelo.

—Pero ¿qué dices? ¿A santo de qué tenías que dejarlo en paz? —se sulfuró Walter Seekers—. No hagas como si tú hubieses podido cambiar la situación. ¿Cuántas veces te ha pegado, Ellen? ¿Una, dos veces al mes? ¿O a la semana? Por todos los cielos, hija, ¿por qué no volviste a casa?

En ese momento abrazó por fin a su hija, con mucho cuidado para no hacerle daño.

—Bueno, eso ya no importa; ahora mismo os venís conmigo. Aquí no os quedáis ninguna ni un minuto más, en cuanto cierren el *pub* vendrán esos dos. Coge lo que quieras llevarte, Ellen, y tú también, Violet. Hemos de estar fuera antes de que vuelva a aparecer.

—Pero, y Fred... ¿Qué pasará... ? —Ellen todavía estaba demasiado sorprendida para pensar en una huida—. Es mi hijo...

—¡Esta noche era un cómplice de tu marido! —señaló Walter con dureza—. Si mañana está sobrio ya hablarás con él; también será bien recibido en mi casa si se comporta como es debido. Pero hoy tendrá que decidir dónde se queda.

—Puede dormir en casa si nosotros nos hemos ido —intervino Violet tranquilizadora.

En cuanto a ella, no necesitó ni tres minutos para coger algo de ropa y hacer un hatillo. Aparte de eso, sus únicas pertenencias eran un prendedor que le había regalado Heather y un cuaderno escolar barato en el que a veces escribía torpemente las letras. El mayor deseo de Violet era aprender a leer y escribir sin faltas, pero nunca había ido al colegio y lo poco que le habían enseñado su madre o el reverendo en la escuela dominical no era suficiente.

—¡Ya está! —anunció—. Ahora haré el equipaje de Rosie y de mamá. Llévalas a las dos al carro, abuelo, enseguida estoy con vosotros.

Violet metió en un cesto el escaso vestuario de Ellen y algo de ropa blanca para Rosie. Al final añadió la muñeca que la semana anterior Kathleen Burton había cosido con retales y rellenado con serrín para la pequeña. Rosie estaba la mar de orgullosa del juguete, ya que nunca había tenido una auténtica muñeca.

Fuera, Walter Seekers plegaba las lonas alrededor de su hija y de la menor de sus nietas. Ellen temblaba y parecía vacilante, seguramente también le dolían las heridas. Pero su padre y Violet no admitieron más discusiones. Después de todos esos años, Walter quería llevarse de una vez por todas a su hija a casa. Y Violet veía su futuro con un optimismo que nunca había conocido. En Treorchy no necesitaría trabajar, sino que podría asistir a la escuela. Ya no sería la hija sucia y mísera de un minero, sino la nieta del zapatero. Y viviría en una casa de verdad, con un jardín y todo. Una casa que pertenecía al abuelo. Ellen ya no tendría que volver a preocuparse por si el borrachuzo de su esposo pagaba o no el alquiler.

Violet se habría puesto a reír y cantar, pero hacía un tiempo demasiado deprimente. La lluvia no cesaba de caer y ya de camino al carro se quedó empapada de nuevo.

También las carreteras se veían afectadas por la humedad y la lluvia torrencial. En Treherbert todavía estaban bien pavimentadas, pero en cuanto Walter Seekers salió de la población y se dirigió hacia el sur, tuvo que ir evitando baches y bordeando los lugares desmoronados. En algunas partes, la carretera era inexistente o estaba inundada por el río desbordado y tenían que dar un rodeo.

—¿De verdad hemos de llegar hoy a Treorchy? —preguntó Violet agotada, cuando Walter Seekers volvió a pedir a sus pasajeras que bajasen para aliviar la carga del caballo y el carro en un lugar especialmente crítico. Ellen se apoyaba en su hija y Rosie volvía a llorar.

Agotado, Walter miró a su nieta. Ya hacía tiempo que llevaba el sombrero calado y el agua le corría por los cabellos y la barba.

—¿Adónde vamos a ir, si no? —preguntó—. En el establo de los Davies no podemos quedarnos los cuatro...

—¡Pero sí encontraremos refugio en casa de los Burton! —exclamó Violet—. Si giramos aquí a la derecha quedan menos de dos kilómetros para llegar a su casa. Seguro que nos alojan.

El recuerdo del salón, que había adecentado con Kathleen y Heather y en el cual ardería en esos momentos la chimenea, le infundía ánimos. Seguro que los neozelandeses no les cerraban las puertas.

—Es la familia con la que trabajas, ¿verdad? —quiso saber Walter, todavía algo receloso—. Un sacerdote... No ese que todavía quiere convencer a tu madre para que... vaya... que vuelva con ese tipo... bueno... abusador.

Violet sacudió la cabeza.

—Seguro que no, el reverendo Burton no es así. Y por aquí, de todos modos, no podemos avanzar.

Era cierto. El siguiente paso hubiera sido cruzar el río, pero la corriente había arrastrado el puente. Walter Seekers reflexionó un instante qué otros rodeos podía dar, pero la idea de tener que viajar más horas bajo ese aguacero le instó a decidirse pronto.

—Está bien, pequeña. ¿Por aquí? Vuelve a subir, Ellen, todo irá bien. Y tú, Rosie, deja de llorar. Mira en el cesto, todavía quedan galletas, ¿no querías llevártelas?

Rosie se tranquilizó con un par de galletas remojadas y Walter Seekers dirigió a la reticente *Lucy* hacia el camino que conducía a Burton House. La yegua, que había emprendido de buen grado el regreso a casa, se mostraba mucho más reticente a tomar esa dirección, de forma que avanzaba despacio por el trillado camino vecinal que estaba lleno de barro, mientras pasaban por la montaña en que Randolph Burton había excavado su mina. *Lucy* tiraba del carro montaña arriba y luchaba tenaz contra el suelo pedregoso y resbaladizo.

Y entonces ocurrió: Walter Seekers vio demasiado tarde el profundo y pedregoso surco que el agua había abierto en el camino. *Lucy* superó el obstáculo de un salto, pero el coche cayó con estrépito y se rompió el eje.

El caballo se detuvo cuando las ruedas se quedaron bloqueadas.

Walter Seekers soltó una maldición.

—Bueno, no nos queda más remedio que seguir a pie —suspiró, dispuesto a desenganchar a *Lucy*—. Lo siento, señoras... Lo único que puedo ofreceros es el caballo.

Ni la madre ni las niñas querían montar en el caballo empapado, aunque Ellen estaba muerta de cansancio. Violet pensó con espanto en el trayecto a pie por el barro. Hasta casa de los Burton seguro que todavía quedaba un buen trecho. Su abuelo fue en busca de la lámpara de petróleo que había iluminado tenuemente el carro. Al menos con ella no tendrían que andar a tientas en la noche cerrada. Finalmente, Walter les iluminó el camino. Violet había cogido el cesto de las provisiones. Nunca se sabía...

—Si al menos encontrásemos un bosquecillo o un lugar similar donde guarecernos... —murmuró Walter.

Apenas habían dado unos pocos pasos cuando se hizo evidente que ni Ellen ni Rosie conseguirían seguir adelante. El delgado abrigo de la madre ya estaba totalmente mojado y el vestido húmedo no solo aumentaba el tremendo frío, sino que le pesaba.

—Podría adelantarme y traer un carro o un caballo...

—¡Yo lo haré! —se ofreció Violet, al tiempo que intentaba calcular la distancia que los separaba de la casa.

El camino y la montaña, sin embargo, se le antojaron inesperadamente cambiados. Había muchas huellas de pies y carros, en la cuneta había escombros... y luego ¡la entrada de una galería en la ladera!

—¡Mira, abuelo, podemos protegernos allí! —Violet señaló ansiosa la garganta oscura que en esos momentos no parecía amenazadora, sino un refugio acogedor ante el horrible temporal—. Hay un túnel en la montaña.

—¿Un túnel? —preguntó Walter, sorprendido, y se acercó a la entrada de la galería—. Más bien una mina... ¿Hay una mina aquí, Violet? Ten cuidado, no vayas a caerte si hay un pozo ahí dentro.

Pero la niña ya se había adelantado.

—¡Una mina de montaña! —informó—. Debe de ser esa nueva en la que papá estaba trabajando.

Ellen asintió, cansada.

—Y que el reverendo ha cerrado hoy. Por eso Jim estaba tan enfadado. Es...

—Es un desgraciado —concluyó Walter escuetamente—. ¿Se puede entrar, Violet? ¿Es seguro?

Al principio la niña solo vio un refugio contra la intemperie. La galería se introducía treinta o cuarenta varas en la montaña y estaba seca. La lámpara del carro con que Walter la seguía ahora iluminaba un techo que apenas superaba la altura de un hombre y unas paredes lisas.

Walter suspiró satisfecho.

—Nos quedaremos aquí —decidió—. Hasta que mejore el tiempo, incluso si sigue así hasta mañana por la mañana...

Violet iba a decir algo, pero su abuelo le pidió que callara.

—No, Violet, nada de salir y tratar de hablar con los señores. Primero, podría pasarte algo; segundo, que engancharan un carro con este tiempo sería exigirles demasiado, y quién sabe si el camino todavía está transitable. No, nos quedaremos aquí y mañana seguiremos a pie.

Decidido, se dispuso a conducir a *Lucy* al interior de la galería, pero mientras que Ellen y las niñas se pusieron a salvo de la lluvia con alivio evidente, el caballo no se atrevió a dar ni un solo paso. Walter intentó sin gran entusiasmo obligar a la yegua a entrar, pero esta no se dejó convencer.

—¡Entonces quédate fuera, atontada! —rezongó Walter, soltando las riendas—. Voy a atarla, poneos todo lo cómodas que podáis. Ahí, Ellen, lo más adentro posible, hace más calor. Si encuentro un poco de leña seca hasta puede que encienda una hoguera.

En la galería no había leña, pero Ellen se calentó las manos acercándolas a la lámpara de petróleo y Rosie pronto se consoló con el contenido del cesto. En toda su vida había comido la niña esas delicias. Carne seca, salchicha... leche fresca para ayudar a bajar todo eso... Rosie comía a dos carrillos. Violet se preocupaba sobre todo de que su madre se llevase algo a la boca. Ellen estaba muy pálida, las heridas volvían a sangrar y tenía el ojo totalmente hinchado. El reverendo Peter habría llamado a un médico o él mismo habría atendido a Ellen, pues en los yacimientos de oro había dirigido un hospital. En cambio allí no podía hacerse nada, pero, pese a todo, Ellen no moriría a causa de sus heridas.

—Solo necesito tranquilidad, hija —dijo al sorprender la mirada preocupada de Violet—. Durmamos un poco y...

Sus palabras quedaron apagadas por una especie de trueno y pareció como si el suelo se moviese bajo sus pies. ¿Una tormenta? Violet descartó del todo la idea de poder llegar esa noche a Burton House.

—Me encuentro mal —dijo Rosie—. Creo que voy a vomitar, mamá...

Violet suspiró.

—Esto te pasa por comer demasiado —gruñó—. Pero no vomites aquí, apestará toda la noche.

—Salgo con ella —dijo Ellen, ya medio dormida.

Violet agitó la cabeza.

—Qué va, ya voy yo. Así echaré un vistazo al caballo, abuelo, a lo mejor quiere ponerse al abrigo.

La idea de que *Lucy* estuviera como una sopa no le gustaba nada. Se había encariñado con el caballo y se preguntaba por qué se negaba de forma tan rotunda a entrar en la galería. A fin de cuentas, no había querido salir del establo.

—Voy a vomitar...

El gemido de Rosie se volvió más urgente... mientras fuera volvía a tronar. Violet cogió en brazos a su hermanita y la sacó de la galería. *Lucy* las saludó con un relincho. Parecía temerosa... ¿o acaso pedía algo? El abuelo había atado a la yegua en un lugar lo más resguardado posible junto a la entrada a la galería, donde se habían clavado en la pared unos aros para atar a los caballos que se utilizaban en las tareas de la mina. Pero *Lucy* parecía querer marcharse de allí. Pateaba inquieta y Violet tuvo miedo de ella. Condujo a Rosie lejos de la entrada, junto al borde del camino, donde enseguida vomitó. Violet le aguantaba la cabeza mientras pensaba en volver a ponerse al abrigo de la lluvia. Y en ese momento, muy deprisa, ocurrió todo.

El trueno resonó una vez más. Pero el estruendo no parecía proceder del cielo, sino de la montaña. ¿O era la misma montaña la que retumbaba así? Por el rabillo del ojo, Violet vio que *Lucy* hacía un esfuerzo desesperado por tirar de la cuerda y liberarse, al tiempo que una cascada enorme de piedras y barro se precipitaba ante ella. Si el caballo no se hubiese soltado, el desprendimiento de tierras lo habría enterrado. Mientras Violet todavía miraba atónita la entrada de la galería, volvió a tronar y otros montones de tierra cayeron en la entrada, al tiempo que un pedazo de roca rodaba hacia Violet. Apartó a Rosie de la montaña y oyó gritar a Ellen (¿o fue su propio grito?, ¿o el de Rosie?). Procedentes de la colina, se precipitaron las aguas, un torrente que arrastraba consigo rocalla y tierra. La apertura de la galería ya no se distinguía, el mundo parecía haberse convertido en lluvia, montones de tierra y truenos.

De repente reinó la calma y se hizo el silencio, salvo por la lluvia que no cesaba de caer, los golpes con los cascos de *Lucy* y el llanto de Rosie.

Violet corrió a las montañas de piedras y tierra tras las cuales debía de encontrarse el acceso a la galería. Empezó a excavar con las manos.

—¡Mamá! —gritaba sollozando, sin obtener respuesta. La hija mayor de Ellen se rindió—. Hemos de pedir ayuda —dijo con voz ahogada—. Ven, Rosie. Tienes que acompañarme.

Violet sacó fuerzas de flaqueza. Una parte de ella quería quedarse ahí, llorar y gritar y, preferiblemente, morir. Pero otra parte no perdía la sensatez, miraba el lugar de infortunio como quien se ve involucrado en un hecho por casualidad, y era consciente, sobre todo, de que debía proteger a Rosie del frío y la lluvia. Se acercó con cautela a *Lucy*, que se había quedado cerca y mordisqueaba, ahora tranquila, la hierba del borde del camino. La vieja yegua la miró con aire cordial.

Violet levantó a Rosie para colocarla en la grupa.

—Ahora irás a caballo. Y no hay peros que valgan, sujétate fuerte. Puedes hacerlo. Tenemos que ayudar a mamá... Y si he de llevarte yo en brazos, tardaremos horas.

*Lucy* avanzó obediente junto a Violet y permitió incluso que la pequeña se agarrara a sus crines cuando el camino se hacía demasiado resbaladizo. Sin embargo, tardaron una eternidad hasta que por fin se divisó Burton House. Como era de esperar, no había ninguna luz encendida. El miedo se apoderó de Violet. ¿Qué ocurriría si los Burton no estaban en casa? ¿Si nadie les abría? ¿Si...?

Dejó libre al caballo en el jardín, arrastró a la quejumbrosa Rosie por las escaleras hasta alcanzar la puerta de entrada y golpeó desesperada. La aldaba no bastaba, pues en el interior no se movía nada... Violet buscó piedras que lanzar contra la ventana. Estaba muerta de agotamiento y consternada.

Pero entones oyó pasos... y acto seguido se arrojó sollozando a los brazos de Peter Burton.

—Reverendo... reverendo... la galería, la mina de montaña... mi madre...

# 9

La oración de la tarde de los hauhau respondía en cierto modo a lo que Matariki ya había visto al mediodía. En esos momentos las expresiones furibundas de los hombres y sus gritos la asustaban más que la divertían. Tal vez porque a la luz de las antorchas todo producía un efecto más marcial, pero también porque en esa ocasión faltaba el aguijoneante discurso de su padre. Tras sus palabras de guerra, el monótono *rire, rire, hau, hau* de los hombres había sonado un poco como un grito de batalla. A Matariki casi le había recordado los partidos de hockey de la escuela.

En esos momentos, sin embargo, se perdía el aspecto lúdico. Los hombres rodeaban el asta —que denominaban *niu*— en el centro del campamento con religiosa gravedad y recitaban sílabas carentes de sentido. Kahu Heke y Hare, el «maestro del bello recitado» y autonombrado experto espiritual de esa extraña tribu, lanzaban a veces observaciones o nombres. Algunos eran repetidos por los guerreros, por ejemplo, si profería «*pai marire*», «*hau, hau*», «Te Ua Haumene» o «en el nombre de Gabriel o Atua». Los hauhau respondían a palabras como «libertad», chillando más alto todavía. El griterío que reinaba en el claro era insoportable. Matariki no creía que el siguiente pueblo normal de los te maniapoto estuviese muy cerca.

La ceremonia se prolongó durante horas, tanto que Kupe parecía totalmente agotado cuando dio la vuelta al asta por centésima vez con paso marcial. Sin embargo, la mayoría de los guerreros parecían caer en una especie de trance violento. Matariki sentía que sus gritos le perforaban los oídos, se diría que no había cosa que deseasen más que tener delante al enemigo. Algunos agitaban la lanza, otros se daban golpes en el pecho para dar prueba de que se sentían invulnerables. Para Matariki, todo eso resultaba extraño y amenazador, mucho más que los *haka* de guerra que su propia tribu bailaba de vez en cuando para no perder la práctica. Las danzas ceremoniales servían para intimidar, pero lo que estaba viendo ahí era distinto. Eso transformaba a los guerreros. Era peligroso.

Matariki perdió el apetito. Cuando los hombres por fin concluyeron y recobraban fuerzas, y Kahu Heke se retiró de nuevo a su casa seguido del bondadoso Kupe, que le dio de comer antes de hacerlo él mismo, la niña lo único que quería era ir a dormir, deseando poder sacarse de los oídos de una vez por todas el eco del grito de guerra.

Kupe depositó delante de la cabaña un trozo de pan ácimo y esta vez pechuga de kiwi asada. Matariki oyó sus pasos y aguardó atenta. Esperaba que se alejaran enseguida, pero el joven se quedó, como debatiendo consigo mismo. Al final se impuso la educación *pakeha* y Kupe cedió al impulso de hablar de nuevo con la venerada hija del jefe.

—¡Buenas noches, Matariki! —gritó en inglés.

Por razones inexplicables, Matariki se sintió mejor cuando le respondió.

—¡Buenas noches, Kupe!

A la mañana siguiente, los penetrantes gritos de los guerreros despertaron a Matariki. Por lo visto, el espíritu de los hauhau o lo que fuera se conjuraba al menos dos veces al día. La muchacha se cubrió la cabeza con una manta para apagar los alaridos, pero ya podía olvidarse de dormir. Matariki se puso en pie y comió lo que Kupe había dejado a la entrada. Hacia el mediodía encontró además *poi poi* y un vestido delante de su alojamiento. Se parecía en lo esencial a la indumentaria de baile de los ngai tahu, pero la parte superior, sin mangas, tenía otro estampado. Así debía ser: los estampados se distinguían según las tribus y pasaban de generación en generación entre las mujeres.

En cuanto a Matariki, se alegró de poder llevar la parte superior; había supuesto que en esas ceremonias tan importantes en las que su padre quería involucrarla tendría que ir con el torso desnudo. Todavía tenía la delgadez de una adolescente, pero ya se intuía que su figura se hacía más femenina. Pese a ello, el vestido de baile le iba demasiado grande. Kupe tardó un poco en encontrar los utensilios necesarios para estrecharlo. Al final Matariki se lo arregló sin ganas con hilo y aguja, al tiempo que pensaba que lo que le gustaría sería estar en el poblado de donde procedía el vestido. Allí las mujeres y las chicas seguro que la habrían ayudado mientras bromeaban diciendo que sus pechos eran tan pequeños como los granos de uva que su madre cultivaba. Luego todas se habrían maravillado de su nuevo vestido y habrían reído y bailado con ella. Matariki añoraba la normalidad de un poblado maorí habitual y, al mismo tiempo, temía por sus vecinos desconocidos. Bien, el poblado no estaba cerca, pero sin duda se llegaba a él en pocas horas. Debido a la proximidad de su campamento, Kahu Heke lo ponía en el mismo peligro en que tiempo atrás se había puesto a la tribu del joven que en la actualidad recibía el nombre de Kupe.

Anocheció y Matariki siguió angustiada a su padre al campamento. Los guerreros ya habían empezado a dar vueltas alrededor del asta.

—Limítate a hacer lo mismo que los demás —ordenó Kahu Heke—. ¡Déjate llevar! ¡Haz lo que se te ocurra!

Lo que más quería Matariki era sofocar los berridos de los hombres, pero por fortuna no tardaron en calmarse cuando se unió a ellos. Claro que en esos momentos también tenían que poner atención en mantenerse a distancia de ella, así que muy pronto la muchacha alcanzó el círculo de los guerreros, junto al *niu*. Su padre se acercó a ella, con lo que el círculo se dividió para dejarlo entrar y tuvo que ampliarse a la fuerza, pues las sombras del *ariki* y su hija se alargaban con el crepúsculo, la irrealidad de cuya luz se intensificaba con las antorchas que ya estaban encendidas.

Matariki se sentía cohibida. Nunca había bailado sola delante de su tribu, tenía un rango demasiado bajo para eso. Las muchachas jóvenes solían ejecutar danzas en grupo, solo las más atrevidas cantaban alguna vez una canción de amor con un chico. Pero los guerreros maoríes que la observaban ahí parecían hallarse ya en un ligero trance y estaban decididos, además, a venerarla hiciera lo que hiciese.

Así pues, la joven sacó fuerzas de flaqueza y empezó a bailar un *haka powhiri*, una danza de saludo. Lo conocía bien, lo había bailado con frecuencia con las otras chicas de los ngai tahu y le gustaba, porque no tenía en sí nada de amenazador. En su origen servía como presentación de los bailarines y del poblado y se ejecutaba una vez que los guerreros ya se habían impuesto ante los recién llegados y la más anciana de la tribu había emitido el *karanga*, cuando ya se daba por seguro que no se produciría ninguna disputa entre la propia tribu y los visitantes. Matariki agitó con vigor su *poi poi* y cantó a esos guerreros tan sanguinarios una canción sobre montañas nevadas, extensas planicies, arroyos en los que abundaban los peces y lagos de aguas transparentes. Su canción describía la región de Otago y la tribu de los ngai tahu. Se preguntó, sin embargo, cuántos hombres entendían algo de lo que decía. A esas alturas ya había oído varios dialectos distintos: Kahu Heke había unido a hombres de todas las tribus de la Isla Norte bajo la bandera de los hauhau.

Matariki concluyó y se alegró de que los hombres la aplaudiesen. También su padre parecía satisfecho.

—Muy bonito para empezar, Matariki —le dijo en voz baja—. Y ahora: ¡grita el *karanga*!

Matariki se volvió hacia él, confusa.

—Pero... es que no puedo...

—¡Hazlo y punto! —El *ariki* levantó los brazos y los guerreros enmudecieron respetuosos—. ¡La hija de las estrellas invocará a los espíritus! —anunció.

Matariki vaciló. Sin duda era *tapu* que una jovencita como ella intentase ejecutar el *karanga*. El privilegio de estrechar el vínculo entre los miembros de su tribu y los visitantes mediante un grito se concedía a la mujer de rango más elevado y más anciana de la tribu.

De todas formas, así visto le tocaba a Matariki. A fin de cuentas era la única mujer... La muchacha reunió valor y gritó.

Cuando Hainga lanzaba en la Isla Sur el *karanga*, la tierra parecía sacudirse en sus cimientos. El mundo de los espíritus parecía tocar el de los hombres y atraer a todos los oyentes en un círculo que describía el universo. El *karanga* era algo sagrado... El grito de Matariki, sin embargo, no fue distinto al que emitía su compañera de habitación, Mary Jane, al ver un ratón en su dormitorio.

No obstante, el *karanga* obró su efecto en *Dingo*. El perro de patas altas, que hasta entonces no había llamado la atención (Kahu Heke no parecía considerar que los animales domésticos de los hijos de los jefes fueran víctimas de algún *tapu*), reaccionó con un aullido alarmado que se impuso mucho más que el grito de Matariki. El aullido dio paso a ladridos de espanto. De este modo solía avisar *Dingo* de la presencia de intrusos, a los que luego no atacaba, sino que escapaba de ellos escondiéndose en la cama de Matariki. También en ese momento corrió hacia la muchacha, justo a tiempo, antes de que al borde del campamento se desencadenara un infierno.

—Manos arriba, arrojad las armas, es la Armed Constabulary. ¡Esto va en serio!

Como prueba de ello sonaron unos tiros de fusil, cuyos fogonazos Matariki distinguió en la penumbra. *Dingo* se escondió entre sus piernas.

Durante unos minutos, los sorprendidos guerreros corrieron confusos de un lado a otro, sin saber de dónde procedía la amenaza. Pero luego se alzó la voz de Kahu Heke.

—*¡Rire, rire, hau, hau!*

Los primeros guerreros se sumaron al grito y acto seguido todos empezaron a chillar. De repente los hombres se transformaron. Algunos se abalanzaron sobre los atacantes tal como estaban, armados solo con hachas de guerra y lanzas; otros mostraron al menos el entendimiento suficiente para ir a buscar los fusiles a sus cabañas. A continuación las balas comenzaron a llover sobre el emplazamiento, donde los feroces *rire, rire, hau, hau* se mezclaban con gritos de ira y dolor. Matariki, horrorizada y paralizada por el susto, vio cabañas envueltas en llamas y hombres desplomándose. *Dingo* ladraba, entre las piernas de su ama se sentía fuerte.

—¡Ven conmigo! —Matariki, que había encontrado un refugio provisional detrás del *niu*, sintió de pronto que alguien la cogía de la mano.

—Deprisa, aquí nos van degollar... es... son... muchos...

Matariki se preguntó cómo podía saber Kupe cuántos soldados estaban atacando. Pero era evidente que el pánico se había adueñado de él y que necesitaba de todo su valor para cuidarse también de Matariki. Kahu Heke, por el contrario, no se veía por ninguna parte.

Kupe se la llevó consigo en dirección al claro en que se alojaba su padre. Ahí estaba oscuro, pero el sonido de la batalla resonaba claramente. Kupe no se detuvo. Hasta que no estuvieron bajo el kauri junto al río, donde unos grandes helechos formaban un bosque espeso, no aminoró el paso. *Dingo* los había seguido y también se tranquilizó.

—¡A lo alto del árbol! —ordenó Kupe, señalando un haya del sur.

No se podía trepar por los kauris, cuyos troncos se erguían sin ramas. Este árbol, sin embargo, se presentaba directamente como una atalaya.

—Pero *Dingo*...

—¡Arriba!

Amedrentada, Matariki trepó por las primeras horquillas y se tranquilizó al ver que Kupe le alcanzaba a *Dingo*, que pateaba. El perro tenía las patas largas, pero no pesaba mucho. Matariki hizo callar con severidad al tembloroso animal, mientras ella lo colocaba en la siguiente horquilla y luego trepaba a su lado. Desde allí podía ver una parte del campamento. Kupe todavía encontró un otero mejor.

Las cabañas de los hauhau ardían en ese momento en el claro, pues lo primero que habían hecho las tropas *pakeha* había sido prenderles fuego para crear confusión. Un número de guerreros heridos, tal vez muertos incluso, yacía, iluminado por el fantasmagórico resplandor de las llamas, alrededor del *niu*, mientras que los *armed constables* no habían sufrido bajas. Unos sujetos de uniforme registraban el campamento en busca de guerreros escondidos mientras de forma aislada todavía se desarrollaba alguna que otra pelea, pero los soldados las concluyeron enseguida. Intentaban prender cautivos a los guerreros en lugar de matarlos y la mayoría se rindió. Los otros, sin embargo, seguían gritando *rire, rire, hau, hau*, y se abalanzaban contra los ingleses dispuestos a dar la vida.

Matariki gritó cuando uno de los milicianos se vio obligado a disparar a bocajarro a un guerrero para desembarazarse de él. Creyó reconocer a Hanu, uno de sus secuestradores, pero no se alegró por el mal ajeno. En la mirada del hombre no había más que locura cuando había lanzado el grito de guerra de los hauhau. Ya no sabía qué hacía. Probablemente hacía mucho que lo ignoraba.

Matariki lloró quedamente cuando la calma volvió al claro del bosque mientras los ingleses se limitaron a desmontar el campamento. Por lo visto no sabían que, según la costumbre, el jefe se alojaba en un lugar alejado.

—Solo *pakeha* —susurró Kupe—. Ningún maorí...

—¿Maorí? —preguntó Matariki, horrorizada.

Kupe se encogió de hombros.

—Tienen a maoríes entre sus filas, perros traidores...

*Dingo* gimió.

—No se refiere a ti —dijo Matariki, acariciando a su querido perrito. Luego se volvió de nuevo a Kupe—. ¿Significa entonces que hay una especie de guerra civil entre tribus?

Kupe asintió.

—Un par de *iwi* de los ngati porou luchan al lado de los *pakeha*. En East Cape y Gisborne hay muchos que...

—Todo esto es una locura —lo interrumpió Matariki, pero luego no consiguió expresar toda su indignación.

Claro que todo eso era una locura, y también era mortal.

Matariki y Kupe permanecieron en el árbol hasta el amanecer. Simplemente les pareció más seguro esperar por si acaso los *pakeha* regresaban después de haber interrogado a los prisioneros. Lo que Kupe menos deseaba en el mundo era caer en manos de los blancos, mientras que Matariki dudaba al respecto. A lo mejor los *constables* la llevaban de vuelta a casa. Pero también podrían violarla o meterla en un correccional. Por lo que Kupe le había contado sobre los atroces delitos cometidos contra su poblado, no confiaba en los milicianos.

Hacia el amanecer, ambos tuvieron una sorpresa.

—¡El *ariki*! —susurró Kupe.

Desde su punto de observación también alcanzaba a ver el claro donde se alzaba la casa del jefe. Matariki salió de su estado de somnolencia provocado por el agotamiento. Se había puesto tan cómoda como le era posible en una horquilla. Esa haya era realmente un árbol acogedor, incluso *Dingo* descansaba con bastante comodidad en el regazo de su ama.

—¿Qué? —preguntó la muchacha.

—¡El *ariki*, tu padre! Está abajo, delante de su casa. Y los guerreros supervivientes también se están reuniendo en el claro. ¡El *ariki* vive! —gritó Kupe, alborozado—. ¡Kahu Heke! ¡Kahu Heke! *¡Pai marire, hau hau!*

Matariki se estremeció. Si por ella hubiese sido, se habría quedado más rato escondida, para pensar. No tenía ningunas ganas de ver a su padre. Pero en ese momento el jefe ya dirigía la vista a lo alto.

—Entonces ayúdanos a bajar, Kupe... Ya que tantas ganas tienes de ponerte a bailar alrededor de un palo. —Matariki suspiró y cogió bajo el brazo al soñoliento perro—. No deja de ser interesante escuchar qué tiene que decir el arcángel Gabriel sobre lo sucedido.

Kupe bajó solo del árbol y también Matariki se deslizó sin ayuda hasta la primera horquilla. Luego quiso pasarle a *Dingo*, pero el perro ya estaba harto de paseos en vilo. Se desprendió de los brazos de Matariki, saltó los dos metros que lo separaban del suelo y lanzó un gemido cuando aterrizó. La muchacha se asustó, pero, salvo por una ligera cojera, *Dingo* estaba bien. Kupe cogió a Matariki, que bajaba tanteando. Los dos acabaron en los helechos que crecían bajo el árbol.

—Me acabas de tocar —se burló Matariki del joven— y el mundo no se ha venido abajo.

Kupe se encogió de hombros.

—Las balas tampoco rebotaron contra nosotros —señaló él sin mirar a la chica. Pero Matariki lo obligó a mirarla.

—Tú tampoco te lo crees de verdad, ¿no es cierto? —preguntó.

Kupe bajó la vista, avergonzado.

—Si lo hubiese creído —musitó—, no hubiese escapado... ¿Vas a contarle a tu padre que ayer hui?

Matariki arqueó las cejas.

—¿Es que no huyó él también? —contestó con insolencia—. Vaya, al menos yo no volví a verlo cuando el asunto se puso realmente serio. Y, además, tú te preocupaste de mí. Pero a lo mejor sucede que un jefe de guerra se vuelve invisible cantando el *rire rire*...

Kupe se mordió el labio.

—No te tomas todo esto en serio —señaló con tristeza—. Sin embargo, es sumamente serio. Mortalmente serio.

La misma Matariki no podía negarlo, aunque se habían producido menos víctimas mortales de las que Kupe y ella habían temido. De hecho, solo dos hombres habían muerto a causa de las balas y, naturalmente, Hanu. En el campo de batalla habían quedado cuatro guerreros heridos a los que los ingleses debían de haber tomado por muertos. A los demás heridos y cautivos se los habían llevado. El grupo de Kahu Heke había perdido unos veinte guerreros.

En esos momentos, el jefe organizaba el traslado de los heridos al poblado maorí más cercano, luego se volvió a los hombres que quedaban, unos treinta aproximadamente. Orgulloso, con su indumentaria de guerra y con el amplio mantón que le conferían un tamaño casi sobrenatural, se irguió delante de sus guerreros.

Agitó la lanza en el aire y levantó el hacha. Luego solo gritó una palabra:

—¡Represalia!

Para sorpresa de Matariki, eso bastó a los hombres, que enseguida respondieron con el *rire, rire, hau, hau,* y con certeza habrían recitado esa cantinela hasta caer en trance si el jefe no les hubiese pedido que se detuviesen.

—¡Hombres! Los dioses de nuestro pueblo nos han puesto a prueba, pero no nos han abandonado. Mirad, ahí está Matariki, la hija del jefe. Ha escapado de los *pakeha,* el ángel la alejó de aquí... y ahora nos la ha devuelto.

Los hombres gritaron de entusiasmo cuando Matariki llegó al claro. De nuevo le faltaban las palabras, pero no podía por menos que admirar la habilidad del jefe. Kahu Heke había dado por sentado que estaba en el árbol. Sabía que Kupe y la niña no tardarían en llegar y había basado en ello todo su comportamiento. La aparición de Matariki en el momento exacto tenía que confirmar a los hombres que habían intervenido fuerzas divinas.

—¿El ángel? —susurró Kupe, desconcertado.

—Sí —respondió Matariki—. Al parecer, te han promocionado...

—Los dioses nos han enviado una señal: no queda tiempo de espera. Ha llegado el momento de la represalia, el momento de enviar a los *pakeha* de vuelta a su país. Esta misma noche nos prepararemos. Celebraremos la ceremonia que nos convierte en guerreros, en guerreros invencibles. Ayer, hombres, vacilamos. No lo neguéis, vi miedo y confusión en vuestros ojos. Mañana avanzaremos hacia ellos como un muro de acero. *¡Pai marire, hau, hau!*

Kahu Heke golpeó el suelo con la lanza, tal como Matariki ya había visto hacer en los *haka.* Su representación del jefe de guerra iracundo era perfecta. Nadie habría sospechado que bajo esa máscara se escondía un frío estratega.

Matariki se frotó la frente pensando que era precisamente con ese genial táctico con quien debía hablar si pretendía evitar algo. Su padre no podía creerse que con esos treinta guerreros podía vencer a toda la Armed Constabulary, la policía y, por último, ¡el ejército británico! Sin lugar a dudas lo derrotarían y tal vez hasta moriría.

—Pero cuando se hayan obtenido las primeras victorias habrá miles que se unirán a nosotros —explicó Kahu Heke—. ¡Cualquier maorí quiere la libertad!

—¿Y qué sucederá con los ngati porou? —replicó Matariki a su padre—. ¿Y con los otros maoríes que luchan al lado de los *pakeha*? ¿Y con los ngai tahu, que no luchan pero que llegan a acuerdos con ellos?

—¡Nosotros no tendríamos que llegar a acuerdos, justamente! —se impacientó el jefe. Matariki le había pedido una entrevista mientras los guerreros enterraban a sus muertos. Hare dirigía los funerales, algo que no parecía complicado. De nuevo resonaba por el bosque el penetrante *rire, rire*—. ¡Despierta, Matariki! Mientras nosotros nos adaptamos a ellos, ¡ellos destruyen nuestro hogar! ¿Sabes que las tribus de Waikato están negociando la construcción de una línea de ferrocarril? ¿En medio de nuestra región? Y todavía están disputándose quién la consigue...

—Así que no detestan tanto a los *pakeha* —concluyó Matariki—. Ni siquiera aquí, y eso que ejercéis una gran influencia. ¿Y qué tienes en contra de la construcción de ferrocarriles? Son rápidos y cómodos.

—¡Estás ciega! —sentenció Kahu Heke—. Pero eso no reducirá tu poder. Hoy ejecutaremos la ceremonia y representarás la puerta hacia la victoria para mis hombres.

—¿Una puerta? —preguntó Matariki.

—¡Sí! —El jefe la miró transfigurado—. Según la tradición, un hombre se convierte en guerrero, en guerrero invulnerable, mortífero, cuando pasa entre las piernas de la hija del jefe tribal.

Matariki no pudo contener una carcajada.

—¿Como *Dingo*? —Rio—. A él siempre lo tengo entre los pies cuando hay ruido. Y eso no lo hace invulnerable, como puedes ver.

*Dingo* acudió al oír su nombre. Todavía cojeaba un poco.

—Matariki, esto es un deber sagrado. Y no puedes comparar

a los guerreros maoríes, la élite de nuestro pueblo, con un perro callejero.

La muchacha encontró esa idea realmente hilarante.

—Padre, ¿cómo funciona eso? —preguntó entre risas—. La mayoría de esos tipos mide cinco pies de alto, y de ancho mejor no hablar. Es imposible que pasen entre mis piernas por mucho que las abra.

Era un argumento a tener en cuenta. Kahu Heke calló unos segundos y luego encontró una solución.

—Tendremos que colocarte sobre dos sillas —improvisó—. Me refiero, naturalmente... a rocas. —Tradicionalmente, los maoríes no utilizaban sillas, sino que se sentaban sobre piedras o esterillas.

Matariki se apartó el cabello de la cara, corriendo el riesgo de enojar de ese modo a Rauru.

—Padre, nos inventamos unas ceremonias absurdas, bailamos de un lado a otro haciendo gestos extraños... ¿y luego los hombres se enfrentarán a las balas de los ingleses como Hanu la noche pasada? Tendrías que haberlo visto, él...

—¡Él era un hauhau! —dijo Kahu Heke con solemnidad—. Ve a tu casa, hija, van a traer la comida y luego tendrás que hablar con los espíritus y prepararte para la ceremonia...

Matariki buscó la mirada de su padre y por primera vez sintió algo así como desdén.

—Padre, con los espíritus no se habla en el interior de una cabaña —dijo sin alterarse—. Incluso yo lo sé, porque he vivido con auténticos maoríes que no se inventan la *tikanga*.

Kahu Heke hizo un gesto de rechazo.

—Hagas lo que hagas, que sea en el interior —ordenó—. Déjame a mí y concéntrate en ti misma, examina tu conciencia.

Matariki se levantó y se dirigió con una lentitud exasperante a su cabaña. Sabía que justo después un guerrero haría guardia ante su puerta. Había contradicho al *ariki* y en ese momento volvía a ser una cautiva. Cuando Matariki ya llegaba a su vivienda provisional, se volvió una vez más hacia atrás.

—¡A lo mejor se me aparece el arcángel! —se burló, y levantó la mano en un gesto de saludo—. *¡Rire, rire, hau, hau!* La verdad es que siempre había creído que los ángeles decían frases coherentes...

Kupe apareció poco después con pan ácimo y boniatos.

—Nadie tiene tiempo para cazar —se disculpó por la frugal comida—. Hoy por la noche se celebra otra fiesta. Creo que es mejor que tengas cuidado con... —Señaló a *Dingo*.

Matariki lo miró horrorizada.

—¡No se comerán un perro!

—¿Por qué no? —preguntó Kupe—. Entre los polinesios era normal. Nos lo contó Hare. Es probable que los primeros perros ya llegaran con Kupe a Aotearoa, entre las provisiones. Y esta —dijo señalando las correas de piel con las que llevaba atada a la muñeca su *waihaka*, un bastón corto con forma de gancho— se supone que es piel de perro. En cualquier caso, estas correas se hacían originalmente de piel de perro. Y...

Matariki apartó a un lado las tortas de pan.

—¡Ya basta! —exclamó con determinación, al tiempo que estrechaba a *Dingo* contra sí—. Nos vamos. Tienes que ayudarme a salir de aquí, Kupe. Da igual lo unido que te sientas a esta gente, ahora tienes que huir conmigo. Cuando mi padre y Hare celebren esa ceremonia, no solo morirá mi perro, todos vosotros estaréis muertos pasado mañana.

A Matariki le habría gustado coger su traje de montar y su blusa. No solo porque iba a congelarse vestida solo con el atuendo de baile, sino también porque pensaba llegar lo antes posible a un asentamiento *pakeha*. No confiaba en buscar refugio en un poblado maorí de los alrededores. Los guerreros, al menos, simpatizarían en su mayoría con los hauhau. Tal como había averiguado Kupe entretanto, esto también había resultado fatal para el grupo el día anterior. Los *pakeha* tenían espías en el poblado vecino. Cuando el hombre de Kahu Heke había llegado allí para recoger el vestido de baile, los ingleses se habían limitado a seguirlo.

—Otra muestra más de que los espíritus no se preocupan absolutamente nada de si estoy aquí o en Dunedin —señaló Matariki al inquieto Kupe.

Por la tarde le habían encargado que vigilase a la joven, a quien informó de las novedades que se habían producido. No obstante, no se dejaba convencer tan fácilmente de que tenía que huir con ella. En el mejor de los casos, no la delataría cuando se hubiese escapado.

—Mira, en el fondo soy yo la que ha puesto a los ingleses sobre vuestra pista —argumentaba Matariki—. Si no me hubieseis secuestrado, no habría necesitado ningún vestido y nadie habría tenido que visitar a la tribu. Todavía podríais estar aquí gritando alegremente *hau, hau* y nadie habría descubierto el campamento.

—Los dioses desean que nos pongamos en marcha —respondió Kupe, aunque sin mucho convencimiento—. Es lo que dice el *ariki*.

Matariki se llevó las manos a la frente.

—¿Y provocar al Imperio británico con un ejército de treinta personas?

—Alguien tiene que empezar...

Matariki suspiró.

—Está bien, me rindo. Pero ¿podrías intentar encontrar mi ropa *pakeha* en algún lugar? Voy a intentar llegar al poblado más cercano, pero con esta faldita llamaré la atención.

Kupe dudó.

—Es *tapu* —musitó—, tu ropa...

Matariki le habría zarandeado.

—Podemos triturar un *kumara* sobre tus dedos y yo me lo comeré entero —se ofreció—. Si tanto miedo tienes realmente de coger el traje.

A Kupe se le escapó la risa a pesar suyo.

—No me refiero a eso —dijo—. Pero el *tohunga* lo entregó a la santa hoguera mientras estabas bailando.

—¿Que ese tipo ha quemado mi vestido? —exclamó Matariki. Hare, el autonombrado sacerdote o maestro de ceremonias, había perdido de ese modo el resto de simpatía que sentía por él—. Está bien, da igual. Me marcharía de aquí incluso desnuda. Y se me ha ocurrido una idea... Cuando los guerreros quieran escoltarme camino del campamento, les diré que tengo que hablar unos segundos con los espíritus. Ahí detrás, en las rocas que hay junto al arroyo hay un lugar santo...

—¿Sí? —preguntó Kupe.

Matariki puso los ojos en blanco.

—Quizá sí, pero quizá no. Aunque Hainga ve espíritus en cada dos arbustos y entre las rocas. En cualquier caso, voy a decir que tengo que hablar con los dioses. Los guerreros, por supuesto, tendrán que mantenerse alejados, el lugar es *tapu*, muy, muy *tapu*. Primero cantaré un poco, para que se tranquilicen. Luego me esfumaré.

—Pero tu padre...

—Mi padre desconfiaría, claro. Pero con un poco de suerte estará junto al *niu* hablando con los guerreros. —Matariki hizo un hatillo con su manta.

Kupe la miraba vacilante.

—¿Seguro? —preguntó.

Matariki gimió.

—¡No, no es seguro! Pero es muy probable. ¡Date prisa, Kupe! No tienes que preocuparte, no traicionas a tu gente dejándome ir. ¡Yo no puedo haceros invulnerables! En rigor, ni siquiera soy una hija de jefe, ya que Kahu Heke no tiene una auténtica tribu. No es *ariki*, sino solo jefe de guerra, *rangatira*. Y en realidad yo no soy una sacerdotisa. No violas ningún *tapu*, Kupe. ¡Solo tienes que creer lo que te digo!

El joven la miró dudoso, pero en cierto modo también con esperanza. Por primera vez, Matariki distinguió unas manchas doradas en sus dulces ojos castaños. En su rostro amable había admiración y respeto, pero de una naturaleza distinta de los que se dedicaban a una sacerdotisa.

—Si es así... —dijo Kupe con timidez—. Bueno... si realmente no es *tapu*... ¿podría darte quizás un beso?

Matariki continuó sintiendo el beso toda la larga tarde que pasó esperando en su cabaña. Los labios de Kupe habían transmitido calidez y consuelo, y ella se había sentido bien cuando la había estrechado contra su pecho firme y musculoso. La había besado delicadamente en la mejilla, pero después, al ver que ella no protestaba, también en la boca. A continuación había deslizado suavemente la lengua hasta internarla entre los labios de la chica. Una sensación extraña, pero en absoluto desagradable. Al contrario, Matariki sentía que la invadía una olada de calor, que se mareaba ligeramente, se sentía ingrávida y... feliz.

Cuando se separó de Kupe dudó por un momento de si hacía bien en marcharse. Pero luego se sobrepuso. No estaba enamorada de ese muchacho, al menos todavía no lo había estado unos pocos minutos antes. Además, ese amor no tenía futuro ahí, a saber qué castigos amenazarían a un guerrero que se atreviera a tocar a la hija de un jefe. Y si lo hacía, Kupe tendría que huir con ella, algo que el joven no deseaba. Matariki era demasiado orgullosa para volver a pedírselo y, sobre todo, para seducirlo con el fin de cumplir su deseo.

De hecho, después de besarla, el joven la había mirado a los ojos lánguidamente y sin mediar palabra se había ido. No cabía la menor duda de que era mejor olvidarse de ese episodio y concentrarse en la huida. En una fuga en solitario. Matariki tenía un poco de miedo de la naturaleza virgen de la Isla Norte, pero se preparó para hacer acopio de todas sus fuerzas. No podía sucederle nada. Había pasado la mitad de su infancia con los ngai tahu, sabía encender una hoguera, pescar... reconocía todas las hierbas comestibles de la Isla Sur. Sin duda ahí la vegetación sería un poco distinta, pero de algún modo seguro que lograría salir adelante.

—En caso de necesidad te comeré a ti —advirtió a *Dingo*, al que había atado en la cabaña para que no acabase en la olla de los hauhau—. Eres mi provisión viva. —El perro agitó la cola.

»¡Está de acuerdo en ofrecerse en sacrificio! —dijo Matariki con énfasis ante una tribu hauhau imaginaria, y de nuevo fue presa de una risa incontrolable. Qué lástima que Kupe no hubiese oído la broma.

Al oscurecer, Matariki oyó un cuchicheo delante de su cabaña. Los hombres que la vigilaban cedían paso respetuosamente al *ariki*.

—Matariki, te traigo una capa —anunció el jefe. No abrió la

cortina de helecho que había delante de la cabaña, posiblemente porque también él lo tenía prohibido—. Te la pondrás enseguida, cuando te reúnas con nosotros en el claro.

—El claro... —repitió Matariki sin poder evitarlo—. El claro es *tapu*, padre. Han muerto hombres ahí. Hainga diría que no debemos pisarlos, que debemos dejar a Papa el duelo, la naturaleza debe volver a tomar posesión del lugar.

Kahu Heke resopló.

—¡Es el único claro que hay aquí! —respondió a su hija en inglés—. No tenemos ningún otro lugar donde reunirnos. Pero Hare cree que podemos utilizar la fuerza de los muertos: sus espíritus fortalecerán a los vivos, los acompañarán mientras se convierten en guerreros invulnerables.

Matariki venció la idea de que también los espíritus tendrían que deslizarse entre sus piernas. Tenía que dominarse. Era imprescindible salir de ahí.

La capa resultó ser una auténtica obra de arte, una prenda de jefe tradicional con plumas de kiwi entretejidas. Era marrón y afelpada, sin duda de más abrigo que la manta de Matariki. Y sobre todo era oscura, lo cual la ayudaría a burlar a sus eventuales perseguidores. La muchacha estaba animada. Un grupo de guerreros temerosos de tocarla no la seguiría por la selva con tanta determinación. A fin de cuentas podían tropezar con ella por descuido, estaría oscuro como boca de lobo. Con un poco de suerte tendría media hora de ventaja, si no más. Matariki era menuda y delicada; los hombres, altos y pesados, otro inconveniente en la espesura del bosque. Hasta la mañana siguiente, los guerreros no podrían seguir sus huellas y para entonces a ella ya se le habría ocurrido algo para borrarlas.

En efecto, ya había oscurecido por completo cuando aparecieron cuatro guerreros con antorchas para conducir a la hija del jefe al ritual. Matariki salió de su alojamiento con ademán tranquilo y solemne, y dio un susto de muerte a los hombres cuando soltó una especie de *karanga* al aire libre.

—¡Los espíritus! —señaló Matariki teatralmente—. Nos llaman.

En voz baja y con unos reposados movimientos de danza recitó los versos del último papel que Mary Jane había interpretado en el club de teatro de la Otago Girls' School: una de las brujas de Shakespeare:

—*Fair is foul and foul is fair:*
»*Hover through the fog and filthy air.**

Los guererros maoríes retrocedieron llenos de respeto.

—¡Seguidme! —gritó Matariki, volviéndose hacia la orilla del arroyo.

Los hombres anduvieron a tientas tras ella.

—¡Quedaos ahí! —ordenó luego, con un gesto imperativo de la mano.

Los hombres se detuvieron obedientes. Matariki tenía el corazón desbocado, pero se forzó a mantener la calma. Tranquila, como si la ceremonia ya hubiese comenzado, desapareció entre las rocas. El único que la siguió fue *Dingo*.

Matariki encontró en un bloque de piedra más bajo la manta, un paquetito con tortas de pan y una hoja de papel. Ignoraba cómo le había cogido Kupe el lápiz o si él mismo se había llevado con qué escribir al campamento. En cualquier caso, sostuvo entre sus manos una página arrancada de un cuaderno:

«Martha. Avanza siempre remontando el arroyo y cuando llegues al río Waikato, síguelo corriente arriba. En unos dos días de marcha llegas a Hamilton. Pienso en ti. Sin *tapu*. Curt.»

Matariki escondió la hoja en el hatillo. Se permitió unos segundos de emoción y luego se puso en marcha. Recorrió el primer kilómetro y medio junto al arroyo y después se metió en el agua. Puesto que no llevaba zapatos y sentía los pies como dos trozos de hielo, el agua fría ya no tenía importancia. Pero borraba las huellas.

Si recorría dos o tres kilómetros por el agua, los guerreros no la encontrarían jamás.

---

* El mal es bien y el bien es mal: cortemos los aires y la niebla. *(N. de la T.)*

# 10

Empezaba a clarear y la lluvia había cesado. Peter Burton permanecía atónito delante de la galería derrumbada que su ambicioso sobrino había hecho perforar en la montaña. Naturalmente, los mineros de las minas Bute, Webber, Hobbs y Davies no se habían dejado intimidar por la tormenta. Llevaban horas excavando y aun arriesgando la vida en ello, como había señalado Malcolm Hobbs.

—Todavía pueden producirse más derrumbamientos. Ese idiota lo ha intentado al descubierto y desmontado toda la vegetación de la montaña. Claro que se desmoronó el terraplén. Y la galería con él. Reverendo, no creo que quede nadie con vida...

Pese a todo, eso no impedía al propietario de la mina, alto y corpulento, controlar él mismo las tareas de rescate y manejar personalmente la pala. También Peter colaboraba, pero, por supuesto, los mineros eran más efectivos. Por desgracia, la expectativa de que despejar la entrada de la galería no presentara grandes dificultades no se vio satisfecha. Cuando por fin se hizo de día, hasta los más optimistas vieron con claridad que ya no quedaba ninguna galería. La montaña había engullido el túnel sin afianzar.

—Solo con mucha suerte encontraríamos los cadáveres —señaló uno de los capataces, desalentado—. Deberíamos contentarnos con poner una cruz en la montaña.

Peter Burton hizo un gesto de negación con la cabeza.

—No podemos hacerles esto a las niñas. Tampoco se lo creerían. La pequeña está durmiendo, pero Violet se ha pasado toda la noche llorando. Quería venir, pero mi esposa la ha dejado en la cama con dos botellas de agua caliente. Dios mío, en realidad debería ser el cabeza de chorlito de mi sobrino quien desenterrase a los muertos.

Kathleen hizo cuanto pudo para que Violet se quedase en casa, pero cuando el día se aclaró al mediodía, la niña se marchó sin más y llegó justo en el momento preciso al lugar de la desgracia, cuando los hombres rescataban el cadáver de su abuelo. Ellen yacía debajo de él: el padre había intentado proteger a la hija con su cuerpo.

—No había nada que hacer, pequeña... con toda esa tierra... si no los ha aplastado, los ha asfixiado —explicó un acongojado capataz.

—Pero sin duda ocurrió deprisa —intentó consolarla el señor Hobbs.

Violet miraba con el rostro impávido y pálido a los muertos.

—No... no parecen... muertos... —susurró—. A lo mejor... a lo mejor están solo... ¿inconscientes?

Peter movió la cabeza y trató de apartar a un lado a la muchacha.

—Lo siento, Violet, están muertos. —Se persignó—. ¿Quieres rezar una oración conmigo mientras los trabajadores los colocan en el carro? —preguntó con dulzura—. Los llevaremos abajo, a la iglesia. El reverendo Clusky...

—Yo tengo la culpa —susurró Violet—. Solo yo tengo la culpa. Yo vi la galería. Quería que nos metiésemos dentro.

Peter abrazó a la niña para consolarla.

—Violet, ¡eso es absurdo! Cualquier persona sensata se habría refugiado ahí con esa tempestad. Y en condiciones normales no se habría derrumbado. No podíais saber...

—Ella lo sabía —respondió Violet con un tono de voz extrañamente monótono—. *Lucy.* Lo dijo... A mí me lo dijo cuando salí...

—¿Quién? —preguntó Peter, perplejo—. ¿Quién te lo dijo?

—Violet miró al tiro y Peter comprendió—. Ah, el caballo. ¿No quería entrar? Sí, los animales tienen a veces un sexto sentido. Pero uno no puede confiar en ello. Podría haberse asustado por otra razón. Y desde luego, lo que es «decir» no dijo nada. No tienes la culpa de nada, Violet. No te lo creas.

—Además, no era yo la que tendría que haber salido —añadió la niña—. Mamá quería salir. Dijo...

Peter no sabía cómo ayudarla. La zarandeó.

—Violet, deberíamos dar gracias a Dios de que salieras con Rosie. Si no se hubiese encontrado mal...

—Mamá quería salir... —repitió Violet—, mamá tendría que haber salido.

Peter empujó a la muchacha al carro con determinación.

—Te llevo a casa, Violet, con tu padre. Ahora estará sobrio y capacitado para entender este asunto. Encontraréis... encontraréis una solución para vivir juntos. Al menos ahora tenéis una casa en Treorchy.

Violet siguió al reverendo sin oponer resistencia, incluso cuando detuvo el carro delante de la vivienda del minero en Bute Street. Fue tras él hacia la casa que había abandonado pocas horas antes fuera de sí de alegría. La señora Brown asomó la cabeza por la ventana de la cocina. Había asumido el gobierno de la casa cuando se había enterado del derrumbamiento, la habitual manera de ayudarse entre vecinos discretamente cuando sucedían accidentes en la mina. Aunque en la mayoría de los casos quienes desaparecían eran hombres.

—Reverendo... Violet... He oído decir que... ¿Han...? ¡Oh, Dios! —La enérgica esposa del minero vio la respuesta a sus preguntas en los semblantes del sacerdote y la niña—. ¡Cuánto lo siento, Violet! —Acto seguido salió y estrechó de forma espontánea a la muchacha entre sus brazos.

—Yo tengo la culpa —dijo Violet. No rechazó el abrazo de la señora Brown, pero tampoco respondió a él.

—Qué tontería, criatura...

Peter Burton dejó a Violet con la vecina y entró en la habitación en la que Jim y Fred Paisley estaban sentados en silencio en dos sillas. Las otras dos estaban inservibles. Una se había roto en la pelea con Walter y la otra la había partido Jim al golpear a su mujer. Así pues, Peter permaneció en pie.

—Señor Paisley, Fred... Lamento tener que decirles que...

Jim Paisley lo interrumpió con un ademán.

—Ya me lo veía venir —musitó—. La galería no estaba asegurada. Era una locura entrar ahí con esa lluvia...

Peter sintió que la ira se iba adueñando de él.

—¿No querrá decir que su esposa y su suegro han sido culpables de lo que les ha sucedido?

Desde la puerta se oyó un gemido. Violet. Peter esperaba que no hubiese oído las palabras de su padre. Él mismo luchaba contra el deseo nada cristiano de estrangular a Jim Paisley.

El minero se encogió de hombros.

—No tenían ni idea. Yo también lo siento.

No parecía tener el corazón roto. Fred, que estaba sentado junto a él, pálido y visiblemente amodorrado, parecía más afectado. Tenía los bordes de los ojos enrojecidos, debía de haber llorado, aunque en esos momentos tenía la mirada vidriosa y parecía más bien indiferente.

—Pero no tendría que haberse largado por la noche —añadió Paisley.

Peter cerró los puños. Esperaba que Violet dijera algo. En realidad consideraba a la muchacha valiente y franca, casi un milagro en ese contexto familiar. Pero Violet callaba. En fin, mejor eso que oírle decir «Yo tengo la culpa».

—Seguro que su esposa tenía buenas razones —dijo Peter con un tono severo. Luego, sin embargo, se obligó a ser más paciente, sabiendo que no conseguiría nada con Jim Paisley a base de reproches. El reverendo adoptó de nuevo un tono cordial—. Señor Paisley, con la muerte de su esposa su vida va a cambiar. Sus hijos solo le tienen a usted. Tendrá que asumir sus responsabilidades.

Paisley torció el gesto.

—Siempre he trabajado, reverendo. ¿Qué puedo hacer si los propietarios de las minas pagan tan mal?

Reclamando compasión, miró a Peter y luego a la señora Brown, quien sin duda había entrado en la sala llevada por la curiosidad. Peter se rascó la frente. ¿No podría haber esperado fuera con Violet? Seguramente tenía buen corazón, pero en ese momento la maldecía por ser tan fisgona.

—Y ahora también tengo que trabajar —siguió diciendo Paisley—. ¿O de qué van a vivir los críos? Y si ahora también nos echan de la casa... —Una chispa de astucia brilló en sus ojos—. ¿No puede hacer nada, reverendo? Ahora que, por decirlo de alguna manera, tenemos una muerte en la familia... A lo mejor nos dan una prórroga. O un trabajo otra vez con Bute...

Peter inspiró hondo procurando controlarse.

—Señor Paisley, el dinero no debería ser en un futuro próximo su mayor problema. Usted, o mejor dicho sus hijos, pero en un principio da igual, han heredado una casa en Treorchy. Además, mi hermano les pagará una indemnización.

Paisley prestó atención.

—¿Una indemnización? —preguntó—. ¿Cuánto?

Peter tomó una profunda bocanada de aire.

—No lo sé, señor Paisley, pero averiguaré qué es lo usual en estos casos y usted la obtendrá. No cabe duda de que el culpable ha sido mi avaricioso sobrino, y su padre así tendrá que comprenderlo, o usted y yo iremos al tribunal. A fin de cuentas, su familia ha muerto en mis tierras.

—El señor Randolph no tiene la culpa —se oyó la voz apagada de Violet—. Yo la tengo...

Jim Paisley no le hizo caso. Era obvio que necesitaba algo de tiempo para que las palabras de Peter penetrasen en su cerebro dañado por el whisky. Pero entonces, un rayo casi celestial iluminó su rostro.

—¡Ahora soy rico!

—¿Dices que deberíamos llevárnoslas? —Kathleen Burton empaquetó sus cosas en el arcón. Violet había ayudado a lavar los vestidos, plancharlos y doblarlos. Antes de que zarpase el barco hacia Dunedin, permanecerían un par de días en Londres—. Siempre que el padre lo permita —añadió Kathleen.

Peter Burton se encogió de hombros.

—¿Por qué no iba a permitirlo? La pequeña al menos no le sirve de nada y Violet... bueno, por el momento es ella la que lleva la casa, pero pronto encontrarán a otra mujer que lo haga, ahora que ese tipo derrocha tanto dinero...

—¿No se puede hacer nada para impedir que lo despilfarre? —preguntó Kathleen—. Gran parte del dinero pertenece a los hijos, no debería gastárselo emborrachándose. —Dejó a un lado una sombrerera y miró a su marido—. Entiéndeme bien, Peter, me gustan las niñas. Por mi parte, pueden venir con nosotros, ya encontraremos algo para ellas en Dunedin. Pero me parece injusto desarraigarlas de este modo, y además apartarlas de su herencia. Dos cuartas partes de la casa, del taller y de la indemnización les pertenecen a ellas. No supondrás que el padre vaya a darles algo de eso para que se lo lleven a Nueva Zelanda.

Peter suspiró.

—No creo que se le pueda obligar a hacerlo. A fin de cuentas, a Violet todavía le queda mucho para ser mayor de edad. Pero para cuando cumpla los veintiuno, Paisley ya se habrá fundido la fortuna, tanto si la niña está aquí como si no, y encima aquí ella tendrá que presenciar cómo lo hace. Kathleen, las pequeñas no tienen ningún futuro en este lugar. Y yo me siento responsable. Si hubiese sabido lo que Randolph se llevaba entre manos, su madre todavía estaría con vida.

Kathleen arqueó las cejas.

—Al parecer, casi todo el mundo se siente responsable por la muerte de esa mujer, menos los que realmente tienen la culpa: James, Randolph y Paisley. Dios mío, qué contenta estoy de haber vendido por fin la casa. Estoy impaciente por volver a poner dieciocho mil kilómetros de distancia entre esos tipos y yo.

En las últimas semanas se habían producido un par de escenas desagradables entre Peter, su hermano y su sobrino. Como era de esperar, Joseph Burton no había querido pagar por el error de su hijo, y este tampoco se mostraba comprensivo. Daba las culpas de la galería zafiamente excavada en la colina a su capataz Paisley, quien «merecía que su esposa hubiese muerto allí». Cuando en ese contexto Joseph habló con énfasis de la justicia divina, Peter casi pasó a las manos. Pero últimamente los Burton de Cardiff habían cambiado de conducta. A fin de cuentas, el marqués de Bute era su vecino en Roath y otros propietarios de minas estaban vinculados también al bufete de Burton. Joseph no quería hacer un mal papel delante de ellos y Alice aún menos.

Alice pronto se vio presionada por dos lados. Por una parte juró al reverendo Clusky que ejercería su influencia sobre su esposo y, por otra, le advirtieron que todas las damas de Roath, sobre todo lady Bute, andaban murmurando acerca de los Burton. Alice le montó una escena a Joseph Burton, a continuación de la cual este descubrió su cariño hacia los mineros de Treherbert. No solo pagó a Jim Paisley una indemnización adecuada, sino que además apoyó generosamente la colecta del reverendo Clusky para construir una escuela en la nueva colonia minera. Webber tenía trazado un proyecto sumamente moderno para la tierra en que Ellen había muerto y Peter no solo le había vendido la parcela a un precio muy favorable, sino que tenía intención de financiar la escuela. Esperaba que fuera un consuelo para Violet que llevara el nombre de Ellen Seekers-Paisley, pero no había nada que mitigase el dolor de la niña. Violet vivía en un mundo propio y cerrado desde que su madre había muerto. Salía de él lo suficiente para hacer sus tareas y ocuparse de Rosie, pero no decía nada que no fuera ese monótono «Yo tengo la culpa».

Jim Paisley se había mudado a la casa de Treorchy justo después de enterrar a su esposa, pero eso tampoco le había hecho ningún bien a Violet. En Treherbert las vecinas se habrían encargado con toda naturalidad de las niñas, pero en Treorchy eran forasteros y no vivían con mineros, sino con respetados artesanos y pequeños comerciantes. También ahí los hombres iban al *pub* al salir del trabajo, pero consumían cerveza con mesura. Al principio la forma de beber de Jim y Fred Paisley les pareció extraña; luego, solo digna de desdén. El desconcierto de Violet y su duelo callado tampoco contribuían a que estableciera contacto con los vecinos. Las mujeres hablaban sobre la muchacha, pero no con ella. Los intentos de Peter por sacarla de su aislamiento fracasaban también a causa de su padre.

—Seguro que a Violet le gustaría asistir a la escuela —dijo el reverendo, cuando llevó a los Paisley la buena noticia de que les habían concedido la indemnización—. Y ahora ya no hay nada que se interponga en su camino. Puede usted pagar a una mujer para que se ocupe de la casa.

Jim Paisley se encogió de hombros.

—Violet es demasiado mayor para ir a la escuela —sentenció—. Allí todos se reirían de ella. ¿A que sí, Violet?

La muchacha se limitó a mirar a su padre. Peter no estaba seguro de que lo hubiese escuchado.

—Me dijiste que tenías muchas ganas de aprender a leer y escribir correctamente —dijo Peter a la niña—. ¿No es así, Violet?

Ella asintió.

—Mi madre sabía escribir bien —dijo con voz apagada, casi indiferente.

Peter se esforzó por mantener la calma.

—¿Lo ves? —animó a la niña—. Tú...

—Yo tengo la culpa —concluyó Violet.

Jim hizo una mueca

—¿Lo oye? Es lo que dice siempre. Los demás niños pensarán que es tonta. Creo que Violet estará la mar de contenta cocinando para nosotros, ¿a que sí? Algo le debes tú a tu madre.

Peter clavó las uñas en la tapicería del sofá, que seguramente Rosemary Seekers había cuidado y limpiado en vida. No atacaría a ese tipo. Era reverendo, era cristiano. Si no era capaz de amar a sus semejantes, al menos debía dejarlos en paz. Pero iba a obedecer un mandamiento que, por lo visto, Dios había olvidado: No dejarás que tu prójimo destruya la vida de sus hijos.

—Ese Paisley no se preocupa de Rosie y fortalece ese absurdo sentimiento de culpabilidad de Violet —contó a su esposa—.

Aquí nunca superará este asunto. En Dunedin, en cambio... tendrá nuevas impresiones, otro país.

Kathleen levantó las manos.

—Lo dicho, por mí que no quede. Me gusta esa muchacha, hasta aceptaría que trabajara en nuestra casa en Dunedin. Puede ir a la escuela... y la pequeña también es encantadora. Allí encontrarán fácilmente padres que las acojan, o una familia adoptiva. Pero espera a ver qué dicen los Paisley. No creo que vaya a ser todo tan fácil como tú te lo imaginas.

Respecto a Violet, la niña reaccionó sorprendentemente deprisa y contenta ante la oferta de Peter y Kathleen. Habían pasado solo dos meses desde la muerte de su madre y pese a que nadie lo advertía directamente, se iba liberando poco a poco del manto de tristeza y culpabilidad en que se había envuelto. Eso no significaba que ya no se sintiese responsable de la muerte de su madre y de su abuelo. Pero tenía a Rosie, su vida debía continuar y, además, otras preocupaciones iban pasando a primer término.

Cuanto más intentaba reintegrarse en la vida, cuanto más frecuentemente visitaba las tiendas de Treorchy, cuanto más iba al mercado y saludaba a los vecinos con los que le hubiese gustado hablar, con mayor claridad notaba su rechazo. Las mujeres no hablaban con Violet, y Rosie no encontraba amigos con quienes jugar. Un día que la pequeña volvió llorando a casa y contó que los otros niños habían llamado borracho a su padre, Violet comprendió cabalmente cuál era su situación. Por supuesto, Jim y Fred no pasaban el día buscando trabajo como afirmaban, sino en las tabernas y billares. Ambos habían descubierto también su pasión por las carreras de caballos y de perros, y las cantidades que apostaban cada día eran más elevadas.

Violet ansiaba huir de todo eso. Antes había luchado y casi había ganado. Había paladeado la victoria cuando su abuelo había sacado a su madre de casa con la intención de abrirles la puerta a una vida mejor. Pero eso ahora ya había pasado, enterrado como la galería en la montaña. La niña no se hacía ilusiones en relación con su herencia y su futuro.

—¿A Dunedin? —preguntó incrédula cuando Peter y Kathleen le propusieron emigrar—. ¿Con ustedes?

—¡Claro que con nosotros! —respondió amistosamente Heather—. En el barco tendremos mucho tiempo, podrás seguir posando para mí.

Heather se había ocupado más de Violet en esos últimos meses y Kathleen se percató de que eso le sentaba bien. Su hija enseñaba a leer y escribir a la niña y además la había descubierto como modelo. La belleza en ciernes de Violet, pero también el dolor y melancolía de esas últimas semanas, habían inspirado unas obras conmovedoras a la joven artista. Heather ya había concluido dos acuarelas de Violet, y tenía el propósito de mostrárselas a un galerista londinense. Tal vez los cuadros significaban para ella su nacimiento como artista, mucho más ambiciosos que los retratos pagados. Y las niñas podían sustituir a sus propios hijos. Hacía tiempo que Kathleen percibía que su hija, aunque permanecía soltera por propia voluntad, se entristecía cuando una de sus amigas estaba embarazada.

—¿Y Rosie también vendrá? —se cercioró Violet.

Kathleen asintió.

—Siempre que tu padre no tenga nada en contra. Pero él mismo no puede ocuparse de ella. Así que pensamos... Nosotros solo queremos lo mejor para vosotras.

Se mordió el labio. ¿Querría también Jim Paisley lo mejor para sus hijas? A ese respecto, Kathleen albergaba sus dudas. Un hombre como él no pensaba de un modo lógico ni tampoco quería lo mejor para nadie que no fuera él mismo. No dejaría marchar a sus hijas sin más.

Desde que Ellen había muerto, Violet no había vuelto a mostrar una sonrisa tan deslumbrante.

—Nos gustará ir con ustedes, nos encantará... Se lo diré enseguida a papá. Puede... puede quedarse con todo el dinero. De mi herencia, me refiero... Solo con que pague el pasaje del barco...

—Nosotros nos encargamos del pasaje —la tranquilizó Kathleen, cuyo malestar se intensificó con las palabras de Violet.

La niña sabía muy bien cómo actuar. Ofrecería a su padre el dinero para comprar su libertad. Si bastaba con eso...

Fue otra vez como antes, como cuando Violet había regresado feliz a su casa y se había encontrado a Ellen llorando sentada ante una carta a la mesa de la cocina. Solo que Jim Paisley no lloraba, claro, ni tampoco cortaba verdura, sino que tenía ante sí un vaso de whisky y una botella medio vacía. Ellen había confesado antes del derrumbamiento que Jim estaba a punto de sufrir un ataque de furia. Violet también sintió una vaga amenaza. ¡Pero tenía que hablarle de los Burton! A lo mejor eso le levantaba el ánimo. La muchacha estaba demasiado embargada por su propia felicidad para darse cuenta siquiera de la carta que Jim desplazaba entre la botella y el vaso, y fue mucho más tarde cuando se percató del paralelismo entre ambas escenas. El reconocimiento, sin embargo, no sirvió de nada. No había nada que ella pudiese haber hecho de otro modo...

Jim Paisley escuchó en silencio lo que Violet le contaba emocionada sobre el viaje a Nueva Zelanda. Fuera volvía a llover, se acercaba el otoño en Gales. En Dunedin era ahora primavera... A Violet le latía el corazón con fuerza.

—¡Y ellos hasta se encargan del pasaje! —anunció la niña—. No tienes que pagar nada. Nosotras... nosotras nos vamos, simplemente...

Jim Paisley rio. Era una risa desagradable.

—¿Quieres largarte? ¿Como tu madre? ¿Es que no te acuerdas de cómo acabó?

El hombre observó satisfecho cómo se apagaba el brillo de los ojos de Violet.

—Pero podría iros bien. Vosotras viviríais allí la mar de bien mientras nosotros nos quedábamos aquí en la mierda...

—Papá... —Violet miró desconcertada alrededor. No habría calificado de mierda esa acogedora casa y el colchón económico que la indemnización y la venta del taller del zapatero habían supuesto para su padre—. No puedes... tienes...

—¿Qué es lo que tengo? —Jim Paisley se irguió con aire amenazador delante de ella—. ¿Casa y dinero? Sí, eso pensaba

yo también. Pero esto... esto es lo que acaba de traerme el cura...
—Tiró la carta a Violet.

La pequeña se esforzó en descifrar la escritura. La misiva iba dirigida a Jim Paisley, aunque el remitente la había enviado al reverendo Morris, el párroco de Treorchy. Sin duda para tener un testigo de que había llegado. O tal vez en el conocimiento de que Jim no sabía leer.

Violet luchaba con las líneas. No acababa de entenderlo todo, pero...

—No sabía que tengo un tío.

Su padre levantó la vista al cielo.

—¡Increíble, Violet! Este tipo amenaza con quedarse con tu herencia y a ti solo se te ocurre alegrarte por tener un nuevo pariente.

—Amenaza... —Violet se esforzó por analizar pacientemente cada palabra. Iba despacio, pero lo conseguía. Se mordía los labios del esfuerzo.

«... deseo igualmente reclamar mi parte de la herencia de mis padres, así como una parte de la indemnización que el señor James Burton ha pagado por la muerte de mi padre y de mi hermana. Me ofrezco también a hacerme cargo de la administración fiduciaria de la fortuna de sus hijos hasta que alcancen la mayoría de edad. Como usted tal vez sepa, trabajo en un banco de Londres, donde invertiría el dinero y sin duda obtendría beneficios hasta que mis sobrinas y sobrino tengan edad suficiente para disponer de él.»

A Violet eso no le sonaba amenazador. Naturalmente, su tío Stephen quería una parte de la herencia. Y tenía derecho a ello. Ahora recordaba vagamente que su madre a veces le había hablado de un hermano. Stephen Seekers era mucho mayor que Ellen y ya se había mudado a Londres cuando ella era una niña. Y Violet tampoco veía ningún problema en que se ocupara de su dinero. Estaría mejor guardado en manos de casi cualquier otra persona que en las de su padre.

—Pero a este le voy a aguar yo la fiesta —gruñó Jim Paisley—. Nada de «parte de la indemnización»... ¿Quién mantuvo a Ellen en los últimos años, él o yo?

Violet miró a su padre horrorizada. Quería decir algo, pero era incapaz de pronunciar palabra.

—¡Y encima quiere quitaros vuestro dinero, hija! Podría apetecerle...

«Desearía visitarlo el sábado de la semana próxima y discutir personalmente este asunto con usted y sus hijos mayores.»

El sábado de la semana siguiente Violet esperaba estar con los Burton en alta mar. Era lunes y la familia quería dejar Treherbert el viernes, el miércoles partía el barco de Londres rumbo a Dunedin, Nueva Zelanda.

—En cualquier caso, puedes quedarte con mi dinero, papá —aseguró ansiosa Violet—. Y con el de Rosie. Es suficiente. Si nosotras...

—¿No pensarás que voy a dejar que os larguéis ahora? ¿Qué voy a decirle a tu querido tío, Violet? ¿Que te has esfumado? ¿Con el dinero? Nunca lo creerá. No, no, ese tipo irá corriendo al juez e intentará arruinarme. Te quedarás aquí, Violet. Y sonreirás cuando el tío Stephen aparezca.

Sonrió sarcástico cuando, abatida, Violet se dejó caer sobre una silla frente a él. Otro sueño roto, otra esperanza perdida. La muchacha intentó regresar a su reducto de desesperación y olvido. Quería volver a encerrarse en sí misma, no pensar, no esperar nada. Pero no encontró el camino de vuelta. Llevaba mucho tiempo luchando por salir adelante, se sentía fuerte de nuevo, era lista... ¡algo tenía que ocurrírsele!

Violet reflexionó febrilmente y encontró, en efecto, una solución.

—Papá, ¿y si nos fuéramos todos? —preguntó con voz firme—. Queda mucho tiempo hasta el próximo sábado. Puedes vender la casa, nuestros vecinos los Sutton buscan algo para su hija. Coges el dinero, nos vamos a Londres... Y el miércoles que viene, zarpa un barco hacia Nueva Zelanda. Stephen Seekers nunca nos encontrará allí.

# HIJA DE LAS SOMBRAS

*Travesía Inglaterra - Nueva Zelanda*

1878-1879

*Isla Norte, Hamilton y Auckland*

1878-1879

*Isla Sur, Dunedin y Greymouth*

1879-1880

# 1

Violet no se había imaginado un barco tan enorme ni un mar tan extenso. Después de todas las horribles experiencias de los últimos meses, nunca había sospechado que podría pasar tanto miedo como en esos momentos, cuando la costa de Inglaterra se hacía cada vez más pequeña a sus espaldas. Rosie, en sus brazos, había enmudecido totalmente de la impresión mientras miraba con los ojos de par en par ese mar de aspecto infinito y, por añadidura, en extremo embravecido. El padre de Violet había vomitado, por desgracia en el camarote que compartían, de modo que la muchacha había empezado el viaje con la desagradable tarea de limpiar el cuarto. A continuación se había escabullido a cubierta con el fin de buscar a los Burton, pero en ese instante contemplaba desamparada el mar y con la sensación de que ante sus ojos se desvanecía la que había sido su vida hasta entonces.

—Y al principio solo es el canal de la Mancha —señaló Heather, risueña—. No es tan ancho. Aunque hoy no se ve la otra orilla, hay gente que lo cruza a nado.

Violet se la quedó mirando sorprendida, pero algo reconfortada. Si Heather no tenía miedo, ella también sería valiente. Intentó no hacer caso del violento empuje del viento contra las velas, que parecía susurrarle con maldad que el barco, impotente, estaba a merced de sus caprichos.

—¡Además, esto no es una tormenta, ni mucho menos! —la siguió tranquilizando Heather—. Cuando estemos en el Atlántico puede ser mucho, mucho peor. Al contrario, tenemos que alegrarnos de que sople este viento, porque así avanzamos con rapidez y no perdemos tiempo.

Heather expuso complacida su rostro a la brisa fresca. Se había soltado el cabello y atado un pañuelo, tal vez para no llamar demasiado la atención entre los pasajeros de la entrecubierta. Ahora flameaban los extremos del pañuelo compitiendo con un par de mechones de cabello que se habían desprendido de su rígido peinado. Heather se veía joven y emprendedora, al parecer le divertía el viaje en barco. Violet, amedrentada, le cogió la mano. Estaba contentísima de que la joven hubiese dado con ella. La niña tenía prohibida la entrada a los camarotes de los Burton. También el mirador de la cubierta superior estaba reservado a los viajeros de primera clase.

—¡Y ahora ya habéis contemplado suficiente Inglaterra! —Heather apartó con resolución a Violet y Rosie de la borda—. No vamos a deshacernos en suspiros, enseñadme dónde os han alojado. Ahora, aprovechando que estoy aquí.

A los pasajeros de primera clase no les estaba prohibido permanecer en la entrecubierta, pero el intercambio de clases tampoco era bien visto.

—Pero... pero aquí... se deshacen en suspiros —señaló Rosie, que acababa de aprender la expresión.

Y, efectivamente, el ambiente en la entrecubierta no levantaba precisamente los ánimos. La mayoría de los pasajeros que ocupaban los angostos pasillos y camarotes abandonaban su hogar para siempre y se dirigían a un país desconocido. A muchos los habían acompañado al muelle familiares y amigos y, contra cualquier lógica, algunas mujeres llorosas seguían mirando hacia la orilla como si todavía distinguieran a alguien allí. Los hombres, por el contrario, ya ahogaban sus penas en el alcohol que habían llevado consigo, en general ginebra barata. Con ella, había explicado el padre de Violet con aires de experto en la materia, se evitaba también el mareo. Justo después se había encontrado mal...

A otros pocos les había ocurrido lo mismo.

—¡Esto es asqueroso! —se indignó Heather después de que pasaran por el tercer vómito camino de la cala del barco—. Y ahí dentro... ¡cielos, está oscuro como boca de lobo!

Heather había estado deseando ver dónde se alojaban los emigrantes, pese a que su madre le había contado tristes anécdotas de su propia travesía cuando partió de su país treinta años atrás. Sin embargo, la realidad hacía palidecer hasta las más espantosas descripciones. Heather siguió a Violet a través de corredores en penumbra y echó un vistazo a los diminutos compartimientos que debían dar cabida a seis viajeros. Los hombres y mujeres que viajaban solos eran alojados, naturalmente, por separado, ellos en el extremo delantero y ellas en la parte posterior; las familias, sin embargo, viajaban reunidas, lo que para Violet y Rosie significaba compartir camarote con su padre y su hermano. A eso se añadía algo especialmente molesto para Violet: la presencia de Eric Fence, el mejor amigo y colega de borracheras de Fred. Al principio Eric había lamentado desconsolado que los Paisley abandonasen Treherbert, pero justo antes de la partida le sorprendió su primera gran ganancia en las apuestas a las carreras de caballos.

Eric se consideraba un experto en el tema de los caballos. Se había cuidado de los ponis que trabajaban en la mina de Treherbert. El porqué eso había de proporcionarle un mayor conocimiento sobre los caballos de carreras solo se lo preguntaba Violet. Sin embargo, los mineros del Golden Arms bebían de sus labios cuando fanfarroneaba acerca de las posibilidades que tenía de ganar este o aquel caballo que, por descontado, nunca había visto. Como el resto de los hombres, obtenía la información en una revista de apuestas y acertaba, por lo general, tan pocas veces como Jim y Fred. Pero su afición por los caballos con menos posibilidades había dado rendimiento. Eric Fence se había embolsado la colosal suma de diez libras al ganar una apuesta y enseguida invirtió ocho en la travesía hacia Nueva Zelanda.

—¡Hermano! —vociferaron Fred y Eric.

Los tres se abrazaron mientras celebraban la ganancia y la todavía tan eludida separación. Ese día, Eric también pagó por

Jim y al final de esa noche, el padre de Violet no tuvo ningún escrúpulo en afirmar que el joven era su hijo y en introducirlo en su camarote.

—Cuando regresaron a casa, es posible que ya no supiese cuántos hijos tenía —señaló afligida Violet mientras le refería la historia a Heather—. Y nadie pensó en Rosie y en mí, salvo el mismo Eric, tal vez. No me quita los ojos de encima.

Heather sacudió la cabeza, escandalizada.

—Si se atreve a tocarte aunque solo sea un hilo de la ropa, me lo dices —le comunicó en tono amenazador, sin saber cómo tendría que actuar en tal caso.

Heather propuso avisar enseguida al camarero jefe del engaño. A lo mejor se encontraba una litera para Violet y Rosie en un camarote de mujeres solteras. Pero Violet rechazó el ofrecimiento con determinación.

—Me libraría de Eric, pero mi padre me molería a palos —adujo Violet, realista—. Y si no él, mi hermano Fred. Ya me las apañaré, Miss Coltrane, muchas gracias. No me desvisto para dormir, de todos modos hace un frío de muerte.

Al principio siguió siendo así, era otoño y, aunque navegaban hacia el sur, en la travesía por el Atlántico reinaban la humedad y el frío. Violet conoció auténticas tormentas, si bien, por fortuna, ni ella ni Rosie se mareaban. Para los hombres de su familia fue algo distinto. Solo Eric resistió las embestidas del mar, mientras que Jim y Fred echaron los hígados por la boca.

Así lo contaba al menos Violet a Heather y los Burton, en la ocasión en que los tres la visitaron en la entrecubierta. Kathleen necesitaba aire fresco, a lo que Violet contestó con una risa amarga.

—¡Aquí seguro que no lo encuentra!

Justo estaba vaciando otro cubo de agua de fregar por la borda, horrorizada por tener que inclinarse tanto sobre el embravecido oleaje. El viento volvía a soplar enfurecido y la frágil adolescente temía que la empujase por la borda. Esta era la causa por la que Rosie tenía prohibido abandonar el camarote. La niña se acurrucaba en un rincón de la cama y permanecía con la mirada perdida envuelta en la penumbra del espacio compartido, impregnada de hedor a orina y vómito. Violet hacía cuanto estaba en su mano para mantener el camarote limpio, pero todos sus esfuerzos eran en vano.

—Y encima, ahora entra agua —añadió desesperada—. Ayer casi estaba a la altura del tobillo, ya no conseguía sacarla. ¿Puede inundarse el barco, señor Burton? ¿Puede hundirse?

Kathleen, que en ese punto tenía más experiencia que su marido, movió la cabeza negativamente.

—No porque haya agua en la entrecubierta. Por lo visto es normal que entre. Cuando yo hice la travesía, una vez me llegó a la altura de las rodillas, fue horrible. Y no hacía más que vomitar, estaba embarazada de Sean. Naturalmente, para eso salía del camarote como podía, pero tenía pavor cada vez que me inclinaba por la barandilla... Siempre tenía miedo de caerme por la borda.

No parecía que el padre y el hermano de Violet fuesen a correr ese riesgo, porque vomitaban su última comida donde se hallasen, estuvieran tendidos o camino de donde fuese.

—Por lo general solo es ginebra —indicó Violet, resignada—. Casi no comen nada, siempre se encuentran mal. Solo la ginebra les sienta bien...

—Ya, hay que tomar mucho líquido —apuntó el reverendo en tono mordaz—. Vomitar te seca... Lo lamento de verdad, Violet. Y me siento un poco culpable. Si no hubiese sido por nosotros, a tu padre nunca se le habría ocurrido la idea de emigrar. También nos hemos informado de si arriba hay algún camarote libre que podamos reservar para vosotros, pero todo está ocupado.

También los Burton compartían camarote con Heather. Pero, por descontado, el reverendo era discreto y Kathleen ya había cosido una cortina antes de la partida que al menos garantizase a Heather un espacio privado, aunque fuese pequeño.

Violet asintió agradecida, pero no confesó que había sido ella misma quien había hecho apetecible a su padre la idea de marcharse a Nueva Zelanda. En lo referente a la oferta del camarote, ella sin duda lo habría aceptado aunque nunca hubiese podido pagarlo ni matándose a trabajar. A esas alturas habría hecho cualquier cosa para salir de la pestilente pesadilla de la entrecubierta.

—En un par de semanas la situación mejorará —la consoló el reverendo, que en realidad no podía estimar cuáles eran las condiciones en la cala del barco, ya que su primer viaje a Nueva Zelanda también lo había realizado en un confortable camarote. Algo más por lo que se sentía un poco culpable en esos momentos—. Cuando hayamos pasado el golfo de Vizcaya hará más calor y el mar se calmará.

Kathleen le dio la razón.

—Pero hasta entonces los baños de la entrecubierta rebosarán un par de veces más.

—Tómatelo con calma, Violet. Y, por todos los cielos, intenta que Rosie no tenga frío y esté al abrigo. Además, tenéis que comer tanto como podáis. Heahter os traerá algo siempre que pueda. Las raciones que reparten aquí abajo no son demasiado pequeñas, ¿verdad?

Violet negó con un gesto. La comida, la mayoría de las veces un puchero de patatas y col, casi siempre llegaba fría a los camarotes. Los pasajeros tenían que recoger sus platos en la cocina y llevarlos a sus cuartos, pero las raciones eran suficientes, sobre todo porque Jim y Fred se limitaban por el momento a los alimentos líquidos.

—Además no hay travesía sin epidemias a bordo —advirtió Kathleen—. Y en tales casos siempre mueren los más pequeños y débiles. ¡Así que cuida de Rosie!

—Si al final se da un brote de cólera, me la llevo a escondidas arriba —afirmó Heather decidida—. Nadie mira detrás de mi cortina.

Kathleen puso los ojos en blanco.

—¿Y cómo piensas mantenerla callada? —preguntó—. Se pondría a llorar en cuanto Violet no estuviese cerca de ella. En el momento en que se diesen los dos o tres primeros casos de muerte y te descubrieran en primera clase con una niña de la entrecubierta, los buenos burgueses se lanzarían sobre ti como buitres. A fin de cuentas podrían contagiarse.

—¿De pobreza o de cólera? —preguntó Heather en tono mordaz, pero en un principio pareció abandonar el plan—. Nos encontramos luego aquí, Violet; os traeré algo de comida.

Efectivamente, pasadas las primeras cuatro semanas el viaje por fin mejoró. Rodearon África, de cuando en cuando se avistaba tierra y el océano a veces estaba plano como un espejo ante el navío, cuyo capitán no estaba tan entusiasmado con esa calma como los pasajeros. Cuando no soplaba el viento se avanzaba más despacio, pero a cambio los viajeros veían los delfines y ballenas que acompañaban el velero. Heather explicaba a Violet las particularidades de los animales, cada vez más contenta en compañía de esas niñas tan despiertas.

—¡No son peces! Traen al mundo a sus crías vivas y les dan de mamar, y tienen que salir a la superficie de vez en cuando para respirar.

—¡Qué grandes son! —exclamó Rosie, volviendo la cara hacia otro lado—. ¡Si alguien se cae al agua, se lo tragan!

—¡Qué va! —exclamó Heather, riendo—. Al contrario. Los marineros cuentan historias de náufragos que han sido salvados por delfines.

—¡Pero una ballena se tragó a Jonás! —replicó Violet, basándose en el recuerdo de la escuela dominical.

—Esto hay que considerarlo de forma metafórica —señaló el reverendo, aunque luego evitó profundizar en el tema.

Kathleen levantó la mirada al cielo. La tendencia de Peter Burton a interpretar la Biblia de modo metafórico siempre le ocasionaba problemas con su obispo.

—Ni se te ocurra predicar sobre eso —le aconsejó. Recientemente, Peter había empezado a celebrar la misa del domingo en la cubierta superior, respondiendo así a la petición del capitán, que eludía tal tarea de buen grado. Él había aceptado asumir esa labor siempre que los pasajeros de la entrecubierta tuvieran permiso para asistir.

—¡Dios no establece diferencias! —sentenció Peter con determinación, y poco después reclutó a un par de músicos irlandeses para que acompañasen con el violín y la flauta los cánticos de sus feligreses.

Así pues, los domingos resonaban desde la cubierta superior las melodías polifónicas de la misa, mientras que los demás días, por las noches, se elevaban desde la entrecubierta las canciones de taberna. En esa parte del barco, los viajeros habían superado la melancolía del inicio de la travesía y festejaban por las noches, con música y baile, la partida al nuevo país en los estrechos camarotes. Como por arte de magia siempre aparecían en tales ocasiones whisky y ginebra, que se repartían en abundancia.

—Deberías predicar sobre eso —bromeó Heather con su padre adoptivo—. Es la versión moderna de las bodas de Caná.

Burton arqueó una ceja.

—Te confundes en algo —observó—. Jesús lo hizo gratis. En cambio, los tipos que suministran la bebida se la hacen pagar cara a sus clientes.

En efecto, un cocinero y el tesorero comerciaban con las bebidas alcohólicas que se habían introducido de contrabando en el barco. Así, el resto de la herencia de Violet y Rosie se iba fundiendo como el hielo al sol. Jim, Fred y Eric se embriagaban a diario.

—Pero al menos por las noches estamos tranquilas —apuntó Violet—. Como llegan tarde al camarote, Rosie ya está durmiendo y yo me hago la dormida.

Violet utilizaba las noches tranquilas para leer los libros que Heather le había regalado, aunque no podía extraer ninguna historia coherente de *David Copperfield* y *Oliver Twist*, pues cuando había terminado fatigosamente de leer una página, ya había olvidado lo anterior. Pese a ello, practicaba con perseverancia. Violet quería aprender a leer. Deseaba con toda su alma llevar una vida mejor en el nuevo mundo.

Entretanto habían transcurrido ocho semanas de viaje y seguía haciendo buen tiempo. Solo al rodear el cabo de Buena Esperanza se había desencadenado una tormenta. Violet empezó a creer lo que los Burton afirmaban: que en Nueva Zelanda el invierno era verano y viceversa. Sin embargo, pronto se comprobó que el calor no era más fácil de soportar en la entrecubierta que el frío y la humedad. Hacía bochorno y el sudor de los cuerpos sin lavar, el hedor de los retretes siempre rebosantes y el tufo de la sopa de col se mezclaban hasta convertirse en una miasma insoportable. Violet se ponía enferma solo de pensar en el rancho del barco. Con frecuencia tenía que luchar para ir a buscar la ración de Rosie y la suya. Los hombres habían recuperado el apetito, pero no parecían predispuestos a ayudar a Violet a la hora de recoger los platos.

—¡Es trabajo de mujeres! —explicó Fred sin inmutarse, cuando Violet le pidió abatida que le echase una mano.

No le habría importado demasiado recorrer cada día tres veces los pasillos para llegar a la cocina, pero entretanto no solo su padre y su hermano se encontraban mejor, sino también los otros camorristas y bravucones que había a bordo. El trayecto entre la cocina y el camarote cada día se iba pareciendo más a una carrera de obstáculos. Los niños espiaban a Violet y querían que pagara el «peaje», y a veces incluso había un hermano mayor al acecho que apoyaba sus exigencias. Los chicos de más edad tenían otros antojos. Pellizcaban a las adolescentes en el trasero o les tocaban los pechos cuando pasaban con los preciados recipientes de comida. La primera vez, Violet se llevó tal susto que dejó caer la olla, tras lo cual comprobó que los golpes de su padre le dolían más que la impertinencia de los salteadores del pasillo.

Acabó entregando parte de su ración a un protector, un joven rechoncho y bravucón de Londres que, por fortuna, se interesaba más por la comida que por las chicas. La acompañaba a ella y a otras muchachas que compartían su suerte mientras cruzaban la cala del barco para que no las molestasen; pero Violet le pagaba con su propia comida. Si no hubiese sido por Heather y los donativos diarios de los Burton, se habría muerto de hambre.

Pero entonces apareció la fiebre y de repente en los accesos entre las cubiertas se puso vigilancia.

—Para que no llevéis arriba vuestras pulgas —informó a Violet uno de los marineros encomendados a esa misión cuando la niña iba con Rosie a la misa del domingo—. ¡Dice el médico que estos bichos son los que transmiten la enfermedad!

Con ello el médico del barco daba muestras de unos conocimientos básicos generales que hasta el momento Peter Burton no había confiado que tuviese. En cualquier caso, el hombre no destacaba por una preocupación excesiva por sus pacientes. El contenido de su farmacia parecía componerse solo de ginebra, de la que él mismo solía hacer uso.

—De todos modos, no se puede hacer gran cosa —opinaba Kathleen.

Los Burton no habían acatado la prohibición de visitar la entrecubierta. Heather estaba horrorizada de las condiciones, Peter dio la extremaunción a dos mujeres y solo Kathleen permaneció tranquila.

—No creo que se trate de una auténtica epidemia —afirmó—. En mi primera travesía hubo una de varicela. Yo, por suerte, ya la había pasado, y los que estaban en mi camarote también. Pero a nuestro alrededor caían como moscas. Creo que murieron más de veinte personas durante el viaje.

Peter, que había colaborado en el hospital durante la época que pasó en los yacimientos de oro, le dio la razón.

—En cualquier caso, no se trata de cólera, y tampoco he visto erupciones cutáneas. Sigue cuidando de que Rosie esté limpia, Violet, y no le pasará nada.

De hecho, los dos únicos casos de muerte fueron los de las dos mujeres a quienes Peter había administrado el viático. En el camarote de Violet solo se puso enfermo Fred, que tuvo fiebre durante dos enervantes semanas en las que el barco se detuvo en una de las llamadas zonas de calma. Durante ese tiempo no soplaba ni una ligera brisa, hacía un calor insoportable y en la entrecubierta apenas se podía respirar. Siguiendo el consejo de Kathleen, Violet y Rosie se instalaron en la cubierta. Su protector londinense, al que Peter llamaba en broma Bulldog, lo que llenaba al chico de gran orgullo, se agenciaba un par de peniques que Heather le ofrecía y se aseguraba de que sus mejores clientas tuviesen un sitio donde dormir en un bote salvavidas. Además, Heather les ofreció la cortina de su camarote para que la emplearan a modo de toldo.

—Bulldog nos ayuda también en otras cosas —informó Violet. Al principio había tenido miedo del chico, pero a esas alturas empezaba a caerle bien—. Los hombres pescan y asan los pescados en la cubierta, y él se ocupa de que siempre nos llegue algo.

—¿Gratis? —preguntó Heather, sorprendida.

Violet asintió.

—Está loco por Rosie. Dice que le recuerda a su hermanita, que se ha quedado en Londres...

Heather levantó la vista y las manos al cielo.

—Solo falta que ahora empiece a predicar el amor y la paz...

—¡Ni hablar! —protestó Violet, horrorizada—. Ayer tuvo que zurrar a tres chicos porque querían robarnos el toldo.


—¿Y ahora qué mar es este? —preguntó Violet a Heather, después de pasar dos semanas sin ver tierra, para su gran inquietud. A la niña le sorprendía que no hubiese solo un océano, sino varios por lo visto, y para ella era un misterio cómo los marineros conseguían orientarse en esa inmensidad.

—El océano Índico —contestó Heather—. Lo estamos atravesando. Los marineros dicen que es la parte más peligrosa del viaje. Aquí uno está abandonado a su propio destino, porque en cientos de kilómetros no hay tierra. Pero por lo visto estamos de suerte y hace buen tiempo. No, no vuelvas a poner esa cara de miedo, Rosie, no pasa nada; un par de semanas más y lo habremos conseguido.

En efecto, el resto de la travesía transcurrió sin problemas. La vida en el barco había vuelto a la normalidad en cuanto los camorristas establecieron su jerarquía entre los pasajeros. En la entrecubierta se extendió una especie de letargo. Tantas semanas de alimentación insuficiente, el calor y los parásitos habían debilitado a los viajeros. Solo Violet estudiaba cada día si Rosie tenía piojos y pulgas, y Bulldog almacenaba agua de lluvia para que las niñas pudiesen lavarse. Lamentablemente, cuando el barco llegó al mar de Tasmania las noches volvieron a ser frías. Las dos hermanas regresaron de mala gana a su camarote, a estas alturas sucio sin solución, ya que durante la ausencia de Violet nadie lo había limpiado.

—No sé si es mejor pasar frío —dijo la desdichada muchacha a Bulldog, quien se limitó a sonreír amistosamente.

—Disfruta de la cubierta durante un par de horas —animó a Violet, que volvía a vaciar un cubo con agua de fregar en el mar—. Ya me encargo yo de esos tipos.

Para gran sorpresa de Violet, poco tiempo después aparecieron alternadamente Fred y Eric con cubos llenos. Cuando Bulldog indicó a la adolescente que bajara, el camarote no resplandecía de limpio, pero al menos era soportable entrar en él.

—A tu padre no he conseguido despertarlo —se lamentó el joven. Jim Paisley roncaba en su catre—. Ayer volvió a empinar el codo con ganas... ¿De dónde saca todo ese dinero?

Violet gimió. Bien que lo sabía ella. Si eso seguía así, cuando llegaran a Nueva Zelanda no les quedaría ni un penique para sobrevivir, ni siquiera las primeras semanas. Sin embargo, el dinero de la venta de la casa de Treorchy habría alcanzado para sustentar a la familia durante un tiempo, hasta que Jim y Fred hubiesen encontrado trabajo.

—De todos modos, pronto habremos llegado —consolaba Heather a las niñas—. Como mucho faltan quince días. ¡Oh, estoy impaciente por tener noticias de Chloé! Hace tres semanas que no sé nada de ella... a lo mejor ya está esperando un bebé.

Pese a la separación, Chloé y Heather seguían siendo buenas amigas. Los servicios postales entre la Isla Sur y la Isla Norte de Nueva Zelanda eran buenos y las chicas se escribían periódicamente. Pero, en Inglaterra, Heather solo había recibido una carta. Chloé se quejaba de que no llegaba a quedarse embarazada. Seguramente se trataba tan solo de una cuestión de tiempo.

Podía leerse entre líneas que Chloé y Terrence lo intentaban cada día para satisfacción mutua...

—¿Ya ha dicho tu padre a qué piensa dedicarse en Nueva Zelanda? —preguntó Kathleen a Violet—. Sabe que en Dunedin no hay carbón, ¿no?

—¡Bueno, yo voy a buscar oro! —intervino Bulldog—. De eso sí que tenéis allí, ¿verdad? —preguntó, un poco preocupado.

Kathleen rio.

—Teníamos. Pero los yacimientos que se encuentran junto a Dunedin ya se han explotado del todo. Ahora tienes que ir hacia Queenstown. Lo que tampoco está muy lejos. A diferencia de las ciudades mineras. Greymouth y Westport están al otro extremo de la isla.

Bulldog se encogió de hombros.

—Prefiero buscar oro que carbón. ¡Me haré rico! ¿A que sí, reverendo? Usted estuvo en los yacimientos, así que ha de saberlo...

Peter miró al cielo y unió las manos teatralmente.

—En este caso puedo, con toda franqueza, decirte estas palabras: «Todo está en las manos del Señor.» Normalmente añadiría que uno tiene que poner un poco de su parte, pero en los yacimientos de oro se trata realmente de tener suerte. La mayoría de los buscadores son tenaces, Bully, muchos trabajaban hasta caer deslomados. Pero son pocos los que se hacen ricos. ¡Así que ya puedes ponerte a rezar!

Bulldog se encogió de hombros.

—Lo haré mientras cave —señaló—. La pala y esas cosas se pueden encontrar en Dunedin, ¿no?

Cuando, después de tres meses de travesía, por fin se divisó en el horizonte la costa de la Isla Sur, el capitán convocó a todos los pasajeros en la cubierta. Kathleen recordó su primera llegada y se alegró de que en esta ocasión su regreso tuviese un cariz totalmente distinto. En aquel entonces hacía un día nublado y sombrío, el aspecto de la pequeña localidad de Lyttelton era muy triste y, por añadidura, ella había comenzado a sentir los primeros dolores del parto. Ese día, por el contrario, brillaba el sol y la costa exhibía sus playas oscuras y los acantilados claros, tras los cuales asomaban verdes colinas boscosas. Se distinguían pequeñas localidades diseminadas, casas pintadas de colores y, desde sus botes, los pescadores los saludaban. Dunedin se presentaba como una ciudad blanca enmarcada de bahías y dársenas de reflejos azules. Las colinas de alrededor volvían a estar verdes, pero Peter contó a Bulldog, quien le escuchaba con avidez, que una vez habían sido blancas a causa de las tiendas que las cubrían, pues en un solo día habían arribado sesenta barcos cargados de buscadores de oro.

—Llegaba tantísima gente que la ciudad no daba abasto. Los comerciantes que vendían utensilios para cavar y tiendas de campaña se hicieron realmente ricos en pocos días.

—¿Y qué sucedió con todos los recién llegados? —preguntó Violet, angustiada.

El reverendo se encogió de hombros.

—La mayoría todavía está aquí. Algunos siguen yendo de mina de oro en mina de oro, pero la gran masa de buscadores decidió en un momento dado cambiar de trabajo. Tal vez aquellos que habían aprendido un oficio en su país de origen. Y a veces el oro basta de verdad para llevar una existencia modesta: una tienda, una granja, un taller. Por el momento, Nueva Zelanda tiene cabida para todos, Violet. No debes preocuparte. Si tu padre y tu hermano quieren trabajar...

Violet suspiró. Precisamente en eso tenía ella sus dudas.

Por la tarde, tras pasar unas horas de nervios recogiendo las pertenencias de su padre y su hermano —ambos estaban tan excitados ante la visión de la nueva ciudad que fueron incapaces de ayudarla a vaciar el camarote—, Violet volvía a sentirse animada. Enseguida se enamoró de Dunedin cuando abandonaron el barco, dos horas después de su llegada. La ciudad era preciosa, no tenía nada que ver con un poblado de mineros como Treherbert, pero tampoco era tan grande como Londres.

En primer lugar parecía más limpia, todos los edificios y calles brillaban a la luz del sol como acabados de lavar, envueltos por el aire increíblemente diáfano de ese país. Violet casi creyó poder alcanzar con las manos las colinas de detrás de la ciudad, de tan cercanas como parecían y lo nítido que se veían sus contornos. Las cumbres estaban cubiertas de nieve, la primera nieve de verdad que Violet había visto.

—Te hartarás de ella si te quedas por aquí —rio Heather—. En invierno nieva en todo Otago, pero por suerte todavía estamos en verano.

Corrían los primeros días de febrero. Por unos segundos, Violet se sintió como en un cuento, pero enseguida volvió a la realidad. Su padre y los dos jóvenes zapateaban sobre el puente de desembarco como si tuvieran la sensación de que el suelo seguía balanceándose bajo sus pies. A Violet le sucedía lo mismo. Casi se sentía mareada.

—En un par de días se te pasará —sonrió Kathleen, que era especialmente sensible a este hecho. Se apoyó en su marido, quien le ofreció risueño el brazo.

—Cariño, ¡hoy también te llevaré en brazos cuando crucemos el umbral que sea! —bromeó.

Jim, Fred y Eric miraban con ojos sombríos el aire nítido. A su alrededor reinaba el caos. Un par de inmigrantes se hincaron de rodillas para agradecer a Dios la feliz llegada, otros se abrazaban a sus amigos y familiares. La mayoría cargaba con su equipaje y trataba de mantener bajo control a sus excitados hijos. Había carros de alquiler y mozos de equipaje en el muelle, algunos hombres se dirigían a los recién llegados y les ofrecían hoteles más o menos baratos.

Violet se agarraba a su bolsa; Rosie se aferraba a Violet.

—¿Qué vais a hacer ahora? —preguntó Heather.

La jovencita parecía un poco indecisa. Kathleen ya estaba abrazando a su amiga Claire, quien había llegado al puerto en un pequeño y bonito coche de reparto, negro y con «Lady's Goldmine» escrito en letras doradas. Por supuesto, Heather habría corrido también hacia allí para preguntar por Chloé, pero no quería abandonar a Violet y Rosie a un destino que se llamaba Jim Paisley y que ya en ese momento tomaba rumbo hacia el *pub* más cercano.

—¡Venid, chicos, brindemos por la feliz travesía! —animó el hombre a su hijo y al amigo de este.

Violet le tiró de la chaqueta.

—Papá, a lo mejor tendríamos que preocuparnos por buscar alojamiento. Necesitamos una cama para esta noche.

Jim sacudió la cabeza riendo.

—Qué va, tesoro, luego nos vamos a Greymouth. Para qué vamos a pagar un hotel aquí si mañana encontraremos trabajo. —Jim parecía pensar que las poblaciones mineras estaban a la vuelta de la esquina—. De momento vosotras quedaos aquí, vigilando las maletas, que nosotros volveremos enseguida. —El padre de las niñas descargó su sucio saco de marinero, levantó a Rosie para sentarla encima y arrastró a los chicos vociferando en dirección al *pub*—. ¡Tiembla, Nueva Zelanda!

Heather los miró sin dar crédito; Violet lo hizo con resignación.

—¿Hay algún tren nocturno? —preguntó la niña.

Heather negó con la cabeza.

—No creo. Por lo que yo sé, todavía no hay trenes que lleguen a la costa Oeste. En cualquier caso, primero tenéis que ir a Christchurch a través de las Llanuras... Es un trayecto bastante largo.

Violet estaba aterrorizada ante un viaje que debería organizar su padre.

—¿No puede llevarnos con usted? —preguntó, abatida.

Heather vaciló. A ella le habría gustado, pero sus padres no colaborarían, a pesar de que Kathleen acababa de lanzar una mirada compasiva hacia las niñas. Violet y Rosie eran menores de edad, uno no podía limitarse a arrebatárselas a su padre. El mismo hecho de que Kathleen y Peter se retirasen con evidente mala conciencia, pero con determinación, demostraba que había poco que hacer al respecto.

Sin embargo, Heather no quería dejar a las niñas solas sin más, así que escribió la dirección de San Pedro en Caversham.

—Violet, si no hay remedio, os venís con nosotros y dormís en la iglesia. El reverendo suele acoger a recién llegados, muchos vienen sin dinero y sin la menor idea de lo que les espera aquí. Toma...

Puso una libra en la mano de la adolescente.

—Coge esto, pero no se lo des a tu padre o pasará toda la noche aquí gastándoselo en bebida. Ahí hay carros de alquiler. Si se tuerce todo...

Heather se despidió de las niñas con un beso antes de volverse hacia sus amigos. Kathleen y el reverendo saludaron con un gesto amistoso a las dos niñas y el precioso cochecito partió.

Violet se sintió infinitamente sola.

# 2

Matariki avanzaba tan deprisa como podía, el mismo frío le impedía detenerse con demasiada frecuencia. Aunque las temperaturas en Waikato todavía eran moderadas, el vestido de baile no le ofrecía el menor abrigo. La capa de jefe preservaba mucho mejor del frío y la lluvia, pero Matariki no quería ensuciarla durmiendo en el suelo. Incluso cuando tenía que pelearse con la espesura del bosque o vadear un terreno cenagoso, prefería quitársela. El tejido plumoso tenía un valor incalculable y esperaba obtener dinero suficiente de su venta para telegrafiar a sus padres y lograr mantenerse hasta que alguien llegara y la llevara a casa.

La zona por la que la muchacha se iba abriendo camino era en un principio accidentada, pero luego se volvió más llana, lo que le pareció extraño. A fin de cuentas, la ciudad de Hamilton se encontraba cerca de Pirongia, un monte cubierto de bosques del que los hauhau habían hablado con suma reverencia. En comparación con los imponentes Alpes meridionales de su isla de origen, el monte Pirongia parecía pequeño. Pese a ello, la cumbre, que también se veía desde el campamento de Kahu Heke, le serviría para orientarse. Era imposible extraviarse. El río Waikato pasaba por Hamilton, una ciudad construida sobre los restos de poblados y fortificaciones maoríes. Kahu Heke se lo había descrito a los hauhau como una profanación de los blancos, pero Matariki averiguaría más tarde que los poblados ya hacía tiempo que estaban abandonados cuando los ocuparon los *pakeha*.

La muchacha llegó al lugar dos días después de huir del campamento hauhau, pero lo encontró decepcionante. Había esperado encontrar una ciudad y había estado imaginándose algo similar a Dunedin, pero en realidad Hamilton no era mayor que Lawrence, en Otago, y encima la población se había dividido, instalándose una parte en la orilla oriental del río y el resto en la occidental. Evidentemente, ahí todos se conocían y, sin duda alguna, la noticia de que Matariki estaba en la ciudad se difundiría en un abrir y cerrar de ojos hasta llegar a oídos de Kahu Heke. Así pues, era de todo punto necesario proseguir el viaje.

Matariki cubrió con la capa de jefe su escueto vestidito de baile y emprendió decidida el camino hacia la población. Tras esos días de deambular en soledad y después de su estancia entre los hauhau, le parecía casi irreal ver a los *pakeha* y sus típicas viviendas. La calle principal de Hamilton —Victoria Street— estaba flanqueada por casas de madera de dos pisos pintadas de colores, la mayoría con porches delanteros o establecimientos comerciales en la planta baja. Hambrienta como estaba, Matariki se quedó mirando una tienda de comestibles, y luego otro comercio donde se vendía prácticamente de todo, desde artículos domésticos hasta vestidos. En algún lugar habría también una oficina de correos y una comisaría de policía. Matariki había decidido dirigirse a la última. Quería explicar su historia y pedir que informaran a sus padres. No le causaba la menor preocupación traicionar a Kahu Heke y su gente. Las autoridades sabían, de todos modos, que había hauhau en Waikato y en el ínterin su padre y sus guerreros ya habrían abandonado el campamento.

Sin embargo, encontrar al agente de policía local resultaba difícil, aún más por cuanto no podía decirse que la gente se pelease por ayudarla. Al principio habló con una mujer que la miró como si fuera un insecto asqueroso. Otra hasta escupió delante de ella, por no mencionar las que la esquivaban. Tres hombres que estaban delante de un *pub* parecían bromear a su costa. A pesar de todo, Matariki se acercó y habló con ellos.

—Disculpen, quiero ir a la policía. O a la... Armed Constabulary.

Esta mezcla de patrullas militares y policiales no era demasiado frecuente en Dunedin, allí no había más que comisarías. No obstante, se diría que los *armed constables* estaban por todas partes en la Isla Norte, y aunque Matariki les tenía algo de miedo desde la escaramuza en el campamento hauhau, estaba dispuesta a confiar en sus agentes.

Los hombres soltaron unas sonoras carcajadas.

—¡Mírala esa, si hasta sabe hablar! —vociferó uno—. Y no solo ese impío galimatías...

Matariki se lo quedó mirando furibunda.

—Sé hablar muy bien en inglés, señor, y no soy «esa», sino una chica. Para decirlo con mayor precisión, me han secuestrado y quiero denunciarlo.

—¡Han secuestrado a la pequeña!

El segundo hombre, un gigante de espaldas anchas que podría haber encarnado la versión *pakeha* de sus secuestradores, rio y agarró a toda prisa la capa de Matariki. Como la prenda no llevaba pasadores, Matariki la mantenía cerrada delante del pecho. En ese momento se abrió dejando a la vista la faldita *piu piu* y la escueta parte superior. *Dingo* ladró indignado, pero escondiéndose detrás de su ama.

—Vaya, ya me imagino yo quién te ha secuestrado a ti... ¡Eh, James! ¿Tiene Potter ahora chicas maoríes ahí enfrente?

El hombre gritó al interior del *pub*, tras lo cual salió un hombrecillo que parecía jorobado. Evidentemente, el patrón.

—Disculpe, señor, sus clientes parecen estar borrachos —señaló Matariki dignamente, dirigiéndose al dueño del *pub*—. Pero a lo mejor podría usted decirme dónde puedo encontrar a un agente de la policía, que...

—¡Esta sí que es guapa! —observó el patrón. Tampoco contestó a la pregunta de Matariki, sino que se dirigió solo a los otros hombres—. Si es del viejo Potter... ¡mis respetos! Y eso que siempre dicen que esos salvajes no venden a sus chicas. ¡Ellos no hacen como los indios!

—¡También depende del precio!

Matariki lo intentó una vez más.

—Por favor, señor, no le entiendo. Pero, que yo sepa, el comercio de esclavos está prohibido en Nueva Zelanda. Soy Matariki Drury, de Elizabeth Station, Otago. Y quisiera hablar con el oficial de policía del lugar.

Los hombres se echaron a reír de nuevo.

—¡Bah, los agentes son todos clientes de Potter! —se burló el primer hombre, bajo, gordo y con acento irlandés—. Esos no van a ayudarte, cielo. Pero si nos lo haces gratis..., a lo mejor te escondemos.

Matariki dio media vuelta. No había remedio, tenía que encontrar a otra persona que le facilitase la información que pedía. Y tenía que ponerse ropa *pakeha* lo antes posible. ¿Y si lo intentaba con un tendero?

La muchacha cruzó la calle, transitada por los carros de tiro y los caballos, y entró en un almacén. Al verla, unas mujeres que elegían telas se apartaron como si fuera una leprosa.

—¡Aquí no se sirve a salvajes! —anunció el vendedor.

Matariki puso los ojos en blanco.

—No soy una salvaje —respondió—. Solo voy vestida de una forma un tanto rara. Pensaba que a lo mejor podía venderme un vestido normal.

El tendero, un sujeto alto y seco, con ojos acuosos y claros, boca desdeñosa y una mala dentadura, sacudió la cabeza.

—Serías la primera chiquilla que puede pagar —advirtió.

—Quería hacer un trueque —dijo Matariki—. O vender algo en primer lugar y luego comprar. Esta capa... —se quitó la valiosa prenda y la colocó sobre el mostrador. Las mujeres emitieron unos sonidos de espanto cuando vieron el traje de baile— es un *karowai*, una capa de jefe. Es muy valiosa, las plumas pertenecen a aves extrañas y los adornos están cosidos por fuera a mano; ni qué decir de los colores. Hay pocas mujeres en una tribu capaces de confeccionar algo así. Y en realidad nunca se da un *karowai* a un *pakeha*, incluso es probable que haya un *tapu* al respecto. Yo les ofrezco esta capa para que me la compren. ¿Llegamos a un acuerdo?

Matariki intentó imprimir firmeza a su voz y utilizar las mismas palabras que empleaba su padre cuando elogiaba una oveja de cría. Por lo visto, a las clientas sus explicaciones les resultaron divertidas, pero sus risas eran tan poco cordiales como las de los hombres que estaban delante del *pub*.

El vendedor miró la capa con mayor atención y expresión taimada.

—Está usada —observó.

Matariki asintió.

—Las capas de jefes constituyen insignias de poder —explicó—. Como... como los mantos púrpura de vuestra reina.

Las mujeres todavía se rieron más fuerte. Matariki intentó no distraerse. Dejó que la burla le resbalase, como los comentarios de Alison Beasley en la Otago Girls' School.

—En cualquier caso, pasan de generación en generación. Y, naturalmente, se tratan con mucho cuidado.

—¿Y de dónde has sacado tú eso? —preguntó sarcástico el vendedor—. ¿Lo has robado?

—Soy hija de un jefe.

Matariki aún no había acabado de pronunciar estas palabras cuando se dio cuenta de que había cometido un error. A las chicas de la escuela esto las había impresionado, y sobre todo a los hauhau. Pero en ese lugar eso provocó un recelo total.

—¡Más bien pareces una bastarda! —Rio el propietario de la tienda—. Pero, en fin: dame esa cosa y búscate uno de los vestidos. Como buen cristiano no puedo ver a una chica dando vueltas por ahí tan ligera de ropa.

Matariki sacudió la cabeza.

—La capa tiene mucho más valor que un vestido andrajoso.

El hombre hizo un gesto de indiferencia.

—Entonces ve a venderlo a otro sitio —contestó, señalándole la puerta.

Matariki se mordió el labio. Era poco probable que hubiese

una tienda similar en ese lugar. Pero tenía que volver a intentarlo, así que abandonó el comercio sin despedirse siquiera. *Dingo* brincó hacia ella para consolarla. Había descubierto entretanto una carnicería y la miraba de soslayo. Posiblemente él también había intentado que el dueño le diese un trozo, pero solo se había ganado una patada. El carnicero observaba a Matariki con desconfianza desde su tienda. Su mercancía recordó a la muchacha que necesitaba comer algo. No tenía que ser un bistec, pero la panadería que estaba dos casas más allá ejercía una atracción irresistible; *Dingo* movió el rabo elocuentemente.

—¡Primero necesitamos dinero! —aclaró Matariki.

Entretanto ya casi habían recorrido por completo la mitad occidental de Hamilton y si surgía alguna oportunidad de vender la capa, sería en la otra orilla del río. Aun así, el puente que vinculaba ambas partes estaba en construcción y hasta el momento se pasaba de un lado a otro mediante dos canoas unidas entre sí, que eran tiradas de una orilla a otra con una especie de aparejo. El conjunto no inspiraba mucha confianza, el río era realmente caudaloso. Además, el encargado sin duda pediría algo de dinero por cruzar. Matariki renunció.

Apenada, miró hacia el otro lado de la calle, donde justo en ese momento se detenía una silla de posta del Royal Mail. Seguro que seguía el viaje hacia Auckland. ¿Habría alguna posibilidad de colarse en el interior de forma clandestina? Seguro que en una ciudad grande le harían más caso. Eso la llevó a preguntarse qué tendrían los habitantes de Hamilton contra ella. Al fin y al cabo había sido educada y su aspecto no infundía temor, como mucho extrañeza por su peculiar atuendo.

Se le pasó por la cabeza robar un vestido. Si se paseaba un poco por la parte posterior de las casas cuando anocheciera, seguro que encontraría ropa *pakeha* secándose en el tendedero. Por otra parte, era poco probable que le hicieran el favor de colgar un vestido de su talla. Y si empezaba a ir de un lado a otro con la ropa demasiado grande, llamaría casi tanto la atención como ataviada con su atuendo maorí. Sin contar con que en esa ciudad todas las mujeres se conocerían. Si se paseaba por ahí con prendas robadas no tardarían en averiguar que pertenecían a la honorable señora Miller o Johnson...

No, mejor desechar esa idea. Abatida, Matariki volvió a la tienda de la que acababa de salir.

—¿Te lo has pensado mejor? —dijo el vendedor en tono irónico.

La chica asintió.

—Pero no solo necesito un vestido —volvió a intentarlo—. También prendas interiores, zapatos y medias, un abrigo... y un par de peniques para enviar un telegrama a la Isla Sur.

—¿Y a lo mejor un bolso de mano y un collar de perlas también? —se burló el hombre.

Matariki suspiró.

—¡Por favor! Necesito ayuda...

—Un vestido, ropa interior, zapatos, bueno... y por mí también un abrigo viejo. —El hombre señaló un abrigo bastante raído. También vendía ropa usada—. Pero de dinero nada, guapa. A saber adónde me llevará esto. A lo mejor me sancionan por ayudarte. De quién has huido, ¿eh? ¿De tus patrones, a lo mejor? ¿O del viejo Potter? —Se echó a reír—. Con esa pinta...

Por lo visto, el viejo Potter era el propietario del burdel. Y sin duda sus chicas bailaban vestidas de forma tan desenfadada como las maoríes.

—¿Es que has desplumado a alguien?

Matariki puso los ojos en blanco.

—En tal caso tendría dinero en lugar de una capa de jefe —advirtió—. No he robado nada, señor, y no soy ninguna... ninguna... —No quería pronunciar la palabra—. No he salido de una taberna —concluyó—. Me secuestraron, y por eso estoy buscando a un agente de policía, y también por eso...

—De acuerdo, no sigas. La historia es buena, pero todos sabéis mentir muy bien. ¿Hacemos ahora negocios, guapa? —Sonrió sarcástico.

Matariki tardó un tiempo en encontrar un vestido que más o menos le sentara bien. Las habitantes de Hamilton parecían estar todas bien alimentadas, pues para muchachas delgadas como

Matariki solo había ropa infantil, y esa era demasiado corta. Al final encontró un vestido de estar por casa de color verde y en bastante buen estado. El propietario de la tienda, el señor McConnell, como la joven dedujo de la placa que había en su escaparate, le permitió cambiarse en la trastienda y no miró. Matariki suspiró aliviada cuando de nuevo se vio vestida de *pakeha* ante el espejo. Si se peinaba con unas trenzas y se las recogía... pero no, tampoco pasaría por una blanca pura. No obstante, se sintió mejor cuando dio las gracias sin mucho entusiasmo y se dispuso a salir.

—¿Y qué piensas hacer ahora? —preguntó el tendero.

Matariki se encogió de hombros.

—Buscar trabajo —respondió—. He de ganar dinero, algo tenemos que comer...

—¿«Tenemos»? —preguntó el hombre, alertado.

Matariki señaló a *Dingo*, que esperaba obedientemente delante de la tienda.

—Tengo que enviar un telegrama —dijo Matariki—. Mis padres...

—¡Jajaja! Pues mira a ver si encuentras algo. Pero te lo advierto: ¡aquí vuestra gente no está bien vista! ¿Qué crees que vas a hacer?

—¿Trabajar de doncella? —respondió vacilante Matariki—. Mi madre trabajaba de doncella y le gustaba.

McConnell se llevó las manos a la frente.

—Anda que no os falta a vosotras sentido del orden —dijo.

Matariki renunció a aclararle lo mucho que en la Otago Girls' School se estimaba, junto a todo el conocimiento, la disciplina de economía doméstica. De hecho sabía lavar y planchar, mantener una casa limpia y pulir muebles. No cocinaba tan bien, pero de todas formas nadie la contrataría como cocinera.

—También puedo ocuparme de los caballos —apuntó—. Y de las ovejas...

Todavía oía las carcajadas del hombre cuando salió a la calle. Hamilton cada vez le parecía más desagradable. Tenía que marcharse pronto, y no solo por el hecho de que Kahu Heke podía andar tras su pista.

En las horas siguientes, Matariki llamó a todas las puertas del lado oeste de Hamilton y estuvo considerando en serio la posibilidad de llegar a nado a la parte este. Resultaba totalmente imposible encontrar trabajo en esa diminuta ciudad, incluso una chica *pakeha* habría fracasado. Pero a Matariki la ponían en la calle en cuanto la miraban a la cara con un poco de atención. Y por añadidura le dirigían palabras insultantes. Al parecer, la gente de Hamilton odiaba a los maoríes, no encontró a ninguno que viviera o trabajase allí. Y tampoco se diría que hubiese ningún poblado maorí en las proximidades.

Después de pasar tres horas llamando a incontables puertas, la muchacha estaba lo suficientemente desesperada para encomendarse a una tribu de los ngati wairere. Se suponía que vivían en esa región, pues un par de hombres de Kahu Heke pertenecían a ella. Sin embargo, en el mismo Hamilton no encontró ninguna huella, ningún indicio de la existencia de maoríes en el entorno. ¿Sería cierto que los habitantes de la ciudad los habían echado de sus poblados?

Fuera como fuese, ya anochecía, y Matariki estaba hambrienta y agotada. A la mañana siguiente tendría que volver a internarse en el bosque para pescar o buscar raíces comestibles. Lamentablemente, y tal como se había temido, la vegetación de la Isla Norte no era del todo parecida a la de la Isla Sur y no le resultaba tan fácil abastecerse. La ventaja residía en que las temperaturas eran más altas. En Otago no habría podido pernoctar al aire libre en esa época del año, pero en la Isla Norte funcionaría. Por suerte, el vestido era de lana.

Seguida por *Dingo*, la muchacha volvió a recorrer las calles. Todavía podía pedir trabajo en el establo de alquiler, a lo mejor el propietario le permitía al menos dormir sobre la paja.

—¿Eres tú la chica maorí?

Sin darse cuenta, Matariki pasaba de nuevo por delante de la tienda de McConnell. Se sobresaltó cuando oyó una voz de mujer. La persona a quien pertenecía, tan delgada como su marido y ocupada en esos momentos en cerrar la puerta de la tienda —¡para lo que necesitaba tres cerrojos!—, se hallaba iluminada por la acogedora luz de la lámpara de petróleo que resplandecía en el interior de la casa.

Matariki se volvió hacia la mujer.

—Soy Mata... Martha Drury.

Después de que la echaran de las primeras casas de Hamilton en cuanto oían su nombre, había decidido utilizar el nombre *pakeha*.

—Pareces cristiana —dijo la mujer con un deje de crítica—. ¿Estás bautizada?

Matariki asintió.

—Contesta en voz alta y clara, mi marido dice que sabes hablar normal. Acércate aquí a la luz.

En condiciones normales, el tono autoritario de la mujer habría rebelado a la joven, pero agotada como estaba la obedeció sin oponer resistencia.

—El inglés es mi lengua materna —intentó aclarar una vez más.

La mujer soltó una carcajada.

—En cualquier caso, sabes peinarte y ponerte un vestido como Dios manda... algo civilizada debes de estar. Así que del orfanato. Enseguida se lo he dicho a mi Archibald: si habla como una cristiana es que viene del orfanato. ¿En qué lío te has metido, chica? ¿Te han expulsado o te has escapado?

Con un gesto rápido, Matariki comprobó que llevaba las trenzas en su sitio y decidió intentar comportarse con humildad. La mujer era curiosa, a lo mejor escuchaba la historia. ¿Le daría un pedazo de pan? Estaba dispuesta a mostrarse sumisa para conseguirlo.

—En realidad es cierto que me he escapado, señora —contestó cortésmente tras hacer una reverencia—. Pero no de un orfanato, sino de un campamento maorí. Yo...

—A lo mejor podría necesitar a una chica como tú.

A Matariki casi se le cortó la respiración. ¿Se trataba de una oferta de trabajo?

—Ya se lo he dicho a Archibald: mis padres tenían en Wellington a una chica del orfanato. No trabajaba tan mal. Claro que no se os puede quitar el ojo de encima y hay que mantener la caja cerrada. Pero si no... entra, pequeña.

Matariki siguió a la mujer suspirando, pero *Dingo*, que iba tras ella, recibió una patada.

El perro soltó un aullido de reproche y se marchó. A Matariki le dio pena, pero no se preocupó por él. *Dingo* la esperaría en algún lugar.

Al cabo de un momento la muchacha se encontró ante la flaca y envarada señora McConnell, que la observaba con ojos de lince. Naturalmente, eso le dio tiempo para estudiar ella misma a su futura patrona. La señora McConnell no era muy mayor, Matariki calculó que debía de ser bastante más joven que sus padres, pero ya tenía el semblante surcado de arrugas y las comisuras de los labios se inclinaban hacia abajo. Sus ojos —de un azul claro como los de su marido, ambos podrían haber sido parientes de sangre— estaban un poco demasiado juntos, y las cejas eran ralas, apenas visibles. También el cabello de la señora McConnell era fino y descolorido, y lo llevaba recogido en un moño diminuto y tirante. Era probable que las chicas de los ngai tahu hubiesen hecho al respecto la misma broma que con los pechos de Matariki. La mujer era pálida, pero tenía los labios sorprendentemente rojos y carnosos. La boca le recordó la de una rana o un pez. Cuando esa imagen le pasó por la cabeza, la muchacha estaba demasiado cansada para echarse a reír.

—¡Eres diabólicamente bonita! —sentenció la señora McConnell—. Serás para Archibald una tentación constante.

Matariki tragó saliva. Su madre le había contado solo por encima los problemas que había tenido, siendo doncella, con algunos patrones impertinentes, un recuerdo que en esos momentos bastó para que se pusiese nerviosa.

—Yo no soy... —Matariki no se atrevía a mirar a los ojos de la mujer—. Si yo quisiera tentar a alguien, ya estaría con el viejo Potter ahí enfrente.

La señora McConnell soltó una risotada.

—De acuerdo, y yo también vigilo. Ayudarás en casa a limpiar, lavar y cocinar. Yo te enseñaré si es que no lo han hecho en el orfanato. A la tienda ni te acercas, ¿entendido? Voy a enseñarte tu cuarto.

Matariki atravesó la tienda tras ella y luego, para su horror, descendió por una escalera que conducía a un sótano. Ahí se almacenaba parte de los artículos. Había un cobertizo separado de la habitación, al igual que un almacén de patatas. La señora McConnell abrió la puerta de madera.

—Puedes dormir aquí.

—¡Parece... parece una cárcel! —se le escapó a la aterrada Matariki. La diminuta habitación contenía una especie de camastro y una silla. No habría cabido mucho más. Una ventana muy pequeña, que daba a la altura del suelo del patio, estaba enrejada.

La señora McConnell volvió a soltar una sonora risotada.

—Pues sí, para eso la utilizábamos cuando nuestros hijos todavía eran pequeños. Si uno había hecho algo malo, lo encerrábamos un par de horas aquí y se arrepentía.

Matariki se retiró asustada. Su instinto le decía que se alejara lo más rápido posible de una pareja que encerraba a sus propios hijos en un sótano. Pero por otra parte era un lugar cálido y al abrigo; extenuada como estaba, ese camastro se le antojó como una cama celestial. Además, seguro que la señora McConnell le daría algo de comer. Ya hablarían a la mañana siguiente del resto.

—Tengo hambre —dio Matariki.

La señora McConnell esbozó una mueca.

—Primero trabajas, luego comes —advirtió, pero cuando vio el rostro demacrado de Matariki se lo pensó mejor—. Te traeré un trozo de pan —dijo de mala gana—. Entretanto, ponte cómoda.

La muchacha se tendió en el camastro. Se sentía infinitamente sola.

# 3

Violet esperó delante de la taberna del puerto de Dunedin hasta que oscureció. Vio a los viajeros de primera clase subirse a los carruajes de alquiler o cómo los recogían parientes y amigos, y observó a los viajeros de la entrecubierta mientras se orientaban. En un momento dado, todos abandonaron los muelles. Por último desembarcaron los marineros con permiso de bajar a tierra y algunos de ellos se metieron en el *pub* donde había entrado también su padre. Violet se atrevió a hablar con un cocinero al que había visto con frecuencia en la misa. El hombre prometió buscar a su padre y hermano y recordarles que las niñas los esperaban delante de la taberna, pero durante una hora Violet no obtuvo noticia ninguna. El cocinero volvió a salir al final, pero le dirigió un gesto de impotencia cuando la vio.

—Lo siento, señorita, se lo he dicho una vez al entrar y luego otra al salir, pero solo ha gruñido algo así como un «vale, vale». Cuando he llegado, él ya estaba borracho. Hoy ya no hará nada de bueno.

La información tampoco sorprendió a Violet, pero no sabía qué hacer. Cuando saliera, su padre se acordaría de ella y la castigaría si no la encontraba. A fin de cuentas estaba vigilando su equipaje. Desorientada, siguió esperando mientras Rosie dormía sobre el saco de marinero.

Finalmente, salieron vacilando del *pub* los últimos parroquianos y un hombre se dispuso a cerrar la puerta. Violet hizo acopio de todo su valor para abordarlo.

—Disculpe, señor...

Con la mirada baja, se acercó al patrón. ¡Ojalá no la tomase por una fulana! Y todavía más importante: ¡ojalá no buscase a ninguna!

Pero el hombre le sonrió cordialmente. Su rostro redondo tenía una expresión dulce y tolerante.

—No hace falta que seas tan formal, pequeña. No soy un señor, solo Fritz.

Violet hizo una reverencia y se sintió ridícula al hacerla. Había tanto tiempo y tanto espacio entre ese encuentro nocturno y lo que su madre le había enseñado acerca de los buenos modales...

—Soy Violet Paisley —dijo solícita, pero acto seguido su desesperación se impuso—. Por favor, señor, por favor, tiene que dejarme entrar. O sacar a mi padre. A lo mejor ya no está dentro, lo digo porque ya está usted cerrando. Pero no puede ser... ¿O es que tiene una puerta trasera...?

Violet no sabía si estaba deseando o temiendo que su padre y su hermano se hubiesen marchado de la taberna sin dar señales de vida.

Fritz negó con la cabeza.

—No, pequeña, debe de estar ahí dentro. Siempre dejo dormir aquí a un par de recién llegados cuando antes han hecho una buena consumición. ¿Adónde voy a enviarlos, si no pueden ni caminar?

—Quiere decir que... —Violet se sintió engañada, pero al mismo tiempo invadida por la rabia—. ¿Nos ha olvidado del todo? Se ha buscado un lugar donde dormir y a nosotras...

—Bueno yo no diría que se lo ha «buscado» —señaló Fritz—. Simplemente se ha dormido. Claro que puedo volver a entrar y despertarlo. Pero, si he de serte franco, no sé si servirá de gran cosa. A esta hora y tal como está, no encontrará ningún hotel para vosotras.

El hombre miró con pena a Violet y Rosie, y pareció sopesar si dejarlas pasar a la taberna para que durmiesen.

Violet sacudió la cabeza.

—No... no es necesario, señor... —dijo, enseñándole la hoja con la dirección del reverendo—. Está... ¿está lejos?

Fritz silbó entre dientes.

—Está realmente lejos. A pie te pasarás media noche caminando, y además con la pequeña. Y un coche de alquiler...

—Tengo esto. —Violet le mostró la libra.

Fritz sonrió.

—Mejor que no se lo enseñes a tu padre o se quedará toda la semana conmigo —bromeó—. Pero es suficiente para llegar a Caversham con un carruaje de alquiler. Aquí no espera ninguno, mi clientela no se lo puede permitir. Tenéis que ir un par de calles más lejos, pero ya os acompaño yo y os ayudo a llevar las cosas.

El tabernero señaló las maletas y los sacos de marinero. Violet sintió que le quitaba un peso de encima. Seguramente no habría llegado a entender la descripción del camino hasta la parada más cercana de carruajes y habría tenido miedo, además, de las oscuras calles del barrio portuario. Sin embargo, Fritz era tan honrado como parecía. Después de que la niña hubiese despertado a Rosie, se echó el equipaje sobre sus anchos hombros y así Violet pudo concentrarse en arrastrar a su somnolienta hermana por la calle adoquinada. Rosie lloró un poco porque todavía estaban delante de la taberna al despertarse. Había estado soñando con una mullida cama.

—¡Enseguida podrás acostarte en una! —le prometió Violet—. Nos vamos con la señorita Heather, la señora Burton y el reverendo. ¡Seguro que no nos echan a la calle!

No obstante, ni ella misma estaba segura de lo que decía; a fin de cuentas, Kathleen no le había dedicado ni una mirada cuando se había vuelto a reunir alegremente con su amiga, pero al menos tenía la dirección y el billete de Heather. ¡Y tanto dinero no se regalaba si uno no hablaba en serio!

Fritz y las niñas pasaron primero junto a un par de grúas e instalaciones, almacenes y cobertizos, pero no tardaron en llegar a un barrio animado. Violet volvió a bajar la vista. Las mujeres que todavía paseaban por ahí a esas horas del día no eran, sin duda, estudiantes de vacaciones. La mayoría de los hombres se tambaleaban y gritaban a las chicas frases obscenas. Violet habría querido que la tierra se la tragase cuando uno de ellos se la quedó mirando descaradamente, pero nadie se atrevió a dirigirle la palabra estando en compañía de Fritz. Y, por fortuna, pronto encontraron un carruaje. El dueño de la taberna conocía al cochero, habló con él amistosamente y cuando le explicó el destino de las dos niñas le dio una auténtica alegría. A esas alturas de la noche, el conductor ya no esperaba hacer un trayecto de tantos kilómetros.

Fritz y el cochero cargaron el equipaje y Rosie cayó rendida en cuanto Violet la ayudó a subir en el asiento acolchado. ¡Nunca había viajado tan cómodamente! La adolescente se propuso disfrutar del viaje. Al principio contemplaba asombrada las calles amplias y los edificios nuevos y generosamente adornados de la ciudad, pero luego el monótono balanceo del carruaje fue adormeciéndola. Violet no se despertó hasta que el cochero se detuvo y le dirigió la palabra.

—¡Ya hemos llegado, señorita! La parroquia de San Pedro. Pero no se ve ninguna luz. ¿Quiere que la espere por si no hay nadie?

Violet se espabiló de golpe. El corazón le latía con fuerza de miedo. ¿Adónde iría si los Burton no se habían dirigido allí y tal vez se habían quedado a pasar la noche en casa de la amiga de Kathleen?

Pero sacudió la cabeza negativamente. El dinero no alcanzaría para pagar el viaje de regreso y, si tenía que dormir a la intemperie, mejor allí que en el puerto. La casa que había junto a la pequeña iglesia de piedra arenisca ofrecía un aspecto acogedor, le recordaba un poco la de su abuelo. En el jardín crecían flores de colores y también había un banco... Si no había otro remedio, Rosie y ella dormirían allí.

—Ya me las apañaré —contestó.

Violet pagó al cochero cuando este hubo dejado sus maletas y sacos de marino en el césped de delante de la casa y para su sorpresa el hombre le devolvió todo un puñado de monedas. Se acercó a la casa y tuvo la sensación de estar reviviendo aquel día, pocas semanas antes, cuando llamó a la puerta de sus abuelos. ¡Qué feliz había empezado! Y qué funestamente había concluido...

Ahí no había una aldaba con la cabeza de un león, sino una campana que resonaba cantarina. Mientras esperaban, Rosie se arrimó a las piernas de Violet llena de cansancio. Pero no tuvieron que aguardar mucho. El reverendo debía de estar acostumbrado a que acudieran a él por las noches. Violet vio que en la casa se encendía una lámpara. A continuación, Peter Burton abrió la puerta.

—¡Violet! ¿Cómo has llegado hasta aquí?

La jovencita había pensado que había superado el hambre, pero cuando Kathleen puso delante de ella pan, mantequilla, mermelada y jamón descubrió que no podía dejar de comer. Rosie se olvidó de todos los buenos modales y se llevó a la boca con las dos manos la rebanada de pan con miel. Violet la reprendió cuando eructó, pero los Burton se limitaron a quitarle importancia con una sonrisa.

—Mañana volverá a portarse bien, esta es una excepción —dijo Peter—. Pero cuéntanos, Violet. ¿Cómo es que habéis venido hasta aquí y dónde está tu padre?

La niña contó a grandes rasgos cómo había transcurrido su primer día en Dunedin. Heather era incapaz de mantener la calma ante el hecho de que Paisley hubiese olvidado sus responsabilidades.

—Pueden quedarse aquí, ¿no? No vamos a echarlas. —Miró suplicante a Peter y Kathleen.

Kathleen asintió, pero Peter Burton se demoró en contestar.

—Esta noche se quedan aquí, desde luego —concluyó—. Ya se lo dije a las dos en Gales: por mí, pueden vivir aquí o también la congregación se hará cargo de ellas. Pero la realidad sigue siendo que, ese... bueno... —Peter reprimió un insulto—, que ese Jim Paisley es su padre y su tutor. ¿Sabe dónde estáis, Violet?

La adolescente apretó los labios.

—Fritz lo sabe —respondió—. El dueño de la taberna. Mañana se lo dirá. Hoy no lo habría entendido.

—Así que simplemente os habéis escapado.

—Esta sí que es buena, ¿deberían haberse quedado acurrucadas toda la noche delante del *pub*? —intervino Heather, indignada.

Peter suspiró.

—Esperemos a ver qué pasa mañana. Pero ya os podéis preparar para que ese borrachuzo se plante indignado delante de la puerta y reclame que le devolvamos a sus hijas secuestradas.

Violet y Rosie durmieron profundamente en la habitación de invitados, limpia y con olor a rosas, de Kathleen. Se despertaron a eso de las nueve, cuando les llegó desde abajo el aroma a café y tortitas.

Heather llamó cariñosamente a las niñas a la cocina mientras Kathleen lanzaba una mirada hacia la iglesia.

—¿Alguien más ha dormido allí esta noche aparte del chico? —preguntó a su marido—. Si no es así, hazle entrar. Seguro que se alegra de que las niñas estén aquí.

Para sorpresa de Violet, Bulldog entró torpemente en la cocina y mostró una sonrisa de oreja a oreja cuando volvió a ver a Rosie.

—El reverendo me ha dejado dormir aquí —explicó, sentando a la niña pequeña sobre sus rodillas—. Antes de irme a Queenstown. Hay pensiones para hombres, pero...

—Pero no me gusta enviar allí a un chico de trece años —intervino Peter—. Aunque seguro que Bulldog sabe defenderse bien. Además, necesitas un par de chelines para el pico y la pala —señaló, dirigiendo al joven un guiño de complicidad—. ¡Venga, Violet, dale algo que comer al muchacho!

Bulldog asintió vehemente. Violet sabía que tenía ahorros. A fin de cuentas, también en el barco se había preocupado de cobrar, por lo que ella suponía que en Londres no habría ganado el dinero de forma honesta. Pero mejor no preguntar nada al respecto, ni tampoco por qué viajaba solo. Violet había creído que tendría quince o dieciséis años, pero tampoco a esa edad se trasladaba un chico a un nuevo país solo, sin familia ni amigos. Violet puso un montón de tortitas y jamón en un plato y le sonrió. Aunque fuera un pícaro, ella se sentía mucho mejor ahora que él estaba allí. El reverendo era un buen hombre, sin duda, y Heather y Kathleen tenían las mejores intenciones. Pero el único que realmente la había protegido de Fred y Jim era Bulldog.

Esa mañana, no obstante, no iban a ser necesarias las habilidades especiales del muchacho. Tampoco al mediodía aparecieron Jim y Fred. Kathleen y Heather prepararon un baño a las niñas y luego se las llevaron a la ciudad. Kathleen quería echar un vistazo a la tienda y Heather tenía que llevar los esbozos que había hecho en Europa a su estudio. Ocupaba un par de habitaciones encima de la tienda, una vivienda que antes habían compartido Kathleen y Claire. Esta última, tras casarse con Jimmy Dunloe, se había mudado un piso más arriba, naturalmente, pero el generoso director bancario no había buscado un nuevo inquilino, sino que había cedido la vivienda perteneciente a la tienda a las chicas, Chloé y Heather. Las dos habían vivido allí mientras estudiaban la carrera, pero en la actualidad la pintora la utilizaba solo como estudio. La mayoría de las veces volvía a dormir a Caversham: sin Chloé, el apartamento de Stuart Street le causaba tristeza.

Pero ese día su humor era estupendo. Disfrutaba enseñando a Violet sus trabajos y las claras y espaciosas habitaciones. ¡A lo mejor las niñas podían instalarse allí y vivir con ella! Violet trabajaría en la tienda y mientras tanto Heather se ocuparía de Rosie.

Violet admiró tanto los cuadros de Heather como los elegantes vestidos de la tienda de Kathleen y Claire, aunque esta última la intimidó todavía más que Kathleen los primeros días. Esa mujer delicada y de cabello oscuro era una auténtica dama. Todos los modales refinados que Kathleen también poseía, pero que apenas llamaban la atención debido a su timidez, aparecían en Claire de forma natural. No había reina que pudiese desenvolverse con mayor naturalidad y elegancia que Claire Dunloe en su tienda.

No obstante, la señora Dunloe fue muy amable con las dos hermanas, y Violet se ruborizó cuando elogió su excepcional belleza. Hasta entonces nadie le había dicho ni siquiera que era guapa, pero Claire parecía afirmarlo de verdad.

—¡Ya lo creo! ¡Mirad bien a esta niña! —exlamó cuando Kathleen se mostró escéptica—. Claro, todavía tiene que crecer un poco en todas direcciones. ¿Cuántos años tienes, trece o catorce? Pero esos ojos... son inmensos...

—Porque está medio desnutrida —señaló Kathleen—. En la cara delgada...

—Esta niña siempre tendrá el rostro fino, justo como tú, Kathleen, tiene los mismos rasgos aristocráticos. Los pómulos altos, la nariz pequeña y recta... Sus labios serán un poco más sensuales y llenos... ¡Pero mira qué rojo! Y este maravilloso cabello de un castaño rojizo... ¡parece Blancanieves! Para el próximo año tenemos que pensar en un desfile de modas, como en París. Habrá muchachas que exhiban los vestidos. ¿Tienes ganas de participar, Violet?

La niña volvió a ruborizarse y casi se desmayó cuando Claire insistió en que se probase un vestido azul turquesa que acababan de confeccionar para una boda. Kathleen llevaba años diseñando trajes de novia y desde que en Dunedin se celebraban cada vez más bodas de alto copete (a medida que la primera generación de hijos de inmigrantes que habían amasado fortuna se unía en matrimonio), se encargaban también vestidos para niñas y muchachas que hacían de damas de honor. Precisamente uno de ese tipo, un vestido de seda largo, era el que llevaba Violet mientras giraba delante del espejo conteniendo la respiración. Claire le soltó las trenzas y puso en el cabello la corona que acompañaba la prenda de vestir. Violet no se reconocía.

—¿Qué os había dicho? ¡Blancanieves! O una ondina. En

cualquier caso, pequeña Violet, un día atraerás las miradas de todos los jóvenes. ¡Pero no te enamores del primero que se te presente!

Heather insistió en pintar a Violet tan elegantemente vestida. No podía posar mucho rato, pero Claire y Kathleen le prestaron el vestido para que realizara un par de esbozos, y así Violet y Rosie pasaron una hora de ensueño en el taller de Heather. Violet se sentó junto a la ventana, contemplando el bullicio de la Stuart Street. Rosie puso a prueba sus dotes artísticas, pintando llena de fervor unas acuarelas.


Peter, que había acompañado a Bulldog a la ciudad para aconsejarle en la compra del equipo para buscar oro, dirigió el carro de la congregación hacia el puerto. Por muy complacido que estuviera de acoger a Violet y Rosie en su familia, estaba preocupado por el paradero del resto de los Paisley.

Enseguida encontró a Fritz, el amable tabernero.

—¡Oh, buenas, reverendo! ¡Me alegro de que las niñas llegaran bien a su casa! —respondió cuando Peter se hubo presentado—. Respecto a Jim y Fred, no puedo ayudarlo. Esta mañana se han ido. A la fuerza: a las nueve llega mi esposa para limpiar y no quiero que haya gente por ahí.

—¿Y les ha dicho dónde estaban las niñas?

Fritz puso los ojos en blanco y lo miró casi con severidad.

—¡Claro que sí! Pero no parecieron darle mucha importancia. Solo pensaban en Queenstown.

—¿Y eso?

—¡Queenstown, por los yacimientos de oro! Ayer se pasaron toda la noche hablando de ese tema. ¡Es la única razón por la que esos sujetos están aquí!

Peter meneó la cabeza.

—El señor Paisley es minero. Por lo que yo sé, quería ir a Greymouth o Westport...

Fritz hizo un gesto de ignorancia.

—Pues entonces, ayer cambió de opinión. Pero es cierto, dijo algo así como... como que si alguien era capaz de encontrar algo, ese era él, con su gran experiencia en las minas...

—¡La última galería que construyó se derrumbó! —replicó escuetamente Peter.

Fritz sonrió con ironía.

—No me extraña. Pero puedo imaginarme lo que ocurrió. La mayoría de esos presuntos buscadores de oro no tienen ni idea. Y entonces llega uno y se jacta de todo el «oro negro» que ha extraído. Todos piensan que se trata de un especialista. Es probable que entre todos lo llegaran a convencer de que era un Gabriel Read. Después bebieron un par de tragos más... Sea como fuere, reverendo, se han ido.

—Pero todo su equipaje está en nuestra casa —se sorprendió Peter.

Fritz volvió a encogerse de hombros.

—El dinero seguro que no, si es que todavía les quedaba algo. No creo que tengan un guardarropa muy especial, ¿verdad?

Peter Burton dio las gracias y volvió a dirigir el carro hacia Caversham. Heather y Kathleen se alegrarían de la noticia, y Violet probablemente también. Pero él sentía cierta inquietud. En algún momento, Jim y Fred Paisley volverían a aparecer. Y estaba seguro de que no lo harían con una bolsa cargada de oro...

# 4

A la mañana siguiente de su llegada a Hamilton, Matariki se sentía mejor. Sin duda la habitación tenía algo tétrico, pero no resultaba tan lúgubre como la noche anterior. Y era probable que no llegara a pasar tanto tiempo con los McConnell. No tenía la menor duda de que la señora la haría trabajar todo el día. Sin contar con que ella no tenía intención de aguantar mucho tiempo esa situación. Matariki se preguntó si pagaban a las sirvientas a la semana o al mes. Pero daba igual si tenía que trabajar una semana o un mes, en algún momento tendría dinero y podría enviar un telegrama a Otago. Y luego sus padres no tardarían más que unos días en llegar.

Mientras Matariki fregaba los dos escalones de la escalera que había delante de la tienda bajo el control inexorable de la señora McConnell, se imaginaba feliz cómo Michael y Lizzie subirían por Victoria Street, probablemente desde la estación de la silla de posta. Aunque a lo mejor su padre alquilaba un coche en Wellington. Fuera como fuese, los tres se abrazarían, Lizzie miraría con severidad a los McConnell y sosegaría a Michael poniéndole la mano sobre el brazo cuando él fuera a despotricar a la vista del cobertizo del sótano. Lizzie daría las gracias con frialdad a los McConnell y su expresión sería de desprecio, mientras que Michael compraría enseguida el vestido más bonito de todos para su pequeña o haría confeccionar uno nuevo para que Matariki no tuviese que viajar en ese ancho vestido de andar por casa de color verde.

La comida en la casa de los McConnell era escasa, pero no solo para Matariki. Archibald y Marge McConnell parecían tratar la ingestión de alimentos como un mal ineludible con el que no había que perder más tiempo que el estrictamente necesario. A la niña ya no la sorprendía su insignificante oferta en vestidos y telas. Los mismos McConnell vestían exclusivamente de negro y con sencillez. Eran miembros de la Free Church of Scotland, una comunidad de cristianos fanáticos que se había escindido de la Iglesia escocesa y había emigrado en grupos numerosos. La ciudad más importante que habían fundado en Nueva Zelanda era Dunedin. Matariki nunca averiguó cómo los McConnell habían llegado a ese diminuto pueblucho de la Isla Norte. No obstante, enseguida sospechó que ambos se avenían tan poco con sus correligionarios como con las demás personas de su entorno.

Aunque como dueños de una tienda ambos estaban obligados a ser amables, se notaba con demasiada frecuencia que se creían superiores a los demás habitantes de Hamilton. Su almacén no era el centro comercial de la ciudad, como la tienda de los buscadores de oro en Lawrence. Si se cotilleaba, era tan solo detrás de los estantes con artículos y recatadamente: no había matrona en Hamilton que quisiera correr el riesgo de ganarse una mirada de desaprobación del señor o la señora McConnell. Naturalmente, ninguna chica se atrevía a bromear ni ningún hombre a armar un escándalo: con los McConnell uno realizaba sus compras y se iba. Los comentarios corteses como «¡Que tenga un buen día!» no formaban parte del servicio.

Sin embargo, Matariki no ayudaba en la tienda, trabajaba solamente en la casa bajo la vigilancia de la señora McConnell, pero a los pocos días ya se percató de que abrir un negocio de la competencia en Hamilton era, sin duda, la vía más segura para hacerse rico. Sus dos patrones no caían bien a nadie. Si hubiese habido la oportunidad de comprar en otro lugar, la gente la habría aprovechado.

La optimista Matariki decidió tomárselo como algo positivo. Al fin y al cabo, el evidente aislamiento de los McConnell constituía la razón por la que le habían dado el trabajo. Seguro que ninguna chica *pakeha* quería ese trabajo tan triste.

Y por añadidura, al menos los primeros días con la señora McConnell no fueron tan aburridos. Como la escocesa era parlanchina, o al menos le gustaba escucharse, habló a Matariki de su religión: «Somos el pueblo elegido de Dios. El destino de un ser humano está predeterminado: unos son premiados y otros son condenados al infierno...» Con lo que no dejaba ni la menor duda de que ella pertenecía al primer grupo y Matariki al segundo. La muchacha pensaba a veces en contraponer a su patrona la filosofía de los hauhau, según la cual el reparto del cielo se haría exactamente al revés. Pero se contenía: la señora McConnell no aceptaría que le contradijeran. La joven suponía que eso mismo era lo que había llevado a los hijos a marcharse de casa y a cortar todo contacto con sus padres. Cuando Matariki preguntó por su paradero, la señora McConnell se limitó a soltar un furioso resoplido. No obstante, a partir de una conversación entre el señor McConnell y un cliente, la muchacha dedujo que uno de los dos hijos servía en la Armed Constabulary. De dónde se hallaba el otro, no consiguió enterarse.

La señora McConnell no tardó en revelarle el motivo de que los habitantes de Hamilton no simpatizasen con los maoríes. Matariki no se atrevía a preguntar directamente por ese asunto, pero su lenguaraz patrona se refirió gustosa al espíritu rebelde y pagano de las razas inferiores.

—¡King Country! ¡Habrase visto! Como si esos salvajes fueran capaces de elegir a un rey. Los reyes, chica, no lo olvides, son ungidos por Dios. ¡Por eso un hatajo de desbocados no puede limitarse a reunirse para colocar una corona en la cabeza a uno de los suyos! ¡Y quejarse, encima, de que unas personas íntegras se instalen aquí y sometan la tierra tal como Dios les ha ordenado! Por suerte, los ingleses ya les han sacado esas ideas de la cabeza. Se les podrá criticar otras cosas, pero eso lo hicieron bien. Enseguida tomaron medidas contra los agitadores, no se quedaron de brazos cruzados.

Matariki se enteró de que, después de saber que las tribus

maoríes se habían unido y protestado contra la apropiación de tierras, la Corona había apoyado a los colonos de la región de Waikato enviándoles tropas en abundancia. Sin embargo, estaba claro que, en ese caso, la justicia estaba del lado de los maoríes: el Tratado de Waitangi garantizaba su derecho sobre esas tierras. Sin embargo, veinte años después de la firma del acuerdo, los blancos no lograban recordar con exactitud el texto legal. Poco a poco Matariki iba entendiendo mejor a Kahu Heke y sus hombres. Las llamadas guerras de las Tierras habían concluido con la victoria *pakeha*. Ahí donde querían asentarse los blancos, se expropiaba a las tribus, y para que eso se llevase a término se estacionaron militares en el país. Así se fueron fundando diversas poblaciones, entre las que se contaba Hamilton.

En 1864 llegaron los soldados del Cuarto Regimiento de la milicia de Waikato con sus familias y construyeron su ciudad en el territorio de la antigua fortaleza maorí de Kirikiriroa. Enseguida demostraron la fuerza de su regimiento en los poblados del entorno; los jefes y sus tribus se retiraron sin oponer resistencia a los bosques de Waikato, donde en un principio los dejaron tranquilos. Pero los soldados y sus esposas se establecían en un extremo del mundo. Sin duda se aburrían y estaban descontentos con su estacionamiento. Y seguramente hacían responsables de ello a los díscolos indígenas.

De todos modos, Matariki ya no se veía confrontada con el odio de los habitantes de Hamilton pues apenas salía. La señora McConnell le exigía que mantuviese la casa como los chorros del oro, y que después de cerrar la tienda la limpiase y la ayudase a ordenar los nuevos artículos. Matariki suspiraba por que concluyese la primera semana de trabajo, y puesto que nadie hizo el menor gesto de pagarle, esperó al final del primer mes.

Entonces abordó el tema. Ya había llegado el momento de cobrar por el trabajo realizado.

—¿Que quieres dinero? —La señora McConnell miró a Matariki con una expresión de sorpresa tal que parecía como si le hubiese pedido que se convirtiera en rana—. ¿No creerás realmente que, además, te vamos a dar dinero?

Matariki asintió.

—Claro —contestó tranquilamente—. He trabajado un mes. Por eso debería cobrar al menos una libra...

—¿Y la comida? —preguntó el señor McConnell inflexible—. ¿El alojamiento? ¿La ropa que llevas?

—¡Y no te creas que no nos hemos dado cuenta de que además estás dando de comer a ese perro! —refunfuñó la señora McConnell.

*Dingo* se había acostumbrado a dormir delante de la ventana enrejada de la habitación de Matariki. Así ella podía deslizar la mano entre los barrotes para acariciarlo y siempre apartaba un poco de sus escasas raciones de comida para darle algo a él. Sin embargo, la mayor parte del alimento tenía que andar mendigándolo o cazarlo él mismo. El animal estaba otra vez tan flaco y con el pelo tan apelmazado como cuando Matariki lo había encontrado.

—¡Trabajo más de diez horas al día! —protestó Matariki—. Me merezco algo más que un poco de comida y un camastro en un sótano. Y en lo que se refiere a mi ropa: fue un trueque. ¡Mucho antes de que se hablase de un trabajo!

—¡Te vestí por pura compasión cuando ibas prácticamente desnuda! —afirmó el señor McConnell.

Matariki miró alrededor impotente. Había sido un error discutir sobre este asunto con los McConnell a solas, más le hubiera valido intentarlo delante de testigos en la tienda. Pero, por otra parte, los clientes no sabían lo mucho que trabajaba para los dueños de ese comercio. Probablemente habrían evitado tomar partido.

Matariki se enderezó.

—Entonces me voy mañana.

No era que la idea la atrajera, pronto llegaría el invierno y, aunque no nevara como en Otago, podía hacer mucho frío. Pero daba igual. En el tiempo que llevaba allí, había averiguado que hasta Auckland debía de haber algo más de un centenar de kilómetros. Ella lo conseguiría. Sus antepasados tribales habían superado mayores obstáculos. Debería haberse ido directamente allí en cuanto se escapó de los hauhau. Pero entonces había creído, claro está, que los bosques estarían llenos de tribus maoríes que tal vez la entregarían a Kahu Heke. Ahora sabía más.

Los McConnell rieron.

—¿Y adónde quieres ir, cielo? —preguntó Archibald, lo que le valió una mirada enojada de Marge. Odiaba que su marido llamase «cielo» a Matariki—. La Armed Constabulary te atraparía en cuanto cruzaras los límites de la ciudad.

Matariki arrugó la frente.

—¿Por qué iban a salir en mi busca? —preguntó la joven ingenuamente.

La señora McConnell rio.

—Por haber metido la mano en la caja. Porque te has escapado de la casa de tus patrones sin haber pagado con tu trabajo el vestido que llevas. Y hay testigos que han visto, pequeña, que llegaste aquí medio desnuda.

—¡Pero eso sería una mentira! —exclamó Matariki—. Esto... esto se lo prohíbe su religión. Esto... esto va en contra de los preceptos de Dios.

De nuevo se oyó una sonora carcajada, esta vez de los dos McConnell.

—Qué sabrás tú de preceptos divinos. ¡Tú y tus ídolos!

La señora McConnell agarró el *hei-tiki* que Matariki siempre llevaba colgado del cuello y tiró con fuerza de él, pero la cinta de piel no cedió. Matariki sintió un dolor punzante en la nuca cuando se le clavó en la piel, pero enseguida lo superó.

—Tenga cuidado, no vaya a echarle una maldición.

Matariki sostuvo la figurilla de jade ante sí con aire amenazador, aunque sin hacerse falsas ilusiones. Convocar a los espíritus había obrado efecto entre los hauhau, pero los McConnell eran de otra pasta: incluso hacían bailar a Dios al compás que ellos marcaban.

—Aquí la tenemos, una pequeña pagana. Es lo que dicen en las escuelas de la misión: los salvajes se dejan bautizar para que les den de comer y los vistan, pero luego se marchan y vuelven a danzar alrededor de los tótems.

—Es voluntad de Dios que permanezcas con nosotros, Martha —declaró Archibald en un tono grave—. No cabe duda de que Él te envió para que participes en la vida de una familia cristiana y quizás un día te arrepientas de verdad.

—¡Me guardaré mucho! —le soltó a la cara Matariki, y se precipitó a su cuarto.

Estaba haciendo un hatillo con sus escasas pertenencias cuando oyó una llave en la cerradura.

Los primeros días, Matariki intentó tomar tan poco en serio su cautiverio en casa de los McConnell como el secuestro de los hauhau. Entre los maoríes había tenido claro desde el principio que podría escapar en algún momento, más que nada porque los guerreros no eran celadores. Cuando las tribus peleaban entre sí, sucedía que los prisioneros eran esclavizados, pero no eran necesarias cadenas para retenerlos. Quien se dejaba apresar perdía su rango espiritual, su *mana*. Su misma tribu se avergonzaba de él y no habría vuelto a aceptarlo. Así pues, el esclavo permanecía voluntariamente con los vencedores, quienes solían tratarlo bien pese a que las labores que debía realizar eran viles. Matariki no se había sentido como una esclava ni tampoco se sentía sujeta a tales *tapu*. Con los hauhau se había asustado por vez primera cuando las balas silbaban junto a sus oídos. Y entonces se había ido.

En Hamilton, en cambio, la situación se presentaba de otro modo, aunque a primera vista no parecía tan desesperada. Ya la primera noche de encierro en su celda, Matariki decidió correr el riesgo de que la apresaran los *constables*. Así por fin tendría la posibilidad de contar su historia a las autoridades y a lo mejor alguien se tomaba la molestia de comprobar lo que decía. Por otro lado, en un correccional no estaría peor que con los McConnell.

Sin embargo, el asunto no era tan sencillo; a fin de cuentas los McConnell eran cualquier cosa menos tontos. Ya por la mañana, Matariki escuchó desde el sótano cómo explicaba Archibald a cada uno de los clientes que su doncella maorí había intentado robarle y largarse con el dinero.

—¡Gracias a Dios que la hemos descubierto! Y ahora la tenemos encerrada. No, no, no vamos a denunciarla... La pobrecilla no puede evitar que la hayan acostumbrado a mentir y robar desde pequeña. En realidad, todo el mundo sabe cómo son esos salvajes. Pero, por supuesto, trataremos de quitarle ese vicio. Con bondad cristiana, pero también con rigor, como nos ha enseñado el Señor. Creo que usted nos será de ayuda. Si la chica aparece por cualquier lugar sin nuestra autorización...

Matariki se vio de repente en una ciudad rodeada de observadores que ardían en deseos de pillarla cometiendo una falta. En los primeros días trató en dos ocasiones de huir, pero enseguida la detuvieron.

El hombre que la devolvió a sus carceleros en el segundo intento insistió en que Archibald azotara a su pupila para escarmentarla, pero el tendero no lo hizo. Lo único que podía decirse de bueno de Archibald McConnell era que nunca le había puesto un dedo encima a Matariki. Ni le pegaba ni la acosaba sexualmente, por más que Matariki Drury se estaba convirtiendo durante esos meses en toda una belleza exótica. Pese a la escasez de comida, por fin le creció el pecho y se le redondearon las caderas. El vestido verde, que seguía siendo su única posesión, se ajustaba ahora a su cuerpo. Aun así, no había nadie que la alabase.

Los McConnell tenían a su esclava doméstica encerrada a cal y canto.

Y de este modo transcurrió el invierno, brotó la primavera y dejó paso al verano. Ni en la casa ni en el sótano alcanzaban los rayos de sol a Matariki, que estaba pálida y se sentía siempre cansada. Sin duda extrañaba la luz, pero también sufría por la pérdida de toda esperanza. Sin embargo, se repetía continuamente que alguien debía de haber en esa ciudad que no la odiase a ella ni a su pueblo, que la creería cuando ella le contase su historia y que lo haría todo por ayudarla.

Pero ese alguien simplemente no aparecía y, de haberlo hecho, tampoco habría visto a Matariki. De vez en cuando, la joven se cruzaba como mucho con una clienta que ni siquiera le dedicaba una segunda mirada, sino que se ponía a hablar de ella con la señora McConnell como si de un caballo o un animal doméstico se tratase: «¿Y cómo le va a su pequeña Martha?» o «Llevar la carga que ustedes han aceptado con esa salvaje, eso sí que es cristiano de verdad.» Matariki se habría puesto a gritar de rabia, pero sabía, claro está, que eso solo empeoraría su situación. Si es que realmente una de esas mujeres en algún momento llegaba a prestarle atención cuando pedía ayuda con palabras comedidas.

Cada pocas semanas también pasaba un reverendo de la Free Church of Scotland para rezar con los McConnell. Siempre se armaba mucho jaleo a causa de ello y, naturalmente, exhibían a Matariki. La primera vez la muchacha intentó no seguir las indicaciones de los McConnell —«Recitas tus oraciones y eres obediente y agradecida»— y abrir su corazón al sacerdote. Sin embargo, el hombre solo agitó la cabeza paternalmente cuando ella le confió rápida y desesperadamente que la tenían cautiva en contra de su voluntad.

—Hijita, hijita, tienes que aprender a aceptar tu destino con valentía. Tal vez no te guste estar aquí y no poderte entregar a la conducta pecaminosa de tu tribu (¿es cierto que las chicas se acuestan con quien les apetece?). Pero es saludable para tu alma inmortal. Sé, pues, agradecida y trata de convertirte en una auténtica cristiana.

Matariki ya iba a preguntar cómo tenía cabida la esperanza de llegar a ser buena cristiana en la religión de los McConnell si, al fin y al cabo, ya estaba determinado desde principio de los tiempos quién había sido bendecido y quién condenado. Pero luego consideró que no valía la pena tomarse la molestia, menos todavía por cuanto los rostros de sus patrones ya expresaban con suficiente claridad lo que la esperaba tras la visita del sacerdote. Solían castigarla dejándola sin comer.

En la visita siguiente del religioso se mostró, pues, dócil y sumisa, y mostró una alegría infantil cuando al marcharse el sacerdote le regaló una Biblia. Los McConnell le permitieron conservar el libro, y Matariki se percató avergonzada de que se le escapaban las lágrimas y que estaba realmente agradecida. Antes la Biblia no habría figurado precisamente entre las lecturas más sugerentes, pero en esas circunstancias era el primer libro que sostenía desde hacía meses. En casa de los McConnell no se leía. La lectura se consideraba una distracción impía y tampoco habrían permitido tal actividad a su doncella.

Así que, a la falta de ilusión y esperanza de Matariki se añadía un aburrimiento terrible. Los patrones solían encerrarla después de trabajar y le daban de comer en la celda. A partir de ahí no tenía otra ocupación que darle vueltas a la cabeza sin parar. Si *Dingo* no hubiese aparecido todas las tardes como un buen perro, para que ella le acariciara y le contara sus penas, se habría vuelto loca.

Matariki empezó a leerle en voz alta la Biblia solo para oír su propia voz, mientras el famélico perro la escuchaba pacientemente. Y la muchacha volvió a alimentar un poco de esperanza a partir de unos nuevos sueños: si conseguía un lápiz de algún sitio, podría escribir una llamada de socorro en el margen de una de las páginas del libro y atarla alrededor del cuello de *Dingo*. Si el perro tropezaba con la única persona amable de esa ciudad, a quien sin duda conocía porque de vez en cuando le daba de comer... entonces tal vez se salvaría antes de que los McConnell se muriesen de viejos.

La joven no encontró ningún lápiz en las habitaciones de los McConnell, ahí se escribía tan poco como se leía. Soñaba con algún habitante de la ciudad, amante de los animales, que se apiadara de una chica que estaba presa, y también soñaba a veces con un príncipe azul que aparecía de repente para liberarla. Pero cuanto más tiempo duraba su cautiverio, con más frecuencia poblaban sus fantasías fornidos guerreros maoríes, hombres con lanzas, mazas de guerra, fusiles letales y tatuajes aterradores. Imaginaba que todo un ejército de guerreros hauhau entraba precipitadamente y sin temor en Hamilton, destruía casas y arrojaba a los hombres al río. Ya hacía tiempo que entendía la teoría de Kahu Heke respecto a que los hombres deben ser estimulados espiritualmente. A esas alturas se inventaba durante las noches ceremonias para enviarlos a la batalla con el *mana* de hija de jefe. Eso ya no le provocaba ninguna mala conciencia, todo lo contrario.

Matariki cada vez se sentía más parte del pueblo maorí y como tal tenía toda la razón para odiar a los hombres que robaban su tierra y esclavizaban a sus auténticos propietarios. Tras pasar tanto tiempo con los McConnell sentía crecer en su interior la fuerza de la hija del jefe.

Matariki quería ver sangre. A cualquier precio.

5

Con la ausencia de su padre empezó para Violet la época más feliz de su vida.

Con la mayor naturalidad, ocupó con Rosie una habitación en el taller de Heather y esta pidió a su padre adoptivo que falsificara los formularios de inscripción para que Violet pudiese ir a la escuela.

—¡Podrías decir que es tu sobrina!

Pero el reverendo tenía escrúpulos.

—Si Paisley se mantiene alejado hasta que Rosie tenga edad suficiente, lo haremos —contestó—. Pero primero... Sé que no te gusta escucharlo, pero no me fío. Ese hombre puede armarnos un buen jaleo si vuelve y destapa el asunto. Además, deberías preguntar a Violet si realmente quiere ir a estudiar.

Tras meditarlo bien Violet descubrió que ya no quería, pese a que siempre lo había ansiado. Había cumplido ya catorce años y no leía mejor que un niño que había asistido a un curso de la escuela. ¿En qué nivel la pondrían? ¿Cómo iban a explicar que una sobrina de los Burton apenas supiera escribir su nombre?

Violet prefirió seguir instruyéndose por su cuenta con los libros de Heather. Trabajaba también en la tienda de Kathleen y Claire. Las mujeres le permitieron al principio que preparase el té y que cumpliera pequeños encargos, pero a veces también ayudaba a las costureras y Kathleen la elogiaba por su destreza. Nadie se dirigía a ella a gritos. Al contrario, las costureras y también las clientas alababan su belleza y sus buenos modales. Ellen Paisley siempre había estimulado a su hija para que fuese amable, atenta y servicial, y cuando la jovencita se atrevió por fin a sonreír a las compradoras, era irresistible. Naturalmente, Claire insistió en que no fuera por la tienda con sus vestidos viejos, sino con una falda y una blusa de la colección de Lady's Goldmine.

—¡Admita que se trata de un nuevo truco para aumentar sus ventas! —advirtió, riendo una de las clientas habituales—. Quiere hacernos creer que todas nosotras tendremos un aspecto tan delicado y gentil con sus prendas como su pequeña aprendiza.

Violet seguía haciendo de modelo para Heather cuando ambas tenían tiempo. Por otra parte, enseguida había corrido el rumor de que Heather Coltrane había vuelto a la ciudad y su libreta de encargos estaba de nuevo llena. Los habitantes de la ciudad iban a su taller para que los pintase, pero cuando alguien de las grandes plantaciones quería un retrato, era Heather quien se ponía en camino, lo que generaba nuevos pedidos.

—Barrington Station: la señora de la casa, un caballo y un perro —comentaba sonriendo Heather cuando volvía a empaquetar sus cosas—. En cuanto al carnero, todavía se lo están pensando, depende de si gana o no en la feria agrícola.

Violet y Rosie se mudaban a casa de los Burton cuando Heather estaba de viaje. A Violet casi le gustaba más la pequeña casa de campo con el jardín que el elegante apartamento de la pintora. Le encantaba trabajar en el huerto y colaboraba de buen grado en el comedor de los pobres del reverendo; pero lo que más ilusión le hacía era que Sean Coltrane, hijo de Kathleen e hijo adoptivo de Peter, los visitara el domingo.

Hasta entonces, Violet nunca había sentido que le palpitase el corazón cuando hablaba con un chico, pero ese joven serio y de cabellos oscuros la había cautivado. Sean era muy tranquilo y amable, totalmente distinto de los hombres de Treherbert o del barco. Tenía unos ojos dulces de color verde claro que siempre parecían hallarse absortos en una hermosa ensoñación y unos preciosos cabellos ondulados y negros. No hablaba mucho con Violet, ¿qué iba a decirle un joven y cultivado abogado a una niñata tonta de Treherbert? Pero las pocas palabras que le dirigía, la reconfortaban. Naturalmente, no eran más que frases como «Gracias, Violet» o «¿De verdad que has hecho tú sola este pastel, Violet? Tiene un sabor extraordinario», y el colmo eran frases como «¡Qué vestido tan bonito, Violet!». Esto último la hacía feliz durante días, incluso cuando él no se fijaba en su atuendo por sí solo. De hecho era Kathleen quien le señalaba los nuevos vestidos de Violet y Rosie y, cómo no, él hacía un comentario amable al respecto. Pero Violet soñaba durante horas con la voz oscura y cordial del joven, que en sus fantasías añadía cosas como «Y qué preciosa que eres, Violet... ¿Qué pensarías si te pidiera un beso?».

Sean siempre sonreía cuando veía a las niñas. Cuando Violet conseguía preguntarle algo que le había llamado la atención respecto a un caso interesante sobre el que él había hablado, sobre el que durante días ella había estado reflexionando para hacer alguna observación inteligente, él contestaba con toda seriedad. En ese momento se trataba de una pelea entre maoríes y *pakeha*. Una tribu iba a querellarse porque un comprador de una parcela los había engañado en las negociaciones.

—Pero si ellos dieron su conformidad —opinó Violet—, ahora no puede cambiarse el contrato.

—Esta es precisamente la cuestión —contestó pensativo Sean—. Y se puede defender la tesis, por supuesto, de que los mismos maoríes tuvieron la culpa al vender la parcela a un precio demasiado bajo. Pero, por otra parte, era imposible que supiesen qué valor tenía ese pedazo de tierra. Es un poco como...

—Buscó un ejemplo fácil de entender—. Como en el comercio de caballos —dijo—. Si el comerciante es un bribón y afila los dientes del caballo para que parezca más joven, los compradores tienen que conocer muy bien la materia para notarlo. Esto no se puede dar por sabido y en el proceso se daría la razón al comprador.

—Pero el comerciante podría decir que él tampoco lo sabía, que había comprado el caballo a otro tratante —objetó Violet.

Sean rio.

—Justo eso es lo que haría. Y al comprador le resultaría muy ventajoso en ese caso tener un testigo que hubiese presenciado la negociación. Que hubiese oído cómo el vendedor, por ejemplo, decía que hacía exactamente tres años que el caballo había nacido en su establo... —Sean pensaba en Ian Coltrane, al que había considerado durante muchos años su padre. Pese a ello reanudó la conversación con la hermosísima muchacha que, por supuesto, escuchaba embelesada sus palabras—. Pero has reconocido el principio, Violet —dijo afablemente—. Es una declaración contra otra declaración y, naturalmente, el comprador intentará salir del apuro con un pretexto. Así pues, hay que buscar el equilibrio entre las tesis de ambas partes: tenemos que reconocer que los maoríes son un poco tontos. Pero tampoco demasiado tontos, pues no quieren presentarse como unos ineptos totales para los negocios. Es muy, muy difícil. Y es un proceso importante, de un caso así se dice que sienta precedente. Si ganamos en favor de la tribu, las demás se referirán a esta sentencia cuando pongan un pleito similar.

Violet asintió. Tomaba nota de cada palabra, aunque no tenía ni idea de para qué. Pero esa había sido la primera conversación de verdad que había mantenido con Sean. Tenía que pensar urgentemente en nuevas preguntas que plantearle para poder continuar hablando con él las semanas siguientes.

Pero en ese momento, el joven se volvía hacia su madre.

—Ahora que estamos con el comercio de caballos, mamá... ¿Hablasteis en Londres con Colin? ¿Piensa en serio en regresar?

Kathleen se encogió de hombros.

—Espera tener aquí más posibilidades de promocionarse. En la Armed Constabulary.

Sean arrugó la frente.

—¿Con los *constables*? ¿Pretende matar a tiros a maoríes? Pues tendrá mala suerte, cada vez recurren más a la judicatura que a la violencia de las armas. Naturalmente, hay un par de excepciones. Pues, por lo que he oído, mandan a todos los *armed constables* a construir puentes y carreteras para darles una ocupación sensata.

—De las espadas se forjarán arados —observó el reverendo. Sean sonrió irónico.

—Siempre que Colin no venda los caballos que tiran del suyo.

Kathleen rio, aunque era una risa forzada, y Violet hizo lo mismo porque se reía de todas las bromas de su ídolo tanto si las entendía como si no. Se sentía como en un cuento: una familia en la que uno hablaba y bromeaba, ni un grito, ni una discusión por dinero, ni una pelea...

El cuento de hadas de Violet no duró ni seis meses. Y tuvo mala suerte, como tantas otras veces en su vida. Cuando más tarde la joven recordaba el día en que su padre y su hermano aparecieron delante de la casa del reverendo, se preguntaba qué habría ocurrido si el maldito carnero de los Barrington no hubiese ganado la exhibición. Heather habría vuelto de Canterbury una semana antes. Violet y Rosie habrían estado viviendo en la ciudad, no en la parroquia de Caversham, y Heather con toda certeza habría hecho todo lo humanamente posible para proteger a las chicas.

Sin embargo, en las circunstancias que se dieron, fue imposible esconder la presencia de Violet y Rosie, y el reverendo tampoco podía permitirse ningún escándalo. Al contrario: la parroquia y la iglesia estaban tradicionalmente abiertas para cualquiera que regresase empobrecido y desorientado de los yacimientos de oro. Y eso también se aplicaba sin duda a Jim y Fred Paisley, así como a Eric Fence.

—¡Os olvidasteis de nosotras delante de un *pub*! —se atrevió a recordar Violet. Antes ni habría osado hacerlo, pero hacía seis meses que nadie la miraba tan enfadado como su padre en ese momento. Sin embargo, este volvió a adoptar acto seguido una expresión dulce y de arrepentimiento.

—Bueno, bueno, tampoco fue para tanto —dijo él intentando calmar los ánimos—. Yo ya sabía que en casa de... del... señor... encontraríais alojamiento. Y dígaselo usted mismo, reverendo... ¿es que así no ha sido mejor para las niñas? Dos niñas en los yacimientos de oro... ¡eso es duro, se lo digo yo, muy duro!

Peter Burton apretó los labios.

—Antes en Tuapeka había familias buenas que se mantenían unidas y cuidaban de sus hijos —objetó sin perder la calma—. Yo mismo dirigía una escuela. Y Queenstown...

—Bah, reverendo, nosotros no estábamos en los yacimientos que rodean Queenstown —protestó Paisley como si le hubiesen ofendido—. Mis socios y yo buscamos nuevas concesiones, nosotros...

—¿Así que han encontrado oro y ahora son ricos?

Peter no pudo contener una observación sarcástica, al tiempo que deslizaba la vista por la sucia camisa de Paisley y sus raídos pantalones de trabajo. Los tres hombres ya no llevaban palas ni sartenes para lavar el oro. Peter sospechaba que las habrían empeñado.

Paisley puso una mueca.

—La suerte no acompaña a los pobres —respondió, en un intento de despertar compasión.

—¿Y el dinero de la venta de su casa? —preguntó Kathleen con severidad—. Seguro que algo queda después de pagar el viaje.

Paisley se encogió de hombros.

—El dinero va y viene... y a algunos solo les quedan las manos para trabajar. He aprendido de eso, reverendo —declaró con solemnidad—. Me vi inducido a apostarlo todo y... no lo niego... he fracasado.

Un escalofrío recorrió la espalda de Violet. Hacía años que no veía esa representación. Antes tenía que escuchar cada domingo, cuando Jim volvía a estar sobrio tras pasar la noche del sábado bebiendo, sus patéticas palabras. Cuando su padre veía los ojos de Ellen, rodeados de círculos violáceos, mientras esta le echaba en cara que se gastase en alcohol la mitad de la paga semanal. Violet no tenía más de diez u once años, pero ya entonces se había preguntado cómo su madre, por lo general lista, se dejaba engañar cada semana por esa voz llorosa y esas disculpas inútiles. Por entonces Ellen todavía quería a su marido.

Por fortuna, el reverendo estaba tan poco impresionado como Kathleen.

—¿Y qué es lo que piensa usted hacer ahora? —preguntó a Paisley fríamente.

Jim se frotó la frente.

—¡Voy a buscarme un trabajo honrado! —contestó—. Como mi hijo. Iremos... a la ... a la...

—Costa Oeste —concluyó Eric.

—Eso es, ahí es adonde vamos. Vamos a bajar otra vez a la mina y sacar carbón. Puedo alimentar a mi familia, reverendo, ¡créame!

—¿Se va a Greymouth o Westport? —preguntó Kathleen—. ¿Sin dinero? ¿Sin caballo ni carro? ¿Cómo pretende llegar hasta allí?

Jim se encogió de hombros.

—Por el camino de san Fernando... Ya nos llevará alguien de vez en cuando... Lo conseguiremos. Con... con ayuda de Dios... —Se santiguó.

Peter tuvo que reprimirse para no detenerle la mano.

—¡Pero a las niñas las deja aquí! —exigió.

Kathleen y Violet contuvieron la respiración.

Jim Paisley movió negativamente la cabeza.

—Pero no, claro que no, cómo... ¿cómo iba a hacer eso yo? ¡Queremos volver a ser una familia! Necesitamos mantenernos unidos. ¡Y para eso tiene que haber una mujer en la casa! ¡Mírenos!

Los tres hombres ofrecían sin lugar a dudas un aspecto andrajoso.

—¿Y esa mujer tiene que ser Violet? —preguntó Kathleen—. ¿Tiene que ser ella quien cocine, lave, friegue y conserve su ropa aseada?

—¿Quién, si no? —inquirió Paisley—. ¿No hace usted lo mismo por su marido? ¿Y no lo habría hecho por su anciano padre? Desde que mi querida esposa nos fue arrebatada, Violet es la mujer de la familia. ¡Prepárate, hija, nos vamos enseguida!

Kathleen arrojó a su marido una mirada desesperada.

Peter lo intentó una última vez.

—Señor Paisley, ¿por qué no se va primero con su hijo y viene a recoger a las niñas después? Una familia... como usted dice... debe mantenerse unida, pero corresponde también al padre construir, por así decirlo, un nido —expuso, intentando adoptar el mismo tono solemne de Jim.

Jim Paisley sonrió con aire burlón.

—Lo ve, ¡ahora nos entendemos! Un nido. Precisamente eso. Vamos a hacer un nido. Justo al lado del trabajo. Alquilaremos una bonita casa de minero... Fred y yo nos ganaremos el pan y Violet se ocupará de que nuestro hogar sea acogedor. No es difícil, reverendo, la mayoría de las veces hasta hay muebles dentro.

Eso era cierto en Inglaterra y Gales. Un minero no ganaba mucho, pero la mina se ocupaba de la buena gente. Una pareja joven enseguida encontraba una casa decente, y las familias que llegaban del campo se sentían en la gloria, al menos al principio, en esas confortables casas. Pero ¿serían tan progresistas los dueños de las minas de Greymouth o Westport? Hasta el momento, la costa Oeste no era conocida por ser especialmente benévola con las familias. Los habitantes más corrientes de la zona eran cazadores de ballenas y de focas, los mineros solían llegar sin familia y, aunque se les pagaba correctamente, tenían que apañárselas por sí mismos.

—¡Violet!

La muchacha estaba como petrificada. Cuando su padre había aparecido estaba dando una vuelta por el huerto, recogiendo verdura y, de algún modo había encontrado irreal ver recortarse la pesada silueta de su progenitor en el aire fresco y transparente, delante de las montañas y la pequeña y acogedora iglesia. También la conversación con el reverendo le había parecido un mal sueño. Y aún más considerando que Jim ni siquiera se había tomado la molestia de saludarla. No habían intercambiado ni dos palabras cuando el reverendo y Kathleen habían salido de la casa. Y Rosie no se veía por ningún sitio. Se había escondido debajo del banco del jardín al ver llegar a su padre.

—Pero yo no quiero —dijo Violet. No había pensado en

ello, la negación le salió simplemente de forma espontánea—. No quiero ir a la costa Oeste. Y Rosie tampoco.

Jim Paisley volvió a sonreír irónico.

—Violet, no es una invitación, es una orden. Somos una familia y yo soy tu padre, así que te vienes.

—¡Ni siquiera sabes cómo llegar allí! —respondió Violet desesperada.

Eric Fence tomó la palabra.

—¡Claro que lo sabe! —replicó el rechoncho joven, que no había perdido nada de peso en los yacimientos de oro—. Primero vamos a Canterbury, luego cruzamos la región hasta las montañas, y ya estamos ahí...

—¡Son casi quinientos kilómetros! —intervino Peter—. Y todavía es invierno. Puede nevar, tiene que pasar por los Alpes. Debería habérselo pensado mejor antes de comprar los billetes del viaje. Desde otros puertos hay menos distancia, se puede llegar también en barco...

Jim Paisley ni siquiera se dignó mirar al reverendo.

—¡Empaqueta tus cosas, niña!

Violet lloró y Rosie gritó cuando Jim Paisley la sacó de debajo del banco, pero no podía hacerse nada. Kathleen pensó en llamar a la policía, pero Jim Paisley era claramente el tutor de Violet y Rosemary, y en esos momentos no estaba borracho.

—No... ¿no podemos preguntar al señor Sean si hay otra posibilidad? —preguntó Violet apenada cuando Kathleen le puso en una maleta algunos artículos domésticos y mantas—. Podríamos denunciarlo y...

Kathleen sacudió la cabeza negativamente.

—Puede que los maoríes tengan derechos —contestó abatida—. Se negocia sobre ello y se espera a ver qué resulta de eso. Pero en el caso de las mujeres, Violet, la cosa es distinta. Un padre es capaz de molerte a palos, pero incluso cuando eso sucede puede presentar algún pretexto de alguna forma. Si no, tiene permiso para hacerlo casi todo. Nadie puede librarte, tienes que aguantar hasta que seas mayor de edad. Intenta escribirnos, Violet, aunque hagas faltas. Procuremos no perder el contacto.

Violet miró a Kathleen angustiada.

—¿Y si me caso? Y si... —Una idea asomó en la mente de Violet—. ¿Si alguien se casara conmigo?

Pensaba en Sean. Ya tenía catorce años, debía de ser posible. Si él lo hiciera por ella... solo para salvarla; después podrían divorciarse... Violet luchaba consigo misma, pero era una idea demasiado descabellada. No se atrevía a consultar a la madre del joven. Y seguro que él tampoco lo haría. Pero Heather... Heather se lo habría preguntado a su hermano.

La expresión de Kathleen se endureció.

—Casarse no sirve de nada, Violet, ¡ni pienses en ello! Si te refugias precipitadamente en el matrimonio, estarás huyendo del fuego para caer en las brasas.

—Podría... podría ser una especie de trato —susurró la muchacha.

Kathleen gimió.

—Suele serlo, hija —dijo, pensando en su propio caso. También ella había acordado un trato. Ian Coltrane había dado a su hijo un apellido a cambio del dinero para emigrar—. Pero pocas veces eres tú el comprador o el vendedor. Eres el caballo.

Finalmente, los Burton acabaron pagando el viaje de los Paisley en tren hasta Canterbury, también el de Eric Fence, cuando Jim puntualizó enérgicamente que o todos viajaban cómodos o no lo hacía ninguno. Peter Burton no se habría dejado chantajear, pero Kathleen estaba firmemente decidida a hacer lo que pudiese por las niñas. Así pues, el reverendo tomó el coche para acompañar a la familia a la estación, compró personalmente los billetes e insistió también en supervisar que subían al tren.

—Seguro que se habría vendido los billetes al instante y se hubiese gastado el dinero en alcohol —dijo a Kathleen, al explicarle por qué había tardado tanto—. Los tipos así no cambian, da igual el papel que haya interpretado delante de nosotros. ¿Le has dado dinero a Violet?

Kathleen se ruborizó: su marido la conocía bien. Sin embargo, esperaba que Jim Paisley no la hubiese visto.

—A lo mejor no se ha dado cuenta de que le has dado algo a escondidas, pero lo supondrá —previó Peter—. En cualquier caso, tratará de sonsacar a su hija a palos.

Kathleen intentó no pensar en ello. Todavía recordaba perfectamente cómo Ian Coltrane le había quitado las primeras monedas que ella había ganado cosiendo. Odiaba entregar a Violet a un destino similar. Pero la niña al menos no estaba casada. Si aguantaba un par de años, tendría oportunidad de salir de la miseria. Siempre que no se enamorase. Siempre que no buscase una salida que no era tal.

# 6

Kupe carecía de los escrúpulos de Matariki a la hora de robar ropa de un tendedero. No tenía la menor intención de aparecer en Hamilton vestido de guerrero maorí, si es que podía hablarse de vestimenta para referirse a la única prenda que llevaba, un cinturón del que colgaban cintas de lino endurecido. Durante las últimas peleas, los hauhau habían recuperado la tradición de combatir medio desnudos. Había servido de tan poco como todos los intentos anteriores de que el dios de la guerra Tumatauenga apoyase al bando maorí.

Así pues, Kupe buscó asentamientos *pakeha* antes de entrar en la ciudad y descubrió en los alrededores un *marae* abandonado. Allí se alzaba una granja de ovejas diminuta, una casa básica de madera, con un par de cobertizos y unas dehesas valladas. Kupe sintió un eco de su antigua ira cuando pensó que los ocupantes de la vivienda sin duda habrían intervenido en la expulsión de sus anteriores vecinos. Tal vez debería entrar, matarlos y regocijarse después con ello, y seguro que encontraba algo de dinero incluso. Pero no tardó en borrar ese pensamiento de su mente.

Kupe no servía para andar despedazando a personas. No había sentido nada más que asco cuando sus hermanos tribales le habían arrancado el corazón a un soldado muerto y se lo habían comido. Así que lentamente se enfrentó con los hechos: tenía tan poco de guerrero como Matariki de sacerdotisa. El origen no bastaba, uno tenía que haber crecido en esos papeles, y la educación de Kupe en el orfanato, aunque había avivado su rabia, no lo había preparado para derramar sangre.

Así que Kupe se limitó a dar un rodeo a la casa, con la esperanza de encontrar un tendedero. La suerte le favoreció. Una colada se estaba secando al sol, solo prendas masculinas. Pantalones de trabajo, camisas... todos de una talla, pero Kupe esperaba que la ropa se ajustara más o menos a sus medidas. Cuando anocheció y se encendieron las lámparas de la casa, se acercó sigilosamente al tendedero. El jardín parecía desierto, pero cuando iba a coger una camisa, una voz furibunda resonó en la penumbra.

—¡Quieto, muchacho! ¡Y levanta las manos! ¡Pero enséñame las palmas, nada de mazas de guerra! —exigió una voz de hombre sumamente decidida.

Kupe se llevó un susto de muerte. La *waihaka* le colgaba de la muñeca, pero como no había pensado que tendría que pelear no la llevaba en ristre. Sin embargo, su interlocutor sí parecía conocer bien las armas tradicionales maoríes y saber lo deprisa que un guerrero experimentado llegaba a golpear con las mazas de madera o de hueso. Kupe movió las palmas de las manos en dirección a la voz.

—Está bien. Y ahora acércate a la luz para que pueda ver con quién me las estoy teniendo. Mi vista ya no es lo que era.

La voz procedía de un cobertizo situado a un lado de la casa. El cañón de un fusil centelleó.

El joven vaciló.

—Aunque todavía me basta para disparar, joven; yo en tu lugar no probaría suerte. —El hombre empezaba a impacientarse.

Kupe se aproximó a la casa hasta que la luz que caía de la ventana lo iluminó a medias. Esperaba al menos que su aspecto inspirase algo de miedo, pero no se hacía grandes ilusiones, pues había perdido todas sus armas salvo un cuchillo y la *waihaka*. Por el contrario, ofrecía un blanco perfecto a ese hombre y su fusil, así que finalmente arrojó la toalla.

—¡No dispare! —gritó—. Voy... voy casi desarmado.

El hombre rio y salió del cobertizo. No parecía joven y era mucho más bajo que Kupe, pero fuerte y capaz sin duda de defenderse. ¡Y entonces habló al chico en maorí!

—¡Increíble, un guerrero! Aunque bastante perdido... ¿Dónde está tu *taua*, joven? ¿Tu *iwi*?

Kupe entendió las palabras «regimiento» y «tribu». Nada más, por desgracia.

Hizo una mueca compungida.

—Disculpe, señor —dijo educadamente—. ¿Podría... podría, por favor, hablarme en inglés?

El hombre soltó otra risa todavía más sonora y bajó el arma.

—Pues vaya, sí que eres un guerrero extraño. Estaba realmente preocupado cuando te he visto dar vueltas a la casa. Pensaba que a lo mejor eras un espía y que en realidad todo un *taua* de salvajes guerreros hauhau acechaba en la selva.

A Kupe le pasó por la cabeza fingir y afirmar que así era, pero tampoco eso le habría servido de gran cosa.

—Estás solo, ¿verdad? —preguntó el hombre más amablemente.

Kupe asintió.

—Venga, entra en casa. —La voz del hombre perdió los últimos restos de cólera que le quedaban—. Seguro que tienes hambre. Ah, sí, coge un par de cosas para vestirte, si es que están secas. Si no, dentro todavía tengo un par de pantalones. Las falditas *piu piu* son *tapu* en mi cabaña —añadió, echándose a reír de nuevo.

Un par de meses antes, Kupe todavía se habría indignado de que comparasen el cinturón de un guerrero con el vestido de baile de una chica, pero ahora ya le daba igual, él mismo se sentía ridículo. Los uniformes de los soldados *pakeha* eran más apropiados para el combate que la desnudez de los hauhau. Sin contar con que un fusil superaba con creces una lanza.

—Ah, me llamo Sam, Sam Drechsler... no hace falta que me llames «señor». Nadie lo hace.

Sam Drechsler dejó que Kupe entrara antes que él, con lo que sin duda controló si llevaba armas de fuego escondidas. La consistente puerta de madera se abrió dando paso a un solo espacio con las funciones de sala de estar y dormitorio. La casa de madera de Sam era sólida pero pequeña, lo cual ponía de manifiesto que el hombre no tenía familia. Un perro viejo yacía bostezando delante de la chimenea en la que ardía un fuego. Encima de este se encontraba un fogón elemental, en una olla hervía un guiso. Delante del fuego había una mecedora sobre una estera de fibra de lino: una pieza maorí.

—La tejió mi esposa —informó Sam cuando se percató de que Kupe la miraba—. Akona, una hauraki.

¿Ese hombre había estado casado con una maorí? El joven se sorprendió, pero al mismo tiempo se sintió más seguro.

—Y ahora cámbiate de ropa, no te preocupes, que no te miraré. Lo que llevas puesto no te tapa casi nada. No tienes que esconder el cuchillo, ya hace rato que lo he visto.

Para demostrar que no tenía miedo de Kupe, se dio media vuelta para dirigirse a una estantería de donde cogió un frasco con harina. Puso en un cazo un poco, añadió agua y preparó la masa del pan ácimo.

Kupe se puso la ropa que acababa de recibir. Le venía grande y había perdido la costumbre de llevarla después de tantos meses de convivencia con los hauhau. Pero su abrigo era reconfortante.

—Su esposa... ¿murió? —preguntó vacilante.

Sam Drechsler negó con un gesto.

—Pues no —respondió afligido—. Pero no quería abandonar su tribu. En sí éramos vecinos, la tribu y yo... En fin, en realidad llegué aquí para buscar oro.

—¡Aquí no hay oro! —declaró Kupe, convencido. Los hauhau habrían sabido de la existencia de oro, Kahu Heke siempre iba en busca de recursos para sus campañas.

Sam rio.

—¡Ahora yo también lo sé! Pero entonces, pronto hará veinte años, todavía pensaba que era el segundo Gabriel Read.

El aludido había descubierto, dos décadas antes, el primer filón de oro y se había hecho rico. Aunque era geólogo, no un aventurero.

Sam Drechsler sacó una sartén y extendió las tortas de pan a la manera maorí.

—Coge la olla que hay en el fuego, espero que te guste el carnero guisado.

Kupe hizo lo que le pedían y puso la mesa a continuación. La vajilla no era difícil de encontrar, Sam solo tenía dos platos, tazas y cazos, todos colocados en fila en una única estantería.

—Pues bien, en lugar de oro encontré a Akona. Qué guapa era. La tribu era amistosa, yo los acompañaba a cazar y pescar, y Akona me llevó a su campamento. Cuando aparecieron los primeros blancos, compré un par de ovejas y construí esta casa. Nos iba bien, a Akona y a mí. Y a nuestro hijo Arama, Adam. Pero entonces empezó la guerra. Abajo en Waikato, en realidad; aquí en Hamilton apenas hubo peleas. Pese a eso, sí se produjeron altercados y riñas entre los *pakeha* y los maoríes, y al final la tribu se fue. Akona se marchó con su gente y se llevó a Arama. Lo que sin duda no fue una decisión errónea. ¡Cuando pienso que aquí habría tenido que ir a la escuela! —Sam señaló con la barbilla en dirección a Hamilton. Removió un poco el guiso y le sirvió a Kupe un cucharón lleno en un plato—. Donde escupen a los maoríes... —Suspiró.

—¿Por qué no se marchó con ellos? —preguntó el joven maorí, y luego tomó una cucharada llena. En ese momento, era lo mejor que había comido en su vida.

Sam se encogió de hombros.

—No me querían —se limitó a responder—. Y eso después de diez años de haber sido buenos vecinos y amigos. Pero no se lo reprocho. Los *pakeha* empezaron. Atizaron el odio, y en un momento dado... en un momento dado se agotó la paciencia de los jefes más dignos y de los ancianos más tranquilos. A mí me afectó... siempre pagan justos por pecadores. —Calló unos segundos y luego se sonó—. ¡Y ahora te toca a ti contar tu historia, muchacho! —dijo—. ¡Y no te saltes nada!

Kupe miró el rostro redondo de Sam, en el que asomaba una hirsuta barba rubia. También sus cabellos parecían crecer en mechones: ya tenía algunas zonas calvas, mientras que en otras el pelo brotaba realmente en abundancia. Pero sobre todo, su mirada era cordial y abierta. El chico se había topado con el único ser humano de Hamilton que no odiaba a su pueblo y al de Matariki.

Comió el resto del plato con lentitud y dejó la cuchara. Habló de la expulsión de su tribu y de los últimos y terribles meses en compañía de los hauhau.

—Kahu Heke lo llamaba guerra —contó Kupe—. Pero en realidad no lo era, no se puede hacer una guerra con treinta personas.

—No es ni la mitad de una canoa —observó Sam.

Kupe le arrojó una mirada inquisitiva.

Sam puso los ojos en blanco.

—*Waka taua.* —El *pakeha* contó al maorí la historia de su pueblo—. Es una canoa de guerra. En cada una caben unos setenta guerreros que están a las órdenes de un dirigente. Para los ingleses se trata de un regimiento, para vosotros de un *taua.*

Kupe asintió y luego prosiguió con su relato.

—Pero Kahu Heke esperaba, naturalmente, que si vencíamos otros se unirían a nuestra causa. De ahí su preocupación por conseguir victorias.

La estrategia para conseguirlo había sido sencilla. Kahu Heke se limitaba a hacer la «guerra» contra los más indefensos de sus rivales.

—Durante todo el invierno hemos avanzado a lo largo de la costa. No río arriba, pues sabíamos que había regimientos estacionados allí. Pero en la costa se hallaban antiguas estaciones balleneras, granjas aisladas... En fin, ahí era donde atacábamos. —Kupe bajó la vista al suelo.

—No te sientes orgulloso de ello —constató Sam.

Kupe negó con un gesto.

—Aunque la mayoría de las veces no pasó gran cosa —matizó—. Al menos al principio. Se trataba más de asustar que de pelear. Surgíamos como de la nada, lo que dejaba totalmente desarmados a casi todos los *pakeha.* Si además nos poníamos a vociferar y hacer unas cuantas muecas por ahí... Y fusiles no nos faltaban. La gente solía esfumarse y atrincherarse en cualquier pajar hasta que nosotros habíamos acabado.

—¿Acabado con qué? —preguntó Sam, al tiempo que recogía los platos.

Kupe se frotó la nariz.

—De robar y saquear —respondió secamente—. No se lo puede llamar de otro modo. Llamarlo botín sería decir demasiado, pues no teníamos que perseguir ni pelear. Cogíamos lo que necesitábamos, a veces destrozábamos el mobiliario o dispersábamos al ganado... pero eso era todo.

—A fin de cuentas, lo mismo que los *pakeha* hicieron con vuestros poblados —observó Sam sagazmente.

Kupe asintió.

—Eso decía el *ariki* —admitió—. Pero, aunque así sea, no es correcto. No es ni siquiera realmente *utu*...

—¡Gracias a Dios! —exclamó Sam. *Utu*: «represalia», en el sentido estricto una «venganza de sangre»—. ¿Y cómo terminó? ¿Os zurraron en algún momento los *armed constables*?

La palidez que cubrió el rostro de Kupe le reveló que su tono jocoso no había sido acertado.

—Disculpa —dijo Sam, arrepentido—. Cuéntame sin temor qué sucedió.

—Bueno, en general no pasó gran cosa —repitió Kupe—. Al principio. Luego... unos cuantos guerreros estaban descontentos. En el fondo todos estábamos descontentos. Entiéndame, íbamos de un lado a otro, siempre vagando, siempre perseguidos. Ni *marae*, ni mujeres... Era invierno, hacía frío. Un par de meses incluso es divertido, pero luego...

—Las tribus maoríes pelean desde finales de noviembre hasta principios de abril —convino Sam—. Luego regresan a casa y se dedican a cultivar los campos. Si al verano siguiente vuelven a surgir complicaciones, comienzan de nuevo. Pero en general, ni siquiera eso. Las guerras maoríes son cortas. Algo que también desconcertó al principio a los *pakeha* y, por desgracia, les hizo pensar que las tribus eran débiles y se rendían pronto.

—¿Sí? —preguntó Kupe—. ¿Cómo sabe usted todo esto?

El muchacho no conocía la estrategia habitual de las tribus. Kahu Heke había contado a sus guerreros las sensacionales expediciones de Te Kooti, pero todo aquello parecía más una ficción que una clase de historia.

—Llevo mucho tiempo aquí, muchacho —respondió Sam—. En mil ochocientos cuarenta y siete estaba en Wanganui, si eso te dice algo...

—Es una ciudad al norte de Wellington —recordó Kupe.

—Exacto. Un puerto importante. Y en su origen tierra maorí. Al principio se compraron terrenos a las tribus, pero luego se las estafó y se aprovechó su indulgencia para ir arrebatándoles más tierras, hasta que estalló el conflicto. Las tribus se defendieron y por ley habrían podido arrojar al mar a toda la población de Wanganui, y a la de Wellington con ella. De ese modo se habrían ganado el respeto. Pero no: los vuestros hicieron desfilar a unos cuantos guerreros, agitaron un poco las lanzas al aire... y echaron a los *pakeha* de los territorios que les habían arrebatado injustamente. Y acto seguido volvieron a su acostumbrada amabilidad. Típico de los maoríes; pero precisamente eso es lo que no entienden los *pakeha*. Toman a los buenos por tontos. La consecuencia de eso es que Wanganui pertenece hoy en día a los blancos, hay una base militar enorme. Las tribus están vencidas. Y al principio es así como siempre ha sucedido con las llamadas guerras maoríes... hasta hoy, en realidad. Si la situación se agravaba, era siempre porque uno de vuestros jefes hacía una guerra privada.

—Como Te Kooti —dijo en voz baja Kupe.

Sam asintió.

—O anteriormente Hone Heke. De vez en cuando también hay quienes pierden los nervios, como los hauhau. Pero un movimiento auténtico, que abarque a todo el pueblo, nunca lo hubo ni tampoco lo habrá. Malo para vosotros, bueno para los blancos. Pero continúa, ¿qué sucedió?

—Unos cuantos guerreros estaban descontentos —repitió Kupe—. Querían ver sangre. En el fondo, todavía más, querían... Creo que hay gente... cruel por naturaleza.

Sam levantó la mirada al cielo.

—También yo fui soldado —señaló, como si eso pudiese aclarar las cosas—. También yo maté a algunos...

Se diría que Kupe quería a un mismo tiempo asentir y negar con la cabeza.

—Es peor. Se... ¡se los comieron! —confesó, incapaz de contenerse—. Les cortaron la cabeza. Esto pertenece a la tradición, las... las secan, creo. Pero no consiguieron hacerlo bien. Era... era solo horrible.

—Y, naturalmente, intervinieron los militares —siguió Sam—. Así tampoco se hacen las cosas. ¿Dónde os metieron?

El chico empezó a temblar.

—Justo al lado de nuestro antiguo campamento, cerca de la desembocadura. En realidad Kahu Heke no quería ir allí, pero él... él ha perdido *mana*. Primero a causa de su hija y luego... El *ariki* se opuso a que se cortaran las cabezas y se comieran los corazones. Estaba en contra. Pero ellos lo hicieron a pesar de todo. Fue...

—El gran jefe perdió el control de su propio ejército —observó Sam sin inmutarse—. Creo que ahora me acuerdo. En Hamilton hablaban de una expedición de castigo, tenían que llegar un par de *constables*. En la ciudad todo el mundo se quejó, en especial las mujeres, como si sus maridos tuvieran el derecho de pasar aquí el resto de su vida sin trabajar. Los hombres, por el contrario, estaban la mar de contentos de poder salir. Desde que los maoríes se comportan pacíficamente, se dedican a construir puentes. No es que les guste. ¡Así que aún se sintieron más satisfechos de su victoria!

—¿Victoria? —preguntó Kupe—. Nosotros éramos treinta y dos. Ellos tal vez doscientos... Militares y colonos, ya que la gente de la costa se les unió.

Sam sonrió con tristeza.

—Este asunto pasará a la historia como un ejemplo del valor extraordinario de la Royal Army. Os exterminaron. ¿Fuiste tú el único que se salvó?

Kupe negó con la cabeza.

—No. Yo... no creo que comiendo partes de un cuerpo se consiga la invulnerabilidad. Yo no participé. Y cuando empezó el tiroteo me marché. Como muchos otros.

»Kahu Heke también huyó.

—Los agitadores siempre salen airosos —observó Sam.

—Pero fue horrible presenciarlo. Cómo... cómo luchaban los nuestros. Como si realmente fuesen invulnerables. Gritaban, se golpeaban y corrían hacia las balas. Eran osados. Tanto que al final sentí vergüenza. No debería haberme escapado. Pero... ¡era tan absurdo!

—Como lo son la mayoría de las guerras. —Sam Drechsler se levantó y sacó una botella de whisky del armario—. Toma, bebe un trago. Y olvídate de todo eso. De nada hubiese servido que te hicieses matar por un tiro. ¿Cuántos muertos hubo?

—Once o doce —respondió Kupe—. Algunos huyeron, otros fueron apresados. Después Kahu Heke quería volver a reunirnos. Pero yo no participé. Ya tenía suficiente.

Bebió un gran trago de whisky y tosió. Sam rio, esta vez con más alegría.

—¡Antes de morir, aprende a beber como un hombre! —advirtió, sirviéndole otro trago.

Kupe sonrió con ademán irónico.

—En el orfanato nos decían que la bebida lleva a la muerte.

Sam levantó las manos, resignado.

—De algo hay que morir, muchacho. Pero a ti todavía te falta para eso. Y ahora cuéntame qué sucedió con la chica. ¿Qué sucedió con la hija del jefe que le ha costado el *mana* a Kahu Heke?


—En cualquier caso, por aquí no ha aparecido —señaló Sam cuando Kupe le habló del tiempo que había pasado con Matariki—. Al menos yo no he oído nada al respecto, pero es cierto que no voy a menudo a la ciudad. A veces voy de putas donde Potter, lo confieso, solo soy un hombre, con sus debilidades. Pero ese no tiene a chicas maoríes.

—¡No es una puta! —exclamó indignado Kupe—. Es...

—¡Pero si estás perdidamente enamorado! —se burló Sam—. Enfréntate a los hechos: una chica en un pueblucho como Hamilton no puede ganarse la vida. Salvo en un establecimiento como el de Potter. Si ha llegado aquí sin dinero, sin la ropa adecuada, el de Potter sería el primer lugar donde yo la buscaría.

—Quería acudir al *police constable*. Contarle su historia. Regresar a su casa...

Sam hizo un gesto de impotencia.

—Entonces tendría que haber acudido al jefe del regimiento. Y a lo mejor lo ha hecho. Es probable que la metieran en el siguiente coche y que ya lleve tiempo con su madre. Algo difícil de imaginar en Hamilton, pero todo es posible. Tendrás que preguntar. Presta atención, Kupe (¿o debo llamarte Curt?), ¿qué tal si te quedaras un par de días conmigo y trabajaras para mí? En verano tengo que llevar las ovejas a las colinas junto al mar. Puedo hacerlo con el viejo *Billy* —señaló al perro, un collie que ya tenía pelos grises alrededor del morro—. Pero un poco de ayuda de unas piernas jóvenes no nos iría nada mal, ¿verdad, *Billy*?

El perro movió la cola. Kupe se acordó de *Dingo*.

—Pagaré decentemente —dijo Sam—. No te engaño. Y cuando hayamos llevado sin percances todo el ganado arriba, iré contigo a la ciudad. Acudiremos al *constable* y le preguntaremos por la chica. A lo mejor nos enteramos de algo. ¿Te parece bien?

—Preferiría irme ahora mismo —respondió Kupe.

Hasta el momento no se había preocupado en serio de Matariki. No podía haberse extraviado, y Kupe partía del hecho de que en Hamilton encontraría ayuda. Pero tal como Sam describía la ciudad...

—No te encerraré —contestó Sam—. Pero te lo advierto. En la ciudad no tienen nada para vosotros, te llevarás un chasco tras otro. Y necesitas dinero. No querrás quedarte en Hamilton, ¿verdad? ¿Has pensado ya qué vas a hacer en el futuro?

El muchacho hizo un gesto de indecisión.

—A lo mejor vuelvo a la escuela —musitó—. En el orfanato me dijeron que si uno estudia Medicina o Derecho puede convertirse en alguien de provecho para la sociedad. Incluso individuos como nosotros. Eso siempre me enfureció. Pero hay algo de verdad en ello. No creo que con nuestros *mere* y *kotiake* podamos echar a los *pakeha* armados al mar. Pero si contamos con suficientes abogados que sean capaces de redactar contratos y de leerlos y explicarlos, entonces tal vez consigamos que nos paguen al menos la tierra.

Sam sonrió.

—Una idea inteligente —lo elogió—. Tienes buena cabeza. Utilízala y acepta mi oferta. Luego, con el dinero que hayas ganado, te meto en un coche camino de Auckland. Me han dicho que hay ahí una universidad. Venga, ¡choca esos cinco! —Tendió la mano a Kupe.

El joven sonrió.

—¿Cuántas ovejas? —preguntó—. La primera regla en los acuerdos: saber con exactitud de qué se trata.

Sam Drechsler tenía unas doscientas ovejas y tardaron tres días en llevarlas al terreno montañoso que rodeaba el monte Pirongia. El chico tuvo que hacer el trayecto a pie, pues antes nunca había montado a caballo y Sam solo tenía una mula. Pero el joven guerrero estaba en buena forma y no le ocurría nada por pasarse unas horas caminando al día. Además, pronto se percató de que le gustaba trabajar con el perro y las ovejas. Disfrutaba del recorrido por las pendientes a veces cubiertas de arbustos y a veces boscosas donde reinaba un silencio solo interrumpido por los balidos del ganado o los ladridos del perro.

Kupe tenía la sensación de volver a oír, después de un largo tiempo, sus propios pensamientos, y no solo el monótono grito de los hauhau. Incluso pensaba que se aproximaba más a su vieja tribu, a las tradiciones de su pueblo. Kahu Heke solo le había enseñado a luchar, la cautela del guerrero. Sam Drechsler afinaba sus sentidos para cuestiones muy distintas. Le enseñaba las plantas con las que los *tohunga* confeccionaban medicinas, le indicaba lugares que hacía siglos que eran *tapu*, y le dejaba tiempo para sentarse ahí y percibir a los espíritus mientras él mismo se ocupaba de la comida. Kupe tenía la sensación de lograr sosiego entre las rocas y bajo los árboles. Y, a veces, cuando las hojas susurraban empujadas por el viento y un arroyo agitado gorgoteaba como un niño feliz, Kupe casi creía percibir que la naturaleza le hablaba.

Sam rio cuando el muchacho se lo confesó ruborizado.

—Esto te habría dado mucho *mana* entre las tribus. Se valora a las personas que pueden ser uno con Tane o Papa. Tane es el dios de los bosques, ¿sabes? Es muy sabio. Mira este árbol: un horoeka. Vive la vida de un guerrero. En los primeros años parece una lanza delgada y sus ramas, jabalinas. Más tarde se ensancha y se vuelve más tranquilo, le brotan las hojas como a un árbol normal, crece y se hace fuerte, gana *mana* como los ancianos de la tribu y ofrece sus frutos para que se conviertan en nuevos guerreros.

—Y el kauri vela por él como un dios —apuntó Kupe risueño—. ¿Cómo dijiste que era de grande el Tane Mahuta?

El Tane Mahuta, que recibía su nombre del dios del bosque, se encontraba en Waipoua, en el norte. Era sagrado para los maoríes, y los *pakeha* lo miraban sorprendidos por ser uno de los árboles más altos y viejos de Aotearoa, cuando no de todo el mundo.

—¡Más de cuarenta y cinco metros! —contestó Sam—. Me gustaría verlo algún día. No sé tú, pero yo me siento muy pequeño debajo de un kauri así. Y muy... joven. Algunos de estos árboles vieron llegar las primeras canoas de los maoríes, luego a los blancos... y a lo mejor todavía siguen aquí cuando el mar nos haya llevado a todos...

Sam alzó la vista con gravedad hacia las montañas. Allí, en plena naturaleza, solía ponerse melancólico. Kupe se imaginaba el motivo. Probablemente, antes había llevado hasta ahí las ovejas con Akona y Arama y escuchado cómo su esposa le contaba a su hijo estas historias que ahora él desplegaba ante Kupe como un consolador manto del pasado.

—Debes conocer tu historia, muchacho, tus raíces. Solo así encontrarás el camino hacia tu pueblo. Escucha las leyendas de tu gente, aprende su lengua. Akona siempre le decía a Arama que sus antepasados cuidaban de él en forma de estrellas.

Kupe pensó en Matariki, la hija de las estrellas.

—Sigamos —dijo entonces—. ¡Tengo que irme a Hamilton!

Ya cuando el carro tirado por la mula de Sam entró en la población, Kapu tomó conciencia de que realmente había sido más inteligente seguir el consejo del hombre mayor y no adentrarse él solo en la ciudad. Aunque Sam lo acompañaba, la gente se lo quedaba mirando y de vez en cuando le dirigía alguna palabra ofensiva. Además, no había ninguna comisaría de policía. Por lo visto, en la localidad solo había un policía al que acudir, siempre que uno supiera dónde encontrarlo.

Sam enseguida se encaminó hacia el puente en construcción sobre el río Waikato. Pronto estaría acabado, aunque seguro que la obra habría concluido antes si los obreros se hubiesen esforzado más. A primera vista, sin embargo, ya quedaba claro que los hombres consideraban que ese trabajo no estaba a la altura de su categoría. Casi todos llevaban el uniforme de la Armed Constabulary, aunque seguramente no era una obligación. Y además estaban muy ocupados en no mancharse la casaca azul. Su jefe, un capitán de aire astuto aunque todavía muy joven, pareció contentísimo de interrumpir el trabajo y se mostró francamente interesado cuando Sam le habló de Matariki.

—¿Una chica maorí? ¿Aquí? No, lo siento, no hay ninguna que me haya comunicado su presencia. ¿Creen que tenía información? ¿Sobre los hauhau? Bueno, si iba a destapar algo, es probable que la hayan descubierto y se la hayan comido. —Rio.

Kupe agitó la cabeza, enojado.

—No habrían matado a la hija de un jefe. Era *tapu*, era...

El capitán lo miró con escepticismo y Sam le pidió con un gesto disimulado que callara. No fuera a ser que el soldado dedujera que el mismo Kupe había estado con los hauhau.

—La chica es hija de Kahu Heke —informó al capitán—. Es

decir, de un rango muy alto y de gran interés para ese sujeto, que la secuestró en la Isla Sur y la trajo aquí. ¡A ella no la matará!

El capitán se encogió de hombros.

—¡A saber lo que les pasará por la cabeza! A lo mejor la chica ha muerto en la selva. O alguna tribu le ha dado refugio, en Waikato todavía quedan muchas. En cualquier caso, siento no poder ayudarle, pero aquí no está. —Y dicho esto se volvió, aunque de mala gana, hacia el puente.

Sam indicó a Kupe que subiera al carro.

—¿Es posible lo que ha dicho? —preguntó, dirigiendo el mulo hacia Victoria Street.

Kupe negó con la cabeza.

—Improbable. Me refiero a que, aunque yo no la conocía tan bien, decía que había estado mucho con los ngai tahu. Al parecer, ellos le enseñaron a recorrer un par de kilómetros junto a un río sin ahogarse, morirse de hambre o lo que fuera. Y además hablaba el maorí perfectamente.

—Cabe entonces la posibilidad de que esté con una tribu —dijo Sam, meditativo.

En ese momento Kupe exclamó.

—Para, Sam, espera. Ahí está... el perro...

Kupe señalaba emocionado un perro flaco al que el carnicero alejaba de su puerta de una patada.

—¡*Dingo!*

Kupe llamó al animal mientras Sam tiraba de las riendas, asombrado. Y, en efecto, el perro reaccionó. Levantó primero la vista y luego movió la cola y corrió hacia Kupe cuando este saltó del carro, para saludar al joven maorí entre aullidos y ladridos. El chico lo abrazó casi igual de emocionado.

—¡Es su perro, Sam! ¡Tiene que estar aquí!

Sam frunció el ceño.

—Si el chucho ese tiene un amo, no es que lo cuide mucho. No es típico de una chica dejar que el pelo se acartone así. Y mira lo flaco que está...

*Dingo* lamía eufórico la mano de Kupe. No cabía duda de que era él quien solía cocinar en el campamento.

—Pero lo es, Sam. Estoy totalmente seguro. Y me ha reconocido.

Kupe acarició al perro al tiempo que inspeccionaba con la mirada el entorno. En realidad, el animal no podía haberse alejado demasiado de su ama, Kupe estaba seguro de que Matariki saldría de un momento a otro de una casa o de una tienda.

—A lo mejor lo ha dejado aquí... —apuntó Sam, escéptico—. O le ha pasado realmente algo y él ha venido hasta aquí.

—¡Ella nunca lo habría abandonado! —declaró Kupe—. Y creo que él a ella tampoco. Tiene que estar aquí, Sam, hemos de buscarla.

Por desgracia, *Dingo* demostró tener poco sentido del olfato. Si bien agitaba la cola complacido cuando Kupe le decía el nombre de Matariki, no mostraba intención alguna de ir a enseñar a su amigo el paradero de la chica.

—Vamos a comprarle al perro algo que comer primero —decidió Sam—. Y luego preguntaremos por aquí. Pero no te hagas muchas ilusiones. Una chica maorí en este lugar llamaría tanto la atención como un perro de colores. Así que si nadie sabe nada...

De hecho, la primera mujer a la que Sam se dirigió ya les dio información.

—No conozco a esa Mata no sé qué. Pero los McConnell, los dueños de la tienda, tienen a una chica que se llama Martha. Una criatura taimada, no pueden perderla de vista si no quieren que les meta la mano en la caja. Pero consideran que es su deber cristiano. Gente rara...

Kupe, que después de haber dado de comer al perro había pasado a ocupar el segundo puesto al menos en la lista de preferencias del animal, enseguida se puso en guardia al oír el nombre.

—Es ella, Martha es su nombre *pakeha*. Pero ¿qué hace allí?

Sam se encogió de hombros.

—Si he entendido bien, trabajar. Como doncella...

—¿Tantos meses? —se extrañó Kupe—. No puede haber tardado tanto en ahorrar el dinero para viajar a la Isla Sur. Aquí pasa algo, Sam. Y si... —Kupe hizo el gesto de entrar violentamente en la tienda de los McConnell.

—Primero tranquilízate —aconsejó Sam, reteniéndolo—. Ahora entramos los dos y preguntamos por la chica. Si te ven tan alterado solo conseguirás meterte en un lío. Mantén la calma y limítate a seguirme.

Sam entró decidido en la tienda de Archibald McConnell.

—¿Martha? —preguntó el dueño, a todas vistas sorprendido—. ¿Qué... qué quieren de ella?

Sam arqueó las cejas.

—Digamos que hacerle una visita. El joven es un amigo suyo. —Señaló a Kupe.

Archibald sacudió la cabeza y apretó los labios.

—Lo siento, pero no podemos permitirlo. Intentamos mantener a Martha alejada de todas las malas influencias. Precisamente de gente como... él.

Kupe tuvo que hacer un gran esfuerzo por mantener la calma.

—¿Cómo sabe usted que yo soy una mala influencia? —planteó en su papel de futuro abogado.

Sam fue directamente al grano.

—¿A usted qué le importa con quién tratan sus empleados? Matariki es su doncella, ¿no es cierto? ¡No su esclava!

Era patente que el tendero se estaba poniendo nervioso.

—Totalmente cierto, es nuestra doncella —contestó—. Y ahora está trabajando. Así que déjenos en paz. Bien sabe Dios que no rinde tanto como para hacer un descanso en mitad del día.

Sam alzó las manos con ánimo sosegador.

—De acuerdo, entonces esperaremos a que haya terminado el servicio. ¿Cuánto tiempo hacen trabajar a esa niña? ¿Hasta la puesta de sol? Solo faltan un par de horas. Nos sentaremos aquí en el carro mientras tanto.

Y dicho esto se dio un golpecito en el ala del sombrero y salió de la tienda. Kupe lo siguió.

—¡A ti no quiero volver a verte! —gritó McConnell al maorí.

Sam puso los ojos en blanco cuando volvieron a estar en la calle.

—Parece que has tenido buen olfato, Kupe —señaló—. Aquí huele a podrido, habríamos tenido que olvidarnos de las ovejas y venir cuanto antes. Pero ¿qué está pasando? No pueden tener a la chica encerrada, y por lo visto goza de buena salud o no podría trabajar. Bueno, de momento vamos a esperar.

Sam se permitió fumar un puro de la tienda de ultramarinos y compró dos empanadas para él y Kupe, además de un galón de cerveza en el *pub* más cercano.

—Tienes que relajarte —dijo tranquilo, tendiendo el recipiente a Kupe—. Toma, bebe, esto te tranquilizará. Ahora ya no se te escapará; dentro de un par de horas la abrazas y te piensas si le das un beso o intercambias con ella el *hongi*.

Kupe se sonrojó, tal como se había propuesto Sam, y le habló avergonzado de su primer beso.

—Pero es cierto, los maoríes no se besan —dijo con pesar—. Aún me pregunto por qué permitió que yo la...

Complacido, Sam escuchó sonriendo el discurso de Kupe mientras el muchacho le iba dando vueltas al hecho de si en realidad había besado a Matariki o a Martha. Si él le gustaba de verdad o si su cariño era una muestra de agradecimiento porque había accedido a su deseo de ayudarla a escapar... Al final hasta llegó a dudar de si ella realmente querría verlo.

—Puede que le haya dicho a ese tipo que se deshaga de mí... a lo mejor está harta de maoríes...

Sam se llevó la mano a la frente.

—Pronto lo sabremos, Kupe. Se está poniendo el sol. Y si no me equivoco los encantadores McConnell quieren cerrar su tienda. ¡Pero no antes de que yo haya hablado con ellos!

Kupe se quedó en el carro con *Dingo*, mientras Sam se dirigía a la puerta de la tienda. Una mujer intentó echarlo y al final apoyó todo su peso contra la puerta para cerrarla y girar la llave. Pero Sam la abrió sin esfuerzo.

Tranquilamente, empujó a la mujer hacia el interior de la tienda. Era una corneja seca, pero sin miedo y mala por naturaleza. De otro calibre totalmente distinto al de su esposo, más débil.

—¡No, de ninguna de las maneras vamos a permitirle que vea a Martha! —declaró en tono cortante—. Esa chica no puede ir y venir a su gusto, ha perdido ese derecho. Martha nos debe dinero, señor Drechsler. La hemos vestido y alimentado, y para agradecérnoslo, ha intentado robarnos.

Sam se rascó la cabeza. Se había quitado educadamente el sombrero, que ahora sostenía como un buen pretendiente, con la mano izquierda delante del cuerpo.

—Entonces debe de haber tratado a esa chica a cuerpo de rey, si hace tanto tiempo que trabaja por un par de prendas de vestir... Y el botín del robo... ¿se había gastado ya todo el dinero cuando volvieron a cogerla? Entonces debería estar en la cárcel, ¿no?

—Es nuestro deber de cristianos... —intervino el señor Mc-Connell.

Su esposa le hizo callar con un gesto.

—Martha todavía es muy joven —explicó—. Por eso nos hemos decidido a darle una segunda oportunidad. ¡Eso sí, bajo una severa disciplina! A fin de cuentas este no es su primer tropiezo. Se escapó del orfanato, ¿no es así? ¿O puede que de un correccional?

Sam esbozó una sonrisa cordial, pero en sus ojos asomaba un brillo iracundo.

—En eso se equivoca, señora McConnell —objetó con el tono de voz más dulce que era capaz de adoptar—. Raptaron a Matariki Drury en la Otago Girls' School de Dunedin. Es la hija de un jefe tribal y lo que entre los *pakeha* se conoce como una baronesa de la lana...

Una vez que Sam se hubo metido en casa de los McConnell, Kupe se percató de que *Dingo* cada vez estaba más inquieto y sostuvo al perro entre las piernas para que no se escapase. Hasta entonces había estado contento, pero ahora el animal de pelaje acartonado lloriqueaba e intentaba librarse del chico. Al final incluso se puso agresivo. Kupe lo soltó. ¿Adónde quería ir? Fuera como fuese, el animal aprovechó la oportunidad para escapar y dio la vuelta a la hilera de edificios, dirigiéndose a un objetivo concreto. Kupe no se lo pensó dos veces y lo siguió.

Las casas de Victoria Street se alzaban muy cerca las unas de las otras, tanto que en parte estaban adosadas. Kupe y *Dingo* tuvieron que dar la vuelta a todo un bloque antes de llegar a la fachada posterior de la casa de los McConnell. La mayoría de los inmuebles tenían jardín o patio trasero, algunos limitados con barreras bajas y otros con altas empalizadas. *Dingo* se dirigió decidido a uno de estos últimos, librándose en un principio de Kupe al desaparecer ágilmente por uno de los agujeros cavados bajo la valla. El joven observó con más detenimiento. Era muy posible que el patio que había detrás perteneciera a la casa de los McConnell. Ahí dentro, de eso estaba ahora seguro, se encontraba Matariki. Kupe no se lo pensó mucho. Cogió la maza de guerra y golpeó con fuerza. La madera, ya algo podrida, cedió enseguida. Otros dos golpes más y el agujero fue lo suficiente grande para pasar por él.

El joven entró en el patio y miró alrededor: viejas cajas y cajones, así como anaqueles en los que se almacenaban diferentes artículos:, botellas, cartones, leña. Una puerta trasera daba acceso a la vivienda. ¿Estaría *Dingo* ahí?, ¿le habría dejado entrar alguien?

En ese momento, Kupe oyó el alegre aullido con que el perro lo había saludado antes. Y la voz de una muchacha que lo tranquilizaba, lo elogiaba y lo mimaba. Kupe se dirigió hacia el lugar de donde procedía.

—¡Matariki! —Casi se puso a llorar cuando vio el rostro de su amiga iluminado por el último resplandor del día, levantando la vista detrás de las rejas—. ¡Matariki, ahora te saco de aquí!

El joven maorí, fuerte como un oso, no se tomó la molestia de cruzar la casa y buscar la llave del sótano, sino que buscó una palanca. Pronto encontró un tubo de hierro que respondía a su propósito. Colocado con destreza, bastaría para separar con un fuerte movimiento las rejas de la ventana.

—¿Cabes por ahí? —preguntó preocupado.

Matariki ya se daba impulso para salir por la ventana.

—¡Como un guerrero entre las piernas de la hija de un jefe! ¿Cómo era? ¿Te libera de los escrúpulos para matar y te hace invulnerable? ¡Llevo tiempo soñando con esto!

Kupe la agarró por los brazos y tiró de ella para sacarla del calabozo. Fue bastante sencillo, la muchacha solo se quedó unos momentos detenida por las caderas. Ya no era tan delgada ni tenía el cuerpo propio de una adolescente como poco más de un año atrás.

El joven maorí se quedó atónito delante de la joven en que se había convertido su pequeña amiga. Y luego, cuando ella se arrojó espontáneamente a sus brazos, creyó que el corazón se le iba salir del pecho de la alegría.

—¡Me alegro tanto de que estés con vida! —susurró Matariki—. Tenía tanto miedo por ti. Y nunca creí, nunca... que vendrías a buscarme. —Se rio—. Mira, estos últimos tiempos he pensado en todo, pero no se me pasó por la cabeza un príncipe azul tatuado.

Recorrió dulcemente con el dedo los tatuajes y Kupe sonrió.

—Estás siendo muy *pakeha* —dijo vacilante.

Matariki negó con la cabeza.

—Ah, no. ¡Soy maorí! Antes no lo era, pero ahora lo soy. Y nunca más seré algo distinto... ¿Cómo salimos de aquí?

Kupe condujo a Matariki por el agujero de la cerca, mientras *Dingo* daba brincos de alegría a su lado.

—¿Nos largamos o matamos a esos McConnell? —preguntó.

Matariki alzó la vista hacia su fornido protector. También Kupe había cambiado en los últimos meses. Frente a ella ya no se erguía un adolescente, sino un guerrero adulto.

—¡Lo segundo! —decidió—. Mi madre tenía un *mere* de jade pounamu. Creo... creo que una vez mató de un golpe a alguien con él.

Encogiéndose de hombros Kupe le tendió su *waihaka*.

—Ya sabes, piel de perro —dijo, disculpándose.

—El perro —explicó Matariki— se venga por *Dingo*.

En cuanto la pareja hubo dado la vuelta al bloque de casas Kupe abrió la puerta de la tienda.

El señor McConnell lo fulminó con la mirada.

—Tú...

—Puede entrar, ¡yo lo he invitado! —Matariki se introdujo dignamente, como hija que era de un jefe tribal—. Es un guerrero hauhau, ¿sabe? Y le he pedido que haga respetar todos los *tapu* que ustedes han infringido. ¡Los espíritus, señor y señora McConnell, están muy enfadados!

Matariki paseó por la tienda, deslizó la mirada por las estanterías y tiró todos los tarros y toda la loza al suelo.

—Todo esto lo he tocado, señora McConnell. Y por ello está maldito. Soy la hija de un jefe. Todo muy, muy *tapu*... ¡ya puede estar contenta de que la libere de algo tan peligroso!

Con el siguiente golpe de *waihaka,* un par de botellas de petróleo cayeron con estrépito de la estantería y estallaron contra el suelo. Matariki les arrojó una mirada maligna y luego a los vestidos viejos del rincón vecino.

—En realidad, habría que quemar todo esto —advirtió.

—No...

La voz de la señora McConnell sonó ahogada. Ella y su marido parecían totalmente abatidos. Las palabras de Sam Drechsler ya les habían asustado lo suficiente; la maza de guerra y los espíritus iracundos hicieron el resto. Una cosa era encerrar a una chica maorí sin nombre, y otra muy distinta tener recluida a una baronesa de la lana de la Isla Sur... Y ahora parecía que algo peor se les echaba encima.

—De todas formas, aquí la situación no es tan grave —advirtió con calma Matariki—. No he tocado tantas cosas. Ha tenido usted suerte, señor McConnell... —Se deslizó por la tienda y cogió de paso un hacha—. Pero la casa... ¡ahí sí que he trabajado mucho!

La muchacha abrió la puerta de la sala de estar. Kupe la siguió como un gigantesco ángel vengador. Los McConnell gemían, mientras que Sam oscilaba entre la diversión y la preocupación.

—Estos muebles, por ejemplo, los tuve que pulir, Kupe... Un *tapu* increíble. ¿Serías tan amable de ofrecérselos a los espíritus conmigo?

Matariki adoptó una actitud solemne y gritó una maldición

con todas sus fuerzas. ¿Acaso se había visto incapaz poco tiempo antes de golpear con el *karanga*? ¡Pues ahora se sentía con poder para hacerlo! Alzó el hacha y la dejó caer con fuerza sobre el mostrador cuidadosamente conservado de la señora McConnell. Luego tendió la herramienta a Kupe.

—¿Podrías terminar por favor la obra de los espíritus? ¡Ya es hora de que en la chimenea arda un fuego realmente sagrado! —Esbozó una sonrisa celestial mientras arrojaba al suelo el tan apreciado juego de té de la patrona con un movimiento de la maza de guerra—. Una vez tomé un sorbo mientras usted no miraba, señora McConnell —se disculpó—. No habría tenido que hacerlo, claro, pero ahora es *tapu*, lamentablemente. Pero no se preocupe, si tiramos todo esto al fuego sagrado no le traerá tanta mala suerte. Y ahora...

Matariki siguió mirando alrededor mientras Kupe transformaba en leña para el fuego el aparador. La señora McConnell bramaba.

Sam sacudió la cabeza.

—Ya basta, Matariki —intervino el hombre, amablemente pero con determinación—. Creo que los espíritus estarán más que satisfechos. Si esta gente te paga tus honorarios, puedo suponer que ya estaréis en paz.

—¿Sus honorarios? —chilló la señora McConnell.

Kupe levantó el hacha y el señor McConnell retrocedió aterrado.

—¡No, deja! —Matariki se esforzaba por adoptar la sonora voz de una sacerdotisa—. Ambos son *toenga kainga*.

Y dicho esto se dio media vuelta con dignidad.

Kupe la miró con reverencia.

—¿*Tapu*? —preguntó asombrado, sin entender.

Sam Drechsler, por el contrario, luchaba por contener la risa.

—En cierto modo —dijo—. Y ahora, vámonos, chicos. Espero que haya un coche rumbo a Auckland. Señor McConnell, ¿podría por favor pagar a la señorita Drury? Tenemos que irnos.

Matariki apenas si podía dar crédito a su buena suerte cuando dejó la casa de los McConnell mientras sostenía con toda seriedad diez libras en la mano. Además, Sam Drechsler había descubierto la capa de jefe en la tienda y la había confiscado en el acto.

—No debería tener usted esto, señor McConnell. Es propiedad de la tribu, es...

—¿*Tapu?* —gruñó Archibald.

Matariki sonrió con dulzura.

—¡Muy, muy *tapu*! —contestó, al tiempo que permitía a Sam que le pusiera la capa sobre los hombros. Y, encarnando a una auténtica princesa, abandonó la tienda con la cabeza erguida.

Sam no podía dejar de reír cuando la joven subió igual de digna al carro tirado por la mula.

—Esperemos que haya realmente un coche, porque es posible que mañana se les ocurra denunciarnos —advirtió—. Pero, felicidades, pequeña. ¡Tienes *mana* por tres, un día serás *ariki*!

No era algo imposible. Había mujeres que desempeñaban el cargo de jefa tribal.

—¿Qué les has dicho? —preguntó Kupe—. Era una maldición, ¿no? Les has echado encima a los espíritus de los antepasados, ¿verdad?

Matariki sacudió la cabeza y no pudo reprimir la risa.

Sam intervino para dar una explicación.

—*Toenga kainga* es en realidad una palabra ofensiva. O una confirmación. En cualquier caso, una forma muy tradicional de decirle a alguien lo que uno piensa de él.

—¿Qué significa? —preguntó Kupe impaciente.

Matariki soltó unas risitas y luego tradujo.

—«No vale la pena comerte.»

Se preguntó por qué Kupe no encontraba divertido ese dicho.

# 7

El viaje a la costa Oeste fue una auténtica pesadilla y, por añadidura, Jim Paisley le quitó a Violet gran parte de su dinero durante el recorrido en tren. Ella había cogido la mitad, pero había escondido el resto, sujeto con un imperdible, en la camisa interior de Rosie. Cuando Jim se lo pidió de malas maneras ella acabó desembolsando su parte, pero pese a las peores amenazas, consiguió no desvelar dónde había escondido lo que faltaba del dinero. Fuera como fuese, Jim se mantuvo sobrio en Christchurch hasta que encontró un lugar barato donde pernoctar. Tal vez no quería correr el riesgo de volver a perder a las niñas y el equipaje.

—Poneos cómodas, vamos a ver cómo seguimos el viaje —explicó después de dejar a sus hijas y el equipaje en una habitación inmunda. Rosie volvía a mirar fijamente delante de sí como cuando estaba a bordo del barco—. Enseguida volvemos...

Violet no se sorprendió cuando oyó girar la llave en la cerradura de la habitación del hostal. No había conseguido engañar a su padre, quien sospechaba que debía de esconder más dinero. Pero Violet no había planeado huir por el momento. Tal vez, haciendo acopio de todo su valor, podría haberse escapado, pero con Rosie eso era imposible.

Cuando el padre y el hermano regresaron por la noche, ya no les quedaba, naturalmente, demasiado dinero. Las expectativas de proseguir el viaje eran escasas. En las tabernas les habían desengañado ante la idea de llegar a pie y sin dinero a la costa Oeste.

—Probad a ver si os lleva alguien —les aconsejó un granjero de las Llanuras—. Yo, por ejemplo, viajo hasta Darfiel y tendría sitio en el carro. Pero cómo podréis continuar desde allí ya dependerá de la suerte que tengáis.

Por supuesto, al día siguiente, cuando Jim y su séquito se levantaron, el hombre ya se había marchado. No obstante, encontraron a un comerciante de madera que se dirigía a Springfield, una localidad que ya estaba en la montaña, antes de los grandes desfiladeros.

—Os llevo a cambio de que me ayudéis a descargar —propuso.

El comerciante se extrañó cuando junto a Jim Paisley y los jóvenes tuvo que ayudar a subir al carro abierto a dos niñas. No había otro asiento más que el pescante, los pasajeros tenían que acomodarse con la carga, y Violet y Rosie casi se murieron de frío pese a las mantas de Kathleen. En la infinita vastedad de las Llanuras de Canterbury no hacía tanto frío, pero llovía.

—Esperad a estar en las montañas —advirtió el cochero durante un breve descanso. Había encendido un fuego para preparar un té, y era evidente que las niñas le daban pena—. En el fondo es una locura, ahora en invierno. ¿Por qué no os buscáis un trabajo cualquiera en las Llanuras y vais a Westport en primavera?

Violet se preguntaba qué tipo de trabajo habría por los alrededores. Hasta el momento no había visto casas ni pueblos. Las Llanuras de Canterbury parecían estar compuestas únicamente de prados, interrumpidos de vez en cuando por un bosquecillo o un lago, y cada vez más pedazos de piedra diseminados cuanto más se acercaban a las montañas. Violet no sabía si ese paisaje la impresionaba o la atemorizaba. Era como en Gales: hierba, ovejas, montañas y colinas como telón de fondo. También Treherbert había sido tan solo un gran pastizal para las ovejas antes de la introducción de la minería. Pero en Gales todo se podía abarcar con la mirada, la mayoría de los prados estaban cercados y uno sabía a quién pertenecían las tierras. Ahí, por el contrario, no había vallas ni setos. Solo tierra, tierra y tierra sobre la que el viento empujaba la lluvia y a la que únicamente parecían poner límite las montañas que ahora se erguían entre la niebla.

—Yo mismo podría precisar ayuda —dijo el comerciante, como si hubiese escuchado la pregunta muda de Violet—. Se construye mucho... a lo largo del futuro trayecto del tren. Mi negocio funciona bien, un par de manos hábiles más serían bien recibidas por todos.

Jim Paisley y los chicos murmuraron algo incomprensible. Violet vio claramente que se les había metido en la cabeza ir a las minas y que no cambiarían de opinión, sin mencionar que los mineros estaban mejor pagados que los asistentes en comercios o en la construcción. Por añadidura, cuando el comerciante vio en acción las «manos hábiles» de Jim, Fred y Eric, enseguida reconsideró su oferta. Los tres estaban congelados y desganados, y encima el pueblucho de Springfield no tenía ni un *pub* como Dios manda. Pese a ello, Fred compró en la tienda de artículos de ultramar una botella de whisky con la que los tres pudieron entrar en calor mientras descargaban el carro, aunque la botella se vació antes de que terminaran el trabajo. A ello se añadió otro acontecimiento que «obligó» a los hombres a interrumpir pronto su desagradable tarea.

Un par de horas antes que el pesado carro de tiro del comerciante de madera, había llegado un vehículo más ligero con mineros que iban camino de Greymouth. Uno de los propietarios de minas de ese lugar, Josuah Biller, había contratado a los hombres en Lyttelton. Violet se enteró de que Lyttelton era el puerto de Christchurch y que se hallaba más cerca que Dunedin de las ciudades mineras. Sin embargo, solo unos pocos inmigrantes emprendían el fatigoso camino por los Alpes, pues la mayoría se buscaba un trabajo en Christchurch o en las Llanuras. Los aventureros eran los únicos en llegar hasta la costa Oeste. Biller había pensado en cambiar tal situación y durante todo el verano ofrecía facilidades para cubrir el recorrido. En invierno los coches circulaban menos y, en realidad, ese ya estaba lleno, pero el cochero era un hombre pragmático: la mina no podía perderse a tres individuos fuertes como Jim, Fred y Eric. Y además, el invierno casi había pasado.

—¡Que todos se aprieten! —ordenó a los quejumbrosos hombres del carro.

Indicó con un además a los Paisley que subiesen. A ellos qué les importaba que el carro del comerciante de madera estuviese descargado a medias. Solo Violet se sintió avergonzada. Recurrió una vez más a una educada reverencia.

—Por favor, disculpe a mi padre —dijo, y rebuscó en el vestido de su hermana pequeña—. Yo... yo puedo ofrecerle un poco de dinero por el viaje.

El hombre hizo un gesto de rechazo.

—Bah, déjalo, muchacha, guárdate el dinero. Tus hombres no ganarán mucho, ni aquí ni en Greymouth. Solo lo siento por el capataz a quien le toquen en suerte. Pero para ti es una bendición que te lleven en coche, ya verás. Sola con esos tres vividores la pequeña se os habría muerto de frío. —Señaló a Rosie—. De todos modos, necesitaréis provisiones. No creo que Biller dé también comida a sus trabajadores.

Violet miró hacia la tienda. ¿Debía correr al almacén y comprar algo con el dinero que con tanto esfuerzo había ocultado, a pesar de que Jim y Fred ya la estaban llamando? ¿Debía pedir dinero a su padre y decir al cochero que demorase un poco la partida? Violet estaba indecisa. En ese momento llegó la esposa del comerciante y le tendió un paquetito.

—Toma, pequeña, acabo de hacer pan. Os he cortado un par de rebanadas para el trayecto.

Rosie, que había vuelto a enmudecer durante el viaje, miró a la mujer como si fuera Santa Claus. Era evidente que la niña estaba muerta de hambre. También Violet había pasado horas sin llevarse nada al estómago, excepto té, pero no había sentido hambre a causa de la preocupación y los nervios.

Violet dio las gracias con timidez. Se avergonzaba de su padre y de tener que empezar en esa tierra como pordioseros. Sin embargo, su herencia habría bastado sin duda para comenzar de nuevo.

Se apretujó junto a Rosie en el carro y de inmediato tuvo que enfrentarse a otro espanto. Salvo por una mujer mayor y de aspecto afligido en la parte delantera, solo viajaban hombres. La mayoría de ellos eran jóvenes que enseguida empezaron a evaluar a la adolescente con la mirada, justo antes de que empezaran a oírse las primeras frases obscenas. Para Violet fue un simple aperitivo de lo que la esperaba en la costa Oeste.

«Allí no hay prácticamente mujeres —le había advertido el reverendo—. Pero con el tiempo cambiará. Gracias al trabajo en las minas, los trabajadores van a buscar a su familia. Pero el excedente de hombres sigue siendo enorme. Así que ten cuidado, sobre todo por las noches. Quédate en casa y no te dejes convencer para acudir a ninguna cita. Tengo experiencia en los yacimientos de oro. Envían a un chico joven y simpático para que se lleve a la muchacha al bosque y luego se abalanzan seis tipos sobre ella...»

Violet y Rosie vaciaron muertas de hambre el paquete de provisiones que tan amablemente les había dado la mujer de Springfield. La muchacha pensó por unos instantes en guardar algo, pero después sin duda tendría que repartirlo con los hombres. Más le valía comerse el pan mientras los tres estaban todavía bajo los efectos de la botella de whisky. Así pues, las niñas comieron en el coche al tiempo que miraban el paisaje que se deslizaba a derecha e izquierda del carro y que se volvía cada vez más extraño y bonito, aunque también más alarmante. El camino conducía montaña arriba, a través de hayedos hacia Arthur's Pass. Al principio todavía llovía, pero ya en lo alto caía la nieve. Rosie miraba fascinada los árboles como espolvoreados de azúcar y las lagunas y arroyos parcialmente congelados junto a los cuales pasaban. La carretera fue empeorando. Una y otra vez, los pasajeros tenían que bajar porque el camino estaba helado o porque la pendiente era tan pronunciada que los caballos no podían tirar del carro cargado.

—Mañana todavía será peor —vaticinó el conductor.

Hasta ese momento los pasajeros todavía no se veían desmoralizados. A fin de cuentas eran hombres jóvenes y fuertes, y

Jim Paisley no era el único que se había provisto de whisky en Springfield. Sin embargo, la noche del primer día, Violet ya estaba bastante cansada, sobre todo porque en los peores trechos del camino había tenido que llevar a cuestas a Rosie. Ninguno de los viajeros estaba preparado para un tiempo tan malo. Kathleen había regalado a Violet un buen abrigo, pero el vestuario de la empresaria de Dunedin no incluía, por supuesto, ninguna indumentaria adecuada para desplazarse por las montañas. El calzado de la adolescente no bastaba para protegerla de la nieve. Los zapatitos de Rosie se habían empapado en un instante y la pequeña lloraba mientras los pies se le iban enfriando cada vez más.

Violet suspiró cuando llegaron al final de la etapa de ese día y se instalaron en una primitiva cabaña de madera protegida por el bosque. El conductor no informó acerca de si había sido construida para los viajeros o si pertenecía a los criadores de ovejas que subían sus rebaños a la montaña en verano, pero saltaba a la vista que esa casita no estaba equipada para alojar a tantas personas. Apenas había sitio para los veintisiete nuevos mineros de Greymouth y, desde luego, no para las tres mujeres que los acompañaban. El marido de la mayor insistió, pese a todo, en instalar a su esposa cerca del fuego. A la familia también pertenecían dos hijos fuertes que lo apoyaban. Nadie osó contradecirlos. La tímida pregunta de Violet, por el contrario, se topó con respuestas como «Tú colócate entre mi amigo y yo, y ya verás cómo te mantenemos caliente» o «¡Ni te imaginas cómo calienta mi fuego, bonita!».

Al final, se marchó con Rosie al establo, donde también se acomodaron el conductor y sus caballos. Violet ya se disponía a irse, pensando que un hombre solo podía ser más peligroso que todo un grupo, pero el tipo, parco en palabras y de mediana edad, señaló invitador un rincón recubierto de paja al otro lado de la pequeña hoguera que había encendido.

—Acostaos allí tranquilas, no os haré nada —dijo sereno—. Tengo a mi chica en Greymouth.

Agradecida, Violet se envolvió a sí misma y a Rosie en las

mantas. Cuando el hombre tendió un cazo de café, se envalentonó.

—Dicen... dicen que no hay muchas chicas en Greymouth —comentó con timidez.

El hombre asintió.

—Por eso prefiero serle fiel a Molly —respondió lacónico.

Violet dio un sorbo al café y confirmó asustada que le había añadido whisky.

—Calienta —observó el conductor—. Pero no tengas miedo, yo no me emborracho. Tengo que vigilar el fuego, aquí en el establo es peligroso. Lo único que quiero es no congelarme ni morirme del mal olor... —Señaló con una sonrisa torcida la habitación principal de la cabaña.

Violet sonrió. El sudor de tanta gente en la pequeña cabaña también le había quitado a ella la respiración.

—¿Cómo es Greymouth? —preguntó vacilante.

El conductor se encogió de hombros.

—Pues una ciudad —dijo escuetamente—. Tres minas, un *pub*, mucha suciedad.

No parecía muy estimulante. Pero Violet tampoco había esperado otra cosa. Tendida junto a Rosie, por fin se durmió. El conductor había dicho la verdad en todos los aspectos: el licor calentaba y el hombre no se acercó a ella.

Sin embargo, por la mañana temprano la despertó, pese a los cuerpos calientes de los caballos, un frío gélido en el establo. El conductor había dejado que el fuego se apagara para poder dormir sin preocuparse de él. Violet intentó volver a encenderlo, pero no lo consiguió.

Al final el cochero se despertó y la ayudó. Rosie también despertó y se puso a llorar de frío.

—Mejor así —observó el conductor—. Antes de congelarse, uno se duerme.

Alarmada, Violet decidió mantener en adelante a su hermana despierta pasara lo que pasase. También obligó a la niña a beber el café amargo que el conductor preparó. El hombre rebuscó leche y azúcar en los bolsillos.

—Yo lo prefiero solo —dijo—. Pero para la pequeña...

Violet añadió todo el azúcar que pudo a su café, pues había oído decir que ayudaba a conservar el calor.

Entretanto, también los viajeros empezaron a moverse en la habitación contigua. Al poco ya estaban armando jaleo a causa del café, el té, el pan o el whisky.

Violet miraba con temor hacia la puerta de unión, y Rosie casi con pánico. Por lo que se desprendía de sus miradas el conductor dedujo que preferían no meterse allí y pedir el desayuno, así que decidió repartir su pan y queso con las niñas.

—Tengo suficiente —dijo tranquilamente, cuando Violet le dio las gracias por enésima vez—. Y os venís las dos conmigo al pescante. Al menos ahí no habrá nadie que, con lo bonita que eres, se meta contigo.

Violet se ruborizó. Así que el conductor también se había fijado en ella.

Pese a los privilegios recién adquiridos, el segundo día de viaje fue un infierno. Al principio todavía fue bien. Desde el pescante y al abrigo de las mantas, la tierra en las estribaciones de los Alpes, donde los hayedos iban dejando sitio lentamente a rocas y montones de cantos rodados cubiertos de nieve, se veía casi de una belleza irreal. Rosie también disfrutó viendo los pájaros de color verde grisáceo con picos curvados que, insolentes, se mecían en las ramas de los árboles y parecían soltar improperios a los viajeros. De vez en cuando un par de ellos se posaba en el camino o en los arreos de los caballos, y el conductor los espantaba cuando pretendían picotear el lomo de los animales.

Violet no daba crédito a lo que veían sus ojos.

—Parecen, parecen... ¿papagayos? —dijo, entre la afirmación y la pregunta. Hasta ese día solo una vez había visto papagayos cuando un par de feriantes andrajosos se extraviaron en Treherbert con un espectáculo de animales.

El conductor sonrió con aire divertido.

—Keas —dijo—. Unos bichos bastante sinvergüenzas. ¡Atenta!

Sacó una bolsa de debajo del asiento, guardó un par de papeles bajo su capa y metió un pedazo de pan. Luego ató fuertemente la bolsa al soporte de la fusta. Violet y Rosie contemplaban fascinadas y luego divertidas cómo enseguida se posaban encima dos pájaros y empezaban a manipular la bolsa con sus picos de loro. Pero no se limitaban a picotear, sino que se les veía trabajar esforzadamente con el mecanismo de cierre. Finalmente uno de ellos pasó el cordón por encima del botón que cerraba la bolsa, la abrió y atrapó el pan. Inmediatamente las dos keas empezaron a pelearse por el mendrugo. Al hacerlo se cayeron del pescante y tuvieron que emprender el vuelo, perdiendo así el botín. A continuación se oyeron sus gritos, como si se echaran mutuamente las culpas por el desastre.

Rosie rio feliz.

—Pero ¿los papagayos no viven normalmente en lugares cálidos? —preguntó Violet.

El conductor se encogió de hombros.

—En Nueva Zelanda no hay nada normal —afirmó sucinto.

Hacia mediodía el tiro luchaba contra el camino, cada vez más escarpado, por subir su pesada carga. Los viajeros tuvieron que volver a bajarse del carro y en esta ocasión, a la falta de comodidad, se añadió el peligro de resbalar y caer en uno de los precipicios que se abrían a izquierda o derecha de la ruta. De vez en cuando avanzaban por unos puentes frágiles que pendían sobre profundos abismos. Rosie se echaba a llorar y no quería mirar hacia abajo. Violet también prefería no hacerlo, por eso no podía llevar a la pequeña en brazos... y a su padre no se atrevía ni a pedírselo. Jim ya volvía a balancearse sospechosamente, las provisiones de whisky de los mineros parecían no acabar nunca.

—¿Son todos mineros de Inglaterra? —preguntó Violet al conductor, cuando el camino volvió a ser más o menos accesible y todos pudieron subir de nuevo al carro—. Me refiero a si vienen todos de ciudades mineras.

El conductor, que entretanto se había presentado como Bob, hizo una mueca y volvió a encogerse de hombros. Solía responder con ese gesto a la mitad de todas las preguntas.

—Eso es lo que dicen —contestó—. ¿Será cierto? Mi tarea es contratar a hombres fuertes. A ser posible, con experiencia. Pero si no la tienen, ya la adquirirán en la mina Biller. Lo importante es que no se caguen de miedo por estar bajo tierra. Cuando uno mancha los pantalones antes de entrar, es que no sirve para esto. Siempre busco a los que tienen aspecto de no cagarse ante nada. Y, por lo visto, acierto, pues ya llevo un año con este trabajo.

Desde ese punto de vista, Jim y Fred Paisley satisfacían del todo esas exigencias. Y era posible que también Eric Fence careciera siquiera de fantasía suficiente para tener miedo. En esos momentos, en cualquier caso, los tres se jactaban de sus vivencias en las galerías subterráneas, ganándose de este modo la amistad y admiración de los novatos. Los demás mineros, entre ellos el hombre que viajaba con su abatida esposa y sus hijos, se limitaban a levantar la vista al cielo.

El día transcurrió con una parsimonia torturadora. Violet pasaba de un frío de muerte en el carro a empaparse de sudor mientras andaba por la nieve durante kilómetros. Bob permitía que Rosie se quedara en el carro mientas los demás pasajeros bajaban. A fin de cuentas, la pequeña no pesaba demasiado. Hacia el mediodía la niña se durmió, lo que llenó de miedo a Violet. Al final descansaron en lo alto de una montaña que habría ofrecido un panorama arrebatador de las cumbres del entorno de no haber sido por la rabiosa tormenta de nieve que las azotaba.

—En verano es mejor —observó Bob.

Atenazada por el pánico, Violet cayó en un letargo. A esas alturas todo le daba igual. Espantaba a los keas que querían cogerle el pan que ella devoraba con avidez. Tampoco oponía la menor resistencia a añadir whisky al café y, con mala conciencia, obligaba también a su hermana a bebérselo.

—Arthur's Pass —señaló Bob, dirigiendo el tiro hacia una hilera de puentes y caminos angostos que parecían especialmente peligrosos y que en su mayoría caían a plomo a derecha e izquierda.

—Ahora bajamos. Ya... ¿ya hemos pasado lo peor? —preguntó Violet, esperanzada.

Bob volvió a encogerse de hombros.

—Según se mire —respondió.

De hecho, el descenso no demostró ser precisamente sencillo. Los pasajeros tenían que bajar con frecuencia, esta vez para que el pesado carro no se deslizase y los caballos tropezasen. Caminar por la nieve montaña abajo resultaba casi tan difícil como durante la ascensión. A cambio, al final del día, les esperaba un hostal de verdad. En Jacksons, un diminuto pueblo de montaña, los viajeros podían alquilar una habitación o dormir en un alojamiento común. Para Jim y su grupo el dinero solo alcanzaba para tomar una cerveza antes de ir a dormir. Así pues, se metieron en el establo. El propietario del hotel lo permitió de mal grado, y solo porque Bob le aseguró que vigilaría el único fuego que encenderían.

—Tampoco es una buena propaganda que los hombres se emborrachen primero en su local y que luego se mueran de frío fuera —indicó el conductor.

Enseguida volvió a amparar a Violet y Rosie, que durmieron profundamente envueltas en las mantas de Kathleen y en las del caballo. Cuando se despertaron, llovía.

Llovía mientras desayunaban y cuando engancharon los caballos, y llovía cuando reemprendieron el viaje montaña abajo.

—Aquí llueve constantemente —dijo Bob, cuando después de varias horas Violet le preguntó con inquietud cuándo amainaría—. Como en Greymouth.

Para sus adentros, la niña sustituyó la palabra «constantemente» por «frecuentemente», pero en el transcurso del día llegó a preguntarse si Bob no tendría razón y nunca más volvería a ver el mundo con claridad, sino siempre a través de una cortina de agua. De nuevo el paisaje era agreste, atravesaban bosques espesos y pasaban junto a lagunas y barrancos. Por la tarde, todas las mantas y vestidos estaban húmedos y Violet suspiraba por un lugar al abrigo de la lluvia, aunque fuese frío como el establo de la montaña. Pero no iban a concederle tan pronto ese deseo. Llegaron a Greymouth al anochecer.

La joven había esperado encontrar un lugar como Treherbert, triste, aburrido, pero a pesar de ello una auténtica ciudad, con calles, casas de piedra y una estación.

Greymouth, por el contrario, a primera vista daba la impresión de ser un pueblecito costero. Salvo por el hecho de que la lluvia lo teñía todo de gris, la localidad yacía en un lugar precioso, entre el mar y un río cuya desembocadura, como averiguó más tarde, había dado el nombre a la ciudad. Violet nunca había oído hablar de emplazamientos mineros junto al mar, pero como Bob ya le había advertido, Nueva Zelanda parecía, en efecto, ser distinta del resto del mundo. Para empezar, en ese lugar todo estaba todavía en construcción y en la calle principal había solo unas pocas casas, una de las cuales, cómo no, albergaba el *pub*. Por lo visto, todavía no había hoteles.

—Pero se está construyendo alguno —observó Bob—. En la costa... esos sí que serán bonitos, aunque demasiado caros para ti, pequeña.

Violet gimió. Si la mina Biller no les facilitaba una casita ese mismo día, veía negro lo de pasar la noche al abrigo. Bob se la quedó mirando asombrado cuando ella se lo planteó.

—¿Qué casita? —preguntó—. ¿Casas para mineros? Es la primera vez que oigo hablar de esto.

Violet lo miró.

—Pero ¿dónde vamos a vivir? —preguntó—. Si... si no hay hoteles, ni tampoco casas y...

—Los mineros se construyen ellos mismos algo —respondió Bob, y la niña no tardó en ver a qué se refería.

Bob tenía órdenes de llevar su carga humana a la mina Biller de inmediato, no fuera a ser que la mina estatal, que sin duda ofrecía las mejores medidas de seguridad pero pagaba peor, contratase a los hombres; o que lo hiciese Marvin Lambert, que acababa de abrir la segunda mina privada junto a Biller. Marvin Lambert no reclutaba a sus empleados en el barco, pero se llevaba a los mejores trabajadores de Biller una vez que habían demostrado su eficacia en la mina.

Biller estaba tan preocupado por ese asunto que los hombres firmaban de inmediato un contrato. Y el camino hacia la mina conducía directo a través de las viviendas de los trabajadores. Violet se quedó horrorizada. Las casas que rodeaban la mina ofrecían exactamente el mismo aspecto que se imaginaba que tendrían unas cabañas construidas por hombres como Jim y Fred. Ahí nadie pensaba en proyectos de urbanización, calles o canalizaciones. Cada uno construía su cabaña donde le apetecía y con los materiales que tenía a disposición. Había casas de madera, pero la mayoría de los alojamientos eran más bien cobertizos levantados con restos de madera o tablones que el constructor había hurtado de la mina. Algunos se contentaban con dormir bajo unas lonas empapadas de aceite. No había, con toda certeza, ni una sola casa con más de una habitación y, pese a la lluvia, ardían en el exterior unos fuegos para cocinar. Así pues, dentro no había chimeneas ni cuando menos estufas. La atmósfera era sofocante, olía a humo y excrementos, con lo cual era de suponer que tampoco había retretes decentes, ni privados ni públicos.

A Violet se le llenaron los ojos de lágrimas. Debía de ser horrible vivir en esas cabañas, pero todavía más horroroso sería, por supuesto, no tener ningún refugio. Ese iba a ser su futuro inmediato. No tenía la menor duda de que su padre, Fred y Eric no construirían ninguna cabaña esa noche. Los tres se meterían en el *pub* y encontrarían por ahí un lugar donde dormir, olvidándose de ella y de Rosie. Al fin y al cabo ya había ocurrido una vez.

Se quedó sentada en el carro como en trance, mientras Bob conducía a sus pasajeros masculinos a un despacho recién construido junto a las instalaciones de transporte. La mina era como las de Treherbert: edificios sencillos, una torre, almacenes, todo ello tras una cortina de lluvia. Violet volvió la cabeza hacia la mujer, el único ser femenino exceptuando a Rosie, con la esperanza de que ella, siendo mayor, tal vez tuviese una solución, al menos para esa noche. Pero la mujer, hasta entonces de apariencia imperturbable, se había desmoronado totalmente al ver las casas y lloraba sin cesar. Violet se dio media vuelta.

Entretanto llegaron los hombres del despacho, todos de mejor humor y con un pequeño anticipo en la mano. Al día siguiente todavía no tendrían que trabajar, dijeron Fred y Jim contentos.

—¡Nos construiremos una casa! —anunció el padre de Violet, dándoselas de importante, cuando la niña le preguntó dónde iban a vivir—. La mina pone madera a disposición, ese Biller es generosísimo. ¡Vamos a tomar una copa a su salud, chicos!

Violet no encontraba ninguna razón para brindar por el propietario de la mina, ni siquiera aunque los trabajadores no tuvieran que robar la madera para sus cabañas: eran mineros, no obreros de la construcción. En cualquier caso, Violet temblaba ante la «casa» que Jim pudiera construir y, por lo visto, la mujer mayor que iba detrás confiaba tan poco en su propia familia como la muchacha.

—Entonces, ¿al *pub*? —preguntó Bob, parco en palabras como siempre y mirando con aire compasivo a Violet y Rosie.

Los hombres respondieron a gritos afirmativamente. Violet se asombró de que las lágrimas no acudieran a sus ojos cuando el carro se deslizó de nuevo entre las míseras chozas de los mineros. Pero no podía llorar.

Violet solo sentía rabia, una rabia salvaje e impotente.

# 8

En efecto, todavía quedaba un coche de posta que partía hacia Auckland y, como nadie viajaba en él ni iba a quejarse, el cochero accedió a llevar a los maoríes y al perro a cambio, por supuesto, de un precio considerable.

—Provisiones para el viaje —bromeó Matariki cuando Kupe metió a *Dingo*. Ya había recuperado su buen humor—. ¡Oh, Dios, qué contenta estoy de haber salido de allí! Pensaba que tendría que trabajar para esos McConnell hasta que ya fuera vieja y gris. Y este horrible lugar... Ojalá Auckland sea mejor.

También en Auckland, una ciudad floreciente, con una red viaria amplia y bien pavimentada, aceras y casas de piedras, miraban mal a Kupe y Matariki. Esta, con su vestido gastado que le sentaba mal y la capa de jefe tribal, llamaba la atención.

—Primero vamos a la oficina de telégrafos y luego al gran almacén —decidió Matariki, conduciendo a Kupe a lo largo de Queen Street.

Auckland le recordaba a Dunedin, pero más colorida, más joven y menos ordenada. No era extraño, a fin de cuentas no era una localidad que hubiesen proyectado los miembros de la Free Church of Scotland en una mesa de dibujo, sino que, cuando el puerto había ganado importancia para el comercio y la inmigración, había crecido de forma natural. Matariki estaba ilusionada con ir de tiendas y más que dispuesta a gastarse el dinero que con tanto esfuerzo había ganado en casa de los McConnell en tantas fruslerías inmorales como le fuera posible.

Los hombres de la oficina de telégrafos trataron a Kupe con reservas, pero se deshicieron en atenciones por Matariki. La muchacha se ruborizó a causa de todos los cumplidos que le dedicaron y de las bromas que le hicieron. El joven maorí, por el contrario, se molestó; le habría gustado proteger a Matariki, pero en esos momentos confirmaba que ella lidiaba mucho mejor que él con la vida en la ciudad.

—Enviaremos dos telegramas —decidió la jovencita—. No es tan caro. Uno a mis padres y otro al reverendo. Los Burton viven en Dunedin y lo recibirán enseguida. ¿Podemos esperar aquí a que llegue una respuesta? O no, seguro que se tarda un par de horas. ¡Y necesito urgentemente ropa nueva!

—Es mejor que ahorremos el dinero —advirtió Kupe, indeciso—. En algún sitio tendremos que dormir esta noche...

—Lo haremos con mi paga, ¡seguro que sobra! —Matariki no estaba nada preocupada—. ¿Qué te apuestas a que hoy recibimos dinero? Si no es así... —Sonrió en dirección a los empleados de la oficina de telégrafos—, seguro que estos señores conocen una pensión con precios razonables que podamos pagar con el dinero que todavía nos queda.

Los dos empleados enseguida lanzaron dos o tres sugerencias, si bien mencionaron un asunto.

—¿Están pensando en una habitación doble... o ha de ser una... humm... una casa decente?

Matariki dirigió a su interlocutor una mirada crítica.

—¿Es que no parecemos decentes? —preguntó con orgullo, haciendo sonrojar a Kupe.

Por lo que habían enseñado al chico en el orfanato, las personas decentes de su edad no llevaban ropa vieja que no era de su talla ni andaban por ahí como si fueran pareja sin estar casados. Aparte de que tanto a él como a Matariki les habría ido muy bien tomar un baño, y de *Dingo* mejor no hablar.

—Hay una pensión para mujeres jóvenes, solo a dos calles de aquí —les comunicó uno de los hombres—. Quizás...

—¡Suena muy bien! —respondió Matariki dignamente—. Pero ahora vamos a la tienda. Venid, Kupe, *Dingo*.

Impaciente por ir de compras, Matariki salió en busca de una tienda de ropa como Lady' Goldmine, pero luego se dejó llevar por Kupe a un gran almacén de lo más anodino. El joven encontró allí pantalones y camisas apropiados, y Matariki insistió en que también se comprase una chaqueta de piel y un sombrero.

—¡Y luego necesitarás también un barbero! —señaló—. Tienes que cortarte el pelo.

Kupe la miró horrorizado. Había esperado una eternidad a que el pelo le creciera lo suficiente para hacerse el tradicional moño de guerra y ahora estaba orgullosísimo del *tikitiki*.

Matariki puso los ojos en blanco.

—Kupe, por aquí no puedes ir así. Das miedo a la gente. Tú...

—¡Tú has dicho que eres maorí! —replicó el muchacho—. Pero ahora... ahora te comportas como una *pakeha*. Y yo que había pensado...

Matariki se mordió el labio. Ella no había prestado tanta importancia al asunto, pero Kupe tenía razón. Cuando estaba cautiva en Hamilton se había jurado no ser más que maorí, parte de su pueblo, con todo lo bueno y lo malo que ello implicase. ¿Y ahora, en cuanto un par de *pakeha* eran amables con ella, volvía a adoptar el papel de una alumna de Otago?

Suspiró.

—De acuerdo, déjate el pelo. Pero yo al menos no me lo recogería si no vas a entrar en combate. ¿De acuerdo?

Kupe asintió sin mucho entusiasmo. Sin embargo, cuando Matariki desapareció una hora en la sección de señoras del pequeño almacén y al final se dirigió hacia él con su vestido nuevo, sus ojos volvieron a brillar. Era un traje de lino sencillo, marrón, pero con un ligero matiz dorado, un color que realzaba el tono algo pálido ahora pero en general café con leche de la tez de la joven y los ojos castaños. El vestido se cerraba mediante una larga hilera de botones de color marfil con aplicaciones en negro. El corsé —era el primero que se ponía Matariki y se lo había probado orgullosa, aunque gimió ligeramente cuando la vendedora se lo ciñó— acentuaba la cintura ya de por sí esbelta de la muchacha, dándole un aspecto casi quebradizo. Unos guantes de color marfil escondían sus dedos agrietados por la lejía y sobre el cabello espeso y negro, que estaba recogido con una red, se había colocado un sombrerito color crema.

—Sé que es *pakeha* —se disculpó—, pero...

—¡Es muy bonito! —exclamó con voz ronca Kupe—. Estás preciosa. Ahora no... no podrías llevar un *piu piu*, porque... porque sería incapaz de mirarte, sin... —balbuceó.

Matariki sonrió.

—¡Pero eso sería muy *pakeha*, Kupe! Tienes que trabajar un poco más este asunto. Un maorí puede contemplar a una mujer medio desnuda sin llegar a pensar en cosas absurdas.

Cuando ambos regresaron a la oficina de telégrafos, ya había llegado la respuesta del reverendo Burton.

«¡Matariki, quédate donde estás! Tus padres informados. Dinero en Banco de Nueva Zelanda, Queen Street.»

La joven ronroneó como un gatito cuando poco después entraron en el elegante edificio bancario, los trataron con suma cordialidad y les proporcionaron una cantidad tan importante de dinero que Matariki habría podido vaciar medio almacén con ella.

—¿De dónde ha salido esto? —preguntó el atónito Kupe, mirando el fajo de libras que sostenía ella—. Te lo prestan o...

Matariki sonrió con aire de superioridad.

—Es un giro telegráfico —informó—. Del Banco Dunloe al Banco de Nueva Zelanda. Es muy sencillo, como enviar un telegrama. El señor Dunloe es un amigo de los Burton, y mis padres también tienen allí una cuenta. Creo que el señor Dunloe no ha esperado a que ellos diesen el visto bueno y me ha enviado, por su propia iniciativa, algo de dinero. Visto así, es dinero prestado. Sí. Pero mi padre (bueno, mi padre auténtico, no el *ariki*) enseguida se lo devolverá al banco.

Kupe se frotó la nariz.

—Tanto dinero..., tan deprisa... ¡Eres rica, Matariki! —En su voz había un deje reverente, como el de los hauhau cuando hablaban del poder de Matariki como sacerdotisa.

La joven asintió sin la menor turbación y volvió a mostrar su sonrisa pícara.

—Soy la hija de un jefe tribal —dijo, riendo.

Matariki y Kupe pasearon por Auckland y admiraron las instalaciones portuarias y los barcos procedentes de Inglaterra y Australia. La muchacha contó que sus padres habían estado en Tasmania antes de llegar a Nueva Zelanda, y Kupe señaló las laderas con terrazas del monte Eden y contó que los maoríes habían introducido allí la agricultura. Tamaki Makau Rau, como se llamaba Auckland en maorí, había sido una gran ciudad mucho antes de que llegasen los *pakeha*.

A Matariki no le costaba imaginárselo, le gustaban los puertos naturales y el mar, las colinas verdes y el clima siempre cálido. Era primavera y ya hacía calor en Auckland, aunque en Otago la temperatura era muy distinta. Por la tarde, los dos jóvenes se pusieron a buscar alojamiento, haciendo caso omiso de todas las pensiones decentes. El director del banco les había recomendado el Commercial, el primer y más famoso hotel de Auckland, y Matariki enseguida se quedó fascinada ante el profusamente decorado y deslumbrante edificio de madera.

—Vas... ¿vas a entrar aquí? —preguntó Kupe, intimidado.

Matariki asintió.

—¿Por qué no? —preguntó—. ¡Ahora tenemos un aspecto la mar de decente! De cristianos como Dios manda, diría el señor McConnell. Aunque los cristianos como deben ser se buscarían algo más barato, por supuesto, y darían el resto de su dinero a los pobres.

Kupe, nervioso, dejaba caer el peso sobre un pie y luego el otro.

—Matariki... yo... yo todavía no he estado nunca en una pensión.

La joven levantó la vista al cielo.

—No es nada difícil, Kupe. Te piden el nombre, te dan una habitación y al día siguiente pagas la cuenta.

Kupe puso expresión compungida.

—¿Qué nombre, Matariki? —preguntó a media voz—. Yo me llamo Kupe. Antes me llamaban Curt. Pero no conozco el nombre de mis antepasados. Ni tampoco el de la canoa con la que llegaron a Aotearoa.

De repente Matariki sintió pena por él. Estaba bastante convencida de que en su momento habrían dado algún apellido a «Curt». Su propia madre, Lizzie, había conservado el apellido del hombre que la había encontrado. Sin embargo, le pareció despiadado contárselo a su compañero.

En lugar de ello, le pasó dulce y tímidamente los brazos alrededor del cuello.

—Kupe —susurró—, tus antepasados se fueron, pero velan por ti en forma de estrellas. Ven, iremos a otro sitio donde no haya tanta luz. —Delante del Commercial había calles iluminadas con farolas de gas—. Y luego miraremos juntos el cielo. Cuando una de las estrellas te sonría, te pondrás su nombre.

Matariki tiró del reticente Kupe en dirección al jardín botánico que rodeaba el palacio del gobierno. Era una noche clara y a la postrera luz del día se distinguían las siluetas de las montañas y colinas, pero en el mar ya se reflejaban las estrellas.

—¿Dónde están las tuyas? —preguntó Kupe.

Ella rio.

—Todavía hablando con los dioses —afirmó—. Tengo varias, en eso llevas razón. Matariki es la madre de una constelación. Pero hasta junio no se verá. Para la fiesta de Tou Hou. Pero, hombre, ¡eso sí tienes que saberlo! ¡A fin de cuentas has vivido con maoríes!

A juzgar por el rostro apenado del muchacho, el movimiento hauhau no confería gran importancia a las fiestas de año nuevo y las constelaciones. Esa extraña religión había desarrollado sus propios ritos, muy alejados de la bondad y el carácter pacífico.

—Pero ahora ven, ¡elige una! —invitó la muchacha a su amigo.

El joven señaló con timidez dos de las estrellas más brillantes. En especial una de ellas parecía iluminarlo directamente a él. Kupe se atrevió a sonreírle y se diría que la estrella le respondía.

—Esa —dijo, señalando el punto centelleante en el norte.

Matariki asintió.

—La conozco —dijo satisfecha—. Incluso su línea genealógica. Es Atuhati, hija de las estrellas Puanga y Takurua. —Señaló hacia Sirio—. Aquella es Takurua. Tus antepasados debieron de tener mucho *mana* para convertirse en estrellas tan relucientes.

Kupe volvió a frotarse los tatuajes.

—Bienvenido a Aotearoa, Kupe Atuhati, hijo de Puanga y Takurua, que no llegó en una canoa, sino directamente del cielo con el brillo de una estrella.

Matariki le dirigió esa sonrisa irresistible, heredada de su madre, que abría los corazones. Y, en efcto, Kupe no pudo resistirse. La estrechó entre sus brazos y la besó con más pasión y urgencia que bajo el kauri. Matariki transigió y le devolvió el beso.

—Ha sido bonito —dijo con dulzura—. Y ahora vayamos al hotel. Beberemos vino, brindaremos por tu nombre. Es algo especial. Mi madre...

—Tu madre celebró tu nombre con un hombre la noche de año nuevo —no pudo evitar decir Kupe—. Las chicas de la tribu... Matariki, no querrías que... tú y yo...

La mirada de Kupe se volvió suplicante y Matariki percibió de nuevo al joven sensible que se ocultaba detrás del tatuaje marcial del guerrero. Por un instante pensó en corresponder a su deseo. Tenía razón: a una chica maorí no le importaba la pérdida de la inocencia. Su amiga Keke ya había dormido con un joven de su *iwi* a la edad de trece años. Pero ¿en ese momento? ¿Allí? Matariki se preguntó si amaba a Kupe. Le gustaba, desde luego. Pero ¿era eso amor?

«Prométeme que solo lo harás por amor...» Matariki creyó oír la voz de su madre. Había sido en una de esas alegres y desinhibidas fiestas de los maoríes, cuando Matariki era todavía muy pequeña. Lizzie se había metido en la selva con ella para que hiciera sus necesidades y casi tropezaron con una pareja de amantes. La niña había preguntado qué hacían y la madre, suspirando, le había dado un par de explicaciones. Actuar de otro modo habría sido absurdo, sus hijos crecían vinculados a los ngai tahu y con intimidad suficiente para no impedir que se viesen confrontados a temprana edad con su manera desenfadada de amarse. «Puede ser hermosísimo, Matariki. Pero no lo hagas a la ligera. No lo hagas para obtener alguna cosa a cambio. No lo hagas solo porque el hombre te lo pida. Hazlo únicamente cuando estés del todo segura y cuando lo desees imperiosamente... tanto que creas que un fuego te consume.»

Matariki estaba lejos de consumirse en un fuego. Al contrario. Pese a las temperaturas de Auckland empezaba a tener frío. Había sido un largo día y tampoco había dormido mucho en el coche. Lo que quería en ese momento era comer algo sabroso y luego una cama, toda para ella sola.

—Vayamos al hotel —dijo con serenidad—. Esta... esta no es la noche de año nuevo.

# 9

Tal como le habían pedido, Bob condujo su cargamento masculino al único *pub* de Greymouth, el Wild Rover. El local hacía honor a su nombre: desde dentro resonaba el canto desafinado de unos hombres, cuando menos, achispados, en cuyas voces se percibía el dialecto irlandés.

Salvo unas pocas excepciones, los mineros recién llegados se precipitaron de inmediato a la taberna. Los otros (la mujer y su familia, y los tres o cuatro jóvenes que también habían estado más tranquilos durante el viaje) habían pedido que los dejasen en la colonia. Sin duda hacían lo único factible para tener un techo bajo el que refugiarse esa noche: consultar a sus futuros compañeros de trabajo. Seguramente habría una o dos familias con casas lo suficientemente grandes para acoger a los recién llegados por un par de peniques. Bob tenía algunas sugerencias que ofrecer. Pero cuando Violet les pidió que se quedasen ahí, Jim, Fred y Eric se negaron.

—Ya preguntaremos en el *pub* —explicó Jim—. ¡Seguro que el dueño sabe de algo!

Violet gimió. Tal vez hasta tenían razón, la taberna era sin duda un punto de arranque. Pero hasta que Jim preguntase, ya habría transcurrido media noche. Prefirió buscar por sí misma un rinconcito al abrigo, cuando Bob se despidió algo turbado. También él se metió en el *pub* y Violet advirtió por la rendija de la puerta que enseguida una muchacha le arrojaba los brazos al cuello.

—¡Molly! —Bob parecía contento.

Violet se preguntó qué estaría haciendo ahí su novia. En Gales, al menos, no era normal que las mujeres trabajasen de camareras en las tabernas.

Rosie se caía de cansancio y, sin hacerse ilusiones, Violet echó un vistazo alrededor. Junto al Wild Rover se encontraba el taller del fabricante de ataúdes y sepulturero. Ya había cerrado y Violet creyó que el propietario no se opondría a que se refugiasen bajo el porche cubierto, mientras esperaban a su padre y a su hermano. Buscó en la bolsa prendas secas para Rosie y ella misma se cambió de ropa y le puso una muda nueva a la niña bajo las ramas de un árbol. Solo la entrada de la taberna estaba iluminada con lámparas de petróleo, el resto de la ciudad estaba negro como boca de lobo. Rosie lloriqueó un rato porque no había nada que comer, pero luego se durmió sobre la vieja bolsa de marinero de su padre. El viaje bajo el aguacero la había extenuado. Violet se sentía igual. Estaba tan cansada que pensó seriamente en colarse dentro del taller y dormir en un ataúd. Así pasaba en uno de los libros de Heather... Violet casi se durmió mientras intentaba recordar la historia de Oliver Twist. Al final seguro que terminaba bien, es lo que siempre ocurría en las narraciones...

Violet se sentó sobre su bolsa y se apoyó contra la pared del taller, pero entonces unas voces procedentes del *pub* la arrancaron de su somnolencia.

—¡Ya te lo he dicho, Clarisse! A lo mejor el fin de semana, cuando esto esté lleno y los hombres demasiado borrachos para distinguir lo negro del blanco. Pero no entre semana. ¡No hay nadie que me pague por una puta tan hecha polvo!

La puerta se abrió del todo y un hombre fuerte, más bien chaparro y de rostro rubicundo, empujó a una muchacha a la calle, o más bien a una mujer madura.

El ser que salió dando traspiés del *pub* iba muy maquillado y con el pelo frívolamente recogido con lazos y tirabuzones. Era una mujer delgada y con curvas donde había que tenerlas, pero no cabía duda de que ya no era joven. En su rostro se dibujaban las primeras arrugas, grotescamente acentuadas por el maquillaje casi blanco.

—Pensaba... que Molly... —La voz tenía un deje indignado—. Maldito Paddy, solo quería hacerte un favor...

El hombre resopló y movió la cabeza.

—¡Menudo favor, lo que querías era trabajar en un lugar resguardado! —se burló—. Molly estará solo con su Bob, claro, pero él también paga. Y del resto se encargan Lisa y Grace. Tú, en cambio, cuestas más de lo que cobras, así que, ¡fuera!

Le tiró un abrigo a la mujer. Ella se lo puso sobre la cabeza: una protección insuficiente contra la lluvia, pero mejor eso que nada. Suspirando, se encaminó hacia la colonia de mineros. De pronto descubrió a Violet debajo del cartel que rezaba SEPULTURERO.

—¡Hola, pequeña! —Esbozó una sonrisa falsa—. Pareces agotada, pero todavía demasiado viva para ser cliente de un sepulturero. ¿Qué haces aquí? ¿La calle por cuenta propia?

Violet negó con la cabeza.

—Yo no hago... nada —murmuró—. Tampoco tengo dinero. Y... y si tuviera, no compraría un ataúd.

La mujer rio. Al menos no parecía haber perdido el sentido del humor.

—No me refería exactamente a eso, pero ya veo que no eres una de las nuestras. Eres de uno de los nuevos trabajadores de Biller, ¿verdad? Dios mío, si todavía eres una cría. ¿Se ha casado ese tipo contigo y te ha traído hasta aquí y ahora se está emborrachando en lugar de construir algo parecido a una casa?

Violet hizo un gesto negativo con la cabeza.

—Es mi padre... —dijo a media voz.

Rosie se movió en el saco de marino.

—Nuestro padre... —se corrigió Violet.

La mujer se acercó.

—Dios, si todavía hay otra criatura —comprobó—. Qué mona...

Violet consideró que su nueva conocida no tenía nada de amenazador, aunque el dueño de la taberna la acababa de llamar puta. A lo mejor solo lo había dicho para insultarla. La muchacha se acordó ruborizándose de que su padre a veces también había llamado así a su madre, y eso que Ellen había sido la mejor mujer del mundo. Al pensar en su madre, los ojos se le llenaron de lágrimas.

—Por Dios, criatura, ¿lloras? —preguntó la mujer—. Pues sí, buenos motivos tendrás para hacerlo. Ahora ven, cálmate. Soy Clarisse. ¡Y no dependo de ese! —Señaló el *pub* y escupió—. Trabajo por cuenta propia, tampoco soy tan pobre. Y, lo más importante, tengo un lugar caliente donde dormir. Si quieres, te vienes conmigo, puedes dormir en la cama de Molly, esta noche seguro que no viene a casa.

Violet se mordió el labio. No estaba segura. Con toda certeza, Ellen no le habría permitido irse con esa mujer. Pero, por otra parte, también Molly vivía con ella, y debía de ser una chica decente, si Bob quería casarse con ella.

—Tu papá ya os encontrará mañana, aunque también puede ser que se enfade si te vienes a nuestra casa —reflexionó la mujer.

Violet se encogió de hombros.

—Se enfadará pase lo que pase —apuntó resignada—. A más tardar mañana, cuando tenga que construirnos una cabaña. No le gusta, siempre gritaba a mi madre cuando ella le pedía que reparase algo en casa.

—Y la resaca que tendrá tampoco hará las cosas más fáciles —observó la mujer—. Da igual, mañana será otro día y hoy es hoy. Y hoy esa niña no tiene que dormir a la intemperie. ¡Venid! Puedes dejar aquí las cosas de tu padre. Aquí no desaparece nada. En Greymouth somos pobres pero honrados. O al menos la mayoría.

Violet se frotó la frente.

—No... no puedo marcharme con desconocidos —dijo, repitiendo lo que su madre le había advertido.

La mujer rio.

—Ya me he presentado. Soy Clarisse. Clarisse Baton. Es un nombre artístico, claro, pero ya hace tiempo que me he olvidado del auténtico. ¿Y cómo os llamáis vosotras?

—Violet y Rosemary Paisley. Y... y no tengo dinero. —Violet se ruborizó por mentir, pero no quería hablar del dinero de Kathleen. Seguro que también había mujeres que robaban a niñas desamparadas.

Clarisse le tendió formalmente la mano.

—¡Tampoco suelo aceptarlo de niñas! —bromeó.

Violet hizo una reverencia y Clarisse volvió a reír.

—Una niña bien educada —la elogió.

La muchacha se ruborizó. A lo mejor tenía que desprenderse de una vez de esos formalismos.

Clarisse emprendió decidida el camino por las calles oscuras que pronto se convirtieron en caminos fangosos. Desde la ciudad hasta las viviendas de los mineros había casi dos kilómetros y Violet tenía que tirar de Rosie, que volvía a llorar porque la habían arrancado de un sueño profundo.

—Tengo también algo de comer para ti —consoló Clarisse a la niña—. Aunque no habrá demasiado. Nos dan comida en la taberna, ¿sabes? Por eso vamos ahí, y por eso me han echado hoy. Ese tipo cree que como más de lo que gano... Pero un pedazo de pan seguro que lo encuentro.

Clarisse vivía algo alejada de la colonia de mineros. Su casa casi se encontraba en el bosque, un bosque extraño formado por helechos en lugar de árboles. Aun así, alcanzaban la altura de un manzano o un peral y dentro vivían, por lo visto, pájaros. ¿O eran tal vez monos? El sonido recordaba más a graznidos y risas que al piar o trinar, pero Violet todavía no había oído decir que hubiese monos en Nueva Zelanda.

Decidió estudiar todo eso con mayor detenimiento al día siguiente. Primero contempló con satisfacción la casa de Clarisse, un edificio sorprendentemente firme. Por supuesto, esa vivienda también se había construido con desechos de madera, pero era más grande y alta que la mayoría de las demás. Violet incluso distinguió una chimenea.

—¿Se la ha construido usted misma? —preguntó Violet vacilante. Hasta el momento Clarisse no había mencionado a ningún hombre.

La mujer puso una mueca y sonrió con picardía.

—Bueno, digamos que me la he trabajado —respondió—. Grace coqueteó con el carpintero y Anne se casó luego con el constructor de chimeneas. Otro método para llegar a ser decente. La mayor parte del trabajo la realizaron los jóvenes de la mina que no podían permitirse una chica de otro modo. Están contentos de venir cuando queremos construir algo más.

Violet se mordisqueó el labio.

—Entonces... humm... ¿aquí solo viven... señoras?

Clarisse mostró una sonrisa ancha. Su rostro era redondo, seguro que habría sido una mujer voluptuosa de haber tenido algo más que comer. Pero esas mujeres no eran ricas: entre los víveres solo había medio pan y algo de queso. Clarisse lo compartió amablemente con las niñas. A ellas les dio agua para beber y se sirvió a sí misma un vaso de ginebra.

—Me gustaría decirte que esto es el decente convento de monjas del pueblo, pero entonces iría al infierno por mentirosa —advirtió—. No, pequeña, nosotras no somos señoras, sino putas. Y esto es el burdel. Aunque no es fantástico, lo reconozco. Pero las monjas también tuvieron que construir sus huertos antes de poder levantar una iglesia. —Puso una expresión irónica, pero mientras siguió hablando, en su rostro fue dibujándose una sonrisa soñadora—. Algún día, pequeña, algún día, construiremos algo estupendo. En el centro de la ciudad, un *pub*, para hacerle un poco la competencia a ese desgraciado de Hollowen. Con establo, cocina y habitaciones de verdad: una para cada chica. Para eso ahorramos... al menos yo. Las demás prefieren casarse. Y casi siempre les sale bien. Molly tiene ahora a su Bob...

Violet estaba estupefacta, pero de todos modos mordió el pan, muerta de hambre. Poco antes se había sentido demasiado cansada para comer algo, pero en esos momentos la fatiga se le había pasado. En casa de Clarisse se estaba caliente y en la chimenea todavía se consumían los restos de un fuego. Apenas había muebles, solo cuatro sillas, una mesa y la chimenea. Además, cada esquina de la habitación estaba separada con cortinas.

Unas cortinas sumamente refinadas, como observó Violet extrañada. De terciopelo grueso, las mujeres habían invertido mucho en ellas.

—Un poco de intimidad para cada una —respondió Clarisse a la muda pregunta de la niña—. Aunque no es de gran ayuda, porque de todas formas se oye lo que está ocurriendo. Pero más vale eso que nada. Esa esquina es de Molly. Cierra bien la cortina y no salgas de ahí hasta mañana temprano pase lo que pase. Hoy todavía tengo que buscarme a un par de clientes y es posible que Grace y Lisa se traigan a uno. Pero a ti nadie te molestará. Molly está trabajando y luego se irá a dormir con Bob. Y mañana estará otra vez flotando entre las nubes... Buenas noches, pequeña.

Clarisse acarició dulcemente la cabeza de Rosie, luego se echó el abrigo mojado otra vez sobre los hombros y desapareció en la oscuridad. Violet podía más o menos imaginar lo que estaba haciendo. Se colocaría en cualquier esquina de la calle y se dirigiría a los hombres. Había visto a ese tipo de mujeres cuando acompañaba a su madre al *pub* para ir a buscar a su padre. Ellen siempre le había dicho que mirase hacia otro lado, pero ella no había pasado por alto los vestidos cortos y los maquillajes. Algunas veces también había visto que alguna de las chicas se marchaba con un hombre. Se iban a algún sitio y luego... a Violet le resultaba demasiado desagradable pensar incluso en lo que hacían las parejas. Pero sabía cómo ocurría. Las casas de los mineros no eran tan grandes como para que los padres pudiesen ocultar algo a sus hijos. Y también en el barco había gente que lo hacía en los camarotes, por lo que el ruido llegaba hasta los pasillos y a la cubierta. Por lo visto se lo pasaban bien..., de lo contrario no habrían pagado por ello.

El rincón de Molly estaba limpio y las sábanas recién cambiadas. Violet no tuvo miedo cuando acostó a Rosie y luego pensó en si ponerse el camisón o dormir mejor con el vestido puesto. Se decidió al final por esto último y ya casi la había vencido el sueño cuando se acurrucó junto a su hermana bajo las mantas. Apenas se enteró de lo que ocurría durante la noche.

Solo oía abrirse la puerta. Conocía muy bien ese sonido, en Treherbert le anunciaba las llegadas de su padre y, con frecuencia, una pelea nocturna de este con su esposa. En cambio, en la cabaña de Clarisse, después del golpe de puerta solo risitas y cuchicheos, y Violet simplemente se dormía de nuevo. El aroma de café recién hecho y el sonido de las voces de mujeres más o menos somnolientas la despertaron por la mañana.

Nerviosa, abrió la cortina esperando tropezar con tres aves nocturnas con un maquillaje chillón. Sin embargo, lo que encontró fueron tres mujeres la mar de normales que ni siquiera tenían aspecto de haber pasado la noche en blanco. La apariencia de Clarisse, con el pelo liso y recogido en la nuca con un moño, era más maternal que frívola. Seguro que había superado ya los treinta. Las otras chicas eran sin duda más jóvenes. Una de ellas, Grace, con su cabello moreno, incluso era bonita de verdad. La rubia Lisa resultaba insignificante sin maquillar, pero brindó a Violet una sonrisa realmente simpática.

—¿Son estas tus niñas abandonadas? —preguntó bromeando a Clarisse—. Confiésalo, lo que quieres es contratar a esta niña. Con lo bonita que es podría ganar una fortuna.

Violet volvió a ruborizarse.

—¡Y a los treinta estaría tan ajada como yo! —contestó Clarisse con amargura—. ¡No y no! No la hagas enfadar, ya ves lo vergonzosa que es. Más vale que compres pan, ¿o habéis traído un poco?

Grace y Lisa movieron la cabeza negativamente.

—Pues no, ayer no se hizo tarde —contestó Grace, cogiendo un par de peniques que ya estaban preparados encima de la mesa—. Los miércoles no pasa gran cosa. Bueno, vinieron los nuevos, pero al principio solo quieren cerveza. Todavía tienen que ahorrar un poco para pagarse a una chica. —Se levantó—. Me voy... yo también tengo hambre.

Clarisse y Lisa rieron como si hubiese contado un chiste.

—En realidad, le ha echado el ojo al hijo del panadero —reveló Clarisse—. Seguro que no va por delante a la tienda, sino por detrás, al cuarto trasero.

—Y con algo de suerte consigue gratis el pan —confirmó Lisa con un guiño.

Violet se sentía desconcertada.

—Pero yo pensaba... yo pensaba... que las pu... humm...

En Treherbert habría sido impensable que una chica de vida ligera se casara con un artesano.

Clarisse sonrió.

—Cielo, nosotras somos las únicas chicas que hay en esta zona. Hay algunas mujeres casadas, pero la mayoría de ellas tiene un pasado igual que el nuestro y solo unas pocas llegaron aquí con sus maridos. Así que los hombres se quedan con lo que hay. Tendrás dónde elegir, Violet Paisley. ¿Me equivoco, o es ella la única chica decente de toda la colonia?

Violet se estremeció. Era todavía peor de lo que le había advertido el reverendo.

Lisa asintió.

—Es posible que en Lambert o que en la mina estatal uno o dos mineros tengan hijas, pero aquí en Biller...

—Así pues, procura pillar a un capataz, pequeña, o a uno de los de la ciudad. No te quedes con ningún minero, no hay ni uno que se haga rico.

Clarisse comprobó de nuevo el interior de la alacena de donde la noche anterior había sacado pan y queso. En ese momento, sin embargo, estaba vacío del todo.

Lisa se levantó.

—Voy a ver a Robert, a lo mejor consigo algo de leche —avisó—. O huevos... Los huevos estarían bien. Pero con este tiempo las gallinas no ponen.

Clarisse explicó a Violet que unos pocos mineros tenían ovejas o cabras y un par de gallinas en sus cabañas. Así incrementaban sus escasas ganancias vendiendo la leche y los huevos.

—Pero tienes que haber nacido para eso —suspiró—. Lo de que los crían «en la cabaña» es literal, en cuanto salen de allí los animales se preparan para la cena. Robert huele como una cabra, pero Lisa le tiene afición. Quién sabe, a lo mejor también ella viene del campo.

Violet se asombró de que Clarisse no lo supiese. Las mujeres que vivían tan unidas solían contarse sus respectivas historias. Pero tal vez las putas tenían sus secretos.

En cualquier caso, Clarisse aprovechó la ausencia de sus amigas para contar el dinero que había ganado esa noche y ponerlo en un escondite de su rincón.

—No es mucho, pero pronto tendré dinero suficiente para comprar un terreno —reveló, alegre.

Violet recordó que su nueva amiga estaba ahorrando para comprarse una casa en la ciudad. Una taberna. A ella, la idea de administrar una taberna le parecía horrible, pero por otro lado seguro que daba ganancias.

—¿Se gana mucho di... dinero haciendo de...? —A la niña no le salía la palabra de la boca.

—También puedes decir «mujer de vida alegre» o «prostituta» —la ayudó tranquilamente Clarisse—. A nosotras nos da igual cómo nos llames. —Dicho esto, abrió la ventana para airear la casa. Fuera hacía frío y por fin había dejado de llover. De hecho, se diría que el sol quería salir. Los helechos, todavía cargados de lluvia, proyectaban extrañas sombras plumosas—. Y en cuanto al dinero... —Clarisse inhaló el aire fresco. Olía estupendamente, a tierra y como a algo un poco dulce. El aire estaba cargado de humedad y también de carbonilla. Violet pensó afligida en Dunedin, el aire transparente de allí, el soplo fresco de las montañas—. Naturalmente, se gana más que siendo doncella —prosiguió Clarisse—. Para lo cual aquí tampoco se encuentra ningún puesto. Así que no te creas que como mujer trabajadora se tenga una gran elección en la costa Oeste. Pero siendo puta se gasta mucho más. Al menos la mayoría. Vestidos, maquillaje, algo de ginebra para alegrarse un poco la vida... hombres...

Violet frunció el ceño. En realidad debería hacer un esfuerzo y preocuparse ella misma por conseguir un desayuno. Rosie se despertaría y pronto tendrían que marcharse para salir en busca de su padre. Pero conversar con Clarisse era demasiado interesante.

—¿Las mujeres... pagan... por hombres? —preguntó desconcertada.

La prostituta puso una mueca y se rascó la frente. Sin el maquillaje parecía una mujer normal de Treherbert. Tenía los ojos azules, claros y amables, y apenas se le notaban las arrugas.

—No directamente —respondió—. Es decir, no del mismo modo en que los hombres pagan por las mujeres. Pero al parecer... un tipo lo único que tiene que hacer es fingir que ama a una chica, de verdad, honestamente, por sí misma. Y ella cede, le compra una camisa un día, unos tirantes bonitos y algo de tabaco otro, y claro, siempre tiene una botella de calidad preparada para cuando él la visite. Pues sí, y luego él, en un momento dado, necesita dinero... para un pequeño negocio o una apuesta... Dice que lo devolverá, por supuesto. Con intereses. Y pregunta si no sería bonito que ganara jugando al póquer. O en las apuestas. Entonces podrían casarse...

—Pero no gana... —Violet lo sabía.

Clarisse le dio la razón.

—Por regla general, no. Y si gana, comienza de nuevo, sin devolverle nada a la chica. Al final siempre se acaba con lágrimas y la bolsa vacía. Pero explícaselo...

Clarisse cogió la escoba y empezó a barrer la cabaña. Violet buscó alrededor cómo ayudarla, pero no encontró ocupación ninguna. La casa era demasiado pequeña y estaba ya muy limpia.

—¿A usted no le pasa eso? —preguntó con curiosidad.

Clarisse se echó a reír.

—No. Yo no me enamoro tan fácilmente, y ahorro el dinero para tener una casa propia. Tampoco tengo que andar emborrachándome para ahogar las penas, aunque sé que mañana será tan... tan triste como hoy. Prefiero construirme un futuro mejor. —Suspiró—. Oh, Dios, tener por fin una habitación para mí sola en la que no pueda entrar ningún hombre...

Como si les hubieran dado el pie, golpearon a la puerta y, sin esperar que se lo permitieran, entraron los hombres que habían llamado. Jim y Fred se precipitaron al interior de la casa como si fueran a salvar el honor de Violet en el último momento.

Rosie se despertó del todo cuando oyó los pasos e intentó taparse la cabeza con las mantas.

—¡No me lo puedo creer, Violet! —vociferó Jim—. ¡No hemos pasado ni un día aquí y ya corren rumores! ¿Es que no tienes decencia? Traerte aquí a la niña, a un... un... —Jim levantó el puño.

La muchacha se retiró temerosa a un rincón.

Clarisse se interpuso decidida entre hija y padre.

—¿Adónde? —preguntó malhumorada—. ¿A un lugar al abrigo? ¿Para no caerse muerta bajo la lluvia delante de las pompas fúnebres? ¿Ha pensado usted en todo lo que podría haberle pasado a la niña? Solo aquí viven cincuenta hombres, señor... Paisley, ¿no es así? Y en las otras minas al menos cien más. Todos van al *pub*, y parte de ellos llevan semanas sin una mujer en la cama. ¡Van más salidos que un mono, señor Paisley! ¡Y deja usted a su hija delante de la taberna como si estuviera haciendo la calle!

Jim Paisley hizo ademán de ir a pegar también a Clarisse, pero la mujer blandió de repente un cuchillo en la mano. Violet se preguntó cómo había podido sacarlo tan deprisa, pero sin duda sabía utilizarlo.

—¡Así no, señor Paisley! No va usted a amenazarme en mi propia casa. Y ahora, deme amablemente las gracias por haber evitado, al menos a su hija mayor, un destino aún peor que la muerte. —Sonrió, pero luego su rostro adquirió una expresión casi dolorosa—. Y a la pequeña es posible que también —añadió con amargura—. En eso no se hacen diferencias. Procure encontrar para esta noche un techo bajo el que las niñas puedan refugiarse. Y mejor aún, con una puerta que pueda cerrarse con llave... o un perro guardián que alerte —acabó, susurrando.

Violet miró amedrentada a su padre, pero, sorprendentemente, se había operado en él una transformación cuando Clarisse mencionó la casa. En el rostro de Jim apareció una mueca triunfal.

—¡Ya tengo casa! —respondió—. Sí, sí, ya ves, Violet, tú te crees que no hago nada bien y que en el *pub* no se hacen negocios, pero tu viejo padre sabe cómo funcionan las cosas. He conseguido una casa bonita de uno de los borrachos. Dice que ya está harto de la mina y que mañana se va a una estación ballenera de Westport. Y yo me quedo con la cabaña...

Violet prefirió no preguntarle cuánto quedaba del anticipo que le habían pagado. La casa sin duda no valía ni la mitad de lo que Jim había dicho. Pero, por otra parte, se le había quitado un peso de encima. No importaba cuánto hubiese costado, al menos estaba lista. No tenía que esperar a que Jim y Fred construyeran algo.

—Y ahora ven, te la enseño. Tienes... humm... tendrás que ordenarla un poco. Ya te imaginas, un piso de soltero. Pero salvo por eso...

Violet recogió sus cosas. Le habría gustado quedarse, y encima en ese momento entraba Grace. Sonriendo satisfecha, con el rostro arrebolado y, sobre todo, con un pan debajo del brazo y una bolsa llena de bizcochos en la mano.

—¿Ya te vas? He traído esto especialmente para la pequeña.

Señaló los bizcochos sin revelar si de verdad los había comprado o si para obtenerlos los había trocado por otra cosa. A Rosie enseguida se le fueron los ojos detrás de la bolsa, de la que emanaba un olor irresistible.

—Creo que puedes llevártelos —dijo Clarisse amablemente—. Nos habría gustado invitaros a desayunar, pero aquí tenemos una norma rígida: no se admiten hombres en la casa hasta que no salga la luna.

Grace soltó una risita mientras Jim Paisley contemplaba a las mujeres con ojos iracundos. Violet murmuró un tímido agradecimiento y siguió a su padre hacia el exterior antes de que montara un jaleo. Rosie mordía ya un bizcocho.

—¡Nos vemos! —gritó Clarisse a sus espaldas. Violet se preguntó si hablaba con ellas o con su padre.

Esa casa tan bonita se hallaba en medio de la colonia de mineros y era una construcción que amenazaba con desplomarse. Por supuesto, Violet no había esperado otra cosa. Los caminos que pasaban por delante estaban tan embarrados que los pies se le hundían en ellos, era un caldo repugnante que se mezclaba con el suelo natural. Ni la casa de los Paisley ni las cabañas de alrededor tenían retrete. Quien quería aliviar el vientre, lo hacía fuera. Además, las chozas solían distanciarse entre sí unos pocos metros, así que uno no podía retirarse al bosque o a otro lugar que absorbiera la orina y los excrementos. Había que limitarse a salir a la parte trasera de la casa y la lluvia incesante lo arrastraba todo por las calles. Toda la colonia era una única cloaca, el hedor reinante era deplorable y a eso se añadía el humo del fuego y el polvo de la mina. Violet no se asombró de que casi todas las personas con las que se había cruzado entre la casa de Clarisse y su nuevo alojamiento tosieran. De hecho eran casi exclusivamente hombres, solo dos mujeres cargaban con agua a través de las calles embarradas y dos niños jugaban entre la basura.

Violet trataba de ignorarlo todo y pensar solo en su nueva casa. Una posibilidad de retirarse. Y seguro que en algún lugar encontraría flores que secaría y con las que combatiría el hedor. También podía convertir el vinagre en vapor. Si tan solo...

—Aquí... lo dicho, tienes que ordenar un poco. —Jim y Fred habían avanzado sin decir palabra delante de las niñas y abrieron la puerta de su nuevo hogar.

Violet retrocedió asustada. No quería llorar, pero eso era demasiado. Rosie gimió cuando vio el revoltijo apestoso que se suponía que era el mobiliario. Fuera quien fuese el que había vivido en esa choza nunca había limpiado, jamás había tirado los restos de la comida y ninguna vez se había tomado la molestia de evacuar en el exterior. Probablemente, los hombres habían estado demasiado bebidos para eso. Tampoco el vómito seco señalaba que llevaran una vida muy saludable. Violet dudaba de que los orgullosos propietarios de la cabaña abandonaran la colonia por su propia iniciativa. Era probable que el capataz los hubiese echado.

—Entonces... eso... ¡ya puedes ponerte a trabajar! —dijo Jim Paisley—. Vamos a ayudar a Eric a construir su casa. Él también necesita una.

¡La primera buena noticia desde su llegada a Greymouth! Violet trató de consolarse con la idea de que al menos no tendría que compartir casa con Eric Fence. Le parecía un tipo raro, odiaba la mala influencia que ejercía sobre su hermano y su padre y, sobre todo, las miradas lascivas que le dedicaba cada vez con más frecuencia. Gimiendo, se puso a buscar una escoba, un cepillo y un cubo. Naturalmente, ahí no había nada de esa índole. Violet dudaba entre salir a buscar a su padre y pedirle dinero para realizar las compras más urgentes o empezar a usar las monedas que guardaba para casos de urgencia. Jim, Fred y Eric habían encontrado una parcela tres casas más lejos y descorchaban en ese momento la primera botella de whisky para celebrar su buena suerte.

Violet recurrió resignada a su dinero. Volver al pueblo era malo, pero no se sentía con ánimos para aguantar otro conflicto con su padre.

# 10

La señorita Matariki Drury y su primo, Kupe Atuhati, ocuparon dos habitaciones individuales en el Commercial, después de que la muchacha diera el nombre del director del banco como fiador, pues, por supuesto, ninguno de los dos llevaba documentación.

Por fortuna, el hombre estaba comiendo allí con unos amigos e intervino amablemente a favor de Matariki.

—Es la... humm... sobrina de Jimmy Dunloe, un compañero de Dunedin muy apreciado. Creo que los lazos de parentesco tal vez sean un poco enmarañados... En cualquier caso, se trata de una princesita.

Guiñó el ojo a Matariki, que luego oyó a sus espaldas palabras como «Isla Sur», «Canterbury» y «barones de la lana». A partir de ese momento, el propietario del hotel los trató con mucha más amabilidad, incluso en lo que se refería a que *Dingo* se instalase en la habitación de Matariki. Pese a todo, colocó a primo y prima en rellanos distintos del edificio.

—Es probable que pase toda la noche patrullando —observó risueña Matariki—. Para que no perdamos la honra...

Kupe no dijo nada al respecto y mantuvo un silencio pertinaz durante casi toda la velada, y eso que la comida era fantástica. El muchacho nunca había paladeado algo como esos medallones de ternera en salsa de pimienta y las diminutas patatas de guarnición. No disfrutó tanto del vino, primero había que acostumbrarse... pero Kupe no sabía si quería hacerlo.

Matariki se introdujo dichosa en su baño de espuma después de haber lavado a un reticente *Dingo*, en cambio Kupe añoraba la casa común de los guerreros. Al día siguiente, cuando Matariki bajó para desayunar, el chico ya se había ido.

—Sin comer —observó el director del hotel con cierto tono de desaprobación—. El joven...

—Es un poco tímido —apuntó Matariki con calma—. Pero ya volverá por aquí. En cualquier caso, yo tengo hambre. Y él también —añadió al tiempo que señalaba a *Dingo*, quien, moviendo el rabo, comunicaba que no tenía el menor problema en liquidar la ración de Kupe.

—Entonces, ¿se queda usted? —preguntó el hotelero, preocupado sin duda por la liquidación de la factura.

Matariki asintió.

—Pues claro, estamos esperando aquí a mis padres. —El director del banco le había prometido la tarde anterior que por la mañana enviaría un telegrama a Dunedin con la dirección del hotel—. Entretanto echaremos un vistazo a la ciudad.

En el caso de Matariki, lo principal era ir de tiendas. Tenía que reconocer que su faceta *pakeha* había vuelto a vencer sobre la rebelde maorí. Sin embargo, también echó un vistazo a la universidad, cuyo edificio se había imaginado en realidad más imponente, y visitó de nuevo, esta vez a la luz del día, los jardines que rodeaban el palacio gubernamental. Allí se maravilló de la diversidad de plantas que crecían en ese clima cálido. También había bosques de helechos en la Isla Sur, pero al menos en Otago no se veían palmeras. Matariki pensó por primera vez que tal vez fuera bonito vivir en la Isla Norte. Ella, en particular, renunciaría de buen grado a la nieve. Seguro que en Auckland uno podía bañarse en el mar casi todo el año, no solo en verano... Matariki paseó con *Dingo* por los prados y por las colinas verdes que circundaban la ciudad y disfrutó del paisaje de puertos naturales y pequeñas bahías.

Cuando regresó hacia el atardecer al hotel, no solo encontró un telegrama de sus padres...

«¡Quédate donde estás! Llegaremos pronto. Estamos contentísimos, mamá y papá.»

También encontró a un Kupe muy alterado. No se había atrevido a pedir la llave de su habitación y la había estado esperando en el salón. El director del hotel le había ofrecido un par de diarios, que él hojeaba obedientemente. Al ver a Matariki se puso en pie de un salto.

—¡Ya estás aquí!, ¿dónde te habías metido? Ya pensaba que te habías ido, que...

Ella frunció el ceño.

—Tú eres el que se ha marchado sin dejar ninguna nota —le recriminó—. Yo solo he salido a pasear. ¿Qué iba a hacer? ¿Tejer el lino y preparar un sabroso puchero de perro?

Kupe rio.

—Disculpa. Solo pensé...

—¿Adónde has ido tú? —preguntó la jovencita—. Estaba preocupada.

No era del todo verdad: habría empezado a preocuparse, como muy pronto, después de la cena, pero ardía en deseos de saber adónde se había dirigido su amigo con tanta urgencia.

—Primero a la universidad —contestó él—. Se ve que hay que seguir unos trámites de admisión, y para eso es necesario un certificado. Por suerte me han dicho que eso no es un problema. Solo han de escribir a la escuela de la misión y de allí les enviarán los papeles. Les he dicho que me escapé, pero el chico encargado de las matrículas era muy amable. Me ha confesado que él también se habría escapado y me ha preguntado si por casualidad había estado en Parihaka.

—¿Dónde? —preguntó Matariki.

—En Parihaka. Tenían varios estudiantes maoríes de allí. Es un poblado en la costa. Entre el monte Taranaki y el mar de Tasmania. —Kupe resplandecía.

—¿Un poblado maorí? —inquirió interesada Matariki. Era bastante extraordinario que un solo poblado enviase al mismo tiempo a varios jóvenes a estudiar. Por otra parte, casi todos los niños de los ngai tahu en Otago aprendían a leer y escribir en inglés en la actualidad. En un par de años, algunos de ellos querrían estudiar y con lo rica que era la tribu...—. ¿Un poblado rico?

—¡Casi una ciudad, Matariki! —respondió Kupe, emocionado—. Mil quinientos habitantes, cien *whare*, dos grandes *marae*. Y todavía construyen más. ¡A lo mejor llega el día en que cada tribu tenga un *marae* en Parihaka! —Se refería a viviendas.

—¿Un poblado donde vivan personas de distintas tribus? —preguntó Matariki, incrédula.

En la Isla Sur escaseaban los poblados grandes, pero en la Isla Norte vivían más maoríes y las tribus solían estar formadas por cientos de personas. Grandes *pa*, pueblos protegidos, similares a fortificaciones, habían sido habituales por doquier antes de que llegasen los *pakeha*, aunque ya solo quedaban unos pocos. Las guerras con los blancos, y aún en mayor medida las enfermedades que estos habían introducido, habían reducido la población maorí. Sin embargo, el que varias tribus se unieran para vivir juntas o crear una nueva tribu era una novedad para la muchacha. Nunca había oído hablar de algo así; salvo, claro está, en el caso de los hauhau. Allí la religión era la que había unido a los guerreros.

Kupe asintió fascinado.

—¡Sí! No más luchas tribales, Te Whiti predica la concordia, la convivencia pacífica, el respeto mutuo, entre maoríes y *pakeha,* y entre los mismos maoríes. No quiere pelear, pero sí que prevalezca la justicia en nuestro país y preservarla por medio de la espiritualidad.

—¡No será otra vez el arcángel Gabriel! —objetó horrorizada Matariki—. ¡No irás a decirme que has sido víctima de otro profeta! Este... ¿cómo se llama?... Seguro que está metiendo maraña, como Te Ua Haumene.

Kupe sacudió la cabeza con ímpetu.

—¡Pues no, Matariki! He hablado con los chicos que estudian en Auckland. Y con las chicas, ¡también las envían a ellas! Ya se han criado en parte en Parihaka, el pueblo existe desde hace doce años. Te Whiti o Rongomai lo fundó en 1867 con Tohu Kakahi. Justo después de las guerras maoríes. Participó en ellas, pero luego se percató de que había que terminar con la matanza. ¡Igual que nosotros, Matariki! Parihaka creó una especie... una especie de contramovimiento. El Gobierno volvió a confiscar tierras maoríes, la fundación del poblado fue la reacción de Te Whiti y Tohu Kakahi ante esa apropiación de tierras. ¡No es un *pa*, Matariki, no es una fortificación! Es un pueblo abierto en el que cualquier persona es bien recibida. El *kingi*, Tawhiao, ha enviado a doce hombres: doce apóstoles.

—Lo sabía —suspiró Matariki, quien entretanto había llegado, seguida del locuaz Kupe, al comedor y estudiaba la carta—. Un filete de salmón, Kupe. Esto es lo que me apetece.

—¡Déjate de comidas, Matariki! —El muchacho apenas conseguía permanecer sentado—. Parihaka no tiene nada en absoluto que ver con los hauhau. Te Whiti tampoco predica ninguna religión. Se trata solo de convivir, ¿entiendes? El *kingi* quería fortalecer los vínculos entre los maoríes de Waikato y Taranaki. Y Te Whiti quería verlos reunidos bajo un mismo techo: los ngati maniapoto, los ngati porou, los ngati pau... también a los ngai tahu. Debemos demostrar frente a los *pakeha* que somos un pueblo, un pueblo inteligente, sensato, pero también fuerte. Solo entonces dejarán de robarnos las tierras y nos respetarán.

—¿Pido ahora, Kupe? —preguntó Matariki, que seguía concentrada en la carta—. ¿O quieres otra cosa?

—¡Quiero ir a Parihaka! —contestó Kupe con resolución—. Y quiero que me acompañes.

Matariki se rascó la frente.

—El monte Taranaki está a más de trescientos kilómetros de distancia. No se trata de una simple excursión. Y mis padres están en camino. Tengo que esperarlos.

—¡Entonces me voy sin ti! —respondió Kupe, obstinado—. Pero tú dijiste que querías ser maorí. Y luchar contra los *pakeha*. Podríamos hacerlo en Parihaka. Podríamos...

—¿Y qué pasa con tus estudios, Kupe? —preguntó Matariki—. Pensaba que querías ser abogado.

—¡Quiero las dos cosas! —exclamó Kupe—. Pero entiéndelo... si existe algo como Parihaka... ¡eso te da ánimos! ¡Es un punto de partida! Ven al menos conmigo y habla con los otros, Matariki. Se reúnen periódicamente...

—¿Para *rire, rire, hau, hau*? —se burló la muchacha.

—¡No! Solo... Bueno, solo para charlar... para aprender... para leer. Sí, también sobre las tradiciones... ¡Ven conmigo, Matariki, por favor! Son todos gente como nosotros.

La muchacha hizo un gesto displicente.

—Está bien. Pero hoy no, estoy demasiado cansada. ¡Y necesito comer! —Llamó con una señal al camarero.

—¡En Parihaka incluso cultivan toda su comida! —informó mientras tanto Kupe, maravillado—. Emplean los métodos agrícolas más modernos, porque Te Whiti quiere mostrar que nosotros no... humm... no somos trogloditas y...

—Y tampoco caníbales, esto habla bien de él. ¿Qué opina acerca de los perros? —El camarero depositó pan y mantequilla sobre la mesa, Matariki se sirvió y enseguida pareció sentirse de mejor humor—. ¡Si ahora dices que están criando variedades especiales de carne, estoy dispuesta a cambiar de opinión!

A la mañana siguiente, Kupe todavía estaba ahí cuando Matariki bajó y, para su sorpresa, se lo encontró conversando animadamente con el director del hotel. Hablaban sobre Parihaka.

—He oído hablar a periodistas acerca de este proyecto —respondió el director a la sorprendida pregunta de Matariki—. ¿No ha leído nada al respecto? En realidad, todos los periódicos del país han publicado noticias acerca de ello.

Excepto en los campos de formación de los hauhau y en Hamilton, pensó Matariki. Pero, de todos modos, los McConnell no estaban suscritos a ningún diario y Kahu Heke tampoco, desde luego.

—Hace poco se alojaron aquí unos periodistas de la Isla Sur que habían estado en Parihaka. Estaban sumamente impresionados. También por ese Te Whiti, que dirige el conjunto.

—Te Ua Haumene también parece ser muy impactante —refunfuñó Matariki, sin perder su escepticismo.

El director del hotel frunció el ceño.

—Estaba con los hauhau, ¿verdad? No, no puede compararlos. Te Whiti tiene que ser un señor más maduro y sumamente distinguido. En cualquier caso, los redactores se deshacían en elogios.

Matariki decidió preguntar también al director del banco. De todos modos, necesitaba dinero.

—¿Otra vez? —preguntó Kupe, enojado—. ¿Qué has estado comprando?

La joven se encogió de hombros.

—Otro vestido, un traje de viaje... Bueno, no me mires así, ¡tampoco en tu querido Parihaka irán todo el año vestidos con falditas *piu piu*!

Por muy agradecida que se sintiera hacia Kupe, a esas alturas la sacaba un poco de sus casillas. Si era cierto que en Parihaka se hablaba de tradiciones, deberían abordar el tema «Una mujer no es propiedad de un hombre solo porque la haya besado dos veces».

El director del banco le dio más dinero enseguida, no sin antes dedicarle un par de alabanzas por su bonito vestido nuevo. Y también él había oído hablar de Parihaka.

—Uno de mis conocidos los ayudó a abrir un banco —explicó, para asombro de Matariki—. Es propietario de una entidad financiera en Wellington y en realidad pretendía establecer allí una filial, pero no, ellos querían hacerlo todo de forma autónoma. Algunos de ellos tienen la cabeza bien puesta. En cualquier caso, con el servicio de pagos todo funciona sin contratiempos.

—¿Tienen un banco? —se maravilló Matariki—. ¿Maorí? ¿Es decir, con un director maorí y empleados maoríes...?

El banquero asintió.

—Naturalmente, se esperan y son bien recibidos los visitantes *pakeha*. Pero solo se puede vivir y trabajar en Parihaka si uno es maorí. También tienen una patrulla de policía, artesanos... Una actividad agrícola organizada de forma industrial. Debería echar un vistazo, si se dirige a Wellington pasará prácticamente al lado.

Matariki se preguntó qué pensarían sus padres al respecto,

pero a ella, por su parte, se le había despertado la curiosidad. Por la noche, para el encuentro con los estudiantes univesitarios, eligió el más sencillo de sus vestidos y se preparó para todo, desde un *haka* hasta la lectura de la Biblia. En realidad no la esperaba nada similar. Los siete estudiantes, cuatro jóvenes y tres chicas, se reunían en una diminuta vivienda que compartían.

—Era más barato que una habitación en casa de cualquier patrona —explicó Hori, el mayor—. Además de que no es fácil encontrarlas para nosotros.

Señaló los tatuajes de su rostro. Hori y Eti tenían bastantes, se extendían alrededor de los ojos, la nariz y las mejillas. Los otros jóvenes iban provistos de menos *moko*, y las chicas solo llevaban alrededor de la boca.

—A las chicas solo se las tatúa por la zona de la boca para mostrar que los dioses han infundido en la mujer el aliento vital —explicó Kanono, quien sonrió satisfecha de sí misma—. Y no el hombre, como dice la Biblia.

Matariki rio. Esos jóvenes le caían mejor de lo que había esperado. Habían acogido ceremoniosamente a los visitantes, compartían con ellos una jarra de cerveza bastante barata y hablaban sin parar y sin repetirse nunca.

—Los ngai tahu apenas se tatúan —señaló Matariki—. Bueno, yo no podría imaginarme...

—Nosotros también hemos dejado de hacerlo en Parihaka —intervino Kanono—. En primer lugar porque es peligroso. Nuestros médicos y enfermeras protestan cuando tienen que atender a otro niño que llora porque se le ha infectado el tatuaje.

Kanono estudiaba Medicina. Ella también quería ser médica en Parihaka.

—Pero por otra parte es una pena —terció Arona, una chica alta y con el cabello negro hasta la cintura que, a diferencia de sus compañeras, no llevaba recogido ni trenzado, sino suelto cubriéndole la espalda—. Forma parte de nosotros, es un elemento de nuestros rituales tribales. *Tikanga*, ya sabéis. Si dejamos de hacerlo...

Los otros lanzaron un suspiro.

—Arona es nuestra *tohunga* en cuanto a la cuestión de la tradición —bromeó Kanono—. Si por ella fuera, estaría hilando lino mientras lee a Shakespeare.

Arona estudiaba Literatura inglesa.

—En algún momento se estudiará a nuestros poetas y nuestras costumbres —vaticinó. No se alteraba fácilmente—. El arte y la literatura *pakeha* y los maoríes estarán lado a lado. Tendrán el mismo valor. En Parihaka también estamos luchando por ello.

—¿Por una especie de Shakespeare maorí? —preguntó Matariki con el ceño fruncido—. ¿Y para eso tienes que estudiar inglés?

—Ella ya ha estudiado maorí —desveló Kiri, la más joven de las muchachas, que no iba tatuada y era muy guapa. Era de tez más clara que las otras, posiblemente uno de los padres era *pakeha*. Para Matariki era la más simpática de todos los estudiantes—. Arona es realmente *tohunga*, es la hija de una *matauranga o te.* —Así se designaba a un sacerdote o una sacerdotisa de rango elevado—. Y estudió con su madre antes de venir aquí. En el *powhiri* lanzó el *karanga* en el *marae* de los ngati pau.

Matariki contempló a la muchacha con todavía más respeto. Ese honor solo se otorgaba en contadas ocasiones a mujeres de tan poca edad.

—Casi todos somos bastante jóvenes en Parihaka —informó Arona con voz cantarina, como si hubiese leído los pensamientos de Matariki—. Los mayores ya no se marchan de sus tribus. Pero a muchas de nosotras nos envían los más ancianos. Mi madre quería que yo representase a los ngati pau. Y otros vienen por propia voluntad, porque quieren probar algo nuevo. Algo... entre maorí y *pakeha*... lo mejor de los dos mundos.

Kupe miró a Matariki. A esas alturas también ella se había quedado impresionada.

—Pero no es ninguna religión, ¿verdad? —quiso asegurarse.

Kiri negó con la cabeza, mientras acariciaba a *Dingo*.

—No, puedes tener la religión que quieras. Pero, como es natural, la filosofía se ve influida por distintas religiones, en especial por la cristiana.

Algunos de los demás la abuchearon, pero Kiri no se dejó intimidar. La filosofía era su pasión, asistía a los cursos de la facultad correspondiente, pese a que en realidad estaba estudiando Derecho.

—Te Whiti dice cosas como «cuando los *pakeha* os golpeen, no les devolváis el golpe». ¿Creéis que habría llegado a decir eso sin haber leído antes el Sermón de la Montaña?

—Pero ¿quién es ese Te Whiti?

Matariki seguía inquieta en lo que se refería al carismático guía de Parihaka. No se sacaba de la cabeza los sermones de Kahu Heke siguiendo a Te Ua Haumene. También él había mezclado alegremente los pensamientos que atesoraban maoríes y cristianos.

—El hijo de un jefe —explicó Eti—. De los ngati tawhirikura. Su padre no era ningún *ariki* importante, pero puso gran empeño en la educación de su hijo. Quiso que lo educaran los ancianos, maoríes que sabían leer y escribir, y también un misionero luterano, un alemán. Te Whiti fue elegido jefe y participó en la guerra de Taranaki, pero en un momento dado se percató de que derramar sangre no es una solución.

—Sobre todo cuando son los otros los que llevan fusiles —señaló Matariki.

Arona rio.

—Un buen *ariki* también ha de ser un buen diplomático —dijo—. Es posible que Te Whiti piense eso mismo, pero prefiere no decirlo. Además: también los romanos tenían más lanzas que los primeros cristianos. Pero ¿al final quién se impuso?

—Pero nosotros no somos el pueblo elegido, ¿no? —Matariki puso los ojos en blanco.

—¡Sí lo somos! —dijo Kiri riéndose, y pasó la jarra de cerveza a los demás. Estaba muy contenta y algo achispada—. Especialmente los de Parihaka. ¡Nosotros transformaremos el mundo!

# 11

Violet tuvo que trabajar varias horas para hacer más o menos habitable la casa de la colonia de mineros. Pese al esfuerzo, el lugar no pasaba de ser una cabaña primitiva, sin extractor de humo, retrete ni una tina para bañarse. Lo último podrían haberlo comprado, por supuesto. Con dos mineros en la familia habría sido una adquisición rentable, porque Jim y Fred llegaban cada noche embadurnados del grasiento polvo de carbón de la mina. En Treherbert, Ellen siempre los había esperado con un cuenco lleno de agua jabonosa caliente. La primera tarde que Violet también lo hizo, se ganó insultos y un sopapo en lugar de los elogios esperados. El agua, la aleccionó su padre, era cara. No solo había que cargarla desde lugares centrales, sino que había que pagarla por separado. Una alternativa era el río, pero estaba a casi un kilómetro de distancia. Violet no podía acarrear el agua desde tan lejos, y tampoco era potable desde el momento en que tres colonias mineras, la ciudad y las minas vertían en el Grey sus aguas residuales.

—¿Y en la mina? —preguntó vacilante Violet—. ¿Y si os... lavarais en la mina?

En Treherbert había habido duchas especiales, por las que Jim y Fred tampoco se habían interesado demasiado. En casa era más cómodo bañarse. Pero en Greymouth los hombres deberían remojarse en la mina. ¡Era imposible que se negaran a lavarse! Violet pensaba abatida en la cuidada ropa de cama de su madre que había cogido para el viaje. Si Jim y Fred se acostaban tal y como iban, en una noche las sábanas quedarían negras.

Jim Paisley rio.

—¿En la mina? ¿Estás de broma, Violet? Esta mina es una pocilga. El maravilloso señor Biller no gasta ni un céntimo en ella. No hay duchas ni hay lámparas de seguridad, la ventilación es un desastre... No sé si llegaré a viejo aquí, cielo. Tiene que haber algo mejor... ¡Y eso ya se lo he advertido yo al capataz!

Violet suspiró. Así que se había metido en líos nada más comenzar. Aunque su padre ya habría podido suponer que las condiciones laborales en Greymouth serían peores que en Gales. No había más que echar un vistazo a las colonias y compararlas con las casas adosadas, sencillas pero sólidas, de Treherbert. Violet nunca hubiese creído que fuese a extrañar la vida de allí, pero tras solo un día en «Billertown» estaba para el arrastre. Bastaba con cargar con el agua, recorrer esos largos trechos para realizar la más mínima compra y salir a buscar leña en el bosque que rodeaba la colonia... La mayoría de los mineros quemaban desechos de madera o carbón de la mina, pero a Jim y Fred nunca se les había ocurrido llevarse cada día algo y pagar tal vez por ello.

Por el momento, la casa carecía de muebles. Aunque Violet había cepillado la vieja mesa y las dos sillas, las camas tan toscamente construidas estaban demasiado mugrientas para seguir siendo de utilidad. Al principio había preparado un lecho de mantas para ella y Rosie, pero había que hacer algo. Pensó en poner una cortina, como en el camarote de Heather o en la casa de las chicas de vida alegre. Sería bonito conseguir lo que Clarisse llamaba «un poco de intimidad». Pero seguro que su padre no le daba dinero para eso. ¡Pero si incluso se enfadó cuando la primera noche en la nueva casa ella le rogó que montara una especie de catre donde dormir!

—¿Ahora, después del trabajo? ¡Estás chalada, Vio! Eso puede esperar hasta el domingo. Ahora lo que necesitamos es comer y luego...

La cuestión es que para ir al *pub*, Jim y Fred no estaban demasiado cansados. Se comieron sin pronunciar ni una palabra de agradecimiento el guiso de verduras que Violet había preparado en el fuego abierto y humeante y se marcharon enseguida. Ni la lluvia que volvía a caer ni el largo camino hasta el pueblo los molestaba. Violet los siguió con la mirada. En el campamento reinaba la quietud. Ni siquiera graznaba un pájaro. Lo único que interrumpía el silencio eran las toses de los hombres. Las delgadas paredes de las cabañas apenas ahogaban los ruidos.

A la niña le resultó extraño no oír voces ni, sobre todo, peleas. En Treherbert siempre resonaban los gritos de los vecinos y en el barco se oía cualquier sonido procedente de un camarote. Pero en Greymouth...

Cerró temerosa la puerta cuando tomó conciencia de que la mayoría de los hombres de la colonia no tenía, simplemente, nadie con quien pelearse. Por lo que ella había visto hasta el momento solo había tres familias con mujeres y niños, aparte de la suya. Los demás hombres vivían solos o compartían la cabaña con algún colega. Por la tarde no quedaba ninguno en casa, su «salón» era el *pub*. Y su regreso podía suponer un riesgo para niñas como Violet y Rosie.

Violet decidió invertir su dinero en un buen candado, aunque corriera el peligro de que su padre la pegase si no se levantaba lo suficiente deprisa cuando él se lanzara contra la puerta al volver a casa.

Aclimatarse tampoco le hacía más fácil la vida en Billertown. Violet seguía sufriendo por la suciedad, la pestilencia y las largas distancias. Todos los días había de ir a comprar a la ciudad, su padre no le daba dinero para administrar la casa y siempre tenía que suplicarle por cada penique que le pedía. Era frecuente que solo soltase alguna moneda cuando regresaba y no encontraba comida sobre la mesa, después de haber reñido a su hija por su negligencia. En tales ocasiones, la salida nocturna era peor que el bofetón. No obstante, el camino de ida solía hacerlo con Jim y Fred, quienes, por descontado, no querían esperar a que ella sirviese algo de comer, sino que se iban de inmediato al *pub*. De regreso, sin embargo, iba sola y se escapaba asustada al bosque que flanqueaba el camino en cuanto veía acercarse a unos hombres. A esas horas la mayoría de ellos todavía no iban borrachos, así que no ocurría mucho más que un par de bromas, e incluso, de vez en cuando, algunas palabras muy corteses. No todos los mineros eran borrachuzos cretinos, de hecho más bien sucedía lo contrario.

Los trabajadores, en su mayoría, habían abandonado Gales e Inglaterra para buscar fortuna en Nueva Zelanda. Habían ahorrado dinero y reunido valor y fuerzas para trabajar duramente y con ganas, buscarse una esposa y fundar una familia. No podían sospechar lo que les esperaba en la nueva tierra, pero, aun así, hacían cuanto podían para alcanzar su sueño. Claro que también frecuentaban la taberna, pero solo para tomar una o dos cervezas. El resto del dinero lo ahorraban, como Clarisse, para construir una casita o establecer un negocio en la ciudad.

El domingo, camino de la iglesia, siempre se acercaba a Violet un serio y joven trabajador para contarle sus planes de futuro. Al final solía pedirle, ruborizado, si podía acompañarla el siguiente domingo de forma oficial. Pero la muchacha rechazaba el ofrecimiento, así como tampoco hacía caso de los ambiguos requiebros y piropos de los muchachos más audaces.

«Solo tienes que aguantar un par de años. ¡No te enamores! ¡Cuídate!» Ante el rostro de un hombre joven, siempre acudían a la mente de la muchacha las advertencias y consejos de Kathleen y Clarisse. Estaba firmemente decidida a atenerse a ellos. No se dejaba impresionar por esos cabales Jody, Herman y Bill, y todavía no se había dirigido a ella ningún capataz o un trabajador manual. A ellos les parecía demasiado joven, en los círculos más acomodados no se coqueteaba con muchachas de catorce años.

Un par de meses después de llegar a Greymouth (había llovido durante toda la primavera), Violet ya se había gastado su dinero. Los últimos peniques se habían empleado en comprar medicinas, pues Rosie llevaba semanas luchando contra una tos muy fea. Uno de los tres niños de la colonia había muerto por esa causa en octubre y Violet pensaba horrorizada en el pánico que la invadió al enterarse. ¡Los niños no solían morir de un resfriado! Pero también Rosie padeció fiebres altas y al final Violet la llevó a la esposa del sepulturero, que también hacía las funciones de comadrona y asistente médica. La gente bromeaba diciendo que así actuaba en provecho de su marido, pero a Violet le caía bien. La señora Travers, una mujer limpia y amable, examinó a Rosie con esmero y atención, y le dio a Violet una infusión de salvia y un jarabe contra la tos elaborado con las flores de rongoa.

—Yo misma cultivo la salvia, y el jarabe para la tos es una receta maorí —le confesó—. Prepárale la infusión, dale el jarabe y cuida de que no coja frío y esté al abrigo de la lluvia. Ah, sí, y mira a ver si puedes conseguir una salida de humos para la cabaña. El humo es lo peor, se queda en los pulmones. ¡Y dale bien de comer! Está en los huesos. Y tú también, claro...

Angustiada, la misma Violet hizo un agujero en la cubierta de la casa. No fue de gran ayuda, además la lluvia alcanzaba el interior, con lo que el fuego todavía producía más humo. Pero al menos, cuando no llovía, mejoraba un poco el ambiente de la cabaña.

Violet ignoraba cómo conseguir que Rosie comiera mejor. En cualquier caso, su padre no estaba dispuesto a darle más dinero para ello. Cuando la muchacha se quedó sin sus ahorros, apenas le llegaba para pan, algún boniato y los huesos con los que preparaba el caldo para los hombres. Jim y Fred exigían algo caliente que llevarse al estómago después de la jornada de trabajo y se quejaban siempre por lo poco sustanciosa que era la sopa. Lo que dejaban, Violet se lo daba a su hermana, con lo que ella misma solía irse a la cama sin haber probado bocado. No necesitaba de ninguna señora Travers para darse cuenta de que eso no podía seguir así. Pensó en cómo podría contribuir con algo que alimentar a la familia. Cuando intentó coger truchas en el río, abundantes en verano, se encontró con Clarisse.

—¡Ya no haces reverencias! —observó la mujer de vida alegre en un tono entre interrogativo y burlón, cuando la agotada Violet se limitó a saludarla—. ¿Qué ha pasado con tu finura?

La mujer se sentó al lado de la jovencita, que estaba con los pies descalzos metidos en las aguas heladas y veía deslizarse velozmente, justo en ese momento, un pez. Cómo atraparlo, escapaba a su capacidad de imaginación.

—No tengo tiempo —suspiró Violet—. ¿Sabe pescar, señorita Clarisse?

Clarisse sonrió.

—No. Solo sé que los maoríes lo hacen con nasas y los *pakeha* con anzuelos. Aquí funciona muy bien, siempre tenemos pescado fresco.

Violet ya se imaginaba qué recibían a cambio los pescadores, pero a esas alturas no la sorprendía nada. Al contrario, pensaba preguntar a uno de los atentos muchachos que seguían insistiendo en acompañarla a la iglesia acerca de sus conocimientos sobre la pesca.

Clarisse jugueteaba con una hoja del helecho junto al que se había sentado.

—No tienes buen aspecto, chica —dijo compasiva, mientras Violet se esforzaba decidida en atrapar un pez. Lo de la nasa era una buena idea. La joven sostuvo su chal en el agua y esperó que una trucha se enredase en él, aunque Clarisse lo consideraba poco probable—. ¿Por qué no has vuelto a visitarnos?

Violet se encogió de hombros.

—En la colonia solo hay tres mujeres —dijo abatida—, pero valen como todas las cotillas de Treherbert. Si voy a visitarla a usted y sus amigas, por la mañana se lo contarán a sus maridos y al siguiente turno se enterará mi padre...

Clarisse asintió, comprensiva.

—Y él lo único que busca es un motivo para descargar su mal humor contigo, ¿no es cierto? —Miró las manchas azules e hinchadas bajo los ojos de Violet.

La niña no contestó.

—¿Te... te toca también? —preguntó la mujer, adoptando un tono de voz particular.

Violet frunció el ceño.

—¿Si... si os toca... a ti o a tu hermana... bueno... de modo deshonesto...? —formuló de nuevo Clarisse la pregunta.

La muchacha negó con la cabeza.

—En eso tienes suerte —dijo la mujer.

Violet la miró incrédula. Era la primera vez que alguien vinculaba la buena suerte con su padre.

—Cada vez va a peor —señaló Clarisse—. Hazme caso.

Sonaba como si ella misma lo hubiese experimentado, pero Violet no preguntó nada al respecto.

—El mío lo hacía desde que cumplí los seis años —siguió contando Clarisse—. Y mi madre callaba para salvar el matrimonio. Yo no vengo de un pequeño y feo cuchitril, ¿sabes? Mi padre era carpintero de Christchurch, se ganaba bien la vida, podría haberse aliviado con prostitutas cuando mi madre no quería. Pero eran demasiado viejas para él.

—¿No se lo contó a nadie? —preguntó Violet, saliendo del arroyo.

No valía la pena congelarse los pies por aprovechar la remota oportunidad de pescar un pez. Los helechos de la orilla, por el contrario, se habían calentado al sol.

Clarisse se encogió de hombros.

—Al párroco —respondió—. Después tuve que rezar cincuenta padrenuestros y luego hube de suplicar de verdad clemencia a mi padre... La gente no da crédito a las niñas. Al menos a las de una familia tan «buena» —dijo, como escupiendo las últimas palabras.

Violet tomaba conciencia lentamente de la razón por la que Clarisse había decidido no enamorarse y prefería abrir un burdel antes que formar una familia.

—Necesito urgentemente un trabajo —dijo Violet a media voz, sentándose junto a la mujer.

Clarisse la examinó con la mirada.

—¿Hace un momento te daba miedo visitarnos y ahora quieres trabajar con nosotras?

Violet movió la cabeza.

—No, no. Eso no puedo hacerlo. Yo... yo... mi madre... Mi madre era una mujer recta.

Clarisse suspiró.

—Y tú no quieres manchar su memoria. Ya entiendo. Además, tu papá te mataría. ¿Por qué me preguntas, entonces?

Violet seguía teniendo los pies congelados, pero ahora al menos estaban secos. Volvió a ponerse las medias al tiempo que intentaba que Clarisse no viese los distintos rotos. La mujer era un poco demasiado expansiva, pero siempre iba limpia y aseada.

—Pensaba que a lo mejor usted sabría de alguna otra cosa —contestó—. De algo... decente.

Clarisse sacudió la cabeza.

—No, lo siento. Podrías haber preguntado al panadero, él también despacha ahora. Pero su hijo se casa con Grace.

—¿De verdad? —Violet se alegró por la muchacha de cabello oscuro.

Clarisse asintió.

—Está muy contenta y la madre de él ya se ha resignado. O se conforma con Grace o no tiene nietos. La selección de las posibles nueras no es especialmente amplia. En cualquier caso, en la panadería tienen empleados suficientes. Y nosotras tenemos una cama libre.

Violet no hizo comentarios al respecto.

—¿Cuándo habrán terminado los hoteles? —preguntó—. Necesitarán doncellas.

Clarisse hizo una mueca.

—Todavía tardarán. Lo que podrías intentar sería... llamar en las casas de los patrones. Los Biller acaban de construirse una en las afueras de la ciudad, ¡un palacio! También los Lambert, los dueños de la otra mina. El administrador de Blackball vive junto al mar. Es posible que busquen doncellas. Suelen coger a maoríes pero si vuelves a recordar tu amable reverencia y eso de «Sí, por favor» y «No, gracias»...

Violet resplandecía.

—¡Lo intentaré! —afirmó, haciendo una inclinación—. ¡Muchas gracias, señorita Clarisse!

Violet se puso su mejor vestido, se recogió el cabello en unas bonitas trenzas y dejó a Rosie en casa, pese a que la pequeña berreaba de pena.

—Si te llevo conmigo nunca me darán un empleo —intentó explicarle—. Quédate ahí sentadita, juega con la muñeca y no abras a nadie. Para cuando papá y Fred hayan vuelto yo ya habré llegado. Seguro. Y si me dan trabajo, te traeré algo que comer.

Naturalmente era una promesa osada, no había la menor garantía de que el señor Biller fuera a conceder, tal como había hecho con los mineros, un anticipo a su doncella. Pero ante la perspectiva de comerse un bizcocho, Rosie guardó silencio, llena de esperanza.

Violet estaba tan excitada y tan preocupada por su hermana, que se quedaba sola por primera vez, que casi fue corriendo todo el camino hasta la villa de los Biller. Por eso, cuando llegó a su objetivo y descubrió la lujosa construcción, estaba acalorada. Ante sus ojos se alzaba un gran edificio en medio de un jardín todavía no concluido, pero extenso y limitando con un río en la parte posterior. La casa era de dos pisos y exhibía una fachada bicolor. Unas ventanas de arco altas y esbeltas le daban un toque de elegancia y la cubierta plana inclinada parecía subrayar su importancia. La villa era una casa de campo, pero también habría podido adaptarse a la ciudad. Josuah Biller tal vez considerase que el próspero pueblo de Greymouth en el futuro acabaría englobando su residencia.

Fuera como fuese, Violet casi se desanimó al verla. ¿Tenía realmente que acudir al propietario de la mina y pedirle un empleo? Pero entonces vio a un hombre bajo y corpulento trabajando en el jardín. Plantaba rosales con aplicación y no parecía peligroso. Violet se acercó a él e hizo una reverencia.

—Dis... disculpe, yo... yo quisiera hablar con el señor o la señora Biller, yo...

En realidad quería informarse sobre si había alguna posibilidad de conseguir un puesto de trabajo, pero el jardinero, que para el espanto de la niña le mostró un rostro redondo y lleno de tatuajes azules, señaló un sendero del jardín que rodeaba la casa.

—El señor Josh y la señora Her... Her-mi-ne detrás los dos —respondió, pronunciando con dificultad el nombre de ella—. Hay enfado con Mahuika, no comprender, pero Missus gritar...

Violet se dio cuenta de que, por lo visto, por primera vez en su vida, estaba tratando con un representante de la tribu maorí local. ¿Pertenecería a ella todo el servicio doméstico de los Biller? ¿Trabajarían los maoríes por menos dinero que los blancos? Aunque, por otra parte, nadie pediría menos dinero que Violet, que en rigor no tenía ni idea de lo que quería pedir. Inspiró hondo, dio las gracias al jardinero y tomó el camino señalado. En efecto, en cuanto hubo rodeado la casa, oyó que estaban discutiendo.

—¡Me da totalmente igual que valga la pena! —dijo una estridente voz de mujer con un tono histérico—. ¡Pero ella... ella se ha desnudado! ¡Delante de tu hijo!

De inmediato apareció la persona que gritaba. Junto a una pequeña vereda que conducía al río se hallaban un hombre fuerte y rubio con un terno, una mujer menuda y elegantemente vestida, una chica de tez oscura y un niño. Para sorpresa de Violet, la chica seguía medio desnuda, con el pecho al descubierto y un paño ligero atado a las caderas. El hombre se comía con los ojos las formas voluptuosas y la mujer parecía estar luchando contra una cierta perplejidad.

—¡Pero quería enseñarme a nadar! —intervino el niño. Debía de tener seis o siete años, el cabello rubio claro de su padre y la figura delgada y el rostro un poco alargado de su madre—. Y además...

—¡Pues para eso una mujer decente se cubre con un vestido de baño! —replicó la madre—. Si es que una mujer decente llega a nadar. No tengo nada en contra de un baño en una playa, con casetas que permitan comportarse pudorosamente, pero así no...

—Nosotros siempre nadar así —se justificó la muchacha de

piel oscura. No iba tatuada, pero tenía el mismo cabello espeso y oscuro que el jardinero, y también su silueta era algo achaparrada. Mostraba un semblante dulce y hermoso, y no reflejaba vergüenza ni sentimiento de culpabilidad alguno—. Y los niños siempre...

—¡Te lo repito, son salvajes! —se impacientó la mujer—. Josuah, ¿podrías hacer el favor de dejar de mirar a la chica? Mahuika, ¡a ver si te vistes! Esto es insoportable, el pobre crío...

El niño no parecía muy afectado, sino más bien extrañado. Era obvio que no tenía claro dónde residía el problema. El cuerpo desnudo de la muchacha maorí no le interesaba lo más mínimo.

—Habla también esa lengua tan rara suya con él... Quién sabe qué le estará diciendo... No, de verdad, Josuah, insisto en ello, ¡necesitamos a una inglesa!

La chica se cubrió obedientemente con un vestido y se desprendió de la atención del hombre, quien en ese momento parecía acatar, de mala gana, los deseos de su esposa.

—¡Hermine, esto es absurdo! Dentro de medio año irá al internado. Sería una locura hacer traer a una niñera de Inglaterra. Solo el viaje dura tres meses y...

—¡No necesito ninguna niñera! —declaró el niño—. Me las apaño muy bien solo. Preferiría un globo terráqueo y esa enciclopedia...

—¡Tú cierra la boca, Caleb! —le ordenó su madre—. Ya lo oyes, Josh, no tiene ninguna educación, esos salvajes le están influyendo. Interrumpe cuando estamos hablando, ve a su niñera desnuda, el jardinero deja que lo «ayude». ¡Imagínate! Ayer llegó a casa con la ropa totalmente manchada y me contó que había cogido un *weta*. Sabe Dios lo que será eso...

—Es una langosta gigante —le informó el niño, ganándose con ello otra mirada de censura.

—Señora enfadada por barro en la ropa. —La niñera formuló a su vez una nueva disculpa—. Por eso nosotros hoy desnudar. Hace calor y es mejor para jugar...

—¡Ya lo oyes! —La señora Biller volvió a dirigirse inculpadora a su esposo—. Llegará a Inglaterra totalmente asilvestrado, qué pensarán de él en el internado...

—Podríamos enviarlo medio año antes —propuso pensativo Josuah Biller

La reacción de su esposa fue en un principio totalmente histérica.

—¿Ahora? ¿Antes? A mi pequeño... —Hizo el gesto de ir a abrazar al niño. Algo que a todas vistas a este le resultaba lamentable, y más aún en ese momento, en que había descubierto a Violet, quien tímidamente había ido acercándose.

—¿Y tú quién eres? —preguntó Caleb en tono amable.

Violet le sonrió y, disculpándose, también a la chica maorí. A continuación se dirigió a los señores Biller e hizo una reverencia con la cabeza inclinada. Cuando levantó la vista, buscó los ojos azul acuosos de la madre de Caleb.

—Soy Violet Paisley —dijo con firmeza—. Y no sé nadar.

A la señora Biller le bastaba con que Violet fuese blanca, hablara en inglés y no enseñara a su hijo ningún tipo de habilidad exótica como nadar o dialectos polinesios. El señor Biller planteó preguntas más precisas, pero pareció encantado con los datos de Violet. Sí, tenía experiencia con niños, pues cuidaba de su hermana pequeña. Y ya había ayudado en una casa señorial, no rompería ninguna taza y sabía utilizar un grifo. El señor Biller asintió cuando ella mencionó al reverendo Burton de Dunedin, y la señora Biller mostró un entusiasmo total cuando la muchacha mencionó el nombre de Lady's Goldmine. Las colecciones de Kathleen y Claire se conocían mucho más allá de Dunedin. Años atrás la señora Biller había encargado allí el traje de novia.

—¿Y tu padre trabaja en mi mina? —preguntó Biller a continuación.

Violet asintió. Era la pregunta que más inquietud le producía. Si el señor Biller pedía información al capataz acerca de Jim y Fred, no obtendría las mejores referencias. Pero en un principio, el propietario de la mina pareció satisfecho.

—Bien, entonces lo probaremos contigo. Esperamos que...

Bueno, explícaselo tú, Hermine, de verdad que tengo que ir al despacho, este desagradable asunto ya me ha robado demasiado tiempo. Ah, sí, y encuentra una ocupación para la pequeña maorí..., no vaya a ser que tengamos problemas con la tribu si la despedimos.

Señaló a la muchacha, Mahuika, y Violet se quitó un peso de encima. No le habría gustado quitarle el puesto a nadie.

La señora Biller resopló cuando su marido se hubo marchado.

—¡Problemas con la tribu! —murmuró—. En el fondo lo que pasa es que tienes el seso sorbido por ella.

Violet fingió no haberla oído y volvió a hacer una reverencia delante de su futura patrona.

—Muchas... muchas gracias, señora. Entonces..., ¿cuándo he de venir?

La señora Biller le indicó que volviera a la mañana siguiente a las siete. Tenía que despertar a Caleb, darle el té y ayudarlo a vestirse para después, una vez aseado y desayunado, cedérselo a su profesor particular.

—El reverendo tiene la amabilidad de darle clases, viene de nueve a doce. A la una comemos con la familia; tú habrás de ocuparte de que Caleb descanse al mediodía, luego él hará los deberes, que tú supervisarás, por favor...

Violet se preguntó si debía mencionar que solo sabía leer y escribir a medias, pero era probable que Mahuika tampoco supiese. Se limitaría simplemente a mantener al niño quieto en el escritorio sin preocuparse de lo que hiciese. Trató de sonreír al pequeño. Este la miraba inquisitivo y con una expresión grave. No parecía entusiasmado con su nueva niñera, pero tampoco daba la impresión de estar enfadado o molesto.

—Y a las seis, la cena. —Caleb tenía aspecto de enfurruñado y Violet lo entendía. La señora Biller hablaba como si estuviera dando instrucciones para dar de comer a un animal doméstico en vez de a su hijo—. Luego puedes marcharte.

Violet se mordió el labio. Sería muy justo, Jim y Fred solían regresar a casa hacia las siete. Pero lo conseguiría, podía dejar la comida preparada la noche anterior y calentársela a los dos luego. Lo mejor era que no supiesen nada de su nuevo trabajo. A lo sumo les diría que ayudaba un poco en casa de los Biller.

—Muchas... muchas gracias, señora —dijo de nuevo antes de darse la vuelta para marcharse—. Entonces... hasta mañana, Caleb.

El niño no contestó.

Sin embargo, Violet estaba muy contenta cuando corría hacia casa. De repente se acordó de que todavía no habían hablado de dinero, pero a lo mejor el panadero podría darle unos bizcochos a cuenta.

Cuando a la mañana siguiente Violet llegó a la residencia de los Biller, Caleb ya estaba levantado y vestido, sentado al escritorio en su habitación de estudio. Su reino constaba de dos estancias más: una sala de estar, que también servía de cuarto de juegos, y un dormitorio. Cada una de ellas era más grande que toda la cabaña de Violet.

La muchacha estaba algo nerviosa y se sintió culpable al ver al niño esperando.

—¿He... he llegado demasiado tarde? —preguntó a media voz.

Caleb negó con la cabeza.

—No, pero no soy un bebé. No tienes que vestirme y lavarme. ¡Tengo siete años!

—Casi un hombre —rio Violet.

—No te burles de mí —observó el chico—. Tengo suerte. Otros niños ya han de trabajar a los siete años.

Levantó el libro que estaba leyendo. *David Copperfield.* Violet intentó recordar de qué trataba.

—¿Qué... qué tengo que hacer ahora? —preguntó Violet, sintiéndose tonta y desamparada. Era obvio que allí no la necesitaban.

—Lo que quieras —respondió Caleb—. Primero el desayuno, claro. Tienes que ir a buscarlo. A mi madre no le gusta que coma abajo con ellos.

Violet se sorprendió.

—¿Por qué no? —inquirió. Y de nuevo se sintió incómoda porque cuestionaba las órdenes de su nueva señora—. Tú...

—Mi madre me considera un bebé —advirtió Caleb—, ya lo sabes. Y los bebés babean. O parlotean o qué sé yo. La cuestión es que a nadie le gusta tener a un bebé a la mesa. ¿Vas a buscar el té?

Violet bajó corriendo a la cocina, donde conoció a la cocinera. Agnes McEnroe era una escocesa de mediana edad cuyo esposo trabajaba de cochero para los Biller.

—¿Así que tú eres la nueva niñera? —preguntó afablemente cuando Violet hizo una experimentada reverencia frente a ella—. ¡Tienes aspecto de ser tú quien necesite una! Aunque la pequeña maorí tampoco es mayor que tú... solo está mejor alimentada.

Agnes enseguida colocó dos tostadas más sobre la bandeja. Al parecer estaba firmemente decidida a rebatir los prejuicios que había contra su pueblo. Violet solo vería en ella a una persona sumamente generosa.

—Puedes desayunar con el joven señor, le alegrará. Es un buen chico, el pequeño Caleb, pero siempre se aburre. Mira de animarlo.

Violet cogió nerviosa la bandeja sobre la que la cocinera acababa de depositar un nuevo plato y una segunda taza. Se había sentido madura para realizar el trabajo de una niñera. Pero ¿conseguiría entretener a ese niño algo precoz? Sobre todo le preocupaba en esos momentos encontrarse con la señora Biller en la escalera. Sin duda tomaría nota de que tenía intención de tomar té con su hijo y seguro que eso no estaba previsto. Al mismo tiempo, la boca se le hacía agua contemplando el azucarero lleno, la leche cremosa, la mantequilla y los dos tipos de mermelada. Al levantarse, solo había desayunado un mendrugo de pan y ni siquiera había preparado café, Rosie todavía dormía y no quería despertarla. La pequeña ya se quedaría suficiente tiempo sola... Violet se sentía de nuevo preocupada.

Caleb ya había despejado una mesa en el salón y habitación de juegos y, paciente, esperaba a Violet entreteniéndose con un libro. No encontró extraño ver la segunda taza y la tostada de más.

—Estás bastante delgada —fue lo único que dijo cuando Violet cogió la primera tostada.

—Yo... yo... todos en mi familia somos delgados —respondió la muchacha ruborizándose—. ¿Quieres mermelada de fresa o de naranja?

El niño puso los ojos en blanco.

—¡No-soy-un-bebé! —repitió despacio y con absoluta determinación. Por lo visto era su frase favorita—. No tienes que untarme el pan con mantequilla. Hasta puedo servir yo solito el té. ¡Mira! —Se lo demostró, poniéndose de pie, cubriéndose el brazo diestramente con una servilleta y agarrando la tetera como un camarero experimentado. Con la cabeza levantada y la espalda recta, se acercó a Violet por la izquierda, vertió perfectamente el té en su taza, sin dejar caer ni una sola gota, y se dirigió luego a ella con un tono respetuoso—. ¿Desea, milady, leche o azúcar en el té? ¿O prefiere, milady, limón?

A Violet se le escapó la risa. Caleb volvió a tomar asiento y cogió su tostada.

—Esa puedes comértela —dijo generoso—. Y te gusta... ¡la fresa! —decidió—. Te gusta todo lo dulce, ¿no es cierto?

Violet frunció el ceño.

—¿Cómo lo sabes? —preguntó.

Caleb se encogió con picardía de hombros.

—¡Tienes toda la pinta! —respondió entre risas. Y preguntó después—: ¿Qué quieres hacer? Todavía tenemos más de una hora antes de que llegue el reverendo.

Violet se mordió el labio.

—No... no lo sé —respondió—. ¿Qué hacía Mahuika contigo?

Caleb apretó los labios.

—Nada —confesó—. Bueno, naturalmente, iba a buscar el desayuno. Pero luego se marchaba al jardín. Está enamorada del ayudante del jardinero, ¿sabes?

Violet se preguntó si los escrúpulos de la señora Biller respecto a la chica maorí no estarían fundados. A saber qué más habría mostrado a Caleb, aparte de su desnudez.

—Por eso tenía que ir a jugar tantas veces al jardín. Aunque la verdad es que no me importaba. Me gustan los *wetas*.

—Pero ¿qué es un *weta*? —preguntó Violet.

Caleb sonrió.

—Un insecto. Una especie de langosta. Mira, ahí...

Cogió un libro de un armario y lo abrió. Violet vio un largo texto y una imagen. El animal de la ilustración no le hacía más simpática la fauna de su nuevo hogar.

—¿Dónde... humm... dónde están? —preguntó con repulsión.

Caleb echó un vistazo al texto.

—Depende del tipo... El de los árboles va de un lado a otro, pero el de los agujeros se encuentra a veces en casa... Léelo tú misma. —Le tendió el libro a Violet.

La niña titubeó.

—Yo... yo no sé leer muy bien —dijo en voz baja—. Me... me gustaría, pero...

—¡Si ya tienes trece años como mínimo! —se sorprendió Caleb.

La muchacha puso una expresión compungida.

—Tengo quince —dijo. A principios de año había sido su aniversario, pero no lo había celebrado. A su padre se le había olvidado la fecha—. Pero a leer no se aprende haciéndose uno mayor. Y es... es bastante difícil.

Caleb movió la cabeza. Quería dar la impresión de estar enfadado, pero en realidad su rostro resplandecía.

—¡No es difícil! —objetó con convencimiento—. ¿Quieres que te enseñe?

Las semanas que siguieron, Caleb Biller le abrió un mundo nuevo a su niñera de quince años.

# EL FIN DEL MUNDO

## *Isla Norte, Parihaka*

### 1879-1881

## *Isla Sur, Greymouth*

### 1880-1881

# 1

Desde el momento en que Matariki y Kupe se reunieron con los estudiantes del poblado modelo Parihaka, Kupe se sintió interesado por el proyecto. Ansiaba verlo y conocer al jefe Te Whiti, ante lo cual Matariki no se hacía ilusiones: si Te Whiti tenía como dirigente la mitad de carisma de lo que parecía, Kupe caería rendido a sus pies y querría quedarse a vivir en adelante en Parihaka.

A la joven eso podría haberle dado igual, porque no estaba enamorada de Kupe. Indudablemente sentía algo por su salvador, pero aunque la hubiese librado de la esclavitud en Hamilton, Kupe tenía demasiado poco en común con el príncipe que aparecía en sus sueños sobre un corcel blanco. Era amable y digno de cariño, aunque un poco infantil. Matariki encontraba que daba más traspiés que pasos a través de la vida en Auckland. No era que Kupe le diera lástima, aunque lamentaba el destino que le había tocado vivir, pero tampoco la impresionaba. Sus dos facetas volvían a enfrentarse: mientras que la mujer maorí no se preocupaba de si su hombre tenía o no más *mana* que ella, la alumna de la Otago Girls' School suspiraba por un héroe.

Y, por añadidura, el joven hacía que ella se sintiese culpable. Durante el período que había pasado en Hamilton, Matariki se había jurado vivir en el futuro como una maorí y luchar por los derechos de su pueblo. Sin embargo, ya a los pocos días de estar en Auckland se dejó seducir por los vestidos bonitos y las camas blandas. Si seguía a Kupe a Parihaka, él la instaría a que se quedasen. Sin embargo, se sorprendía a sí misma alegrándose de comenzar el nuevo curso en la escuela superior de Otago y de volver a tratar con chicas cuyo único problema era quién iba a representar el papel de la Julieta de Shakespeare en la función de la escuela.

Pero entonces Kupe encontró el apoyo de quien nunca había imaginado. Dos semanas largas después de que él y Matariki llegasen a Auckland, aparecieron los padres de esta. Habían viajado tan deprisa como les había sido posible, ¡y Lizzie Drury ardía en deseos de visitar Parihaka!

Al principio, mientras Matariki saludaba efusivamente a Lizzie y Michael, Kupe se sintió torpe e inseguro. A pesar de todas sus dudas, hasta entonces siempre había visto en la joven a la hija del jefe, inaccesible y elegida. Pero en ese momento ella se arrojaba con toda tranquilidad y gritando de alborozo en brazos de ese *pakeha* alto y de ojos azules al que sin titubeo alguno llamaba papá. Y tampoco Lizzie, la famosa *pakeha wahine*, se ajustaba a la imagen que Kupe se había formado. El joven había esperado una personalidad potente y espiritual, una esposa de jefe alta y majestuosa. En lugar de ello, del ligero carruaje que Michael había alquilado en Wellington bajó una mujer menuda y fina, vestida con un elegante traje de viaje y un audaz sombrerito, cariñosa y amable también con Kupe (al que su marido en un principio había mirado con recelo), pero totalmente distinta de la mujer fuerte que habría estado al lado de un Kahu Heke.

Pese a ello, Lizzie hablaba maorí con fluidez y enseguida se dirigió a Kupe en esa lengua. Se diría que los tatuajes del muchacho no la sorprendían.

Que el joven confesara que no dominaba lo suficiente la lengua de su pueblo despertó, sin embargo, las simpatías de Michael. Los Drury interrogaron de modo tan «discreto» al muchacho durante la cena que provocaron recelos en Matariki, en especial, cuando su padre planteó la pregunta decisiva:

—Y dígame, joven, ¿qué es lo que piensa hacer usted ahora con su vida?

Lizzie no pudo remediar echarse a reír cuando Michael se dirigió tan serio al joven que estaba junto a Matariki. Ella enseguida se había dado cuenta de que entre su hija y ese dulce gigante no había ningún vínculo amoroso, al menos no dormían juntos. Lizzie se sabía capaz de percibir ese vínculo entre dos personas, pero en el caso de Matariki más bien había notado como si su hija se impacientara ante la ocasional torpeza de Kupe. Entonces el joven mencionó Parihaka y ofreció a Lizzie la agradable oportunidad de concluir el interrogatorio y llevar la conversación hacia otros temas.

—¡Oh, sí, he oído hablar de ese sitio! —apuntó ella—. O más bien he leído al respecto. Aunque también los ngai tahu hablaban de él, para ellos no era tan importante, hace tiempo que no tienen problemas tan graves con los *pakeha* como la gente de aquí. En cualquier caso, es un asunto interesante. ¿Por qué no vamos allí, Michael? Llevamos al chico a su nuevo lugar de trabajo y aprovechamos para echar un vistazo.

Buscando aprobación, posó la mirada en su hija, a quien pensaba quitar de encima diplomáticamente a ese pretendiente simpático aunque inapropiado. Pero Matariki parecía insegura y casi algo triste. ¿No quería ir a Parihaka? Lizzie decidió hablar más tarde acerca de esto con ella.

Michael, en cualquier caso, no tenía nada en contra de hacer una pequeña excursión al monte Taranaki, y tampoco parecía en absoluto preocupado por la posibilidad de perder a su hija en ese proyecto. No tenía la menor duda de que Matariki regresaría con él y con Lizzie a Dunedin y reemprendería su antigua forma de vida. Cuanto antes se desprendiera de esos chicos maoríes, tanto mejor. Michael nunca había tenido una especial sensibilidad para los matices.

Así pues, tampoco se percató de la tensión que reinaba en el carruaje cuando los cuatro pusieron rumbo al sur a la mañana siguiente. Si algo notaba, achacaba la desazón de Matariki al hecho de que volvían a recorrer el trecho que la chica y Kupe habían realizado al huir de Hamilton.

—¿Estás segura de que no quieres denunciar a esos McConnell? —preguntó una vez más a Matariki mientras daban un amplio rodeo a la ciudad—. Por... «privación de la libertad individual» o lo que sea. Podríamos ir a la policía.

Matariki sonrió. Para hacer tal sugerencia, su padre tenía que haber superado sus propias prevenciones. Aunque ya habían transcurrido tres décadas desde que lo habían deportado a Australia, Michael Drury todavía tenía una relación incómoda con la autoridad.

—Bah, déjalo estar, papá, ya les hemos fastidiado bastante —lo calmó ella—. Sin contar con que en Hamilton ni siquiera hay comisaría de policía... ¡Lo único que quiero es no tener que volver nunca más allí!

Michael asintió, aliviado, y condujo el carro con cautela por los accidentados caminos secundarios que transcurrían rodeando la ciudad. Habría preferido tomar una ruta más alejada de esta, pero en la Isla Norte eran pocas las carreteras bien construidas y apenas se encontraban hoteles ni pensiones en el trayecto entre Auckland y Parihaka. La vía transcurría entre terrenos privados, sobre todo pastizales, aunque no tan extensos como los de las Llanuras de Canterbury, o por colinas boscosas. De vez en cuando también pasaban por hayedos, bosques de helechos y junto a unos kauris de dimensiones imponentes.

Para sorpresa de Kupe, Lizzie tenía mucho que contar. Había vivido largo tiempo en la Isla Norte y había sido amiga de una tribu maorí en Kororareka.

—Los ngati pau —explicó la mujer al chico—. La tribu de Hongi Hika, donde también conocí a Kahu. Ya entonces era un rebelde, pero no tan fanático como decís vosotros dos. Ni tampoco tan decidido a hacerlo todo con tanta sangre fría. El pensamiento de ese Te Whiti, de todas formas, me gusta mucho más. ¡Estoy impaciente por conocer Parihaka!

Lizzie sonrió a Matariki. La muchacha le había abierto su corazón la noche antes de la partida.

—¡Me siento como una traidora! Por una parte sé que Kahu Heke tenía razón. Nunca me había tomado en serio toda esa historia de la opresión *pakeha*. Pero en Hamilton...

—Fue una experiencia —la sosegó Lizzie—. No olvides que también en la Isla Norte hubo muertos. A causa de esas desdichadas guerras y conflictos encabezados por locos como Te Ua Haumene o fanáticos como Te Kooti. Las dos partes tienen víctimas que lamentar y, por supuesto, no se lo perdonan mutuamente con tanta facilidad. No debes tomar partido si no quieres.

—¡Sí, debo hacerlo! —Matariki se puso en pie y empezó a caminar, seguida del fiel *Dingo*, arriba y abajo de la habitación, una costumbre de Michael que ella había adoptado. Tampoco el marido de su madre era capaz de quedarse sentado y quieto—. Esto no puede seguir así. Cosas como lo que sucedió en el poblado de Kupe no deben volver a pasar y...

Lizzie sonrió.

—Te gustaría reparar ese agravio porque Kupe te cae bien —señaló—. ¡Ha hecho mucho por ti!

Matariki asintió.

—Pero no estás enamorada —constató Lizzie—. Y te lo reprochas.

La muchacha miró incrédula y perpleja a su madre. ¿Cómo lo sabía? ¡Cuánto bien le hacía que alguien lo verbalizara! Matariki hizo un puchero, a punto de ponerse a llorar.

Lizzie tiró de su hija para que se sentase en el sofá y luego la abrazó.

—Matariki, ¡el amor es así! —dijo con dulzura—. No se puede controlar. A veces uno se enamora de la persona equivocada y, con mucha frecuencia, de alguien que no corresponde a su amor. Y luego aparece otro capaz de amarnos, pero por quien no sentimos nada. No hay que sentirse culpable por ello, siempre que no se mienta al otro y a uno mismo. Lo estás haciendo bien, Mataraki, no te preocupes.

—¡Pero todavía no me he enamorado nunca! —protestó Matariki—. ¡Y me gustaría tanto...! Creo... creo que me pasa algo raro, yo...

Lizzie fue incapaz de contenerse. Por mucho que quisiera a su hija y que tomara en serio lo que le pasaba, se echó a reír.

—¡Riki, ya te llegará el momento! —le aseguró—. Probablemente cuando menos te lo esperes y cuando menos lo necesites.

Pocos días después, las palabras de Lizzie se vieron confirmadas.

Durante el viaje, el respeto de Kupe hacia Lizzie y Michael fue en aumento. Hasta entonces, los *pakeha* siempre le habían resultado zafios e incapaces de ponerse en el lugar de los maoríes. Los blancos que conocía casi nunca salían de su ciudad y la más mínima excursión precisaba de unos enormes preparativos. En cambio, Lizzie, Michael y Matariki abandonaron la civilización en cuanto emprendieron el viaje. El antes buscador de oro y la amiga de los maoríes no necesitaban pensiones. Sabían encender un fuego al borde del camino, se desenvolvían pescando y cazando, y no les molestaba acampar para dormir. Las tiendas eran nuevas, en Auckland, Michael había comprado una para él y Lizzie y otras dos más pequeñas para Matariki y Kupe. Por lo visto, no escatimaban en ello, habían elegido el mejor equipo, toda vez que Lizzie se quejó de que no habían alquilado ningún carro entoldado.

—Queríamos reunirnos lo antes posible contigo —le contó a Matariki para justificar el vehículo que habían elegido, elegante en su diseño, pero poco adecuado para cubrir largas distancias—. Y además pensábamos que las carreteras estarían en mejor estado.

Al parecer, la Isla Sur llevaba en eso algo de ventaja a la Isla Norte, si bien la fiebre del oro había acelerado, por supuesto, la construcción de carreteras en Otago. Pero durante el viaje, Lizzie y Michael demostraron ser unos auténticos pioneros y Matariki se reveló como una digna hija de los ngai tahu. A Kupe le resultaba casi lamentable que supiesen más acerca de cómo sobrevivir en su país que él mismo.

—Los tatuajes —le pinchaba Matariki— no hacen al guerrero.

Al final abandonaron la conexión principal entre Auckland y Wellington y giraron al oeste, hacia el mar de Tasmania. Matariki y Lizzie se pusieron igual de contentas cuando apareció el mar.

—¡A lo largo de este litoral navegamos Kahu y yo! —señaló Lizzie en un tono casi nostálgico. Michael le lanzó una mirada celosa—. La costa es una maravilla.

Eso era cierto. La costa occidental de la Isla Norte era muy variada, las bahías planas se alternaban con las costas escarpadas, había playas de arenas oscuras y de arenas claras, así como acantilados rocosos, pero a veces los bosques mixtos y de helechos llegaban hasta el agua. Puesto que el día era claro, pronto avistaron el monte Taranaki y su cima nevada brillando bajo los rayos del sol.

—¡Otra tierra más que nos han arrebatado! —gruñó Kupe, mirando hacia la montaña—. Confiscada durante la guerra de Taranaki.

Lizzie frunció el ceño.

—¿No devolvió el Gobierno la montaña el año pasado? —preguntó a Michael.

Este asintió.

—En efecto —observó él—. Después de que los colonos hubiesen comprobado que en la tierra no había nada de utilidad. Y, encima, el volcán entra en erupción de vez en cuando. Así es fácil ser generoso.

Para sorpresa de Kupe, los Drury entendían la situación de los maoríes y su indignación respecto a los colonos blancos. Cuando tuvo suficiente confianza para abordar el tema, Michael pasó medio día de viaje contándole con todo detalle la historia de Irlanda y la lucha por la libertad de su propio pueblo.

—¡Nosotros sabemos muy bien lo que es la opresión, muchacho! —aseguró Michael, dándoselas de importante, e informándole de que lo desterraron a Tasmania después de haber robado dos sacos de grano a causa de la hambruna.

En cuanto al *mana*, también el padre adoptivo de Matariki iba ganando puntos a ojos de Kupe.

—Entonces, usted fue una especie de héroe de la independencia, ¿verdad, señor Drury?

Lizzie sonrió para sí en silencio. En realidad, Michael había estado vendiendo whisky y había cogido el grano para producir alcohol de forma ilegal, y con las ganancias de su venta escapar de Irlanda con su novia, que se encontraba en estado de buena esperanza.

—¿Hay algún héroe de la independencia que no tenga motivos personales? —observó en voz baja en un momento dado.

Matariki, la única que había oído su susurro, se encogió de hombros. La carretera costera transcurría en esos momentos junto a una playa que le recordaba su bahía favorita en Dunedin, y recordó la escuela y Elizabeth Station. ¿Volvería a ser su vida tan sencilla como lo había sido hasta entonces? ¿Había algo que fuera exactamente lo que parecía?

Lo primero que contemplaron en Parihaka fueron los campos que se extendían junto a un camino estupendamente construido y conservado, flanqueado por acres y acres de cultivos de boniatos y melones, coles y cereales.

—Para cultivar todo esto seguro que se necesitan cientos de personas —observó Kupe, maravillado.

Michael miró el trazado recto de los surcos y los márgenes limpios.

—O arados muy modernos y otros utensilios agrícolas.

—Como para confirmar su suposición, precisamente en ese momento apareció un pesado caballo de sangre fría tirando de un arado enorme cuyo conductor cultivaba tierra nueva. El joven maorí lo saludó cortésmente y Michael devolvió el ademán—. Ambas cosas en el mejor de los casos —agregó después, y señaló a unas cuantas mujeres y chicas que en la linde de un campo arrancaban malas hierbas—. Pero esto tiene un aspecto fabuloso. Si sigue así... En realidad, ¿qué era Parihaka en su origen?, ¿un *pa*?

Kupe negó con un gesto.

—Ninguna fortificación, precisamente. Un pueblo abierto. Te Whiti así lo proyectó, no debía parecer peligroso, sino acogedor. Todo el mundo iba a ser bien recibido en él, era...

—En su origen había sido proyectado como refugio para aquellos que se habían visto desarraigados por las guerras maoríes —contó Matariki, menos efusiva. También ella había tomado nota de lo que habían contado los estudiantes, pero había sido reacia a que la cautivasen sus profetas—. Cuando se confiscaron sus tierras, expulsaron de ellas a muchos.

—Y reunirlos a todos aquí era un acto de protesta —añadió Lizzie—. Te Whiti tuvo que ser prudente a la fuerza, seguramente por eso buscó un emplazamiento abierto. Los *pakeha* habrían considerado un acto de hostilidad que hubiese construido un *pa*. Aquí todo era y es muy transparente...

Y a partir de ahí nadie dijo nada más. Los cuatro contemplaron admirados Parihaka.

—¡Qué bonito! —susurró Matariki, que hasta ese momento había estado firmemente decidida a no dejarse impresionar.

El poblado se había erigido en un claro, y era evidente que nadie había tenido interés en talar árboles, pues para las tribus la naturaleza era sagrada. Detrás del pueblo se elevaba enseguida el bosque, que cubría la pequeña colina, y por encima de él resplandecía la cumbre mayestática del Taranaki. Parecía como si los espíritus de la montaña velaran sobre los humanos que se habían reunido allí. También el mar abrazaba el poblado y el Waitotoroa abastecía con sus claras aguas a la población.

Michael guio al caballo por unos caminos anchos y limpios a través de la localidad, que como todo poblado maorí disponía de casas de reuniones, dormitorio y almacén. Algunos edificios semejaban las cabañas de madera de los *pakeha*, mientras que otros estaban adornados con elaboradas tallas de madera al estilo maorí. Lizzie reconoció dos casas de reuniones grandes y decoradas con esmero en el centro del poblado. Unas tallas de helechos estilizados y unas esbeltas figuras de dioses daban muestra de la destreza del artesano.

En torno a las casas dormitorio con frecuencia se extendían unos huertos pequeños, cercados también con primor y muy cuidados.

—Madre mía, es como con los alemanes con los que trabajé una vez —dijo Lizzie, admirada. Durante los primeros meses en Nueva Zelanda había trabajado en un pueblo administrado por unos campesinos de la Baja Sajonia—. Nunca, ni antes ni después, he visto montones de estiércol tan delicadamente dispuestos como allí. No es extraño que estas instalaciones impresionen a cualquier observador.

—¿Y dónde encontraremos ahora al milagroso Te Whiti? —preguntó Michael.

El pueblo tenía muchos habitantes, aunque a Lizzie le llamó la atención que no hubiese personas mayores. A primera hora de la tarde, los hombres y mujeres maoríes solían estar ocupados en los campos o en otras labores. En el poblado se quedaban sobre todo ancianos y niños al cariñoso cuidado de los «abuelos». También ahí jugaban los pequeños, la mayoría de corta edad, pero vigilados por mujeres y chicas jóvenes. Estas cuchichearon entre sí al ver a los recién llegados y saludaron amablemente, aunque sin apenas levantar la vista de lo que estaban haciendo. Casi todas preparaban la comida. A fin de cuentas, había que alimentar a esa enorme colonia.

Matariki buscó inquieta con la vista las señales de un exceso de tradicionalismo, pero allí no había hogueras separadas para los *ariki* ni las muchachas llevaban vestidos tradicionales, que en su mayoría iban vestidas a la manera occidental. También en la Isla Norte los maoríes se habían percatado enseguida de que las prendas *pakeha* eran de más abrigo y más adecuadas para el clima neozelandés que las faldas ligeras y las capas de los polinesios. Unos cuantos hombres, que acababan de llegar de cazar, tenían el mismo aspecto que los guerreros de Kahu Heke, pero evidentemente en la selva se justificaban sus taparrabos. Matariki confirmó, complacida, que al parecer en Parihaka se guiaban más por reflexiones concretas que por ideales.

Michael se detuvo delante de dos mujeres que estaban pelando boniatos y Lizzie preguntó por Te Whiti.

—Oh, debe de estar en los campos —respondió una de las muchachas, sonriendo cordialmente. Parecía alegrarse de que Lizzie hablase maorí—. Pero si sois visitantes, se os dará la bienvenida en uno de los *marae*. Habéis llegado un poco temprano para la asamblea, la mayoría vendrá mañana o pasado mañana. El *ariki* hablará cuando salga la luna llena. Pero, por favor, sed bienvenidos, tanto si podéis hablar con uno de los jefes como si no. Todos somos Parihaka. Cualquiera contestará gustoso a vuestras preguntas. —Y dicho esto les señaló el camino al *marae* que se alzaba en medio del poblado.

—¡Qué amables son! —exclamó Matariki, encantada—. Y ya estoy pensando en la comida. Preparan *hangi*, ¿lo veis? Hace mucho que no pruebo platos hechos así.

Los *hangi* eran los hornos de tierra tradicionales en los que la comida se cocía con piedras calentadas con anterioridad, pero aquí, tan cerca del monte Taranaki, seguramente también por medio de la actividad volcánica natural: primero se cavaban unos agujeros donde se metían cestos con carne y verduras, y pasadas unas horas se sacaban de nuevo con la comida cocida a fuego lento.

Kupe no recordaba haber disfrutado nunca de algo así. Dentro y delante del *marae* esperaba a los huéspedes un grupo de chicas que había transformado la casa de reuniones en alojamiento para los huéspedes. Las muchachas limpiaban y colocaban las esterillas.

—¡Habéis llegado pronto! —señaló también el comité de bienvenida—. La mayoría de los invitados viene poco antes de la reunión. Pero nos alegramos de que participéis así de la vida del poblado. Disculpad que no hagamos un *powhiri* individual. En ese caso no acabaríamos nunca de cantar y bailar. Para las reuniones mensuales llegan hasta mil invitados.

Michael sonrió a la muchacha.

—¿Tengo yo aspecto de bailar el *wero*? —preguntó en tono de broma, refiriéndose a una danza de guerra que formaba parte del ceremonial de bienvenida. La ejecutaba un guerrero especialmente fuerte, y sus movimientos indicaban si los visitantes llegaban con intenciones de paz o de guerra.

—¡Usted no, pero ese ya lo creo! —Rio la muchacha, que señaló a Kupe después de haber cambiado sin esfuerzo del maorí al inglés al notar que a Michael le costaba formular la pregunta. Dirigió una sonrisa seductora al joven—. Todavía llevas tatuajes, es raro. ¿Eres hijo de un jefe?

Kupe se sonrojó, lo que confirió un aspecto amenazador a sus tatuajes.

—No... Yo... es más... porque es *kitanga*...

Si la muchacha se sorprendió de que el guerrero no pronunciase correctamente una palabra tan sencilla, no lo demostró.

—Sí, ahora están de moda —comentó—. Pero yo no me los dejaría hacer, duele mucho, ya lo sabes tú. Debes... debes de ser muy valiente...

La chica coqueteaba sin la menor vergüenza y a Kupe eso parecía gustarle. Lizzie dirigió a su hija una mirada curiosa, pero por lo visto Matariki no se sentía celosa. Estaba fascinada por la casa tan cuidadosamente adornada y por el dinámico poblado.

Lizzie bajó del vehículo.

—*Kia ora!* Nos alegramos de estar aquí —dijo—. Soy Elizabeth Drury, en maorí Irihapeti. Vengo de Londres, pero he vivido con los ngati pau y ahora compartimos el *wahi* de un *iwi* de los ngai tahu —dijo, ofreciendo una típica versión abreviada del tradicional *pepeha*.

La mayor de las muchachas se acercó a ella y la saludó con el *hongi*, apoyando la frente y la nariz en los de Lizzie.

—*Haere mai*, Irihapeti. Soy Koria, de los ngati porou. Espero que no veas una enemiga en mí.

Los ngati porou eran antiguos rivales de los ngati pau.

—No tengo enemigos —respondió Lizzie con cordialidad—. Y si he entendido correctamente el espíritu de Parihaka, no hay aquí hostilidad entre las tribus. Si quieres saludar a mi hija... es medio ngati pau.

Matariki dirigió una sonrisa resplandeciente a Koria y le ofreció la nariz y la frente.

—¡Seremos amigas! —exclamó con entusiasmo la anfitriona después de haber abrazado a la muchacha recién llegada.

Matariki asintió.

—¿Puedo ayudar a hacer algo? —preguntó.

También Lizzie cogió una escoba mientras Koria le daba un montón de mantas a Matariki.

—Puedes repartirlas entre las esterillas. Y Pai les enseñará entretanto a los hombres dónde pueden desenganchar los caballos.

Miró a Kupe y dirigió un guiño pícaro a Matariki. La chica que había estado hablando con él sobre sus tatuajes no podía dejar de mirarlo.

Para cuando la casa para los huéspedes estuvo preparada, ya anochecía y los habitantes de Parihaka regresaban de los campos o de sus otras labores. El poblado no tardó en llenarse no solo de vida, sino también de música y risas. Concluido el trabajo, reinaba un extraordinario ambiente festivo en Parihaka. La mayoría de la gente joven comía y bebía, bailaba y tocaba, y los huéspedes eran invitados a participar, como era habitual en las tribus maoríes.

Matariki disfrutó de la compañía de chicas de su edad, quienes rieron y aplaudieron cuando intentó ejecutar ella sola el *haka* de los ngai tahu de Tuapeka. La chica llamada Pai seguía pegada a Kupe como una lapa y le llevaba comida y cerveza, pero Lizzie se percató con un sentimiento entre divertido y preocupado de que él solo tenía ojos para Matariki. Por otra parte, ni el chico ni Michael se sentían marginados por su escaso dominio del maorí. Casi todos los habitantes de Parihaka sabían inglés y muchos de ellos lo hablaban con fluidez. Esto confirmó las sospechas de Lizzie respecto a que ese lugar no era, en un principio, un campo de refugiados para los perseguidos de las guerras maoríes. Tal vez se había originado como tal, pero entretanto eran sobre todo jóvenes maoríes los que se reunían en Parihaka, jóvenes descontentos con la irrupción de los *pakeha* en su mundo, pero que no querían responder con la violencia armada. Casi todos tenían una historia peculiar, pocas veces tan dramática como la de Kupe, pero siempre en torno a un tránsito entre los mundos que desembocaba al final en el deseo de que se unieran en la paz.

—¡Y además solo tenemos que enseñar a los *pakeha* que no somos unos necios salvajes! —declaró Koria—. No pensamos ganarnos su respeto bailándoles un *haka*, enseñándoles la lengua y amenazándoles con una lanza. Tienen que ver que podemos organizar la vida comunitaria tan bien como ellos, que cultivamos nuestra tierra, administramos nuestros negocios y dirigimos nuestras escuelas. No nos avergonzamos de adoptar cosas de ellos. Pero tienen que comprender que también ellos pueden aprender algo de nosotros.

Kupe estaba encantado con esta filosofía, y también Matariki parecía impresionada. Los dos se sorprendieron colándose en secreto en el segundo *marae*, junto al cual se hallaba una pequeña casa dormitorio. Ahí vivía, según decían, Te Whiti o Rongomai, el guía espiritual del movimiento Parihaka. En su inspección, ambos descubrieron a un hombre de barba blanca cuya cabeza era proporcionalmente algo grande en relación al resto del cuerpo. Todavía tenía el cabello oscuro, que ocultaba con un sombrero *pakeha*, y llevaba un traje también *pakeha* que le sentaba mal, pues la chaqueta le ceñía el tórax. Te Whiti conversaba animadamente con dos hombres: su delegado, Tohu Kakahi, y su amigo y pariente, Te Whetu.

Cuando Matariki hizo un movimiento torpe y atrajo la atención de los hombres, los tres le sonrieron. La muchacha enseguida se dio cuenta de que Te Whiti no iba tatuado. Sin saber por qué, eso la tranquilizó.

En los tres días que siguieron, el poblado de Parihaka se llenó de los invitados que acudían al encuentro. Así llamaban los habitantes a la reunión mensual en la que normalmente Te Whiti, así como el gran orador Te Whetu, hablaban a los presentes. La gente acudía en solitario, en pequeños grupos y de vez en cuando con la tribu al completo, así como también en mayores delegaciones tribales que debían ser saludadas formalmente con un *powhiri*.

El segundo día, Koria y Pai pidieron a Matariki que cantase y bailase con ellas, para lo cual le prestaron una faldita *piu piu* y una parte superior en donde habían cosido el estampado específico de Parihaka. Matariki lo lució con orgullo y bailó complacida con las otras, aunque los pasos todavía no le resultaban familiares. Antes de la luna llena solo vio muy esporádicamente a

Te Whiti y Tohu, ambos estaban ocupados hablando con los cabecillas de los distintos grupos para exhortarles a mantener la paz y colaborar. Para las tribus maoríes de la Isla Norte la idea del *kingitanga* (la reunión de todas las tribus bajo un solo rey) no era nueva, a esas alturas Tawhiao era ya el segundo rey en funciones, pero les resultaba difícil verse como un solo pueblo y Te Whiti tenía que resolver con bastante frecuencia pequeñas disputas.

Koria y los otros habitantes del poblado que hablaban inglés con soltura se ocupaban sobre todo de los *pakeha* que habían acudido. También ellos eran muchos; algunos procedían del Gobierno provincial y otros eran soldados, pero la mayoría eran representantes de la prensa. Unos pocos se habían entusiasmado tanto con la vida en común en Parihaka como los jóvenes maoríes y de buen grado se hubiesen quedado allí. Ese tipo de solicitudes se respondían siempre negativamente: los *pakeha* eran bien vistos como visitantes, pero el poblado pertenecía a los nativos.

El día del encuentro la población había crecido en más de mil personas y los Drury tomaron nota, con admiración, de cómo los habitantes organizaban esa afluencia. Parihaka se autoabastecía, y en esos momentos, antes de la asamblea, todas las cocinas y hornos trabajaban con el doble del personal y con todo su vigor. Brigadas enteras de pescadores y cazadores se marchaban para garantizar provisiones de carne. Kupe, que se fue con ellos, aprendió cómo cazar pájaros con lazo según el método tradicional y llevó orgulloso su botín a Matariki.

—Y hasta los espíritus están de su parte —bromeó Lizzie cuando todos se reunieron al ponerse el sol. Te Whiti habló en medio del campo a las afueras del poblado. La plaza de las asambleas que había delante del *marae* o las casas de la comunidad eran demasiado pequeñas para esas masas de espectadores—. Al menos los responsables del tiempo. ¿No es preciosa esta luz?

En efecto, la puesta del sol teñía la nieve sobre el monte Taranaki y el cielo sobre el mar con una sinfonía de colores. Los distintos tonos de rojo se unían a los luminosos amarillos y ocres, como si unas flechas doradas y plateadas hubiesen alcanzado el mar, mientras las olas jugaban con la última luz del sol. Asimismo, los cuerpos de los bailarines y cantantes, que daban la bienvenida a los visitantes al comienzo del encuentro, parecían hechizados. Con solemne gravedad pronunciaron las oraciones tradicionales, bailaron su mensaje de paz y, al final, una mujer mayor y muy impresionante lanzó el *karanga* con un fervor y potencia similares a los de Hainga entre los ngai tahu. Matariki pensó en lo blasfemo que debió de sonar su propio intento de unir el mundo de los dioses y el de los humanos. Pero ahora se sentía protegida y bendecida, y no protestó cuando Kupe, emocionado, le cogió la mano.

Por fin se presentó ante la multitud Te Whiti, quien, incluso en la indumentaria tradicional de jefe tribal, era un hombre de aspecto menudo y que no parecía dar importancia a la pompa. Sus armas de ceremonia eran sencillas y su ayudante las dispuso de forma tan discreta a su lado que daba la impresión de que alguien las había dejado olvidadas. Llevaba una capa de lana, ni la mitad de valiosa que la prenda de plumas de Kahu Heke con que Matariki se había protegido del frío nocturno.

Sin embargo, se diría que Te Whiti crecía una vez que se plantaba delante de su audiencia. Hablaba en maorí, pero se detenía tras pronunciar unas pocas frases para que Koria pudiese traducirlas al inglés. La joven resplandecía de orgullo por haber sido elegida en esa ocasión para tal tarea y Matariki casi sintió una pizca de envidia.

—Mi nombre —dijo Te Whiti con serenidad— es Te Whiti o Rongomai. Desciendo de los patukai, un *hapu* de los ngati tawhirikura. Desde hace generaciones, los jefes de nuestra tribu proceden de mi familia, también yo fui elegido para serlo y, como todo *ariki*, soy un guerrero. Nací para luchar, me educaron para luchar y estuve muchas veces presente cuando mi pueblo despertó al dios de la guerra Tumatauenga. Para mi pueblo, contra los intrusos que querían arrebatarnos la tierra sin preguntar ni pagar el valor correspondiente por ella. Profesé esforzadamente fidelidad al dios, pero mientras derramaba sangre, se despertó en mí la duda. ¡La guerra no puede ser algo bueno! Tampoco los dioses tendrán el propósito de que matemos. Es lo que nos dice nuestra religión y lo que les dice a los *pakeha* la suya. Amigos míos, en el mundo no hay nada bueno que haya surgido por medio de la violencia. Al contrario, la violencia nos influye, nos cambia y no nos hace mejores. A través de la violencia sucede exactamente aquello que procuramos evitar por todos los medios. A saber, que nos conquisten y nos venzan, que una fuerza extraña nos someta. A través de la violencia nos convertimos en esclavos, esclavos de la muerte y del dios Tumatauenga. Lo he aprendido, amigos, lo he sentido y deseo transmitiros este mensaje: ¡Libraos de matar y de la violencia! No hay razón para que la guerra nos someta, ¡sed libres! ¡Dejad que la paz os libere!

Matariki y Kupe unieron sus gritos de júbilo con los de los demás, mientras Lizzie y Michael se miraban escépticos. Según su experiencia, el mundo no siempre pertenecía a la gente de paz, sino más bien al contrario.

Te Whiti sonrió a los congregados.

—Me alegro de que muchos de vosotros me entendáis y escuchéis la advertencia de los dioses. Pero también veo rostros afligidos. En muchos de vuestros corazones todavía reina la oscuridad, y, naturalmente, también lo entiendo. Siento vuestra tristeza cuando los blancos violan vuestra tierra en busca de oro y de carbón. Comparto vuestra indignación y os doy la razón: tenemos que impedir que sigan haciéndolo. ¡Pero no con violencia, tomando las armas! Y no porque las armas de los *pakeha* sean más fuertes. Porque no podréis ganar una batalla contra ellos, con vuestros *waihaka* y *taiaha* y un par de armas que habéis comprado al enemigo. La Corona inglesa lleva siglos luchando, amigos. Ha sometido a tantos pueblos como estrellas hay en el cielo.

—Tampoco serán tantos —refunfuñó Michael.

Lizzie se encogió de hombros.

—Tiene toda la razón —señaló—. Las *taiaha* contra los cañones solo producen muertos maoríes y tierra para los blancos.

Queda por plantearse qué es lo que propone este hombre en lugar de eso. No creo que pretenda desterrar a los *pakeha*.

Una *taiaha* era un palo en forma de lanza. El arma más importante del guerrero maorí.

—Los *pakeha* creen que vencerán mediante las armas —siguió diciendo Te Whiti—, están seguros de ello. Pero yo, amigos, yo estoy seguro de que podemos vencer con la fuerza de nuestros espíritus, a través de la fuerza espiritual que ilumina esta tierra y que al final también envolverá a los blancos. La luz emanará de este pueblo, mostraremos a los *pakeha* cómo vivimos, les daremos la bienvenida para que invoquen a los espíritus con nosotros, los convenceremos de que la paz da fuerza, mucha más fuerza que la violencia del Imperio británico.

Los espectadores vitorearon cuando Te Whiti acabó, también Matariki y Kupe saltaron cantando y bailando.

Lizzie, por el contrario, arqueó las cejas.

—Si no sale mal —observó.

Lizzie Drury tenía sus propias experiencias con la cuestión de llevar una vida según los preceptos divinos. Cuando era joven lo había intentado con frecuencia mediante la oración, pero había llegado a la conclusión de que Dios no se inmiscuía, al menos en sus asuntos. Lizzie había tenido que mentir, engañar y en una ocasión incluso recurrir a la violencia armada para salvar su vida. Aunque, en el último caso, los espíritus de los maoríes sí se pusieron de su lado. Cuando llevada por la desesperación golpeó la maza de guerra contra el cráneo de su torturador, creyó sentir que las legendarias guerreras de la tribu guiaban su mano.

—Uno no sacia su hambre con la iluminación —añadió Michael—. Durante la hambruna los irlandeses no iban escasos de curas.

Matariki lanzó una mirada severa a sus padres.

—¡No lo entendéis! —protestó enfadada—. ¡Y es muy sencillo! Es maravilloso, yo...

—Calla, ¡va a hablar Te Whetu! —advirtió Kupe—. Es imponente, ¿verdad?

Te Whetu era más joven y más alto que Te Whiti, su voz mucho más sonora. También él se presentó primero como pariente y confidente del jefe y como veterano de las guerras de Taranaki. Pero luego también hizo su llamada.

—Nuestro gran jefe Te Whiti ha oído las voces de los espíritus. Vosotros, sin embargo, oís las voces de los *pakeha*, y yo sé que con frecuencia estos dominan el arte de la oratoria. Los dioses nos recomiendan que busquemos la paz, la amistad, pero no nos aconsejan que nos demos por vencidos. Así pues, ¡estad alerta, sed amables pero no confiados! Los *pakeha* lo intentarán todo para que cedáis vuestras tierras, y de vez en cuando sus razones no son injustificadas. Una línea de ferrocarril une territorios que nada sabían el uno del otro. Los pastizales para ovejas y vacas garantizan el suministro de carne; sabemos que este fue siempre el desvelo de nuestros antepasados y que las tribus compiten por su terreno de caza. Pero todo esto no debe favorecer solo a los *pakeha*, sino también a nosotros. Y no hay ninguna razón por la que sus ovejas tengan que pastar en lugares que para nosotros son sagrados o que, simplemente, nos pertenecen en exclusiva. Si quieren nuestra tierra, tienen que pagar honestamente por ella y deben preguntarnos si de verdad queremos venderla. Sed listos, amigos míos, y no os dejéis engañar por regalos con los que quieren corromper a vuestros jefes. No permitáis que os opriman, no consintáis que os convenzan, no dejéis que os silencien. Mostrad a los blancos que tenemos dignidad. ¡Recibidlos amablemente, pero no os desviéis ni un dedo de lo que vuestra tribu ha decidido sobre vuestra tierra!

Te Whetu también cosechó sonoros aplausos, incluso por parte de muchos miembros tribales que al principio lo habían mirado con cierto escepticismo. Tras su discurso, la reunión había concluido en lo esencial. Los visitantes y los habitantes del poblado se unieron en grupitos que comentaban lo que habían escuchado y discutían sobre ello, y al final todo terminó de nuevo en una fiesta con cantos y bailes, whisky y cerveza.

—Una destilería de whisky no funcionaría nada mal aquí —observó Michael, deslizando una mirada de experto alrededor.

Su hija protestó.

—¡No os tomáis nada de esto en serio! —dijo enfadada, incluyendo a Lizzie, a quien había sorprendido durante el discurso levantando la vista al cielo—. ¿Qué os pasa? ¿No creéis a Te Whiti?

Lizzie arqueó las cejas.

—No es cuestión de creer. Seguro que ese hombre tiene las más honorables intenciones. Pero me temo que no convencería al ejército de su majestad.

—Si recibimos al ejército de su majestad con flores y niños sonriendo, cantarán y festejarán con nosotros, igual que los guerreros de las tribus —aseguró Pai, que se había reunido con ellos en busca de Kupe—. Mirad allí, los ngati pau están bailando con los ngati porou, y los te maniapoto intercambian el *hongi* con los ngati toa. ¡Este es el milagro de Parihaka, el milagro de Te Whiti!

—Yo más bien lo atribuiría al efecto fraternal del whisky —intervino Michael—. Pero da igual, mejor así que cuando los *pakeha* y los maoríes se matan a golpes. Yo no creo en milagros y en lugar de invocar espíritus recurriría a los abogados para que representasen a las tribus ante el Gobierno. Pero no cabe la menor duda de que Parihaka es un poblado hospitalario y que ese anciano me resulta mucho más simpático que Kahu Heke. —Arrojó a Lizzie una mirada de soslayo que ella no respondió.

—Entonces, no te importará que me quede aquí —replicó Matariki en tono mordaz.

Michael se sulfuró.

—¿Estás chiflada? ¿Has perdido la razón?

Lizzie suspiró.

—Más bien no —observó—. Me temo que ha encontrado varias...

Michael miró a la madre y la hija.

—Olvidaos ahora de eso —dijo con dureza—. Matariki, no puedes quedarte aquí. Todavía eres demasiado joven para apañártelas sola. Tú...

—¡Llevo meses apañándomelas sola a la fuerza! —contestó la joven, arrogante—. Y aquí tampoco estoy sola.

—¡Conque de eso se trata! ¡Estás enamorada! Ese Kupe...

Michael buscó al chico con la mirada, pero Pai ya se había retirado con él. El joven guerrero todavía devoraba a Matariki con la mirada, pero si Pai lo cogía de la mano y lo llevaba a la colina que rodeaba Parihaka, la seguía de buen grado. Claro que acto seguido sentía remordimientos, pero estos se reducían por momentos. A fin de cuentas, a Matariki parecía darle totalmente igual lo que él hiciera con la preciosa y rellenita muchacha en la hierba, entre los arbustos rata.

—¡Kupe no tiene nada que ver con esto! —La joven se apartó con energía el cabello hacia atrás—. Yo solo quiero...

—¿Y qué pasa con la escuela, Riki? —preguntó Lizzie en tono apaciguador. En el fondo, desde que habían llegado a Parihaka tenía claro que su hija se había decidido, pero al menos quería intentar hacerla cambiar de opinión—. ¿No quieres acabar los estudios antes de tomar la determinación de ser solo maorí?

—Aquí puedo ir a la escuela —respondió la hija—. Ya lo he hablado con los profesores. ¡Incluso daré clases! Los pequeños tienen que aprender inglés.

—¿Y los profesores de aquí te harán el examen final de la High School? —inquirió Lizzie con escepticismo—. Deberías pensarlo mejor, Matariki. Aquí todo el mundo puede cultivar los campos y mostrar a los *pakeha* lo aplicado y diligente que es el pueblo de los maoríes. Pero, por otra parte, puedes asistir a la universidad. Sabes que en Dunedin aceptan mujeres en cualquier carrera. Podrías estudiar Medicina y trabajar aquí de médica. O especializarte como abogada en la venta de tierras. Podrías cambiar realmente algo, Matariki. En unos pocos años...

La joven se irguió.

—En unos pocos años quizá sea demasiado tarde —afirmó—. Quiero cambiar algo ahora, mamá. ¡Inmediatamente!

Matariki se enderezó con movimientos ágiles y se marchó

balanceando las caderas, con conciencia de sí misma, hija de un rey tribal de la cabeza a los pies. De los hombros le colgaba el *korowai* de su padre. Lizzie se acordó por fin de dónde había visto una vez la capa. La había llevado el gran jefe Hongi Hika cuando Kahu Heke le había dado permiso para salvar a la *pakeha wahine* de sus persecutores *pakeha* con la canoa del jefe. Ahí había empezado todo... y ahora su hija había crecido y se dirigía con pasos seguros hacia la hoguera que había en medio de la plaza de reuniones. Tranquila y dignamente, Matariki se acercó a Te Whiti y se inclinó delante del jefe.

Lizzie vio que él le hablaba amablemente y se quedó sin respiración cuando su hija se quitó el valioso abrigo de plumas y lo depositó en las manos de Te Whiti. Kahu Heke había declarado la guerra con él y querido atizar el odio, pero en lugar de la diosa de la guerra, ahora lo llevaría un profeta y un defensor de la paz.

Lizzie no creía en el mensaje de Te Whiti, pero cuando contempló al digno y anciano jefe hablando con su joven hija, se emocionó hasta las lágrimas.

Michael también contempló el gesto.

—Un obsequio regio —observó—. Pero no falto de habilidad; de este modo se presenta como hija de jefe.

Lizzie frunció el ceño.

—No creo que tenga dobles intenciones —protestó—. Ha sucumbido totalmente al hechizo.

Michael adoptó un gesto de preocupación. Observó que Matariki volvía a inclinarse delante de Te Whiti y que regresaba con sus amigos. La joven se sentó despreocupadamente junto a Pai y Kupe.

—¿Crees que se casará con él? —preguntó Michael.

Lizzie miró a su marido como si estuviera loco.

—¿Con Te Whiti? —preguntó—. Por Dios...

—¡No, hombre! —exclamó Michael haciendo un ademán—. Con Kupe. Con el chico. Bebe los vientos por ella.

En esos momentos el joven tendía un vaso de vino a Matariki y ella le daba las gracias sonriendo.

Lizzie puso los ojos en blanco.

—Pero ella no le corresponde —señaló—. Al menos, en principio, no hace caso del pobre. Pero tal vez él tenga mucho tesón. —Sonrió y se estrechó contra su marido. También ella había conseguido gracias a la perseverancia un amor que al comienzo parecía no tener futuro—. ¿Quién conoce los caminos de los espíritus?

Michael la rodeó con los brazos y durante un rato contemplaron juntos a su hija, que ya no les dirigía ninguna mirada, sino que bromeaba con los otros y se puso a bailar con ellos. Su cuerpo flexible se balanceaba a la luz de la luna al ritmo de la canción de las muchachas.

Kupe se la comía con los ojos.

—¿Crees... crees que la hemos perdido? —preguntó Michael con voz ahogada.

Lizzie movió la cabeza negativamente y se levantó para marcharse. La noche en Parihaka era preciosa, la luz de las estrellas daba un brillo plateado a la nieve que cubría el monte Taranaki y, así como antes los últimos rayos de sol habían acariciado el mar, ahora era la luna la que besaba su superficie. Pero refrescaba, y Lizzie desconfiaba de la magia.

—No —dijo, arrojando un último vistazo a su hija—. Volverá. En algún momento despertará de este sueño.

# 2

Con solo siete años, Caleb Biller demostró ser mucho mejor profesor que el reverendo de la vieja escuela dominical de Violet y que Heather Coltrane. Tal vez se debía a que no hacía tanto tiempo que él mismo había aprendido a leer o, simplemente, a que tenía un talento natural para la pedagogía. Lo cierto es que Violet aprendió a leer y escribir a una velocidad realmente vertiginosa. Pero además contaba con tiempo suficiente para ello, pues Caleb no se interesaba por los típicos juegos de niños. No trepaba a los árboles, consideraba infantiles las carreras y prefería estudiar las langostas con ayuda de una enciclopedia en lugar de arrancarles las patas. En general solo salía de casa cuando se veía obligado a ello, y entonces prefería llevarse un libro. Violet se acomodó a él. Por lo visto, la familia estaba interesada, sobre todo, en librarse del pequeño, siempre que no fuera llevado por el mal camino como había ocurrido con Mahuika, la niñera maorí. Para entonces, Mahuika trabajaba en el huerto con su amigo y no le guardaba ningún rencor a Violet, siempre la saludaba amablemente cuando la muchacha pasaba por su lado con Caleb. Este respondía contento al saludo y confesaba a Violet que él, personalmente, odiaba trabajar en el huerto.

Mientras Caleb se dedicaba a sus actividades preferidas, como leer y tocar el piano, no necesitaba, en realidad, ninguna compañía y parecía sumamente satisfecho de que también Violet se sumergiera pronto en un libro o un diario mientras él leía una enciclopedia.

La muchacha, por su parte, prefería los periódicos. Le gustaba leer novelas, pero sus conocimientos todavía no alcanzaban para internarse en la gran literatura, y los libros infantiles de Caleb o las novelas por entregas de las revistas femeninas de Hermine Biller le parecían demasiado alejados de su vida cotidiana. Violet no se interesaba por las princesas ni creía en héroes. En cambio le importaba averiguar lo que sucedía en la realidad. Tomó la costumbre de coger los diarios de Christchurch y Dunedin de la mesa donde habían desayunado los Biller cuando por las mañanas iba a buscar en la cocina el té para sí misma y Caleb. Josuah Biller ya los había hojeado —solía estar en la mina cuando llegaba Violet— y la esposa no leía periódicos. Así que a nadie le molestaba que la muchacha se llevara sus «lecturas de clase». Caleb la ayudaba pacientemente cuando los dos habían acabado la hora del té matinal.

—«Dunedin. Nuevas pro... pro... protestas ante los *pubs* —deletreaba Violet—. La pasada noche del sábado, tres grandes restaurantes de Dunedin fueron de nuevo blanco del movimiento encabezado por abstemios.» ¿Qué es esto, Caleb? —Violet levantó la vista del diario.

—Abstemio. —Caleb leyó la palabra sin dificultades y la consultó en el diccionario—. Es un antialcohólico —explicó—. Alguien que quiere prohibir que se consuma whisky.

Violet lo entendía, pero no se lo podía creer.

—¿En serio, Caleb? ¿Existe? Y... ¿ocurre a veces? Me refiero... ¿podría suceder que llegaran a prohibir la bebida?

Caleb se encogió de hombros.

—No lo sé. Sigue leyendo, a lo mejor lo explican.

Violet cogió el periódico.

—«Después de haberse reunido en la iglesia anglicana de Caversham y haberse dividido en tres grupos, las... las emprendedoras damas partidarias de la señora Harriet Morison pa... patrullaron, desde la apertura hasta la hora de cierre, delante de la entrada de los *pubs*. De este modo, las opositoras al consumo de alcohol pro... testan contra el whisky y la violencia. Consideran la frecuente asistencia de sus esposos a las tabernas como la primera causa de su pobreza y de la destrucción de sus familias. Cantando *Give to the Winds Thy Fears* agitaron pancartas y trataron de obstaculizar la entrada de los parroquianos en las tabernas. Dos de los dueños de los locales solicitaron ayuda a la policía, que no pudo hacer nada más que amonestar a las combativas damas.

»"No me extraña que sus maridos se refugien en los *pubs*", declaró el oficial de policía en funciones, "pero mientras se desplacen por las vías públicas y se limiten a llamar la atención con sus desafinadas canciones de iglesia, tenemos las manos atadas". Tampoco obtuvo resultados la llamada de atención de la policía al reverendo Peter Burton, quien había puesto su iglesia a disposición de las defensoras de la abstinencia del alcohol.

»"En mi opinión, las señoras cantan muy bien", hizo constar el reverendo. "Y sus intenciones son serias, nobles y conformes a nuestra comunidad: si hubiera menos hombres gastándose el dinero en las tabernas, habría menos madres e hijos necesitados recurriendo a la beneficencia."»

Violet resplandecía.

—¡Anda, Caleb, yo conozco al reverendo! Y si él colabora... Bueno, si el reverendo Peter toma partido... ¡a lo mejor sí que es posible que prohíban beber whisky!

Caleb miró asombrado el rostro reluciente de la muchacha.

—Mi padre bebe cada noche un vaso de whisky —dijo tranquilamente—. ¿Qué hay de malo en ello?

Violet suspiró. ¿Cómo iba a contarle a ese niño feliz en qué convertía el alcohol a un hombre que no se daba por satisfecho con un vaso? Intentó dar una explicación comedida, pero luego no pudo contenerse y dijo la verdad.

—Y no es solo que por las noches estén borrachos. —Violet luchaba por retener las lágrimas cuando evocaba la última catástrofe doméstica de los Paisley—. A veces, cuando se han pasado de la raya, tampoco están del todo despiertos por la mañana. Hace poco, desde el trabajo han vuelto a mandar a mi padre a casa porque no conseguía andar recto. Es peligroso en la mina. Cuando el capataz ve así a un trabajador, no le deja bajar. Y mi padre se enfadó, claro, porque entonces no le pagan el sueldo de un día. Normalmente me habría pegado a mí, pero yo estaba aquí y le tocó a Rosie. Porque ella no quería prepararle la comida. Pero es que no puede todavía, ¡y cómo iba a hacerlo si no había comida en casa!

»Las abs... abstemias y el reverendo tienen toda la razón: los hombres se gastan la paga en bebida y las mujeres y los niños se mueren de hambre.

Caleb hizo un gesto de pesadumbre. Era obvio que nunca había oído hablar de este tipo de dificultades.

—Tráela contigo —dijo a continuación.

Violet frunció el ceño.

—¿A quién? —preguntó desconcertada, mientras se limpiaba la nariz. La señora Biller no tenía que darse cuenta de que había estado llorando.

—A tu hermana —respondió Caleb—. ¿Cuántos años tiene? Puedes decir que viene a jugar conmigo.

Violet se lo quedó mirando sin comprender.

—¿Quieres jugar con mi hermana pequeña?

El niño puso los ojos en blanco.

—Yo no juego con nadie, ¡no soy un bebé! —insistió, repitiendo su frase habitual—. Pero mi madre se lo creerá. Estará encantada porque, en general, no juego con nadie. Mira... —Caleb abrió uno de los armarios de su habitación de juegos que nunca había tocado en presencia de Violet. Para sorpresa de la muchacha cayó rodando un revoltijo de animales de trapo, caballitos de madera y un trenecito—. Se lo puede quedar todo —dijo con generosidad—. Así... así no gritará todo el día, ¿no?

Caleb desconfiaba de los otros niños. Proponiendo a Violet que llevara a su hermana, hacía un esfuerzo. La muchacha supo apreciarlo y se sintió conmovida.

—Rosie no grita —le aseguró—. Es una niña obediente, de casi seis años. Ni te darás cuenta de que está aquí, créeme.

En efecto, Rosie demostró ser una niña de conducta irreprochable. Al ver los juguetes cayó en una especie de pasmo incrédulo. Salvo su muñequita, nunca había tenido un juguete. Naturalmente no pasó desapercibida en la casa: la señora McEnroe vio a la niña en cuanto entró y se enamoró a primera vista de ella.

—Llámame tía con toda confianza —ronroneó—. ¿Vendrás a verme a la cocina algún día? —La cocinera enseguida buscó un tercer tipo de mermelada para el desayuno—. ¿Tú qué crees? Si hasta podrías ayudarme. ¿Te gusta preparar *scones*?

Rosie no sabía nada de *scones* y al principio se sentía tan intimidada por la gruesa y cariñosa mujer, la casa enorme y el desayuno increíble que ni siquiera respondía.

Pero la señora McEnroe no se lo tomó a mal. Por la tarde, preparó como por arte de magia unos pastelitos de té que también hicieron las delicias de Caleb. Le encantaban los *scones*.

—¿Por qué nunca hace las cosas solo para mí? —preguntó mientras devoraba las pastas casi al mismo ritmo que Rosie.

Violet rio.

—Porque a estas alturas has conseguido que ella ya no te encuentre tan mono. Cuando todavía eras un bebé seguro que te mimaba.

Caleb pareció sopesar brevemente si valía la pena volver a perder el estatus de adulto que se había ganado con la cocinera por unos pastelillos de té, pero decidió que no.

Violet había temido el encuentro entre Rosie y la señora Biller, pero para su alivio también ella estaba encantada con la recién llegada.

—Esto hay que reconocértelo, Violet, ¡te ocupas realmente de Caleb! —la elogió la señora de la casa, de nuevo desde la puerta. La esposa del propietario de otra mina la esperaba para tomar el té—. ¡Tú también te has dado cuenta de que está muy solo! ¡Tiene que jugar con otros niños! Un chico hubiera sido mejor, claro. —Con algo de recelo miró a Rosie, que había hecho una tímida reverencia y ahora estaba concentrada en el tren de juguete que Caleb le estaba montando en el suelo. El niño incluso se dignó gritar un «¡Tutúuuuu!»—. Pero está bien, no tienes hermanos y no queremos por aquí al hijo de un minero cualquiera... En cualquier caso, gracias, Violet, es de verdad conmovedor que te esfuerces tanto.

Caleb puso los ojos en blanco cuando su madre salió.

—Ya te lo había dicho, se cree que soy un bebé —dijo abatido, al tiempo que dejaba a Rosie y el tren por su cuenta—. ¿Te enseño a jugar al ajedrez? ¿O prefieres leer el diario?

Violet suspiró aliviada y miró con alegría a su hermanita, que ahora pronunciaba un «tutúuu» casi inaudible.

—¿Qué es el ajedrez? —preguntó.

En los meses que siguieron, Violet y Rosie volvieron a recuperar la tranquilidad. Las noches, por supuesto, seguían siendo horribles. Violet dormía demasiado poco, porque siempre esperaba inquieta la llegada de Fred y Jim. Había cumplido con su propósito de comprar un candado después de que los vecinos borrachos la hubieran molestado en varias ocasiones. Jim tenía, claro está, una llave, pero cuando iba bebido no la encontraba y despotricaba porque su hija le había dejado en la calle. Por descontado, castigaba el error moliéndola a palos. De ahí que Violet estuviese atenta a oír los pasos de su padre y abrirle la puerta antes de que él se diera con ella. En la mayoría de los casos todo iba bien, pero a veces ocurría que le echaba en cara que estuviera en la puerta esperando a un amante y también la pegaba por eso. Las noches de Violet estaban llenas de peligros; a veces se preguntaba si no correría menos riesgos si se limitaba a dejar la puerta abierta.

En cambio los días transcurrían más bonitos y tranquilos. En cuanto su padre se había ido, escapaba con Rosie de la mano de la cabaña estrecha y pestilente hacia el maravilloso mundo de Villa Biller, hacia los libros y juguetes de Caleb, hacia la cocina y repostería de la señora McEnroe y hacia la vaga amabilidad de la señora Biller. Hasta principios de otoño, Violet fue con los niños al río y a menudo Caleb vigilaba a Rosie cuando a la hermana mayor la vencía el cansancio y recuperaba lo que no había podido dormir por la noche. Siempre se maravillaba del cariño y afabilidad con que el chico cuidaba a la «bebé». Aunque a Caleb no le gustaba jugar con Rosie, le leía libros o tocaba melodías en el piano para ella. Violet se emocionó hasta las lágrimas cuando interpretó una melodía infantil y de repente Rosie se puso a cantar con su dulce voz. La pequeña no lo había vuelto a hacer desde que su madre había muerto, pero ahora empezaba lentamente a parlotear como cualquier criatura sana.

—Deberíamos enseñarle a leer —señaló Caleb un día.

Violet ya leía con fluidez y seguía llena de interés los informes sobre la señora Morison y su cruzada antialcohólica. No obstante, la actividad de la mujer abarcaba otros asuntos, como se percató al sorprender una acalorada discusión entre Hermine y Josuah Biller.

—Te lo repito, Hermine, ya pueden imprimirlo diez veces en esa supuestamente inofensiva revista femenina tuya, pero no soporto tales escritos revolucionarios en mi casa.

La señora Biller contraatacaba en su habitual tono lloroso.

—Ni siquiera la he leído, Josuah... pero... pero taaaaan revolucionaria no la encuentro. Tiene razón: todas las leyes se aplican también a las mujeres. Las mujeres también pueden ser juzgadas por cometer infracciones y castigadas incluso a la pena capital, igual que los hombres. Y cuando uno observa las escuelas, ¿son realmente peores estudiantes las chicas que los chicos?

—Conque no la has leído, ¿eh? —se burló el señor Biller.

—A lo mejor la he leído por encima —reconoció la señora Biller, y su voz adquirió de repente un tono firme—. Y no la encuentro revolucionaria. ¿Qué hace de tan escandaloso esa mujer? Nos recuerda a todos los logros de las mujeres por este país. Señala injusticias.

—¡Va contra natura! —se obstinó el señor Biller—. ¡Está como una cabra! Y ahora mismo tiras ese panfleto, no quiero ni pensar en qué sucedería si alguien lo viera rondando por aquí. La gente pensaría que no controlo a mi mujer. ¿Lo oyes, Hermine? ¡Enseguida!

Josuah Biller no esperó a que su esposa lo obedeciera. En lugar de ello, cogió él mismo el folleto que había reposado sobre el aparador cuando llegó a casa y lo arrojó trazando un amplio arco a la papelera.

Violet lo recuperó en cuanto el señor Biller se marchó y su esposa se retiró a su habitación con migraña.

Subió con él al cuarto de Caleb y leyó el polémico artículo mientras el niño hacía «el descanso del mediodía». En realidad también Caleb pasaba ese tiempo estudiando; a Violet sí que le hacía falta dormir más. Pero la señora Biller insistía en que la jovencita llevara a su hijo a la cama y los dos se conformaban. Solo Rosie dormía de verdad, tendida en la alfombra de la habitación de los juguetes.

—Eso lo escribe una tal Femina, pero seguro que ese no es su nombre, ¿verdad? —preguntó Violet cuando hubo concluido.

Caleb hojeó la enciclopedia de la estantería. Justo después Violet averiguó que «femenino» se refería a lo que era propio de las mujeres.

—Así que significa solo «mujer», o lo que es propio de la mujer —constató—. Y opina... opina que las mujeres deberían poder votar.

Se asombró de tal propuesta. Hasta entonces nunca había pensado en las elecciones. Aunque había oído hablar vagamente al respecto, su padre nunca había participado en una votación.

Caleb se encogió de hombros.

—Tienen que hacerlo si quieren que se prohíba el whisky —señaló.

Violet lo miró sin entender.

—Sí: si quieres prohibir algo para ello necesitas una ley, y las leyes las hace el Parlamento, y en el Parlamento están los diputados, que son elegidos. ¿Es que no sabes nada, Violet?

La muchacha se sintió de nuevo como una tonta, pero visto desde ese ángulo, la petición de esa tal Femina se entendía.

—¿Y por qué no pueden votar las mujeres? —preguntó.

Caleb hizo un gesto de ignorancia.

—No lo sé —respondió sin interés—. Tal vez porque no son lo bastante inteligentes. Yo creo que mi madre no es especialmente lista.

Violet encontró alentador que al menos no la pusiera a ella misma como ejemplo de deficiencia femenina, aunque incluso en ese caso habría disculpado al chico. Comparados con ese extraño niño todo el resto del mundo, tanto hombres como mujeres, eran de pensamiento lento. El día anterior había oído que el reverendo se quejaba a la señora Biller de que ya no podía enseñar nada más a su pupilo. A esas alturas Caleb sabía casi más latín que el mismo sacerdote.

Pero ¿qué ocurría con gente como el padre de las niñas? ¿O con Fred o Eric? Apenas sabían leer y escribir, aunque Eric era mejor que los otros dos. Violet había visto que tomaba apuntes de las apuestas y que leía prospectos de carreras. Durante la semana los tres apenas si conseguían llegar al trabajo más o menos sobrios y eran incapaces de pensar más de un segundo. Ellen Paisley había superado largamente a su marido. Y aunque descubrirlo la inquietó, también Violet lo superaba.

Entonces, ¿por qué podía su padre votar y ella no? ¿Por qué tenía que decidir Josuah Biller qué diarios leía su esposa? ¿Qué derecho tenía Jim Paisley a tratar a sus hijas como si fueran sus siervas, gastarse en borracheras el dinero de la familia y pegar a Violet cuando a causa de eso ella no podía servir una comida?

Violet decidió luchar por el derecho al voto.

# 3

Matariki llevaba una vida muy activa en Parihaka. Por las mañanas se ocupaba de un grupito muy vivaracho de niños pequeños. La nueva generación tenía que aprender desde un comienzo el inglés y esto era más fácil con juegos. Camino del trabajo, los padres llevaban a los pequeños a Matariki y a otras dos chicas que hablaban inglés con fluidez, y cada semana crecían los grupos. La gente de Parihaka confiaba en el futuro y se amaba, lo que aumentaba la tasa de natalidad.

Por la tarde, Matariki y sus amigas se dedicaban a su propio aprendizaje. Si bien era cierto que no había una High School en Parihaka, sí había libros y nadie tenía que estimular a los alumnos para que estudiasen. Kupe, Pai, Matariki y otros trabajaban con los planes de estudios de la escuela superior y se preparaban así para la prueba final en una High School de Wellington o Auckland. Hasta el momento, ningún estudiante había suspendido el examen, por lo que los jóvenes soportaban mucha presión. Pero en realidad nadie sentía miedo, como tampoco ninguna de las personas de Parihaka dudaba del éxito de su misión. Todos experimentaban la vida en el poblado como una única fiesta, sin importar lo duro que se trabajase durante el día en los campos o en las fábricas. Por la tarde les esperaba el baile y la música, o si no el estudio de las artes tradicionales maoríes, como tejer el lino y teñirlo, y fabricar nasas para pescar y lazos para cazar.

Cuanto más se prolongaba el milagro de Parihaka, más dispuestas a colaborar estaban las tribus de la Isla Norte, que enviaban *tohunga* para enseñar a los habitantes cómo se fabricaban y tocaban los instrumentos de música antiguos, y construían sus propios *marae* en los que vivían los dioses tribales.

Kupe tuvo un encuentro memorable cuando dio con un *iwi* de los hauraki. Se reveló como la tribu que había sido desterrada de las inmediaciones de Hamilton y que desde entonces vivía errando de un lugar a otro. Naturalmente, se saludaron con el acostumbrado *powhiri*, y Kupe se percató de que el joven que realizaba el *wero* no era un maorí de pura raza. Le habló a continuación con recato, pues no era de buena educación recordar a los mestizos su procedencia, ya que muchos se avergonzaban de sus padres *pakeha*. Sin embargo, Arama respondió amablemente. Tenía unos recuerdos estupendos de Sam Drechsler.

—No me alegré de marcharme —reconoció—. Me habría gustado seguir en la escuela y tal vez convertirme después en granjero como mi padre; tengo poco talento para la caza y ninguno para ser guerrero.

—¡Pero sí como bailarín! —Rio Kupe—. Con esa mueca en la cara casi me has dado miedo.

Esos gestos pertenecían a las danzas de guerra de las tribus y Arama los dominaba realmente bien. Por otro lado, ya imponía respeto dada su estatura. El hijo de Sam Drechsler era un auténtico gigante.

En esos momentos sonrió irónico.

—Ya ves, y en Hamilton me habrían echado el ejército encima. Lo correcto fue marcharse. Pero añoro la granja. A lo mejor llega un día en que esto cambia.

Kupe asintió.

—Para eso estamos aquí —dijo con gravedad—. Podrías escribir a tu padre. Parihaka tiene una oficina de Correos. Y una escuela. Y una granja. ¿Está también tu madre aquí? Me gustaría contarle todo lo que tu padre ha hecho por mí.

La madre de Arama, que resultó ser *tohunga* en la talla del jade, enseñó a Matariki y a las otras chicas a labrar *hei tiki* y *mere*. Matariki también trató de mejorar la forma de tocar la flauta *putorino*, aunque *Dingo* odiaba el sonido de este instrumento y no dejaba de ladrar cuando ella practicaba. Kupe se sintió increíblemente orgulloso cuando, tras un año, pudo bailar el *wero* del *powhiri* antes del discurso de Te Whiti. Al igual que su nuevo amigo Arama, era un músico y bailarín dotado y su maorí mejoraba con cada día que pasaba desde que ya no se limitaba a recitar sílabas sin sentido. El chico era, sin duda, el más inteligente de los jóvenes que estudiaban para obtener el diploma de la High School. Poco después de su llegada a Parihaka hizo el examen y lo aprobó con brillantes calificaciones. Podría haberse ido a la universidad, en Auckland, pero en un principio se quedó en Parihaka; estaba demasiado emocionado viendo crecer el poblado y cómo el movimiento atraía cada vez a más gente.

A esas alturas acudían a los encuentros mensuales unas tres mil personas, a quienes interesaba menos el mensaje de paz que el hecho de poder confiar sus penas y sentirse comprendidos, pues desde finales de la década de los setenta no solo crecía la población de Parihaka. También los colonos blancos acudían en masa a las fértiles llanuras y las colinas cubiertas de hierba de Taranaki. Todos codiciaban tierras y el Gobierno provincial lo hacía todo para que las consiguieran. Los representantes de las tribus informaban acerca de terrenos ocupados, de cultivos cercados pulverizados. Reaccionaban ante ello expulsando a los topógrafos y arrebatándoles sus instrumentos, otro motivo más para que los *pakeha* los acusaran de insurrectos y para que los «castigaran» expropiándoles las tierras.

Te Whiti y su amigo Te Whetu no tenían reparos en llamar a las cosas por su nombre cuando se dirigían a la gente a la luz de la luna llena. Sobre todo el último reunía pruebas contra los *pakeha* y censuraba sus intentos de corromper a los jefes de Taranaki con alcohol, ropa y perfume para que vendieran su tierra. Destapaba las promesas falsas de los *pakeha* de conservar los caladeros y *tapu* de los maoríes y de compensar honestamente a los nativos por la venta de terrenos.

—¡Los jefes se contentan con un par de frutas en conserva, dulces y whisky, y al mismo tiempo el Gobierno se promete una ganancia de quinientas mil libras por la venta de nuestra tierra! Esto lo han dicho públicamente en una de sus juntas, amigos, ni siquiera procuran disimular su intención de engañarnos. Ponen a la venta ahora seis mil cuatrocientas hectáreas para los colonos. De nuestra tierra, ¿de la tierra de quién, si no?

Con todo esto a nadie sorprendió que los artículos de los diarios *pakeha* sobre Parihaka y su guía espiritual fuera cambiando lentamente. Los periodistas cada vez publicaban menos reportajes sobre las pacíficas y amistosas intenciones de Te Whiti. Sus discursos se calificaban más bien de blasfemos y revolucionarios, hablaban de los peligros que podían surgir de Parihaka y de la funesta influencia de su guía sobre las tribus.

Y, sin embargo, nada había cambiado en la filosofía de Te Whiti. El jefe seguía pidiendo en las reuniones comprensión, cordialidad y el arreglo pacífico de los conflictos.

—¡Sobre todo, no levantéis las armas contra los colonos! —advertía Te Whetu a las tribus cuando volvían a quejarse de las ovejas que pastaban sin permiso en sus laderas—. Ellos no tienen la culpa, han comprado y pagado por su tierra. Pero el dinero no ha caído en las manos de las personas adecuadas. Y los auténticos propietarios nunca han aprobado la venta. ¡Intentad que los colonos lo entiendan! Procurad que comprendan que también a ellos los han estafado. Los *pakeha* tienen normas claras: si han comprado una joya a un perista, no han cometido ningún delito, pero tampoco pueden quedarse con la joya. La culpa es del perista y del ladrón. Tenemos que encontrar los medios y las formas para explicárselo a los colonos. ¡Pero sin despertar a Tumatauenga!

Las tribus maoríes entendían esta teoría, aunque al principio no les resultaba sencillo. Su concepto de la propiedad de tierras difería mucho del de los *pakeha* y se relacionaba más con la explotación temporal que con la propiedad. Pero los colonos no querían ni oír hablar de ello, pues con frecuencia habían ahorrado durante años para comprarse una granja en Taranaki. A ellos les resultaba mucho más fácil defenderse contra un puñado de nativos que exigirle el dinero a su propio Gobierno.

Matariki se indignaba tanto a causa de esa injusticia como los habitantes de Parihaka, pero a los jóvenes no se les ocurría la forma de solucionar el problema. Las tribus empezaron a quejarse de la táctica dilatoria de Te Whiti. Luego fracasaron más negociaciones y a los maoríes se les agotó la paciencia.

En una reunión, Te Whetu declaró su futura estrategia.

—Amigos, Parihaka dispone de más de cien bueyes, diez caballos y el número proporcional de arados. Vamos a ponerlos a disposición de nuestros vecinos. —El taimado estratega rio al decirlo, aunque al principio sus oyentes no entendían a qué se refería—. Sucede, amigos, que las tierras de Oakura y Hawera y las que ocupan ahora las granjas de los blancos pertenecen a las tribus que llegaron a Aotearoa tiempo atrás en la *Tokomaru*. Por el momento no han hecho nada con ellas, la tierra está yerma, la hierba crece, y ahora los blancos quieren que sus ovejas pazcan en ella. Pero ¿qué ocurriría si nuestros amigos de las tribus decidieran cultivar su tierra? Tienen el derecho, quizá quieran sembrar patatas y col, o tal vez quieran simplemente contemplar un par de surcos bien rectos y bonitos.

Te Whetu y los otros jefes sonrieron sardónicos mientras entre el auditorio comenzaban a resonar las primeras risas. ¿Conque eso habían planeado? Una protesta pacífica a través de una explotación diferente de las tierras. Si primero se labraban, los criadores de ovejas no podrían utilizarlas en años.

—Empezaremos mañana. Los mejores arrieros van a Oakura. Pero recordad que estamos arando y no peleando. Sed afables con los colonos, dadles amablemente la información, no os defendáis aunque os pongan la mano encima.

—¿Te inscribirás tú también como voluntario? —preguntó Matariki a Kupe. Estaban celebrando con entusiasmo el discurso de los jefes, los primeros arrieros estaban impacientes por empezar.

Kupe asintió.

—Claro. Además nunca he trabajado con un arado... Pero

creo que empezarán muy pronto a enseñar a la gente. Seguro que los primeros desaparecen enseguida.

—¿Desaparecen? —preguntó Pai, horrorizada—. ¿Es que van a disparar a los hombres?

Kupe se encogió de hombros.

—No estamos a salvo de todo riesgo. Seguro que nos amenazan, y nunca se sabe cuándo puede uno perder los nervios y disparar. Pero al principio se limitarán posiblemente a detenciones, pondría la mano en el fuego por que Te Whiti ya ha alertado a todos nuestros abogados. En cualquier caso, los arados estarán abandonados cuando haya que trabajar en nuestros propios campos. Hasta entonces hay que instruir a gente nueva.

—Bah, para eso todavía queda mucho tiempo —replicó Matariki, tranquila—. Los granjeros ya hará tiempo que se habrán marchado y nuestros arrieros volverán a estar libres.

Kupe arqueó las cejas.

—Yo no confiaría en ello —observó—. Esta va a ser una guerra larga.

A la mañana siguiente un extenso convoy de bueyes y arados emprendió el camino hacia Oakura acompañado por los vítores de los habitantes del poblado que no partían. Te Whiti, Tohu Kakahi y Te Whetu se quedaron en Parihaka, pero otros jefes, también los de las tribus afectadas, se prepararon para ir con los arrieros. Kupe los acompañó, pues precisaban traductores.

Un par de días más tarde estaba de vuelta. Agotado, pero con un entusiasmo inquebrantable, informó acerca de los primeros acontecimientos.

—Al principio ni se dieron cuenta de que estábamos allí, pese a que hicimos ruido suficiente con nuestras canciones y al montar el campamento, con los bueyes y los caballos. Pero ya conocéis a los *pakeha*, no se enteran de nada que no suceda delante de la puerta de su casa. En la granja en la que me destinaron trabajamos los primeros tres días sin que nos molestasen: desde la mañana hasta la noche, al final habíamos labrado ocho hectáreas. Cuando por fin se dio cuenta el granjero casi se puso furioso, pero por suerte era bastante razonable. Cuando le dije que se trataba de una acción política y que se dirigiera al Gobierno, se marchó directo a New Plymouth. Antes le prometimos que no seguiríamos. Los arrieros se marcharon de inmediato a la granja siguiente y yo he venido para poner al día a Te Whiti. Mañana volveremos de nuevo a la carga. Ah, sí, y los jefes opinan que tengo que llevarme a algunas chicas de traductoras. Así los granjeros no apretarán tan deprisa el gatillo. ¿Venís?

Miró a Matariki, pero, por supuesto, fue Pai la primera que se unió a él. Matariki seguía viendo al chico solo como un buen amigo, no como un amante, y seguía preocupada por su propia y manifiesta incapacidad para enamorarse. En los últimos meses había madurado más como mujer y no le faltaban pretendientes. Tanto los habitantes del poblado como sus visitantes hacían la corte a esa chica tan lista y tan guapa, pero no había ninguno que la sedujese. Por supuesto, había hecho un par de intentos y había dejado que la acariciaran los jóvenes maoríes y que la besase algún huésped *pakeha*. Le gustaba en especial un estudiante de un *college* de Dunedin, con el cabello rubio y fino y los ojos castaños. Pero si se lo pensaba bien, verlo no le producía mayor alegría que la que experimentaba al contemplar un hermoso cuadro o la ejecución de un buen bailarín. Y sus besos y caricias le resultaban agradables, pero su corazón no latía más deprisa, ni mucho menos resplandecía un arco iris en el firmamento, como describía Koria poéticamente sus sentimientos al amar.

Naturalmente, Matariki quería ir a Oakura, así que a la mañana siguiente emprendió el camino hacia el sur con Kupe, Pai y Koria. Según el muchacho, los arrieros pensaban preparar el terreno desde Hawera, al sur, hasta Kukearuhe, en el norte, y araban grandes pasillos en tierras de granjas que pertenecían en realidad a las tribus. En Hawera encontraron también a las primeras cuadrillas y escucharon risueños que el gobernador, sir Hercules Robinson, había estallado.

—¡Ese tipo casi revienta de rabia! —exclamó Tane, un joven rechoncho que casi no hablaba inglés, pero que en cambio sabía guiar con pocas palabras a sus bueyes—. Y también han informado al primer ministro, al parecer los granjeros comprenden quién tiene la responsabilidad.

Por desgracia no tardó en demostrarse que eso no era más que un hermoso sueño. Al final, el Gobierno no hizo ningún esfuerzo por devolver a los granjeros su dinero. En lugar de ello, el parlamentario major Harry Atkinson prometió instrucción militar a cualquier granjero que estuviera interesado. El magistrado de Patea comunicó que los maoríes tenían exactamente diez días para dar por concluida su acción y que, si no lo hacían, los colonos empezarían a disparar contra arrieros y bueyes. Y también Matariki tuvo el segundo día de su actividad como traductora un peligroso encuentro con un centenar de hombres armados que se interpusieron en el camino de los arrieros.

Matariki y Koria se dirigieron hacia ellos sonriendo.

—Bajen las armas, claro que no vamos a seguir labrando si se quedan ustedes aquí quietos o si quieren pasear —dijo Matariki con su dulce voz—. También podemos arar en otro sitio. Saben, esta tierra es de la tribu de los ngati ruanui. Desde hace cientos de años, y ahora se han decidido a hacerla cultivable. Sin duda como consecuencia de los *pakeha*, hemos visto los sustanciosos beneficios que producen sus granjas y estamos dispuestos a aprender. No nos importa arar hoy o mañana.

—Esta tierra es mía, señorita —aclaró uno de los granjeros, un joven delgado y alto que no parecía antipático—. Lo puedo probar, tengo un certificado de la propiedad firmado por el gobernador.

Matariki asintió.

—No lo ponemos en duda, claro, pero, por favor, pregunte al gobernador si contaba también con un certificado de la propiedad de esta tierra firmado por el jefe de los ngati ruanui. Seguro que no lo tiene. Y no puede poner como excusa que ha expropiado a los miembros de la tribu porque han promovido alguna guerra. No lo han hecho, siempre han sido neutrales. Lo siento muchísimo por usted, señor, pero estos son los hechos: el gobernador le ha vendido una tierra que no le pertenecía. Y usted no puede quedársela.

—¡Ya lo creo que puedo! —El joven levantó desconcertado su arma, pero al parecer sentía escrúpulos al apuntarla hacia una chica que estaba frente a él con un vestido formal de color amarillo, el pelo recogido al estilo *pakeha* y una sonrisa apenada.

—Como alternativa podría usted recurrir al gobernador para que comprase a posteriori la tierra a los ngati ruanui. Nosotros no tenemos nada en contra de usted, señor, al contrario, tiene todo nuestro respeto, da muestras de haber sido muy valiente al haberse marchado de Inglaterra o de donde usted proceda y haber viajado en la incerteza para adquirir una nueva tierra. Nosotros también lo hicimos, señor; nosotros, los maoríes, llegamos desde muy lejos, desde Hawaiki. Navegamos largo tiempo y para tomar posesión de esta tierra pasamos por muchas estrecheces. Como comprenderá no podemos permitir que nos la roben y quedarnos de brazos cruzados. Por eso le pido que baje las armas. Tampoco conseguiría nada matándonos; la tribu de los ngati ruanui tiene muchos miembros y todos saben manejar un arado. Y tampoco un juzgado *pakeha* entendería que matara usted a agricultores desarmados y a dos chicas. Por favor, hable con sir Hercules. Mientras, araremos de buen grado en otro lugar.

Matariki y Koria intercambiaron unas palabras con los arrieros, quienes acto seguido saludaron y se alejaron.

El joven granjero, desconcertado, volvió a dirigirse otra vez a las chicas.

—¿Qué... qué es esto? Habíamos pensado que teníamos que deteneros con las armas, pero ¿basta con que aparezcamos? ¿Primero armáis jaleo y luego os vais?

Koria sonrió con dulzura.

—Es una acción política, señor, lo único que deseamos es informarle del auténtico estado de la propiedad. No pretendemos desencadenar una guerra. Y, como ya le ha dicho mi compañera, podemos arar por todas partes. Si quiere impedírnoslo, lo tendrá que hacer por doquier. Poner un hombre cada dos varas, quizá, entonces no podremos pasar. Tiene usted que calcular cuántos necesita: el gobernador ha vendido seis mil cuatrocientas hectáreas de nuestras tierras.

En los días que siguieron, las cuadrillas de arrieros araron dirigiéndose hacia el norte según lo acordado, lo hicieron entre los colonos blancos y, gracias a la diplomacia de los traductores, nadie los atacó. Sin embargo, el ambiente se volvió más hostil. De hecho, el mayor Harry Atkinson empezó a instruir a los colonos en el empleo de las armas, y el *Taranaki Herald* escribió que el militar quería la guerra y, al final, la extinción de todo el pueblo maorí. El primer ministro, sir George Grey, no ofrecía declaraciones tan belicosas, pero estaba muy lejos de responsabilizarse por la venta ilegal de tierras. En el mejor de los casos, el Gobierno se refería a malentendidos, y, más frecuentemente, a insubordinación y rebelión.

Transcurrido un mes, durante el cual se aró sin cesar, el Gobierno tenía que ceder o negociar. Matariki, animada por su éxito con los colonos, estaba convencida de que el *premier* cambiaría de conducta. Se quedó perpleja cuando los *armed constables* interpelaron a su cuadrilla de labradores.

—¡Quedáis todos detenidos! —anunció el sargento a los hombres que había detrás de las yuntas de los bueyes—. Es inútil que os resistáis.

—¡No nos defendemos! —Matariki volvió a intentarlo con su dulce sonrisa, pero esta vez no consiguió decir lo que pensaba.

—¡Venid! —ordenó el *constable* sin responderle.

—¿Nosotras también? —preguntó Koria.

El hombre la miró como si estuviese loca.

—Claro que no, nadie ha hablado de chicas. Podéis largaros.

—¿Y los bueyes? —preguntó Matariki.

El *constable* pareció sorprenderse.

—No lo sé...

—¡A los bueyes no se los puede apresar! —alegó Matariki, aprovechando la oportunidad—. ¡Detenga usted a nuestra gente, pero los bueyes me los quedo yo!

Ante la perplejidad de los soldados, la delicada muchacha

tomó las riendas del buey que guiaba a los demás y le acarició suavemente el morro.

—Ven, *Hercules*, nos vamos a casa.

Matariki sonrió a los soldados y dio la vuelta al animal. Los enormes bueyes caminaron pesadamente detrás de ella y los arrieros detenidos la miraron, seguros de la victoria.

Ese mismo día los sustituyeron nuevos labradores. La Armed Constabulary los apresó también a ellos un par de horas más tarde. Koria y Matariki pusieron los bueyes a salvo.

—Lástima que se necesite tanta fuerza, si no podríamos arar nosotras mismas —dijo riendo Matariki—. El pobre sargento no sabría si apresar a las chicas o a los bueyes.

El día después no apareció el siguiente relevo, pero sí en su lugar una delegación de jefes y dignatarios.

«¡Los hombres con más *mana* deben ser los primeros en coger el arado!», había advertido Te Whiti, y esa mañana Matariki mostró al gran *ariki* Titokuwaru y a sus jefes subordinados cómo agarrar las riendas de una yunta de bueyes. Los guerreros no hicieron gran cosa, pero los arrestaron de todos modos. Las cárceles de Taranaki se llenaron de prominentes jefes como Titokuwaru, Te Iki y Te Matakatea.

Entretanto, los arrieros normales intentaron esquivar a las patrullas de soldados y siguieron arando a espaldas de los *pakeha*. Naturalmente, no siempre se salían con la suya, pero las tribus enseguida enviaban sustitutos cuando detenían a un arriero. Pronto las cárceles de Taranaki quedaron tan abarrotadas que llevaron a los hombres al cuartel de Mount Cook, en Wellington, donde se dejaron a casi doscientos arrieros confinados.

Finalmente, el Gobierno detuvo primero la medición y la venta de los terrenos problemáticos y a cambio los maoríes pusieron punto final a sus acciones. El examen de la legalidad del embargo de tierras quedaba en manos del Tribunal Supremo.

—Así que armisticio —resumió Matariki—. ¿Y Te Whiti está conforme?

Los jóvenes traductores casi estaban un poco tristes de tener que regresar a la vida tranquila de Parihaka después de las emociones experimentadas en los campos, cada día distintos, de los labradores.

Kupe asintió.

—Te Whiti quiere la paz. No habría dado buena impresión si ahora hubiese continuado. Además, se nos acaban los arrieros.

Lizzie Drury suspiró aliviada cuando leyó la noticia sobre el acuerdo en el *Otago Daily Times*.

—¡Cada día tenía miedo de que disparasen a Riki! —confesó a su marido.

Michael asintió.

—Pero eso no significa que sea el final. Este Te Whiti es más listo de lo que yo creía. Si las negociaciones no transcurren como le conviene se le ocurrirá otra cosa... ¡Ese hombre podría ser irlandés! Pero lo que hace es peligroso. A la larga, la Corona no lo tolerará.

—¿Aunque siga con la acción pacífica? —observó Haikina. Había ido a lavar oro con Hemi, y Lizzie los había invitado a tomar un café cuando había descubierto la noticia en el diario—. Claro que en casos aislados pueden producirse conflictos, yo también estaba preocupada por Matariki. Pero en general... ¿qué pueden hacer?

Michael se encogió de hombros.

—No lo sé —respondió—. Solo sé que hay una cosa que los ingleses aguantan todavía menos que un levantamiento...

Hemi asintió y sonrió con ironía.

—Eso lo tienen en común todos los guerreros del mundo —señaló la maorí con sabiduría—. No les gusta que nadie se burle de ellos.

# 4

Violet se dio prisa. Ese día se le había hecho tarde en casa de los Biller. Caleb iba a celebrar su octavo aniversario al día siguiente y experimentaba sentimientos encontrados ante la fabulosa fiesta que sus padres le habían organizado. Por supuesto, estaba ansioso por averiguar si realmente le regalarían su tan anhelado microscopio. La señora Biller había puesto una expresión extraña cuando él le había tendido la hoja de deseos con la marca y la descripción del modelo escritos en una pulcra caligrafía. Sin embargo, le horrorizaba la invitación a tomar el té que se había enviado a todos los niños de su edad y condición social entre Greymouth y Westport, porque eso le obligaba a pasar una tarde jugando con ellos.

Así y todo, Caleb, resignado, había ayudado a Violet a inflar globos y colgar guirnaldas, lo que al menos había sido del agrado de Rosie. La pequeña había podido llevarse un globo rojo y en esos momentos esperaba dichosa en la cabaña de los Paisley a que llegara Violet, que todavía tenía que acercarse rápidamente a la ciudad. También habría podido enviar la carta para Heather Coltrane a la mañana siguiente —llevaba varias semanas en contacto epistolar con su vieja amiga y estaba muy orgullosa de ser capaz no solo de leer las cartas de Heather, sino de contestarlas correctamente y con muy pocos errores—, pero, como tantas otras veces, esa tarde se había encontrado la despensa de los Paisley totalmente vacía. Y eso que había esperado tener algo de pan al menos. Su padre y hermano debían de haber llegado con hambre en el transcurso del día. Eso solo podía significar una cosa: o uno de ellos, o ambos, no habían podido bajar a la mina porque todavía estaba con resaca.

Violet suspiró al pensar en el enfado que eso les causaría y en la reducción de salario. Y por añadidura, de eso podía deducirse que, fuera quien fuese, el afectado habría pasado la tarde en el *pub*, desde su apertura a las cinco, y que de nuevo habría convertido el dinero en whisky y cerveza. Pero los Biller habían pagado ese día a Violet y no tenía que comprar de fiado los víveres que necesitaba con urgencia.

¡Si al menos la dichosa ciudad no hubiese estado tan lejos de la mina! No le importaba ir a pie, pero estaba oscureciendo en ese día de primavera y tenía miedo de cruzar el bosque. No eran las fantasmagóricas sombras de los helechos altos como árboles ni los sorprendentes gritos de los pájaros lo que infundía miedo a la niña, sino los hombres con quienes podía tropezarse. Antes de cada recodo, el corazón le latía con fuerza, pero se decía que a esa hora del día todavía no tenía nada que temer. Los mineros del turno de día habían acabado. Antes de que se pusieran en camino hacia el *pub*, Violet ya estaría de nuevo en casa, o al menos eso esperaba ella.

Sin embargo, el peligro llegó justamente de la otra dirección. A mitad de camino de Greymouth, Violet se encontró con una cuadrilla de leñadores. Estaba compuesta por mineros, claro, eran hombres que acababan de llegar a Greymouth y empleaban el primer día todavía libre en cortar leña y construirse las casas. Se habían gastado el anticipo del sueldo en martillos y clavos y, cómo no, también en whisky. Al encontrarse con Violet, estaban todos de un humor excelente.

—¡Mira quién aparece por aquí! ¿Una niña tan bonita en el fin del mundo?

El hombre hablaba con acento irlandés y tenía en realidad una sonrisa amable. Violet entrecerró los ojos e intentó pasar por su lado lo más deprisa posible, pero otro se interpuso enseguida en su camino.

—¡Nada de coqueteos, Paul, piensa que en casa tienes a Mary esperando! —gritó el primero que había hablado—. Yo, al contrario, ratoncito, todavía estoy solo y sin que nadie me haya dado ni siquiera un besito.

Los hombres soltaron unas risas groseras.

—Hoy, desde luego —puntualizó el hombre—. Y en los tres meses en el barco tampoco. ¡Ahí sí que se pone uno triste, guapa! ¿Qué, me animas un poco?

Cogió a Violet por el brazo, pero ella consiguió zafarse. Al menos él lo permitió, sin agarrarla más fuerte, lo que a la muchacha le dio esperanzas. Los cuatro leñadores iban achispados, pero no muy borrachos, y salvo por un par de comentarios groseros, no parecían malas pesonas.

—¡Animaos vosotros solos! —replicó Violet con voz firme—. Tengo que ir al pueblo y quiero volver antes de que oscurezca del todo.

—Me gustaría acompañarte —dijo el tercer hombre, un rubio de voz dulce y oscura—. Mira, si necesitas protección, aquí está tu caballero.

De nuevo unas risas generales, pero se diría que bonachonas.

—¡Ese no es un caballero, solo un soñador! —intervino el cuarto—. ¿O no es así, sir Galahad? —Carcajadas, por lo visto el joven había merecido ese apodo en varias ocasiones—. ¿Cómo lo ves? ¿Conseguirás besar a la niña o todo va a quedar otra vez en palabras bonitas?

El rubio miró a sus compañeros con una ligera desaprobación al tiempo que arrugaba divertido la frente.

—Un par de palabras bonitas, señores míos, se ganan el corazón de una dama más fácilmente que un beso, que en este caso debería robar de malos modos. ¿O estaríais vos dispuesta a dármelo, princesa?

A Violet se le escapó la risa. Ese extraño minero casi habría podido conmoverla. Pero ahora tenía que seguir. Se disponía a dar una respuesta adecuada para marcharse de forma amistosa cuando el joven fue apartado de manera brutal. En la penumbra,

Violet solo vislumbró vagamente que alguien lo cogía de la camisa, le daba media vuelta y le propinaba un brutal puñetazo en la barbilla.

—Tú... tú... pequeño baboso, ¡ni te acerques a mi hermana! —Fred Paisley siseó estas palabras con voz balbuceante.

Detrás de él, Violet reconoció a Eric Fence, igual de borracho y con no menos ganas de pelea. Sir Galahad se desplomó de inmediato tras el golpe. A Violet no le habría extrañado que se le hubiese roto la mandíbula. Los otros tres leñadores formaron entonces un frente para defender a su compañero. Paul, el mayor, fue directo a Fred, pero un gancho largo de Eric le dio en los riñones y lo dejó gimiendo. Acto seguido los seis hombres estaban enredados en una enconada pelea.

Violet, que al principio lo había contemplado todo atónita, intentó acabar con la reyerta, pero de nada servía que gritase a Fred y Eric. Los jóvenes no parecían oírla, estaban inmersos en la contienda y parecían ser superiores a los recién llegados. Después de haber eliminado a Galahad y Paul —Fred había dejado inconsciente a este último con una brutal patada en la sien—, la riña estaba igualada, aunque los recién llegados seguramente estaban algo débiles tras el largo viaje en barco y, además, habían estado todo el día cortando leña. Fred y Eric, por el contrario, estaban descansados tras un día de reposo obligado, de sueño y de bebida.

—A vosotros... a vosotros voy a enseñaros... a... a asaltar a mi hermana... —Fred golpeó con rabia a su rival y Eric hizo otro tanto.

—¡La... la niña es... es como una santa para nosotros...! —gritó teatralmente, entusiasmado con sus mismas palabras—. Algo así como... como la familia... ¿entiendes?

Dicho esto, Eric derribó a su rival, que todavía gimió una vez antes de perder el conocimiento.

En ese momento quedó manifiesto que el contrincante de Fred estaba atemorizado.

—¡Pero si no le hemos hecho nada! Chica... chica, tú...

Desesperado, el hombre se volvió hacia Violet, pero ella ya

había estado repitiendo desde el principio que los hombres no la habían amenazado.

Fred y Eric no prestaban atención. Era evidente que les daba igual golpear a culpables o inocentes. Los leñadores eran unas víctimas casuales, los dos chicos se habrían pegado con quien les hubiese dado el más mínimo motivo. Violet casi se alegraba de que hubiesen descargado su rabia sobre esos hombres fuertes y no en casa sobre la pequeña Rosie y su globo rojo.

De todos modos, también era consciente de que ese asunto no había terminado cuando el último leñador aprovechó un momento de distracción de sus torturadores para huir a la oscuridad del bosque. Fred pareció pensar si valía la pena seguirlo, pero luego se volvió hacia su hermana.

—¿Qué, Vio? ¿Cómo hemos estado? —preguntó con una sonrisa triunfal.

Violet no sabía qué contestar. ¿Era mejor apaciguar a esos tipos con una alabanza o se les quitaría de repente la borrachera con una regañina? En cualquier caso, más les valía desaparecer a todos de allí lo antes posible. Los hombres tendidos llevaban un tiempo sin moverse. Esperaba que Fred y Eric no hubiesen matado a ninguno. Pero sin duda se abalanzarían sobre sus víctimas si una de ellas se levantaba. Y si los heridos no se levantaban pronto seguro que necesitaban asistencia médica. Violet esperaba que el cuarto hombre se ocupara de sus amigos en cuanto los camorristas se hubiesen ido.

—¡Te hemos salvado! —Fred resplandecía.

Violet se mordió el labio.

—Yo... yo no estaba realmente... realmente en peligro..., yo...

—Vaaaaaya... ¡mira por dónde, ahora hace remilgos! Qué valiente, la pequeña Violet. Podría haberse defendido ella sola. ¿O es que te hemos molestado, hermanita? ¿Acaso querías hacer un arreglillo con esos chicos? —La voz de Fred adquiría un tono amenazador.

Pero Eric reía.

—¡Venga, Freddy! La pequeña Vio, no, ella... ella es demasiado fina para... —Soltó una sonora risa—. Que va, Freddy, lo que pasa es que ella... ella no quiere dar las gracias. ¡Es eso! Es demasiado fina para... para dar las gracias.

Fred miró a su hermana estudiándola.

—¿Es eso? ¿No quieres dar las gracias? Es muy fácil. Pruébalo. «Gracias, querido Fred...» —Agarró fuertemente a la niña del brazo.

La muchacha se forzó a respirar hondo. Si solo era eso lo que querían...

—Gracias, querido Fred —dijo entre dientes haciendo un esfuerzo.

Fred rio con aire taimado.

—¡Muy bonito! —la elogió—. Y ahora: «¡Gracias, querido Eric!»

Violet tragó saliva.

—Gracias, querido Eric —dijo—. ¿Puedo marcharme ahora? Tengo que ir a Correos, y a comprar. Papá se enfadará si llega a casa y no tiene nada que comer.

En realidad no quería ir a la ciudad, habría preferido correr directa a casa y ovillarse con Rosie en el extremo más escondido de su cama. Pero el camino a Greymouth era la única vía de fuga si los chicos la dejaban ir. Además, así podría contarle a la señora Travers que había unos hombres heridos en el camino. La mujer del sepulturero enviaría ayuda.

Eric Fence se rascó la nariz.

—Uno puede hablar mucho... —advirtió—. Pero... pero si está agradecido de verdad... también lo demuestra.

Violet intentó soltarse, pero Fred seguía sujetándola con fuerza. No podía hacer nada, solo intentarlo con diplomacia.

—Te... te lo demostraré encantada, Eric... —dijo tan amablemente como pudo—. Mañana... Mañana por la noche vienes a cenar, ¿de acuerdo? Prepararé algo especial; mañana es el cumpleaños de Caleb, traeré algo de la casa grande. Seguro que sobra algo. Asado y... y pasteles...

Eric sonrió con ironía.

—Algo dulce..., eso es... Ahora nos estamos acercando un poco más. Pero no mañana. Hoy me apetece algo dulce. ¿A ti no, Fred? —Rio—. Pero tú... tú no debes... porque... porque es tu hermana. Qué lástima, Fred... Pero... pero puedes darnos algo así... algo así como tu bendición. ¿Qué dices, Fred? ¿Me das la mano de tu hermana? Entonces te dejaremos mirar.

Para horror de Violet, Fred no se abalanzó contra su amigo que desafiaba con abusar de su hermana, sino que sonrió mordaz.

—¿Qué quieres hacer con su mano, Eric?

Los dos soltaron una carcajada.

Violet vio con una especie de horror y de alivio que su admirador, sir Galahad, se movía. El joven parecía recuperar la conciencia, lo que por una parte era positivo, pero por otra, muy peligroso para él.

—A lo mejor podemos... ¿podemos hablar de eso en casa? —preguntó desesperada.

Eric y Fred se miraron. Luego asintieron.

—Falta decidir si en mi casa o en la tuya —rio Eric, pasándole un brazo sobre los hombros.

Podría haber sido un gesto tierno, pero Violet sintió que ese brazo le ceñía el cuerpo como una tenaza. No tenía la menor posibilidad de escaparse.

—Ven, bonita...

Así y todo, los hombres hicieron ademán de llevar a su presa a casa, y entonces unas sombras también se movieron en dirección a la colonia de los mineros. Los primeros trabajadores iban al *pub*.

—Me... mejor que nos vayamos —apuntó Fred, mirando a los hombres que yacían en el suelo.

Entretanto él mismo se había dado cuenta de que no debían verlos junto a sus víctimas inconscientes.

—¡Pero nada de gritos! —siseó Eric a Violet.

Ella asintió vacilante.

¿Serviría de algo ponerse a gritar y advertir a los otros hombres de su situación? Fred era su hermano. Nadie creería que la amenazaba. Y en ese momento también él le echó el brazo sobre los hombros... Los dos la arrastraron entre ellos. Instintivamente la niña clavaba las piernas en el suelo, pero los chicos la levantaban sin esfuerzo.

—¡Ha... ha bebido demasiado! —dijo Fred a los hombres con que se cruzaban, explicando el estado de su hermana.

Violet soltó una llamada de socorro, pero el ya de por sí ahogado grito se estranguló cuando Eric le dio una patada en la espinilla.

—¡Totalmente borracha! —les censuró un trabajador mayor—. Deberíais avergonzaros de emborrachar a una chica. Si no se sabe controlar...

—¡Guarra!

Violet se estremeció cuando oyó esa palabra. A partir de ese momento, su reputación en la colonia estaría arruinada. Si al menos los Biller no se enteraban... El temor a perder su querido puesto de trabajo y refugio se sobrepuso por un instante al miedo que Eric le inspiraba. Pero por el momento, solo dos trabajadores la habían visto en ese desagradable estado y pronto su atención se vería atraída por las víctimas de la pelea. A lo mejor se olvidaban de Violet. Bastaba con que no llegasen más.

—¡Soltadme, puedo caminar sola! —Violet luchó por librarse de Eric y Fred—. No quiero que la gente crea que soy...

—¡Siempre pensando en su reputación! —Rio Fred—. Mi hermanita es toda una damita.

Eric parecía algo más accesible. A lo mejor no le gustaba realmente forzar a una mujer. El que ella fingiera actuar por iniciativa propia le gustaba más.

—¡Pero pobre de ti si chillas! ¡Pobre de ti si intentas escaparte!

—Te cogeríamos de todos modos, Vio —le advirtió Fred, en un tono de voz casi paternal—. A más tardar cuando volvieras con tu Rosita. ¡No la dejarás sola con papá!

Otra preocupación más. Era impensable dejar a la niña con su padre. Ya en esos momentos debería de estar descargando su enfado por la falta de comida sobre Rosie, y todavía sufriría más su rabia cuando volviese más tarde del *pub*.

—Haré lo que queráis —dijo Violet, agobiada—. Pero deprisa. Tengo... tengo que volver con Rosie o se asustará. No... no me detendréis más de lo necesario, ¿verdad?

Eric soltó una carcajada.

—Tesoro, hasta ahora ninguna se ha quejado de que no llegue deprisa. Puedes confiar en el viejo Eric. Eric siempre llega.

Violet no entendió a qué se refería ni lo que quería decir, pero le daba igual. Fuera lo que fuese lo que iban a hacerle, cuanto antes mejor. Sobreviviría. ¡Tenía que sobrevivir!

Temblando, pero resignada, siguió a Eric a su cabaña. Todavía era más primitiva que la suya, y además nunca la habían limpiado. Apestaba a comida podrida y ropa sucia y sudada, las sábanas tenían manchas y estaban rígidas de suciedad. Violet sintió horror cuando Eric le indicó con un ademán que se tendiera ahí. Se sentó indecisa.

Eric sonrió y se llevó las manos al cordón de los pantalones.

—¿Qué pasa, tesoro, no has dicho que tenías prisa?

Violet lo miraba con los ojos llenos de horror.

—¿Qué, qué pasa? ¡Desnúdate! —Era Fred. Se había colocado junto a la puerta y esperaba impaciente el espectáculo.

—Yo...

—A ver, ¿quieres volver con tu hermanita o no?

Eric se bajó los pantalones hasta las rodillas. No se desnudó más, pero bastó con eso para llenar de asco a Violet. Ya había visto a hombres y mujeres teniendo relaciones sexuales, pero nunca había visto el miembro de un hombre irguiéndose de ese modo ante ella ni a un hombre mirándola abiertamente con tanta lascivia.

Violet cerró los ojos y se quitó el vestido por la cabeza. Eric apenas esperó a que su rostro se liberase de las prendas. Desgarró las bragas y le levantó la enagua. Por lo visto no tenía el menor interés por besarla. No era un sir Galahad... Violet recordó las bonitas palabras del joven y casi se habría puesto a reír como una histérica. En su lugar, lloró cuando Eric cerró sus labios y luego sus dientes alrededor de sus pezones. Parecía como si quisiera agarrarla con los dientes antes de penetrarla. Violet gritó de dolor y oyó la risa de Fred.

—Esto es lo que yo llamo agradecimiento —jadeó Eric—. Y eso, y esto. —Se sentó encima de ella y la montó como si fuera un caballo, pero ella no tenía la posibilidad de tirarlo.

—¡A ver si le bajas los humos! —animaba Fred a su amigo.

En algún momento la oscuridad envolvió a Violet. Intentó no perder la conciencia, tenía que cuidar de Rosie.

Pero le dolía demasiado y cuando Eric se desplomó sobre ella, el peso del hombre le impidió respirar y el hedor que desprendía pareció ahogarla. Violet era pequeña y delicada, le llegaba a Eric por el hombro. Su último pensamiento fue que iba a morir aplastada bajo el peso de su cuerpo duro y sucio, como su madre cuando se derrumbó la galería.

Vio el rostro de Ellen mientras perdía el conocimiento, pero su visión no le sirvió en ese momento de consuelo. Su madre, y cualquier otra mujer decente, tenía que despreciarla por lo que estaba haciendo ahí.

# 5

Los meses que siguieron en Parihaka transcurrieron en una tensa espera. Todavía no se había creado una comisión de investigación, pero sí se llevaron a cabo los primeros procesos contra los arrieros. Cuarenta de ellos fueron juzgados y condenados a dos meses de cárcel y una multa de doscientas libras por destrucción de la propiedad. Ninguno de ellos era capaz de reunir ese dinero. La comunidad de Parihaka, que sí podría haberlo hecho, no admitió la sentencia. En vista de ello, el Gobierno dejó a los hombres en prisión, así como a los demás arrestados. Como las protestas en contra no cesaron, enviaron a los arrieros a la Isla Sur y los distribuyeron por las cárceles que había entre Christchurch y Dunedin.

Hacia finales del año 1879, se formó por fin una comisión de investigación, pero la gente de Parihaka apenas si daba crédito a su estructura. El primer ministro nombró a dos *pakeha* en el consejo, los cuales habían desempeñado antes el cargo de ministros de Asuntos Nativos, es decir, ¡eran responsables directos de la expropiación de tierras a los maoríes! A ellos se sumaba también un jefe maorí adepto en extremo al Gobierno, quien enseguida se retiró cuando Te Whiti comentó respecto al nombramiento de los hombres: «Una excelente comisión de investigación, compuesta por dos *pakeha* y un perro.»

Te Whiti también boicoteó las audiencias que empezaron a comienzos de 1880. Y el Gobierno contraatacó: aun cuando el pacto de armisticio advertía que debían detenerse primero las actividades de expropiación, empezó a construir la carretera de la costa.

—Son solo un par de arreglos en las carreteras que ya existen —afirmaban los *pakeha*, pero Te Whetu estaba al corriente.

—Han reclutado a quinientos cincuenta hombres, y armados. No, amigos, no os dejéis engañar cuando dicen que ponen a la Armed Constabulary a construir carreteras porque no tienen nada más que hacer. Esta gente son colonos sin dinero y les han puesto el caramelo en la boca prometiéndoles tierras. ¡Nuestras tierras! ¡Tierras que piensan robarnos!

Al principio, los soldados, aún inexpertos, no hacían nada más que montar campamentos alrededor de Parihaka. Los maoríes verificaron que había campamentos junto a Rahotu y Waikino, y una casa de troncos con hombres armados en Pungarehu.

—No tengo ningunas ganas de ir allí a llevarles comida —se quejaba Matariki, mientras llenaba un cesto con dulces en la casa cocina—. Me parece bien ignorarlos, pero ¿es necesario darles de comer?

Una de las cocineras rio.

—Ya conoces a Te Whiti: amistad, hospitalidad, amabilidad. Colma a la gente de cortesía mientras no lo atacan. Tratamos a los soldados como si fuesen huéspedes, los invitamos, les ofrecemos comida... todavía no han hecho nada. Y no es culpa suya que estén aquí. Son muñecos del Gobierno, al igual que los colonos.

Matariki lo veía de otro modo, aunque, por supuesto, obedecía las órdenes del jefe. En el fondo, los colonos habían sido engañados. Pero los hombres que ahora aguardaban delante de sus puertas sabían exactamente lo que estaban haciendo. Y no dudarían en arrasar Parihaka y exterminar a sus habitantes.

La muchacha se estremeció, como siempre le ocurría, al recorrer el camino de arena, tierra adentro, hacia Pungarehu y acercarse al campamento de los *armed constable*s. No iba sola, naturalmente, sino en un grupo de cinco mujeres y más chicas, y entre Parihaka y el campamento se encontraba la tierra cultivada de los habitantes del poblado. Todos los maoríes que estaban allí trabajando vigilaban a las mujeres que enviaban para ofrecer obsequios a los soldados. Pese a ello, a Matariki le habría gustado llevar a uno o dos guerreros de escolta, sobre todo porque los hombres del campamento carecían en gran medida de disciplina militar. Ahí no había guerreros, sino escoria social. Pescadores de ballenas, cazadores de focas, buscadores de oro, aventureros que ahora querían intentar explotar la tierra, aunque no cabía duda de que no sabían nada de agricultura ni de ganadería. Solían recibir a las muchachas maoríes con palabras obscenas y desnudarlas con la mirada antes de darles apenas las gracias y abalanzarse sobre la comida. Parecían dar por supuesta la hospitalidad de Te Whiti o considerar que era una especie de tributo que debían pagar.

Esa vez, sin embargo, la llegada de las chicas al campamento se desarrolló de otro modo. En lugar de limitarse a cruzar la puerta abierta del vallado, las obligaron a detenerse. Un centinela con un uniforme más o menos aseado preguntó a las mujeres para qué habían ido. Como siempre, hicieron avanzar a Matariki. Era la traductora del grupo; las otras trabajaban por lo general en la cocina y en los campos y solo hablaban un inglés muy básico.

—Nos envía el jefe Te Whiti, os ofrecemos la hospitalidad de la comunidad de Parihaka. Según la costumbre, compartimos nuestra comida con los huéspedes, ya que el agua igualmente nos la desviáis. —Matariki miró con enojo el pequeño río Waitotoroa, en cuyo curso superior los *pakeha* habían montado el campamento. Desde entonces las aguas no llegaban tan limpias ni con tantos peces como antes—. Y os invitamos a la reunión, que se celebrará con la próxima luna llena, para que habléis con nosotros e invoquéis a los dioses.

El hombre miró a Matariki como si le estuviese hablando en chino.

—Voy a llamar al sargento —dijo, abandonando su puesto.

Esta no podía ser la conducta habitual en el ejército británico, pero era mucho más militar que la forma general de comportarse de los *constable*s. También llamaba la atención que en el campamento hubiera más orden. Nadie andaba holgazaneando por ahí ni miraba boquiabierto a las muchachas. Un par de hombres estaban ocupados reparando las cercas mientras otros hacían prácticas en una zona distinta del campamento. El hombre que en ese momento se dirigía con el paso seguro fruto de una experiencia de años era sin duda quien había dirigido las operaciones.

—¿En qué puedo ayudar a estas damas?

El soldado no era tan alto como Kupe, pero la menuda Matariki tenía que alzar la vista para mirarlo. Observó la figura delgada que se mantenía muy erguida: con toda certeza no era un colono que había caído ahí por casualidad, sino un militar de la cabeza a los pies. El uniforme de sargento, que le quedaba de fábula, estaba impoluto e impecable, hasta la raya del pantalón. Su rostro era algo pálido, pero tenía unos rasgos sorprendentemente aristocráticos. A Matariki casi le recordó a alguien a quien conocía, pero no pudo confirmar esa sensación. La joven sonrió de forma involuntaria cuando miró los fascinantes ojos castaños del hombre. Tenía el cabello rubio y con un corte militar. Si se lo dejase crecer, tal vez sería ondulado.

Matariki se prohibió imaginárselo pescando o cazando con el torso desnudo y un rostro risueño.

—Soy el sargento Colin Coltrane, comandante de este campamento. ¿Qué puedo hacer por ustedes?

Matariki repitió el mismo discurso de siempre. Se sintió extrañamente turbada, más aún porque el sargento sonreía con aire de superioridad.

—Ah, sí, la estrategia Parihaka... Ya me habían prevenido al respecto.

Matariki frunció el ceño.

—¿Le han prevenido de nosotras? —preguntó—. Ah, claro, la Corona inglesa debe de estar muerta de miedo ante una comisión como la nuestra... ¿De qué tiene miedo, sargento? ¿De que envenenemos a sus hombres?

El sargento rio.

—No, en realidad no, porque en ese caso todos los hombres

estarían ya muertos. A no ser que el alcohol actúe como antído-
to, con él intentan matarse ellos mismos a diario. No, señorita...

—Matariki —respondió ella, tensa.

—Qué nombre tan bonito... —Colin Coltrane esbozó una
sonrisa seductora—. Señorita Matariki, no se trata de prevenir
un ataque contra nosotros, sino de evitar cierta... humm... des-
moralización. Lo que su jefe intenta lo llamamos fraternizar.
Hermanarse. Una guarnición que ha sido alimentada por él durante meses no luchará de buen grado contra él.

—¿Está usted pensando en atacarnos? —preguntó sin rodeos Matariki. Las palabras de Coltrane ofrecían nuevos aspectos de la estrategia de los ingleses.

El sargento se encogió de hombros.

—Contra usted, señorita Matariki, jamás podría levantar el
arma —contestó galantemente—. Como tampoco contra las
otras damas. —Dirigió una inclinación a las muchachas y mujeres que estaban detrás de su interlocutora—. Pero en otros casos... Somos soldados y obedecemos órdenes del Gobierno. Mi
misión aquí es que estas órdenes se obedezcan. Y por esta razón,
por mucho que lo lamente, debo rechazar sus amables proposi-
ciones e invitaciones. Tenemos un cocinero en el campamento,
y soy yo quien se encarga de los discursos y las horas de rezo.

—No tiene aspecto de reverendo —observó Matariki con
frialdad.

Colin Coltrane rio.

—Ignora usted cuántas facetas posee mi personalidad. Para
mis hombres es suficiente. Los soldados ingleses no son muy
espirituales... a diferencia de los guerreros maoríes.

Dicho lo cual se dio media vuelta, pero Matariki todavía pilló la expresión de su rostro: de sincero desprecio. Lo siguió con
la mirada, muda, enfadada, pero también fascinada, y regañán-
dose por lo que sentía. Ese hombre menospreciaba el espíritu de
Parihaka, tal vez desdeñaba incluso a todo su pueblo. Sin embargo... Matariki apartó todas las fantasías de su mente, mientras traducía la conversación a las demás mujeres. El mensaje de
Coltrane había sido claro: las mujeres no necesitaban volver al

día siguiente. Y ella se alegraba. Se alegraba de no tener que volver a ver nunca más al sargento Colin Coltrane.

Las obras se empezaron justo después de que se proclamase la comisión de investigación. Por fin se había llegado a la conclusión de que, de acuerdo, algunos blancos no habían ocupado del todo de forma correcta las tierras, pues los propietarios maoríes nunca habían levantado realmente las armas contra los *pakeha*. De todos modos, esto no afectaba, o no del todo, a la línea costera; a fin de cuentas los maoríes de allí seguían siendo incorregibles, bastaba con pensar en el espíritu rebelde de los hombres de Parihaka. Dicho eso, la carretera entre Hawera y Oakura al menos podía construirse sin consultar con los nativos. Y de haberlo hecho, Te Whiti y los otros habrían dicho que en el fondo no tenían nada contra los colonos blancos. Se dedujo que, en general, estaban dispuestos a renunciar a cambio de la correspondiente indemnización por sus tierras.

—¡Pero es nuestra tierra! —protestó Matariki cuando la noticia se extendió por Parihaka. Te Whiti había convocado una reunión extraordinaria para el día siguiente y se esperaba la presencia de las tribus de toda la región—. ¡Esto es la tierra cultivable de Parihaka! ¿Qué se han creído esos?

Kupe, que en esos momentos conducía con sumo respeto una yugada, se encogió de hombros.

—Creen que la tierra ya cultivada se puede vender mejor —dijo con una risa amarga—. Pero no se obtendrá nada de ello. Y nosotros ahora también estamos hartos de los campos de instrucción instalados en nuestro territorio. Te Whiti ha pedido que se labre el campamento de la Armed Constabulary.

Matariki, quien de repente volvía a ver el rostro de Colin Coltrane, al principio amistoso pero luego duro, empezó a preocuparse por sus amigos. Era evidente que ese sargento no cedería sin oponer resistencia ante las máquinas agrarias. Le habría gustado acompañarlos como traductora, pero Kupe no necesitaba de ninguna ayuda en este aspecto, y en esa ocasión el *ariki* había ordenado expresamente que no se enviasen muchachas. Debía de saber que la situación se estaba agravando.

A Kupe, que salvo por una breve introducción nunca había trabajado en la agricultura, los bueyes de su yunta le parecieron, al menos al principio, más peligrosos que los soldados. Ya su primer intento de trazar un surco recto en el campamento de Rahotu había sido un rotundo fracaso. Los cuatro bueyes no entendían por qué no tenían que tirar, como siempre habían hecho, sobre un terreno relativamente blando, sino sobre la carretera dura y trillada. Continuamente se deslizaban a izquierda o derecha hacia el campo, habrían precisado de un arriero experimentado para mantenerse sobre la huella. Kupe tiraba de las riendas de aquí para allá y con ello solo manifestaba más claramente su falta de destreza. Al final, el buey guía tomó la iniciativa. Giró de repente a la derecha, los demás bueyes giraron también y el arado barrenó. Kupe, que no había contado con que eso ocurriese, perdió el equilibrio en su estrecho asiento, se cayó y la rueda del arado le pasó por encima del pie. La herida no fue muy grave, los médicos del poblado confirmaron que no había rotura, sino una torcedura y una fuerte contusión. Sin embargo, resultaba impensable que en un principio Kupe participara en otras «labores de cultivo» en el campamento *pakeha*. Regresó a Parihaka cojeando, desanimado y quejumbroso.

Pero con ello evitó el arresto, pues detuvieron a los demás labradores. Aunque, en general, las tropas del Gobierno no sabían cómo reaccionar. Se produjeron arrestos, pero no se llegó a las manos y, sobre todo, no hubo tiroteos.

—Algo que seguramente debemos agradecer a la presencia de la prensa —opinó malhumorado Kupe.

Al día siguiente asistió al encuentro con un gran vendaje en el pie y apoyándose en Pai. Pese a lo precipitado de la convocatoria, en la plaza del poblado miles de personas esperaban ya la llegada de Te Whiti y de los otros jefes tribales. Se trataba principalmente de maoríes, pero también se les había unido un nutrido grupo de *pakeha*, casi todos «armados» con cuadernos de notas y lápices. La postura de los reporteros estaba dividida: había muchos que apoyaban las medidas del Gobierno, pues era un hecho que el distrito de Taranaki se estaba llenando de colonos blancos que especulaban con la tierra hasta entonces baldía. Los representantes de la prensa, a menudo gente de ciudad que estaba acostumbrada a carreteras y líneas de ferrocarril, no solía entender por qué la población maorí rechazaba la modernización. Por otra parte, ninguno de ellos podía cerrar los ojos por completo al espíritu de Parihaka. Todos tomaban nota de la limpieza, lo estupendamente bien organizado que estaba el poblado y la alegre espiritualidad de los habitantes.

—¡Es la mejor gente que he visto en toda Nueva Zelanda! —declaró incluso el representante del Gobierno que debía inspeccionar el suministro de medicinas de Parihaka.

No era noche de luna llena, pero no llovía cuando Te Whiti, solemnemente cubierto con la capa de jefe de Matariki, se presentó ante la audiencia.

—Mi corazón —dijo el jefe en voz queda— se ha llenado de oscuridad. A menudo os he hablado en este lugar. Todos vosotros sabéis que no deseo ninguna guerra. Pero, al parecer, los *pakeha* sí la quieren. Naturalmente lo niegan. Sin duda hablan de otra consulta, de otra comisión... Los fogonazos de sus armas ya han quemado nuestras pestañas, pero ellos siguen diciendo que rechazan la guerra. Por otra parte, esto es fácil de aclarar. ¿Cómo estalla una guerra, amigos míos? Pues bien, todos sabéis que empieza cuando un bando envía al ejército para arrasar las tierras del otro. Los *pakeha* alegan, por supuesto, que simplemente no tienen claro por dónde transcurren las fronteras, cuál es su tierra, cuál es la nuestra y cuál no tiene propietario. Pero esto es fácil de aclarar, amigos míos. De ahora en delante vamos a cercar nuestra tierra. Empezaremos mañana. Y no nos moveremos ni una pulgada. Cuando los *pakeha* derriben nuestras vallas, las volveremos a levantar. Cultivamos nuestra tierra, la aramos y construimos casas en ella.

Los asistentes, en un principio perplejos, aplaudieron después, si bien los gritos de júbilo ya no fueron tan entusiastas como cuando se proclamó la acción de los arrieros. Los hombres encarcelados todavía estaban encerrados y la gente de Parihaka sabía ahora qué riesgo asumía si se resistía de nuevo.

—¡Pensad que no estamos haciendo nada prohibido! —Los animó luego Te Whetu—. Los únicos que merecerán castigo serán los otros, cuando tiren nuestras cercas. ¡No tengáis miedo! Que los espíritus de Parihaka venzan la violencia.

Al día siguiente se inició la instalación de cercados y, con ello, la lucha encarnizada por el poder en Taranaki. Al principio solo se recurrió a los hombres para trabajar en las cercas, pero apenas pasados tres días, Kupe ya les explicaba el concepto de trabajo de Sísifo. La Armed Constabulary había empezado el trazado de la carretera, los topógrafos fijaban el recorrido y los cultivos de los maoríes les preocupaban poco. En cuanto a las cercas, se limitaban a derribarlas, tras lo cual los habitantes del poblado volvían a levantarlas sin mediar palabra, sin meterse en discusiones. Una vez, dos veces, veinte veces. Pocos días después, las primeras cuadrillas de trabajo estaban exhaustas. Las sustituyeron otras.

Al principio las tropas del Gobierno participaron en el juego, pero en la asamblea siguiente, Te Whetu amenazó con derribar los postes de telégrafos. El Gobierno lo capturó cuando inspeccionaba con ocho jefes subordinados los trabajos del cercado. A continuación detuvieron a varios hombres que estaban levantando cercas, contra la ley, sin un motivo real. Los maoríes no se defendieron, pero de nuevo se les impidió por medio de la violencia que prosiguieran las labores de cercado.

«Son como un enjambre de abejas —escribió un diario entre la repugnancia y la admiración—. Se mueven uniforme y continuamente, los rostros vueltos hacia la tierra. Cada vez que han vallado una parcela, uno de ellos emite un grito triunfal y todos entonan una canción de guerra.»

Las prisiones volvieron a llenarse, tanto más por cuanto el Gobierno se apresuró a imponer, a través de las dos cámaras, unas leyes que castigaban duramente amenazar la paz con excavaciones, arados y transformaciones del paisaje. Quien construyera cercas se arriesgaba a dos años de trabajos forzados. Pero el flujo de los constructores de vallas no se detuvo. Hombres y mujeres maoríes, procedentes de todos los rincones de la Isla

Norte, llegaban para apoyar a la gente de Taranaki, y Matariki y sus amigos habrían celebrado el espíritu de Parihaka de no haber estado tan agotados.

Pasadas las primeras semanas de construcción de cercados, en Parihaka ya no se bailaba ni festejaba, no se engendraban niños. La población, ya notablemente reducida a causa de los arrestos, comía a toda prisa cuando oscurecía y se desplomaba totalmente agotada en sus esterillas. A esas alturas, cualquiera que reuniese fuerzas suficientes para ello colaboraba en los cercados. Matariki y las otras chicas que enseñaban inglés incluso llevaron a sus alumnos a los campos. Claro que los niños de cuatro y cinco años no hacían gran cosa, pero impresionaban a los soldados y en especial a los representantes de la prensa. Las vallas de Matariki tenían un carácter más simbólico, en realidad no habrían podido detener a nadie, la lucha desesperada de los desarmados maoríes contra la Armed Constabulary cada vez atraía más la atención, más aún por cuanto no resultaba fácil mantener a los soldados rápidamente reclutados en los límites. Una y otra vez se producían ataques sangrientos, los antes pescadores de ballenas y cazadores de focas estaban hartos de derribar cercas y no tenían miramientos a la hora de llevarse a rastras a los maoríes.

Matariki y sus amigos comprobaron agotados, aunque complacidos, que los periódicos, primero ingleses y luego europeos, informaban acerca de su lucha. El primer ministro cada vez se veía más presionado, en especial cuando se dieron a conocer las agresiones a niños, ancianos y mujeres que colaboraban en la construcción de las vallas.

—¡Y además los costes! —exclamó alegre Kupe, que leía en voz alta por las tardes los diarios a las chicas—. Aquí pone que al principio los costes de la colonización de tierras habían sido estimados en setecientas cincuenta mil libras. Y ahora ya llevan un millón, pero no han construido en realidad ni un kilómetro de carretera.

A finales de 1880, el primer ministro George Grey se rindió y prohibió a su ministro de Asuntos Nativos, John Bryce, un hombre con exceso de celo, que siguiera con los arrestos. En los primeros seis meses del nuevo año se dejaron en libertad a todos los presos de la Isla Norte.

—¿Ya hemos ganado? —preguntó Matariki, cansada.

Ya no sacaba a sus alumnos para que construyeran cercas, pero tampoco daba las clases de forma periódica. Toda la comunidad, desde el niño mayor hasta el profesor, desde el médico hasta el empleado del banco, trabajaba en los campos de sol a sol. La vida en el poblado se reducía a asegurar las propiedades rurales. De nuevo se produjo una especie de armisticio en Taranaki. No se realizaron más arrestos y, en un principio, detuvieron la construcción de carreteras. Pero el Gobierno no admitió la devolución de las tierras maoríes anexionadas. Al contrario, el ministro Bryce puso todos sus esfuerzos en la tierra de Parihaka. Informó que había pensado dividir la región en tres secciones. La costa y el interior debían ser ocupados por *pakeha* y la estrecha franja que quedaba en medio sería maorí.

—Se formarán colonias inglesas a las puertas de ese Te Whiti —comunicó.

Sin embargo, no encontró respaldo en el Gobierno. Y Te Whiti tampoco reaccionó.

El jefe maorí callaba mientras su gente levantaba cercas sin cesar, labraba los campos y cultivaba la tierra. En enero, Bryce se retiró agotado.


—Los niños han ganado —dijo Lizzie con aire de sorpresa, levantando la vista del *Otago Daily Times*—. Ese Bryce se marcha, pero Parihaka sigue ahí.

Michael cogió el periódico.

—Queda por preguntarse qué vendrá después —apuntó—, ese Bryce era un chulo, pero ya conoces a su sucesor, Rolleston...

William Rolleston era un granjero de las Llanuras de Canterbury, uno de los legendarios barones de la lana que no se conformaba con tener varios miles de ovejas. A lo largo de su carrera política había representado a varios distritos electorales de los alrededores de Christchurch, pero los perdía tras un único período legislativo. El que lo nombraran ministro de Asuntos Nativos sin duda había constituido para él una inesperada promoción. Rolleston era considerado un hombre duro, tomaba decisiones rápidas y era partidario de las imposiciones. La diplomacia no era uno de sus fuertes.

—¡Pero Arthur Gordon es gobernador! —señaló Lizzie—. ¡Y con él los británicos por fin han hecho una buena elección!

Entre los granjeros sumamente conservadores de Canterbury se consideraba que Arthur Gordon era un político polémico. Mostraba claras simpatías hacia los maoríes y por esa razón precisamente lo había comisionado la Corona. Las acciones de Te Whiti habían provocado una mala prensa, y entre las intenciones de la reina no figuraba que se retratara Nueva Zelanda, su colonia de exhibición, como un nido de racistas.

Michael hizo un gesto de indiferencia.

—No basta con que Gordon sea un buen tipo. También tiene que pararle los pies a Rolleston.

# 6

Cuando Violet volvió en sí, tomó la decisión de que el suceso con Eric nunca había ocurrido. Bien, de algún modo había llegado a la cabaña del chico y se había quedado dormida ahí, y luego, no sabía por qué motivo, se había despertado magullada y con sangre, y también desnuda. Pero alguna explicación encontraría si reflexionaba a fondo al respecto, y precisamente para eso le faltaban las fuerzas. También el tiempo, claro, pues debía ocuparse de Rosie.

Violet postergó la reflexión para otro momento, volvió a ponerse rápidamente el vestido y regresó a su cabaña. Allí solo encontró a Rosie durmiendo y el globo rojo que la niña había atado a la cama. Su padre seguramente todavía estaba en el *pub* y Fred y Eric se encontraban de nuevo —o mejor dicho, todavía, se corrigió Violet— en la taberna de Greymouth. Se limpió cuidadosamente con la última y preciada agua, aunque sabía que su padre la regañaría por ello. Y también había que lavar el vestido, apestaba a Eric... a la cabaña mugrienta de Eric. Violet se propuso pasar al día siguiente, antes de ir a trabajar, por el río, cuyas aguas todavía estaban limpias y claras por encima de la casa de los Biller.

Se tendió junto a Rosie e intentó no pensar. Eso funcionó sorprendentemente bien. En algún momento se durmió y al levantarse no hizo caso de su dolorido cuerpo. Esa noche no se despertó cuando su padre y su hermano regresaron a casa, no la había cerrado. ¿De qué iba a tener miedo ahora? Violet apartó esos pensamientos de su mente. Tenía que preparar el desayuno y enviar a su padre y a Fred a trabajar. Los dos parecían tener una fuerte resaca y Fred, además, parecía mirarla de un modo raro. Violet prescindió de ello.

—Antes tenemos que lavarnos —dijo a Rosie, que lloriqueaba porque Violet la había sacado de la cama antes de lo normal—. Pasaremos por el río antes de ir a casa de Caleb.

—¿Por qué? —preguntó Rosie enfadada, aunque luego se contestó a sí misma—. ¿Porque es el cumpleaños de Caleb?

Violet asintió.

—Sí, justo por eso, es su cumpleaños y todos los que vayan a felicitarle tienen que ir limpios y aseados. Ven, te pondrás el vestido bueno.

En realidad, ese día habría deseado dejar a Rosie en casa, seguro que a la señora Biller no le gustaría ver a la hija del minero entre los invitados del cumpleaños. Pero el peligro de que el capataz enviara a casa a Fred y Jim era demasiado grande. Y esta vez no se mordería la lengua. Mejor no cruzarse en el camino de los hombres tras una reprimenda así y Violet no podía dejar a Rosie a su merced. Así que depositó sus esperanzas en la señora McEnroe. Y si la cocinera no tenía tiempo, Mahuika y el jardinero seguramente cuidarían de la pequeña, pues la parejita maorí siempre trataba a la niña con mucho cariño. Como mucho, Rosie podría ver cosas para las que, con seis años, todavía era muy joven. Por otra parte... ¿qué importaba eso? Violet casi se sorprendía de esa impasibilidad recién adquirida, pero enseguida apartó también ese pensamiento de su mente.

Esa mañana la casa de los Biller parecía un infierno. Caleb representaba una de sus rabietas. Era frecuente que tuviera diferencias con sus padres, pero en el fondo era un niño tolerante que soportaba la estrechez de miras de su entorno con dignidad. Pero ese año la señora Biller se había pasado con el regalo de cumpleaños. En lugar del ansiado microscopio, Caleb había recibido un libro infantil, un par de lápices y un poni.

El último era encantador y acaparó el entusiasmo de la mayoría de los invitados a la fiesta del té de la tarde. Pero Caleb no sentía ningún interés especial por los caballos. El deporte, en cualquiera de sus formas, le resultaba un horror. Excepcionalmente se comportó como un bebé y gritó como un condenado cuando su padre, sin más ni más, lo levantó y lo colocó sobre el hermoso ejemplar pío. Después, Violet tenía que dar vueltas con él y el caballito, lo que en otras circunstancias no le hubiese importado. A fin de cuentas casi le había cogido cariño a la yegua de su abuelo, y también le había gustado visitar el establo con Heather Coltrane, incluso se había sentado con el corazón desbocado sobre la grupa de un purasangre enorme. Pero ahora el olor del caballo le producía malestar, y cada paso que daba le causaba dolor. Normalmente, eso no se le habría escapado al tan sensible Caleb, pero ese día ya tenía suficiente con sus propios disgustos.

—¡No quiero montar a caballo! —aseguraba enfadado—. Quería un microscopio, yo...

—Cariño, un *gentleman* debe aprender a montar con elegancia a lomos de un caballo —le amonestó su madre, sonriendo—. Piensa que pronto irás a Inglaterra, al internado. Allí también montarás. Y un microscopio es tan voluminoso que no podrías llevártelo.

Ese comentario recordó dolorosamente a Violet que su trabajo en casa de los Biller estaba condenado a concluir y Caleb dejó claro que ya tenía bastante habiendo empezado su carrera como jinete en la madre patria.

—¡Sin contar con que un caballo es mucho más grande que un microscopio! —se quejó cuando Violet lo acompañó a la habitación para el descanso del mediodía—. ¿Tengo que llevarme al poni a Inglaterra o qué se imaginan?

Violet albergaba la esperanza de que no enviaran a su pequeño amigo a Inglaterra hasta que este se hubiese hecho demasiado mayor para el poni.

Por la tarde luchó junto a Caleb entre tanta fiesta, y todo el rato estuvo ocupada consolando al joven mientras los demás jugaban a juegos de «bebés». En un momento dado, cuando era evidente que todos los invitados se lo estaban pasando estupendamente también sin el homenajeado, cedió a lo que el niño le pedía y fue a buscar el tablero de ajedrez. Ambos se retiraron al rincón más apartado del jardín y Caleb la venció en un tiempo récord. El ajedrez era para él lo que las peleas de taberna para Fred y Eric. Ahí desahogaba su rabia, pero no hacía daño a las piezas y obligaba a su rival a estar más atento que temeroso.

También ese día llegó a su fin y Rosie apareció resplandeciente y generosamente obsequiada con restos de la cocina.

—Sin la ayuda de Rosie no lo habría conseguido —dijo la señora McEnroe, guiñando el ojo—. Qué aplicada ha sido, ha cocinado todo esto conmigo.

La pequeña estaba contentísima con el elogio y ardía en deseos de contarle a su padre sus hazañas. Pero Violet ya se olió el peligro al acercarse a la cabaña y ver salir el humo de la chimenea. Al menos uno de los miembros masculinos de la familia estaba, pues, en casa. Y no desde hacía solo unos pocos minutos. De hecho, al entrar enseguida los vio a los dos sentados a la mesa.

—¡Papá! —Violet no pudo evitar a tiempo que Rosie saltara satisfecha hacia su padre ni, a continuación, ponerla a salvo del sopapo que la niña se ganó.

—Cierra el pico, Rosie, el ruido me da dolor de cabeza —refunfuñó Jim Paisley—. Y esta noche empaquetas las cosas, Vio. Pero después de comer, hay tiempo suficiente.

Violet miró a su padre sin entender y empezó a sentir unos vagos sentimientos de culpabilidad. ¿Se habría enterado de lo que había hecho? Pero ella no había hecho nada, no había pasado nada...

¿La estaría echando de casa?

—Ese desgraciado de capataz nos ha despedido —anunció Jim rabioso, dándole de paso otro bofetón a Rosie, que lloraba asustada—. Y nos quiere lejos de aquí. Así que nos vamos con Lambert. Sería ridículo que no necesitasen buenos mineros.

La mina Lambert era la compañía rival de Biller y, naturalmente, también Marvin Lambert contrataba a mineros, ya que estos siempre escaseaban. En un principio, al menos, los propietarios de las minas no intercambiaban información sobre qué trabajadores eran útiles y cuáles destacaban por sus borracheras o espíritu levantisco, pero los capataces sí hablaban entre sí y el nuevo enseguida se dirigió a Jim y Fred sin dar rodeos: «Si no os comportáis mejor aquí que en la mina Biller, no hace falta que os instaléis.»

La advertencia fue escuchada, pero en Gales Violet ya había vivido situaciones parecidas: siempre que una mina había despedido a su padre, este se frenaba un poco en su nueva colocación. Además, ni a él ni a Fred les resultaba difícil dar una buena impresión. Los dos eran muy fuertes, aunque Jim estaba empezando a ponerse un poco fofo. Sabían manejar el martillo y el pico y tenían el sexto sentido de un buen minero para reconocer la situación y recorrido de los estratos de carbón. De ahí que en los días buenos fueran capaces de extraer el doble de carbón que un minero más débil; en los días malos el capataz solía disculparlos.

Pero a partir de un momento dado los días malos eran más que los buenos, empezaba a haber discusiones y de nuevo los ponían de patitas en la calle. Nada malo para los trabajadores, que a fin de cuentas no tardaban en encontrar un nuevo trabajo. Todas las minas pagaban más o menos lo mismo, y a ellos qué más les daba dar golpes en una roca u otra.

Para Ellen, y para Violet en ese momento, cada despido significaba una pequeña catástrofe. Por regla general iba unido a la pérdida de la vivienda en la colonia minera, o en este caso del derecho a permanecer en ella. Para la nueva compañía minera resultaba por lo general algo difícil asignar de inmediato un nuevo alojamiento a los candidatos dudosos. Al menos durante el período de prueba. Por lo general Ellen no sabía dónde iba a instalarse con sus enseres y sus hijos. Habitualmente convencía al administrador de la antigua mina para que la dejara permanecer por un tiempo en su vivienda actual. Eso solía funcionar; las minas, al menos al principio, se preocupaban por el bienestar de sus trabajadores y sus familias, y los administradores conocían personalmente a los arrendatarios. A una mujer decente como Ellen no se la ponía en la calle con sus hijos.

Sin embargo, ahí en Greymouth, Violet no podía contar con tales actos de caridad. Nadie administraba las colonias de mineros, cada uno se construía su alojamiento e iba y venía a su antojo. Obviamente, el capataz prohibía al trabajador despedido que permaneciera en el terreno de la mina, pero seguro que no habría pasado nada si los Paisley se hubiesen quedado hasta que hubiesen encontrado otro alojamiento conveniente. Pero Jim se negó categóricamente: también él tenía su orgullo, informó a Violet. Ella más bien pensó que todo dependía de lo que a él le resultara más cómodo. La mina Lambert se hallaba en el extremo opuesto de Greymouth y habría tenido que recorrer a pie más de seis kilómetros, lo que a él tanto como a Fred les habría resultado agotador.

En la nueva colonia, que era tan mugrienta y caótica como Billertown, no tardaron en encontrar otro cobertizo abandonado por su anterior ocupante. Esta vez no tenía que limpiarse a fondo, antes al contrario, los anteriores inquilinos hasta habían fregado antes de marcharse. Según los vecinos, se trataba de dos escoceses que se habían hartado de la mina y que iban a intentar encontrar oro en Otago. Violet pensó que también se habían hartado del tiempo en Greymouth: la cubierta de la nueva cabaña estaba fatalmente ajustada y seguro que apenas los había protegido de la lluvia. En cualquier caso, ya no podía quejarse de que la nueva vivienda estuviese llena de humo. El humo y con él, lamentablemente, también el calor que suministraba la chimenea, encontraba oportunidades en abundancia para escapar.

—¡Tenéis que sellar esto herméticamente! —pidió Violet a Fred y Jim—. A ser posible antes de que los muebles estén dentro.

El mobiliario, tan solo compuesto por unas camas construidas de forma bien primitiva, una mesa y cuatro sillas, no era de valor, pero dos días bajo la lluvia lo arruinarían totalmente. Los hombres, sin embargo, no se mostraron demasiado obsequiosos.

—¡El fin de semana! —prometió Jim.

Violet esperaba poder acelerar la reparación colocando la cama de su padre en un lugar donde hubiera unas buenas goteras. Por las sábanas ni se preocupó, ya hacía tiempo que estaban más grises que blancas y totalmente gastadas.

Afortunadamente, en los días que siguieron apenas llovió y el fin de semana Violet pidió prestados a los vecinos un martillo y un hacha, cortó torpemente unos desechos de madera en trozos pequeños y compró clavos para reparar la cubierta de forma provisional. Uno de los vecinos incluso le echó una mano, después de que Rosie casi se cayera desde lo alto. El señor O'Brien era un irlandés rechoncho que compartía su cabaña con su joven esposa Kate y todo un montón de hijos, que iba aumentando seguro de año en año. La familia era amable y mucho más agradable que los vecinos de Billertown.

Pero el cambio de residencia no era el único atisbo de esperanza que veía en la mudanza. No habían despedido a Eric, quien seguía trabajando para Biller. Así que Violet no tenía que verlo cada día y, por el momento, también Fred frecuentaba poco el *pub*. Dos leñadores habían sufrido heridas de gravedad durante la riña y estaban, con toda certeza, buscando a los autores. Si bien el oficial de policía de Greymouth no solía poner mucho empeño en tales casos, a Fred y Eric les pareció más seguro que no los vieran juntos en la ciudad.

También Violet iba lo menos posible a Greymouth, aunque era más accesible desde «Lamberttown». El camino era más llano y corto, y solo transcurría a través de un bosque claro a lo largo de trescientos metros. Pese a ello, la jovencita se quedaba lo más a menudo posible en casa e intentaba salir adelante con los comestibles que la señora McEnroe le regalaba. Los sábados hacía las compras a la luz del día y se sorprendía de que tras el breve trecho hasta la ciudad siempre se sintiera extenuada. Hasta el momento, incluso después del trabajo, hacía los trayectos por su propio pie sin cansarse, pero de un tiempo a esta parte siempre estaba agotada. Cada vez más algunos olores que en general le habían encantado le causaban náuseas. La col, sobre todo, le provocaba ganas de vomitar y cuando la amable señora

O'Brien le agradecía con una olla de estofado irlandés que Violet hubiese compartido con ella los huesos para la sopa que le daban en la cocina de los Biller, tenía que forzarse a calentarla para los otros miembros de la familia, mientras que ella se contentaba con un mendrugo.

Por fortuna, ni el despido de su padre ni el hecho de que últimamente se pusiese enferma con mayor frecuencia influyó en su puesto como niñera de Caleb. Al contrario, la señora Biller parecía alegrarse de que al menos Violet conservase una buena relación con su hijo, cada día más rebelde. El niño no se olvidó tan fácilmente del asunto del microscopio y odiaba las clases de montar diarias, para las que Josuah Biller había recurrido al oficial de policía de la población. Este había sido anteriormente soldado de caballería y sabía contar de forma muy expresiva sus aventuras en la India, de las que fanfarroneaba sin el menor pudor, especialmente cuando Violet se hallaba entre su audiencia. Al parecer la muchacha le gustaba bastante.

En circunstancias normales, Caleb habría escuchado con agrado esas historias. Le gustaban los cuentos de bandidos, leía de vez en cuando y a escondidas las historias por entregas de las revistas femeninas de su madre y luego se burlaba con Violet de ellas. El agente Leary, sin embargo, era severo e inflexible como profesor de equitación. En lugar de explicarse, daba gritos y no tardó en conseguir que Caleb, que ya montaba resentido el poni, sintiese miedo. Por añadidura, el niño solía caerse con frecuencia, ante lo cual Leary reaccionaba con burlas en lugar de con afecto. La relación entre alumno y profesor enseguida se arruinó totalmente. Caleb tampoco podía esperar en esa situación ayuda de sus padres, más bien todo lo contrario. Su padre vio reforzada la teoría de que su hijo era un afeminado, y la madre temió por su estatus de *gentleman*.

—¿No podrías esforzarte un poco, al menos? —preguntó Violet algo molesta, después de que Caleb hubiese vuelto a contarle sus penas. Se había caído tres veces del caballo en una hora de clase, o quizás había saltado. El agente Leary había instalado un obstáculo que el poni sorteaba sin esfuerzo, pero que infundía horror a Caleb—. Si sigues así te enviarán a Inglaterra en el siguiente barco. En serio, la señora McEnroe lo ha oído decir.

Violet no quería presionar todavía más a su pequeño amigo, pero cada vez le resultaba más difícil tener paciencia con sus cambios de humor. Sin contar con que Caleb no era el único que la enervaba con sus pequeñeces. También cuando Rosie lloriqueaba o era un poco maleducada, Violet tenía que dominarse para no soltarle un grito. Asimismo, las discusiones con su padre y Fred iban en aumento, algo poco inteligente, pues siempre acababan pegándole a ella. Pero Violet no podía contenerse, tenía los nervios a flor de piel.

—¡Que lo hagan! —contraatacó Caleb, indignado—. A lo mejor la escuela no es tan mala, no nos harán estar todo el día jugando al hockey o montando a caballo y haciendo lo que se supone que es necesario hacer para convertirse uno en un caballero. Y los profesores serán mejores que el reverendo, más tontos no podrán ser.

Violet suspiraba ante esta nueva actitud de Caleb. Hasta entonces siempre había hablado con cierta consideración del reverendo Robinson, un hombre cordial, llano y cultivado en general, pero con las ansias de saber de Caleb había llegado a su límite. Desde que el niño había descubierto a Darwin —la señora Biller no era en absoluto tan tonta como creía su hijo, sino que junto a las publicaciones de las feministas pedía otros libros polémicos—, alumno y profesor mantenían una guerra abierta.

La muchacha no entendía del todo el motivo. El modo en que la vida en la Tierra se había desarrollado en el pasado le resultaba francamente indiferente; ella habría preferido cambiar el futuro. Aún seguía las apasionantes campañas de las activistas antialcohol en los diarios y apoyaba a las mujeres para que consiguieran el derecho a voto. Respecto a esto, Violet contaba con que pronto se obtendrían resultados, mientras que Heather escribía que Femina, Harriet Morison y todas sus compañeras de armas todavía tenían ante sí largos años de combate. También había, por supuesto, compañeros de lucha masculinos.

Violet experimentó una gran emoción cuando un día leyó un artículo de Sean Coltrane sobre el derecho a voto de la mujer. Esperó a que el diario acabase en el cubo de la basura al día siguiente, lo sacó y se metió la página con el artículo en el bolsillo. En casa, lo escondió cuidadosamente en un agujero que había cavado en el suelo, debajo de la cama, donde se encontraban también sus escasos ahorros. Violet seguía pensando en la voz oscura de Sean y en sus ojos cordiales, en su amabilidad y en su paciencia. A veces intentaba recordar su rostro antes de dormirse y cuando lo conseguía se sentía extrañamente reconfortada.

—¿Y qué pasará conmigo cuando te envíen a Inglaterra? —le preguntó a Caleb—. ¿Piensas alguna vez en mí?

Caleb sonrió.

—Eso ha de pasar tarde o temprano, así que tendrás que buscarte un nuevo trabajo. O un marido.

Violet se dio un golpecito en la frente, pero Caleb no iba tan descaminado. Para entonces ella había cumplido dieciséis años. Muchas chicas de su edad ya se habían casado y eran madres.

Pero no quería pensar en cambios, y mucho menos en maridos y en amor. Estaba contenta de conseguir pasar los días. Y aunque siempre se encontraba mal y apenas podía comer, no adelgazaba. Al contrario, sus pechos parecían crecer y a veces le dolían. ¿Y si con el... incidente... había pasado algo? Violet estaba cada vez más preocupada y ya pensaba seriamente en consultar al médico, o al menos a la servicial señora Travers. ¡Si no fuera por el dinero que le costaría...!

Así que, al día siguiente, puso rumbo a Billertown. Se convencía a sí misma de que iba a volver a intentar pescar en el río. O... Cerca de la casa de la señorita Clarisse siempre había encontrado leña especialmente buena... Violet ni pensaba en cómo cargaría con ella todos los kilómetros que la separaban de su casa. Lentamente y sofocada se encaminó hacia la vieja colonia mientras Rosie brincaba feliz alrededor.

Sí... En cierto modo sería agradable volver a ver a la señorita Clarisse y sus chicas. Pero, claro, no llamaría a su puerta. Tenía que ser... tenía que ser por casualidad.

No era ningún secreto en Billertown que las prostitutas se bañaban los domingos en el arroyo. Sus voces relajadas resonaban a suficiente distancia para que las mujeres decentes de la colonia se escandalizaran por su falta de pudor... mientras que los adolescentes se acercaban sigilosamente y se arriesgaban a echar un vistazo a los cuerpos desnudos.

Clarisse se había reído en una ocasión, cuando Violet le había confesado que también Fred y Eric se habían sentado entre los helechos para espiar a las putas.

—No importa, tesoro, no pasa nada porque nos miren —contestó a la chica, que se mostraba preocupada por la moral—. Al contrario, si se ponen calientes, ahorran más para poder morder el fruto que ahí solo pueden ver de lejos.

Ese día Violet se acercó como por casualidad. Las tres mujeres estaban sentadas en la orilla tal como Dios las había puesto en el mundo, secándose al sol y peinándose unas a otras el cabello recién lavado. Violet miró avergonzada sus pechos. Todos eran blandos, los de Clarisse incluso se inclinaban un poco hacia abajo. Ninguno estaba tan hinchado como los de la joven. Hizo algo de ruido para advertir de su presencia. No quería asustar a las mujeres.

Clarisse enseguida la vio.

—¡La pequeña señorita Reverencias! —exclamó, dirigiéndole una encantadora sonrisa—. ¿Qué pasa, vuelves a necesitar trabajo? No será aquí, no tenemos niños que cuidar.

—¡Gracias a Dios! —exclamó Lisa, santiguándose teatralmente.

—Todavía estoy con los Biller —murmuró Violet—. Aunque...

Clarisse la miró inquisitiva.

—Pero a ti te pasa algo —constató—. Esta no es una simple visita. Estás... Te noto cambiada. ¿Has crecido?

Violet negó con la cabeza y se ruborizó. La gente se daba cuenta. Pronto todo el mundo sabría que estaba enferma...

—No lo sé —murmuró—. No... no me encuentro bien...
—Lanzó a Clarisse una mirada suplicante y la mujer entendió.

—¡Voy a dar un paseo con la niña! —advirtió a sus amigas, antes de ponerse un vestido y envolverse el cabello todavía húmedo con un pañuelo—. Entretanto jugad un poco con su hermanita. Para que os convenzáis... De vez en cuando hay que ponerse en contacto con niños llorones para tomarse más en serio los lavados con vinagre en los días críticos.

Las mujeres rieron, pero se ocuparon amablemente de Rosie. Violet contuvo sus escrúpulos porque era la primera vez que Rosie veía a otras personas desnudas. Eso no la mataría. De hecho, la gente no se moría tan fácilmente...

Clarisse y Violet pasearon por la orilla del arroyo. La joven eligió el camino más difícil y pedregoso; había de concentrarse en no tropezar y así no tenía que mirar a Clarisse.

La mujer madura escuchó tranquilamente el relato entrecortado de los males de la joven, y nada de lo que le contaba pareció sorprenderla.

—No estás enferma, estás embarazada —concluyó—. Dios mío, hijita, ¿por qué no viniste a vernos para preguntarnos cómo evitarlo antes de acostarte con un tipo?

Violet la miró.

—Yo no... —se interrumpió.

Clarisse rio.

—Cariño, la última vez que se supone que pasó algo así fue hace más de dos mil años. Y si quieres saber mi opinión, el milagro más grande es que una señora encontrara a un hombre que la creyera. Ven, pequeña, a mí puedes contármelo. Te has enamorado.

—¡No he amado a nadie! —Violet gritó estas palabras, un chillido agudo y desesperado.

Clarisse se rascó la nariz antes de pasar torpemente el brazo alrededor de la joven.

—Lo siento, cielo. Es que te...

—No pasó nada. Nada de nada. Yo... —Violet rompió a llorar. Se desprendió del brazo de Clarisse, se tambaleó. A continuación se desplomó junto a la orilla del arroyo, sacudida por los sollozos que interrumpía un jadeo seco, silbante, pesado. La chica lloraba de forma incontrolable. La prostituta se sentó junto a ella y esperó.

—Si no ha pasado nada... no puede haber ocurrido nada... Hay... hay una explicación, es...

—¿Para qué? —preguntó con dulzura Clarisse—. Venga, ¿vas a contarme ahora que ningún hombre... que ninguno de esos cerdos te ha arrastrado a un matorral y te ha metido el rabo entre las piernas? ¿Aunque te hayas defendido? ¿Aunque hayas gritado? No es culpa tuya, Violet. Es algo que sucede una y otra vez. ¿Quién fue?

La joven meneó con fuerza la cabeza.

—No me defendí —sollozó—. No grité. Ni... ni tampoco me arrastró a un matorral. Yo... yo lo hice voluntariamente... yo...

Clarisse estrechó a la joven contra sí y le acarició el pelo.

—No, cielo. Ni hablar. No te creo.

Muy despacio y con cuidado consiguió que Violet le contase todo el suceso.

—Y ahora... ¿qué tengo que hacer? —preguntó la muchacha.

Violet se había tranquilizado a ojos vistas mientras contaba lo ocurrido. Ahora que había aparecido la verdad, podría asumirla mejor.

—No... ¿no se puede hacer ya nada?

Clarisse se encogió de hombros.

—Sí, claro. ¿Has oído hablar alguna vez de los hacedores de ángeles? Te lo sacan rascando antes de que se vea. Pero es doloroso, cielo, no es fácil.

Violet se mordió el labio inferior.

—¡Me da igual! —respondió—. ¿Puedes hacerlo, Clarisse? Hazlo enseguida. Lo aguantaré.

Clarisse se frotó la frente.

—Cielito, no puedo —confesó—. Y tú sola tampoco, así que no lo intentes; hay muchos más métodos que son menos dolorosos para suicidarse...

—¿Puede uno morirse? —preguntó Violet.

Clarisse asintió.

—Pues claro. Depende siempre de lo bien que se haga. Cuando se encarga alguien que conoce su trabajo, las mujeres no mueren con más frecuencia que cuando dan a luz. Pero con un chapucero... Esto es serio, tesoro, y a tu alma inmortal ni la he mencionado. Te quedarías privada de ella. Cuando menos acabas en el infierno.

El infierno no asustaba a Violet. De todos modos acabaría ahí cuando contase a su padre que estaba embarazada.

—No me importa —respondió—. ¿Quién lo hace? ¿Alguna de las otras chicas?

Clarisse volvió a decir que no.

—Aquí nadie, Violet, lo siento. La más próxima es una bruja maorí, cerca de Punakaiki. Una mujer extraña, pero que sabe lo que se hace. Era herborista en su tribu, luego vivió con un médico *pakeha*. Él también lo hacía, de él lo aprendió. Pero después debió de pasar algo, no tengo ni idea. Sea como fuere, ella volvió con la tribu, en lo alto en Punakaiki, en dirección a Westport. Nada fácil de encontrar, pero puedo explicarte cómo llegar. Lo hace en un hotel, el portero de noche lo organiza. Pero es caro... En total dos libras...

—¿Dos libras?

Violet miró a Clarisse desalentada. No tenía ni idea de cómo llegar a Punakaiki. Seguramente tardaría tres o cuatro días en hacer el trayecto. Y luego, el dinero... Violet no tenía más que unos pocos chelines.

Clarisse se encogió de hombros.

—Hay un montón de gente ahí metida —explicó—. El portero, el gerente, puede que también las doncellas de las habitaciones. Una sábana manchada de sangre llama la atención. Y la misma mujer. Aunque es posible que sea ella quien menos saque del asunto. Pero es buena. Todavía no he oído decir que se le haya muerto nadie. Sabe cómo hacerlo y las chicas dicen que no te trata como si fueses la última escoria. ¡Si quieres hacerlo, hazlo ahí!

Violet suspiró.

—Y si... ¿y si denuncio al tipo? Me has dicho que yo no tuve la culpa. Aunque fui volunt...

—¡Como vuelvas a decir que fuiste voluntariamente, grito! —advirtió Clarisse—. Pero me temo que tampoco serviría de gran cosa denunciarlo. Tal vez lo encierren... o tal vez no. Tu hermano, si no me equivoco, hablará en su favor. Pero para ti eso no cambiaría nada. Al contrario. Así tendrías al niño. Si lo denuncias, tendrás un hijo sin padre.

—Pero... padre no tiene, de todos modos —indicó Violet, abatida.

Clarisse frunció el ceño y se encogió de hombros.

—Eso depende de ti —objetó—. Puedes denunciar al hombre... o casarte con él...

Todo en Violet rechazaba la idea de casarse con Eric Fence, y en el fondo tampoco se planteaba denunciarlo. Estaba aterrorizada al pensar en la reacción que le aguardaba por parte de su padre cuando se enterase de su deshonra. La única posibilidad era obtener dinero para la hacedora de ángeles. Se ofreció a Clarisse para ganarlo como puta.

La mujer se negó.

—Chica, con tu aspecto nos asustarías a los clientes. Violet, en este trabajo una tiene que fingir al menos que se lo pasa bien. Y hasta tienes que elogiar a los tipos, decirles lo mucho que te gusta lo que te hacen. Tú, por el contrario, les arrancarías las partes de un mordisco cuando te pidieran un francés...

—¿Fran... Fran...? ¿Te lo meten por la boca? —Violet se puso mala.

Clarisse suspiró.

—Te faltan las condiciones básicas —declaró, compasiva—. Algo que se te podría haber enseñado fácilmente hace un par de semanas. Pero después de este asunto... odias a los hombres, ¿o no?

Violet no consiguió responder. Si tenía que ser sincera, solo de pensar en repetir el acto sexual con Eric le entraban ganas de vomitar. ¿Y eso varias veces en una noche? ¿Con hombres diferentes? Se moriría de vergüenza, rabia y miedo.

—Además, prostituyéndose, una tampoco gana dos libras en un par de días —añadió Clarisse—. Sin contar con que después no podrás volver a hacer el papel de chica buena. Una vez puta, siempre puta... O al menos en un principio, algún día aparecerá uno que quiera casarse contigo, de eso estoy segura. Pero eso ya lo tienes ahora si te quedas con ese Eric.

Violet miró sorprendida a su amiga.

—Lo dices en serio —susurró.

Clarisse asintió.

—Mira, eso de que la gente se casa por amor... está sobrevalorado. Hazme caso, no hay mujer que disfrute cuando un tipo... le hace apreciar las... bueno... las delicias del amor físico.

¿Delicias? Violet se la quedó mirando como si se hubiese vuelto loca.

—Claro que es todo más sencillo cuando uno está enamorado. Entonces, si hace daño, se perdona. Y si el hombre también está enamorado y es un poco más cuidadoso que tu Eric...

—¡No es «mi» Eric! —protestó Violet. Clarisse no hizo caso de la interrupción.

—En ese caso duele menos. En algún momento deja de doler, también hay un par de trucos... Pero en cualquier caso, el matrimonio no hace felices a las mujeres. Aunque a pesar de todo la mayoría quiere a sus hijos, no puede remediarlo. Sin importar cómo hayan sido engendrados y quién sea el padre.

Violet pensó en su madre y sintió cierta mala conciencia al pensar en el pequeño ser que llevaba en el vientre. Al final, su madre había despreciado a su padre, pero por Violet y Rosie lo habría hecho todo. Ella, por el contrario, solo pensaba en librarse del niño lo antes posible.

—Así es... tanto si te casas con ese tal Eric o con otro dentro de tres años. Lo más probable es que dé lo mismo. —Clarisse se levantó—. Tengo que irme, el domingo por la tarde los trabajadores ya han dormido la mona y quien todavía conserva algo de la paga se permite a una chica. Es mi día de la semana favorito, vienen también algunos buenos hombres que quieren disfrutar sobrios, ya que no han comido para ahorrar. Entonces también se duchan antes. Piénsatelo, pequeña. Si consigues el dinero, te diré dónde encontrar a Kunari. Si no... En fin, naturalmente sería encantada tu dama de honor, pero creo que mi ofrecimiento llega demasiado tarde.

A Violet no le hizo gracia la broma, pero aun así agradeció amablemente los consejos y se marchó a casa con Rosie, agotada y desanimada por toda esa información. En el camino, la pequeña le dio un susto de muerte cuando hicieron un alto y comieron los panecillos con miel que Lisa le había dado. Desde que Grace se había casado con el panadero, abastecía gratuitamente a sus anteriores compañeras de pan y pasteles del día anterior.

—¿Es verdad, Violet? ¿Vas a tener un hijo?

Violet se estremeció horrorizada.

—¿Qué? ¿Cómo... cómo lo sabes? ¿Quién...?

Se puso roja y se reprendió por ello. Tendría que haber reaccionado negándolo con una sonrisa.

—Lo han dicho las chicas —contestó Rosie—. Que seguro que esperabas un niño, que eso parecía. ¿De dónde lo has sacado, Violet? ¿Te lo regalan o lo compras? ¿Es una niña más barata que un niño? Entonces nos llevamos una niña, ¿vale? Yo prefiero una niña. Entonces, ¿será mi hermana, Violet?

Violet se sobrepuso.

—¡No digas tonterías, Rosie, no espero ningún hijo! —Tuvo que esforzarse para no hablarle con brusquedad—. Y, por el amor de Dios, no le digas nada de eso a papá, se pondría..., se pondría... —Desmenuzó el panecillo entre las manos.

—¿Papá no quiere niños? —preguntó Rosie.

Violet se obligó a mantener el control. Tenía que conseguir que su hermana se olvidara de ese asunto. Y luego debía reunir el dinero y viajar como fuera a Punakaiki. Mientras convencía a Rosie de que había entendido mal a las amigas de Clarisse y que ni se imaginara siquiera que en breve llegaría una hermanita, fue trazando un plan. No era capaz de prostituirse, pero sí sería capaz de robar. Sabía dónde guardaba la señora Biller el dinero con que pagaba a sus empleados el fin de semana. Naturalmente, ni todos los sueldos juntos sumaban dos libras, pero con un poco de suerte el señor Biller tampoco tenía contado el dinero de su esposa. Y si era necesario, robaría dos veces... Solo había de fingir que era inocente. Así que no debía desaparecer justo después del robo. Y necesitaba un lugar seguro donde esconder el dinero... A Violet le zumbaba la cabeza. Todo eso era complicado, pero tenía tiempo hasta el sábado.

Durante la noche no pudo conciliar el sueño. Necesitaba revolverse en la cama, pero, como siempre, Rosie dormía abrazada a ella y no quería despertarla. ¿Qué sentiría sosteniendo en sus brazos a su propio hijo? Violet alejó ese pensamiento de su mente. Por mucho que un ser estuviera creciendo en ella y por muy inocente que fuese, ¡no lo quería! Cuando por fin se durmió, soñó con una niña pequeña que tenía los dulces ojos de Sean Coltrane.

Cuando al día siguiente Violet se marchó a trabajar, tenía la cara hinchada y embotada, las piernas le pesaban, le dolían los pechos y además tenía mala conciencia antes de haber hecho nada. Para colmo, en casa de los Biller reinaba la actividad, y la señora Biller solicitó su presencia antes de que subiera a la habitación de Caleb. La señora McEnroe se llevó a Rosie a la cocina y pareció lanzar una mirada compasiva a Violet. A esta el corazón le latía con fuerza. ¿Era posible que la señora Biller hubiese descubierto algo? ¿Se había dado cuenta ella también, como las prostitutas durante el baño, de que estaba embarazada?

La señora Biller ni se fijó en la silueta de la muchacha o en la palidez de su rostro.

—Violet, tengo que comunicarte una noticia... que no te gustará. Pero desde el principio ya sabías que no ibas a conservar para siempre tu puesto aquí. Habíamos planeado enviar a Caleb a Inglaterra el año que viene. Pero... en fin, tú misma has comprobado cómo se está comportando últimamente. Parece como... como... —Aspiró aire teatralmente—. Al parecer, mi pequeño está creciendo. El reverendo, al menos, opina que lo mejor para él sería que ingresara en un buen internado y ahora, de repente, ha surgido un medio de transporte.

A la joven le pasó por la cabeza que la señora Biller hablaba de su hijo como si fuera una maleta.

—Uno de nuestros conocidos viaja con el *Aurora* a Londres a finales de esta semana. Ya hacía tiempo que lo sabíamos, pero ayer nos enteramos de que se lleva a toda la familia. El hijo es dos años mayor que Caleb y también asistirá ahí a la escuela. En cualquier caso, los Bradbury están dispuestos a cuidar de mi hijo durante el viaje, mi marido está intentando ahora lograr un pasaje para el barco. Pero no será difícil; en caso de necesidad compartirá camarote con el joven Bradbury, los niños tendrán que acostumbrarse de todos modos a los dormitorios comunes.

Violet se imaginaba perfectamente cómo recibiría esa noticia el poco sociable Caleb.

—Mañana llevaremos a Caleb a Christchurch. Y con ello, por mucha pena que me dé, tu trabajo aquí termina en el día de hoy. Hemos estado pensando mucho en qué podríamos ocuparte. La señora McEnroe te habría aceptado complacida como asistente de cocina, pero en realidad no necesitamos ese servicio; más bien al contrario, al marcharse Caleb se reducen las tareas domésticas. Aquí... —La señora Biller sacó un chelín de su bolso—. Por favor, coge esto como pequeño reconocimiento. Si no hubiese sido tan rápido, te habríamos comprado un regalo. Pero las circunstancias...

Violet dio las gracias formalmente. Estaba como aturdida. Su último día de trabajo en casa de los Biller. Y seguro que ya no se le brindaría la oportunidad de robar. La señora Biller pagaba los viernes a sus empleados. El lunes su marido todavía no habría llenado la caja de la casa. Sin contar con que las sospechas caerían sobre ella con toda certeza.

—Ahora, sube, por favor, a la habitación de Caleb y ayúdale a hacer las maletas. Mahuika tiene que ordenar sus cosas, pero me temo que necesitará ayuda. Consuela un poco a Caleb, naturalmente estará triste... Me acuerdo de cuando yo misma tuve que ir al internado, ya sentía añoranza incluso antes de marcharme... Ah, sí, ¡no dejes que se lleve todos esos libros! El barco se hundiría con el peso. ¡Díselo!

Por supuesto, Violet no tenía la intención de contar a su pequeño amigo tales tonterías el último día. Y, además, el mismo Caleb ya se había dado cuenta por sí mismo de que no podía llevarse a Inglaterra una enciclopedia en varios tomos.

—Seguro que la escuela tiene biblioteca —dijo tranquilo, y su expresión era tan expectante como la de un gatito dando vueltas a un cazo con leche.

Era evidente que Caleb Biller no estaba desconsolado porque sus padres lo enviaran tan lejos. Al contrario, parecía estar deseando marcharse a Inglaterra.

—Bueno, ¡no te pongas triste! —consoló él a Violet—. ¡Te escribiré! ¡Y tú también a mí! Además... ¡además te regalo mis libros!

Caleb resplandecía ante esa idea, y Violet hizo acopio de todas sus fuerzas para parecer razonablemente contenta. Lo cierto es que en circunstancias normales se habría alegrado realmente. La enciclopedia en sí misma ya era un tesoro enorme, y todos esos libros de cuentos para Rosie y... y... No, no tendría ningún bebé al que leerle libros en voz alta.

Caleb interpretó mal la reacción de Violet, que pese a todos los esfuerzos fue más bien tensa.

—Y también el ajedrez. Así siempre pensarás en mí, ¿de acuerdo?

—Yo... yo no tengo a nadie con quien jugar —susurró la joven a punto de echarse a llorar conmovida, pero también de tristeza.

Caleb buscó un pañuelo.

—Puedes jugar sola. Imagínate que yo estoy al otro lado. Y mueve las piezas como yo lo habría hecho. Pero no llores, Violet, o yo también me pondré a llorar.

La joven no lloró hasta el mediodía, en la cocina con la señora McEnroe. Le sentó bien poder desahogarse, aunque la cocinera no sabía qué era ese peso tan grande que llevaba en su corazón. Aun así, a la joven se le había ocurrido otra idea mientras hablaba con Caleb. La palabra clave era «carta»: podía escribir a Heather y contarle sus penas. Claro que le sería difícil de entender, pero tal vez bastaría con unas cuantas alusiones. Heather podría ayudarla... si quería. ¿Le enviaría la hija adoptiva del reverendo dinero para una hacedora de ángeles?

Finalmente se despidió de Caleb por la noche, él sereno y sin llorar, como siempre había deseado. Rosie, por su parte, no supo mantener la calma, hizo pucheros e incluso le plantó un beso húmedo en la mejilla. El niño lo aguantó con una desacostumbrada sangre fría, se secó la mejilla a escondidas y carraspeó antes de dirigirse a Violet. Levantó hacia ella el rostro pálido y ansioso, con los ojos azul claro.

—Si lo deseas... bueno si quieres, Violet... esto... entonces puedes... besarme también.

En un principio Violet decidió no decir a su padre y su hermano nada acerca de que había perdido el trabajo en casa de los Biller. Planeaba buscar lo antes posible un nuevo empleo y era mejor hablar con los hombres de la familia cuando ya tuviera uno. A saber qué idea se le podía ocurrir a su padre para que Violet se quedase en casa. Ya se quejaba suficiente porque no tenía la comida en la mesa cuando llegaba del trabajo, sin decir ni una palabra sobre quién la estaba pagando.

Esa noche la simpática señora McEnroe ya se había preocupado de preparar un banquete. De la comida de despedida de Caleb había sobrado asado y verdura en abundancia y al día siguiente no podía volver a servir los restos a los Biller, pues toda la familia se marchaba a Christchurch para seguir la costumbre de acompañar al menos hasta el barco a los hijos que se marchaban a Inglaterra. La señora Biller lloraba en esos momentos por el dolor auténtico o fingido de la despedida. Violet incluso la creía: no volvería a ver a su hijo hasta pasados unos años. Cuando Caleb regresara, habría terminado la escuela superior y tal vez también la universidad. Sería un adulto.

En cualquier caso, esa noche los Paisley comieron como reyes, solo Violet volvía a encontrarse mal y apenas consiguió probar bocado. Siempre podía aferrarse con mesura a las esperanzas que había depositado en Heather. Violet ignoraba si era el gran interés que Heather demostraba por el derecho al voto de la mujer y por el cuidado de mujeres y niños o si era algo en la personalidad de esa amiga mayor lo que la fortalecía en la creencia de que, sin importar lo que dijera el reverendo, Heather no era una moralista. Era distinta. Y se pondría del lado de Violet.

La muchacha soñaba con que pronto todo volviera a ser igual que antes de aquella noche funesta... cuando la voz fuerte de su padre la arrancó de sus pensamientos. Antes solo había resonado el parloteo de Rosie, al que ella apenas había atendido. Pero ahora, al parecer, había pasado algo.

—¿Qué has dicho, Rosie? —La voz de Jim Paisley tenía un tono alterado—. ¿Cómo ha sido eso?

La pequeña sonrió a su padre con dulzura. Le tenía miedo, pero también solicitaba su atención.

—He dicho que le he preguntado a la señora McEnroe si Violet iba a tener un bebé. Y cómo. Y me ha mirado extrañada. Pero luego me ha contestado que un bebé no se tiene como si tal cosa. Yo también lo he dicho, ¿verdad, Violet? Seguro que hay que comprarlo.

—¿Es cierto eso, Violet? ¿Estás embarazada?

En ese momento Violet sintió que se le caía el mundo encima.

# 7

Te Whiti y sus partidarios tampoco hallaron reposo con el nuevo gobernador Arthur Gordon. La venta de Central Taranaki prosiguió e incluso las tierras de Parihaka encontraron compradores. Matariki y sus amigos cada vez eran menos comprensivos con ello e incluso Te Whiti había dejado de predicar que los granjeros eran tan solo víctimas inocentes.

—¡Saben perfectamente lo que está ocurriendo aquí! —gruñó Kupe.

En realidad, ya hacía tiempo que debería haberse ido a Auckland, pero en el ínterin también habían regresado los otros estudiantes y reclamaban la tierra de Parihaka, sin tener en cuenta si los nuevos «propietarios» dejaban que sus ovejas pastaran allí o no.

—Casi les regalan la tierra —señaló Koria, afligida—. Dos libras diez por un acre... para eso se estafa a un par de salvajes... —La muchacha estiró la espalda dolorida. Junto con Matariki y Pai había pasado todo el día colocando plantones en los nuevos terrenos y arrancando malas hierbas de los viejos campos de cultivo.

—¡Que ni siquiera consiguen mantener el orden en su ciudad! —añadió Matariki, al tiempo que arrojaba un ejemplar del *Taranaki Herald* al grupo—. Ahí tenéis: «El poblado ofrece un aspecto sucio y destartalado, los habitantes van descuidados...»

Pai miró alrededor. Los jóvenes acababan de llegar de los campos y estaban sentados delante de una de las casas de la comunidad, comiendo un plato sencillo: pan y boniatos. Hacía tiempo que en Parihaka no se cocinaba cada día el *hangi*, y los cazadores y pescadores ya no suministraban al pueblo exquisiteces.

—Tienes que admitir que hemos vivido tiempos mejores —observó Pai—. Los huertos se cubren de maleza si la gente trabaja todo el día en los campos de cultivo, y también habría que remozar las casas. Sin contar con que ya no hay nadie que barra todo el tiempo la *marae* y que pula las tallas de madera. Durante años, Te Whiti ha predicado que no deberíamos ser esclavos de la guerra, pero ahora somos esclavos de la paz. Nos quitan la tierra en un suspiro. Yo no había imaginado que pudiera pasar algo así.

Los otros asintieron. Eran jóvenes y diligentes, pero tantos meses trabajando como esclavos les estaba consumiendo las fuerzas.

—¿Quieres marcharte? —preguntó Matariki a media voz.

Si tenía que ser sincera, de vez en cuando también ella pensaba en hacerlo. Estaba preparada para presentarse a los exámenes finales de la High School, y a veces soñaba con hacerlo en Otago.

Pai sacudió la cabeza.

—¡No! —respondió con determinación—. Ya se están yendo demasiados. Hemos de resistir aquí, y punto. Bueno, voy a pulir las estatuas de los dioses. ¿Quién me acompaña? A lo mejor los espíritus se compadecen y consiguen que los *pakeha* entren en razón.

A mediados de septiembre, el gobernador se marchó a las islas Fiyi: una visita oficial durante largo tiempo preparada. En Parihaka apenas se percataron de su ausencia, ya que el representante de la Corona y afecto a los maoríes tampoco había sido muy útil para el poblado. Tal vez no aprobase la venta de tierras, pero las leyes para hacerlo habían sido autorizadas por su predecesor y él no podía revocarlas. Pese a ello, no permitía imponer las normas por la fuerza. Nadie tocaría la tierra que trabajaban los maoríes, fuera quien fuese el titular de los documentos.

En la actualidad no tenía ningún motivo para intervenir en la situación de Taranaki. Las protestas de los granjeros le afectaban tan poco como las quejas de Matariki y sus amigos sobre el excesivo aumento de trabajo. Estas últimas tampoco llegaban a oídos del ministro de Asuntos Nativos, William Rolleston, pero los granjeros renegaban con más fuerza y él sí escuchaba sus quejas. A fin de cuentas, también era un hacendado y no quería ni pensar en el escándalo que provocaría que a los ngai tahu de la Isla Sur se les ocurriese comprobar si los contratos de venta de terrenos eran justos.

En esas circunstancias, Rolleston aprovechó que el gobernador estaba fuera del país: el 8 de octubre de 1881, un bonito día de primavera, visitó Parihaka justo después de conseguir que el Parlamento le facilitase unos fondos de cien mil libras para proseguir la «guerra».

Matariki y sus amigos gimieron cuando Te Whiti pidió a sus súbditos que, además de trabajar en el campo, participasen en los grandes rituales de bienvenida que se ofrecerían al ministro delante de la más antigua de las muchas casas de reuniones. En el programa se incluía todo un *powhiri* con rezos, danzas y cantos. El nuevo ministro iba a ser recibido con todos los honores.

Sin embargo, ese hombre rubicundo y rechoncho no supo valorar nada de todo ello. Contempló con cierta fascinación las danzas femeninas, pero más bien con repugnancia las de guerra de los hombres, y solo escuchó las oraciones de los ancianos dando claras muestras de impaciencia.

—¿Podemos ir ya al grano? —preguntó, interrumpiendo el momento más sagrado de la ceremonia, cuando la sacerdotisa gritaba el *karanga*.

La joven estudiante Arona, a quien se había concedido el honor de pronunciarlo, se estremeció ante tal sacrilegio. El grito se quebró, ese día no se conjuró el espíritu de Parihaka.

A pesar de todo, Te Whiti intentó ser cortés, pero a William Rolleston no le detenían las palabras amables.

—Tiene unas propiedades muy bonitas —dijo, al tiempo que contemplaba el poblado y los campos de cultivo—. Pero supongo que es usted consciente de que ha de respetar las decisiones del Gobierno. Ya lleva mucho tiempo jugando con nosotros. Esto tiene que concluir y debe tomar conciencia, usted... ángel de la paz, usted. Si aumentan los conflictos y estalla una nueva guerra, nadie echará la culpa al Gobierno. La responsabilidad es solo suya.

Te Whiti lo escuchó todo en silencio, pero en los días siguientes no habló a su pueblo, y cuando pasaba por el poblado, lo hacía con la cabeza gacha.

—¿Qué harán? —preguntó Matariki.

Se sentía agotada, insegura y ahora también abandonada a su suerte. Sin el aliento de Te Whiti y las claras consignas de Te Whetu todo parecía perder significado. Cada vez eran más los que abandonaban Parihaka. Y el ministro de Asuntos Nativos planeaba arrasarlo todo.

—¿De verdad ha dicho eso?

Pai no podía creérselo. Las noticias que llegaban a Parihaka a menudo se contradecían. No había nada documentado, pero se daba por seguro que William Rolleston estaba planeando tomar al asalto el pacífico poblado.

—¡No puede hacerlo! —dijo Kupe, que ya había estudiado al menos los primeros libros sobre cuestiones jurídicas, para consolarlas—. No tiene motivos, no le hemos hecho nada. Y el gobernador no le apoyaría.

—Pero ¿y si no sabe nada? —preguntó Matariki.

Koria sacudió la cabeza.

—Lo sabe. O lo sabrá. Le hemos escrito. En cuanto reciba la carta, actuará.

El sustituto del gobernador ausente se llamaba James Prendergast, abogado en la Isla Sur y amigo como tal de Rolleston. Su postura frente a los nativos era por todos conocida: en los juicios siempre decidía en contra de los maoríes, a quienes consideraba bárbaros primitivos que de ninguna manera debían participar en ningún proceso de determinación. No era difícil conseguir que un hombre así ratificara un plan de invasión contra Parihaka. Por otra parte, el tiempo corría en contra de Rolleston: tener a todos los determinantes convencidos, el dinero listo y los documentos redactados era, simplemente, un proceso lento.

Al final, el ministro de Asuntos Nativos convocó una asamblea el 19 de octubre de 1891 a las ocho de la mañana. El vicegobernador Rolleston y su comité ejecutivo aprobaron una proclama: Te Whiti y su gente iban a ser castigados por sus amenazas constantes contra los colonos y su actitud no cooperadora. Además se les presentaba un ultimátum: en un plazo de catorce días, el jefe tribal tenía que aceptar la nueva normativa de la concesión de tierras, suspender todas las acciones de protesta y abandonar Parihaka. En caso contrario, las consecuencias serían de carácter militar.

Dos horas después de que su sustituto hubiese firmado el documento, llegó a Wellington el gobernador. Había interrumpido su visita oficial de inmediato, tras ser informado acerca de la iniciativa individual de Rolleston.

Pero ya era demasiado tarde, Rolleston ya había ordenado la publicación del ultimátum y el envío del escrito a Te Whiti. Dos horas habían decidido el destino de Parihaka.

—El gobernador ha despedido de inmediato a ese Rolleston —anunció Arona a Matariki y sus amigos. Como sacerdotisa había asistido a la lectura que se había realizado de la proclama delante de Te Whiti y a continuación había escuchado las disculpas del gobernador. El emisario de Gordon había alcanzado al de Rolleston y ambos jinetes se habían encontrado en Parihaka. Te Whiti los había recibido con todos los honores; a fin de cuentas, ninguno de ellos era responsable de los mensajes que llevaban—. O al menos le ha sugerido que dimita, él no puede despedir a nadie. Como tampoco puede retirar las proclamas que ha firmado su sustituto. Al menos, no de forma oficial. Podría haberse hecho quizá bajo mano, pero ese Rolleston es muy astuto. Las firmas estampadas al final del documento todavía no estaban secas cuando ya ha aparecido la noticia en el *Government Gazette*.

—¡Gordon podría haber dado marcha atrás! —señaló Kupe—. Bajo protesta. Entonces se habría armado jaleo en Inglaterra. ¡Seguro que la reina habría derogado la proclama!

Matariki rio con tristeza.

—¿Qué le importamos nosotros a la reina? —preguntó al tiempo que acariciaba a *Dingo*, que se apretaba contra ella—. Y el señor Gordon también depende de su bonito cargo... Al final meterán a Te Whiti en la cárcel y nombrarán caballero a Rolleston.

Kupe hizo un gesto de impotencia.

—Podría ser. Pero ¿qué hacemos ahora? ¿Ha dicho algo Te Whiti? ¿O Te Whetu? No vamos a abandonar Parihaka, ¿verdad?

Arona lo negó con la cabeza.

—No. Nos quedamos aquí y esperamos a ver qué sucede. Pero cumplirán su amenaza, vendrán. Tenemos que prepararnos.

—¿Para morir? —preguntó Pai.

Al principio, los *pakeha* de Taranaki reaccionaron con más miedo ante el ultimátum que los maoríes de Parihaka. Dado que las últimas operaciones militares entre colonos y nativos se remontaban a doce años atrás, los granjeros se habían acostumbrado a la paz y temían una nueva guerra. El mayor Charles Stapp, comandante del ejército de voluntarios de Taranaki, ahora casi inexistente, declaró de inmediato que todos los ciudadanos varones entre diecisiete y cincuenta y cinco años debían prepararse para el llamamiento a filas. En otras partes de la Isla Norte la guerra incipiente había suscitado más entusiasmo. Con un solo llamamiento de la *Government Gazette* se consiguió formar trescientas treinta unidades de voluntarios. El ejército, que después se apostó delante de Parihaka, estaba formado por mil cuatrocientos setenta *armed constable*s, mil voluntarios de toda Nueva Zelanda y seiscientos hombres de Taranaki: cuatro *pakeha* armados hasta los dientes por cada maorí adulto. Las unidades montaron campamentos alrededor del poblado y enseguida empezaron a realizar ejercicios de instrucción y tiro. El nuevo viejo ministro de Asuntos Nativos —después de Rolleston habían nombrado otra vez a Bryce— demostró estar de acuerdo con el comportamiento de su sucesor y antecesor reuniéndose cada día con las tropas, inspeccionándolas y dándoles ánimos.

El primero de noviembre de 1881, Te Whiti habló por última vez a sus partidarios.

—La única tabla de salvación a la que todavía podemos recurrir es perseverar en la fortaleza del corazón. Huir es morir y no penséis siquiera en combatir. Defendimos la paz y en ella nos mantendremos, tal es la voluntad de los dioses. No estamos aquí para luchar, sino para honrar a los dioses y glorificar la tierra. ¡No la ensuciaremos con sangre! Esperemos a que llegue el final, no tenemos otra posibilidad. Permaneceremos en nuestras tierras hasta el último instante. ¡Que nadie coja su caballo o sus armas! Moriría por ello.

—Entonces, ¿qué hacemos? —volvió a preguntar Matariki—. Algo tendremos que hacer, digo yo, tendríamos...

—Haremos lo que hacemos siempre —opinó Arona—. Daremos la bienvenida a nuestros invitados con música y baile.

La invasión comenzó el 5 de noviembre a las cinco de la mañana y Matariki casi se desanimó cuando vio desfilar a los hombres. Las tropas iban equipadas como para una guerra, todos llevaban armas pesadas y aprovisionamiento para dos días. La artillería marchó y también instalaron un cañón Armstrong en la colina, por encima del poblado. Bryce, capitaneándolo todo a lomos de su caballo blanco, parecía disfrutar en el papel protagonista.

—No era precisamente así como me había imaginado a mi príncipe azul —bromeó Matariki—. Esperemos que no hagan nada a los niños.

Pai, a quien se le había destinado de compañera, negó con la cabeza.

—Qué va, basta con que los niños se queden tranquilos. Pero ya lo hemos practicado... Mira, mira, ¡ya vienen!

La puerta de Parihaka permanecía abierta de par en par. No habría sido necesario que la vanguardia del ejército se precipitase en el interior y disparase sus armas como advertencia cuando la cruzó al galope, pero Bryce había dado orden de atacar a la caballería. De hecho, los hombres apenas pudieron detener a sus caballos a tiempo cuando tropezaron con la primera línea de defensa de los maoríes: sobre la calle que llevaba de la plaza de reuniones al poblado, estaban sentados doscientos niños y niñas, vigilados por un viejo sacerdote, que en ese momento les animaba a entonar una canción de bienvenida. Detrás de los niños se alineaba un grupo de muchachas que, a su vez, cantaban y bailaban. También ellas estaban al cuidado de los niños.

Matariki y Pai, que debían intervenir más tarde, se habían subido a la cubierta de una casa y seguían desde ahí los acontecimientos.

—¡Los niños son fantásticos! —exclamó encantada Matariki cuando los pequeños no se movieron de su sitio ni mostraron el menor temor, pese a que los jinetes casi se habían abalanzado sobre ellos al galope.

En los días anteriores había llovido, por lo que los cascos de los caballos hicieron saltar el barro. Este salpicó el rostro y los ojos de los niños, cegando a algunos de ellos, que se pusieron a llorar en silencio, sin salir corriendo. El anciano se inclinó ante los soldados y dijo algo, pero los hombres no respondieron. Desviaron más despacio los caballos de los niños y, entretanto, fueron llegando los soldados de infantería. Los niños y las muchachas seguían cantando, pero ahora entonaban una melodía más triste. El anciano sacerdote solicitaba la protección de los dioses.

A esas alturas los jinetes ya había dejado atrás a los cantores y se acercaban a Matariki, Pai y las otras chicas. Estas les cerraron sonriendo el camino, agitando cuerdas y saltando a la comba. El efecto que esto obraba no era agresivo, solo *Dingo* se escondió gruñendo detrás de una esquina. El animal, por lo visto, percibía la amenaza, aunque los seres humanos procuraran ignorarla.

—¿Queréis jugar con nosotras? —preguntó Matariki con insolencia a los invasores y, acto seguido, casi se le paró el corazón. Quien capitaneaba a los jinetes era un hombre alto y delgado, a lomos de un elegante caballo negro. Unos ojos, castaño verdosos, la miraron. Era Colin Coltrane.

El joven sargento contrajo el rostro en una risa, pese a que su mirada carecía de alegría.

—¿Por qué no? —preguntó tranquilo—. Señorita... Matariki...

Los latidos del corazón de la joven se aceleraron. ¿Era posible que se acordase de ella? En ese momento, al menos, el hombre hacía girar su montura, tomaba algo de impulso y la evaluaba con una mirada fría. Cuando el caballo negro saltó por encima de la cuerda con un gesto elegante, las otras chicas se quedaron tan perplejas que dejaron caer las cuerdas.

—¡Vamos! —Colin Coltrane sonrió cuando su caballo se detuvo detrás de la barrera de las cuerdas de saltar—. Y usted, señorita, debería tomar precauciones. Ya he superado otros obstáculos.

Dicho esto se alejó al galope hacia el centro del poblado seguido por sus hombres. Matariki dejó caer la cuerda delante de los caballos para que los animales no se lastimaran, sobre todo no tenían que dejarse llevar por el pánico si las monturas se hacían daño al saltar o se enredaban en las cuerdas. Se estremecía al pensar en el riesgo que había corrido Colin Coltrane. En el centro del poblado, justo después de las chicas con las cuerdas de saltar se encontraban dos mil quinientos seres humanos, habitantes de Parihaka y delegaciones de otras tribus de Taranaki. En los días del ultimátum nadie había huido. Al contrario, así como los *pakeha* se dirigían a las armas del gobernador, los maoríes se reunían con las tropas pacificadoras de Te Whiti. Era un último y silencioso triunfo.

Colin Coltrane se contentó con dejar que el caballo hiciese escarceos entre los presentes. Matariki tomó nota de que dominaba la montura mucho mejor que la mayoría de los demás jinetes, quienes habían resuelto el problema de las chicas que saltaban a la comba dando simplemente un rodeo. En cambio, el caballo negro que montaba el joven sargento sabía caminar de lado, hacia atrás e incluso se encabritaba obedeciendo órdenes. Colin Coltrane insistía en ello para infundir temor o provocar a las personas que persistían en una protesta inmóvil.

Matariki quería despreciarlo por eso, pero, por algún motivo incomprensible, también se sentía fascinada por él.

La vanguardia de los invasores parecía insegura acerca de qué hacer con los silenciosos y resignados habitantes del poblado. Los soldados de infantería que fueron llegando tropezaron a su vez con las muchachas que saltaban a la comba y su superior se puso en ridículo al insistir en apartar del camino personalmente a la llenita Pai. Le arrancó la cuerda de saltar a Matariki y cuando, enojada, la primera la sujetó con fuerza, el hombre levantó a la chica en el aire y la apartó a un lado. Esta se abandonó como un saco de harina. Las otras chicas e incluso los subordinados del hombre se echaron a reír, pero luego comenzaron a apartar a las muchachas. Uno de ellos agarró a Matariki, que acababa de arrojarse al suelo para que no lo tuviera tan fácil, y entonces la joven oyó el golpear de unos cascos a su lado.

—¡Que nadie toque a esta dama! —advirtió Colin Coltrane, haciendo encabritar a su montura ante el atónito soldado de infantería—. Yo mismo la sacaré de aquí. —Y antes de que Matariki tuviese tiempo de reaccionar, se inclinó, le rodeó la cintura con el brazo y, tomando impulso, levantó a la delicada joven para sentarla delante de sí mismo sobre el caballo. Matariki se defendió, pero él se limitó a reír—. ¿Dónde desea la señora que la deposite? —preguntó.

La chica trató de soltarse e hizo el gesto de ir a coger las riendas. El perro —Colin recordaba que el animal también la había acompañado cuando había visitado el campamento— mordió furioso los corvejones del caballo.

—Venga, venga, jovencita, ¿a qué viene tanto mal humor? Recuérdelo, ¡usted misma me invitó a los encuentros!

—¡Entre una visita y una invasión hay diferencias! —siseó la joven—. Déjeme bajar, soy...

—¡Sargento Coltrane! —El capitán de infantería, todavía algo vacilante, se volvió enfadado hacia el jinete que parecía de un rango inferior al suyo—. ¿Qué es esto? ¿Qué se propone usted hacer con esta chica?

Coltrane volvió a reír.

—¡Solo estoy echando una mano a la infantería, señor!

Matariki trató de morderle en la mano.

—¡Soy hija de un jefe! —le gritó—. ¡Soy *tapu*!

El grito logró el efecto deseado. Un par de guerreros de las conservadoras tribus de la Isla Norte se irguieron con aire amenazador.

—Deje inmediatamente en el suelo a esa chica —vociferó el capitán.

Colin Coltrane titubeó antes de seguir la indicación, pero a esas alturas Te Whiti ya se había percatado del tumulto y con paso digno se dirigió a Colin, el oficial y la joven. El perro se tranquilizó enseguida y le lamió la mano.

—Espero que, pese a no respetar nuestra tierra, respeten en cambio nuestras costumbres —dijo el jefe con serenidad—. Le pido que sea considerado con esa joven. No solo porque es una muchacha (también los *pakeha* tienen prohibido secuestrar a una mujer y ultrajarla), sino a causa de su posición. Entre las tribus, la hija de un jefe tribal adquiere el rango de diosa de la guerra, es ella quien envía a los hombres al combate. Pero ya ven que nuestras hijas no están en medio de los guerreros, sino cantando, jugando y bailando delante de sus casas. ¡Respétenlas y respétennos! ¡Ven, hija mía! —Colocó suavemente la mano sobre el hombro de Matariki y la condujo a su hoguera.

Colin siguió con la mirada al anciano y a la joven. ¿Sería de verdad su hija? Él hubiese jurado que no era maorí de pura cepa. De acuerdo, su cabello era oscuro como el de la mayoría de las chicas de la tribu y le caía hasta la cintura en suaves bucles. Como todas las demás chicas ese día, lo llevaba suelto y adornado con flores. Y había estado bailando con la tradicional falda *piu piu*. Colin contempló satisfecho el balanceo de las caderas al caminar, las piernas largas y delgadas y las caderas estrechas. No le cabía duda de que volvería a verla.

# 8

Violet Paisley se casó con Eric Fence poco después de que Caleb Biller se hubiese marchado a Londres. Casi no se apreciaba su embarazo, pero a nadie le habría escandalizado. La mayoría de las mujeres de los mineros se casaban porque había un niño en camino. Ni siquiera el reverendo planteaba preguntas incómodas.

Para sorpresa de Violet, después de que la verdad saliese a la luz, la indignación de Jim Paisley no se dirigió hacia su hija, sino hacia Eric Fence. Aunque no le reprochó que la hubiese violado, sino una pretendida falta de disposición para asumir su responsabilidad de inmediato.

—¿Qué significa eso de que seguro que no quiere casarse contigo? ¡Ya lo creo que quiere casarse contigo, señorita! ¡Tú confía en mí, que yo le diré un par de cosas! ¡Y, si no, lo llevaré a rastras al altar!

Violet luchaba empujada por la desesperación.

—Yo tampoco quiero casarme con él, papá. Por favor, entiéndelo. Él... él todavía no sabe nada de esto, él...

—¡Ah, vaya, así que todavía no le has dicho nada! —Paisley rio aliviado—. Entonces tenemos tiempo, Vio, aunque esas mujerzuelas ya se hayan dado cuenta. —Miró a su hija como si quisiera desnudarla—. De hecho, yo todavía no lo veo... En fin, ahora mismo vas y se lo cuentas... Si hasta puede que se alegre. Un amor tan joven... —A juzgar por su tono de voz, casi parecía conmovido. Debía de haber bebido whisky ya antes de comer.

—¡De amor, nada! —insistió Violet—. Él me... me forzó. Yo no quería...

—Fuiste voluntariamente con él —se entremetió Fred Paisley—. Esa noche nosotros... humm... bueno... cómo decirlo... La salvamos de un destino más terrible que la muerte. —Rio mordaz—. Unos tipos la estaban molestando cuando iba camino de Greymouth. Y luego, le estaba tan agradecida a Eric que...

—¿Agradecida? —Paisley frunció el ceño—. Bueno, qué más da eso ahora que el niño está ahí. Y Eric es un buen hombre, un minero decente, con él no te faltará el sustento.

Violet no tenía otro remedio. Claro que por unos instantes pensó en escapar a Dunedin, pero sola y con Rosie no habría podido cruzar los Alpes. Y no se veía capaz de dejar a la niña con su padre y Fred.

El tema de su hermana también fue la única condición que Violet puso a su marido antes de casarse. La pequeña tenía que irse a vivir con ellos. Eric no planteó ninguna pega, al igual que tampoco se opuso al asunto de casarse. A la larga, necesitaría una esposa, y no iba a encontrar una más bonita que Violet en toda la región. En el fondo había sido un golpe de suerte, Eric sabía que había hombres mejores y con más ahorros que se habían interesado por la joven. Tal vez había alimentado esa idea cuando en un último recodo de sensatez de su cerebro impregnado de alcohol había forzado a la muchacha en su cama. Como ya no era virgen, sus posibilidades habían aumentado. La mayoría de los hombres buenos querían a una mujer virgen. Y además había hecho diana, como decía irónico Fred. Por todo ello, Eric estaba dispuesto a representar el papel de orgulloso progenitor.

Violet se gastó el dinero que con tanto esfuerzo había ahorrado en comprarse un vestido holgado que le sirviera para la boda y para el embarazo. Durante los esponsales apenas dirigió la palabra a Eric y cuando cruzó la iglesia a su lado ni siquiera lo miró. Fueron muchos los que asistieron a la misa, incluso los señores Biller hicieron el honor de acudir a la ceremonia de la que había sido niñera de su hijo y regalaron a la joven pareja un obsequio regio, poniendo a su disposición madera para hacer los muebles. Se trataba de madera de encofrado, algo mejor que los restos que obtenían los mineros, así que Violet podría amueblar su cabaña de Billertown. Tras el despido de Jim y Fred, Eric ocupaba la anterior vivienda de los Paisley y había vendido su cobertizo a otro recién llegado. Violet y Rosie, que de nuevo estaba alterada, tendrían al menos un techo bajo el que cobijarse.

¡Si al menos se hubiese podido aislar un pequeño compartimiento para Rosie! Violet ya temía la noche de bodas, y no solo por ella, sino por su hermana pequeña. Cuando llegó el momento y Eric, de nuevo borracho, se abalanzó sobre ella, intentó quedarse quieta y no hacer ningún ruido. Pero de vez en cuando gemía de dolor y Eric gruñía como un animal salvaje. Cuando el hombre por fin se durmió, la retuvo entre sus brazos, impidiéndole volver con Rosie para acariciarla y consolarla. Violet oyó llorar a la niña toda la noche hasta que por la mañana pudo comprobar que a su hermana mayor no le había sucedido nada.

—En cualquier caso, nada que no le haya ocurrido a otras mujeres también —explicó a Rosie a regañadientes—. Suena un poco raro, pero es muy normal cuando la gente se casa. De todos modos, ¡nunca enciendas la luz cuando lo oigas!

En lo esencial, la vida de Violet como mujer casada no se diferenciaba en gran cosa de su existencia como hija explotada de Jim Paisley. También Eric era «ahorrador» con los gastos para la casa y se comportaba como si estuviera dando limosna cuando Violet le pedía dinero. Y también él impartía órdenes a su mujer como si fuese su esclava.

Violet derramó amargas lágrimas sobre la primera carta de Heather Coltrane. En contra de lo que había planeado, no consiguió contar a su amiga que la habían violado y solo le describió con pocas palabras su enlace. Heather parecía decepcionada, pero la felicitó cordialmente y le envió un regalo: un práctico juego de cazuelas y una tela muy bonita para un vestido.

La joven pensó apenada que con lo que había costado ese obsequio casi habría podido pagar el aborto. Sin embargo, aguantó con Eric y experimentó impotente las transformaciones de su cuerpo. Odiaba estar tan gorda y torpe; por algún motivo el embarazo parecía provocar que los líquidos se acumulasen en su cuerpo y Violet se sentía inundada y agotada, como si no solo cargase con el peso del niño, sino con, al menos, el doble de su volumen normal. A Eric, por lo visto, eso no le molestaba. Cuando no llegaba demasiado borracho del *pub*, se abalanzaba sobre ella, y, en realidad, solo los sábados llegaba como una cuba.

Violet pronto se percató de que, en general, Eric bebía menos que su padre y su hermano. Pocas veces olía a whisky, sino con mayor frecuencia a cerveza, que era más barata. Sin embargo, gastaba más dinero en el Wild Rover que Jim y Fred, lo que desconcertaba a Violet. Después de tres meses de matrimonio se atrevió por fin a preguntarle al respecto. Lo odiaba y temía tanto como antes, pero se había vuelto más decidida en el trato con él. Al contrario que su padre, Eric todavía no la había golpeado desde la noche de la violación.

La muchacha iba admitiendo paulatinamente que solo se ponía agresivo de verdad cuando bebía whisky. Durante sus «visitas» nocturnas le hacía daño, pero a medida que fue disminuyendo su terror, reconoció que los dolores se debían sobre todo a la tensión de ella y a una falta de paciencia y destreza por parte de él, y comprendió que su marido en realidad no tenía mala intención. Los dolores fueron menguando de forma perceptible cuando Violet se sinceró un día con Clarisse y siguió sus consejos: relajar los músculos y, sobre todo, utilizar aceite como lubricante. Con los dolores, se redujo también el miedo de la joven, aunque no el asco. Y en algún momento se atrevió a hablar con Eric como si fuese un ser humano más o menos normal.

Para sorpresa de Violet, él no reaccionó disgustado cuando su esposa aludió al dinero que gastaba en el *pub*.

—Es... bueno... es, naturalmente, tu dinero —empezó abatida—, pero tengo que comprar cosas. Ropa para el bebé... comida para nosotros y... y a Rosie también se le ha quedado todo pequeño. —Por supuesto, esta última observación era arriesgada, y Violet esperaba que Eric la enviara a casa de su padre de inmediato—. Y... y me pregunto... tú no bebes tanto... ¿En... en qué te gastas el dinero?

Violet se encogió como para recibir un golpe. Si no era en el whisky, solo podía tratarse de que se lo gastaba en putas, según sus suposiciones; sin embargo, Eric no formaba parte de los clientes de Clarisse. Además, las prostitutas le habían explicado que un hombre no lo hacía más de una vez por noche. Así pues, era improbable que Eric se acostase con Violet recién salido de los brazos de otra.

—Ya, cielito, te gustaría saberlo —sonrió Eric. Para alivio de Violet no hizo ademán de ir a golpearla—. Pero... te lo quería contar cuando me hubiera salido bien. Lo gasto en nosotros, Violet, cariño. En ti, en mí y en nuestro hijo que llevas ahí. —Señaló el vientre de la joven—. Y, por Dios, también en tu hermanita.

Violet se lo quedó mirando sin dar crédito.

—Tú... ¿ahorras? —preguntó—. ¿Lo... llevas al banco?
Eric todavía rio más fuerte.

—No, cariño, ahí no. Por los intereses que dan, no vale la pena, sigues siendo toda tu vida un pobre. ¡Hay algo mejor! ¿Has oído hablar alguna vez de las carreras de trotones?

Violet suspiró. Claro, tendría que habérselo imaginado. Ahora recordaba que Eric siempre había apostado a las carreras de caballos, y hasta se había pagado el pasaje a Nueva Zelanda con las ganancias del juego. Sin embargo, ignoraba que también ahí, en el otro extremo del mundo, se disputasen tantas carreras que fuesen dignas de atención.

—¡Pues claro, querida! —respondió él haciéndose el importante, cuando ella lo señaló—. Y el futuro, ya te lo digo yo, está en este deporte con trotones. Está empezando ahora, se conocen los caballos y jinetes... y tu Eric, preciosa mía, tiene buen ojo. ¡Él sabe quién trota mejor que nadie!

Agitó satisfecho un cuadernillo rojo y la joven recordó que ya había visto el libro anteriormente en su antigua casa, cuando Eric había fanfarroneado con él delante de su padre y Fred. El muchacho sabía leer y escribir un poco y tomaba nota de sus ganancias en las apuestas. Sobre las pérdidas no registraba nada.

Violet se mordió el labio, pero luego no pudo contenerse.

—¿No deberías... humm... ganar con más frecuencia? —preguntó con prudencia.

Eric sonrió.

—Síiii... ¡y lo haría! —confesó—. Pero yo no me dedico a pequeñeces, Vio. No apuesto al vencedor simplemente o a si un caballo quedará entre los tres primeros. Yo hago las cosas bien. Apuesto a trío no reversible, ¿comprendes?

No era demasiado difícil de entender. Eric intentaba predecir en qué orden llegarían a la meta los primeros tres caballos. Y no era necesario ser un especialista en carreras para comprender que esto era difícil. Ya era complicado identificar a los tres favoritos, así que más aún ordenarlos correctamente. Violet tenía claro que para ello casi era necesario tener las facultades de un vidente. O una suerte inmensa. Lo primero, seguro que Eric no lo tenía, y suerte... Violet no creía que la fortuna fuera a favorecer precisamente al tarambana de su marido por segunda vez.

—¡Yo ya sé lo que me hago! —afirmó Eric cuando Violet calló abatida—. Algo conozco yo a los caballos. Un día conseguiré que salgamos de esta miseria, Vio, créeme.

La muchacha hizo un gesto de impotencia. No quedaban muchas cosas en las que todavía creyese.

# 9

Colin Coltrane no se sintió satisfecho con la invasión de Parihaka, y a la mayoría del resto de voluntarios y *armed constables* les ocurrió lo mismo. Los hombres iban dispuestos para el combate, esperaban una guerra o se habían preparado para ella aunque fuera a regañadientes. Sin embargo, ahora estaban, bastante desorientados, delante de dos mil enemigos que se hallaban sentados en el suelo, delante de sus casas, arrojando una mirada acusadora a los invasores. Los hombres trazaron un anillo alrededor de los habitantes del poblado, a los que se habían unido también las muchachas y los niños, y se sintieron ridículos. Era evidente que nadie tenía la intención de huir. La gran superioridad numérica de los *pakeha* resultaba innecesaria, cuando no totalmente lamentable.

Sin embargo, era evidente que John Bryce trató de sacar el mejor partido de esa situación, pese a que Colin encontró su intervención más cómica que heroica. El ministro de Asuntos Nativos irrumpió en su caballo blanco entre la muchedumbre para leer a Te Whiti el acta de acusación y el motivo de la invasión. Rebosaba de palabras como sedicioso, agitador, ilegal y amenaza para la paz pública. Bryce las ladraba a la multitud, que dejó en silencio que le resbalara su agresión verbal.

—Si hay algo que sea lo opuesto a una revuelta es esto de aquí —susurró Colin a otro sargento que había detenido el caballo a su lado—. Lo único razonable que ha hecho hoy este hombre ha sido imponer el bloqueo informativo. Mejor no pensar qué habría pasado si también hubiese hecho el ridículo delante de la prensa.

A continuación, Te Whiti y los otros dos jefes tribales fueron apresados, contra lo cual tampoco se elevó ninguna protesta. Matariki y un par de chicas más se pusieron a llorar cuando el anciano profeta avanzó lenta y dignamente entre la multitud de sus seguidores, con la valiosa capa de ceremonias alrededor de los hombros pero abandonando las demás insignias propias de un jefe.

—Buscamos la paz y encontramos la guerra.

Nadie comentó las últimas palabras que Te Whiti dirigió a su pueblo. Nadie se movió, nadie abandonó la plaza de reuniones hasta que se puso el sol.

Al final, Bryce se marchó y los soldados se quedaron, pero ya no sabían qué hacer. Colin y otros militares de carrera organizaron un servicio de vigilancia por turnos y abogaron por enviar a los voluntarios a casa. Esto, sin embargo, tropezó con la protesta del comandante de estos últimos, que había esperado algo más de emoción.

—No podemos dejar a todas las fuerzas dando vueltas por aquí —argumentó Colin Coltrane cuando el hombre se dirigió groseramente hacia él e insistió en que también sus soldados se mantuvieran en sus puestos—. Si los hombres no tienen nada que hacer, crecerá la tensión y acabarán cometiéndose atropellos.

Ya en esos momentos, algunos voluntarios descargaban su inquietud saqueando casas apartadas. La Armed Constabulary todavía podía controlarlos, pero también sus representantes se sentían frustrados y ardían en deseos de ocuparse en algo. De la sorpresa de ver ahí sentados e inmóviles a los maoríes iba naciendo por momentos fastidio, luego indignación y más tarde sed de sangre.

El comandante agitó molesto la cabeza.

—¿Qué se ha pensado usted, sargento? La tierra está ocupada, ¡no vamos a devolvérsela sin más! No, no, tienen que sentir que nos defendemos. Por mí pueden quedarse ahí sentados hasta mañana por la mañana, nosotros somos más perseverantes.

Colin puso los ojos en blanco, pero cambió las órdenes. En lugar de hacer que los hombres volviesen a sus campamentos, se incautó de dos casas dormitorio y les indicó que descansaran allí por turnos.

—Pero que no se robe nada, y tampoco quiero ver a ninguna chica por aquí. Ni voluntarias ni de las otras. ¡Seguimos estando en guerra, soldados!

Colin Coltrane había vuelto a tomar el mando sobre su antigua unidad, después de que la brigada de caballería, rápidamente reunida, se volviera innecesaria. Se limitó a mover la cabeza sobre las acciones de sus superiores: él no tenía nada de ángel de la paz ni tampoco se parecía a un diplomático. Pero lo que sucedía en Parihaka iba en contra de cualquier lógica, incluso el ultimátum había sido un error.

El joven había pasado los primeros quince años de su vida con su padre, uno de los tratantes de caballos más taimados del país. Había aprendido a jugar con las ideas y pareceres de la gente, a sondear su orgullo y sus deseos, a sacar provecho de estos y, sobre todo, había aprendido a no hacer nunca algo que directamente lo colocase en descrédito. El padre de Colin había logrado vender a sus clientes el jamelgo más cojo, pero de alguna manera siempre había conseguido que la estafa pasase totalmente desapercibida en primer lugar, o que fuese considerada un error o un pecado venial. Ian Coltrane incluso había dominado con maestría una forma de invertir la culpa: de acuerdo, el caballo era del todo indomable, pero ¿acaso no había insistido el comprador en adquirir un ejemplar especialmente brioso? ¿Y acaso el comprador de ese animal que cojeaba de las cuatro patas no había querido a toda costa un precio bajo? Coltrane le había ofrecido otros diez más caros y, naturalmente, también más sanos, pero así...

Colin había empleado esa táctica con frecuencia en el comercio de caballos, pero también en las apuestas o jugando a las cartas, todo ello prohibido, naturalmente, en el colegio militar de cadetes. Pocas veces era el mismo Colin quien emprendía alguna acción, sino que prefería incitar a otro. Y, según su opinión, eso era precisamente lo que habrían tenido que hacer en Parihaka: nada de advertencias, nada de amenazas ante las cuales Te Whiti había podido preparar a su gente en el marco de las asambleas. En lugar de ello, la provocación selectiva e individual. Colin habría encomendado a sus hombres los trabajadores del campo, la mayoría de los cuales eran tipos fuertes y vigorosos. Sin duda los habrían encolerizado. A partir de ahí, se podría haber transformado fácilmente un par de reyertas en una revolución y, a más tardar cuando muriese el primer colono, la ira del pueblo habría llegado a su punto culminante y se habría tomado por asalto Parihaka sin aviso previo. No obstante, dadas las circunstancias... Colin no veía ninguna posibilidad de que el Gobierno saliera de ahí con una victoria moral.

Los maoríes se mantuvieron en su puesto también el día después y el que siguió. Los hombres no se movían, las mujeres y las chicas se levantaban de vez en cuando solo para ir al *marae* para buscar la comida preparada. Al final, fue esto lo que motivó que uno de los disgustados, tensos y frustrados oficiales de la Armed Constabulary actuara.

—No se trata de que la gente haga aquí lo que le apetezca —declaró con rotundidad—. Al menos no mientras eso pueda perjudicar al ejército de ocupación. ¡Soldados, registrad las casas!

Ni los *armed constables* ni los voluntarios se lo hicieron repetir dos veces. Antes de que sus superiores hicieran algún reparto, se precipitaron a las casas, en cuyo interior todavía se encontraban muchachas y mujeres.

Acto seguido se produjeron los primeros hallazgos de armas. Los cazadores maoríes no habían escondido sus fusiles, que estaban en las casas a plena vista. Ese rápido triunfo azuzó a los hombres, que a partir de entonces empezaron a saquear. Los soldados salían de las casas con armas rituales, *hei tiki* y colgantes o figuras de jade, y desde las cocinas resonaban los gritos. Los hombres se abalanzaron sobre las muchachas que estaban preparando la comida.

Colin Coltrane, a quien la orden había sorprendido tanto como a los otros sargentos y cabos, no sabía por dónde empezar. En el fondo no era algo negativo, sino una provocación que llamaba a intervenir. Los primeros hombres maoríes se levantaron para ayudar a las mujeres y, entre los que esperaban, los sacerdotes al menos se indignaron al ver cómo se profanaban las figuras de los dioses. Un par de *armed constables* desenfrenados orinaron en el *marae*. Pero se estaba perdiendo el control de la situación. Si eso seguía así, habría muertos, y posiblemente no solo entre los maoríes... Coltrane vio que se le avecinaban dificultades, comisiones de investigación, preguntas, una reputación desacreditada para siempre y ninguna otra posibilidad de promocionarse para todos los implicados... Nada más lejos de lo que él necesitaba.

De una de las casas vecinas salían gritos de mujeres, ladridos y ruidos de pelea. Por acosadas que se encontrasen ahí dentro, esas chicas no iban a entregarse sin oponer resistencia. Y en ese momento un fornido joven tatuado también se introducía a hurtadillas en el edificio espléndidamente adornado, a todas luces sin saber qué hacer, pues sin duda sus instrucciones le obligaban a quedarse sentado tranquilamente en la plaza de las asambleas. Colin lo vio desaparecer entre las figuras de los dioses de la entrada. Un *wharenui*, recordó, una casa de asambleas, seguro que se guardaban ahí armas, aunque solo con fines religiosos. Pero las armas rituales también podían estar afiladas...

Colin preparó el fusil y siguió al guerrero. La casa era grande y apenas estaba amueblada. Tan solo un par de figuras de dioses arrojaban sombras fantasmagóricas sobre las dos muchachas que se hallaban frente a cuatro soldados. Una de ellas armada con una lanza y la otra con una maza de guerra de jade. Los hombres las amenazaban sonrientes y sin armas, que habían dejado en la entrada.

Colin sintió que le invadía la cólera al reconocer a las muchachas. Una de ellas era la gorda que el inspector apenas había podido apartar del camino el día anterior. La otra era Matariki, cuyo perro de patas altas y color castaño claro la defendía con fiereza ladrando, gruñendo y saltando hacia los asaltantes. La muchacha procuraba detenerlo, aunque no parecía saber del todo qué hacer cuando los hombres arrancaron a su otra víctima la lanza de las manos. Fueron necesarios dos de ellos para echar al suelo a Pai —el sargento recordaba que ese era el nombre de la joven de la tribu—, pero al final lo consiguieron, y era obvio que Matariki no veía ninguna posibilidad de ayudar a su amiga.

Pai daba patadas y mordía a sus atacantes. Y entonces descubrió al hombre maorí que había entrado en la casa apenas una fracción de segundo antes que Colin, y que hasta el momento todavía dudaba en si intervenir o no.

—¡Kupe!

La joven llamó al guerrero, pero él solo tenía ojos para Matariki. Sin fijarse en Pai, Kupe hizo el gesto de golpear contra la sien de uno de los atacantes de la joven el mango de un fusil. Debía de haber encontrado las armas de los soldados.

—¡Kupe, no!

Matariki, a su vez, parecía sentir más temor por el joven que por sí misma. ¿O es que ya había visto a Colin en la entrada de la casa?

El maorí vaciló de nuevo y con ello le brindó a Colin la oportunidad de inmiscuirse. El sargento agitó su propio fusil, golpeó con él al joven en el costado y le dio una patada en la mano cuando quiso enristrar el arma. El guerrero gritó. Colin probablemente le había roto unos huesos. Mejor.

—¡Quedas detenido! —le gritó Colin—. Resistencia, agitación, perturbación del orden público... escoge lo que quieras... —El sargento se acercó a los hombres, que seguían ocupados con Pai—, ¡poneos en pie inmediatamente, subíos los pantalones y comportaos! —Esperó hasta que los desencantados soldados se levantaron y los miró—. Soldado Jones, soldado Mc-Dougal... esto tendrá consecuencias. Y ahora retírense. ¿Todo en orden, señorita?

Colin tendió la mano galantemente a la muchacha que yacía en el suelo, pero ella no se la cogió. En lugar de ello, se levantó por sí misma y se acercó al joven maorí que, mareado, se hallaba en un rincón, sujetándose la mano.

—Kupe... Kupe, te he llamado.

El rostro de la muchacha era inexpresivo, pero en sus ojos había algo entre la sorpresa, la esperanza rota y el odio puro.

—Pai... —El jover pareció percatarse en esos momentos de la muchacha—. Yo...

—He luchado con dos hombres —siguió diciendo Pai—. Estaba tirada en el suelo, ¡pero no me has visto! Has compartido la cama durante dos años conmigo, pero durante todo ese tiempo tú solo has tenido ojos para ella... —Señaló con la barbilla a Matariki, que contemplaba la escena asustada—. No estoy enfadada contigo, Matariki, sé que nunca lo has animado. Ni siquiera ahora lo quieres. —La muchacha escupió esas palabras—. Pero a ti, Kupe Atuhati, te deberían condenar los dioses. ¡Vete al infierno y que se hagan realidad tus más horrendas pesadillas! —La muchacha deslizó la mirada extraviada sobre los reunidos y, mientras maldecía, una ráfaga de viento pareció pasar por el *marae*—. ¡Que te abandone el espíritu de Parihaka, Kupe, mientras lleves el nombre que ella te ha concedido!

Dicho esto, miró a Matariki, gimió una vez más y salió corriendo del *wharenui*. Kupe y Matariki se miraron atónitos.

—No lo dice en serio —susurró ella.

Colin se irguió.

—Da igual quién o qué diga algo aquí —aclaró—. Su amigo, señorita, está detenido. Ataque a mano armada contra un hombre desarmado.

—Que iba desarmado porque no podía sostener un arma y desabrocharse los pantalones al mismo tiempo —protestó Matariki.

Colin se encogió de hombros.

—Eso lo decidirá un juez. Pero es posible que su amiguito acabe en prisión, ¿o era el de su compañera? —Sonrió con aire irónico—. Y yo que pensaba que en el asombroso y pacífico país de las maravillas de Parihaka no había lugar para los celos... ¡Qué equivocado estaba!

—¡No se lo puede reprochar! Era un caso de legítima defensa, quería... —Matariki miró a Kupe, que todavía parecía demasiado afectado para defenderse.

—En fin, al menos tiene en usted a una poderosa intercesora, señorita hija de jefe tribal —rio Colin—. En fin, tampoco voy a ponérselo difícil... Pero una cosa va por otra.

Matariki lo fulminó con la mirada.

—Quiere usted... quiere usted que yo... Maldita sea, no lo habría imaginado. Un oficial... ¡Debería darle vergüenza, sargento Coltrane!

*Dingo* gruñó y Colin sonrió. Así que ella sabía su nombre. No estaba mal, era algo por donde empezar. Pero primero tenía otra cosa en mente, algo totalmente distinto que pasar una noche con la hija del jefe.

—Señorita Matariki —respondió—, me ofende usted. Soy un oficial, como bien ha observado, y un caballero. No la quiero a usted, señorita Matariki. Lo que necesito es su... su... ¿cómo lo llaman? Su *mana*. Es decir, su influencia sobre su pueblo. Utilice su puesto como hija de jefe tribal y ayúdeme a acabar con esto.

En Parihaka había estallado el caos en los últimos minutos. La mayoría de los habitantes, sin embargo, todavía permanecían inmóviles —después varios informadores se refirieron a su enorme disciplina y paciencia—, pero las ansias de destrucción de los soldados no conocían límites. Las mujeres a las que atacaron gritaron y se defendieron, y sus hombres acudieron sin falta a socorrerlas. A ello se añadió que los desatados saqueadores abrieron los corrales de las ovejas, bueyes y caballos, y no pensaron en volverlos a cerrar. Los animales, por supuesto, se escaparon y correteaban de aquí para allá por el poblado, lo que de nuevo desconcertó a los soldados y los llevó a disparar sus armas.

Los capitanes apenas sabían cómo encarar el asunto; la mayoría de ellos no estaban mucho más instruidos que sus subordinados, y ninguno tenía caballo.

Si no pasaba algo pronto, se producirían incendios y el pánico estallaría.

Matariki se quedó mirando a Colin.

—¿Quiere usted... paz? —preguntó, desorientada. Seguían estando en el *wharenui*.

Colin asintió. No tenía ni tiempo ni ganas de contarle los motivos. En sí, tampoco sabía con exactitud cómo enfrentarse a ese asunto, pero tenía que atraer la atención y para eso la muchacha era ideal.

Se obligó a conservar la calma.

—Señorita Matariki —dijo con el tono de voz más sincero posible—, todos nosotros queremos la paz. Hágame caso, una gran parte de los *pakeha* deplora estos sucesos. Pero nuestro ejército no es precisamente la élite de Aotearoa. —Colin se percató satisfecho de que la joven aguzaba los oídos cuando mencionaba el nombre maorí de Nueva Zelanda—. Tenemos que detenerlos. Yo a mi gente y usted a la suya. Así es que...

Hizo un gesto invitador y, al mismo tiempo, dirigió a Kupe una mirada de advertencia. El joven no debía atreverse a ponerle trabas. No obstante, el guerrero parecía hallarse todavía perplejo y asustado tras el estallido de Pai.

Matariki siguió a Colin como en trance hacia el exterior. Solo el perro parecía oponerse y dio un mordisco en el aire cuando Colin pasó por su lado. El oficial permaneció inalterable. No tenía ningún sentido darle una patada al perro o dispararle.

El caballo negro de Colin aguardaba delante del *wharenui*. El joven sargento montó de un salto y ayudó a Matariki a subir al caballo delante de él, gratamente sorprendido al percibir la agilidad y destreza con que ella se deslizaba en la silla. Tenía, sin la menor duda, experiencia con los caballos.

—Tóqueme lo menos posible —le indicó ella, agarrándose a las crines de la montura para mantener el equilibrio.

Colin se aventuró a poner el caballo al galope e irrumpir en el centro de la plaza de reuniones, que estaba algo elevada, de forma que cualquier maorí podía ver a los jinetes. Todos se quedaron mirando como hechizados al joven *pakeha* rubio y audaz y a la hija del jefe. Colin se percató de que hasta el tiempo estaba de su parte. En esos momentos el sol se hundía en el mar, el aire estaba diáfano y el monte Taranaki se alzaba como un monumento tras ellos. El sargento detuvo su caballo y no se paró en menudencias. Mientras encabritaba al caballo, disparó el fusil:

una señal. Los maoríes se encogieron en la plaza y los soldados salteadores refrenaron al menos unos minutos sus impulsos.

Matariki aprovechó el tiempo e intentó con toda seriedad establecer contacto con el espíritu de los dioses: el *karanga* debía surgir de su ser más interior, en caso contrario no alcanzaría a los hombres. Así al menos lo había explicado Arona, aunque sin omitir que la técnica de la respiración desempeñaba también un papel muy importante. La misma técnica que se empleaba para tocar la flauta *putorino*. Matariki esperaba sacar rendimiento en ese momento de los largos ejercicios realizados... y que los dioses la escuchasen.

En efecto, su grito resonó en todo el campamento. Dejó inmóviles a los saqueadores, dio tiempo a las mujeres para desembarazarse de sus agresores y convocó de nuevo a los hombres que habían acudido a salvarlas al círculo de la muchedumbre que protestaba en silencio. Y entonces se levantaron también otros maoríes. El anciano *tohunga* llamó a sus niños para que cantasen, las muchachas se unieron a ellos. Se formó un grupo para bailar el *haka powhiri*, la danza de bienvenida.

Colin esperaba pacientemente, pero antes de que siguieran más ceremonias, levantó la mano.

—¡Paz! —gritó impostando la voz—. ¡Y guerra a quienes la ultrajen! Hay que recuperar el orden. Que los hombres de la Armed Constabulary vuelvan de inmediato a sus unidades; los fusiles confiscados se depositarán en un punto de recogida, cualquier objeto obtenido en el saqueo será devuelto. —Esto último era ilusorio, pero sonaba bien y en realidad solo se trataba de eso—. Los cabecillas maoríes detenidos se llevarán a esa casa —señaló el *wharenui* que acababan de dejar—, serán encarcelados y trasladados hoy mismo. El resto...

Colin no consiguió concluir la frase. Si ahora pedía a la gente que se dispersase, no le haría caso. Su discurso perdería fuerza.

Pero Matariki intervino entonces.

—¡Id a vuestras casas! —dijo sin perder la serenidad—. Será necesario restablecer el orden y recuperar los animales. Dormid. Rezad. Todos necesitamos descansar. Pero mañana volveremos a estar aquí para conjurar una vez más a los dioses. ¡Nuestra fuerza preserva la paz!

En realidad no había ningún motivo para que la gente siguiera las indicaciones de la joven, pero al parecer todavía recordaban las palabras de Te Whiti respecto a la dignidad de la hija del jefe. Y necesitaban alguien a quien obedecer. Para gran sorpresa de Matariki, los habitantes del poblado se levantaron y se dirigieron en silencio a sus casas. Colin tomó nota con alivio de la sumisión de los *pakeha*. Sus cálculos solían salir bien; pero, naturalmente, no siempre.

—El aspecto, sobre todo, era bonito —dijo Koria más tarde, cuando Matariki, temblorosa y totalmente extenuada a causa de los acontecimientos, se ovilló sobre una esterilla junto a ella. Necesitaba explicaciones.

»Era como... como un cuadro... como un cuento. Ese *pakeha* parecía un príncipe... En serio, no te burles de mí, Riki, pero con sus cabellos dorados y su rostro tan serio y hermoso... Y luego tú, la princesa apropiada, tan delicada y como perdida o liberada. Tu cabello flotaba al viento, uno solo esperaba que el príncipe te besara. Y detrás la montaña, ¡un paisaje de ensueño! Shakespeare no lo habría podido imaginar más hermoso.

—Pero... ¡pero no era una función! —aseguró Matariki—. Tenía la piel de gallina, era raro, era como... como si un poder, un espíritu, descendiera sobre nosotros.

—Como debe ser —intervino Arona, aunque con un matiz escéptico.

Arona era una profunda creyente, pero también sacerdotisa de la tercera generación, le habían enseñado cómo impresionar a la gente. Además había estudiado a Shakespeare, el maestro del arte escénico. Arona sabía cómo conjurar a los espíritus.

Y Colin Coltrane, un chalán desde su infancia, también lo sabía.

Matariki Drury soñó esa noche que él la tomaba entre sus brazos.

# 10

La pequeña Rosie enmudeció totalmente la noche en que Violet dio a luz a su primer hijo.

La alegría que había recuperado durante el tiempo que había pasado en casa de los Biller había vuelto a desaparecer desde que su hermana se había casado. La pequeña se quedaba horas mirando impasible frente a sí y gemía cuando por las noches salían de la cama de Violet unos sonidos que le infundían miedo. Dormía mal y a veces se orinaba en la cama, lo que preocupaba a la mayor. No quería ni pensar en lo que Eric haría si se daba cuenta. Seguro que pegaría a la niña como antes había hecho su padre cuando le había ocurrido ese percance. Así pues, regañaba a Rosie enérgicamente, pero no servía de nada. La pequeña se orinaba entonces todavía más a menudo.

A Violet le resultaba difícil mantener la serenidad y aguantar el lloriqueo infantil de la pequeña. En realidad, la niña tendría que haber sido más razonable, pues pronto cumpliría siete años, pero en cambio parecía retroceder cada vez más al nivel de una criatura pequeña. Rosie, que había empezado a leer las primeras frases con Caleb, ahora tenía dificultades para contestar sensatamente a preguntas sencillas. Por suerte Eric no se daba cuenta de ello, pues apenas hablaba con Rosie. No le dedicaba mayor atención que a un mueble, siempre que, como había ocurrido al principio un par de veces, no se acurrucara en la cama de Violet y él. En tal caso, le propinaba un bofetón y la enviaba de nuevo a su colchón, donde la niña se pasaba toda la noche llorando sin cesar.

Violet lo lamentaba por ella, pero, por otra parte, sabía que su padre la habría castigado de forma más brutal en un caso similar. Al menos, Eric no buscaba pretextos para descargar en la niña su rabia. Era un hombre previsible. Si Rosie se comportaba y no le molestaba, él tampoco le hacía nada. Violet procuró que su hermana tomara conciencia de este hecho... y, al mismo tiempo, se sorprendió de que la pequeña fuera perdiendo el habla.

Pero todo eso carecía de importancia frente al espanto del parto, un horror para el que tampoco Violet había estado preparada y para el cual Rosie carecía de referente alguno. Claro que le habían dicho a Violet que dolía. La amable señora O'Brien, su anterior vecina, incluso había aludido exactamente a lo que le pasaría.

—Entonces también necesitarás ayuda —señaló, preocupada—. ¿Puedes pagar a la señora Travers? Si no iría yo también. Aunque no he aprendido, ya he traído seis al mundo. Sé lo que es más importante. Tu marido solo tiene que avisarme.

—Pero cuando Eric haya llegado a su casa el niño ya hará tiempo que habrá nacido —respondió Violet cohibida, y se asombró de que la mujer se echara a reír.

—Sería lo mejor para ti, hija —dijo la señora O'Brien—. Pero cuando te miro... una personita tan delicada y el primer hijo... No será fácil, Violet, y en principio, tampoco rápido.

La señora Travers, la comadrona, se mostró todavía más preocupada.

—Pequeña, tienes la pelvis muy estrecha. Espero que el niño pueda pasar.

Violet se preguntaba qué sucedería si no era así. Eric, en cualquier caso, acabó sonriente con sus preocupaciones.

—¡Justo porque eres tan joven, será fácil! —declaró convencido—. Ni caso de esas viejas cornejas, una yegua joven pare con más facilidad, todo el mundo lo sabe.

Violet trató de creer a su marido. Tampoco podía hacer mucho más. No había podido ahorrar ningún penique durante los meses de su matrimonio, así que ni se planteaba llamar a la señora Travers. Y la señora O'Brien...

Cuando en mayo de 1881, un día de otoño gélido y lluvioso empezaron los dolores, Eric estaba en el *pub*. Violet acababa de llevar leña para encender el fuego y aliviar un poco la humedad de la casa cuando sintió un dolor agudo y que le resbalaba agua por las piernas.

—Creo que llega el bebé... —La joven intentó conservar la calma. Rosie ya parecía confusa y amedrentada al ver los charcos que se formaban debajo del vestido de su hermana—. No tengas miedo, Rosie, vamos a secarlo enseguida. Nosotras...

Otro dolor la hizo vacilar. A pesar de ello consiguió limpiar el suelo antes de meterse en cama. Una vez acostada se puso a pensar febrilmente.

Todavía era pronto y para colmo era sábado por la tarde, con lo cual Billertown se encontraba totalmente desierto: los mineros que no estaban enfermos, celebraban el fin de semana en el Wild Rover. Y las dos únicas familias en las que había mujeres... Rosie no sabría dónde vivían.

Violet se tendió e intentó relajarse como Clarisse le había explicado. Apenas lo conseguía cuando Eric se le ponía encima. Ahora, mientras aumentaban los dolores, le resultó casi imposible. En contra de todas las malas previsiones de las mujeres, Violet esperaba que el niño llegase enseguida. Quería ser valiente y no gritar, y durante toda una hora lo consiguió. Luego fue demasiado. Violet se permitió un gemido y suspiró cuando Rosie se apretó contra ella.

—Tengo miedo... —susurró la pequeña—. Quiero dormir contigo, Vio.

Violet apartó dulcemente a un lado a su hermana.

—Rosie, ahora no puede ser. Ahora tienes que portarte como una niña mayor, ¿lo harás? Mira, hoy eres tú la hermana mayor. Dame... —Una punzada de dolor detuvo a Violet—. Dame un vaso de agua, ¿vale?

Rosie llegó a tientas hasta el cántaro donde Violet conservaba el agua potable.

—No hay mucho.

Violet gimió. Y encima eso. Le había pedido a Eric que fuese a buscar agua antes de marcharse al *pub*, pero debía de haberse olvidado. Y ahora...

—Tengo frío, Vio, mucho frío.

Rosie se acuclilló junto a la cama. Violet más bien sentía calor. Con el vano intento de no mostrar sus dolores empezó a sudar.

—¿Enciendes el fuego, Vio?

La muchacha sacudió la cabeza.

—Coge una manta de tu cama, Rosie, ahora no puedo encender el fuego.

Trató desesperada de calcular el tiempo que había transcurrido desde la última contracción. En algún momento Eric vendría del *pub* e iría a buscar ayuda. Lentamente, Violet renunció a la idea de conseguirlo sola. Los accesos de dolor eran cada vez más frecuentes. Y de ello había hablado también la señora O'Brien. Pero el niño no parecía moverse. No se movía nada, era como si alguien le estuviera clavando un cuchillo en el vientre.

Y entonces, después de varias horas en las cuales Violet consiguió esforzadamente ahogar sus gritos mordiendo una manta, notó algo que parecía empujar la pelvis desde el interior. El niño quería salir, pero la señora Travers tenía razón: el canal de salida era demasiado estrecho. Violet estaba segura de que la iba a desgarrar.

A lo mejor... a lo mejor si se ponía de pie y caminaba un poco... El niño tenía que bajar, quizá saliera si ella se levantaba. Violet se enderezó y eso le produjo un mareo. Intentó ir de la cama a la mesa, tropezó con el respaldo de una silla y cayó al suelo con el frágil mueble de madera. Rosie gimió y Violet empezó a llorar, hasta que un nuevo dolor la inundó y esta vez se puso a gritar. Tenía que levantarse, tenía que volver a la cama... o apoyarse en la mesa, o... Violet volvió a gritar. A partir de ese punto no pensó más en Rosie.

En un momento dado se olvidó totalmente de su hermana pequeña. Solo sentía dolores y una sed horrorosa. Luego también se le pasó la sed y olvidó que en algún momento había sentido algo distinto al dolor. Violet gritaba a medida que iba convirtiéndose en puro dolor, un fardo humano gimiente y chillón. Rodó por el suelo de la cabaña, apretó las piernas contra el cuerpo, las extendió, se arrancó el vestido del cuerpo en jirones. Violet no conseguía volver a la cama. Las tablas de madera del suelo le desollaban la espalda, pero no sentía nada, solo era consciente de eso que le desgarraba el vientre. Empezó a sangrar.

Rosie lo observaba todo con los ojos desorbitados, los labios abiertos en un grito mudo. Cuando algo ensangrentado y azul apareció entre las piernas de Violet, la niña no aguantó más y se escapó.

Rosie corrió como una loca por la colonia mojada por la lluvia y los caminos del bosque de helechos. Casi no conocía a nadie del entorno, solo a las mujeres que vivían juntas en la casa algo apartada. La pequeña no sabía cuál era su meta exacta, pero al final se encontró ante la cabaña de Clarisse y sus amigas y, sin llamar, abrió la puerta para sufrir un nuevo sobresalto.

De una de las camas surgían los mismos gruñidos que salían del rincón de Violet cuando Eric dormía con ella. Pero ahí ardía una lámpara de aceite y en la cocina llameaba un fuego. La casa solo estaba en penumbra, pero Rosie distinguió a un hombre grande que en lugar de llevar un traje normal parecía tener el cuerpo recubierto de pelo. Jadeaba encima de la señorita Clarisse y era obvio que intentaba matarla. ¡Así que esto era lo que ocurría cada noche con Violet! Luchaba con Eric para salvar la vida.

Rosie abrió la boca y gritó. El sonido de un animalito atormentado y muerto de miedo sobresaltó a Clarisse y su cliente.

—Por todos los cielos, ¿qué es esto? —preguntó el hombre.

Clarisse se cubrió al instante.

—¡Vístete, Geordie! —gritó al hombre—. Por Dios, ya ves que la niña está asustada. ¿Qué pasa, Rosie? ¿Has llegado sola hasta aquí? ¿Dónde está Violet? Por Dios, Rosie, ¿le ha pasado algo a Violet?

La pequeña no respondía. El grito había sido el último sonido que había emitido y por muchos años seguiría siéndolo.

Ahora miraba fijamente al frente y no parecía ver ni a Clarisse ni a su cliente.

—Debe de haber pasado algo. —Clarisse se abrochó el vestido y se puso un pañuelo por encima—. Ven conmigo, Geordie, a lo mejor necesitamos ayuda. Por esta vez, no hace falta que pagues. Pero ven conmigo y... y... quizá llevas tú a la niña...

Clarisse ignoraba si esa era la decisión correcta, pero no podía dejar allí a Rosie y la pequeña no parecía ser capaz de moverse de algún modo. Se dejó caer, dobló las piernas contra el cuerpo, las rodeó con los brazos y empezó a mecerse.

El hombre, Geordie, la soltó con cuidado y la tomó en brazos. Clarisse suspiró aliviada. Era un buen hombre, tenía mujer e hijos en Gales y les enviaba dinero. Si cada dos semanas se iba con una puta, siempre se decidía por Clarisse. Se parecía a su Anna... La prostituta esperaba que Rosie despertara sus instintos paternales.

En esos momentos la seguía, hablando con calma a la niña pequeña, mientras cruzaban velozmente el bosque y la colonia. En la cabaña de Violet reinaba un silencio de muerte, pero del interior salía una tenue lucecita. La puerta estaba medio abierta. El viento y la lluvia penetraban en la estancia. Rosie apretó la cara contra la pechera de Geordie mientras los sollozos sacudían su cuerpo, pero no emitió ningún sonido.

A Clarisse le resultó difícil orientarse en la cabaña. La luz de la única lámpara era débil y parecía como si en la habitación se hubiese librado una batalla. Las mantas de la cama estaban en el suelo, había caído una silla... y allí, sobre las tablas, yacía Violet. Estaba inmóvil, pero ahí, entre sus piernas en un charco de sangre, algo vivo se movía. El niño ensangrentado, viscoso y todavía unido al cordón umbilical no emitía ningún sonido, pero movía los bracitos. Clarisse corrió hacia allí y cogió a ese ser diminuto. En cuanto lo envolvió en un pañuelo y le limpió la sangre y la mucosidad de la cara, adquirió rasgos humanos. Agitaba los puños diminutos y parecía mirar a Clarisse. En el rostro de la mujer se dibujó una sonrisa.

—¿Tienes un cuchillo? —preguntó conmovida a su cliente.

Geordie asintió.

—En el bolsillo de mi pantalón.

Él mismo no podía sacarlo, pues necesitaba las dos manos para sostener a Rosie. Clarisse volvió a dejar al bebé en el suelo, cogió el cuchillo e inspiró hondo antes de cortar decidida el cordón umbilical. Entonces levantó al recién nacido, que en ese momento empezó a gritar.

—¿Qué pasa con la chica? —preguntó Geordie, que se había quedado junto a la puerta, vacilando acerca de si tenía que ayudar o cuidarse de que la pequeña no se percatara del aspecto que ofrecía la habitación. La niña se había adormecido en sus brazos, pero volvió a encogerse cuando oyó el grito del recién nacido.

Clarisse puso una mano sobre la mejilla de Violet para comprobar si estaba caliente. La joven tenía muy mal aspecto, estaba blanca como un muerto, con el rostro extrañamente hundido, unos cercos oscuros bajo los ojos y los labios ensangrentados, mordidos.

—Vive, ¡sangra! —observó Geordie. En efecto, el charco de sangre que se había formado entre las piernas de Violet crecía—. Pero si una mujer sangra después del parto, no vive largo tiempo.

No eran palabras animosas, pero sí propias de alguien que sabía de qué hablaba. Clarisse se preguntó si Geordie habría presenciado los partos de su esposa. Pero ¿podría ayudar también a Violet?

—Agua... —susurró la joven con voz ahogada—. Sed...

Clarisse se levantó y se esforzó por tomar una decisión. ¿Confiaba en los pocos conocimientos de Geordie o intentaba encontrar a la comadrona antes de que Violet muriese?

—Ve a buscar a la comadrona, Geordie —dijo al final—. A la esposa del sepulturero. Llévate a la pequeña, de todos modos no la necesito aquí. Yo me ocupo de la chica.

Geordie frunció el ceño.

—Pero necesitas ayuda. Por el aspecto que esto tiene... Y yo sé...

—¿Eres médico?

Clarisse tuvo que hacer un esfuerzo para no gritar a su cliente. Este negó con la cabeza, intimidado.

—Necesitamos a alguien que sepa mucho más de todo esto que tú y yo —adujo entonces, conciliadora—. Así que ve, yo ya me las apañaré.

El hombre se retiró, pero a los pocos minutos estaba de vuelta. Clarisse había tenido tiempo de comprobar que no había agua para dar de beber a Violet, así que aún menos para lavarla... Abatida, intentó obtener al menos un par de gotas del cántaro, pero no quedaba nada en absoluto.

Geordie sacudió la cabeza, incrédulo.

—Quién es capaz de dejar a una mujer aquí sola, al final del embarazo, sin fuego ni agua —murmuró—. ¡Habría que matar a ese tipo! En cualquier caso, me he encontrado con el pequeño Jeff Potters —se apresuró a informar—. Venía del *pub*, pero estaba más o menos sobrio. Va a la ciudad a buscar a la señora Travers. No te quejes, señorita Clarisse, Jeff es mucho más rápido que yo. Y entiende lo que está en juego, enseguida se ofreció. Su madre murió en un parto.

Clarisse asintió, resignada. En el fondo daba gracias al cielo. Sola, nunca habría acabado con esa terrible situación.

—¡Ve a buscar agua, Geordie! —pidió a su compañero—. Deja a Rosie en la cama. Ya no puede suceder nada más terrible de lo que ha visto hoy. Mientras, yo encenderé el fuego. Hay leña.

Señaló los troncos esparcidos por el suelo que Violet había dejado caer al romper aguas.

—Me daré prisa, Clarisse.

Geordie agarró el cántaro después de haber dejado a Rosie y de inmediato demostró que cooperaba. Antes de que la señora Travers entrara, jadeante, pues parecía que había recorrido a paso ligero el camino, Violet estaba tendida en una cama recién hecha. En la chimenea ardía un fuego, Clarisse había calentado agua y había lavado a la muchacha. Todavía seguía perdiendo sangre, pero ahora goteaba sobre un par de mantas que la prostituta le había colocado debajo. Clarisse y Geordie, embelesado con el pequeño, bañaban al bebé.

—¡Un jovencito! —dijo el hombre, admirado.

—Afortunado él —se le escapó a Clarisse, y se volvió hacia la comadrona—. Por el amor de Dios, señora Travers, qué contenta estoy de verla.

Ya antes de que la señora Travers pudiese contestar, Violet se arqueó lanzando un grito.

—Al parecer llega la placenta —advirtió la matrona—. ¿Tenemos agua caliente, humm..., señorita?

Justo después, el cuerpo atormentado de Violet se vio desgarrado por un nuevo dolor. Más tarde no lo recordaba, pero no había perdido totalmente la conciencia. Era suficiente para sentir el dolor, aunque no rayaba en lo que antes había vivido. Estaba agotada. Se temía que eso no acabaría nunca. Incluso cuando por fin llegó la placenta, no podía tranquilizarse.

—Pobre criatura —suspiró la señora Travers—. Pero sobrevivirá. Por otra parte, hemos informado al feliz padre. Está pagando ahora una ronda.

—¿Cómo sabe que es un hijo sano? —preguntó asombrada Clarisse.

—Lo supone —refunfuñó la señora Travers. Era una mujer fuerte y alta, cuyas manos enormes y rojas nadie creería capaces de manejar con tanta suavidad y cariño a parturientas y recién nacidos—. Mal no puede salir, con un buen mozo como él... Ese no tiene abuela. Pobre muchacha. Ojalá no la vuelva a dejar encinta enseguida. —Cubrió con cuidado a Violet y arrojó una mirada al cubo con la placenta—. Que el padre lo entierre después.

Geordie agarró servicial el cubo, pero la señora Travers se lo impidió con un gesto.

—Oh, no, ¡no le evite esta tarea! Le irá bien ver un poco de sangre.

Violet se irguió en la cama y bebió ansiosa cuando la señora Travers le ofreció una infusión.

—¿Y Rosie? —preguntó débilmente.

La señora Travers le aseguró que la pequeña estaba bien. Violet no preguntó por el recién nacido. Clarisse, que había puesto el pañal al niño, hizo ademán de depositárselo en los brazos, pero la señora Travers la detuvo.

—En estos casos no es aconsejable —advirtió en voz baja—. Cuando la madre es casi una niña y el parto es tan difícil, no siente alegría de inmediato. Esperemos que cuando mañana vea al niño le coja cariño.

Esa noche Eric Fence no vio sangre. Cuando regresó totalmente borracho a casa, arrastró consigo a Jim y Fred, que se suponía que ardían en deseos de conocer a su nieto y sobrino respectivamente. Por lo visto, habían esperado encontrarse con una reluciente Violet dándoles la bienvenida junto a la puerta. En lugar de ello, tropezaron con la severa señora Travers, que esa noche se quedaba velando a Violet para mayor seguridad. La comadrona insistió en que no hiciesen ruido y los dejó entrar a regañadientes. Al final, los tres echaron un vistazo al bebé y acordaron en silencio que Eric no iba a aguantar de ninguna de las maneras el sermón de la furiosa comadrona. Así pues, padre, abuelo y tío se marcharon a Lamberttown, donde Fred y Jim ofrecieron generosamente refugio a su colega.

Violet vio a su hijo a la mañana siguiente. Lo cogió entre los brazos y resistió valientemente el dolor en los pechos hinchados al darle de mamar por primera vez.

Pero nunca aprendería a amarlo.

# 11

—Lo lamento, señorita Matariki, pero esto ya no está en mi mano.

La voz de Colin Coltrane era de pesar, pero en realidad daba gracias a Dios de que John Bryce hubiese vuelto a coger el mando de las tropas de Parihaka. Ya no era responsabilidad suya, como uno de los *armed constables* de rango más elevado, ni de los comandantes del ejército de voluntarios, si algo salía mal. Aunque Bryce lo hizo todo para que la invasión se convirtiera en una de las intervenciones más deplorables de la historia del ejército inglés. Al igual que antes, lo único que realmente funcionaba era el bloqueo informativo. Solo estaban presentes unos pocos representantes de la prensa, y todos eran fieles al Gobierno.

El ministro de Asuntos Nativos exigió que las tribus que no fueran de Parihaka y sus alrededores regresasen a sus hogares. Los maoríes se habían vuelto a reunir al salir el sol y la imagen que ofrecían a las tropas era exactamente la misma que la de la tarde anterior. La orden de Bryce tampoco volvió a ser escuchada, los habitantes del poblado y sus visitantes no reaccionaban.

El ministro se volvió entonces a sus soldados.

—¡Soldados! Ordeno que se aleje y se expulse de aquí a todos los individuos que no pertenezcan a Central Taranaki.

Naturalmente, enseguida se extendió la confusión.

—¿Cómo se supone que hemos de hacerlo? —preguntó uno de los subordinados de Colin.

Este se encogió de hombros. Matariki, que se había quedado junto a él después de que la hubiese saludado ceremoniosamente y le hubiese aclarado la situación, sonrió.

—Las tribus se distinguen por el bordado de la ropa y los tatuajes —explicó con la voz meliflua.

Estaba un poco disgustada con Colin porque Kupe seguía bajo arresto. Los soldados también se habían llevado al amigo del joven maorí, Arama, y a otros guerreros después de que estos tratasen de detener a los saqueadores. El intento de Colin por explicarle que él no podía hacer nada no la impresionaba. Solo la había tranquilizado un poco la segunda tentativa del sargento: «Señorita Matariki, es por el bien de sus amigos que permanezcan ahora en custodia preventiva, quién sabe lo que va a suceder y adónde irán a parar los jóvenes exaltados. No se les mantendrá mucho tiempo detenidos. En cuanto Parihaka esté despejada, los dejarán en libertad.» Por otra parte, también estaba preocupada por el desalojo inmediato. Pero ahí sí que Colin realmente no podía hacer nada. El único responsable de los errores que allí se cometieran era John Bryce.

Colin se exhortaba a tener paciencia.

—Usted... ¿no nos ayudaría en la identificación de las personas? —preguntó.

Matariki lo miró.

—¡Váyase al infierno! —contestó.

Colin hizo un gesto de resignación. No había esperado otra respuesta.

En las últimas horas, los soldados fueron seleccionando individuos entre la muchedumbre sin orden ni concierto. Los elegidos no se quejaban, pero tampoco desvelaban a qué tribu pertenecían.

Colin Coltrane envió entretanto a dos de sus mejores jinetes a la tribu maorí más cercana partidaria del Gobierno. Sin duda podían enviar a alguien que reconociese los diferentes bordados y tatuajes. El joven sonrió para sus adentros. Matariki no necesitaba traicionar a su gente. Sus palabras irónicas habían bastado para poner en marcha el mecanismo. Y esperaba quedarse él mismo con la recompensa.

A esas alturas Bryce recurría a métodos más duros.

—¡Que se desmantelen todos los *marae* pertenecientes a tribus ajenas! —dispuso al día siguiente—. Es inadmisible que ocupen esta parcela tribus que no estén establecidas en este territorio.

En efecto, en los últimos años había aparecido en Parihaka una especie de poblado en otro poblado. Las tribus más diversas habían fundado centros espirituales donde sus delegaciones vivían y veneraban a los dioses. Identificar esas casas era mucho más sencillo que distinguir a sus habitantes. En su origen había habido dos *wharenui* en Parihaka. Las nuevas instalaciones que se agrupaban alrededor pertenecían, con toda certeza, a tribus foráneas.

Un lamento se elevó sobre la muchedumbre reunida cuando las hachas de los soldados cayeron sobre las figuras de los dioses de la entrada de la primera casa. Qué fácil era destruir las construcciones de madera.

—Se inspiran en ballenas —susurró Matariki. Volvía a estar junto a Colin, algo en él la atraía. Y tal vez él sentía lo mismo que ella. El día anterior había dicho que no aprobaba todo lo que se estaba haciendo—. Nuestras casas tienen que respirar y sentir como seres vivientes, por eso construimos con madera y no con piedra...

Colin asintió. Era importante mostrarse comprensivo en ese momento.

—Una bonita idea. Pero seguro que pueden construirse deprisa. Aunque las figuras de los dioses...

El joven movió la cabeza y su desaprobación era auténtica. Seguro que había coleccionistas —ahí no, pero sí en Europa— que pagaban mucho dinero por el arte primitivo.

—Las llamamos *tiki* —dijo Matariki—. Y las pequeñas son *hei tiki*. —Mostró uno de los tres colgantes que llevaba al cuello. El regalo de Haikina y sus dos mejores obras propias—. Tenga —dijo tímidamente, deslizando uno de los amuletos en la mano de Colin—. Le traerá suerte.

Colin frunció el ceño.

—Yo... yo no puedo aceptar esto. Son... son objetos sin duda de gran valor. —Acarició con el dedo la figurita de jade y sintió una extraña emoción.

Matariki sacudió la cabeza.

—El jade tiene algo de valor, pero no demasiado. Además... lo he labrado yo misma.

Colin miró a la muchacha con auténtica ternura. Era encantadora, tan dulce, tan ingenua..., y además preciosa.

—Entonces me acordaré siempre de usted —apuntó suavemente—. De usted y del... el espíritu de Parihaka...

Supo que había acertado con sus palabras cuando Matariki le ofreció una resplandeciente sonrisa. Colin Coltrane sentía algo por la muchacha, pero no iba a invocar a los espíritus.

Bryce mandó vigilar a los hombres y mujeres de la plaza de reuniones y detuvo a las personas que no pudieron contener sus emociones cuando se derrumbaron las casas. Todavía se encontraban en los *wharenui* algunas mujeres y niños, que de inmediato hizo reunir y segregar. Al día siguiente, por añadidura, llegó un hombre que entendía de *moko* y sabía clasificar sin esfuerzo a los tatuados según sus *iwi*. Sin embargo, no todos iban tatuados, naturalmente, y la mayoría llevaba ropa occidental. Imposible separar a la gente por el bordado de su atuendo. Aun así, se trasladó fuera del poblado a centenares de individuos.

«Como en rebaños», escribió uno de los pocos reporteros que se atrevió a pronunciarse de forma crítica. En cuanto al resto de los maoríes que protestaban, Bryce se dedicó a dejarlos morir de hambre y a seguir desmoralizándolos. Sus soldados destruyeron los campos de cultivo de Parihaka, cuarenta y cinco acres de boniatos, taro y tabaco. Los topógrafos reemprendieron su tarea.

Matariki y sus amigas lloraron en silencio.

—¿Adónde irá cuando esto haya pasado? —preguntó Colin. El control del traslado de la gente formaba parte de sus tareas. Habían pasado dos semanas desde la invasión y cada día se expulsaba de Parihaka desde unas pocas docenas hasta algunos cientos de individuos. A esas alturas, algunos ya se declaraban de forma voluntaria miembros de otras tribus. La acción de protesta había perdido su sentido, por más que hubiera personas suficientes que perseveraban e incluso pasaban hambre. Colin escuchaba las quejas de Matariki con comprensión y cumplía sus tareas discretamente. La joven no necesitaba saber que él debía tomar la decisión sobre quién debía partir y quién permanecer. Entretanto se distribuyeron pases para los legítimos habitantes del poblado—. ¿O espera poder quedarse?

Matariki negó con la cabeza.

—No, regreso a la Isla Sur. Mis padres viven ahí y yo...

—¿El jefe es un *ariki* de los ngai tahu? —preguntó Colin, asombrado, pues se consideraba que los ngai tahu eran pacíficos.

—Mis padres tienen una granja en Otago —le contó Matariki, despreocupada—. El jefe solo fue mi progenitor. Lo conocí hace unos pocos años.

—¿Y? —inquirió sorprendido Colin—. ¿Tanto le impresionó el encuentro que convirtió en suya la causa maorí?

Matariki se ofendió.

—Es mi causa. ¡Como debería ser la causa de cualquier ser pensante y con sentimientos de este país! ¿Qué tiene eso que ver con el origen? También simpatizo con los irlandeses en guerra con sus opresores y...

—Mis padres eran irlandeses —la interrumpió Colin.

Matariki sonrió, aplacada.

—También mi padre. Bueno, mi padre auténtico, no el jefe. Sus padres... ¿han muerto?

Se percató de que la mirada del joven se enturbiaba y sintió una profunda lástima. Matariki no lo entendía, pero todos los sentimientos que mostraba Colin parecían arder de inmediato en su propio corazón. Pese a que siempre había sido una persona compasiva, esa intensidad de dolor, y a veces también de triunfo y alegría, era para ella una novedad.

Colin Coltrane movió negativamente la cabeza.

—Mi padre murió, pero mi madre vive. También en la Isla Sur, por cierto. Pero volvió a casarse. Y... yo no encajaba en la familia. Por eso me enviaron a Inglaterra.

Matariki lo miró horrorizada.

—Le... ¿le desterraron? —preguntó—. ¿Tuvo que irse a Inglaterra... tiene que... hacer esto, porque su madre no lo quería?

Colin bajó la mirada.

—No del todo —contestó—. No estamos enemistados. Al contrario, tal vez... estoy pensando en pedir que me trasladen a la Isla Sur. Han pasado muchos años y... a veces... a veces añoro a mi familia.

Matariki asintió.

—Yo también —reconoció—. Pero primero me quedaré aquí. Hasta el último día. ¿Ha sabido algo más de Kupe?

Matariki planteaba esta pregunta todos los días y todos los días Colin respondía negativamente, pero prometía aprovechar la menor oportunidad para obtener información. Matariki le creía, pero era la única. Koria y las otras chicas contestaban con una sonrisa burlona cuando ella se disculpaba por Colin y le advertían que el *pakeha* era ambiguo. A ninguna de ellas le gustaba que Matariki se reuniera con el joven sargento.

De hecho, Colin sabía exactamente dónde se encontraban alojados los detenidos de Parihaka y ese detenido en especial. Tenía controlado a Kupe Atuhati y evitaría que saliese de la cárcel demasiado pronto. A fin de cuentas, no estaba en modo alguno entre sus intereses que Matariki volviese a ver al joven en cuanto dejase Parihaka. Aunque ella no lo amara, nunca se sabía lo que podía pasar. Y de ese modo, Kupe se hubiese interpuesto en el camino de Colin Coltrane, algo que el arrogante sargento no necesitaba en absoluto.

Colin Coltrane ya se había hecho sus propios planes con Matariki Drury, pero los llevaría a término cuando se aproximase realmente el final.

Entretanto, la cantidad de personas que protestaban en la plaza del poblado de Parihaka se había reducido a ojos vistas, y la gente que se encargaba del traslado diario parecía casi aliviada de ello. Ya nadie tenía puestas sus esperanzas en la perseverancia, y solo la tozudez y la conciencia del deber mantenían todavía a los individuos en su sitio la tercera semana. Por añadidura, al menos los más jóvenes y combativos de ellos se deleitaban con la frustración creciente de sus centinelas. Los soldados estaban ahora mejor controlados, una parte de los voluntarios se había marchado y los pertenecientes a la Armed Constabulary disponían de un mínimo de formación y disciplina. Esto no les impedía cometer abusos graves, pero al menos no hacían provocaciones. Los hombres seguían apuntando con sus fusiles a los maoríes que aguardaban y amenazaban con disparar cuando su víctima se negaba a decir a qué tribu pertenecía. El mismo Bryce habló de disparar los cañones que todavía apuntaban a Parihaka.

—Ese no pensará en serio que le mete miedo a alguien —resopló Matariki cuando los cañoneros de la montaña se ufanaron colocándose junto a sus armas, listos para entrar en acción—. Ya no pueden destrozar nada más y tampoco pueden disparar contra tantos seres humanos que simplemente esperan.

Koria se encogió de hombros.

—Tú lo sabes y yo lo sé. Pero los niños de la plaza se asustan cada vez que ese desgraciado de Bryce habla de cañones. Y mira cómo se encogen los ancianos en cuanto los soldados agitan sus fusiles. Aquí nadie está tranquilo y eso es precisamente lo que quiere. Ojalá los periodistas se den cuenta al menos de esto.

Entretanto iban llegando representantes de la prensa a Parihaka y ahora también en nombre de medios independientes. Aumentaron así las voces críticas. El 21 de noviembre Bryce convocó a sus comandantes para una última consulta.

—Esto concluirá mañana —anunció lacónico—. Detengan a los últimos ciento cincuenta forasteros y, por el amor de Dios, pongan a esa gente en algún lugar fuera de Central Taranaki. Ya volverán a encontrar a sus tribus, y si no es así, yo tampoco puedo ayudarlos. El resto puede obtener el pase y poner orden aquí. O que desaparezcan todos también. A mí me da igual, mientras se atengan a las normas. La franja costera es... ¿cómo lo llaman?... ¿*Tapu*? Y el interior también. Que construyan de nuevo su poblado en medio y que cultiven algo. Será suficiente para seiscientas personas. Si no les basta, que emigren. Mañana por la noche nos largamos.

Colin enseguida comunicó la noticia a Matariki. La encontró en la casa dormitorio de las chicas. Después de los saqueos, las muchachas del poblado, al menos, solían retirarse juntas. La norma había sido iniciativa de Colin, pero él se había encargado de que Matariki pensase que era idea suya. A fin de cuentas, no quería arriesgarse a que la pequeña hija del jefe también fuera deshonrada. Aunque entre las chicas de su edad eso no era común, esperaba para sus adentros que todavía fuera virgen. Cuando Matariki y las otras se habían reunido en una de las pocas casas que quedaban en pie, apostaba unos centinelas delante de la puerta.

Matariki le estaba agradecida por ello, aunque no se lo decía expresamente. Las otras jóvenes maoríes se mostraban reservadas y ella no se atrevía a manifestar públicamente su atracción hacia él. Por otra parte, las mujeres volvían a llevar a los centinelas comida, que restaban de sus ya pequeñas raciones. Los maoríes mostraban su agradecimiento mediante gestos, Colin recordaba haberlo oído decir en una ocasión. Él lo compensaba con una asignación extraordinaria de provisiones y sonreía cuando oía discutir a Matariki y las otras chicas. No entendía el maorí, pero era evidente de qué tema trataban: Koria y las otras querían rechazar la comida, mientras que Matariki se declaraba a favor de aceptarla. Otra pequeña diferencia entre ella y sus amigas... Todo se desarrollaba según los planes de Colin.

Al final se impuso Matariki, o simplemente el aroma del pan recién horneado que salía de los canastos. Las muchachas cogieron la comida y la repartieron de forma demostrativa entre los hambrientos de la plaza del poblado. A Colin le daba igual y Bryce, por fortuna, no se percató.

Llegó la última noche. Colin, que sabía lo que iba a suceder y que además no tenía ningunas ganas de negociar con Matariki delante de toda la comunidad femenina del poblado, llamó a la muchacha.

—Señorita Matariki —empezó con un suave tono de voz—, lamento tener que comunicarle que esto está llegando a su fin. El ministro Bryce detendrá y trasladará afuera a los últimos habitantes que no dispongan de pase. Y... me temo que va a ser un asunto duro. La encarcelarán en algún lugar y quién sabe cuándo volverá a quedar usted en libertad. Yo... no debo ni pensar en ello... se lo digo a mi pesar, a fin de cuentas yo mismo estoy al servicio de esta tierra. Pero se hace desaparecer a la gente, con frecuencia por un período largo de tiempo. Acuérdese de los arrieros de la Isla Sur.

—¡Y Kupe! —replicó Matariki, que siempre se preocupaba más por su amigo que por sí misma—. ¿Sabe ya dónde está?

Colin movió la cabeza.

—Como ya le he dicho, señorita, lamentablemente lo ignoro. Por favor, no se lo tome a mal, pero estoy preocupado por usted.

—¿Por mí? —Matariki parecía sorprendida, pero el corazón le latía desbocado de alegría. Era muy bonito que Colin se preocupase por ella. Debía de significar algo para él. Si no fuera... si no fuera el enemigo... Pero, por otra parte: ¿era el enemigo?—. Por mí no ha de preocuparse, mis padres tienen influencia. Al menos así lo espero. Y en cuanto a la fianza, no hay problema.

Colin tomó nota complacido de su despreocupación en cuanto al dinero. La granja de sus padres en la Isla Sur no era, pues, una pequeña casa de labor como había sido la propiedad donde su padre había trabajado siendo él pequeño. ¿Le depararía más sorpresas la hija del jefe tribal? Posiblemente su padre era uno de los barones de la lana de las Llanuras de Canterbury.

En esos momentos hizo una mueca, aunque de desasosiego.

—Esto me tranquiliza, señorita Matariki. Pero ¿qué sucederá si sus padres no la encuentran? Piense que hasta ahora no le ha llegado ninguna carta de su amigo encarcelado.

Matariki frunció el ceño.

—Nuestra oficina de Correos está cerrada —señaló lacónica.

Colin se esforzó por parecer ofendido.

—Me consta, naturalmente. Pero a pesar de ello el correo sigue llegando. Y yo... en fin... yo... no debería haberlo hecho, pero yo no le habría retenido ninguna carta de su amigo.

Una cálida sensación de agradecimiento invadió a Matariki. Qué amable y previsor era ese Colin Coltrane. No podía ver en él a ningún enemigo. Aun así, trató de mantenerse fría.

—¿Qué sugiere entonces, señor Coltrane? —preguntó—. ¿Quiere usted darme un pase? No sería honesto. Hay gente aquí que lo necesita con más urgencia que yo.

Colin negó con la cabeza.

—Emitir pases supera, por desgracia, mis funciones. —Esperaba que ella le creyese. Si no era así, seguro que acabaría pidiéndole de diez a quince pases para sus amigas—. Pero tal vez... Señorita Matariki..., soy consciente de que eso podría ponerla en un compromiso. Pero es su oportunidad y puede usted confiar en mí. Reúnase conmigo una hora antes de medianoche... —A esa hora la mayoría de los maoríes que estaban a la espera se encontraban en las últimas casas que quedaban. Solo el núcleo duro seguía pernoctando en la plaza. Por otra parte, algunos ya estaban de vuelta en sus puestos poco después de medianoche—. Entonces la sacaré de aquí. No tiene nada que temer, señorita, y no piense que deja a alguien en la estacada. Ha hecho lo que podía, Matariki. ¡Déjeme hacer a mí lo que yo pueda! —Colin Coltrane la miró suplicante y con franqueza a los ojos.

Matariki reflexionó brevemente, proceso en el que la valoración fría de la situación se veía muy menoscabada por el hecho de que las rodillas le flaqueaban al mirar los brillantes ojos castaños, matizados de verde, del joven. Sintió que la invadía una oleada de calor y la comezón del gusto por la aventura y del deseo. ¿Qué había dicho Koria? Que Matariki y Colin parecían unos príncipes cuando volvieron a implantar la paz en el poblado. Y ahora el príncipe quería raptarla, salvarla...

Pensó en su amiga Mary Jane y casi se le escapó una risa descontrolada. Pero se contuvo. La situación era grave. Y Colin tenía razón: ella había hecho lo que podía para salvar el espíritu de Parihaka. Si ahora desaparecía en cualquier cárcel... Ante los ojos de Matariki volvió a aparecer el cuarto de la casa de los McConnell, donde había vivido en Hamilton. Era probable que el Gobierno distribuyera a los presos en pequeñas ciudades de provincias como esa. Pensó horrorizada en una celda en el presidio de Hamilton. Nunca le permitirían escribir una carta. ¡Nunca volvería a salir de ahí!

Matariki tragó saliva.

—Está bien, señor Coltrane. Lo haré —dijo decidida.

Su príncipe le sonrió.

—Colin —respondió con un deje de ruego—. Por favor, llámeme Colin.

Matariki no desveló a nadie sus planes de huida, lo que le provocaba mala conciencia. Habría sido, sin duda, más honesto informar a las otras chicas de los peligros que amenazaban para el día siguiente. Todas conocían Parihaka como la palma de su mano. todas tenían posibilidades de lograr huir sin la compañía de un sargento *pakeha*.

Pero Matariki temía los comentarios de sus amigas. Y, de todos modos, se había distanciado de ellas desde el asunto con Kupe. Y con Colin. Y con la aparición en la plaza del poblado.

La joven suspiró cuando se puso en pie y cogió su diminuto hatillo. Dejaba Parihaka con nada más que un vestido para cambiarse y pocos objetos de recuerdo. Si Colin conseguía caballos, podrían estar en Wellington en pocos días y luego viajar hacia la Isla Sur. Matariki deseaba regresar a casa.

Los vigilantes sonrieron un poco, sarcásticos, cuando la joven maorí salió de la casa dormitorio a eso de las once. De todos modos, no la detuvieron, pues las mujeres no estaban cautivas. De hecho, todas las noches una o dos de ellas abandonaba el *whare*, y también había hombres que se levantaban de la plaza en las horas de oscuridad. Así algunas parejas se consolaban mutuamente esas semanas, al menos por las noches.

Matariki intentó mantener a *Dingo* en silencio. Desde el saqueo, el perro había desarrollado un odio declarado contra los soldados *pakeha* y también en esa ocasión gruñó a los vigilantes. Otra razón más para aceptar la ayuda que Colin le ofrecía para huir. Si ella acababa en alguna cárcel, esta vez nadie se ocuparía de *Dingo*.

Colin no parecía tan entusiasmado cuando descubrió al perro gruñendo tras la joven.

—¿Tiene que ser así, Matariki? —preguntó malhumorado, pero se sobrepuso y añadió—: Espero que no atraiga la atención sobre nosotros.

Intentó acariciar al animal, pero *Dingo* trató de morderlo con rabia. Colin se apartó para coger la mano derecha de la joven.

—Venga, Matariki, nos alejaremos protegidos por los árboles.

Con ademán preocupado, se puso el dedo sobre los labios y atrajo a la muchacha hacia sí, como si ella necesitase que la guiasen. Sin embargo, Matariki conocía el poblado mucho mejor que él y sabía de la existencia de las puertas laterales del cercado, que ofrecían a los trabajadores del campo un acceso más rápido a los cultivos. No obstante, en esos momentos eso daba igual. Gran parte del cercado se había derribado y las casas del terreno exterior habían sido las primeras víctimas del saqueo y la destrucción. Ahí los soldados habían podido tomarse su tiempo para buscar objetos de valor, a fin de cuentas esa zona no se veía desde la plaza del poblado. Desde hacía dos semanas, allí ya no había nada que encontrar o que vigilar.

Colin, por descontado, lo sabía. Su huida con Matariki carecía totalmente de riesgos, pero interpretaba el papel de salvador a la perfección. La muchacha, en cualquier caso, suspiró aliviada cuando cruzaron las puertas y miró horrorizada los campos destruidos que se extendían ante su mirada.

—Esto es horrible —dijo a media voz—. Había... habíamos trabajado tanto, y ahora...

Colin la obligó con suavidad a apartar la vista de los campos y dirigirla hacia él.

—No mires ahí, Matariki... ¡déjalo correr! Hoy empieza una nueva vida... y puede... puede ser igual de bonita.

Su voz sonó primero dulce y luego ronca. Levantó despacio la mano izquierda y la deslizó tiernamente por la mejilla para secarle las lágrimas. Matariki estaba sorprendida, pero sentía también algo de consuelo. Tantos sentimientos nuevos... No sabía qué pensar. Pero en algo tenía razón Colin: debía dejar Parihaka a sus espaldas.

Silenciosa, lo siguió hacia el interior, hacia el monte Taranaki y la colina tras la cual el joven había escondido los caballos. Pero no viajarían directamente a Wellington.

—He conseguido tiendas y provisiones —explicó—. ¿No te importa pasar un par de días en las montañas?

Matariki negó con la cabeza.

—Claro que no —respondió—. Tenemos que hacerlo de todos modos para llegar a Wellington, ¿no? Pero no entiendo por qué. Sería... sería mejor poner la máxima distancia posible entre nosotros y... y Parihaka.

Colin le sonrió.

—¡Eso es lo que piensan todos, Matariki! —apuntó con un matiz de censura—. Si nos buscan será por la carretera de Wellington. ¿Y qué imagen daríamos? Un soldado británico que ayuda a huir a una chica maorí... Yo perdería mi puesto y tú te verías en un compromiso.

Ella frunció el ceño. Ya se había puesto en un aprieto bastante fuerte y, encima, consideraba que el cambio entre «señorita Matariki» y el familiar tuteo había ido un poco demasiado rápido. Aunque no la molestaba. Se sentía muy cómoda en compañía de Colin, seguía manteniendo la mano cálidamente entrelazada con la del joven y no le molestaba llamarlo por su nombre de pila. Al contrario. Únicamente la extrañaba ese extraño plan de huida...

—Levantaremos una tienda en algún lugar del monte Taranaki. Tú te quedarás ahí y me esperarás. Quiero despedirme con todos los honores, Matariki. ¡Y luego te llevaré a casa!

El corazón de la muchacha latió con más fuerza. ¿Quería realmente dejar el ejército? ¿Por ella o por causa de Parihaka? ¿Tanto le afectaba a él que hubiera destruido el sueño de Matariki y tenía realmente la intención de acompañarla no solo a Wellington, sino a la Isla Sur? A ella no le hubiese importado pasar un par de días sin compañía en la ciudad hasta que llegase el dinero de sus padres, ya tenía la experiencia de Auckland. Pero desde entonces no había vuelto a estar sola, ni tampoco entre *pakeha*. Si bien había conseguido borrar fácilmente la experiencia de Hamilton, sus vivencias en Parihaka estaban profundamente arraigadas en su interior. Ya no confiaba en los *pakeha*, casi les tenía miedo.

Matariki se olvidó por unos minutos de todas las reflexiones acerca de que Colin se retirase del ejército. Había llegado el momento de la despedida definitiva de Parihaka. Ella y el sargento se hallaban en una colina por encima del poblado y bajaban la vista hacia las ruinas que brillaban espectralmente a la luz de la luna.

Matariki contempló los campos arrasados, los restos de las vallas, las últimas casas que permanecían intactas en medio de tanta destrucción y pensó en la primera vez que vio Parihaka, hacía ya más de dos años. Tanta esperanza, todos esos discursos de Te Whiti... Matariki no logró dominarse. Derramó lágrimas sinceras y no protestó cuando Colin Coltrane la estrechó contra sí. Matariki sollozó sobre su hombro, luego levantó la vista y miró los ojos de él, comprensivos, dulces y tristes. Matariki abrió los labios.

Colin Coltrane la besó.

Luego lo siguió pendiente abajo con un sentimiento entre la felicidad y la resignación. Colin tenía razón: esa noche empezaba algo nuevo.

Mientras *Dingo* aullaba delante de la tienda e, indignado, intentaba librarse de la cuerda que lo mantenía sujeto a un kauri, Matariki yacía entre los brazos de Colin.

# SIN ELECCIÓN

*Isla Sur, Dunedin, Greymouth y Woolston*

1881-1882

# 1

—¡Ahora va a resultar que también eres pariente de Mary Kathleen! —exclamó Lizzie Drury, burlándose de su marido—. ¿Hay alguna denominación para suegra o suegro compartido?

Desde que Matariki y Colin habían llegado a Dunedin, Lizzie estaba desbordante de alegría. Los Drury habían esperado a su hija en la ciudad, pues les resultaba imposible aguardar a que la joven pareja hubiese repuesto sus fuerzas para ir a caballo hasta Lawrence. Por lo visto Colin tenía algún asunto pendiente en la ciudad. A juzgar por la carta que Matariki había enviado desde Wellington, el joven había presentado su renuncia en la Armed Constabulary. Lizzie se alegraba, todos los uniformes le causaban cierto escepticismo. De ahí que se sintiera aún más asombrada de que Michael no mostrara demasiado entusiasmo ante los planes de casamiento de Matariki.

—¡No pongas esta cara tan triste! Vale más que me ayudes a apretarme el corsé. Esos vestidos de Kathleen y Claire son maravillosos, pero para llevarlos hay que sufrir.

Por la tarde, Lizzie había ido a comprar a Lady's Goldmine y en esos momentos estaba firmemente decidida a no desmerecer frente a la belleza de Kathleen Burton durante la feliz velada. Jimmy y Claire Dunloe habían invitado a Kathleen y Peter, Michael y Lizzie y, claro está, a Colin y Matariki a un banquete en uno de los mejores hoteles de la ciudad. Había que celebrar la vuelta del «hijo pródigo», había dicho Jimmy sonriente. Todavía estaba orgulloso de haber convencido a Kathleen en su día para que enviase a Colin a Inglaterra. Lizzie había aceptado de buen grado la invitación, aunque ya estaba dispuesta a admitir a Colin Coltrane sin reservas. No cabía la menor duda de que su padre había sido un miserable, pero el joven no tenía por qué parecerse a él y, hasta el momento, la impresión que le causaba era excelente. Lizzie, que siempre se había sentido culpable frente al chico, renacía ahora. Había matado a Ian Coltrane en defensa propia, lo que nadie, a excepción hecha de Michael y el reverendo, sabía. No lo lamentaba, pero era ella quien le había arrebatado el padre a Colin. Que el chico fundara una nueva y dichosa familia con su hija representaba un alivio para Lizzie. Una prueba de que también Dios la perdonaba.

—El regreso del hijo pródigo... —Peter Burton resopló mientras inspeccionaba malhumorado el armario de la ropa—. ¡Jimmy Dunloe citando la Biblia! Pero, por otra parte, nadie sabe cómo acabó el famoso representante de esta especie... —Peter se decidió por un elegante traje marrón—. Para ser franco, siempre he encontrado un tanto discutible esa parábola... yo diría que el padre es bastante cándido.

Kathleen rio. Estaba espléndida con su sobrio vestido de noche verde oscuro, pero no esperaba superar a Lizzie Drury, quien para esa noche había invertido una fortuna en un vestido de ensueño granate con unas mangas anchas y un cinturón azul claro bordado con hilo de oro.

—Que no se entere el obispo o te enviará otra vez a los yacimientos de oro. O a las minas de carbón, que están más cerca del infierno.

La tendencia de Peter a interpretar la Biblia de forma no ortodoxa no resultaba de mucho provecho para su carrera eclesiástica.

—Eso no altera para nada la inquietud que me provoca la relación entre Colin y Matariki —señaló Peter—. En primer lugar, no le cuenta la verdad. De hecho, no ha renunciado a su cargo, ¿no es así?

Kathleen hizo un gesto de impotencia y se sujetó un bucle del cabello, que todavía conservaba su color dorado.

—No directamente. Pero de hecho el traslado a la Isla Sur acaba siendo lo mismo. Al fin y al cabo aquí no hay rebeliones maoríes, así que tampoco se necesitan *armed constables*, salvo en la policía, pero hay pocos puestos. —La mayoría de los agentes de policía de las pequeñas ciudades de la Isla Sur eran elegidos por los habitantes o nombrados por el ayuntamiento. Debido a ello, por regla general estaban interesados en mantener la atmósfera cordial entre los *pakeha* y los ngai tahu. El último por el que se decidirían sería un veterano de las guerras de Taranaki o de la invasión de Parihaka—. Así que destinarán a Colin a la construcción de carreteras o de la línea del ferrocarril. Lo sabrá hoy mismo, por cierto, tiene una cita en el cuartel.

—Esperemos que ocurra lo mejor —suspiró Peter—. Pero eso no quita que está mintiendo a Matariki. Y tampoco puedo creerme que de golpe, ahí en Parihaka, haya penetrado en los sentimientos del pueblo maorí. Matariki lo describe como un héroe que lucha por la paz. Sinceramente, no me lo creo.

Kathleen hizo una mueca de preocupación.

—A lo mejor deberíamos dejar de pensar siempre lo peor de él —opinó—. Y yo no me excluyo. Exceptuando a Jimmy Dunloe, nadie cree que se haya operado tal maravillosa metamorfosis. Pero, por otra parte, es encantador con Matariki. Sea lo que sea lo que tenga en mente, no cabe duda de que Matariki lo ama, y por su parte él no aparta la vista de ella. Matariki brilla como las estrellas que le dan nombre. Y Lizzie también está contenta. Creo que se alegra de que su hija se haya enamorado de un *pakeha*, por muy unida que se sienta también a los maoríes. Aunque, la verdad, yo siempre había pensado que era sobre todo Michael el que más importancia daba a eso.

Kathleen se colocó en la cabeza un precioso tocado de plumas y flores, una pieza selecta de la colección de ese año. Siempre que ella y Claire salían, hacían un poco de propaganda de la tienda.

Peter rio.

—Seguro que Michael habría preferido un *pakeha* como yerno. Pero no a tu hijo Colin. Ya vio cómo era en Tuapeka y también sabe todo lo que has tenido que aguantar con él. Lizzie no lo conoce y es una buena persona, no condenará al hijo por los actos del padre. ¡A saber si no se arrepentirá más tarde de ello!

Kathleen se echó un último vistazo en el espejo.

—Tal vez no deberíamos ser tan pesimistas —advirtió, intentando darse ánimos a sí misma y a Peter—. Lo dicho, ama a esa chica. Y el amor es capaz de cambiar a los seres humanos.

Peter puso los ojos en blanco.

—Puedes dar tú el sermón del domingo, cariño. Fe, amor, esperanza... Siguiendo el modelo del hijo pródigo. ¿O esperamos un año y vemos cómo evolucionan las cosas?

Esa noche, al menos, no hubo en apariencia nada que turbara, ni siquiera indirectamente, la relación entre Matariki Drury y Colin Coltrane, tal vez porque *Dingo* había sido desterrado al establo. La clara aversión del perro hacia su amado era la única gota de amargura que empañaba la felicidad de Matariki. El perro cruzado de pelaje marrón claro no se acostumbraba en absoluto a la presencia de Colin, sino que se volvía más agresivo a medida que la relación se estrechaba. Matariki era consciente de que Colin no aguantaría indefinidamente esa situación. Cuando el perro lo mordiera, a más tardar, la forzaría a tomar una decisión de la que *Dingo* no saldría beneficiado. Esto se repetía la joven una y otra vez, pero la sola idea de desprenderse del que había sido por tantos años su compañero le desgarraba el corazón.

En esa ocasión, sin embargo, Colin apareció la mar de formal en el vestíbulo del hotel donde se habían alojado los Drury para recoger a Matariki y acompañarla a la mesa. No se había puesto el uniforme de gala de los *armed constables*, consciente de que eso habría sido más propio de un oficial, sino un elegante terno gris, financiado por Kathleen Burton. Se mantenía erguido y llevaba el pelo, ondulado y rubio, algo más largo de lo que permitía la norma militar, y en sus maravillosos ojos castaños con matices verdosos se reflejaba auténtico amor y admiración hacia Matariki.

Así, incluso a Peter casi le resultó simpático y percibió por fin algo más que una similitud pasajera entre él y su querida Kathleen. En general la gente solía decir que el hijo era idéntico a su madre, pero Peter consideraba que la apostura de Colin carecía de la calidez y dulzura que eran propias de Kathleen y que situaban su resplandeciente aspecto muy por encima de la hermosura de una perfecta estatua de mármol.

A Michael le pasaba algo similar. Por otra parte, al menos cuando Colin era muy pequeño, le había recordado más a los hermanos de Kathleen que a Ian Coltrane, quien siempre volvía a la mente de Peter cuando veía al joven. Lizzie, por el contrario, contemplaba a Colin sin prejuicios de ningún tipo. Ella había sufrido más que los hombres a causa de Ian Coltrane, sin llegar a conocerlo. Y veía a Colin por vez primera junto a una Matariki feliz y entusiasmada. Sonrió a los dos.

—¿Qué?, ¿le gusta su novia? —preguntó Lizzie a Colin, bromeando—. Primero tuve que arrastrarla hasta Lady's Goldmine, pero sus remordimientos respecto a todos los maoríes que pasan hambre o todos aquellos para los que sería mejor reservar el dinero desapareció bastante deprisa.

Lizzie guiñó un ojo a Matariki, que se sentía algo avergonzada. Por primera vez se alegró de que Kupe no anduviera por ahí riñéndola por haber vuelto a adoptar tan deprisa su yo *pakeha*. Naturalmente, Matariki estaba afligida por Parihaka, pero las tiendas, restaurantes y cafeterías de Wellington la habían cautivado de nuevo y ahora, en Dunedin, florecía. Ir de compras con su madre y, sobre todo, entrar en Lady's Goldmine representaba el punto culminante: no podía apartar la vista de su imagen en el espejo, con su nuevo vestido de intensos tonos granates y oro. En esos momentos estaba mostrándoselo a Colin y los padres de este mientras percibía en sus miradas admiración. Se sentía un poco como una traidora, pero ese sentimiento de culpa no le impedía seguir viviendo.

—Matariki está guapa con todo lo que se pone —señaló Colin, galante—. Claro que este vestido subraya sus encantos, pero cuando yo me enamoré de ella llevaba una faldita de cintas de lino y tenía, pese a todo, el porte de una reina.

—Las faldidas de cintas de lino —repitió Michael algo inoportunamente— suelen hacer que las chicas parezcan más atractivas a los ojos masculinos. Es extraño que a nadie se le haya ocurrido todavía la idea de introducir esta moda en los bailes londinenses de puesta de largo.

Todos rieron, Kathleen y Claire en especial, la perfecta *lady* inglesa, aunque su risa era algo forzada. El comportamiento de Michael en las esferas de la alta sociedad todavía dejaba que desear.

—¿Y qué sucede con tu puesto, Colin? —preguntó Jimmy Dunloe cuando sirvieron el primer plato, una pequeña exquisitez de pescado ahumado—. ¿Adónde te destinan?

La pregunta era equívoca. Matariki miró a Colin sorprendida.

—Ah, ocuparé un puesto directivo supervisando la construcción del ferrocarril —respondió Colin—. El trecho desde Christchurch hasta la costa Oeste, ya sabe...

Matariki dejó caer el tenedor.

—¡Pero entonces pasarás semanas fuera de casa! —replicó—. Pensaba... pensaba que buscarías un empleo en Dunedin.

La misma Matariki tenía la intención de pasar los exámenes finales de la High School. De lo que ocurriría después discrepaba un poco con sus padres por el momento. Michael e incluso Lizzie se mostraban partidarios de que estudiase varios cursos antes de casarse, mientras que Matariki prefería contraer matrimonio con Colin de inmediato.

Michael y Peter intercambiaron una mirada de complicidad, lo que pocas veces ocurría entre los dos. Pero ambos llevaban escrita en el rostro la frase «¡A ver qué pretexto encuentra!».

Sin embargo, fue Jimmy Dunloe quien dio una explicación.

—Oh, esto no lo determina él mismo, señorita Drury —intervino el banquero cortésmente—. ¡Lo decide la Armed Constabulary!

Matariki frunció el ceño y Michael se sorprendió de que no replicase. Hasta entonces siempre había sido una persona impulsiva y susceptible. «¡Igualita a su padre! —solía decir Michael bromeando—. ¡El temperamento irlandés!» Sin embargo, en esos momentos permaneció extrañamente calmada.

—Pero has abandonado el servicio, cariño —dijo tan solo extrañada.

Colin conservó la tranquilidad.

—El servicio militar activo, cariño —explicó—. Pero por lo demás... no es sencillo, Riki. Necesitamos el dinero... —Dirigió a la muchacha una sonrisa de disculpa.

—¡Querías encontrar trabajo en Dunedin! —insistió ella—. Tiene que ser factible.

Colin puso una mueca compungida. De hecho había estado informándose un poco, tras lo cual se había asegurado de que realmente no había puestos de policía o de otro tipo, acordes a su formación, salvo el trabajo en la construcción del ferrocarril. Por otra parte, ni el reverendo ni Jimmy Dunloe se habían mostrado dispuestos a recurrir a los contactos que sin duda ambos tenían. De pequeño, Colin Coltrane había intentado aprender varias profesiones, pero en ningún sitio había causado una buena impresión. Claro que desde entonces habían pasado más de quince años, pero todavía había gente de negocios que se acordaba de él. Y Jimmy Dunloe no quería arriesgarse a perder su buena reputación recomendando al joven. Colin ya había armado suficientes líos. Que se las apañara él solo ahora.

—Cariño, de momento lo intentaré con el trabajo en el ferrocarril —la tranquilizó Colin—. Y cuando haya pasado más o menos un año, ya veremos.

Matariki no parecía muy satisfecha, pero se conformó con la decisión que Colin había tomado, para sorpresa de nuevo de sus padres. Fue más tarde, cuando ya habían servido el plato principal, que Matariki mostró su decepción paseando de un lado a otro la comida en el plato y se atrevió a abordar de nuevo el asunto.

—Y... ¿y qué pasa con nosotros si tú estás en algún sitio entre Christchurch y Greymouth? —preguntó entristecida—. ¿Qué pasa con la boda?

—¡Todavía queda tiempo! —intervino Lizzie—. Hija, acabas de cumplir los dieciocho años. Y Colin... por mucho que lo queramos —dirigió una auténtica sonrisa de apoyo a su casi yerno—, tiene que asegurarse la existencia antes de pedir seriamente la mano de una joven.

Colin quería intervenir, pero Kathleen lo detuvo con un gesto sosegador de la mano.

—En eso Lizzie tiene toda la razón —declaró, lanzando una expresiva mirada a la elegante indumentaria de Colin. No le había gustado que su hijo hubiese aparecido sin haber ahorrado nada. Como militar tenía que haber ganado un sueldo aceptable. Por descontado, no se habría opuesto a financiar su arranque al instalarse ahí, pues no le faltaban medios. Pero, aun así, se preguntaba en qué se habrían ido las pagas de Colin. ¿Había despilfarrado el dinero? ¿En el juego, tal vez?—. Tienes, por supuesto, una formación exquisita, y sin duda serías un soldado estupendo, pero como tú mismo has decidido, prefieres dedicarte a otra cosa. En lo que también está de acuerdo Matariki, que apoya tu decisión. Así que saca provecho del ferrocarril y ahorra. Allí también os darán de comer, así que deberías guardar lo suficiente para poder pensar en formar una familia. Mientras tanto, que Matariki estudie un poco. ¿En qué habías pensado, Riki? ¿Derecho, como Sean? ¿O Medicina? En Parihaka diste clase a los niños, ¿no es cierto?

La joven se recompuso y empezó a charlar animadamente sobre el trabajo con los niños. Se lo había pasado bien, pero quería llegar un poco más lejos. En efecto, consideraba el Derecho de gran utilidad, pero disfrutaba poco con los artículos jurídicos. Era de temperamento práctico y seguro que sería mejor médica que abogada.

Lizzie y Kathleen asintieron complacidas y Matariki sintió algunos remordimientos. En realidad hacía tiempo que había renunciado a estudiar. No quería de ninguna de las maneras instalarse durante años en Dunedin mientras Colin supervisaba las obras de construcción probablemente en otro lugar. Llevaban pocas semanas juntos, pero ya era incapaz de imaginarse la vida sin él. Durante el día la relación funcionaba; podía charlar animadamente con Colin, pero si era sincera, tenía muchas más cosas en común con Koria, Arona y Kupe. Colin siempre se mostraba amable y atento, pero las conversaciones con él se le antojaban poco profundas, como las que mantenía ahí con los Dunloe y los Burton. En cambio, por las noches... ¿Había realmente creído unas semanas atrás que no era capaz de sentir amor?

Ahora, junto con Colin, Matariki daba rienda suelta a sus sentimientos, que estallaban como fuegos de artificio de la dicha. Lo que hasta entonces no había sabido identificar correctamente era el desinterés hacia las parejas que tenía disponibles. Ninguna había satisfecho sus exigencias, pero ahora que había encontrado a la persona adecuada, abandonaba toda reserva.

Matariki se entregaba a Colin con la misma alegría y naturalidad con que amaban las otras chicas maoríes. Llevada por las ganas de descubrir, probaba nuevas ternezas y lugares, tocaba y acariciaba, conducía a Colin al éxtasis y lo animaba a practicar juegos que a él casi le ruborizaban. En Europa, solo las putas estaban dispuestas a emprender tales aventuras sexuales. Colin casi se sentía sobrecogido ante la impetuosidad de Matariki. Pero, por supuesto, colaboraba de buen grado, y sabía que no podía reprocharle nada. La joven había sido virgen hasta la primera noche que habían pasado juntos en una tienda a los pies del monte Taranaki.

En cualquier caso, Matariki no estaba dispuesta a renunciar a este nuevo placer solo porque ahora se encontraban en medio de la civilización. Camino de Wellington y antes, cuando Matariki esperaba a Colin en las colinas y observaba con el corazón afligido el desalojo de los últimos habitantes de Parihaka, se habían amado todas las noches. Qué romántico había sido montar la tienda junto a impetuosos arroyos y hacer el amor acompañados por el sonido del agua. O dormir en un espeso bosque de helechos y escuchar los gritos de las aves nocturnas. Matariki no se habría negado a seguir con esa vida errante. Si se casaba con Colin, podría acompañarlo. Se decía que el paisaje entre las Llanuras de Canterbury y la costa Oeste era precioso.

Matariki se imaginaba muy bien llevando una vida errante a lo largo de la línea del ferrocarril durante unos cuantos meses o incluso años. A lo mejor hasta la necesitaban de traductora, seguro que también en los Alpes había tribus maoríes con las que valía la pena llegar a acuerdos. Pero la joven no se hacía ilusiones: para hacer realidad ese sueño, necesitaba un certificado de matrimonio. Ya en Wellington había sido toda una hazaña colarse por las noches en la habitación del hotel donde se hospedaba Colin e incluso él lo había aceptado con ciertas reservas. Le preocupaba la reputación de Matariki tanto como la suya. Colin era *pakeha* y en lo referente a la cautela en la relación, también la muchacha lo era. En ningún caso se trataba de que Matariki siguiera a su novio a lo largo de la línea del ferrocarril, como sin duda habría hecho una mujer maorí. No obstante, la joven era optimista. Ya encontraría ella el modo de celebrar pronto una boda.

Colin Coltrane conversaba educadamente con los Dunloe y los Drury, pero bullía en su interior. En realidad quería casarse con Matariki. Si bien la muchacha era un poco mandona y a veces le resultaba casi más exótica de lo que a él le habría gustado, la amaba, y el enlace con ella no era del todo inconveniente. Al contrario, al principio Colin había dado gritos de alegría al enterarse del origen de Matariki.

Michael Drury no era exactamente un barón de la lana, pero sin duda poseía fortuna. Eso se confirmó en Wellington, donde, tras el telegrama de Matariki, de inmediato llegó el dinero, que luego la pequeña gastó a manos llenas. Colin no habría podido desear un mejor partido, la joven hechizaba sus noches y también podía cambiar su vida. Sin duda, a ella le esperaba una elevada dote, así como tal vez una ayuda inicial para construir una granja propia o establecer un negocio. Colin pensó vagamente en la cría de caballos, una idea que Matariki acogió encantada cuando él la mencionó someramente. A continuación, la muchacha estuvo hablando durante horas de su caballo, otro regalo caro de su padre adoptivo, una yegua cob de Kiward que costaba una pequeña fortuna. Matariki montaba muy bien, con certeza no se opondría a la sugerencia de invertir su dote en caballos.

Hasta ahí se extendían los planes de Colin: un año de servicio en la construcción del ferrocarril (durante el cual Matariki odiaría la separación y se aburriría en la universidad) y luego su liberadora proposición para iniciar una existencia común.

Sin embargo, los Drury parecían estar poniendo obstáculos y además su madre los apoyaba. ¿Pretendían realmente que él construyese un nido para Matariki antes de que ella accediera a ser su esposa? Esto lo contrariaba, pero recobró el ánimo cuando más tarde, después de cenar, Matariki se separó muy a disgusto de él, ya que se alojaba en la *suite* del hotel junto a sus padres y era impensable escaparse de allí sin ser vista. Ya encontraría la forma de adelantar la ceremonia. En caso de duda, tendría que dejar embarazada a la joven.

## 2

Violet Fence era una buena madre.

Daba el pecho a su hijo, que llevaba el nombre del padre de Eric, Joseph, aunque detestaba que el niño mamara. En esos momentos siempre recordaba que Eric la había violado y que como consecuencia de esa agresión había nacido Joe, y como no se relajaba, le dolía. Pero Violet aguantaba. Le ponía los pañales al niño, lo mecía y le cantaba. Cumplía con lo necesario, pero no sentía ni la menor chispa de alegría haciéndolo. Además, estaba desconsoladamente sola, día tras día sola con el insaciable bebé y la silenciosa Rosie, que siempre colgaba de su falda como un segundo bebé. A veces la niña lloraba, pero nunca emitía un sonido. Si quería algo, lo señalaba, pero en general no pedía nada.

Rosie comía cuando le ponían un plato delante, se acurrucaba debajo de las mantas cuando la acostaban en la cama, pero no hacía nada sola. Violet pensaba a veces que había perdido el juicio y que ella misma estaba en el mejor camino para perderlo. Se sentía invadida de una tristeza paralizadora y cada día precisaba de toda su energía para levantarse y ser una buena madre.

Además, no podía hablar con nadie al respecto. Con Eric solo hablaba de lo imprescindible y todas las mujeres con las que se encontraban no dejaban de decir lo aseado que iba Joe y lo bien que crecía. Lo único que la salvó en esa época fue la enciclopedia de Caleb Biller. Se la leyó de cabo a rabo, aunque no siempre entendía las explicaciones. A veces la leía en voz alta y

Rosie parecía escuchar con atención, aunque a la niña seguramente le daba igual lo que se entendía por aritmética o lo que era un autodidacta. También a Joe parecía tranquilizarlo su voz y la misma Violet prefería engullir un conocimiento inservible que cantar canciones infantiles.

Por el contrario, cada vez escribía menos cartas, el niño Joe parecía alejarla de sus amigos. No comprendía por qué estaban todos tan entusiasmados ni quería responder más a las preguntas acerca de la altura, peso y color del cabello de Joe. ¿Qué interés tenía Kathleen Burton en saber si Joe era castaño o rubio? Sin embargo, el entusiasmo de Kathleen y los deseos de felicidad del reverendo parecían sinceros. Incluso Heather parecía alegrarse por Violet y siempre le enviaba regalitos para el niño. La joven llegó a la conclusión de que algo fallaba en ella, por lo que se ocupó todavía con mayor ahínco de Joe.

El único que no se dejó impresionar por el nacimiento de Joe fue Caleb Biller. No preguntaba por el bebé, sino que describía con viveza la vida cotidiana del internado. Por lo visto, le gustaba estar ahí aunque las asignaturas de deporte siguieran sin ser de su agrado. A cambio, brillaba en latín y griego, e incluso había hecho amistades entre los alumnos mayores. De ahí que no enviara demasiadas cartas a Violet, quien le perdonaba su cada vez menor interés por la vida de ella. Pero ¿qué habría podido contarle ella de emocionante? ¿Que cuanto más enmudecía Rosie más gritaba Joe? ¿Que Eric seguía gastándose la paga en las apuestas y que por eso Violet tenía que dar de mamar cuanto más tiempo mejor, porque no podía comprar leche para el bebé?

Violet se atrincheraba en su enciclopedia y al final hasta llegó a entender la palabra «paradoja». Mientras que por una parte creía estar perdiendo la cabeza, cada día aumentaba su formación y conocimientos.

Eric se sentía orgulloso de su hijo, pero no se preocupaba nada por él. Esa actitud no sorprendía a Violet: todos los mineros dejaban la educación de sus hijos exclusivamente en manos de sus mujeres. Pese a ello, los padres de familia como el señor

O'Brien se esforzaban al menos por alimentar a su descendencia y brindarle las condiciones necesarias para tener dónde alojarse. Eric, en cambio, seguía haciendo lo mínimo. Su vida giraba en torno al *pub* y las apuestas de carreras.

Violet ya temblaba al pensar en la noche en que quisiera volver a hacer el acto con ella. Por una parte le resultaba casi inimaginable, todavía sentía todo el cuerpo dolorido y siempre estaba agotada. Pero la señora O'Brien y la señora Travers habían advertido prudentemente que a una mujer casada se le permitía como mucho una veda de seis semanas. Y, de hecho, cuando casi no había pasado ni un mes, Eric ya había vuelto a meterse en la cama de Violet.

La joven estaba preparada, había hecho planes y conversado con Clarisse sobre si le detendría el hecho de que el niño durmiese con ella.

—Si el bebé grita, a lo mejor se marcha —argumentó.

Pero Clarisse movió negativamente la cabeza.

—O le atiza hasta que se calle. Cuando esos tipos están calientes no hay nada que los pare. Y es probable que a algunos hasta les resulte estimulante que el bebé esté mamando.

Violet se estremeció al imaginárselo, pero no lo consideraba improbable. Antes Eric ya le había chupado los pechos. Si lo hacía ahora... si se tomaba su leche... ¡ella se moriría de asco!

Últimamente había decidido quedarse quieta cuando Eric llegase y levantarse el camisón, pero no permitirle, dentro de lo posible, nada más. Si no estaba totalmente borracho vería que todavía necesitaba un poco de cuidado y que sus pechos eran, antes que nada, para el bebé.

Sin embargo, cuando ocurrió de verdad, Violet perdió el dominio de sí misma. No conseguía hablar ni argumentar de forma amable. Cuando Eric se acercó, el terror la dejó petrificada y cuando la agarró se puso a gritar. El sonido que se desprendía de su pecho no tenía nada que ver con un grito de dolor o de solicitud de ayuda. Violet chillaba sometida por el pánico, no era dueña de sí misma. Eric se separó de ella cuando sus sobresaltados vecinos abrieron la puerta con violencia. Los dos trabajadores esperaban, como mínimo, encontrarse con un asesino blandiendo un hacha y se quedaron pasmados, sumamente incómodos, delante de un Eric desnudo y de su esposa, que se encogía en un extremo de la cama gritando, las manos cruzadas delante del cuerpo y totalmente fuera de sí.

En otra cama se acuclillaba Rosie, en idéntica posición, estrechando al bebé contra sí como si fuera un muñeco. Joe, a su vez, reaccionaba ante ese torpe trato berreando.

—Esto... nosotros mejor... bueno... nos vamos... —murmuró con la vista baja el mayor de los dos hombres—. Lo... lo siento.

Cuando los vecinos hubieron abandonado la cabaña, Eric golpeó a Violet hasta que ella calló.

—¡Y tú mantén el pico cerrado! —siseó luego a Rosie.

La niña se ovilló como una cría pequeña bajo la manta, intentando que el bebé mantuviera la boca cerrada. Aunque Rosie no era hábil, por suerte Eric satisfizo su deseo con su esposa antes de que su hijo se ahogase. Al día siguiente, Violet consiguió permanecer callada, aunque le temblaba todo el cuerpo. Tres meses más tarde volvía a estar encinta.

Unas ocho semanas antes del nacimiento del segundo hijo, tres caballos causaron sensación en las Llanuras de Canterbury. Uno de ellos era *Spirit*, un pequeño semental purasangre de color negro que no galopaba especialmente rápido, pero mostraba un talento especial en las carreras de trotones. *Spirit* ya había ganado con frecuencia en las competiciones y era el principal favorito en las carreras del domingo de Pascua. Por otra parte, algunos jugadores habían apostado también por *Danny Boy*, el fuerte cob de un lechero de Christchurch. El propietario de *Danny* lo inscribía de vez en cuando en las carreras, pero su puesto siempre dependía de en qué forma se hallase ese día el animal. Si *Danny* estaba desganado, encontraba demasiado pesado al jinete o estaba agotado tras pasar la semana trabajando, era el último en cruzar la meta. Si se esforzaba, era capaz de ser el ganador indiscutible.

Nadie, salvo Eric Fence, apostaba por *Lucille*, una bonita yegua blanca que pertenecía a un ganadero de las Llanuras. *Lu-*

*cille* nunca había participado en una carrera de trotones, nadie sabía nada de ella y en su apuesta personal Eric la colocó, solo por motivos sentimentales, en el puesto número dos de entrada en la meta. Ya estaba borracho cuando en el Wild Rover repartieron las papeletas para apostar y, nostálgico, recordó a una puta llamada Lucille, por cuyos favores él había dejado de comer en Treherbert. Lucille había sido su primera esposa y nunca había hecho remilgos ni se había tendido temblorosa y tensa bajo su peso como Violet. Al contrario, Lucille lo elogiaba y animaba. Él la había montado como... como...

Eric reflexionó seriamente si no debería poner en primer lugar a la tocaya equina de la mujer, pero había oído decir que el propietario de *Danny Boy* quería tomarse más en serio la carrera y que un profesional montara el caballo. El tranquilo castrado tenía sin duda potencial. Eric lo veía capaz de ganar. Todavía quedaba el tercer lugar para el favorito, *Spirit*. Paddy Holloway, el dueño del Wild Rover, se golpeó en la frente cuando vio la apuesta de Eric.

—A este paso no criarás caballos en las Llanuras —se burló.

Eric solía hablar de vez en cuando en el *pub* sobre sus sueños: ganar una buena suma de dinero y luego criar caballos en Canterbury.

—Vale más que compres leche para tus hijos —lo pinchó Lloyd Travers, el sepulturero.

Su esposa le había hablado mal de Eric Fence. Violet no había podido entregarle el pago total por su ayuda durante el primer parto y le abonaba a plazos unas cantidades diminutas que la señora Travers a menudo no aceptaba. A fin de cuentas, ella misma veía el hambre que pasaban Violet y Rosie, y ahora, encima, era inminente el segundo alumbramiento. Cuando eso aconteciera, Violet no debía quedarse otra vez sola. La señora Travers y la señora O'Brien se habían ofrecido a mudarse a su casa cuando se acercara el momento. Violet ignoraba si Eric permitiría que lo hicieran y ella se preguntaba, a su vez, si podía tomarse la licencia de dejar a Rosie y Joe al cuidado de las amables mujeres. Por supuesto, era impensable dejar a los niños solos con Eric. Y Clarisse, cuya ayuda sería sin duda mal visto aceptar pero que al menos vivía muy cerca, estaba ocupada. Por fin había reunido dinero suficiente para comprar el ansiado solar para su «hotel». Tal como había soñado, en el centro de la ciudad. En la actualidad estaba inmersa en los planos y negociaciones con constructores y carpinteros, cuyas esposas controlaban airadas que ella no les pagase en especies.

—¡Ya me ocupo de mis hijos! —reaccionó Eric, enfadado ante el comentario de Travers, al tiempo que lo fulminaba con la mirada.

Borracho como estaba y rabioso porque se habían burlado de él, ya tenía ganas de pelea. Pero otros jugadores atrajeron su atención hacia una charla entre expertos en caballos y así se olvidó de Travers.

—¡Un haragán! —fue el calificativo que puso a Eric el empresario de las pompas fúnebres al hablar con su esposa—. Mejor estaría su mujer sin él. —Paseó la mirada por su colección de ataúdes como si estuviera tomando medidas de uno para Eric—. Por qué habrá elegido a este tipo una chica tan guapa...

Pero llegó el domingo de Pascua y la belleza y mágico poder de seducción de otro ser femenino lo cambió todo, si bien la dama en cuestión era un ejemplar equino. *Lucille*, la hermosa yegua blanca de las Llanuras, estaba en celo, como quedó patente cuando su propietario, Robby Anders, la condujo a la línea de salida. Al ganadero le daba igual, tampoco nadie se lo preguntaba cuando subían el ganado a la montaña, y eso no le iba a impedir al caballo trotar. *Lucille* también se mostraba tranquila, a diferencia del caballo castrado *Danny Boy* y el semental *Spirit*, que enseguida percibieron el perturbador olor.

Al principio de la competición no surgió ningún problema, al contrario: puesto que *Lucille* salió a una velocidad enorme y los machos enamorados la seguían, la competición se aceleró y se volvió más emocionante. Más tarde se dijo que había sido la carrera de trotones más veloz que se había realizado en Brown's Paddock, Woolston. No tardó en concretarse también que el grupo a la cabeza, formado por los dos favoritos y la yegua desconocida, iba a permanecer inalterable. En la segunda parte de la carrera, *Lucille*, *Danny* y *Spirit* dejaron atrás, y sin esperanzas de recuperación, al resto del pelotón. Trotaron en una formación inalterable cuatro kilómetros: *Lucille* delante, el castrado y el semental uno junto al otro tras el seductor olor del trasero de la yegua.

En la recta final, sin embargo, todos intentaron acelerar, de modo que pronto se comprobó que *Lucille* había agotado sus reservas. *Danny* y *Spirit* podrían haberla adelantado sin problemas, pero el «jockey» de este último no había previsto cómo se comportaría el semental. El joven no era más que un jinete mediocre, el ayudante de un tratante de ganado que había comprado el caballo negro como un mal competidor en las carreras al galope, pero que había descubierto por casualidad su potencial como trotón. El comerciante solía entrenar al semental delante del carro, solo en la carrera intervenía el mozo de cuadras, a quien, naturalmente, el violento golpeteo del trote no tardaba en dejar agotado. Tras casi cinco kilómetros a lomos de *Spirit* el chico carecía de energía para forzar al desganado semental a que adelantase a la yegua. Por mucho que gritase y agitase el látigo, el caballo negro no se separaba de la cola de *Lucille*, pese a que todavía reunía fuerzas suficientes para dirigir sugerentes relinchos a la yegua.

El lechero, en la grupa de *Danny Boy*, controlaba mejor su montura. Pese a los rumores que habían corrido, también en esa ocasión se negó a contratar a un jockey y él mismo, sin ser un excelente jinete, montó el cob. En realidad se iba más cómodo sobre el ancho lomo de *Danny* que sobre el del purasangre *Spirit* y, además, jinete y caballo ya llevaban tiempo colaborando. Howdy Miller sabía cómo estimular a *Danny*. Algo reticente al principio, pero dócil, el castrado se puso a la altura de su idolatrada yegua. Luego adelantó el hocico y cruzó la línea de meta junto a ella.

Un silencio cargado de estupefacción esperaba a los jinetes en la meta. Los espectadores estaban demasiado sorprendidos para aplaudir. *Danny Boy*, *Lucille*, *Spirit*, una serie con la que nadie había contado.

Excepto el autonombrado especialista en caballos de Greymouth en la costa Oeste...

# 3

La planeada línea de Midland, el trecho entre Christchurch y la costa Oeste, transcurría por un paisaje natural de belleza arrebatadora. Los Alpes meridionales formaban un grandioso escenario y los bosques y lagos que desfilaban junto a las futuras vías semejaban a la luz del sol un mundo imaginario. El recorrido, no obstante, representaba también un enorme desafío para arquitectos y obreros. Colin, al menos, casi enmudeció cuando vio los precipicios que debían salvar unos frágiles puentes, las pendientes en las que había que encajar las vías y los torrentes por encima de los cuales se había de pasar para colocar los raíles o bien había que rodear.

—¡Esto durará años! —exclamó sorprendido, cuando junto con otros dos *armed constables* se presentó ante el director del tramo que estaba en construcción.

Julian Redcliff, un joven fuerte cuya desastrada ropa hablaba de su buena disposición para arrimar el hombro cuando era necesario, los saludó amablemente. Debía de haber oído la observación de Colin, pues le guiñó el ojo complacido.

—¡Sin duda! —respondió como si Colin se hubiese dirigido abiertamente a él—. Esto es lo que tienen las maravillas de la técnica, que no se hacen en un abrir y cerrar de ojos. ¡La línea de Midland es un reto! Pero estoy convencido de que dentro de varios siglos seguirá admirándose lo que ahora estamos haciendo. ¡Todos nosotros podemos estar orgullosos de participar!

—El propio Redcliff resplandecía de orgullo y ganas de actividad—. Así pues, señores míos, ¡vayamos a la conquista de Arthur's Pass! ¿Alguno tiene experiencia como obrero de la construcción?

—¿Como qué? —Colin estaba atónito.

El hombre macizo y de pelo castaño le devolvió de mala gana la mirada. Para ello tenía que levantar la vista, pero no parecía disgustarle.

—Como obrero de la construcción, joven, o como buscador de oro... Nos alegra que los muchachos de la Armed Constabulary hayan manejado alguna vez una pala. Es un elemento algo ajeno a su profesión... pero mejor que andar matando maoríes. —Julian Redcliff al menos parecía estar convencido de ello.

Colin lo veía de otro modo.

—Señor... humm... Redcliff, nos han dicho que íbamos a ocupar unos cargos directivos, nosotros...

Redcliff dibujó una ancha sonrisa en su rostro curtido por el sol y el viento.

—Está bien, si sabe usted construir puentes y abrir túneles con explosivos, señor Coltrane, no seré yo quien se lo impida.

—Sargento Coltrane —lo corrigió con sequedad Colin.

Redcliff puso los ojos en blanco.

—Está bien, sargento —dijo, no sin un deje irónico—. ¡Enséñeme un par de planos de construcción útiles y es usted mi hombre! De inmediato le adjudico una cuadrilla para el siguiente tramo. En caso de que solo haya visto el hierro en forma de bala y que su experiencia con los explosivos se limite a disparar un fusil, mejor que coja la pala en cuestión y se dedique a lo esencial.

—Yo suponía que íbamos a supervisar a los trabajadores. —Colin no arrojaba la toalla.

El encargado suspiró y señaló a una cuadrilla de obreros que, a una pequeña distancia, estaban ocupados aplanando el lecho de una vía. Antes habían picado con esfuerzo la roca y los hombres más fuertes todavía golpeaban con los picos el fondo duro como el hierro, mientras otros colocaban ya los raíles.

—No estamos en Australia, sargento —observó Redcliff, e hizo un gesto a uno de los hombres que había levantado por un momento la vista de su trabajo—. Esto no es una *chaingang*, sino trabajadores libres que están dispuestos a ganarse el pan con un trabajo duro y honesto. No necesitan vigilancia y aún menos armada. Respetan a sus capataces porque trabajan más duro que ellos mismos y además entienden algo más en la materia. Si antes eran *armed constables* o no, buscadores de oro o sepultureros, es absolutamente igual.

—Pero... —Colin pretendía poner otra objeción, pero Redcliff no se lo permitió.

—Así pues, muchachos —el robusto director de obra dio por concluidas las formalidades—, sed bienvenidos a la línea de Midland. Si trabajáis duro, pronto ascenderéis a capataces. Seguro que sois listos, de lo contrario no seríais oficiales o lo que sea. En cualquier caso, aquí hay trabajo para todos, ¡solo enviamos de vuelta a sus casas a los fanfarrones, y eso de inmediato!

—Y con estas últimas palabras se quedó contemplando a Colin, quien le aguantó la mirada con frialdad.

—Todavía no se ha dicho la última palabra al respecto —dijo. Redcliff le tendió una pala.

—Toma, vayamos a lo práctico. —Sonrió—. Y por mí puedes quejarte, chico. Ya lo han hecho otros, no sois los únicos de vuestro círculo a quienes envían aquí. Pero no te servirá de nada. Cíñete a los hechos. El Gobierno ha contratado a un montón de chicos como vosotros para zurrar a los maoríes, pero, por lo que parece, han demostrado ser unos auténticos ángeles de la paz. —Redcliff rio. La cuestionable victoria durante la invasión de Parihaka ya estaba en boca de todos—. Ahora os necesitan para otras tareas, nadie paga un sueldo por no hacer nada. Lo normal es la construcción de vías, calles o puentes. Así pues, presta tus servicios donde te destinen o déjalo y búscate otra cosa. —Dicho esto, Redcliff volvió a señalar la cuadrilla de obreros y dio media vuelta.

Colin Coltrane cogió la pala apretando los dientes. ¡Por supuesto que iba a abandonar el servicio! En cuanto se le ocurriera otra cosa. Pensó en Matariki y se propuso ir a verla lo antes posible.

De hecho, hubo que esperar más de dos meses para que la compañía del ferrocarril diera a sus trabajadores un permiso que superara las habituales dos horas de descanso. Y cuando eso sucedió, Colin habría preferido pasar el tiempo como sus compañeros de trabajo: con un breve viaje a caballo a la siguiente localidad con *pub*, una borrachera cada tarde o, si no era así, durmiendo, durmiendo, durmiendo. Los *armed constables* nunca habían trabajado tanto como en la línea de Midland.

Ya desde el primer día que pasó paleando arena y trasladando traviesas, a Colin le dolieron todos los huesos. Con el tiempo fue sintiéndose mejor, pero nunca llegó a acostumbrarse del todo a ese arduo y con frecuencia también peligroso trabajo, en el que siempre había algún herido en las explosiones o al construir puentes. La línea de Midland se arrebataba a la naturaleza y las montañas parecían protestar desesperadamente en contra de ello. Fuera como fuese, al poco tiempo Colin ya no prestaba atención a la belleza de los bosques en los que talaba madera ni al majestuoso mundo de las montañas con el que hombres como Redcliff medían sus fuerzas. Esa no era la vida que él se había imaginado. Colin estaba acostumbrado a mandar y de joven había aprendido a vender. No quería organizar como Redcliff ni tampoco matarse trabajando como los demás obreros.

Ya de adolescente se había sentido más atraído por el comercio de caballos que por buscar oro, y estaba seguro de que no se haría viejo ahí, en la línea de Midland. No obstante, le faltaba la idea de negocio decisiva y estimulante para construir una nueva y totalmente particular existencia. Colin le daba vueltas a la cabeza mientras dirigía los pasos de su caballo primero a Canterbury y luego a Dunedin. A esas alturas Matariki ya debía de estar libre para él. Debía de haber aprobado los exámenes finales de la High School y era probable que estuviera ansiosa por contraer matrimonio. Colin ya se alegraba al pensar en su risa, sus besos y su suave cuerpo..., pero también tenía en cuenta su dote. Amar a Matariki Drury era un regalo desde cualquier punto de vista. Reconfortaba su corazón y le abriría la puerta a una nueva vida en la que Colin Coltrane sería el amo de sí mismo, como lo había sido su padre en la granja junto al río Avon.

Para ver a Matariki, Colin tenía que llegar hasta las montañas de Otago. Como era de esperar, la muchacha había aprobado los exámenes y acababa de regresar a su casa. Colin estaba impaciente por conocer la granja de los Drury. En el ínterin había estado indagando acerca de la situación en la Isla Sur y, según los datos adquiridos, Michael Drury no era un barón de la lana como los Warden o los Barrington de las Llanuras de Canterbury. Otago y el territorio en torno a Lawrence eran tierra de ovejas, pero los grandes criadores se encontraban en las vastas Llanuras de Canterbury o mucho más arriba en Otago, en las estribaciones de las Highlands. Lawrence había sido conocido anteriormente con el nombre de Tuapeka por sus yacimientos de oro más que por su ganadería, y, por lo que Matariki había contado, el dinero de Elizabeth Station procedía en su origen del oro. Colin creía recordar vagamente los rumores sobre el espectacular hallazgo de los Drury. Se había producido entonces una muerte y de algún modo los buscadores de oro de Tuapeka vinculaban a ese hecho el nombre de su padre. Aun así, no poseía conocimientos más exactos, pues Ian Coltrane había muerto poco después y la pérdida había trastornado totalmente a Colin, que tenía entonces quince años. Justo después había dejado Tuapeka y había tenido que mudarse a casa de su madre. Seguía sin saber demasiado sobre las circunstancias concretas del fallecimiento de su padre, y por aquel entonces Michael Drury le resultaba totalmente indiferente. Ahora le interesaba más, aunque no era el padre biológico de Matariki. Por otra parte, él y la madre de Colin, Kathleen, habían tenido una relación íntima... El joven encontraba la historia de la familia algo turbia, pero tiempo tendría para examinarla a fondo.

Colin pasó la noche en la parroquia de Caversham antes de seguir a caballo hacia Lawrence y, al hacerlo, se topó directamente con una nueva tragedia familiar. No obstante, en realidad él no entendía por qué Kathleen, y sobre todo su hermana, estaban tan afectadas por la muerte de un joven banquero en la Isla Norte. De acuerdo, estaba casado con Chloé Edmunds, la mejor amiga de Heather, pero, a fin de cuentas, Heather apenas debía de conocerlo. Pese a ello, iba de un lado para otro con el rostro marcado por el llanto y enrojecido, y no se separaba de la carta de su amiga.

Terrence Boulder había muerto en un accidente de barco. Al joven le gustaba navegar a vela y no había regresado de uno de sus viajes. Por lo visto, Chloé estaba destrozada y pensaba regresar a la Isla Sur. Heather y Kathleen no hablaban de otra cosa y solo se ocupaban de consolar a Claire Dunloe, al tiempo que intentaban pensar qué hacer para ayudar a Chloé a soportar su pérdida. De ahí que las dificultades de Colin con la construcción del ferrocarril apenas interesaran a Kathleen y solo el reverendo escuchara sus quejas con cierta atención, pero al final Peter se limitó a encogerse de hombros.

—Ya lo había insinuado en Inglaterra —dijo el hombre—. Los maoríes no son un pueblo rebelde. Los tumultos de la Isla Norte, que llamaron guerras, no podían durar. Allí un par de locos carismáticos trazaron un plan que al final todos tuvieron que sufrir, maoríes y *pakeha*. Aunque ahora, lentamente, se van disipando las nubes. Al menos no se necesita ningún ejército ni ninguna gran patrulla de policía. Ese señor Redcliff de quien hablas tiene razón. A la larga tendrás que conformarte con la construcción del ferrocarril o buscarte otra cosa. Lo primero tiene futuro y tú eres inteligente. ¿Por qué no te esfuerzas y procuras que en un par de años te envíen a la universidad? Los ingenieros están solicitados y seguro que las compañías de la construcción del ferrocarril otorgan becas.

A ese respecto, Colin se había limitado a mover la cabeza indignado. ¡Nada más lejos de su intención que estudiar una carrera! ¡No, su solución al dilema era Matariki! Lleno de expectativas, a la mañana siguiente temprano se marchó hacia Lawrence. Tal vez hasta encontrara en la granja una nueva esfera de actividad. Cualquier cosa era mejor que andar manejando explosivos, colocando raíles al borde de barrancos y ese fastidio incesante de talar troncos de haya.

Entre Dunedin y Elizabeth Station, en las cercanías de Lawrence, había unos sesenta y cinco kilómetros. Colin y su veloz caballo los recorrieron en un tiempo récord, pues el camino estaba en buen estado. Apenas unos pocos años antes había reinado ahí un intenso tráfico, los buscadores de oro se dirigían en tropel a los yacimientos y los comerciantes les suministraban los artículos necesarios para vivir. Pero desde entonces, esos aventureros ya se habían marchado a otros lugares y Lawrence tan solo era una pequeña e insignificante ciudad, centro de una comunidad de granjeros y ganaderos. Elizabeth Station era una de las granjas más grandes, y la gente del lugar hablaba con respeto y también con un poco de envidia de la propiedad de Michael Drury.

El trayecto hacia allí condujo a Colin por las montañas y, sobre todo, a través de un paisaje intacto. Alrededor de Lawrence todavía se percibía la destrucción de bosques y llanuras que habían perpetrado los buscadores de oro. La tierra se había removido en exceso, y se habían desviado arroyos y talado árboles. En los años peores, Gabriel's Gully, el centro de los yacimientos de oro, había quedado reducido a un lodazal. Entretanto había crecido la hierba, y solo unos pocos e imperturbables individuos marcaban nuevas concesiones o buscaban las viejas siguiendo los restos de los que habían llegado antes. No obstante, habrían de pasar años hasta que los árboles volviesen a crecer, los pájaros regresasen y la naturaleza asemejase en esplendor, aunque fuese un poco, el entorno que en esos momentos Colin atravesaba.

El joven condujo a su caballo por senderos serpenteantes entre peñas y junto a arroyos de aguas cristalinas, contempló prados de un verde intenso e inviolado y bosques claros de hayas del sur. En ningún lugar se habían instalado allí buscadores de oro, lo que de hecho era raro. Matariki le había contado que Elizabeth Station se había edificado en la antigua concesión de Michael Drury, o por encima de ella, la muchacha no había concretado. Gracias a las relaciones de su madre con la tribu maorí local —Colin sonrió al pensar en cómo se le notaba a Matariki el parentesco—, los Drury habían podido comprar las tierras.

«¿Y por qué no seguisteis explotando la concesión?», había preguntado Colin a la muchacha, pero Matariki solo se había encogido de hombros. «Bah, ya no quedaba más oro.»

A Colin le resultaba sumamente extraño. Al fin y al cabo, de algún sitio debía proceder el dinero para la compra del terreno. Tal vez los maoríes habían ofrecido un precio especial a Lizzie, pero seguro que no se lo habían regalado. Y, además, a ello había que añadir la compra de las ovejas, la casa...

Mientras Colin pasaba por lo que antes había sido el campamento de buscadores de oro, iba dándole vueltas a la cabeza. Ahí tenía que haber estado la primera cabaña que Michael Drury había construido en su concesión. El joven recordaba vagamente que Michael y su socio no vivían en el campamento de Tuapeka, sino un par de kilómetros más allá del campamento principal. Un canal de lavado del oro hablaba de la actividad de los dos buscadores. ¿Procedía de ahí la riqueza de la familia de Matariki?

Colin contuvo el impulso de desmontar y observar con mayor atención el arroyo. De todos modos, no serviría de nada, no tenía ni idea de cómo buscar oro, por aquel entonces solo había ido haciendo hoyos por ahí con su padre, como la mayoría de los aventureros en busca de fortuna. Dejó la cabaña a la izquierda y siguió el ascenso internándose en los bosques. El camino estaba batido, pero la naturaleza seguía intacta. Los árboles parecían alzarse hacia la infinitud del cielo y la hierba se hallaba salpicada de peñascos. Las laderas le recordaban el paisaje de los alrededores de Arthur's Pass, pero el entorno era mucho menos rudo y hostil. Por contra, los valles y arroyos le parecían amables, había claros y pendientes suaves y cubiertas de hierba que invitaban a establecer allí una granja. Colin se tropezó a continuación con los primeros rebaños de ovejas, más bien pequeños, pero con animales de enorme calidad. Avanzó después junto a un río y llegó a una cascada que alimentaba un diminuto lago. En el campo contiguo se elevaban del suelo, como agujas, cinco rocas, y sobre la colina vecina se alzaba Elizabeth Station. No era una casa señorial como las grandes propiedades de las Llanuras, pero sin duda se trataba de una granja sólidamente construida de aspecto acogedor con establos y dehesas adyacentes.

Le recordaba un poco la antigua granja de sus padres en Avon, pero Elizabeth Station parecía más resistente y firme, y, sobre todo, estaba muy cuidada. En el jardín crecían flores y arbustos rata, mientras que la ladera vecina estaba cubierta de viñas. Colin se acordó de que Matariki había hablado del peculiar capricho de su madre de producir vino neozelandés que alcanzase la misma calidad que los grandes cultivos europeos.

El joven sargento se limitó a mover la cabeza al respecto. No esperaba nada de esas empresas utópicas. Una mujer, así se lo había enseñado su padre, tenía que ocuparse de llevar la casa, los animales y los niños y, a ser posible, no debía desarrollar ninguna iniciativa propia. Su madre era un ejemplo de lo que sucedía cuando se le dejaba a una mujer las riendas demasiado flojas. Esperaba que con Matariki las cosas no llegaran tan lejos. Desde cualquier punto de vista, era mejor que se casaran de inmediato. En la universidad no harían más que llenarle la cabeza de tonterías.

A primera vista, la casa y el jardín de los Drury parecían desiertos, tal vez los habitantes estaban ocupados con los animales.

De repente surgió entre las cepas un fuerte maorí. Colin se llevó un susto de muerte. De forma instintiva fue a coger el fusil, pero, claro está, desde que lo habían destinado a la construcción del ferrocarril no iba armado. Además, al observar con atención al nativo, vio que este no parecía violento. Ni siquiera exhibía tatuajes. El hacha que llevaba era una herramienta de trabajo, no de guerra. De todos modos, el maorí miró desconfiado desde lo alto al recién llegado y su caballo, y gritó algo hacia los viñedos, tras lo cual, para alivio de Colin, apareció la madre de Matariki. Entre las cepas había sido imposible distinguir a la menuda Lizzie Drury, pero en ese momento sonreía al joven tras haber tranquilizado con unas breves explicaciones al nativo, que la siguió cuando ella descendió para salir al encuentro del muchacho.

—¡Ya está aquí, señor Coltrane! —Lizzie Drury mostraba

una expresión afable, pero su sonrisa no era ni la mitad de afectuosa y resplandeciente que la de su hija. O al menos no lo fue al ver a Colin—. Matariki se alegrará, lleva días hablando solo de usted, al menos cuando no se refiere a las carreras.

Entretanto, Colin ya había desmontado y Lizzie le tendió la mano para luego presentar formalmente y con toda naturalidad al maorí que la acompañaba.

—Este es Hemi Kute, señor Coltrane, un amigo de la familia. Hoy me está ayudando amablemente con los viñedos mientras Michael separa un par de ovejas y Riki entrena al caballo.

Los hermanos de Matariki, de eso ya tenía conocimiento Colin, estaban en un internado de Dunedin desde el invierno anterior.

El joven sargento no sabía con exactitud qué se esperaba de él, pero el fuerte maorí se limpió tranquilamente la mano sucia en los pantalones y se la tendió a Colin.

—Encantado —dijo, aunque con una expresión más bien furiosa—. Todos tenemos mucha curiosidad por conocer al hombre que Matariki ha elegido. Los ngai tahu se alegrarán de recibirlo en nuestro poblado.

Colin se quedó un poco sorprendido pero condescendió en estrechar la mano del nativo. Si todos eran así, acabaría entendiendo a qué se refería el reverendo. En la Isla Sur no se necesitaría ningún ejército para mantener a las tribus a raya. Hasta ese momento, Colin tampoco había visto a ningún maorí. Redcliff negociaba con las tribus a las que pertenecía el terreno de las vías, pero para eso no necesitaba protección armada.

Lizzie se volvió hacia su casa.

—Acompáñeme, señor Coltrane, estará usted sediento tras esta larga cabalgada. Matariki volverá pronto, le espera hoy. Pero se toma muy en serio la carrera. Tiene un cob de Kiward, dice, y no dejará que nadie la adelante en la carrera de trotones. ¿Qué te sucede, Hemi?

¡Parecía como si Lizzie tuviera realmente la intención de invitar a su empleado a compartir la mesa con la familia! Pero el hombre rechazó la invitación.

—Tengo que irme, vamos a enviar un par de ovejas con el transporte de Michael a Dunedin y he prometido ayudar a seleccionarlas. Pero pescaré un par de peces —dirigió una mirada peculiar a Lizzie—, y luego iré a casa.

Colin siguió a Lizzie con el ceño fruncido, mientras Hemi se volvía hacia el río. También esto le resultó extraño. ¿Es que no podía pescar ese hombre en otro lugar que no fuera delante de la casa de sus amos?

Lizzie rio cuando hizo un comentario al respecto.

—Hemi no es nuestro empleado —respondió—. Solo un amigo, como ya le dije. A diferencia de la mayoría de los miembros de su tribu, se interesa un poco por la viticultura, al menos le gusta beber vino. Y yo me aprovecho de eso con toda desfachatez. —Sonrió: en cuanto hablaba de sus viñas, se relajaba—. Pero si...

—¿Se dedica a la cría de ovejas? —se informó Colin.

También eso resultaba inusual. Salvo excepciones, como la comunidad de Parihaka, las tribus maoríes practicaban poco la agricultura y pocas veces tenían ganado propio.

Lizzie asintió.

—Su tribu —puntualizó—. Y son buenos. Michael no puede dormir por las noches pensando que en la próxima subasta puedan vender sus carneros más caros que los suyos. —La observación no parecía ir muy en serio, pues sonreía indulgente.

Colin decidió no dedicar ningún pensamiento más a esa extraña tribu maorí, pero de todos modos archivó la información en su memoria. Si decidía comerciar de nuevo con ganado, los nativos podían convertirse en una interesante clientela, y más teniendo en cuenta que el origen de Matariki con certeza le allanaría el camino. Pero en un principio lo que más le interesaba era lo que Lizzie había mencionado sobre su prometida y las carreras de caballos.

Mientras ofrecía a Colin un vaso de agua y ponía la mesa para la comida del mediodía, Lizzie le informó de buen grado.

—Ay, otra idea más del reverendo Burton. Por la que es probable que el obispo vuelva a enviarle al desierto. Kathleen, en cualquier caso, se lleva las manos a la cabeza. Pero Peter opina que la gente apuesta de todos modos, así que podría aprovechar la celebración de una carrera de caballos a fin de hacer una colecta para los pobres. Y eso no comportará peligro alguno, él mismo se cuidará de ello. Y de los jinetes y de las apuestas, ya que conoce bien a su rebaño. Si alguien corre el riesgo de apostar su paga semanal por Matariki y *Grainie*, lo impedirá. —Lizzie rio.

Colin arrojó una breve y desdeñosa mirada a su caballo, que esperaba delante de la casa. Un animal con brío y las patas largas, seguro que podía ganar una carrera con él. Pero contra el poni de Matariki...

—Ahí está la gracia —explicó Lizzie cuando él le comentó lo que pensaba—. Es una carrera de trotones, una nueva moda que se ha impuesto en las Llanuras. Como era inevitable, viene de Inglaterra. En cualquier caso no se trata de un circuito corto como en las carreras al galope, sino de recorrer unos cuantos kilómetros, y los caballos han de limitarse, exclusivamente, al trote. El que galopa, es descalificado o tiene que volver a empezar. Pregunte a Matariki, está muy enterada... Ahí llega.

La bonita y pequeña yegua de Matariki no se acercaba al trote, sino al paso, la joven quería que fuera enfriándose antes de meterla en el establo. Pero en cuanto vio el caballo de Colin la muchacha no puso a *Grainie* al trote, sino directamente al galope. Lanzó a toda prisa las riendas junto al castrado de Colin sobre la barra donde se ataban los caballos y se arrojó directamente en brazos de su amado.

—¡Colin, cariño, ni te imaginas cuánto te he echado de menos!

El resplandor de Matariki volvió a cautivar a Colin. La besó y ella contestó con ímpetu a su ternura, apretando su cuerpo flexible contra el de él. Tenía el rostro bronceado y algo más lleno que en el período de tantas privaciones de Parihaka. Se había recogido el cabello largo y negro en una trenza y llevaba un vestido de montar nuevo y de color marrón, que ya parecía algo gastado de tanto uso. Su cintura era tan fina que no necesitaba ceñirse un corsé. Pese a ello, una chica *pakeha* como Dios manda lo habría hecho, pero Colin apartó ese pensamiento de su mente. Ella era una muchacha natural y, por él, podía seguir siéndolo.

—¡Tienes que contarme todo lo de la construcción de las vías! —pidió ansiosa Matariki—. En Dunedin dicen que debe de ser emocionante. Una actividad propia de pioneros, hasta el momento ni se lograba pasar por la montaña a caballo... ¿Tienes de jefe a ese Redcliff? En la universidad cuentan que es un genio.

A Colin no le apetecía en absoluto hablar de la construcción de la línea de ferrocarril, y aún menos de su jefe, cuyos méritos seguían sin impresionarle. La cuestión de las carreras de trotones se le antojaba mucho más interesante. Además, no se necesitaba gran cosa para llevar a la joven a su tema favorito actual.

Mientras ayudaba a Lizzie a cortar el pan para ponerlo en un cuenco y llevarlo a la mesa, se abalanzaba hacia su padre casi tan agitada como cuando había llegado Colin y luego se comía complacida la sopa, bastante aburrida, de boniatos y carne de conejo, habló con vivacidad del nuevo deporte y de la revolucionaria idea del reverendo Burton.

—No solo se puede ganar con purasangres, depende del trote y no de lo deprisa que se galope. En Inglaterra no se monta a los caballos, sino que se va en los *sulkys*, esos carros de dos ruedas.

Michael y Lizzie intercambiaron una breve mirada. Colin Coltrane no interrumpió a Matariki, pero seguro que sabía lo que era un *sulky*. ¿No le habría contado nada a la chica sobre su pasado como tratante de caballos?

—Para eso, está claro, se necesitan pistas regulares, aquí el circuito solo abarca dos kilómetros y medio en dirección a Dunedin y la vuelta se hace por el camino interior. Es por donde se corre mejor si se quiere evitar que se rompan los ejes. Por otra parte, en las Llanuras ya han renovado una pista de carreras al galope con totalizadores, apuestas y todo lo que corresponde. A la larga se convertirá en un auténtico deporte, según opina el reverendo, algo que él, por descontado, no encuentra bien, pues considera que tienta a la gente a participar en juegos de azar. Además, también hay que contar con las protestas de las mujeres, bueno, las mismas que también son antialcohol y luchan contra todo esto porque sus maridos se gastan todo el dinero en borrach... bueno, en whisky y eso. Y para los caballos seguro que tampoco es tan bueno, el dueño del *pub* de Caversham quiere poner a su poni una correa auxiliar, como llevan en Inglaterra los caballos que tiran de los carros de la gente fina. Eso les mantiene la cabeza alta y no les deja ponerse al galope tan fácilmente. Eso yo nunca se lo haría a *Grainie*, claro, no sería honesto... Y, de todos modos, es más rápida que el poni del señor Allerton. Ella...

Matariki era incapaz de dejar de elogiar a su montura, mientras que lo que a Colin realmente le interesaba era ese extraño y nuevo deporte. Para practicarlo se necesitarían unos caballos determinados, distintos de los que se utilizaban para las carreras de velocidad, aunque también purasangres. Con los cobs pequeños tal vez se podrían realizar actos de beneficencia, pero ninguna carrera seria. Colin ya imaginaba cuál sería la clase de animal adecuada: más delicado que *Grainie* pero con la misma potencia de trote... por lo que había que reflexionar a fondo sobre cruces con cobs. Unidos a purasangres podrían dar el tipo adecuado, aunque tal vez habría que esperar a la segunda generación. Pero la crianza podría crecer con el deporte. Todavía se tardaría un par de años hasta que se estableciera una auténtica escena deportiva de carreras con caballos realmente cualificados.

En la mente de Colin Coltrane empezó a madurar un plan. Regresaría a Arthur's Pass para trabajar durante un par de semanas más en la construcción de las vías. Pero cuando el reverendo pusiera en marcha la carrera, él estaría ahí, y ya antes trataría de ver un acontecimiento semejante en las Llanuras. Después sabría con mayor exactitud qué había que hacer, pero ya veía el rótulo en la entrada de su criadero: «Coltrane's Trotting Winners.»

# 4

Eric Fence no se hizo realmente rico con la victoria de los caballos *Danny*, *Lucille* y *Spirit*. Habría sido posible, ya que la cuota se hallaba vertiginosamente alta. Pero era final de mes cuando Eric apostó y tal vez el comentario de Travers acerca de la leche de los niños también había apagado sus ansias de apostar. Fuera como fuese, había arriesgado solo diez chelines y había ganado con ellos algo más de veinte libras. Mucho más, pese a todo, de lo que Eric y Violet habían visto en toda su vida o poseído alguna vez.

—¡Podemos comprar una auténtica casa! —propuso Violet, arrebatada—. En la ciudad. A lo mejor con una tiendecita. Yo... yo... podría coser vestidos y venderlos. —En lo tocante a su habilidad para coser todavía sacaba provecho de su breve estancia en Dunedin en casa de Kathleen Burton. Naturalmente no era suficiente para crear una colección como la de Lady's Goldmine, pero se sentía capaz de confeccionar un vestido de domingo para las esposas de los mineros o para mujeres como la señora Travers—. ¡Y Rosie y los niños podrían ir al colegio! —Se hablaba de fundar una escuela en Greymouth, pero los hijos de los mineros pocas veces asistían a las clases. Desde las colonias como Billertown o Lamberttown el trayecto hasta la ciudad era demasiado largo para los pequeños, y los mayores ya tenían trabajo en las minas siendo adolescentes.

Eric sonrió con aire irónico.

—¿Y yo sigo picando carbón? ¡Si fuera por ti, ya estaría bien así! No, Violet, este dinero no está destinado para seguir viviendo en un lodazal como este. ¡Nos va a servir para salir de aquí! Nos vamos a las Llanuras, Vio. ¡A partir de ahora me dedico a los caballos!

Lo primero que hizo Eric fue comprar un animal de esa especie, afirmando que su achacoso bayo tenía, con toda certeza, potencial para las carreras de trotones. Violet lo encontraba pequeño y flaco, pero era obediente y podía tirar del carro. Eric lo adquirió junto con un carro con adrales que también había conocido tiempos mejores, pero que sirvió para cruzar el Arthur's Pass con los muebles de la familia. En esta ocasión, cuando emprendieron el viaje, era otoño, y los hayedos que flanqueaban los caminos resplandecían de brillantes matices rojos, amarillos y marrones. En las montañas ya había nieve y también en los arroyos se veían a veces. Por las mañanas, cuando las precipitaciones nocturnas se habían congelado en rocas y plantas, se daban unas formaciones de hielo de una belleza deslumbrante. Pero Violet ni se percataba del entorno. Estaba muerta de miedo, las contracciones podían empezar mientras estaban de viaje. Además tenía un montón de cosas de que ocuparse, Rosie y el bebé tenían que mantenerse bien abrigados. Salvo por una cuadrilla de obreros colocando las vías, cuyos miembros se esforzaban empecinadamente en imponer una línea de ferrocarril en Arthur's Pass, Violet y Eric no encontraron ni un alma en el camino.

—Un par de años, señora, y podrá llegar aquí cómodamente en ferrocarril —anunció el jefe, un hombre amable y rubicundo llamado Redcliff, quien a todas luces se compadeció de la mujer en avanzado estado de buena esperanza y de los dos niños medio congelados.

Invitó a los Fence a que comieran con él y sus trabajadores. El cocinero del campamento había preparado un nutritivo caldo que por fin los calentó a todos por dentro. También la tienda en la que se comía estaba caldeada. A Violet le habría gustado quedarse allí, pero, claro, entre los obreros del ferrocarril no había comadronas.

La joven suspiró aliviada cuando por fin llegaron a Springfield. Era solo un pueblo diminuto, pero una avanzadilla de la civilización. Por vez primera Violet sintió una vaga alegría por haber dejado Greymouth a sus espaldas. Se había separado a disgusto de Clarisse, la señora O'Brien y la señora Travers, a quien por fin había podido pagar al despedirse. Pero el aire ahí ya no estaba constantemente cargado de lluvia, y el ubicuo polvo de carbón, que día tras día depositaba una grasienta capa de suciedad en la piel de todos los habitantes de la colina de mineros, incluso de los que no trabajaban en las galerías subterráneas, también pertenecía al pasado. El pañuelo con que Violet limpiaba la carita de Joe ya no sería más de color gris y ella tenía la sensación de poder respirar, asimismo, con mayor libertad.

Todo eso mejoró su humor y empezó a sentir un optimismo comedido. Tal vez en las Llanuras todo fuera mejor —Eric se dirigía hacia un pequeño lugar llamado Woolston, cerca de Christchurch, en el que se suponía que había un hipódromo—, y a lo mejor hasta el mismo Eric cambiaba si veía cumplidos sus sueños. Tras recibir el reintegro de las ganancias la había dejado en paz. No se lo había preguntado a Clarissse, pero suponía que se permitía una puta para satisfacer sus deseos. Claro que eso podía estar relacionado con el avanzado estado de su embarazo, pero a Violet le daba igual. Se alegraba de que no la molestara durante el viaje. Y a lo mejor seguía así. Era posible que se tranquilizara, que la poseyera con menos frecuencia y con menos brutalidad. Seguro que le haría bien separarse de sus colegas Jim y Fred. En cuanto a eso, Violet abandonaba a su padre y a su hermano sin pena ninguna.

Tras cinco penosos días —el animal tiraba fatigosamente del carro por la montaña y Violet se preguntó durante todo el viaje si los conocimientos sobre caballos de Eric realmente eran tan amplios— llegaron a las Llanuras de Canterbury y se toparon de improviso con unas ovejas que bajaban de los pastos. En esa estación, otoño, los grandes criadores de ovejas volvían a llevarse a casa a las ovejas madre que en primavera habían conducido a las montañas con sus corderos. Violet, Rosie e incluso Joe, con un solo año, observaban complacidos el rebaño, que no se dispersaba gracias a los perros pastores. Solo unos pocos jinetes lo acompañaban y algunos eran nativos. Violet, a quien Caleb había enseñado un par de palabras en maorí, los saludó con un tímido *kia ora*, lo que provocó un efusivo entusiasmo.

—¡Tú pronto bebé! —dijo uno de los pastores, señalando sin reparos el vientre de Violet—. Mejor tú al poblado, mejor no tenerlo en carro.

—Todavía me quedan más de cuatro semanas —contestó Violet, pero el hombre la volvió a estudiar con la mirada y sacudió la cabeza—. No. Tú creerme. Yo cinco hijos. Y saco bebés de oveja desde... —contó con los dedos—, desde doce primaveras.

Violet se mordió el labio. El hombre quizá tuviera razón. Hacía dos días que de vez en cuando sentía unos tirones, pero lo había achacado al traqueteo del carro. ¿Qué sucedería si realmente se ponía de parto ahora? ¿Si tenía que dar a luz completamente sola con Eric y los niños en medio de la naturaleza?

—¡Tonterías! —Eric restó importancia al asunto cuando ella se lo comentó.

Pero por una vez tuvo suerte. Por la tarde se habían encontrado con el rebaño y durante un rato habían viajado a su lado. A continuación, los hombres los invitaron a montar el campamento con ellos como si fuera lo más natural. Al principio Violet temió que Eric lo rechazara, pero el maorí con quien había hablado lo invitó ceremoniosamente a que se sentase junto al fuego de los pastores y luego se volvió hacia la joven.

Eric sabía, cómo no, que casi habían agotado las provisiones. Sin embargo, era diestro en pescar y cazar conejos, aunque Violet no conseguía, por mucho que él se lo reprochase, destripar la caza y asarla. Los caminos de la región eran planos pero no exageradamente bien construidos, además el carro apenas tenía suspensión. Cuando por fin dejaba de traquetear por la noche, lo que Violet quería era tenderse y dormir. Durante este embarazo siempre estaba tan agotada como durante el primero, aunque no tan hinchada. Pese a las fatigas, se reconocía en ella a una mujer hermosa, y cuando Eric condescendió en aceptar la invitación del capataz, los hombres la trataron casi con galantería. Los maoríes la elogiaban en su lengua y parecían encontrar sumamente raro que el marido no los entendiera, y los *pakeha* se dirigían a ella como si fuera una dama. Violet disfrutó del trato amable. En Greymouth no había existido algo así, al menos desde que se había casado con Eric. Los trabajadores no tenían tiempo ni energías para cumplidos. En las Llanuras, la vida parecía ser menos hostil.

Eric observaba el cortejo juguetón de los hombres hacia su esposa con desconfianza al principio, pero luego, cuando empezó a hablar de las carreras de trotones, disfrutó del interés de la audiencia.

—¿Lo adivinaste? —Reía uno de ellos—. ¿El segundo sitio para nuestra *Lucy*? Eh, Robby, ¿lo has oído? ¡Este tipo te eligió! ¡Y ganó una fortuna! ¡Que te invite a un whisky!

Un joven rubio que había estado haciendo cola junto al carro cocina para coger un plato se acercó incrédulo.

—Robby Anders —se presentó.

—¡Y esta es la maravillosa yegua! —Los compañeros de Robby señalaron un animal blanco y huesudo que se encontraba tranquilo con los otros caballos—. ¿Nos permites que os presentemos? ¡*Lucille*!

Robby rio porque Eric no podía creerse que ante sí tenía un trotón en carne y hueso. Violet estaba menos interesada, pero a primera vista reconoció la diferencia entre la yegua delgada y bien musculada y el bayo de su marido, pequeño y medio muerto de hambre. Seguro que Eric no había hecho una buena compra. Pero en ese momento no quería preocuparse por ello. Exhausta, se sentó sobre una manta y se apoyó contra una silla de montar con la sensación de que también el niño se ponía cómodo en su interior. Se giraba y repantingaba, algo en su interior parecía... Pero Violet tampoco quería preocuparse por eso, estaba harta y agotada.

—¿Y ahora está usted aquí llevando ovejas? —preguntó asombrado Eric después de haber estado contemplando sorprendido a *Lucille*—. Pensaba... Hombre, con ese animal puede usted ganar dinero en el hipódromo.

Robby Anders negó con un gesto.

—No, compañero, yo no sirvo para eso. Hacer dinero con caballos... eso solo lo consiguen maleantes; con las carreras pasa lo mismo que con el comercio. Ya he participado una vez y me he divertido. ¡Sobre todo porque ganamos por una buena cabeza, *Lucy* y yo! Pero eso de ir apostando... En Woolston querían lincharme por haber tenido la desfachatez de participar con un caballo desconocido y encima casi ganar. Resulta que previamente habían arreglado que el semental negro iba a ganar al caballo del lechero por dos cuerpos. Eso al menos es lo que he oído decir. ¡Y todo lo que llegan a hacer con esos pobres caballos para que se mantengan al trote! *Lucy* cumple por sí misma y es también muy obediente. Si yo digo al trote, no galopa. Pero hay otros que siempre quieren saltar, así que la gente les pone cadenas en el hocico para contenerlos. O les atan la cabeza en alto para que no la bajen para galopar. No, para eso mejor llevo las ovejas.

Violet escuchaba solo a medias. Algo le decía que esa información podía ser importante, y que era evidente que Eric la oía por primera vez. Al parecer, por muy especialista en caballos que fuera, continuamente había sido víctima de apuestas amañadas. Cuando más tarde tuviese tiempo sentiría rabia, pero ahora... Temía quedarse dormida recostada en la silla de montar ajena si no se iba ya a su carro. Rosie ya dormía allí, abrazando al bebé. Joe parecía sentirse bien con ella y, en contra de sus primeros temores, Rosie no lo trataba como si fuese un muñequito, sino con cuidado y prudencia, y le gustaba ayudar a cambiarle los pañales y bañarlo. Violet le cedía gustosa estas labores, más aún por cuanto la sensatez de Rosie en estas materias le daba esperanzas. A lo mejor su hermana no sufría un retraso tan grande como ella sospechaba. La señora Travers le había recomendado con insistencia que buscase un médico para Rosie. Seguro que la niña estaba confusa y con alguna dolencia mental, era imposible que una cría de siete años de repente se quedase muda. Sin embargo, pagar a un médico era, naturalmente, impensable pese a lo que Eric había ganado. A Violet solo le cabía esperar que en Woolston volviese a encontrar tal vez un trabajo para ella. Entonces ahorraría y pagaría los honorarios de un médico.

En esos momentos, sin embargo... Violet se levantó con esfuerzo y soltó un grito de espanto cuando, al hacerlo, la recorrió el harto conocido y agudo dolor. Le resultaba indeciblemente lamentable que fuera a ocurrirle ahí, entre todos esos hombres, pero notó que rompía aguas.

Contra todo pronóstico, los pastores permanecieron tranquilos.

—Yo avisar —recordó el maorí con calma—. Hombre, Eric... tú llevar a mujer a mi poblado. No lejos de aquí. Pero necesita ayuda...

Eric parecía indeciso. Ardía en deseos de llegar a Woolston y cualquier demora le molestaba.

—¿No puede esperar? —preguntó impaciente, pues a esas alturas ya había hecho buen uso del whisky.

El maorí rio.

—No, niños y corderos no esperar. Tú...

—Pero... —Eric ya se disponía a protestar, pero Violet gimió y se sujetó la barriga.

Todavía se mantenía en pie, apoyada en el carro, pero no iba a sentirse bien por mucho tiempo y seguro... seguro que luego empezaría a gritar, aunque se odiase por ello.

—¡Atienda, Eric! —dijo Robby Anders—. Su joven esposa tendrá esta noche un bebé, tanto si le conviene a usted como si no. Y yo voy a hacerle a ella un honor muy especial llevándola al poblado de Eti con un carro tirado por la legendaria y mundialmente célebre *Lucille*. ¿Eh, qué le parece? Puede usted venir y presumir después en Woolston de eso. Así empezará allí con buen pie.

Robby Anders no esperó la respuesta de Eric para enganchar la yegua.

Por primera vez en su vida, Violet sintió de forma espontánea el deseo de echar los brazos al cuello de un hombre.

*Lucille* era de otra pasta que el pequeño bayo de Eric y enseguida se puso a trabajar en serio. Eric estaba tan fascinado que, olvidando totalmente a su esposa, todavía azuzaba a la yegua, que de todos modos ya iba a un ritmo sumamente peligroso sobre la carretera en mal estado.

—¡Cuidado, los ejes! —advirtió Robby, que iba sentado junto a él sujetándose en el pescante—. Si su esposa no le importa, no destroce al menos el carro.

Y así fue como en pocos minutos llegaron al poblado maorí, en un emplazamiento idílico, junto a la linde de un bosquecillo de hayas del sur. Eti, que se les había adelantado en su caballo para informar de la llegada, no se anticipó demasiado y, de hecho, acababa de indicar a sus amigos que abriesen la puerta de la ligera valla que rodeaba el *marae*. No había guardianes, los ngai tahu no temían a ningún enemigo y la tribu acogía a visitantes nocturnos con un talante servicial y hospitalario. Las hogueras todavía ardían en el poblado, pequeño pero bonito y cuidado. Para los hombres y Eric había más whisky; de Violet se ocupó una mujer muy pequeña y ancianísima, arrugada como una ciruela pasa.

—Esta es Makere —tradujo una chica joven que dominaba el inglés. Por lo visto había asistido a una escuela *pakeha*—. Ha ayudado a nacer a cien niños o más. No debe tener ningún miedo, señora.

Robby ya estaba a punto de montar una camilla para Violet, pero Makere se lo impidió.

—Que camine tranquila —dijo la muchacha—. Es mejor para el bebé.

La joven madre, por su parte, estaba deseando tenderse en una cama, sobre todo en una que no diera sacudidas; pero siguió solícita a la comadrona maorí, apoyada en la chica. Las dos entraron en una de las casas adornadas con tallas de madera y la acostaron sobre unas esteras.

Los dedos pequeños y resecos de la comadrona palparon

con destreza el vientre y el pubis de Violet. La anciana le dio un zumo de sabor amargo y dijo algo a su ayudante.

—El bebé está bien colocado y es pequeño —tradujo, y al hacerlo parecía sentirse apenada. Por lo visto hacía poco que había dejado la escuela de la misión—. Pero Makere dice que está usted débil, señora. No tendrá fuerza para colaborar como es debido. Por eso es posible que todo vaya más despacio de lo que debería. Lo lamenta.

—¿Moriré? —preguntó Violet en voz baja.

Se lo temía desde que supo que había vuelto a quedar encinta. No lograría sobrevivir a una tortura igual como la del parto de Joe.

La mujer maorí negó con la cabeza como si hubiese entendido sus palabras. Aunque era probable que hubiese oído algo así en su propia lengua en tantas ocasiones que reconociera la pregunta simplemente por el tono de voz, también entendía algo de inglés.

—No —respondió la muchacha—. El bebé es pequeño, no le costará salir. No es como el niño que ya ha tenido.

Violet se sorprendió. No se había dado cuenta de que la comadrona había visto a Rosie y Joe. Pero tras la frente apergaminada era evidente que había una mente despierta y entre las arrugas se encontraban unos ojos penetrantes.

—La niña no es de usted —afirmó la joven traductora.

Violet pensó en si a la mañana siguiente, en caso de que sobreviviera, debería presentar a Rosie a Makere. Tal vez la mujer maorí supiese tanto como un médico *pakeha*, y seguro que no era tan cara.

—Mi hermana —susurró Violet—. Alguien... alguien tiene que ocuparse de ella. No... no tiene que ver esto.

Makere dijo algo y Violet preguntó con la mirada a la traductora.

—Ha visto demasiado —dijo la chica—. Pero ahora los espíritus han cerrado sus ojos.

Violet habría planteado miles de preguntas al respecto, pero en ese momento sintió otra contracción y luchó contra el dolor.

—No luchar contra niño —dijo la comadrona dulcemente en un inglés elemental—. Dar bienvenida... *¡Haere mai!*

Violet se mordió el labio, pero sonrió cuando el dolor disminuyó.

—¿Significa «bienvenido»? —preguntó—. ¿*Haere mai*?

La traductora asintió.

—Y lo mejor es que se ponga en pie otra vez y camine un poco. Así el niño llegará antes.

La parturienta se levantó con ayuda de la joven.

—Me llamo Violet —gimió.

La muchacha asintió.

—Yo soy Lani.

Violet también sufrió durante el parto de su segundo hijo, pero el acontecimiento no tuvo nada que ver con la tortura que había padecido en el primero. Todo transcurrió de modo más rápido y sencillo y, sobre todo, esta vez no estaba sola. Makere y Lani permanecieron junto a ella, la apoyaron y la consolaron cuando gritaba de dolor. Le dieron agua y una infusión que redujo el dolor y, sobre todo, perdió el miedo a que la abandonaran a su suerte. Makere no dejaba de palparla para comprobar lo abierto que estaba el canal de parto y cómo rodeaba al bebé, y Lani traducía. Esto ayudaba a Violet casi más que la infusión y el agua: si entendía lo que le estaba pasando, lo superaba más fácilmente.

Esa vez tampoco tuvo que preocuparse por Rosie. Lani le contó que Robby Anders había dejado que la pequeña montara en *Lucille*, durante lo cual hasta había sonreído un poco, y que luego las otras mujeres de la tribu se habían ocupado de los niños. Eric había estado todo el tiempo dedicado al whisky y no se encargaba de nada, pero nadie se molestaba por eso. Los hombres maoríes parecían participar tan poco en los partos como los *pakeha*.

La luz de la luna estaba desvaneciéndose cuando Violet trajo al mundo, con un último y largo grito, a un diminuto bebé. Lani lo envolvió deprisa en un paño y se lo colocó entre los brazos. Violet miró el rostro rojo y fruncido, y consideró que el bebé se veía tan arrugado como Makere. Se le escapó la sonrisa. Y pareció como si el recién nacido se la devolviese.

En la puerta de la casa algo sucedió. Robby Anders asomó la cabeza.

—La joven señora ha dejado de gritar —dijo preocupado—. ¿Ha pasado algo?

Makere lo dejó entrar y señaló al bebé. Por lo visto, pensaba que era el padre.

Violet le dirigió también una sonrisa agotada.

—No sé cómo darle las gracias —susurró—. Él... él... —Señaló con la barbilla hacia el exterior—. Eric...

Robby asintió.

—Su marido hubiese permitido que diese usted a luz en la carretera —observó con frialdad—. Algunas personas no saben valorar la suerte que tienen. Pero encaja con el mundo en el que se está abriendo camino. En Woolston se pelearán por él. —Sonrió irónico—. *Lucille* lo ha hecho todo bien. Cuídese, señora, y cuide de su hermanita. —Robby hizo un gesto de despedida.

—Al menos debería ponerle su nombre al bebé —dijo Violet, antes de que él diese media vuelta—. ¿Tú qué crees? —preguntó con ternura al bebé que tenía en brazos—. ¿Te gusta Robert?

El recién nacido hizo un mohín y Robby sonrió a su vez. Se sentía realmente honrado.

Lani, por el contrario, sacudió la cabeza.

—No creo que le guste. ¿Es que no te has dado cuenta, Violet? ¡Es una niña!

Roberta Lucille Fence fue bautizada dos semanas después en Woolston. Su padrino no se privó de acudir con su cuadrúpeda «tía» al bautizo, pero se negó a participar con la yegua en otra carrera. Pronto se celebraría una, según anunció Eric haciéndose el importante. En efecto, había encontrado trabajo. El Lower Heathcote Racing Club, recientemente fundado, necesitaba cuidadores de caballos y no exigía grandes cualificaciones. Eric ya llevaba una semana trabajando allí y se pavoneaba ante

Robby de conocer datos internos. Poco antes de la carrera de trotones puso el resto del dinero que había ganado en un semental alazán llamado *Thunderbird*. El caballo luchó con valor, pero poco antes de llegar a la meta, el jockey perdió el control y el animal se puso al galope. Lo descalificaron.

Y Violet volvió a ser pobre.

# 5

—¡Claro que tienes que participar! ¡Escribe a Wellington y envía el caballo!

Heather Coltrane estaba convenciendo entusiasmada a su amiga, quien por fin había encontrado algo por lo que mostraba una pizca de interés.

La hija de Claire Dunloe había regresado hacía dos semanas de la Isla Norte y Heather apenas había reconocido a su amiga. Chloé, una muchacha antes rebosante de alegría, parecía hecha pedazos y como petrificada. Se diría que todavía no había asumido del todo la pérdida de su querido marido, aún hablaba en presente de las cosas que le gustaban o no le gustaban a Terrence, de las que comía con agrado o de las que le interesaban. Cuando tomaba conciencia de que ya nunca más volvería a reír y hablar con él, a comer o pasear a caballo, rompía en sollozos y corría a su habitación para llorar su pena o —peor aún—, se quedaba ensimismada, sin hablar y sumida en sus pensamientos durante horas. Por mucho que Heather intentase animarla o al menos distraerla, no conseguía mucho más que Claire y Jimmy Dunloe, quienes habían ido a buscar a Chloé a Wellington y organizado allí los funerales, la lectura del testamento y todo aquello en lo que la viuda dio muestras de sentirse superada.

Y, sin embargo, la joven había sido conocida por su talento organizativo, había disfrutado preparando exposiciones y comercializando los cuadros de Heather y de otros artistas. Antes de su boda, las dos amigas habían querido fundar una galería de arte y, tras la muerte de Terrence, Heather había esperado que ese sueño tal vez se hiciera realidad. No obstante, su amiga, delicada y con el cabello oscuro, que siempre había disfrutado de la vida, estaba desfallecida, apesadumbrada y desesperada. Una criatura inconsolable y retraída que apenas se atrevía a salir de casa y que se escondía de la vida pública tras el velo negro del luto.

Fue esa mañana, cuando Heather había convencido a su amiga para que visitara a los Burton y Peter mencionó las carreras de trotones, que Chloé pareció reanimarse.

—Yo tenía un hackney —comentó, con la voz ahogada—. Terrence me lo regaló. Una yegua alazana dorada. La llevaba enganchada, pero también se podía montar. En la cacería de otoño... —Chloé reprimió un sollozo, pero, para sorpresa de Heather, siguió hablando. Y su voz fue haciéndose más viva con cada palabra con la que describía a su caballo *Dancing Jewel* y sus aventuras en la caza del zorro—. ¡Una auténtica cacería, no os lo creeríais! Ese criador de ovejas de Rimuta había mandado traer zorros de Inglaterra y los había soltado en sus tierras. Se suponía que era, en primer lugar, para tener bajo control a los conejos que algún loco ha metido en Nueva Zelanda y que le estaban dejando sin la hierba que en realidad está destinada a las ovejas. Aunque así visto no se habría tenido que cazar a los zorros... Pero fuera como fuese, nos invitó a la cacería y Terrence...

Heather escuchó perpleja a Chloé mientras esta lograba hablar de Terrence y de su hunter negro sin ponerse a llorar. De hecho, más tarde incluso se rio un poco al describir cómo ella y Terrence fueron los primeros en llegar tras los perros cuando estos atraparon al zorro y cómo consiguieron con ingenio y astucia que la pobrecita presa escapase.

—¡Era tan mono! Me habría encantado llevármelo a casa. En cualquier caso no podía permitir que los perros lo despedazaran, y entonces Terrence...

Los ojos de Chloé resplandecían cuando hablaba de la hazaña de su marido al salvar al zorro. Así que a Heather se le ocurrió una idea sobre cómo sacar a su amiga del letargo: la yegua hackney *Dancing Jewel* pertenecía al legado de Terrence Boulder e iba a ser vendida en Wellington. Si todavía estaba en el establo de alquiler, Chloé podía encargar que la enviasen a Dunedin y competir con ella en la carrera de beneficencia de la congregación de Caversham. Por fin saldría de su cerrazón, viviría una nueva experiencia, hablaría con otras personas de otras cosas que de su pena y su pérdida. Heather tan solo tenía que convencerla.

—¿Y si ya no está? —preguntó Chloé temerosa—. Con la mala suerte que tengo...

Heather movió la cabeza negativamente.

—Un caballo tan especial no se vende tan deprisa, y además es muy caro. En cualquier caso, solo lo averiguarás si escribes al albacea testamentario lo antes posible. Lo mejor sería que le enviases un telegrama. En marcha, ¡ahora mismo! ¡Vamos a la oficina de telégrafos! Y camino de vuelta te compramos un traje de montar nuevo. Que no sea negro, sino azul. O el caballo se deprimirá.

Heather no se había atrevido a hacerse ilusiones, pero el plan funcionó. Chloé había amado a los caballos toda su vida; su madre, Claire, le había enseñado a montar en cuanto empezó a andar. También le habían regalado su propio poni, algo por lo que Heather la había envidiado tremendamente, en cuanto Claire y Kathleen por fin ganaron dinero, y para ella había sido importante que Terrence, quien después sería su marido, compartiera esa pasión. Seguramente eran solo el trauma y la pena primera los que habían inducido a Chloé a dejar a *Jewel* en la Isla Norte cuando sus padres fueron a recogerla tras la muerte de Terrence. Y con la misma seguridad lo había sabido el albacea también, un joven abogado con quienes los Boulder tenían trato social. Sea como fuere, no había vendido la elegante yegua, sino que había estado averiguando cómo enviar un caballo de la manera más eficaz posible.

Así pues, respondió de inmediato al telegrama de Chloé y Heather informándoles de que la alazana dorada emprendería el viaje ese mismo día. La reacción de Chloé superó las más osadas expectativas de Heather: enseguida sopesó la posibilidad de viajar a Blenheim para recibir al animal en el transbordador, pero luego prescindió de ello porque más bien demoraría el transporte. En cambio, decidió salir al encuentro de *Jewel* a pesar de todo. Acompañada de Heather, cogió el tren a Christchurch y transigió en ir de compras y visitar el primer hipódromo de las Llanuras mientras esperaba la llegada del caballo.

El hipódromo se encontraba en Woolston, una especie de arrabal de Christchurch, a unos tres kilómetros del centro. Era un pueblo diminuto que solo disponía de un colmado y de un par de fábricas de elaboración de la lana, cuando no se celebraban carreras en Brown's Paddock. Brown, el propietario de un establo de alquiler, había tenido la brillante idea de construir un hipódromo y desde entonces disfrutaba de generosos jugadores y notables ingresos extraordinarios los fines de semana. Acababa también de fundarse un Racing Club, un club hípico que se encontraba enfrente y que ofrecía alojamiento y trabajo a un par de entrenadores y caballos de carreras al galope.

Heather y Chloé llegaron un día en que había competición y esperaban, por supuesto, poder ver una de trotones. Por el momento se celebraban pocas y los criadores de purasangres no ponían en ellas demasiado interés.

—Hay que ver lo que se junta ahí —suspiraba lord Barrington, barón de la lana y uno de los primeros criadores de caballos de carreras en Nueva Zelanda—. La gente llega con sus caballos de labor, con el que tira del carro de la leche y a saber con qué más; a veces recorren más de ochenta kilómetros para trotar luego tan solo cinco kilómetros. Y en consecuencia los caballos están agotados..., los tiempos que alcanzan son ridículos. Pero en Inglaterra este deporte está reuniendo adeptos y aquí... bueno... también el pueblo llano ha de divertirse...

El lord miró con condescendencia a unos cuantos pequeños granjeros, marinos fluviales y artesanos locos por las apuestas que se apretujaban en las plazas de pie junto a la pista, durante la carrera al galope de ese día. Justo detrás, un grupo de mujeres se manifestaba agitando pancartas que advertían sobre los peligros de apostar y beber alcohol, y cantando himnos religiosos. Los espectadores no les hacían caso o las acribillaban a burlas e insultos que ellas soportaban estoicamente.

Los miembros de la alta sociedad de Christchurch, exhibiendo sus mejores galas y unos extravagantes sombreros como en Ascot, ocupaban los palcos y tribunas. Según contaron a Heather y Chloé, *la crème de la crème* de las Llanuras no hacía acto de presencia en las carreras de trotones, sino que en tales ocasiones el hipódromo quedaba totalmente ocupado por las capas inferiores. Los obreros de las fábricas que vivían en los alrededores de Woolston preferían apostar en estas competiciones que en las de al galope, y se suponía que animaban a sus favoritos a voz en cuello y con muy poca educación, y que se peleaban a veces con alguno de los corredores de apuestas y ganadores. Se solía apostar un *tenner,* un billete de diez chelines.

—¡Para las carreras auténticas disponemos recientemente de un totalizador! —explicó orgulloso el lord, y no pudo contenerse e invitar a las jóvenes a que apostasen.

Las dos se decidieron, por razones diplomáticas, por purasangres del establo de Barrington y no se vieron defraudadas. El caballo de Heather fue el ganador, el de Chloé quedó el segundo y ambas cobraron las ganancias. Aunque la recompensa de Heather enseguida se duplicó: Barrington la contrató enseguida para que retratase al ganador, así pues, invirtió en la realización de apuntes y primeros esbozos el tiempo de espera de la llegada de *Jewel.*

—Deberíamos organizar una exposición de tus cuadros en Woolston el día de la carrera —propuso Chloé.

Heather suspiró de nuevo aliviada. Su amiga estaba recuperando a ojos vistas su anterior personalidad emprendedora. Por supuesto que seguía llorando la pérdida de Terrence, pero ya no se dejaba dominar totalmente por el dolor. En ese momento imitó a Heather y donó lo que había ganado a las manifestantes para apoyar su lucha contra los juegos de azar y el alcohol.

—¿Cómo es que ayuda a esa gente tan rara? —preguntó lord Barrington, disgustado—. ¡Son fanáticas, he oído decir que hasta quieren prohibir el vino de misa!

Heather se echó a reír.

—Mi padre adoptivo las está disuadiendo de esta idea. Pero en el fondo tienen razón. Para usted, milord, son diez chelines de dinero de juego. Para un trabajador, un *tenner* es media paga semanal. Si primero se gasta el dinero en emborracharse y luego en apostar, sus hijos se mueren de hambre. ¡Y esas mujeres tienen que verlo! No el hombre, que se va al *pub* cuando ellas se quejan. Y tampoco el señor Brown o sus amigos del totalizador.

Cuando el caballo de Chloé por fin llegó, lo primero que compró la joven fue un carruaje *gig* de dos ruedas, animada por la idea de la Harness Racing de la carrera de trotones con el *sulky*. En Dunedin se montaría a caballo, naturalmente —como en la mayoría de carreras del Brown's Paddock—, pero a Chloé la idea de participar en una competición de trotones todavía le parecía más interesante. En contra de la carrera al galope, que para un jinete experimentado siempre representaba un placer, el trote era un paso más bien incómodo. Cuando uno llevaba el caballo a la pista y cogía las riendas, todavía tenía un pase, pero luego había que limitarse a una velocidad moderada. Montar a horcajadas al trote exigía muchísimo esfuerzo por parte del jinete. En una silla de amazona sería una tortura, pero Chloé, por supuesto, no quería excederse presentándose ante la congregación de la iglesia de Dunedin en una silla de hombre. En cambio, la idea de participar en la carrera con un carruaje... En la carretera de Christchurch hacia Otago dejó a Heather perpleja mostrando la enorme velocidad de *Jewel* en el trote. El hackney era un caballo de tiro nato, pocas veces se ponía al galope por iniciativa propia. Para Chloé no constituiría ninguna dificultad mantener a su yegua en un paso determinado.

—¡Y además es preciosa! —exclamó Heather, maravillada—. De hecho es como una escultura de oro puro. Llamarás la atención, seguro que sois la pareja más bonita de esta carrera.

Chloé se echó a reír... tal vez por vez primera desde que había perdido a Terrence.

—¡No se trata de belleza, Heather, sino de velocidad! ¡Y me he propuesto ganar!

# 6

En efecto, Colin Coltrane abandonó la construcción del ferrocarril dos semanas después de la First Caversham Welfare Race, no sin enemistarse totalmente con Julian Redcliff. Colin era un hombre inteligente y no tardó en comprender los conceptos básicos de la construcción de puentes; si hubiese mostrado ciertas aspiraciones en esta dirección, la carrera de ingeniería habría sido una buena opción para él. Por el momento, Redcliff, aunque reticente, había acabado promocionándolo y por entonces Colin estaba a la cabeza de una cuadrilla de seis trabajadores, dos de los cuales eran maoríes. De todos modos, en las peligrosas obras de Arthur's Pass no bastaba con tener un poco de conocimiento intuitivo, y los intentos de Colin de apremiar a los trabajadores pasando por alto las indicaciones de Redcliff siempre conducían a sus hombres a situaciones críticas.

Cuando uno de los peones maoríes se despeñó, después de que Colin renunciara a que se asegurase durante la construcción de un puente, se produjo una seria confrontación. Por suerte el hombre sobrevivió, pero estaba gravemente herido y rescatarlo de un desfiladero casi inaccesible no solo había puesto en peligro la vida de otras personas, sino que había detenido los trabajos en la obra todo un día. Redcliff increpó a gritos a Colin delante de sus hombres y anuló su ascenso, tras lo cual Colin hizo al principio una tentativa de agredirlo y se despidió después de que el macizo ingeniero lo tirase al suelo con un impasible gancho de izquierda. Los combates de boxeo eran uno de los placeres dominicales de los trabajadores y Redcliff tampoco tenía ahí ningún problema en ponerse al mismo nivel que sus hombres.

Así pues, Colin dejó la obra algo alicaído, pero enseguida se le levantó el ánimo mientras cabalgaba hacia las Llanuras. Por fin había dejado a sus espaldas el capítulo de la construcción de vías, y también el de la Armed Constabulary, por otro lado. La queja que había dirigido en un comienzo al cuartel había recibido una respuesta clara: el trabajo en la construcción de la vía era un servicio y Redcliff era el superior de Colin. Atacar a una persona de ese rango era una falta grave en un militar. Si no se hubiese despedido él mismo, habría tenido que contar con una suspensión del servicio o al menos con una degradación. Así pues, se había retirado con el rango de sargento y como tal decidió introducirse entre los aficionados a las carreras y los criadores de caballos de la Isla Sur. De esta forma su nombre infundía confianza y respeto al mismo tiempo, y nadie dudaría de su cualificación.

A diferencia de Heather y Chloé, Colin tuvo suerte en Woolston y pudo presenciar una carrera de trotones. Llegó a Brown's Paddock la semana anterior a la siguiente carrera y de inmediato se entendió muy bien con el ingenioso propietario del establo de alquiler.

—Si va a dedicarse a la cría, construya al mismo tiempo una pista de carreras —le aconsejó Brown, un tratante de caballos rechoncho y de rostro rojizo de Manchester—. Pero no aquí, joven, se lo prevengo. Haga feliz el entorno de Dunedin o, más arriba, de Otago. Ahí, con todos esos buscadores de oro, también debería funcionar un hipódromo. Las carreras de trotones no es deporte para los ricachos, ¿me entiende? Ahí va la gente normal y todos apuestan los cuatro chavos que se ganan en la fábrica. También les gusta emborracharse... lo próximo que yo abra será un *pub*.

Colin escuchaba con interés las indicaciones del hombre y no tardó en verlas confirmadas. Mientras que los purasangre para la carrera principal del domingo ya se entrenaban los viernes, la mayoría de los interesados en la competición de trotones del sábado por la tarde llegaban en general por la mañana y, con frecuencia, después de haber pasado media noche viajando. Prácticamente no había jockeys, pues la gran mayoría de los propietarios conducían o montaban ellos mismos el caballo. Debido a ello, la pista mostraba una mezcla de ejemplares de todas las razas y dimensiones.

La mayoría de los caballos procedían de las granjas de ovejas de los alrededores y los montaban los pastores que también trabajaban con ellos durante la semana. Por otra parte, los pequeños comerciantes y carreteros de Christchurch y localidades vecinas tampoco se privaban de participar en Woolston con sus animales. En general, los propietarios de los caballos tomaban la salida tanto en la carrera a trote sentado como en la auténtica carrera de enganche anunciada ese día por primera vez. Al final los caballos habían recorrido diez kilómetros al trote y quedaban agotados, si es que no estaban ya exhaustos del viaje. Algunos de los animales de granja nunca habían tirado de un carro y unos pocos de los caballos de tiro nunca habían llevado a un jinete en la grupa. Como consecuencia de ello, en el hipódromo reinaba el caos.

Nadie iba realmente rápido y en medio de la confusión general era difícil de distinguir si uno de los caballos se había puesto al galope o no. De ahí que se produjeran a menudo vivas discusiones entre organizadores, participantes, corredores de apuestas y público. Las Trotting Races estaban muy lejos de ser competiciones disciplinadas. Sin embargo, Colin percibió que el nuevo deporte tenía potencial. Los palcos del hipódromo estaban totalmente llenos, las menudas apuestas sumaban al final una pequeña fortuna y los ganadores obtenían considerables premios en metálico. Colin Coltrane vio confirmadas sus esperanzas más audaces: su futuro y el de Matariki residía en la cría y comercio de trotones.

La First Caversham Welfare Race no sorprendió a nadie en cuanto a participantes y caballos. Cualquiera que tuviese una montura se inscribía, si bien en el fondo no había nada que ganar.

No se había anunciado ningún premio en metálico para los competidores, solo el grupo de ceramistas de la Unión de Amas de Casa se había tomado la molestia de confeccionar unos trofeos.

—Por todos los cielos, ¿y dónde vamos a colocar eso si Heather gana? —preguntó Kathleen Burton con fingida desesperación.

Su hija también estaría, naturalmente, en la línea de salida con su hermoso purasangre castrado de color negro. Junto a ella y Matariki, Colin también tomó nota de otra participante, una mujer joven de cabello oscuro que era la única que, en lugar de montar a su caballo, lo guiaba desde el carro. A Colin le resultó conocida, pero Matariki acaparaba tanto su atención que no consiguió preguntar a su madre por ella. La muchacha estaba de un humor excelente, había cepillado a su caballo hasta que su pelaje resplandeció, lo había adornado con cintas de colores y ahora reventaba de orgullo.

—No se preocupe, señorita Kathleen, ganar, ganaremos.

Sonriente, Matariki cosquilleaba el cuello de *Grainie*. Colin se percató de que tampoco ese día había puesto a la yegua una silla de montar de amazona y se sintió algo desconcertado por ello. Durante el viaje que habían realizado juntos desde Parihaka hasta Wellington eso no le había molestado, y de hecho tampoco habría pedido ninguna silla para montar a mujeriegas. Pero ahí, delante de toda la congregación de la iglesia, Colin encontraba más bien inapropiado que su prometida se sentara a horcajadas sobre la montura dejando al descubierto los tobillos.

Matariki se limitó a reírse cuando él se lo mencionó.

—¡Llevo botas! —observó—. Y todo el mundo sabe que tengo piernas, así que, ¿por qué debería esconderlas? Voy a cabalgar a trote cinco kilómetros, Colin. Si lo hiciera en una silla de amazona, el dolor de espalda me mataría. Y no querrás que esta noche me quede tiesa, ¿verdad?

La joven se separó un momento de su caballo y se estrechó cariñosamente contra su prometido. Otro gesto que no era del todo apropiado hacer en público, pero tanto la madre del chico como la de Matariki apartaron la vista a un lado. Michael no se hallaba entre los espectadores, también él tenía un caballo y quería montar.

—Con lo que corro dos veces el riesgo de tener que colocar ese horrible tarro en la repisa de la chimenea —rio Lizzie Drury, mirando el trofeo—. Ahí, mirad, el reverendo Peter se sube al estrado. ¡Creo que tienes que ir a la salida, Riki!

La muchacha se despidió tiernamente de Colin mientras Peter pronunciaba un par de palabras introductorias. Kathleen y Lizzie volvieron a hacer la vista gorda, pero ambas parecieron aliviadas cuando *Grainie* trotó hacia la salida.

Peter Burton dio alegremente la bienvenida a su comunidad a la comida campestre de ese año y el bazar de beneficencia.

—Como siempre, esperamos unos generosos donativos para los miembros más necesitados de nuestra congregación y, sobre todo, para los recién llegados. Sabéis que la afluencia de buscadores de oro en Otago nunca cesa y no son solo maleantes y aventureros los que van a las minas, sino también muchos individuos que no tenían ninguna esperanza de sobrevivir en su país. ¿Quiénes somos pues nosotros para condenar a los soñadores que ahora llegan a nuestra ciudad harapientos, pobres y a menudo enfermos? Doy las gracias desde aquí a todas las mujeres de la congregación que, tras la llegada de los barcos, se encargan del comedor de los pobres, y a todos los hombres que ayudan a nuestros nuevos vecinos con acciones y consejos en la compra de herramientas y equipo para pasar el invierno en los yacimientos de oro. Doy también las gracias a los artesanos y comerciantes que dan trabajo a aquellos que regresan de los yacimientos desalentados y desesperados, y a las familias que adoptan a los niños que ya quedan huérfanos durante el viaje en barco o que son abandonados por sus padres. Todos trabajan por el amor a Dios, pero la comida de los pobres, el cuidado médico, el suministro de mantas y de ropa de abrigo cuesta dinero, naturalmente. Este es el motivo de que este año se nos haya ocurrido una nueva idea: ¡la primera carrera con fines benéficos de Caversham! Quien en Dunedin o sus alrededores tenga un buen trotón, puede participar en esta competición y los espectadores pueden hacer pequeñas apuestas por el jinete y cochero. La afición por las apuestas es, sin lugar a dudas, un vicio que cada año arrastra a muchas familias a la pobreza. Pero al igual que el placer de tomar una copa de vino no convierte a nadie en un borracho, tampoco dedicar una pequeña cantidad de dinero a un juego inocente conduce a la pérdida de la sensatez y la fortuna. Las apuestas estarán limitadas a un chelín cada vez. Dos tercios de los ingresos se destinarán a la congregación, el último tercio a la iniciativa «Mujeres contra el alcohol», cuya presidenta, la señora Harriet Morison, desea dirigirnos unas palabras.

El reverendo se volvió hacia los participantes de la carrera, mientras una señora bajita, rolliza y peleona, haciendo ademanes con un paraguas, subía al estrado y empezaba a despotricar sin dar más rodeos.

Colin Coltrane levantó la vista al cielo mientras Lizzie se dirigía a una sonriente Kathleen.

—Una lucha obstinada, ¿verdad? —preguntó complacida—. Peter debe de haber sido muy persuasivo para haber convencido a esa mujer de que Dios aprueba su carrera.

Kathleen asintió.

—Pese a que en el fondo ella tiene razón en lo que se refiere al juego y al alcohol —dijo—. Valoramos la postura de la señora Morison y sus partidarias, aunque a veces se pasen un poco de la raya. Pero las mujeres están amargadas. Sus maridos pasan la mitad de la noche en las tabernas y se gastan el sueldo en alcohol. Los niños se mueren de hambre, las familias no pueden pagar los alquileres, todo se convierte en una tragedia. No es extraño que desarrollen ese odio hacia el whisky. Yo, personalmente, no creo que tales individuos fueran mejores esposos si se consiguiera cerrar las tabernas. Quien quiere whisky, siempre acaba consiguiéndolo.

Lanzó una significativa mirada a Michael, que procedía de una dinastía de destiladores de whisky clandestinos. Lizzie sonrió.

—Las mujeres necesitan más oportunidades para intervenir.

—Una voz grave y amistosa se unió a la conversación—. Precisan de un acceso mejor a los patrimonios familiares, apoyo cuando se trata de un divorcio, derecho para la manutención de sus hijos... ¿Llego demasiado tarde, madre? No podía salir del bufete.

Sean Coltrane todavía llevaba su pulcro terno gris en lugar de una ropa más informal, como la mayoría de los hombres que asistían a la fiesta de la congregación. Aun así, la camisa se veía arrugada, como si no se la hubiese quitado para dormir. Kathleen lo consideraba posible. Su hijo mayor seguía matándose trabajando en el bufete, del que, en el ínterin, se había convertido en socio. Ya hacía tiempo que no debería estar trabajando durante el día y la noche, pero además de los lucrativos casos en torno a asuntos de herencia o fundaciones de compañías, de los que se ocupaba sobre todo el bufete, Sean trabajaba con clientes sin medios. Asesoraba a sociedades de beneficencia, realizaba litigios a favor de mujeres y niños abandonados, y era de los pocos abogados a quienes las mujeres contrataban para los procedimientos de divorcio. Sean tenía once años cuando Kathleen dejó a su primer marido. Todavía se acordaba bien del martirio por el que ella había pasado y deseaba evitárselo a otras mujeres. En ese instante se sorprendió al ver a Colin junto a su madre.

—¡Hombre, Colin! ¿Qué te trae por aquí? Y además sin caballo; había pensado que al menos participarías en la carrera.

Colin le sonrió con aire condescendiente.

—¿Habrías apostado por mí, hermanito? ¿O la moral no te lo permite? De todas formas, tampoco iba a despellejarme el trasero solo para que tú ganaras seis peniques. Los jinetes no sacan nada, así que olvídate. —Se dio media vuelta, igual que Sean.

Los hermanos por parte de madre nunca se habían apreciado mutuamente. Tenían poco en común. Al principio, Sean había sufrido por el hecho de que el padre, supuestamente común, prefiriese a Colin, y más tarde también lo había pasado mal en Dunedin a causa de las trastadas que cometía su hermano. Al verlo marchar a Inglaterra se puso contentísimo y tampoco en la actualidad creía que se hubiese convertido en un miembro útil a la comunidad, ya fuera o no *armed constable*.

La carrera estaba a punto de empezar y Colin se acercó a Matariki para desearle otra vez suerte. Sean lo observaba con recelo.

—¿Todavía anda rondando a la pequeña Drury? —preguntó a su madre, justo antes de reparar en la presencia de Lizzie—. Oh, disculpe, señora Lizzie. No la había visto. Yo... esto...

Sean se sonrojó, lo que arrancó una sonrisa cordial de la mujer. Al principio había estado firmemente decidida a que el hijo de Michael no le cayera bien, pero el serio y amable Sean había ganado su corazón ya de adolescente. Ahora era idéntico a Michael, con su cabello oscuro y abundante y las facciones algo angulosas. Como su padre, era alto, pero Sean carecía de la faceta emprendedora de Michael, sino que se mostraba más bien reflexivo. Sus ojos no eran de un azul brillante como los de su padre y los de los propios hijos de Lizzie, sino de un verde pálido, lo que le confería un aire algo soñador. Eso debía de ser irresistible para las muchachas, pero hasta el momento Sean todavía no había encontrado al amor de su vida.

—Tienes reparos en cuanto a la relación de tu hermano con nuestra hija —señaló Lizzie—. Y no eres el único, también nosotros veíamos con escepticismo este compromiso demasiado prematuro. Pero no cabe duda de que ambos están enamorados.

Señaló a Colin, hacia el que Matariki se inclinó para besarlo de nuevo retrasándose casi en la salida. El reverendo bajaba en ese momento una bandera para que el pelotón iniciara la carrera. Matariki tuvo que enderezarse a toda prisa cuando *Grainie* se puso a trotar al mismo tiempo que los demás caballos y logró que su montura mantuviera el paso. Muchos participantes no consiguieron retener a los caballos, que enseguida se ponían a galopar. Según las normas, tenían la posibilidad de volver a empezar de nuevo después de que sus jinetes consiguieran que el animal cambiara la marcha y volver a la salida. Por supuesto, no contaban con grandes posibilidades de reunirse de nuevo con el pelotón. Colin encontraba que esta norma era absurda. Habría sido mejor descalificar de inmediato al jinete y reducir con ello el pelotón.

Los jinetes —y la única cochera— enseguida se perdieron de vista; el reverendo y un par de observadores más los acompañaban a caballo para vigilar que no se infringiera ninguna regla y sancionar al participante si lo hacía. Ahí no disponían de ninguna pista de carreras, la competición se realizaba en la carretera que iba a Dunedin. Estaba bien construida y la primera mitad del recorrido la mujer que conducía el carro tenía las mismas posibilidades de ganar que los jinetes, o incluso más. El camino de vuelta, sin embargo, debía hacerse sobre un camino irregular, tal como Matariki había explicado a Colin con todo detalle. También ella había pensado en enganchar su caballo. Con el trote rápido era casi imposible acompasar los movimientos de la yegua al montarla, circunstancia esta que también incomodaba al animal en esa marcha. Matariki estaba segura de que el hecho de ir sentada frenaba a *Grainie*, pero al ver el estado de las carreteras al final había decidido montar el caballo en lugar de guiarlo desde el carro.

Colin se quedó contemplando brevemente a los jinetes, pero luego decidió volver a ocuparse de su familia hasta que aparecieran de nuevo. Sobre todo debía dar buena impresión a Lizzie Drury, a fin de cuentas sus planes de futuro, entre otros asuntos, también dependían de ella. Había tomado las medidas necesarias: en las alforjas de Colin había una buena botella de vino australiano por la que había pagado una buena parte de su último sueldo. Sabía que Lizzie no se resistiría a probar algo así, pero para mayor seguridad fue a buscar un par de tazas de té antes de abrir la botella y ofrecerles un sorbo a Lizzie y su madre. La combativa señora Morison podía andar por ahí cerca...

Matariki había salido bien y colocó al principio a *Grainie* detrás de uno de los caballos que se pusieron irremediablemente a galope. Eso al menos aceleraba el ritmo, en contraste con la mayoría de las demás monturas, contenidas por sus jinetes en un trote lento y reprimido. Matariki también tenía que sujetar las riendas, pero no le resultaba difícil evitar que la yegua se pusiera al galope. La única participante que también mantenía sin esfuerzo el trote era la mujer que iba en el pescante del *gig*, en cuya hermosa alazana dorada Matariki enseguida distinguió una hackney de pura raza: otra trotona y, con ello, la mayor rival de *Grainie*. Además, la mujer del carruaje se había llevado su propio *pacemaker* para marcarle la velocidad. Delante del hackney galopaba relajado el purasangre de Heather Coltrane.

Matariki se puso a su lado.

—Esto que hacéis no es demasiado honesto —protestó jadeante.

Los grandes movimientos del trote de *Grainie* le sacudían todo el cuerpo sin piedad, mientras que Heather iba relajadamente sentada en la silla de amazona. Al parecer su caballo tenía una galopada blanda y cómoda.

Heather se encogió de hombros.

—Nadie te impide que tú también te unas —observó indiferente.

Matariki la miró desafiante.

—¿Y si yo prefiero ir más deprisa? —respondió provocativa.

Heather rio y lanzó una mirada traviesa a su amiga en el pescante.

—¿Ha calentado *Jewel* lo suficiente? —preguntó.

La cochera asintió y alzó levemente el látigo. La yegua hackney enseguida avivó el paso y Heather aflojó las riendas del purasangre. El fuerte castrado bayo galopaba ahora a media velocidad y la yegua lo seguía al trote sin esfuerzo. Matariki no podía apartar la vista de sus movimientos potentes pero, a pesar de ello, ligeros, y a la conductora del carro parecía sucederle lo mismo con *Grainie*. La yegua cob trotaba con unos pasos altos y enormes, como si llevara las botas de siete leguas, y Matariki tuvo de repente una idea para evitar los golpes: se limitó a ponerse en pie sobre los estribos para volverse más liviana y permitir que *Grainie* trotara todavía con menos esfuerzo.

Ni Matariki ni la mujer que guiaba el carruaje prestaban ya atención a la amazona que marcaba el paso. Las dos yeguas llevaban tiempo trotando una al lado de la otra y se estimulaban mutuamente al tiempo que sus propietarias intercambiaban miradas resplandecientes. La carrera ocupaba un lugar secundario y ambas disfrutaban, ebrias de velocidad.

—¡Un caballo fantástico! —gritó Matariki hacia el *gig*—. ¿Hackney?

La mujer asintió.

—¿Y el tuyo?

—¡Un cob galés de Kiward! —respondió con orgullo Matariki, al tiempo que contenía la velocidad de *Grainie*.

Delante de ellas estaba un ayudante que no solo controlaba la marcha de los caballos, sino que también indicaba el camino a los jinetes. El recorrido por la calle mayor finalizaba ahí y había que girar y volver a Caversham por caminos laterales. Y justo a continuación quedó demostrado que la decisión de Chloé de competir conforme a las reglas conduciendo un carruaje en lugar de montar al caballo había sido funesta. El camino de vuelta no era tan ancho y accesible como la calle de Dunedin. Había baches y otras irregularidades del terreno, aparte de que describía curvas estrechas y a menudo tan cerradas que Chloé tenía que ir al paso para que su coche no volcara. La amazona Matariki no tenía esos problemas. Si bien *Grainie* no mantuvo la misma velocidad que habían alcanzado las yeguas en la calle, siguió con un brioso trote. Matariki titubeó antes de adelantar a Chloé y Heather.

—No es honesto —se lamentó—. En realidad tendrías que ganar tú.

Chloé se encogió de hombros.

—Hasta el momento los caballos eran igual de rápidos, se habría sabido quién era el ganador en el camino de vuelta. Pero así... no importa, ha sido culpa mía, también habría podido montar. Pero esperaba descolgarme de todos los demás antes de llegar aquí.

Matariki soltó una risita.

—¡Y lo has hecho! Salvo de una.

Chloé le dirigió una sonrisa y levantó el látigo a modo de saludo.

—¡Pues sigue cabalgando antes de que otro nos atrape!

Matariki no se lo hizo repetir dos veces. Azuzó a *Grainie* para que la yegua avivara el paso y rápidamente el animal dejó atrás el *gig* de Chloé. Con un trote garboso superó el último kilómetro y Matariki cruzó la línea de meta entusiasmada.

Lizzie y los Burton la recibieron vitoreando, aunque la primera y Kathleen parecían algo achispadas. Colin recibió a su amada ya en la meta y la muchacha se dejó caer dichosa de la silla a sus brazos.

—¡He ganado! ¿Lo has visto?

Los espectadores rieron benévolos cuando el apuesto joven rubio besó a la vencedora. Matariki estaba espléndida. Con la cabalgada se le había soltado el cabello, que le caía por la espalda como una ola negra, en lugar de estar formalmente recogido bajo el velo del sombrero. El viento había arrebolado sus mejillas, los ojos de un castaño dorado le brillaban y sus labios carnosos y rojos resplandecían, húmedos después de haber bebido, de forma no demasiado femenina, la taza de té con vino que le había tendido Lizzie traviesa.

—¡Qué sed tengo!

Matariki reía sin remilgos con el grupo, una niña indómita que se dejaba agasajar por su tribu. La congregación de Peter Burton participó de buen grado de la alegría ajena. Con ese reverendo no se toleraba la beatería y la risueña ganadora los contagiaba a todos con su infantil alborozo. Matariki avanzó a caballo flanqueada por los miembros de la congregación aplaudiendo, muchos de los especialistas en caballos que se encontraban entre el público habían apostado por ella y celebraban su pequeño triunfo.

—¡Tenemos que esperar a Heather y su amiga! —dijo Matariki, cuando un par de chicas se disponían a poner una corona de flores al caballo vencedor—. ¡Ahí llegan!

En efecto, en ese momento la yegua hackney tiraba del *gig* por encima de la línea de meta. Heather se había retirado. Ya llevaba tiempo descalificada y no quería robarle la victoria a su amiga. Con ojo de experto en la materia, Colin tomó nota de que Matariki había competido con una auténtica rival. En realidad, era un milagro que *Grainie* hubiese vencido a la hakney. La hermosa alazana dorada no se veía en absoluto cansada.

Y lo mismo era válido para la mujer que llevaba las riendas. Estaba sentada en su *gig* con una serenidad y porte impresionantes, el traje de montar de color azul impoluto y, por supuesto, ocultando virtuosamente sus tobillos. A diferencia de Matariki, cuyo vestido se había levantado tanto con la vigorosa entrada que hasta se había visto asomar una franja de piel desnuda de la pierna por encima de la recia bota de montar. También la desconocida tenía el cabello oscuro, pero ningún mechón se había atrevido a asomarse por debajo del sombrero. El ligero velo de tul se había levantado durante la carrera, pero ahora caía dócilmente sobre el rostro y dejaba intuir unos rasgos dulces y una tez clara.

—¿Quién es? —preguntó Colin a Matariki.

Ella se encogió de hombros.

—No sé. En realidad tendría que haber ganado ella. El caballo es estupendo, pero el camino de vuelta era complicado con el carro.

Por eso... Colin hizo un gesto de crítica de la organización de la carrera. Había que gestionarla de otro modo. A la larga, cuando hubiese una pista que el público pudiese ver también durante la competición, se comercializarían las carreras de trotones.

—Pregúntale a tu hermana —añadió Matariki—. La acompañaba. A mí me resulta conocida, pero...

Colin ya no escuchó más. La mención de su hermana le iluminó. Aprovechando el momento en que Matariki se volvía complacida hacia la conductora, se aproximó él también al *gig*. Galantemente, le tendió la mano a la mujer para ayudarla a bajar del carruaje.

—Permítame, señorita Dunloe... ah... disculpe, señora Boulder. Ha sido una carrera fantástica. Mi nombre es Colin Coltrane, soy el hermano de Heather. La felicito por su maravilloso caballo.

# 7

Desde el primer momento, Violet vio claro que el alquiler de la casita de madera, en la que se había instalado con su familia tras llegar a Woolston, no se pagaría con lo que Eric ganara como mozo de cuadras. Al principio no se había preocupado, porque todavía contaba con el dinero de la apuesta. Además, Eric afirmaba que no solo ascendería rápidamente en la jerarquía del Racing Club, sino que incrementaría su salario con lo que ganara apostando.

—Cielo, si trabajas ahí, sabes quién va a ganar —aseguraba jactancioso, mientras Violet recorría prendada, pero escéptica, su preciosa casita.

Se trataba de una casa de campo bonita, pintada de color azul cielo, que contaba incluso con un diminuto jardín en el que Violet cultivaría verduras y los niños podrían jugar. En la casa vecina la saludó amablemente una mujer joven, ¡a lo mejor hasta hacían amigos! Exceptuando el período en casa de los Burton, Violet nunca había vivido en un lugar tan bonito y confortable. De ahí que la oprimiera la pregunta de por qué, en tales circunstancias, no lograban cosechar una gran fortuna en poco tiempo todos los mozos de cuadra del club. Se empecinaba en querer creer a Eric. ¡Por una vez en su vida algo tenía que salir bien!

Sin embargo, el semental *Thunderbird* perdió y volvió a comenzar para Violet la antigua y despiadada lucha por la supervivencia. Pese a todo, había comprado ropa para Rosie y Joe antes de que se quedaran sin dinero y también había adquirido tela para cuando la necesitase. Esto no constituía pues ningún problema por el momento. De todos modos, tras pagar el alquiler apenas quedaba dinero para la comida, y Violet lo necesitaba ahora más que nunca. Desde que tenía a Roberta, ya no daba de mamar a Joe, por lo que necesitaba leche. Y encima el pequeño desarrollaba un saludable apetito. Ya comía más que Rosie. Esta se parecía cada vez más a una sombra que, pegada a la falda de Violet, vagaba por el mundo mirando al vacío. La niña no hablaba, no jugaba y no leía, pese a que ya era lo suficiente mayor para hacerlo y Violet se esforzaba tenazmente por enseñarle las letras y abrirle el mundo de los libros. Y eso que Rosie ya casi dominaba la lectura cuando estaba con Caleb.

Los intentos de Violet por matricular a la niña en la escuela vecina salieron mal. Cuando su hermana mayor la dejó, Rosie abrió la boca en un grito mudo para ovillarse después temblorosa en el suelo y empezar a mecerse de un lado a otro al ritmo de un compás interno. Al final de la mañana, a la joven profesora, una voluntaria del movimiento a favor de la abstinencia, cuyos miembros a menudo contrataban en la congregación de la iglesia y que se ocupaban de mujeres y niños, acabó al borde de un ataque de nervios.

—Lo he probado todo, señora Fence —aseguró la señorita Delaney—. Fui amable y luego un poco severa, pero solo un poco, se... se ve cuando un niño tiene miedo. Pero Rosie ni siquiera te mira. Tiene que llevarla a un médico, señora Fence. Tiene una enfermedad mental.

Eric hizo un gesto de rechazo cuando Violet le habló de ese diagnóstico por la noche.

—Ella sí que está enferma —contestó—. Tampoco me gusta que vayas con esas mujeres, Violet. ¡El movimiento en contra del alcohol! Pero esto es el pretexto. En realidad son su... sufra... sufragatas. Eso, al menos, es lo que dicen en el *pub*.

—Sufragistas —lo corrigió Violet—. Son mujeres que reivindican el derecho a elegir. Pero la señorita Delaney y la señora Stuart no se refieren a eso.

La señora Stuart era la nueva vecina de Violet y de la que, en efecto, se había hecho amiga. También ella era miembro de la liga antialcohólica, como su marido. El señor Stuart tampoco jugaba a las apuestas, por lo que podía permitirse pagar el alquiler de su casita pese a que, siendo caballerizo de Brown's Paddok, no ganaba mucho más que Eric. Cuando Violet le preguntó asombrada por qué no aprovechaba sus incuestionables conocimientos internos en relación a las carreras, se limitó a reírse.

—Estoy ahí como los tres monos, señora. Yo ni veo, ni oigo, ni hablo. De todos modos, seguro que metía la pata. Los entrenadores hablan mucho, pero los caballos van a la suya. Basta con que a uno se le crucen los cables o que una yegua esté en celo y no haga más que pensar en un simpático semental para aguarlo todo. A veces en el sentido literal.

Era cierto. Poco antes, un trotón, entre los máximos favoritos, había desobedecido a su jinete y al intentar acortar el camino se había caído al río.

Eric explicaba esas historias como si fueran las escasas excepciones que confirmaban la regla. Consideraba que el señor Stuart era un cretino y la señora Stuart, una peligrosa agitadora.

—Preferiría que no trataras con esa... sufra... —declaró con un deje amenazador, tras lo cual dejó la cuchara, se levantó y se puso la chaqueta—. Esfuérzate un poco más en cocinar mejor. Un hombre no se queda satisfecho con un caldo insípido de verduras.

Eric se marchó rumbo al *pub*. No tenía que ir muy lejos, pues Brown había hecho realidad su proyecto y abierto una taberna al lado del hipódromo. Desde entonces, Eric era un cliente fijo. Y solo pocas veces alcanzaban sus pocas ganancias con las apuestas para pagar lo que bebía.

—La semana que viene iremos allí a protestar —anunció Julia Stuart animosa, cuando Violet le contó desesperada sus cuitas.

Tan solo estaban a mitad de la semana, pero no había nada que comer en casa y el tendero no quería anotar nada más a cuenta. También el lechero amenazaba con dejar de entregar su mercancía, pero se ablandaba todavía al ver a los niños. Sobre todo, era Rosie quien le rompía el corazón cuando la veía salir, tímida y fugazmente, a recoger la botella. Violet casi sentía mala conciencia de enviarla siempre sin dinero, pero los reproches de los proveedores no parecían afectar a la niña y estos no eran muy duros cuando se hallaban frente a la escuálida y callada criatura.

—¡Ven con nosotras, Violet! —Desde que se habían conocido, Julia Stuart intentaba convencer a su vecina de que formase parte de la organización—. Si nos quedamos con los brazos cruzados, no pasará nada o, en la mayoría de los casos, iremos todavía a peor. ¡El *pub* de Brown es una catástrofe para Woolston! ¡La de obreros que se dejan ahí el dinero! Hasta ahora tenían que ir casi hasta Christchurch para beber. Ninguno lo hacía, después de trabajar volvían a casa con sus esposas. Pero ahora: una cerveza en la taberna... y luego son dos y tres, una partida a los dardos, una pequeña apuesta en las carreras... y ya se ha esfumado la mitad de la paga semanal. ¡Las familias se mueren de hambre, Violet! Carry Delaney está ahora haciendo una colecta para que haya comida en la escuela, los niños son incapaces de atender con el estómago vacío a lo que les están enseñando.

Violet suspiró. También ella pasaba hambre, algo que Julia no había notado todavía o no quería saber. A fin de cuentas, no eran esposas de obreros que se alojaban alrededor de la fábrica de lana en unas condiciones en nada mejores a las de los mineros de Greymouth, ellas tenían unas casitas bonitas y recién pintadas... Violet casi se enfadó con su amiga.

—Y además podrías ayudar —mencionó Julia como de paso—. Carry es una buena profesora, pero no sabe cocinar, si tú te encargaras... Además, podrías llevarte a los niños.

Violet se apresuró a aceptar la oferta, llena de arrepentimiento y admiración por la diplomática destreza de Julia. No le ofrecía una limosna a su amiga. Sin embargo, como cocinera, Violet podía comer en la escuela y también sus hijos saciarían su apetito sin tener que pagar nada a cambio.

Carry Delaney consiguió en un santiamén lo que Julia no había logrado: convenció a Violet para que asistiera a una reunión de las «Mujeres Cristianas contra el Alcohol».

—Olvídate de lo de «cristianas» y concéntrate en «mujeres» —explicó la enérgica joven.

Enseguida se había puesto a conversar con Violet, tras descubrir un periódico abierto en su pupitre. ¡Se trataba de un nuevo artículo de la famosa y temida Femina!

—Nos falta alguien como tú, no necesitamos más santurronas, sino mujeres que sepan leer y entender. —Miss Delaney señaló el texto—. Últimamente no cambiamos nada cantando himnos. Necesitamos poder e influencia, precisamos el derecho al voto. ¡Pero de esto no se puede hablar con las prudentes mujercitas antialcohol! —dijo alterada—. A ellas les bastaría con que los tipos dejaran de emborracharse y apostar, y se pusieran a rezar y trabajar.

—¿Y no sería un avance? —preguntó tímidamente Violet.

Carry puso los ojos en blanco.

—¡Claro que estaría bien! Pero, en primer lugar, eso no ocurrirá, y en segundo lugar... que no se golpee a mujeres y niños y no se los deje morir de hambre ¡es condición previa! Pero lo planteamos como si el sexo fuerte nos estuviese haciendo un favor. Y lo que es peor, un par de esas mujeres incluso opinan que el único responsable de todo ello es el demonio del alcohol o el del juego. El hombre en sí es una pobre víctima. ¡No es cierto, Violet! Yo, personalmente, no creo que prohibir el alcohol vaya a tener ninguna repercusión. ¡Lo que necesitamos son leyes totalmente distintas! Una obligación, pagar el mantenimiento, por ejemplo. Un derecho al divorcio decente que no condene a la mujer y los hijos a la miseria. Provisión social cuando el tipo no pague o no pueda pagar... Pero bien, por mí que prohíban también el alcohol. El problema reside en que el Parlamento no lo hará. No mientras en la Cámara se sienten exclusivamente hombres elegidos exclusivamente por hombres. De ahí que sea eso lo primero que tenemos que cambiar. Es necesario el derecho al voto. El sufragio activo y el pasivo.

—¿Quieres que te voten como miembro del Parlamento? —preguntó Violet atónita, pero también llena de admiración.

Carry soltó una sonora carcajada.

—¿Por qué no? ¡Espera un par de años y colocaremos a la primera ministra! Y tienes que acudir a la próxima reunión. Hablará Kate Sheppard y quiero presentártela. Eres la primera mujer a quien no he tenido que explicar la diferencia entre el sufragio activo y el pasivo. ¿Cómo es que lo sabes, Violet Fence? ¿Lees los informes del Parlamento?

Violet sonrió.

—Tengo una enciclopedia —confesó—. Ahora justamente estoy en «Fenómenos meteorológicos».

Carry le sonrió. La delicada joven de cabello castaño tenía todavía el aire, a veces, de una alumna. En cualquier caso disfrutaba de las acciones de su grupo de mujeres como de una aventura.

—Entonces estás lista para una tormenta. El domingo por la tarde en la casa de la comunidad de los metodistas de Christchurch. Habla Kate Sheppard de la Ladies Association de la iglesia de la Trinidad, y desde Dunedin acudirá Harriet Morison. ¡No te lo pierdas!

Violet pensó nerviosa en la tormenta doméstica que desencadenaría Eric si ella se unía a un grupo de sufragistas. Pero, por otro lado, ¿quién iba a contárselo? El domingo había carrera, cuidaría de los caballos y se gastaría el dinero que le quedaba en las apuestas.

Estaba decidida a correr el riesgo.

El domingo por la tarde, Violet se puso pronto en camino. No sería sencillo llevar a Roberta y a menudo también a Joe durante todo el trayecto a Christchurch, más aún cuando Joe no dejaba de gimotear. Pese a la escasa comida, era un niño fuerte, podía andar bien y defendía su derecho de hacerlo solo. Naturalmente, eso era imposible durante más de tres kilómetros y los diminutos pasos del niño retenían a Violet. Una vez más tuvo que esforzarse en ser una buena madre con él. Poco faltó para que le chillara cuando, por segunda vez se salió con la suya, dio un par de pasos, se cayó y se agarró al vestido de Violet para levantarse con las manitas sucias. El vestido bueno que Heather le había regalado años atrás y que ella seguía llevando.

Aunque en el ínterin había dado a luz a dos niños, Violet no estaba más robusta que aquella jovencita de catorce años, solo había tenido que soltar un poco el vestido por la zona del pecho y las caderas. Julia Stuart elogiaba la delgadez de su talle que el vestido de terciopelo color burdeos tanto ponía de relieve. Ella misma solo llevaba un sencillo vestido de tafetán que, si bien era de una tela de calidad, era oscuro y modesto. La arrogancia, le contó con ligero pesar, era incompatible con la religiosidad de su marido. Violet fue entendiendo poco a poco por qué Carry llamaba a su vecina, con algo de menosprecio, una santurrona; también a ella la sacaba de quicio con su frecuente moralina.

Pero ese día estaba contenta de tenerla a su lado. Julia Stuart todavía no tenía hijos, aunque los deseaba, y estaba totalmente loca por Joe. A Violet le resultaba incomprensible. Encontraba a la delicada Roberta, que por supuesto a esas alturas ya no parecía una ciruela pasa, sino que tenía los mofletes tersos y sonrosados, los labios rosas y unos ojos enormes y azules, mucho más bonita que al gordinflón Joe. No le costaba nada amar a Roberta. La llevaba envuelta en una tela delante del pecho y observaba algo impaciente, pero aun así agradecida, las molestias que Julia se tomaba por Joe. La joven hacía todo lo que él quería, lo dejaba andar un par de pasos para luego volver a llevarlo en brazos, y se puso contentísima cuando se durmió en su hombro. Lo último también alegró a Violet.

—Ahora por fin avanzaremos —observó—. Al ritmo de Joe habríamos tardado tres horas.

Julia no daba la impresión de que eso la hubiese molestado. Era evidente que a ella le gustaba más estar con el niño que ir a escuchar a Kate Sheppard, frente a quien sentía cierto escepticismo.

—Bueno, Rosie tampoco va tan deprisa —afirmó, aunque estaba claro que no era cierto.

Violet llevaba a Rosie de la mano y la pequeña la seguía como siempre: rápida, muda y obediente. La primera estaba algo preocupada por cómo reaccionaría su hermana menor en una reunión tan nutrida, pero se suponía que solo habría mujeres. En general, Rosie se asustaba menos de ellas que de los hombres.

—Siempre viene algún hombre —advirtió Julia cuando Violet le expuso sus pensamientos—. Mi marido, por ejemplo, todos tenemos los mismos objetivos. Aunque con esa señora Sheppard... no estoy tan segura... tiene... tiene opiniones muy radicales. El derecho al voto para la mujer... me refiero...

—¿No te ves capaz? —preguntó Violet.

El trato frecuente con Carry Delaney le devolvía un poco ese tono relajado que había adoptado de Heather Coltrane en el pasado.

Julia se la quedó mirando sorprendida.

—Esa no es la cuestión. La cuestión consiste en si es la voluntad divina. Me refiero a que... Dios creó a Eva de la costilla de Adán... y precisamente la primera decisión que Eva tomó fue la equivocada... —Julia se santiguó.

—Quizá por eso —observó Violet.

Julia frunció el ceño.

—¿Eh?

—Tal vez haya sido por eso mismo. Porque ella... bueno... venía de la costilla del hombre... Si Dios se hubiese tomado la molestia y cogido un poco más de arcilla... o al menos le hubiese cogido un poco de cerebro a Adán...

Julia volvió a santiguarse, esta vez horrorizada.

—¡Esto es sacrilegio, Violet Fence! —sentenció furiosa.

Violet se encogió de hombros.

—Yo solo pienso que fue un poco descuidado. Pero no porque Eva tal vez no fuera la más inteligente del mundo significa que todas las mujeres tomen las decisiones equivocadas. Las hijas de Adán y Eva, por ejemplo, no solo habrán heredado algo de la costilla de Adán, sino también de su entendimiento.

Era obvio que Julia Stuart no quería dedicarse a esas reflexiones heréticas. En lugar de eso habló a Violet de Kate Sheppard.

—Tiene un hijo pequeño, de la edad de Joe más o menos. Proviene de Liverpool. Y se dice que es muy religiosa, aunque tenga esas opiniones tan extremadamente radicales. Su divisa es: «Todas las diferencias, ya afecten a la raza, clase, origen o sexo, son indignas del ser humano y hay que vencerlas.»

—¡Pero si es bonito! —exclamó Violet.

Julia gimió.

—¿Un mundo en el que todos sean iguales? ¿Adónde iríamos a parar?

Violet reflexionó.

—A un mundo en el que todos tendrían qué comer... —dijo esperanzada.

—¡O en el que todos se muriesen de hambre! —replicó Julia, triunfal.

Violet reflexionó. No carecía de fundamento. Pero seguro que Kate Sheppard no se refería a eso.

Finalmente, Violet y Julia llegaron algo tarde al encuentro de la Christian Temperance Union. La sala ya estaba casi llena y el himno del movimiento, *Give to the Winds Thy Fears*, resonaba en esos momentos en unas cincuenta gargantas femeninas. Julia Stuart ya estaba pensando en si todavía podían entrar, cuando Rosie se quedó mirando fascinada una extraña aparición: por la tranquila calle dominical se acercaban dos bicicletas, elegantes velocípedos de ruedas altas como los que Violet había viso solo en una ocasión en Londres, poco antes de la travesía a Nueva Zelanda. Entonces los conducían unos hombres vestidos de oscuro con sombrero alto y aspecto serio. Ahí, sin embargo, se acercaban dos mujeres, de las cuales una dominaba el vehículo soberanamente y la otra de vez en cuando se bamboleaba un poco. Y al menos la primera parecía pasárselo en grande. Sonriendo, se volvió hacia su compañera.

—¡Ya lo ve, Harriet! Es fácil de aprender, es una forma de hacer ejercicio físico y además es divertido. Sin contar con que resulta mucho más barato comprar una bicicleta que un carro y un caballo. Y además no hay que darle de comer. Solo necesita una sillita para el bebé... ¡Y, encima, claro está, le estorba ese molesto corsé!

La mujer detuvo el velocípedo con elegancia delante de la casa de la comunidad y sonrió cuando Violet y Rosie la miraron con tímida admiración, mientras Julia se mantenía a un lado indignada.

—¡Puede probar! —invitó a Violet—. Aunque tiene las piernas mucho más cortas que yo. No estoy segura de si se puede regular.

Violet se ruborizó. Ni siquiera Carry Delaney hubiese pronunciado jamás la palabra «piernas» de modo tan despreocupado en público.

—¿Qué pasa ahora, Harriet, puede bajar? —preguntó la mujer, complacida, a su compañera.

Esta no parecía saber demasiado bien cómo hacerlo. Era mucho más baja y rolliza que su amiga, que era de una estatura imponente, delgada y no necesitaba corsé para realzar su talle. Tampoco lo llevaba. Violet volvió a enrojecer cuando se percató de ello.

La mujer examinó entretanto el velocípedo de su amiga.

—Puede probar con este —dijo cordialmente a Violet—. Pero después de la reunión. Oh, Dios, deben de estar nerviosísimas porque llego tan tarde. Soy la principal ponente, ¿sabe?

Sonrió, comprobó con un breve ademán si su cabello recogido en lo alto en un moño todavía estaba en orden bajo el desenfadado sombrerito y se dispuso a entrar. Su amiga todavía estaba intentando con esfuerzo bajarse de la bicicleta. Violet la ayudó.

—Ahí está, ¿lo ve?, es usted un don de la naturaleza. —La señora Sheppard sonrió, sin especificar si se refería a su amiga o a Violet.

Violet, en cualquier caso, se coló en la sala tras las ponentes y tiró de Rosie sin prestar atención a Julia. En pos de la alta señora Sheppard, a quien los reunidos naturalmente dejaban sitio, consiguió ponerse delante enseguida. Julia la seguía y Carry Delaney, que se había ofrecido a llevarse a los niños, iba tras ellas.

—Me cuido de ellos en la parte de atrás, tengo colores y libros ilustrados. Así ninguno gritará en medio del discurso y las madres podrán escuchar a las conferenciantes con tranquilidad.

La señora Sheppard sonrió satisfecha a la joven desde el estrado cuando Joe, que se acababa de despertar, la siguió tambaleante, a continuación de lo cual también Rosie se desprendió, insólitamente, de la falda de Violet. Por lo general, nunca se iba con extraños, pero, por otra parte, siempre estaba muy preocupada por el niño. Violet continuamente se veía sorprendida por su hermana: sabía que Rosie se sentía algo así como responsable de Joe, y que solo se aventuraría a correr un riesgo de ese tipo para no perderlo de vista.

Pero luego, cuando Kate Sheppard empezó a hablar, se olvidó de su hijo y de la muda protectora de este. La ponente saludó a los congregados, pronunció una breve disculpa por el retraso y empezó a presentar sus tesis.

—Desde que la humanidad fue desterrada del paraíso se esfuerza, con ayuda de Dios, en evitar el pecado, dominar el mundo y conseguir la felicidad y la justicia. Se ha hablado y reflexionado mucho acerca de esto último y, desde la Antigüedad, también han sido muchos los logros que se han realizado. Ya no tenemos esclavos, tampoco juzgamos arbitrariamente a los pecadores, sino que tenemos leyes y tribunales, nos ocupamos de los pobres y los enfermos. Se definieron los derechos humanos y se reconocieron, al menos en el ámbito de los estados modernos. Pero, en la práctica, amigas mías, los derechos humanos siguen siendo derechos masculinos. El hombre trabaja, el hombre dispone del dinero. El hombre administra la fortuna de la familia, incluso cuando haya sido la mujer quien la aportara en el casamiento. Y de hecho el hombre también puede tener esclavos: una vez que la mujer ha aceptado casarse con él, es incapaz de librarse del matrimonio. El hombre puede golpearla, dejarla morir de hambre, forzarla, dejarla embarazada tantas veces como se le antoje. Incluso si la mata, las sentencias suelen ser suaves cuando consigue presentar y disfrazar el asunto como si fuera un accidente. Sin embargo, en el momento que una mujer obtiene el divorcio pierde sus propiedades y a sus hijos. La custodia suele otorgarse, prácticamente siempre, al marido, aun cuando haya sido él quien haya disuelto el vínculo del matrimonio, pegando a sus hijos y malgastando en el juego y la bebida el dinero con que debería estar alimentando a su familia.

»Estoy segura de que todos serán de la misma opinión que yo: esto debe cambiarse. Necesitamos otras leyes más justas. Pero no las conseguimos, porque son los hombres los que dictan las leyes. Solo ellos pueden votar y solo ellos pueden ser miembros del Parlamento. Y responden indignadísimos cuando les preguntamos por qué esto ocurre así. Sobre por qué en relación al derecho de voto se iguala a las mujeres con los locos y criminales (tampoco ellos, como es de entender, tienen permiso para determinar en las urnas el destino del país) hay muchas teorías. Se dice que nosotras, las mujeres, somos demasiado sensibles. Demasiado débiles y necesitadas de protección. Demasiado emocionales también, demasiado sentimentales para tomar decisiones duras y difíciles. Oigo que algunas de ustedes ríen con tristeza y quiero unir mi cinismo al suyo. Pero tenemos que dejar de sufrir en silencio. Tenemos que demostrar que podemos hacer algo más que rezar y allanar el camino al cielo de nuestros maridos por medio de nuestra cariñosa protección. Esto sobre todo es lo que se nos permite, amigas mías. Un elevado sentido de la moral y una dignidad natural que no debe ensuciarse con una insultante y despreciable política terrenal. Unos nos ponen en el mismo saco que a los locos y otros en el saco de los ángeles. De los dos se desprende lo mismo pues, cómo no, los ángeles tampoco votan.

Julia funció el ceño, disgustada, pero Violet y el resto de las oyentes se rieron.

—No tengo que presentar ninguna prueba de que no somos ángeles. Pero nuestros rivales políticos tampoco tienen ninguna de que la inteligencia de las mujeres no supere a la de los niños, locos y maleantes. Desde otro punto de vista se admite que somos razonables. Las leyes que hacen los hombres, amigas mías, también se aplican a las mujeres. Se nos permite realizar un matrimonio legítimo y al menos hacer negocios en un área reducida. A lo mejor un banco no presta dinero a una mujer que esté sola. Pero si lo hace, la mujer tiene que devolver el dinero sin que en ello importe su sexo.

»Los hombres y mujeres son iguales, aquí en nuestro país y en todos los demás, pero solo ahí donde esa igualdad beneficie a los hombres. Donde podrían favorecerse a las mujeres, aparecen de repente unas leyes totalmente distintas. Eso no es justo. ¡Y eso no puede ser por voluntad divina!

—Pero ¿sería así si Dios no lo quisiera? —preguntó una voz apenas audible detrás de Violet. Se dio media vuelta y vio a una mujer abatida con un vestido harapiento—. ¿No debemos someternos a su voluntad?

Kate Sheppard le sonrió.

—Dios concedió a hombres y mujeres entendimiento y voluntad para luchar contra la maldad. No obstante, la humanidad tarda a veces mucho hasta llegar a reconocer lo que es erróneo. Acuérdese de la esclavitud. Tuvieron que pasar muchos siglos y se tuvieron que dirigir a Dios muchas y desesperadas plegarias para que la humanidad se percatara de que el color de la piel del prójimo no lo convierte en un animal de labor. Sin embargo, tampoco en aquel caso envió Dios ningún rayo ni ningún ángel con una espada en llamas. Simplemente protegió a quienes luchaban y así acabaron ganando. Dios ama y protege a los justos, pero no tiene tiempo para los débiles y titubeantes que se encogen y ceden el terreno a los malvados e injustos.

»No queremos cortar a los hombres las alas con que se esfuerzan por llegar al cielo. Pero lamentamos que para conseguirlo se nos suban a los hombros. Queremos igualdad de derechos para todos. Queremos un divorcio razonable, una provisión social que impida que los niños pasen hambre. Queremos escuelas para niños y niñas, para hijos de los burgueses y de los trabajadores. Queremos asistencia médica gratuita: ninguna mujer debe morir en el parto porque su marido se gaste bebiendo el dinero que debería destinar al médico.

»Hasta el momento, amigas mías, el único derecho de la mujer, el único terreno en que era igual, era el derecho a decir sí en la iglesia. Queremos poder decir también que no. Y para ello solo hay un camino: queremos, necesitamos el derecho a elegir.

Violet no podía parar de aplaudir cuando Kate Sheppard bajó del estrado.

Julia Stuart estaba menos emocionada.

—Mi marido no me pega —advirtió malhumorada, mientras la bajita señora Morison subía al estrado para ocupar el puesto de Kate y desplegaba matices más habituales en la Temperance Union mientras advertía de los peligros del alcohol y abogaba por su prohibición.

—Me alegro por ti —dijo Violet no sin cierta frialdad—. Y por lo que se ve, tampoco te hace un hijo cada año. Pero me temo que eres de las pocas.

—¿Violet?

La reunión concluía, como siempre, con un té en comunidad y Violet ya había reunido el valor suficiente para acercarse cautelosamente al grupo de mujeres que se había formado en torno a Kate Sheppard. Pero entonces se reunió con ella Carry Delaney.

—Pasa algo... con... con Rosie. Creo... creo que deberías echar un vistazo.

Mientras Violet se daba media vuelta asustada, Kate Sheppard descubría a Carry y la saludaba amistosamente. La joven aprovechó la oportunidad para presentarle a la tímida Violet.

—Nos hemos visto un momento fuera —dijo Kate, sonriendo—. La señora Fence se interesaba por mi velocípedo. ¿Le gustaría probarlo ahora, señora Fence? Es realmente una novedad muy bonita y permite rebatir totalmente las teorías de esos hombres ignorantes que sostienen que «por su estructura ósea y disposición física, la mujer no tiene las cualidades necesarias para ir en bicicleta». Se supone que somos demasiado frágiles para pedalear. Y esos hombre se consideran científicos, hasta médicos. Siempre me pregunto si alguna vez asistieron a un parto. Es posible que no, porque en ese caso prohibirían dar a luz. Comparado con ir en bicicleta, un parto sí que es difícil.

A Violet le habría gustado seguir escuchándola, pero estaba preocupada por Rosie. ¿Qué habría pasado? ¿Y quién vigilaba ahora a los niños?

Kate Sheppard se percató de su inquietud.

—Ya, a quién se lo estoy contando, usted misma ya tiene hijos, como acabo de ver. ¿Son los tres suyos? Por todos los cielos, pequeña, ¿cuándo empezó?

Violet se ruborizó, pero Carry explicó a la sufragista que Rosie era hermana.

—Y está en cierta medida... enferma mental. Nunca se altera, siempre permanece en silencio. Pero hoy... tal vez quiera verlo usted misma.

Violet quería que la tierra se la tragara al escuchar esa propuesta. ¿Cómo podía Carry molestar a esa mujer con sus asuntos? Pero Kate Sheppard no se lo tomó a mal.

—¿Se refiere a que está catatónica? —preguntó.

Violet lo negó con la cabeza.

—No, se mueve. Más... —buscó la palabra que había tomado de la enciclopedia de Caleb— más bien padece de mutismo.

—¿Guarda un silencio obstinado aunque no presente causas físicas para estar muda? —Kate Sheppard dirigió a Violet una mirada de reconocimiento—. ¿Se lo ha dicho un médico?

Violet meneó negativamente la cabeza.

—No. Es solo... solo...

—Estaría encantada de echarle un vistazo —dijo Kate.

Siguió a las mujeres jóvenes hasta un rincón en un extremo apartado de la sala, donde Carry había estado cuidando de los niños. En efecto, había juguetes y pinturas. Julia Stuart, que había sustituido a Carry durante la ausencia de esta, estaba alegremente sentada en el suelo y jugaba con un tren con Joe y otros dos niños pequeños, mientras Roberta y otros dos bebés dormían al lado. De vez en cuando levantaba la vista para reprender a Rosie. La pequeña estaba sentada junto a una mesa, muy rígida, pero no inclinada, sino muy erguida. Su rostro tenía una expresión concentrada, hasta furiosa, y sostenía un lápiz en la mano.

Violet recordó que Rosie no había vuelto a pintar desde que Caleb se había ido a Inglaterra. No había podido permitirse comprar lápices de colores. En ese momento miró con curiosidad el dibujo de su hermana. Lo que vio le produjo una sacudida. Rosie garabateaba la cuarta o quinta hoja de papel, y al parecer había apretado tanto el lápiz al pintar que el papel barato se había rasgado en varios lugares. La mesa estaba manchada de rojo, pero por lo visto a Rosie le daba igual. Con movimientos rápidos, mecánicos, casi furiosos seguía trabajando con saña. El lápiz ya se había roto y pintaba con un pedazo.

—¡Por el amor de Dios, Rosie, la mesa, el lápiz! ¡Lo estás rompiendo todo, esto cuesta dinero!

Violet protestaba, pero en el fondo sentía un miedo terrible. Rosie parecía haberse vuelto completamente loca, y cualquiera podía verlo.

—¿Qué estás pintando, Rosie? —Violet oyó la voz tranquila, algo profunda de Kate Sheppard—. ¿Qué quieres contarnos?

Rosie embadurnaba otra hoja de papel mientras Kate esperaba pacientemente. Entonces levantó la cabeza y miró al vacío.

—Rojo. Sangre —dijo, dejó caer la cabeza sobre la mesa y se puso a llorar, en silencio como siempre. Después de un rato, se detuvo, como si se hubiera dormido.

—Al menos ha dicho algo —observó Kate.

—¡Debería verla un médico! —señaló Carry.

Kate negó con un gesto.

—Solo porque esté callada no tiene que estar enferma —apuntó—. A lo mejor es simplemente la forma que tiene Rosie de decir que no. Nuestro mundo le exigía demasiado. Por eso se ha buscado uno propio.

Julia sacudió la cabeza enojada y Carry parecía confusa. Pero Violet comprendió.

—No tenemos que cambiar a Rosie, tenemos que cambiar el mundo —dijo—. Gracias, señora Sheppard. ¿Dónde tengo que registrarme, Julia? Quiero ser miembro de la Temperance Union.

Kate sonrió.

—No se olvide del cristianismo —mencionó—. Necesitamos la ayuda de Dios.

El sábado siguiente, Violet se reunió con veinte mujeres más. Mientras la titubeante Julia vigilaba a los niños, ella cantaba himnos y agitaba carteles delante de la Race Horse Tavern.

—¡Suprimid el alcohol! ¡Renegad del demonio! ¡Pan en lugar de whisky!

Cuando Eric la descubrió allí, la arrastró a casa y la molió a palos delante de la horrorizada Julia. Al día siguiente, le confesó que había rescindido el contrato de alquiler de la casita. De todos modos no podían permitírsela, ya lo había dicho suficientes veces Violet. En su lugar, se mudaban a un cobertizo en el patio posterior de Brown's Paddock. El sitio no habría bastado ni para un perro, a nadie se le habría ocurrido meter ahí a uno de los valiosos caballos de carreras.

—¡Además, podrás ganar algo de dinero! —dijo Eric riendo—. Puedes limpiar el *pub* de Brown por las mañanas.

Medio muerta de asco, Violet limpiaba la Race Horse Tavern después de las bacanales de los hombres. Pero los sábados llevaba a los niños a casa de Julia y se dirigía a Christchurch. La Temperance Union se manifestaba cada fin de semana delante de un *pub* distinto.

Eric seguía desaprobando el compromiso de Violet con el movimiento por la abstinencia, pero, por supuesto, no sacrificaba la tarde del sábado en el *pub* por la tarea de vigilar a su esposa. Y Violet se enfrentaba impasible a lo que pudiese suceder. Unas veces llegaba antes que él a casa y podía fingir que estaba durmiendo profundamente. Otras veces tenía mala suerte y Eric la descubría con las pancartas. Dejaba entonces que la pegase mientras los niños estaban seguros en casa de Julia. Cuando estaba borracho, Eric volvía a tener relaciones sexuales con ella, pero, para sorpresa de Violet, no volvió a quedarse embarazada. Seguía siendo menuda y estaba desnutrida, además daba de mamar a Roberta. El hecho de dar de mamar debía de contribuir a que no se quedase encinta, según le había contado una compañera del entorno de Kate, en el que las mujeres conversaban con sorprendente libertad acerca de los hombres y los hijos.

—Pero lo mejor, claro está, es casarse con un hombre bueno y de moral sólida, que esté dispuesto a vivir absteniéndose en algunos momentos —sentenciaba una matrona acerca del tema de la prevención.

—¿Como del whisky? —se le escapó a Violet—. ¿No podríamos hacer que lo prohibieran junto con la Ley Seca?

Luego se echó a reír con sus nuevas amigas. Si ese tipo de abstinencia también hubiese figurado en la lista de la Temperance Union, ningún hombre se habría inscrito como socio.

Los días que se celebraban las carreras, Violet peregrinaba a la sala de la congregación de los metodistas y escuchaba los discursos de los defensores de la Ley Seca o, si tenía suerte, de mujeres como Kate Sheppard. Escuchaba a Ada Wells, Harriet Morison y Helen Nicol y, en una ocasión, también a sir John Hall, un hombre que abogaba realmente por el derecho de la mujer al voto. Y un día casi se le paró el corazón cuando Carry Delaney le entregó la hoja informativa del siguiente acto.

El ponente principal era Sean Coltrane, abogado de Dunedin y candidato de los liberales al escaño parlamentario.

# 8

—No —dijo Michael Drury—. La respuesta es no, Matariki, y no hay peros que valgan.

Ella no podía aceptarlo. Erguida, con sus ojos ambarinos brillando, estaba en pie frente a sus más bien relajados padres. Como siempre que estaba realmente furiosa, parecía haber crecido un palmo más.

—¡Pero esto no es justo! No hay ningún motivo para decir que no. ¡El oro está ahí! ¡Y también forma parte de mi herencia!

Lizzie Drury levantó la mirada al cielo.

—¿Por qué no esperas a recibirla? —observó.

Matariki bajó la vista.

—Perdón. Me refiero a que es mi dote. Tengo derecho a una dote, yo...

—No tienes derecho a nada —señaló Michael con severidad—. Tienes dieciocho años y todavía te falta para la mayoría de edad. Sin nuestro permiso no puedes casarte, y sin enlace no hay dote. Y de matrimonio puede hablarse, pero no de financiar a ese fanfarrón de Colin un negocio de caballos.

—¡No quiere tratar con caballos, quiere criarlos! —exclamó Matariki. Era la enésima vez que lo repetía y empezaba a pensar si sus padres no serían duros de entendederas. Había contado con que estarían encantados cuando les contase los planes de Colin. A fin de cuentas, ¿quién no iba a considerar buena la idea de abrir un hipódromo y un criadero en Otago?—. Queremos criar trotones partiendo de purasangres y cobs. ¡Lo hemos pensado a fondo y será un buen negocio!

Michael frunció el ceño.

—Con ese tipo de cruces he visto ya demasiados caballos con cuerpos robustos y fuertes y patas delgadas y cortas. Yo al menos consultaría con Gwyneira Warden, de Kiward Station, antes de emprender algo así. Os cortará la cabeza si le compráis caballos y luego empezáis con esos cuestionables cruces.

—¡Michael, aquí no se trata de caballos!

Lizzie intervino antes de que todo se convirtiera en una discusión científica sobre trotones y caballos de carreras al galope: no tenía la intención de dar a su hija a un cazadotes, así de sencillo. Y precisamente de eso se trataba ese asunto, según su opinión.

Por desgracia, ni Michael ni Matariki la escuchaban.

—¡No tenemos por qué contárselo a ella! —replicó Matariki a su padre—. Compramos dos o tres yeguas, las pagamos, y luego a la señora Warden ni le va ni le viene lo que hagamos con ellas.

—¡Y ahí empieza todo! —contestó Michael—. Ese tipo todavía no tiene ni un solo caballo en el establo pero ya está dispuesto a engañar y estafar. Y entre la gente más influyente, menuda forma tan estupenda de introducirse en esos círculos.

—Vale, pues le preguntaremos a ella —transigió Matariki—. Es probable que no tenga nada en contra. Colin sabe un montón de caballos, él...

—Es posible —intentó objetar de nuevo Lizzie—, pero eso no es razón para darle una fortuna para que corra un riesgo.

—¡No se la dais a él, sino a mí! —exclamó Matariki—. Todo el proyecto depende de mí, porque llevaremos juntos el criadero. Tomaremos las decisiones juntos, seleccionaremos los caballos...

—Pero todo estará a su nombre —observó Lizzie—. Despierta, Matariki, en cuanto te cases con él tendrá poder para disponer de tu dote y de tu fortuna. Y tú apenas lo conoces.

—¿Que apenas lo conozco? —estalló Matariki—. Llevo con

él casi... casi medio año. Y nosotros... —se sonrojó levemente, pero siguió hablando—, ya somos desde hace tiempo marido y mujer.

Lizzie levantó la vista al cielo.

—Te refieres a que ya sabes qué aspecto tiene un hombre desnudo. Pero bajándose los pantalones no te deja ver lo que tiene en la cabeza.

—¡Lizzie! —exclamó Michael, escandalizado.

Lizzie se encogió de hombros.

—Es así —respondió—. Lo siento, Michael, pero a veces el decoro se opone a la verdad. La cama no es ningún confesionario. Y he oído que hasta en este último uno puede mentir sin que Dios lo fulmine ahí mismo con un rayo. Yo, en cualquier caso, no me fío tanto de ese Colin como para invertir en él mi dinero.

Michael miró a su esposa maravillado. Hasta entonces había sido ella la que siempre se había pronunciado a favor del chico, mientras que Kathleen, el reverendo y Michael observaban la relación de Colin con Matariki con cierto escepticismo. Se preguntaba a qué se debería ese cambio de opinión repentino.

—¡Pero entonces no nos podremos casar! —objetó Matariki, desanimada—. Ahora que Colin se ha despedido de los ferrocarriles...

Michael suspiró.

—Matariki, nadie ha obligado al señor Coltrane a que se fuese. Y si sus intenciones de casarse dependen de cuánto dinero aportes tú al matrimonio, mejor que lo dejes correr.

Hainga, una de las ancianas de los ngai tahu, que siempre había sido como una abuela para Matariki, opinaba de igual manera. La muchacha había ido a refugiarse en ella y contarle sus penas, pero Hainga no veía ningún problema.

—Si tu marido no tiene dinero, lo traes y vivís con la tribu —sugirió la maorí.

Matariki negó escandalizada con un gesto.

—Colin jamás pasaría la noche en una casa dormitorio con todos los demás. Él...

Hainga asintió comprensiva.

—Claro que no, es un *pakeha*. Cualquiera lo entendería. Entonces construid una casa de madera. O si no os mudáis a la antigua cabaña de Lizzie y Michael. Allí también podría criar un par de caballos si queréis. La tierra es nuestra y, como en la zona no hay oro, a ningún *pakeha* le importará que otro viva allí. También podemos daros algunas ovejas y semillas.

Para una tribu maorí, la oferta era sumamente generosa. No había comunidades que tuvieran algo que regalar y tampoco ese *iwi*, enriquecido gracias al yacimiento de oro, solía hacer regalos a miembros particulares. Pese a ello, Matariki se olvidó de dar las gracias.

—Pero no es el estilo que Colin tiene en mente —se quejó, en lugar de ello—. Él no se imagina una cabaña de madera, Hainga, sino una granja grande, un criadero de caballos de primera categoría. Tan solo un semental purasangre ya cuesta una fortuna.

Hainga hizo un gesto de impotencia.

—¿Te quiere a ti o a los caballos? —preguntó, levantando la vista para examinar a la joven. Hasta el momento la había escuchado sin poner mucha atención, mientras tejía el lino.

Matariki suspiró.

—Claro que me quiere a mí. Pero... pero si no tiene realmente con qué vivir no puede... no puede casarse conmigo. Es muy orgulloso, ¿comprendes? Él...

Inquieta, se pasó los dedos por la melena suelta para apartársela de la cara. Hainga le tendió una cinta con los colores de la tribu que estaba junto al bastidor para que atase el cabello. Debía de haberla terminado poco antes.

—Te refieres a que su *mana* depende de sus propiedades —resumió—. Sí, ya he oído hablar de eso, sucede a menudo entre *pakeha*. Pero, entonces, debería ganarse él solo sus propiedades, ¿no?

Matariki empezaba a estar molesta.

—¡Eso da igual, Hainga! —exclamó—. Que sea mi dinero o el de él... Lo principal es que nos casemos de una vez.

Hainga se enderezó y prestó a Matariki toda su atención.

—¿Quieres pagarle para que se case contigo? —preguntó alarmada, mientras contemplaba a Matariki con sus inquietantes ojos castaño claro. El concepto de dote era totalmente ajeno a los maoríes—. No me parece inteligente. Mejor que lo dejes. Eres joven, puede que encuentres a otro mejor.

Matariki levantó la vista al cielo.

—¡Pero yo lo quiero a él, Hainga! —protestó.

La anciana arrugó la frente. Se dio tiempo antes de formular sus pensamientos.

—Le ofreces tu amor —murmuró—. Pero ¿tienes que comprar el suyo?

Matariki se marchó enfadada y pensó en las posibilidades de que disponía. Una era lavar ella misma el oro a escondidas, como entonces, cuando quería instalar a *Dingo* en el establo de alquiler. En realidad solo había necesitado unas pocas onzas para el caballo. Para financiar todo un criadero tendría que pasar semanas buscando el mineral. Era imposible hacerlo sin que nadie se percatase. Así que la segunda posibilidad...

Matariki sonrió para sí. La alternativa la atraía mucho más. Sería bonito tener un hijo... Canturreó confiada mientras volvía a montar y dirigía a *Grainie* de forma espontánea hacia Dunedin. Que sus padres se preocupasen un poco si no volvía a casa. Pero quería pasar esa noche con Colin. Y en los días siguientes, tantas noches como fuera posible...


—Dónde va a estar, con los maoríes seguramente...

La preocupación de Michael y Lizzie por su hija todavía no era acuciante, más aún porque Michael, después de discutir con ella a primera hora de la tarde, la había visto cabalgando montaña arriba.

—Buscará un poco de consuelo y mañana regresará.

Lizzie negó con un gesto.

—No creo —respondió—. Precisamente porque nadie va a consolarla en el poblado. Para empezar, Haikina y Hemi no soportan a Colin. Y los ancianos no le darán dinero, se lo pida a quien se lo pida. Los maoríes están muy interesados en que nadie se entere de que en sus tierras hay un yacimiento de oro. Si se extendiera el rumor de que en esta zona hay una mina, volvería a surgir la fiebre del oro. Lo mismo puede aplicarse a nosotros. Es probable que la gente no tardase en extender rumores si diésemos a nuestra hija una dote tan estupenda.

Michael sonrió.

—Tampoco nos ha pedido una dote tan enorme. Podríamos separar el dinero que Matariki nos pide de los beneficios de la granja. Los dos tortolitos también pretenden sablear a Kathleen y el reverendo después. Pero en su caso se dan contra un muro. Tanto con nosotros como con ellos. Kate y yo ya financiamos una vez una granja a un Coltrane. ¡Seguro que no volvemos a hacerlo otra vez!

Ian Coltrane había empezado a negociar con caballos gracias a la dote de Kathleen, una cantidad que procedía de la venta clandestina de whisky de Michael.

—Pero a mí lo que me interesa, de todos modos, es por qué de repente a la señora Drury le cae tan mal el señorito Colin. —Michael sonrió a su esposa con cara de conspirador—. ¿Qué ha sucedido, Lizzie? Hasta ahora te gustaba mucho.

Mientras Lizzie todavía reflexionaba sobre qué responder, él se encaminó al armario de pared de la sala de estar y cogió una botella de vino tinto. Esa tarde, los dos Drury necesitaban un refuerzo. Una copa le levantaría los ánimos a Lizzie, que sonrió en cuanto él descorchó la botella.

—¿No te llamó nada la atención en la fiesta de la comunidad? —preguntó ella casi con un poco de picardía—. ¡Igualito al reverendo! En cambio, Kathleen y yo enseguida nos dimos cuenta. Y Claire Dunloe también.

Michael frunció el ceño.

—¿Qué es lo que tendría que haberme llamado la atención? —inquirió.

Lizzie suspiró y olió complacida el vino.

—Las miradas que nuestro futuro yerno dirigía a la hija de Claire Dunloe. Chloé Edmunds, viuda de Boulder.

La severa casera escocesa de Colin no permitió que Matariki esperase en la diminuta vivienda que el joven había alquilado en un edificio trasero de Dunedin. A la señora McLoad le disgustaban mucho las visitas femeninas, así que cuando Matariki pasaba la noche con Colin la joven tenía que entrar a hurtadillas y al cobijo de la oscuridad. Ese día, cuando no encontró a su arrendatario en casa, la patrona, bajita pero extremadamente enérgica, despidió a la muchacha y no le permitió siquiera que anduviera rondando en la calle, delante del edificio.

—¡Pero estamos prometidos! —objetó Matariki, con lo que se ganó una mirada demoledora.

—Una señorita se reúne con un joven en la casa de sus padres o en la de los padres de él para tomar el té, y a lo mejor los padres les dejan que vayan a dar un breve paseo en la vía pública o una vuelta en un bote de remos. En cualquier caso, visitarlo en su casa de soltero, jovencita, no es apropiado, y esta es una vivienda decente.

Matariki suspiró, resignada. Tal vez Colin estuviese en casa del reverendo, donde, en efecto, encontró el caballo del hombre atado delante del establo. También el purasangre de Heather esperaba allí a su dueña. Matariki ató a *Grainie* al lado, pero se detuvo cuando oyó unas voces furiosas que salían de la casa.

—Yo en tu lugar no entraría ahora —advirtió Heather. Matariki se volvió para buscarla y la vio en el jardín. La joven mataba el tiempo arrancando las malas hierbas—. Vale más que me ayudes. Cuando las nubes se hayan disipado, entramos las dos con la esperanza de que haya té.

Matariki se reunió de buen grado con ella.

—¿Qué pasa? —preguntó.

Heather se encogió de hombros.

—El reverendo y mi madre se están peleando con Colin —respondió—. No me preguntes de qué va. Tengo mis sospechas, pero...

—Colin quería pedirle algo de dinero a la señora Kathleen para invertirlo en nuestro criadero de caballos —informó Matariki solícita—. Pero es un tema que por lo visto molesta a todos los implicados. Mis padres también han respondido de una forma muy exagerada. Y eso que yo tengo derecho sobre mi dote, quiero...

Antes de que la muchacha pudiese expresar de nuevo todas sus quejas, la puerta de la casa se abrió y Colin se precipitó al exterior. Matariki nunca lo había visto tan iracundo y alterado, y cuando lo llamó él la miró de un modo realmente feroz.

Solo cuando la reconoció se tranquilizó y sonrió.

—Riki... qué... ¿qué estás haciendo aquí? Cariño, ahora no estoy para amoríos. Tengo que acudir al señor Dunloe, mi madre acaba de rechazar nuestro plan de financiación. A lo mejor el banco nos da dinero para nuestro negocio. ¿O has hablado ya con tus padres?

Lo último sonó bastante desalentado, pues Matariki le había dado largas en varias ocasiones. Había previsto totalmente la reacción de Michael y Lizzie.

—Se niegan —contestó Matariki afligida—. Pero Colin, podemos... ¡podemos casarnos a pesar de todo! Los maoríes nos dan tierras y ovejas. Si los administramos prudentemente durante un par de años...

—¡Los maoríes! —Colin escupió las palabras—. ¿Tú te crees que voy a dejar que esos me mantengan? No, Matariki, hagamos las cosas bien. Nada de esperar un par de años. Es solo cuestión de tiempo que otro se interese por este asunto. O ahora o nunca, Matariki. ¡Piénsatelo!

Las palabras de Colin tenían un deje casi amenazador y la joven no entendió qué más podía hacer para llevar adelante el plan del chico. Por otra parte... si se quedaba embarazada y él tenía que casarse con ella a toda prisa, sus padres no le negarían la dote.

Matariki se acercó a él, lo abrazó y se estrechó contra él.

—Colin —dijo con dulzura—. El banco puede esperar. Enfadado como estás no deberías pasar por allí ahora. ¿Por qué no damos un pequeño paseo a caballo? A la playa, tal vez. Podríamos nadar un rato y... también mimarnos un poco...

Al principio pareció como si Colin fuera a rechazar tajantemente la proposición, pero luego reconsideró la idea. Esbozó una sonrisa algo forzada, pero al final aceptó.

—Está bien, cariño... deberíamos darnos una pequeña alegría. Ven...

Colin besó a Matariki con creciente deseo. Ella se sobresaltó de lo rápida y desafiante que la lengua de él se abrió camino en su boca. Nunca hasta ese día, la había amado Colin con tanto ímpetu y violencia como esa tarde en la playa, en la que Matariki había sido secuestrada años atrás. En realidad, la muchacha había tenido la intención de contarle la historia, pero nunca había encontrado el momento de describirle sus grotescas vivencias entre los hauhau. Ese día Colin no quería hablar ni tampoco se entretuvo con carantoñas antes de penetrarla. Matariki aceptó esa nueva variante del juego amoroso complacientemente. En realidad, prefería que fuera más tierno, pero si él quería comprobar la tigresa que había en ella...

Sonriente, se irguió debajo de él y fingió que iba a defenderse, le clavó las uñas de los dedos en la espalda y le mordió el hombro. Colin disfrutó del combate y ambos se dejaron arrastrar por su delirio. Al final, Matariki se desprendió de él, corrió al mar y se arrojó a las olas. Colin tuvo que salir en su busca, cogerla, volver a arrastrarla a la orilla y empujarla de nuevo a la arena. Jadeantes, rodaron en la playa caliente, con los cabellos casi blancos de arena. Matariki rio cuando Colin hizo un comentario sobre ello.

—¡Ahora ya sabes qué aspecto tendré cuando sea vieja y canosa! —bromeó ella.

Colin selló sus labios con besos. Quería disfrutar de su belleza y temperamento salvaje, mientras la tuviese. Que fuera a hacerse viejo junto Matariki Drury... eso no lo creía.

# 9

Sean Coltrane se presentaba como candidato al Parlamento por el Partido Liberal. Motivo este, sin duda, de que el día de su discurso en la casa comunal de los metodistas, en Christchurch, más de un cincuenta por ciento de los espectadores fueran hombres. Algunos de ellos protestaron duramente contra el rincón para niños que había en la parte posterior de la sala y que Carry Delaney solía supervisar.

—Este no es un lugar de juegos, es un acto político —se sulfuró uno de los habitantes de la ciudad—. ¡Adónde íbamos a parar si todos trajésemos aquí a los críos!

—A actos políticos con más presencia femenina entre el público —respondió Carry tranquilamente—. ¿Dónde tiene usted a sus hijos, señor? Supongo que en casa, y su esposa ha de cuidar de ellos.

—Nuestros hijos se encuentran bajo el cuidado de su niñera —puntualizó el hombre lleno de arrogancia—. Mi esposa pasa la tarde tomando el té con las amigas. Como mujer de naturaleza sensible y sensata, no tiene el menor interés en permanecer en salas sofocantes, sopesando argumentos contra la agitación. Además de temas tan escandalosos como el del derecho de la mujer al voto.

Carry se encogió de hombros.

—Entonces tiene la suerte de poder permitírselo. Las mujeres que están aquí no tienen niñeras. Y también preferirían estar tomando el té con sus amigas. Desafortunadamente no pueden permitírselo porque sus maridos se están gastando la paga en emborracharse. Pero ellas consideran que es su deber de mujeres decentes no dejar que sus hijos se mueran de hambre. ¡Por eso están aquí, señor, y por eso necesitan el derecho a votar!

Sean Coltrane observaba divertido la amabilidad, y aun así agudeza, con que la delicada cuidadora de niños rubia contraatacaba. Ese sería un encuentro interesante, a fin de cuentas se encontraba, por así decirlo, en el cuartel general de la vehemente Kate Sheppard. Pese a que se abogaba por cuestiones femeninas, pocas veces se hallaban tantas espectadoras en las salas en las que solía hablar. Kate tenía razón: era necesario que existiera una Temperance Union en la que las mujeres se reuniesen y luchasen por sí mismas. Por otra parte, no concedió mucha importancia al adjetivo «cristiana» en el nombre de la liga.

El joven abogado se había visto fuertemente influido por el reverendo Burton desde su juventud, pero había tomado una orientación más científica que espiritual. En el fondo, nunca había entendido por qué el reverendo se mantenía fiel a una iglesia que siempre le echaba en cara que dijera la mera verdad. Burton había tenido en varias ocasiones conflictos con el obispo porque era partidario del darwinismo y de vez en cuando hablaba de él en sus sermones, y porque en ciertas circunstancias le parecía más importante el bienestar físico de sus parroquianos que el espiritual. Con el reverendo Burton siempre había habido más comedores para pobres que grupos de oración. Sean lo consideraba razonable, motivo por el cual se había decidido al final por la carrera de Derecho en lugar de por la de Teología. Seguro que al reverendo esto le había decepcionado, aunque Sean sabía que su madre se alegraba de la elección. Kathleen Burton se había convertido antes de contraer matrimonio, pero en su corazón seguía siendo una católica irlandesa. Le resultaba inimaginable que su hijo fuera un sacerdote anglicano.

El reverendo Matthew Dawson, que ese día invitaba a los conferenciantes, pronunció unas palabras introductorias y Sean se acercó a él en el estrado. Mientras se esforzaba en cantar correctamente con todos el himno *Give to the Winds Thy Fears* deslizó la mirada por el público. Como casi siempre, los hombres estaban delante y las mujeres, intimidadas, en la parte posterior. Solo Kate Sheppard y Ada Wells se habían guardado un sitio en la segunda fila, y entre ellas se sentaba una mujer más joven a quien él no supo identificar.

Sean Coltrane no se dejaba impresionar fácilmente por la belleza femenina. En su trabajo diario veía a muchas mujeres y había crecido a la sombra de Lady's Goldmine. Las muchachas de Dunedin adulaban al joven y bien parecido abogado, les encantaba que las sacara a bailar y todas estaban preciosas con los nuevos modelos de la última colección de Kathleen y Claire. También entre las clientas de Sean había mujeres hermosas, conmovedoras a veces en su desamparo, así como chicas maoríes seguras de sí mismas que representaban a su tribu en asuntos judiciales porque hablaban el inglés mejor que los jóvenes guerreros. Hasta el momento, no había ninguna que realmente se hubiese ganado su corazón, así que casi le sorprendió el modo en que la joven de la segunda fila lo cautivaba. Sería tal vez porque le resultaba vagamente familiar... Sean se preguntaba dónde habría visto antes a la joven de cabello castaño y ello casi lo distrajo de su intervención.

—Así pues, Sean —dijo el reverendo Dawson, obviamente en un segundo asalto—, le cedo la palabra. ¡Convenza a los ciudadanos de Christchurch de sus ideas progresistas!

Sean se concentró y mostró una sonrisa cautivadora cuando se adelantó hacia la audiencia.

—Érase una vez una muchacha —empezó— que vivía un gran amor. Así empiezan todos los cuentos, pero también, por desgracia, casi todas las desdichadas historias que escucho en el bufete. Hoy quiero referirles una de estas últimas.

Sean hizo una pausa breve pero efectista en la que los hombres del público tuvieron tiempo de mirarse entre sí, indignados, antes de dirigir su atención, llenos de curiosidad, al orador. El efecto fue el mismo entre las mujeres, pero sin las miradas airadas. Basándose en su experiencia, enseguida prestaron oídos a lo que iba a decir. Sean intentó apartar la mirada de la segunda fila. Observar demasiado a menudo a la dulce joven, cuya tez era de un blanco marmóreo, lo desconcentraría.

—La chica de mi historia vivió hace muchos años en Irlanda, en los tiempos oscuros en que reinaba la hambruna. Su amor robó un par de sacos de cereales y por eso lo desterraron a Australia. La muchacha se quedó sola, llevando en su vientre al hijo de su enamorado. El joven le dejó un poco de dinero y, si el mundo hubiese sido distinto y mejor, habría podido iniciar con él una vida satisfactoria. Tal vez habría abierto una tiendecita, pues tenía talento para coser. Habría criado y alimentado al niño sin esfuerzo y a nadie le habría molestado que el pequeño llevara el apellido de su padre o el de su madre. Pero el mundo era, por desgracia, como todavía sigue siendo ahora: su padre encontró el dinero y se lo quedó. Aun así la muchacha tuvo suerte y su padre no se lo gastó bebiendo o jugando, sino que la casó con el mejor hombre que estaba dispuesto a quedarse, a cambio de una dote conveniente, con ese «artículo usado».

En la sala se elevó un murmullo enojado. Sean sonrió. Era el efecto que había deseado producir.

—¿Les molesta la elección de mis palabras, caballeros? Y señoras, claro, pero me parece que la protesta procede más de las filas de los oyentes varones. Entre las damas veo rostros que se ruborizan avergonzados. Sin motivo, por otra parte, pues nadie tiene que avergonzarse cuando lo insultan. Los que deberían avergonzarse son los que profieren los insultos. Y con la mano en el corazón, señores míos: ¿no han utilizado nunca esa expresión? ¿Nunca han hablado despectivamente de mujeres «que se han echado al mundo»? Y yo me pregunto si no se habrán echado al mundo porque alguien las empujó... pero esto es harina de otro costal.

Sean se permitió mirar de soslayo a Kate Sheppard y percibió la sonrisa en el rostro de la muchacha de cabello oscuro que estaba sentada a su lado y cuyos ojos brillaban divertidos. No cabía duda de que tenía sentido del humor y de que entendía las indirectas. Sean tuvo que concentrarse para no sonreírle.

—Pues bien, sin duda nuestra chica debió de sentirse traicionada y vendida, pero dio diligente el sí delante del altar. Siguió al hombre a una tierra extraña, pues su dinero le permitía huir de su odiada existencia anterior. Pero no se crean que él dio las gracias a su joven esposa. No, hizo pagar a su esposa por sus errores. La atemorizaba, le pegaba, la agredía. Cuando ella ganaba dinero, él se lo apropiaba. Además el hombre fue revelándose como un maleante. Engañaba a todos sus amigos y vecinos, por lo que nadie quería hablar con él ni con su esposa. ¡Y no había nada en este mundo que ella pudiera hacer en contra de eso! No había nadie a quien ella pudiese dirigirse, necesitada como estaba... Incluso los sacerdotes tomaban partido por su marido. Tenía que obedecerlo, ¡la misma Iglesia, por lo demás, que condenó la esclavitud por no ser cristiana! En aquel entonces todavía no existía el divorcio, la Iglesia sigue sin admitirlo. Y la mujer ni siquiera podía denunciar a su marido por los distintos delitos contra ella y contra otras personas. Es impensable que una mujer casada declare contra su marido. Nadie se habría sorprendido (¡y algunos hasta lo habrían disculpado!), si el hombre la hubiese matado por ello a golpes.

»Pero no quiero entristecerlas más, señoras, veo lágrimas en algunos ojos. Y seguro que no es porque las mujeres sean tan sentimentales que las conmueve una historia, sino porque más de una de mis oyentes femeninas se reconoce o reconoce a sus amigas en esta historia. ¿O no es así?

Sean miró escrutador al público, que lo vitoreó y aplaudió. Naturalmente, las mujeres se identificaban con la protagonista de la historia, y la mirada de los hombres pasó por vez primera a ser menos autocomplaciente y disconforme, más vacilante y preocupada.

—Mi historia, en cualquier caso, acaba bien. En un momento dado, nuestra protagonista reunió fuerzas y dejó su matrimonio. Con lo que, claro está, tuvo que abandonar todo lo que quería: su casa, la mayoría de sus pertenencias y a uno de sus hijos. Pero al final consiguió, al menos, salvar a los otros dos y a sí misma. Hoy en día le va bien.

»Y ustedes se preguntarán por qué he empezado mi discurso con esta historia que tal vez yo mismo he inventado, ya que, a fin de cuentas, comenzaba como un relato de tiempos arcaicos. Sin embargo, lamentablemente, no se trata de un cuento, queridas y queridos oyentes, y no procede de tiempos arcaicos. Esta es la historia de mi madre y yo soy uno de los hijos que ella pudo salvar. Tuve una suerte enorme. Pude ir a la escuela y estudiar, todo ello gracias a su trabajo incesante, así como a sus miedos y mentiras. Para abrirse camino como una mujer decente, tuvo que presentarse como viuda y pasó varios años aterrada ante la perspectiva de que su marido pudiera encontrarla y castigarla. Mi madre atravesó un infierno y yo estoy aquí para hacer del mundo un lugar en el que no se repitan historias así. ¡Si no en el mundo, sí al menos en Nueva Zelanda! Todos ustedes, caballeros, pueden hacerlo posible, pues al final son ustedes quienes deciden si van a permitir a sus esposas, sus amadas, sus compañeras, las madres de sus hijos, el derecho a acudir a las urnas y ocupar cargos políticos. ¡No irán ustedes a decir en serio que a sus esposas les falta madurez para ello! ¡No creerán de verdad que a mujeres que han dado a luz a sus hijos les falte la fuerza para hacerlo! Claro que habla en su favor que quieran proteger a esas mujeres, alimentarlas y cuidarlas en todo lo necesario. Para eso les construyen una casa donde ellas encuentran refugio cuando ustedes no están. Se ocupan ustedes de la educación y alimentación de sus hijos y también se aseguran por si llega el día en que algo les sucede, Dios no lo quiera. ¡Pero la mayor seguridad, la mayor protección que pueden ustedes ofrecer no solo a sus mujeres en concreto, sino a todas ellas, es concederles el derecho a elegir! Imagínense a todas las mujeres bajo el techo protector de una legislación que haga sus vidas más fáciles y les permita participar en la elaboración de las leyes, tal como les permiten ustedes colaborar en la construcción de sus casas y contribuir a la educación de sus hijos. Pueden estar seguros de que las mujeres no abusarán de sus derechos. ¿O acaso se ven tantas madres que abandonan a sus hijos? ¿Se ven tantas casas desmoronadas? ¿No se ha demostrado que desde hace dos años las mujeres también colaboran en la toma de decisiones de los Liquor License Committees? ¡Saben tan bien como yo que desde entonces hay menos borrachos vagando por nuestras calles! Muchas comunidades también han admitido en secreto a sus ciudadanas el derecho de voto en las elecciones municipales, y se desenvuelven bien. Ha llegado el momento de que lo hagamos extensivo al Parlamento. Me ocuparé de ello. Pediré el derecho al voto activo y pasivo. Cuanto antes. De inmediato. Hagan ustedes historia, caballeros. ¡Una buena historia!

Y dicho esto, Sean se inclinó y se retiró. Al levantar la mirada encontró los ojos de la joven y se alegró de ver admiración en ellos. Y entonces se acordó también de dónde y cuándo la había visto. Llevaba en aquella ocasión el mismo vestido de terciopelo y lo había contemplado con la misma devoción. Pero entonces su fino rostro todavía era infantil y llevaba el hermoso cabello recogido en trenzas. El vestido, que ahora le quedaba algo ceñido, había sido demasiado ancho. Un vestido de su hermana. Que llevaba con orgullo su pequeña pupila. Violet... ¿Paisley? Ya entonces las preguntas que planteaba eran inteligentes. Y en ese momento fue una de las primeras que alzaban la mano cuando el reverendo Dawson comunicaba a la audiencia que el señor Coltrane estaba dispuesto a atender preguntas y sugerencias. El anfitrión invitó enseguida a un caballero en la tercera fila y respondió cortésmente a sus preguntas acerca de la postura general del Partido Liberal respecto a la Ley Seca. A continuación Dawson eligió a otra persona. Parecía ignorar a la muchacha de la segunda fila. Una vez que Sean hubo contestado a la tercera pregunta planteada por hombres, hizo un gesto con la cabeza al reverendo y él mismo invitó a preguntar a la muchacha. Esta pareció casi sorprendida de que de repente le brindaran atención.

—¡Señor Coltrane! —La voz tenía un deje ansioso, pero era agradable, cristalina y vivaz—. Señor Coltrane, si le he entendido bien, va a pedir el sufragio activo y pasivo para las mujeres. Con ello va usted algo más lejos que algunas activistas como la señora Nicol de Dunedin. Ella es de la opinión de que primero tendríamos que conformarnos con la posibilidad de elegir. La posibilidad de que también nos elijan sería...

Interrumpió la frase y Sean le sonrió.

—Sería como querer alcanzar las estrellas; conozco la teoría —señaló—. Pero por qué no debería usted querer alcanzar las estrellas, señorita... Paisley, ¿no es así? Me alegro mucho de volver a verla aquí.

Violet se ruborizó de vergüenza, pero también de alegría. ¡Se acordaba de ella!

—Al final ocurre así, damas y caballeros: si las mujeres pueden votar, pero los hombres determinan a quién votan, condenamos a las incipientes electoras a una renovada y encarnizada guerra. De nuevo tienen que hacer algo que muchos de ustedes considerarán sumamente femenino, pero que un ser humano con los mismos derechos tendría que encontrar indigno: mendigar el favor de un hombre, rondar cautelosamente a un diputado que tal vez esté dispuesto a hacer algo por ellas, pero tal vez no. Y si absolutamente nadie accede a comprometerse por los asuntos realmente importantes de las electoras, el derecho de voto no les servirá de nada. Por eso digo: hagamos las cosas bien. Y deseo poder sentarme un día en el Parlamento con rostros tan hermosos como inteligentes. Por ejemplo, junto a la señora Kate Sheppard, la señora Ada Wells y también junto a Helen Nicol. O a su lado, señorita Paisley.

Haciendo un gesto con la mano, Sean invitó a las mujeres mencionadas a levantarse. Kate Sheppard y Ada Wells respondieron a la señal, pues estaban acostumbradas a los actos públicos. En cambio Violet se quedó sentada, como la grana. Él se había acordado de ella, pero no sabía nada de su matrimonio. Le habría gustado salir corriendo de ahí. Pero era imposible, claro, la sala rebosaba de gente. ¿Qué haría si después del discurso se acercaba a hablar con ella? Seguro que lo hacía, tal vez para darle saludos de parte de su hermana. Violet temía desmayarse de la emoción.

Sean contestó a otras preguntas, pero dirigiendo la vista una y otra vez hacia Violet. Cuando el reverendo Dawson puso punto final a la reunión, Sean Coltrane se dirigió, en efecto, hacia Kate y Ada... y Violet. Ella volvió a ruborizarse cuando la saludó la primera.

—Debe disculparme, pero a primera vista no la había reconocido, señorita Paisley. Naturalmente, ha crecido usted. Y es tan bonita que casi me sumo a los argumentos de mis rivales: con una mujer como usted en el Parlamento, los oradores perderían el hilo.

—Bueno, sería un avance —señaló Kate Sheppard—. Deje de piropearla o la chiquilla se desmayará. Además, está usted hablando con una mujer casada y madre de dos hijos. Su señorita Paisley es la señora Fence.

Violet creyó ver una pizca de pesar en los ojos de Sean, pesar y sorpresa.

Sean frunció el ceño.

—¿No es demasiado joven para eso? —preguntó—. Pero, claro está, no es de mi incumbencia. Y ya lo decía... casi todas las historias de mujeres empiezan con el gran amor... —Dibujó una sonrisa algo forzada—. Espero que su historia sea afortunada.

Violet no encontraba palabras. Quería responder algo y oscilaba entre un lugar común cortés y el deseo urgente de confesarle la verdad. Pero entonces alguien se dirigió a Sean y él tuvo que dejarla.

Unas cuantas mujeres entraron con teteras y bandejas con tazas, y Kate le tendió un té a Violet.

—Aquí tiene, con mucho azúcar. Pequeña, por su aspecto se diría que ha visto usted a un fantasma. —Rio y examinó a Violet—. Aunque a uno que le gusta muchísimo. ¿De qué conoce a Sean Coltrane? ¿Es usted de Dunedin?

Violet se recompuso un poco mientras hablaba con Kate y Ada de su relación con Heather Coltrane y los Burton.

—Ah, sí, ¡el reverendo Burton! —Kate sonrió—. Y Kathleen, de Lady's Goldmine. Debería rechazar de plano sus colecciones. Primero, porque son solo para ricos y, en segundo lugar, porque solo se pueden llevar con los corsés ceñidos en exceso. ¡Pero son taaaan bonitas!

Contempló el vestido color burdeos de Violet.

—Es de ella, ¿verdad? Antiguo, ¡pero ese corte tiene algo inconfundible!

Ada Wells frunció el ceño.

—Kate, por favor te lo pido. Estamos en una reunión política y tú te pones a hablar de... ¡de moda!

A Violet casi se le escapó la risa al ver su rostro escandalizado.

Kate se encogió de hombros.

—En fin, las diputadas no podrán aparecer con un terno y un sombrero de copa en el Parlamento —señaló—. Tendremos que vestirnos de forma adecuada. —Su rostro resplandecía—. Pensándolo bien, en el momento oportuno tendremos que hablar al respecto con Kathleen Burton. En la siguiente colección podría tenerlo en cuenta: vestidos para mujeres que hagan enmudecer a los miembros del Parlamento... ya sea al verlas o al alabarlas... Lo principal es que los señores cierren el pico. —Rio y cogió a Violet del brazo—. Y ahora venga, Violet, vamos a buscar al señor Coltrane e intentar de nuevo conversar de forma civilizada. La hermana del candidato querrá saber cómo le va. A lo mejor hasta pueda usted presentarle a sus hijos.

Era evidente que Sean Coltrane se separaba de buen grado del grupo con quien estaba hablando: el reverendo Dawson y otros hombres residentes en Christchurch. Violet encontró asombroso que la siguiera con tanta complacencia al rincón donde jugaban los niños para verlos. Kate, en cambio, se sorprendió menos. Ya se había percatado de que al joven le brillaban los ojos cada vez que se dirigía a Violet Fence. Y también a ella... La joven siempre se vestía con pulcritud para los encuentros en la Union, pero ese día incluso Ada Wells se había dado cuenta de la frecuencia con que Violet comprobaba si llevaba bien peinado el cabello, que, como era evidente, estaba recién lavado y cuidadosamente recogido en lo alto. Sus mejillas parecían más frescas que de costumbre, como si las hubiese pellizcado para sonrojarlas, y en sus ojos se advertía una alegría anticipada y una emoción que no se limitaban a la relajada espera de un discurso político más o menos interesante.

Por más que Sean Coltrane se hubiese acordado realmente de Violet Paisley al mirarla por segunda vez, a Violet la había enfebrecido el encuentro. En su origen no había sido más que una ilusión infantil, no tenía más de catorce años cuando llegó a Nueva Zelanda con los Burton. Pero ahora...

—Un jovencito muy amable —dijo Sean, refiriéndose a Joe—. ¡Y qué niña más encantadora! —Violet lo miraba radiante de alegría. También él encontraba a Roberta más guapa que al regordete Joe, quien, a pesar de su escasa alimentación, ya ahora daba muestras de que llegaría a ser tan gordo como su padre y con la cara igual de redonda que él. Roberta, por el contrario, era idéntica a Violet. Ya a esa temprana edad los primeros mechones castaños se rizaban en torno a su tierno semblante de bebé.

—¿Y esta es... Rosie?

Si Sean se sobresaltó al ver a la pequeña al menos supo ocultarlo. Rosie había vuelto a coger unos lápices de colores, aunque en realidad Carry Delaney evitaba dejarla pintar. Kate Sheppard, no obstante, se había declarado partidaria de que lo hiciera, pero Carry temía la extremada concentración con que Rosie se sentaba ante el cuaderno de dibujo y pintaba de rojo, iracunda, una hoja tras otra. Era lo que estaba haciendo en esos momentos, sin dirigir la vista a Sean ni a ninguna otra persona.

Violet asintió.

—Es... era... No habla. La gente dice que es... retrasada... —Se mordió el labio inferior.

Sean estudió a la jovencita. No era la primera vez que se encontraba con un caso así. También en las instituciones benéficas había niños que se agarraban a las faldas de sus madres sin decir palabra o que miraban al vacío ensimismados. Casi siempre eran hijos de mujeres que habían huido de maridos violentos. Los ojos de Sean pasaron de Rosie a Violet. Casi había esperado que ella bajara la vista. La mayoría de las mujeres se sentían culpables de lo que les ocurría a ellas y a sus hijos, pero Violet no evitó el contacto visual, al contrario, lo miró casi provocadora. Sean creyó leerle los pensamientos: «Nada de historia bonita, Sean Coltrane. ¡Ni tampoco un gran amor!»

Sean carraspeó. Tenía que decir algo de Rosie.

—No creo que padezca ninguna dolencia mental —opinó—. Era una niña muy despierta. Está solo... asustada.

Violet hizo un gesto compungido.

—Una mujer maorí muy sabia dijo una vez que los espíritus le habían cerrado los ojos. Para... para protegerla. Y, al parecer, también los labios.

Nunca se lo había contado a nadie, pero hablar de ello con Sean le parecía de lo más natural. Justo después se reprendió por su sinceridad. Sean Coltrane era el hijo adoptivo del reverendo Peter Burton. Un cristiano fanático, con toda certeza, como Julia.

Pero Sean le sonrió.

—¿Acaso no nos habría gustado a todos en alguna ocasión conocer a espíritus tan amables? —preguntó con dulzura—. No pierda usted la esperanza, señora Fence. En algún momento volverá a abrir los ojos. Y tal vez se encuentre ya en el mejor camino para hacerlo.

Señaló a la niña, que en esos momentos se quedaba quieta y parecía dudar entre los distintos colores. Violet levantó la vista hacia Sean y se sintió extrañamente consolada y feliz.

—Usted... saludará a su hermana de mi parte, ¿verdad? —preguntó—. Hace... hace mucho que no sabe nada de mí.

De hecho, no había vuelto a escribir a Heather desde que había tenido que cambiar su preciosa casita por el cuchitril en la parte trasera del *pub*. Se había convencido de que con tantos himnos y manifestaciones de la Temperance Union ya no tenía tiempo para leer ni escribir. Pero, en el fondo, se avergonzaba ante Heather.

Sean contestó a su mirada.

—No vamos a perder el contacto —le prometió—. Porque ahora que... que nosotros... —Se interrumpió.

—Señor Coltrane...

El reverendo Dawson se aproximó a ellos en compañía de unos notables de Christchurch que querían hablar con su futuro diputado. Sean tuvo que marcharse; ya se había rezagado más de lo conveniente entre las mujeres y los niños. Y también Violet se preparó para partir. Sean vio que separaba a Rosie de los colores, y que cogía a Roberta en brazos. Kate le había contado que los Fence vivían en Woolston. El lugar estaba lejos. Le habría gustado ofrecer a Violet su carruaje, pero, por supuesto, no era apropiado, la gente hablaría de él. Sin embargo, no podía limitarse a dejarlos marchar así.

—Volveremos a vernos, señora Fence —dijo en voz baja, antes de darse media vuelta.

Violet le dirigió una pequeña sonrisa, pero su rostro parecía resplandecer desde el interior.

—Violet —puntualizó ella.


Con el dinero que había ganado limpiando el *pub* —Brown era lo suficiente honesto para darle a ella personalmente el dinero y no a Eric— compró lápices de colores para Rosie. Al principio, la niña llenaba una hoja tras otra de color rojo, pero luego empezó a utilizar el lápiz negro. Rosie no volvió a hablar mientras pintaba, pero estaba más tranquila y al menos no rompía otra vez los lápices. Violet la dejaba hacer, aunque Julia despotricaba y Eric consideraba a su esposa tan loca como a su hermana.

—¡Si no sabe ni lo que hace! —se burlaba.

Pero Makere, la comadrona maorí, posiblemente habría dicho que los espíritus guiaban la mano de Rosie.

# 10

—A ver, no es que me canse de ti, Riki, pero no puedes estar todo el santo día dando vueltas por aquí sin hacer nada. Deberías ocuparte en algo... ¿No querías empezar una carrera?

Después de casi una semana, Kathleen Burton se animó a hacer valer su autoridad. Claro que permitiría de buen grado que la hija de Lizzie y Michael viviera con ella durante un tiempo, pero no de este modo. Después de pelearse con sus padres, Matariki se había quedado en la ciudad, y durante el día se refugiaba en casa de Kathleen y el reverendo. Aparecía por la mañana temprano, lo que hacía sospechar a Kathleen que ya estaba en el jardín una hora antes y esperaba allí hasta que la educación le permitía pedir que la dejaran entrar. Por la noche desaparecía, por regla general, poco después de que anocheciera. La razón era fácil de averiguar: la intolerante señora McLoad se levantaba temprano y se iba a dormir como las gallinas. En el ínterin, Colin y Matariki tenían vía libre. La muchacha se colaba en la habitación del joven y permanecía allí hasta el amanecer.

Por supuesto, eso no encajaba con la idea de moralidad de Peter y Kathleen y, claro está, tampoco era del agrado de Michael y Lizzie. Pero Matariki, que no atendía a razones, se remitía a las costumbres de los maoríes que le permitían reunirse con su amante cuando ella quisiera.

—Y lo que están haciendo ahí no puede ocurrir solo sobre una cama por la noche —dijo Lizzie, abatida, llegando al fondo de la cuestión—. A saber lo que harán esos dos si se lo prohibimos, son capaces de hacerlo a la vista de todo el mundo.

Kathleen no creía que su hijo se atreviera a esto último, pero, en el fondo, Lizzie tenía razón. No podían encerrar a Matariki bajo llave y a Colin aún menos. Lo mejor sería que se casaran pronto los dos, pero entonces volvería a plantearse, naturalmente, la fastidiosa cuestión de la dote, y en eso todos los padres estaban de acuerdo: no pensaban financiar ningún negocio de caballos a Colin Coltrane, tanto si se llamaba hipódromo, criadero o lo que fuera. Además, él ya no parecía tener tanta prisa para el enlace. Matariki, en cualquier caso, se iba por las ramas cuando Kathleen le preguntaba al respecto.

—Lo hemos postergado —murmuraba—, mientras Colin intenta obtener dinero. Y en cuanto a lo de estar siempre por aquí... Yo había pensado buscarme un trabajo, pero Colin no quiere.

Matariki hojeaba ociosa una revista. Ella misma tampoco parecía demasiado satisfecha con su vida, pero Colin desaprobaba todos sus intentos de trabajar fuera de la casa. A ella le habría gustado, por ejemplo, ayudar a Kathleen y Claire en la tienda, algo por lo que ellas sin duda habrían querido pagarle. Al sugerirlo, Colin le había montado una auténtica escena, tras la cual se había producido una fuerte discusión entre él y su madre.

—¡Me recuerdas mucho a tu padre, Colin! —le había echado en cara Kathleen—. A él le hubiese encantado tenerme encerrada. Pese a que le iba muy bien el dinero que yo ganaba. Debería contarte la historia con todo detalle, Matariki. ¡No sabes en qué lío te estás metiendo!

Pero la joven no era una obediente católica irlandesa, sino que tenía conciencia de sí misma. Antes de renunciar, se sucedieron entre ella y Colin unas fuertes discusiones.

—¿Y qué pasará cuando tengamos el criadero de caballos, Colin? —le soltó a la cara—. ¿No podré asomarme a los establos, por no hablar de tomar cualquier decisión?

Pero en cuanto a ese punto Colin siempre la tranquilizaba,

la mayoría de las veces al señalar que las mujeres también se habían ganado el respeto en otras granjas grandes. El gran modelo de Matariki era Gwyneira Warden, de Kiward Station, que había criado a su yegua *Grainie*.

—¿Crees que la señora Warden habría trabajado antes de casarse en algún lugar como vendedora o camarera? —le reprochaba Colin—. Eso habría estado por debajo de su nivel, y tú tampoco lo necesitas. Como propietaria de tu propia granja darías una impresión equivocada.

Matariki se dejaba apaciguar con ese argumento, pero, por descontado, cuanto más se aburría más descontenta estaba. Por no mencionar que Colin también la había dejado plantada dos veces.

—¡Podría acompañarte, simplemente! —señaló enfadada, cuando le dijo que tenía que ir con Jimmy Dunloe a una recepción—. Me compro un vestido en la tienda de la señora Kathleen y luego...

Colin sonrió con indulgencia.

—¿Cómo vas a comprarte un vestido, cariñito? ¿De verdad crees que te lo dará a cuenta? No, no, pequeña, tus padres te mantienen a raya, tú misma lo has dicho. Además, esas recepciones son bastante aburridas. Ve a dormir a casa de mi madre, es mejor para la salud de su reverendo... Siempre pone una cara rara cuando solo vas de huésped de paso.

Matariki era demasiado orgullosa para intentar adquirir un vestido, sobre todo porque sus padres la habían dejado realmente sin ningún apoyo. Por otra parte, unos días antes se había producido una discusión cuando los Drury le habían sugerido que pagase la matrícula de la universidad, pero se negaron a darle el dinero en metálico. Matariki estaba decidida a no someterse, aunque le resultase difícil. Esa tarde, Kathleen y el reverendo también salían: Chloé y Heather inauguraban la primera exposición en su nueva galería.

—¿No te gustaría venir con nosotros, Matariki? —preguntó Kathleen, preocupada, pero luego dejó de dedicarse a la chica, que estaba enfadada a ojos vistas—. ¿O tienes planeado hacer algo con Colin? Heather también lo ha invitado, ¿por qué no vais los dos?

Matariki no podía responder a ninguna de sus preguntas. Malhumorada, se retiró a la habitación de invitados con el diario. Además, no se sentía bien esa noche, a decir verdad, no se había sentido especialmente bien en todo el día. A lo mejor había comido algo en mal estado. En esos momentos hojeaba desganada el *Auckland Herald*, al tiempo que se preguntaba cómo habría llegado a la sala de estar de Kathleen. Las noticias de la Isla Norte no le interesaban especialmente a Matariki, pese a que había vivido mucho tiempo allí. Pero sí se interesaba por las noticias acerca de Te Whiti y otros líderes del movimiento de Parihaka encarcelados. Tal como esperaba, no encontró nada. Los jefes tribales seguían en la cárcel, y se habían acallado las protestas de los maoríes contra la apropiación de tierras del Gobierno. Se esperaba que pronto dejaran en libertad a Te Kooti y Te Whiti, pues la influencia que ejercían sobre su pueblo sin duda se había desvanecido.

Pero a Matariki le llamó la atención un nombre que ya había escuchado anteriormente. Amey Daldy. Pensó unos instantes por qué le sonaba familiar, y lo recordó. Amey Daldy reivindicaba el derecho a voto de la mujer, de la mujer *pakeha* y de la maorí. Las chicas de Parihaka habían hablado acerca de ello con frecuencia y también discutido al respecto. En las tribus las mujeres tenían los mismos derechos: podían elegir libremente a su marido, poseer tierras y adquirir el rango de *tohunga*. Era natural que tanto hombres como mujeres pertenecieran a los consejos de los ancianos de los poblados y, ocasionalmente, también se votaba a una mujer como jefa de la tribu. Esto ocurría con mayor frecuencia en la pacífica Isla Sur que entre las tribus, más agresivas, de la Isla Norte, pero Arona había contado a las otras chicas que también se habían presentado jefas tribales al conocido encuentro de Waitangi. Pese a ello, en el tratado que se firmó allí no aparecía el nombre de ninguna mujer. Los *pakeha* se habían burlado de las dirigentes tribales y las habían echado.

Las chicas de Parihaka no se habían puesto de acuerdo en si las mujeres maoríes debían defender en el Parlamento de los blancos este derecho, que desde hacía tanto tiempo se daba por obtenido, o si se podía forzar a los *pakeha* a aceptarlo sin una norma adicional. La última reflexión al menos había demostrado ser una simple cuestión teórica tras la invasión de Parihaka: al parecer, los maoríes no podían obligar a los *pakeha* a nada y los derechos de sus mujeres eran, lamentablemente, lo último por lo que los hombres de las tribus cogerían sus armas. Las experiencias de Matariki con Kahu Heke confirmaban esos tristes conocimientos: la actitud fundamental del pueblo maorí era pragmática. Ahí donde se necesitaban mujeres, se permitía que se hicieran sacerdotisas, sanadoras e incluso luchadoras y jefas tribales. Pero eso no significaba en absoluto que los hombres también fueran a ponerse a cocinar, endurecer el lino y tejerlo, limpiar las casas y educar a los niños. Y si los *pakeha* eran de la opinión de que las mujeres no debían poseer tierras ni voz en el Parlamento, pronto aparecerían guerreros que se apropiarían encantados de las tierras y del estatus de diputado. A fin de cuentas, nunca habían tenido escrúpulos en privar de sus derechos a las jefas tribales y dotar a las hijas de los jefes de *tapu* restrictivos.

De ahí que Matariki sintiera un gran respeto hacia mujeres como Amey Daldy, por lo que leyó con interés lo que el *Auckland Herald* escribía sobre ella. El artículo informaba a sus lectores de que el seminario para damas de Daldy también se quería abrir ahora a las mujeres maoríes, a lo que el periodista apuntaba con petulancia que, para eso, las nuevas aspirantes deberían aprender antes el inglés. Matariki cerró los puños con rabia. A fin de cuentas, eran muchos más los maoríes que hablaban la lengua de los *pakeha* que al revés. Le habría encantado preguntar al articulista si había aprendido aunque fuera una sola palabra de los indígenas antes de atreverse a juzgarlos. Por otra parte, el seminario para damas de Daldy despertó su interés. ¿Qué aprenderían las mujeres allí? ¿A gobernar la casa y comportarse bien? ¿O a escribir solicitudes, cantar himnos de protesta y luchar por sus derechos?

El artículo no daba información sobre este tema, pero más abajo un anuncio le llamó la atención.

«Se busca joven educada, de origen maorí, como colaboradora del *Daldy's Ladies Seminary*. Requisitos: buenos conocimientos de la lengua maorí así como del inglés. Gusto por la enseñanza, conocimientos de las costumbres y tradiciones de las tribus así como de sus trabajos de artesanía, música y cultura tradicionales.»

Por unos segundos Matariki se olvidó de Colin y sus planes de casamiento. Ese puesto estaba hecho para ella o para sus amigas de Parihaka. Ahí podrían poner en práctica lo que habían aprendido en esa comunidad, desde cómo endurecer el lino hasta una resistencia pacífica. Matariki se vio por un momento sobre el estrado junto a feministas como Amey Daldy o su gran antecesora, Mary Wollstonecraft. Traduciría las palabras de las conferenciantes para las mujeres de su pueblo, enseñaría inglés a los niños sin dejar que perdieran sus raíces... ¡Te Whiti estaría orgulloso de Matariki Drury! Entonces se acordó de repente de Colin y el criadero de caballos. No, de ninguna de las maneras debía dejarlo solo con ese asunto, sin contar con que ya lo echaba de menos cuando pasaba una noche sin que él la abrazase.

Con un ligero pesar, Matariki apartó a un lado esa ensoñación y se preguntó a qué otras chicas de Parihaka podría gustarles ocupar un puesto así. De hecho, el día que Matariki había huido con Colin a ellas las habían detenido y trasladado fuera del poblado, pero la advertencia del sargento respecto a que les esperaban varios meses de prisión no se había cumplido. En realidad, los habitantes de Parihaka habían pasado como máximo una noche encarcelados antes de que los dejasen en libertad en las cercanías de sus tribus. Arona incluso se había quedado en Parihaka. La joven sacerdotisa procedía de allí y hacía cuanto podía por mantener unida a la comunidad, amedrentada, deprimida e insegura, hasta que Te Whiti regresara un día.

A través de Arona, Matariki había restablecido el contacto con otras amigas que habían hecho en el fondo lo mismo que ella: quien había pasado ya los exámenes finales de la High

School empezaba de inmediato una carrera, las demás se presentaban a las pruebas académicas antes de decidirse por una formación superior como médica, profesora o abogada. Matariki sabía por Koria que también Kupe estaba en libertad y que estudiaba en Wellington. Ella le había escrito allí, pero no había recibido respuesta. Koria le confesó que su relación con Colin le había afectado mucho:

«Naturalmente, estaba enamorado de ti, todos los sabíamos, pero asumía que no respondieses a su amor. Seguramente se habría conformado si te hubieses unido a otro hombre maorí, pero a ninguno de nosotros nos resultó fácil aceptar tu relación con un oficial de los ingleses. Claro que lo amas, y sé que no puede hacerse nada contra eso. Pero ¿un *armed constable*, Matariki? ¿Un enemigo, precisamente?»

Matariki se ruborizó al leer la carta de la amiga y se apresuró en asegurarle que ya hacía tiempo que Colin no servía a la Corona, aunque no se sentía demasiado cómoda dando a conocer la mentira que él contaba. Pero luego las otras chicas solucionaron el problema de la forma más sencilla: evitando referirse a la relación de Matariki con Colin. En lugar de ello hablaban de sus respectivas carreras y de los procesos y audiencias contra los partidarios de Parihaka. Algunas se habían enamorado también y describían vivamente su felicidad con compañeros de estudios o colegas de trabajo. Matariki respondía hablándoles de las carreras de trotones e inventando historias sobre sus vagos planes de estudio. Solo Kupe callaba.

En ese momento, sin embargo, a Matariki no se le ocurría ninguna de las chicas que estuviera libre para ocupar el puesto de Auckland. Fuera como fuese, la idea la había distraído de otros pensamientos y ya se había hecho tarde. Matariki apagó la luz y se arrebujó en la manta. Al día siguiente volvería a ver a Colin y se olvidaría de Amey Daldy.

Kathleen y el reverendo habían llegado tarde a casa y todavía dormían cuando Matariki se despertó temprano, ya descansada, y preparó el desayuno. Se fue incluso a comprar y sorprendió a sus anfitriones con pan fresco, leche y huevos.

Normalmente, Kathleen se hubiera alegrado de ello, pero ese día Matariki encontró a la amiga de sus padres taciturna.

—¿Sucede algo, Kathleen? —preguntó Matariki cuando Kathleen no respondió por segunda vez a una de las preguntas sobre la noche anterior—. ¿Estás enfadada? ¿Con... conmigo?

Kathleen respondió que no con un gesto y Matariki se percató de que tenía aspecto de no haber dormido. Había que conocerla bien para distinguir las ligeras sombras bajo sus ojos y la leve palidez de los labios. Kathleen Burton seguía siendo una mujer extraordinariamente hermosa.

El reverendo carraspeó.

—Kathleen, con toda sinceridad creo que deberías decírselo. Y más aún porque callarlo no sirve de nada. Heather vendrá con la noticia fresca, ayer casi reventó de cólera.

Matariki arrugó la frente y dejó de untar con miel el panecillo.

—¿Heather estaba enfadada conmigo? —preguntó, desconcertada.

Kathleen movió la cabeza y miró a la joven apenada.

—No, Riki, no contigo. Con Colin. No... no es que hubiera acompañado a Jimmy Dunloe a una recepción. O... claro, estaba en una recepción, pero era en la nuestra, en la de Heather y Chloé. Como... ¡como acompañante de Chloé! —Kathleen tragó saliva.

Una gota de miel del pan de Matariki cayó sobre la mesa cuando se quedó mirando incrédula a la madre de Colin.

—¿Como qué?


—Matariki, eso no tenía nada que ver con nosotros. —Colin Coltrane defendía solemnemente su inocencia después de que Matariki le hubiera propinado un zarpazo, pero no en la espalda como al hacer el amor, sino en plena cara. La mejilla del joven todavía estaba enrojecida por el bofetón que ella le había dado—. Mira, ya sabes que tengo que darle coba al padre si queremos pedir el crédito.

—Jimmy Dunloe es el padre adoptivo de Chloé —lo corrigió Matariki—. Y por lo que yo sé, él no trabaja de alcahuete. Además, sería demasiado pronto, todavía no lleva seis meses viuda. Entonces, por qué...

—Pues justo por eso, Matariki —respondió Colin—. Porque hace tan poco que ha enviudado. Necesitaba un acompañante, pero... pero uno... por decirlo de alguna manera... un miembro de la familia.

Matariki se echó a reír con aire burlón.

—¿Tú te ves como miembro de la familia Dunloe? ¡No me vengas con cuentos! Y en ese caso, ¿por qué no tenía yo que enterarme? Podrías haberme dicho que acompañabas a la pobre y digna de compasión Chloé Boulder por motivos puramente económicos. Aunque sigo sin comprender para qué necesitaba un acompañante. Es su propia galería, Colin, ¿lo recuerdas? Es ella la que ha organizado esa recepción y como anfitriona bastante trabajo tendría vendiendo los cuadros a los presentes. ¿O es que también la has ayudado en eso? ¿Desde cuándo entiendes tú algo de arte?

Colin miró a la muchacha, que se había erguido ante él ardiendo de indignación. Por Dios, qué guapa, y él la amaba. Claro que Chloé Boulder también era bonita. Le seducía su frío atractivo, su feminidad, su comportamiento impecable... Por el contrario, Matariki con su traje de montar gastado, con el corsé nunca bien ceñido y el cabello otra vez suelto. Su piel estaba tostada por el sol... y Colin todavía se acordaba muy bien de sus largas y morenas piernas, en torno a las cuales ondeaba el *piu piu* cuando saltaba a la comba en Parihaka. Si hubiera solo una posibilidad...

Colin cogió a la joven entre sus brazos y le cerró los labios, todavía quejosos, con un beso. Matariki le mordió la lengua y se separó de él.

—Colin, quiero una explicación —advirtió enfadada—. No carantoñas. ¿Qué sucedió ayer con Chloé Boulder?

Colin paladeó el sabor de la sangre y montó a su vez en cólera. ¿Es que aquella fierecilla nunca iba a comportarse como una mujer normal? ¿Dócil, maleable? Hasta entonces siempre había confiado en poder domarla, pero tal vez no era posible. Bien, eso facilitaría su elección.

—Matariki, ¡no tengo que darte explicaciones! Ya te lo he dicho, no es nada importante, lo he... lo he hecho por nuestro criadero. Por... nosotros.

Matariki lo miró perpleja.

—Colin —dijo entonces, esta vez más tranquila—. Colin, ¡la besaste! No lo niegues, Heather me lo ha contado. Y no asegures ahora que Chloé te sedujo. Heather ha dicho que estaba hecha un lío. Y Jimmy Dunloe no te obligó, ¿o me equivoco? ¿Puede saberse qué sucede, Colin? ¡Estamos prometidos!

Él se irguió frente a Matariki. Conque lo sabía. ¡Su maldita hermana! Heather había pasado la velada pegada a Chloé como una lapa. Hubo que esperar a que uno de los invitados entablara con ella una conversación sobre la venta de un cuadro para que él pudiese salir con Chloé con un pretexto y lo intentara con un primer beso. De hecho, ella tampoco se había opuesto tanto. Pero claro, luego tuvo que ir contándolo sin falta.

Colin descargó la rabia que sentía por su hermana en Matariki.

—No estamos prometidos, Matariki —le replicó—. Solo compartimos cama. Sí, ya puedes mirarme como un ciervo herido de muerte, pero esta es la verdad. Me casaría contigo de buen grado, pero tienes dieciocho años solo y tus padres están poniendo trabas a nuestra relación. Nadie sabe lo que saldrá de esto. Y siendo este el caso... tienes que... permitir que mire hacia otros lados.

La mano de Matariki volvió a atizarle en el rostro, pero esta vez sacó las uñas, que dejaron unas huellas granates en la mejilla derecha del hombre. Antes de que llegase a arañarlo con la izquierda, Colin le agarró la mano.

—¡Basta ya, Riki! —le gritó.

Matariki miró a Colin con los ojos llenos de lágrimas, pero se dominó con fiereza.

—Tú lo has dicho, Colin —advirtió con firmeza.

Ese mismo día escribió a Amey Daldy.

# CON LOS OJOS ABIERTOS

*Isla Sur, Dunedin e Invercargill
Isla Norte, Auckland*

1883-1893

# 1

—¿Qué tiene él que yo no tenga?

Heather Coltrane no había querido pronunciar esta pregunta, pero ahora, un día antes de que Chloé fuera a aceptar la petición de matrimonio de su hermano Colin, no pudo reprimirse más.

Chloé Boulder miró a su amiga con pena. Podría haber dado una respuesta, pero no había ninguna palabra para referirse a aquello en lo que Colin aventajaba a Heather. Al menos ninguna que una dama pudiese pronunciar sin morirse de vergüenza.

—Es... —dijo con prudencia— un hombre.

—¿Y qué? —preguntó Heather—. ¿Puede quererte él más que yo? ¿Te entiende mejor? ¿Puede ofrecerte más? ¿Compartes más cosas con él?

—¡Claro que no!

Chloé suspiró. No sabía cómo hacer para que Heather lo entendiera, al menos sin herirla todavía más de lo que ya lo estaba haciendo. No debería haber permitido que eso llegara tan lejos. La relación entre Chloé y Heather siempre había sido íntima, pero en los meses que habían seguido a la muerte de Terrence Boulder se había estrechado aún más. Chloé y Heather habían intercambiado caricias, Chloé se había apoyado en Heather cuando la tristeza la invadía y, en última instancia, también había sido Heather y no Colin quien la había ayudado a superar la pérdida. Chloé amaba a Heather de corazón. Pero le faltaba algo. No podía amarla como a Terrence o a Colin. No era un hombre.

—Heather, yo... yo quiero... casarme. Quiero... tener hijos...

—Podemos adoptar —respondió Heather—. Tantos niños como quieras, las instituciones benéficas están a rebosar de huérfanos. Bastaría una palabra a Sean o al reverendo y tendríamos la casa llena... —Heather rozó titubeante el hombro de Chloé.

Esta siguió empaquetando sus vestidos en maletas y cajas. Colin acababa de llegar de Invercargill, donde supervisaba los trabajos en los establos y el nuevo hipódromo, y amueblaba la casa. El día después de la boda se iría allí con él.

Heather la besó dulcemente en la nuca.

—Chloé...

La joven se dio media vuelta.

—¿Crees de verdad que el reverendo... aprobaría algo así?

El tono fue más duro de lo que había pretendido. En realidad no quería ofender a Heather y en su amistad tampoco había nada prohibido. Aunque... aunque no era normal que dos mujeres se besasen y se tocasen algunas partes del cuerpo que una misma ni siquiera se miraba antes de ofrecérselas a su marido como... ¿Como una víctima sobre un altar? La idea se le había ocurrido la noche de bodas con Terrence, cuando su guapísimo y joven esposo la había mirado fascinado y suplicante. Pero, por obra de sus caricias y besos, ella había olvidado enseguida esa inquietante imagen. Chloé había disfrutado de las noches con Terrence y también había gozado de las caricias de Heather. Pero al final le había faltado algo. Chloé nunca había sentido lo mismo que Heather, quien parecía arder con sus besos. Le faltaba el cuerpo recio de un hombre y la parte de él para la que... para la que no había palabra.

—Quiero hijos propios —dijo con la esperanza de tranquilizar a Heather—. Tienes que entenderlo. Y Colin... es guapo... es educado...

—Ha abandonado a Matariki Drury —observó Heather—. Después de que sus padres no quisieran darle el dinero para el hipódromo.

—¡Una cosa no tiene por qué estar relacionada con la otra! —replicó Chloé por enésima vez.

Heather no era la única que rechazaba el enlace de su amiga con Colin. También Jimmy Dunloe y Claire, Kathleen sobre todo y el reverendo habían planteado objeciones.

—¡Es mi hermano, Chloé! —se quejó Heather—. Pero pese a ello, no me fío de él. Nunca fue... lo que se entiende por... humm... una persona amable.

«Pero cuando me besa, parece que el sol y la luna se toquen y el cielo explote en lo alto», pensó Chloé. Naturalmente, no podía decirlo en voz alta. Decidió dar por zanjada la discusión.

—¡Por Dios, Heather! —exclamó alterada—. Llevo meses escuchando lo mismo, hasta la saciedad. Debería esperar un poco más y ser prudente, debería esto y debería aquello. Pese a que ninguno de vosotros puede decir que no nos hayamos atenido a las reglas. Hemos esperado el año de duelo. Apenas nos hemos visto en público. Hemos mantenido largas conversaciones... —La mayoría de las cuales habían terminado rápidamente en los brazos de Colin, pero Chloé no se lo confesaría a Heather—. Incluso en una ocasión estuvimos separados un par de semanas.

—Durante las cuales se ha comprado una granja en Invercargill con tu dinero. Sin ni siquiera considerar necesario enseñarte antes la propiedad, aunque solo fuera una vez —se burló Heather.

—¡Confío en él! —declaró Chloé.

Heather se apoyó un dedo entre las cejas. No debería mantener estas conversaciones. A fin de cuentas era la última de quien Chloé admitiría alguna razón sensata para tener cuidado con Colin Coltrane. Heather sabía muy bien que eran los celos los que la empujaban a hablar. Pero no podía contenerse. Y esa noche era su última oportunidad. La mañana siguiente sería demasiado tarde.

—¿Tanto como para regalarle todo tu dinero? —preguntó apesadumbrada.

Terrence Boulder había sido rico y Chloé era su única heredera. Jimmy Dunloe se había ofrecido a administrarle el dinero y Sean insistía en aconsejarle que firmase un contrato matrimonial que al menos limitase el poder de Colin para disponer de la fortuna. Pero Chloé no atendía a razones.

—¡Los dos queremos el criadero de caballos! —explicó—. Nos pertenecerá a los dos y lo dirigiremos los dos. He dado el dinero a Colin porque yo deseo lo mismo que él. ¡No es solo su sueño el que se va a cumplir!

—Siempre había creído que tu sueño era una galería —susurró Heather—. Pensaba que amabas el arte, que ibas a fomentar la pintura y la escultura en Nueva Zelanda. ¿Qué sucede con la exposición de arte maorí que habías proyectado? ¿Qué ocurre con los cuadros de Lucas Warden, con la retrospectiva? Incluso de Inglaterra llega material. ¿Qué pasa con esa artista rusa? Querías todo eso, has escrito un montón de cartas. ¿Y ahora? ¿He de hacerlo yo sola?

Chloé no pudo evitarlo y abrazó a su amiga. No soportaba ver a Heather tan triste. Pero luego se decidió por la dureza. Eso tenía que acabar.

—Lo conseguirás sola si es que quieres continuar —dijo—. La galería era... Bueno, era... una especie de sueño infantil, pero ahora...

—Ahora eres adulta —apuntó Heather, abatida—. Comprendo. Y te deseo suerte, Chloé. Te deseo de verdad suerte.

Chloé Boulder y Colin Coltrane celebraron una boda tranquila. A fin de cuentas, no hacía tanto que Chloé era viuda, hubo incluso matronas de la congregación del reverendo Burton que cotillearon acerca de lo pronto que se había vuelto a casar. Kathleen Burton se esforzó por hacer oídos sordos a los chismes. Al igual que Claire Dunloe. Pero, en el fondo, las dos amigas eran de la misma opinión.

—Me alegro de que ahora seamos familia —señaló Claire—. Pero ¿no podría haber elegido a Sean?

Kathleen sonrió con tristeza.

—Sean parece haber dejado su corazón en algún lugar de Christchurch —confesó a su amiga—. No cuenta nada, pero desde que pronunció la conferencia hace un par de meses ha cambiado. Esperemos que no sea una sufragista fanática de esas que andan con vestidos reforma que parecen tiendas de campaña y que antes beberían raticida que una copa de vino.

Claire rio.

—En fin, a mí me cayó simpática Kate Sheppard. Y con nuestra señora Morison también nos entendemos bien... Cuando las mujeres reciban salarios decentes... —Harriet Morison no solo estaba con la Temperance Union, sino antes de nada con las costureras de las fábricas. La fundación de un sindicato era inminente y la señora Morison sin duda estaría al frente del mismo. Claire y Kathleen no tenían ningún problema con eso. Siempre habían pagado bien a sus costureras y la mayoría de ellas trabajaban desde hacía años para Lady's Goldmine. Pero eso no era aplicable a las fábricas textiles que en los últimos años aparecían como setas. Las mujeres maduras y jóvenes solían trabajar en condiciones infrahumanas, y Claire y Kathleen encontraban perfectamente justo que la señora Morison las apoyara—. Sea como fuere, necesitamos a gente que reivindique el derecho de la mujer al voto. Me alegro solo de pensarlo. ¡Y lo primero que haré será votar por Sean!

Kathleen sonrió. También ella estaba orgullosa de su hijo y solo deseaba que alcanzara la felicidad, fuera quien fuese la mujer a quien un día era de esperar que se declarase. Por el momento el asunto de la chica de Christchurch no era más que una sospecha. Sean parecía estar pensando incesantemente en ella, pero en cuanto al contacto personal, más bien parecía evitar las Llanuras de Canterbury.

En cualquier caso, ese día Colin y Chloé estaban dichosos. Ella lucía preciosa con su vestido de brocado dorado. Kathleen se había esforzado mucho con el diseño y sabía que ese traje de novia causaría sensación en Dunedin. Pese a que eran pocos los invitados, la iglesia estaba ese sábado por la mañana totalmente llena. Entre los presentes se hallaban muchas clientas de Lady's Goldmine que querían admirar los destacados vestidos de la colección de invierno en la novia y las invitadas a la ceremonia. Claire y Kathleen también iban muy elegantes y Heather, con su vestido holgado de color verde manzana, que le daba un aspecto tan jovial, al igual que su cabello fino y que enmarcaba suavemente su rostro, no habría desmerecido junto a la resplandeciente novia si sus ojos hubiesen brillado un poco en vez de estar velados y melancólicos, como tantas veces desde que se había enterado de los nuevos planes de boda de su amiga. Kathleen lo sentía por su hija. Heather volvería a estar sola otra vez.

Sin embargo, de nuevo había restablecido el contacto epistolar con su pequeña amiga de Gales, Violet Paisley. Kathleen decidió que la convencería para que fuese a visitarla. Ya hacía mucho que hablaba de ello, en realidad desde que la joven se había mudado a Woolston, aunque Violet parecía querer evitarlo. Daba igual, Heather necesitaba animarse.

Kathleen buscó con la mirada a su marido, que estaba charlando con Sean en el bien abastecido bar. La fiesta se celebraba en la vivienda de Jimmy y Claire Dunloe, quienes no estaban interesados en que se impusiera la Ley Seca. Quien quería whisky, lo tenía. En cuanto a este tema, Jimmy Dunloe, Michael Drury y el reverendo Burton estaban de acuerdo. La prohibición del alcohol solo relanzaría el mercado negro y todavía haría más difícil la situación de las familias pobres. No obstante, Burton no habría osado en esos días repartir algo así como un ponche en la sala de la congregación. Los representantes del movimiento contra el consumo de alcohol cada vez ganaban más influencia.

Sean y Peter no parecían muy entusiasmados de que Colin se les acercase con la sonriente y feliz Chloé del brazo. Kathleen se aproximó a su marido.

—Solo queríamos despedirnos —anunció Chloé, aunque con un deje triste: era evidente que estaba disfrutando de la fiesta—. Es precioso, pero Colin quiere coger el tren nocturno para Christchurch. Mañana hay carrera en Woolston y antes de que vayamos a... a casa, queremos echar un vistazo a uno o dos caballos que tal vez sean apropiados para el criadero. Colin pensaba... —Dirigió a su marido una mirada de veneración.

Sean arqueó las cejas.

—Siempre oigo hablar del criadero —dijo, interrumpiendo a Chloé—. Pero si mal no recuerdo, ¿no tarda un potro once meses en venir al mundo? ¿Ya se han cubierto las yeguas? ¿O por el momento solo estás negociando con caballos como siempre, Colin?

Kathleen lanzó a su hijo mayor una mirada reprobatoria. Sean era el hombre más dulce y cortés que conocía, pero cuando aparecía Colin sacaba lo peor de sí mismo.

Sin embargo, Colin solo se rio.

—Se han cubierto tres yeguas, hermanito, si no tienes reparos en hablar de estos temas en compañía de las damas. Entre otras, la yegua hackney de mi esposa. Con un semental purasangre de trote muy rotundo. Y me temo que es inevitable que negocie con caballos: los animales no vienen a mí, o sea que he de adquirir algunos ejemplares para la cría. Ocasionalmente sucederá, como es natural, que alguno de los animales se demuestre inadecuado para nuestros objetivos, entonces tendremos que desprendernos de él.

—Pero eso ya lo hablaremos juntos en su momento —intervino Chloé.

Kathleen sabía que a Chloé le costaba desprenderse de un caballo. Siendo una niña se había echado a llorar cuando Kathleen y Claire vendieron su mulo, y cuando su burrito murió con más de treinta años, estaba inconsolable. Chloé entendía algo de monturas, pero era sensible. Kathleen no podía imaginarse a la hija de su amiga casada con un tratante de caballos.

—¡Ya lo oyes, Sean! —Rio Colin—. ¡Ni siquiera soy el amo de mi propia granja! Mi esposa quiere que lo decidamos todo juntos, algo que debería ser de tu complacencia. A fin de cuentas, estás con las sufragistas. Y ahora ven, Chloé. Hemos de marcharnos o no llegaremos al tren.

La joven todavía parecía algo decepcionada, pero se despidió diligente. Colin enseguida la arrastró a la salida antes de que ella se pusiera a charlar con algún invitado.

—Una noche de bodas en un tren camino de Christchurch... —murmuró Kathleen—. ¿No se lo habrá imaginado Chloé más romántico?

Sean se encogió de hombros y bebió otro trago de su copa.

—En cualquier caso, no parece que ella decida gran cosa.

Peter, quien solía beber en pocas ocasiones, pero que se había dejado seducir por la calidad del whisky de Jimmy, sonrió.

—Más bien parece un caballo recién comprado que él se lleva del mercado.

Kathleen lanzó a su marido una mirada de advertencia.

—¡Compórtate, Peter Burton! —avisó—. Eres un reverendo.

Peter rio.

—¡Voy un poco alegre, señora Burton! —admitió—. Pero no tanto como para confundir el concepto de «mío» y «tuyo», como parece ocurrirle a tu señor hijo: «El amo de mi propia granja.» ¡Pero si no ha invertido ahí ni un solo chelín! El «caballo recién comprado» (perdona, cariño mío, pero mañana ya volveré a expresarme de forma clerical) ha pagado su propia cuadra.

En efecto, Chloé no se sintió especialmente entusiasmada pasando la noche de bodas en el tren. Apenas logró dormir y cuando llegaron a Woolston a primeras horas de la mañana se sentía machacada. Colin, por el contrario, estaba animado y dinámico, le brillaban los ojos cuando entró en el hipódromo. Chloé buscó con la mirada a conocidos entre los asientos, pero no distinguió a damas y caballeros de las Llanuras. Por la mañana se realizarían un par de carreras al galope menos importantes, pero el gran acontecimiento del día eran las carreras de trotones de la tarde. Chloé confirmó que dos de los caballos de carreras al galope llevaban los colores de lord Barrington.

—Seguro que el lord está aquí. Ven, vamos a su palco a saludarlo.

En el palco privado no faltaría tampoco un desayuno regio y un champán de primera categoría. Ambos podrían haber reavivado los ánimos de Chloé.

Pero Colin meneó la cabeza.

—Ahora no, cariño. En primer lugar, no tengo ganas de conversaciones circunstanciales con la gente bien, ayer ya tuvimos suficiente. Y, segundo, hemos venido a mirar caballos. Hay una yegua en el Racing Club y otra aquí mismo, en el hipódromo de Brown. Tendríamos que echar un vistazo antes de que alguien nos la quite delante de las narices.

Chloé se conformó de mala gana. Claro que Colin tenía razón, pero en cierto modo era el viaje de luna de miel. Y a ella le habría gustado exhibir a su apuesto marido en el palco privado.

En lugar de ello, Colin la condujo hacia los establos realmente oscuros del Brown's Paddock. La yegua en cuestión era una hermosa cob. Sin embargo, era antipática y quiso morder a Colin cuando él quiso examinarle el interior de la boca. Chloé la encontró desagradable y no le gustó para su establo.

—Creía que íbamos a criar caballos finos —dijo cuando Colin, pese a todo, empezó a negociar con el propietario—. Con hackneys, purasangres... este es el camino, Colin. Los cobs son de paso seguro y rápidos en caminos irregulares. Pero las carreras de trotones se realizan ahora en su mayor parte en pistas especiales. Y sobre un suelo regular *Dancing Jewel* habría ganado sin esfuerzo al caballo de... de esa... humm... joven maorí.

Chloé se ruborizó. Se esforzaba por no mencionar el nombre de Matariki Drury en presencia de Colin.

El joven se encogió de hombros.

—Podemos deshacernos más tarde del caballo. Pero uno o dos potros, como prueba...

Se interrumpió cuando Chloé esbozó una mueca con los labios. Las ideas de los recién casados en relación a la cría de caballos diferían. Ella defendía enérgicamente una planificación que abarcara generaciones, según el modelo de la cría de purasangres británica, mientras que Colin, por el contrario, encontraba interesantes los cruces y creía en los aciertos casuales.

—Está bien, echemos un vistazo primero a los otros —transigió él. No le aportaría nada irritar a Chloé ya el primer día.

En la zona del Lower Heathcote Racing Club reinaba una intensa actividad. Ahí se hallaban, sobre todo, caballos de carrera al galope que o bien se preparaban para la competición o bien, después de esta, se lavaban y se llevaban de vuelta a las cuadras. Finalmente un hombre rubio y achaparrado pareció dispuesto a atender a los Coltrane.

—¿Caballos en venta? ¿Yeguas? Sí, correcto, la baya de Beasley. —El hombre los condujo a través de unos de los espaciosos corredores entre establos y les mostró una yegua purasangre elegante y de pelaje bayo oscuro—. Y ahí enfrente también hay un poni alazán. Pero... —El mozo bajó la voz—. Si quiere saber mi opinión, señor, no me llevaría ni la una ni el otro.

Colin frunció el ceño.

—¿Trabaja usted aquí? —preguntó—. ¿Para uno de los entrenadores de los caballos de carreras? —En los establos del Racing Club había exclusivamente ejemplares para carreras al galope.

—Para el club —contestó el hombre—. Me llamo Eric Fence. Pero a mí lo que más me gusta es la carrera de trotones. Me fijo mucho. Y de estas yeguas... ninguna tarda menos de cinco minutos en correr kilómetro y medio.

—Pero ese caballo de ahí ya debe de haber ganado alguna carrera —observó Chloé.

No le había gustado la yegua cob, pero ese hombre todavía le gustaba menos, así que le contradijo casi por principio.

Eric Fence asintió.

—Sí, pero las tres favoritas se pusieron al galope. La alazana trotó y por eso ganó, aunque debería haber entrado la cuarta. Funciona así, milady...

El tono arrogante del hombre enervó a Chloé.

—Ya sé cómo funciona —replicó, enojada.

Pero Fence prescindió de ella y se volvió de nuevo hacia Colin.

—Si quiere saber mi opinión, señor..., el único caballo en venta que sirve de trotón es el castrado negro de ahí. —Con un rápido movimiento se dirigió al siguiente *box*, en el que aguardaba un caballo más bien pequeño con una bonita cabeza en forma de cuña, crines largas y ojos dulces—. Este tiene que desaparecer porque galopa demasiado despacio. Pero lo vi trotar una vez... El mozo de cuadra lo montó, por diversión...

—Sin que lo supiesen el entrenador ni el propietario —concluyó Chloé.

Fence sonrió.

—Eso no le hace daño al caballo —adujo—. En cualquier caso, este sale como una bala de cañón. Y también es cómodo, el jockey lo mantiene al trote sin esfuerzo.

Eso podía ser importante para lo que ocurriera en la carrera. Cinco kilómetros a trote rápido exigían un esfuerzo por parte del jinete, y si el caballo tenía un paso especialmente incómodo, al jockey podía faltarle la fuerza, o la resistencia al dolor, para seguir estimulando al animal hasta la meta.

—De todos modos, el futuro está en la carrera de enganche —intervino Chloé—. Las carreras de trote sentado no dan resultado. Necesitamos caballos de tiro. Lo que no es el caso con este. —El castrado sacó la cabeza del *box* y ella lo acarició. Le gustaba, pero era lo contrario de lo que necesitaban—. Además, estamos buscando yeguas. Estamos construyendo un criadero.

Eric Fence se encogió de hombros.

—En fin, si usted lo ve así... Pronto habrá otro que gane una carrera con él. ¿A mí qué más me da? Se lo digo también al tratante que en su día descubrió a *Spirit*. ¿Le suena? ¿*Spirit*? ¿Un semental negro, purasangre?

Colin asintió.

—Lo tengo en el establo —dijo lacónico—. Lo compré para la cría.

Eric Fence se lo quedó mirando con los ojos brillantes y por primera vez a Chloé le pareció que su sonrisa era sincera.

—¿En serio, señor? ¿*Spirit*? No podía tener otro mejor, señor. Y este... —Volvió a señalar al pequeño de pelaje negro—. ¡Este encaja, señor! Cómprelo y, si gana, dice que es hijo de su semental. Ya verá cómo le llueven las yeguas... Así no tendrá que comprar tantas.

Chloé ya iba a reírse de esa idea cuando tuvo que admitir, horrorizada, que Colin estaba considerando la idea.

Intentó poner otra objeción.

—Colin, ¡tenemos que pensar a largo plazo! El futuro...

—El futuro es hoy por la tarde, señor, si me permite —intervino Eric Fence con una sonrisa. Sentía que había convencido a ese caballero, a ojos vistas rico—. Compre el castrado y regístrelo en la carrera de trotones. Entrenado es bueno, le da igual galopar cinco kilómetros que trotar siete. Si apuesta tres o cuatro billetes de diez chelines y el caballo gana, ya habrá rentabilizado lo que pague por él. Y en cuanto a amaestrarlo para el tiro... a largo plazo... —Eric arrojó a Chloé una mirada de manifiesta indulgencia masculina frente a los caprichos de una dama—. No será problema para alguien que sabe tanto de caballos como usted.

Ella se mordió el labio, pero Colin se lo estaba tomando en serio.

—¿Tan rápido funciona? Me refiero a la inscripción para hoy por la tarde. ¿Y encontraré a un jockey?

Eric rio.

—Si me esfuerzo un poco, señor —contestó fanfarrón—. También puede montarlo usted mismo. Es muy sencillo, como le he dicho...

Colin hizo un gesto altanero.

—Soy soldado de caballería, señor Fence. Me las apaño con cualquier caballo.

—¡Esto no puede ser! —Chloé miraba tanto a su marido como a ese impertinente mozo de cuadra que de nuevo empezaba con sus lisonjas—. Haríamos el ridículo, Colin, ¡ningún criador monta sus propios caballos! La gente creería que no podemos permitirnos a un jockey. Decídete: ¡o un jinete profesional o nada, Colin!

En cuanto lo hubo dicho se dio cuenta de que acababa de dar su conformidad a la compra del caballo. Y ese justamente había sido el objetivo de los hombres. Se enfadó, pero intentó que su marido no lo notase.

De hecho, enseguida encontraron un jockey «profesional»: Eric dio al mozo de cuadra un par de chelines para que montara el caballo negro. El chico era un desastre como jinete. Colin se puso iracundo, pero intentó que Chloé no se diera cuenta. El castrado negro —en realidad se llamaba *Lancelot*, pero Colin lo registró para correr con el nombre de *Spirit's Pride*— cumplió estupendamente. Con el chico balanceándose en la grupa quedó en el tercer puesto, el mismo Colin habría podido llevarlo sin esfuerzo a la victoria.

Eric Fence saludó a Colin y Chloé sofocado de orgullo y entusiasmo delante del *box* de *Pride*. Había apostado por el caballo y obtenido un sustancioso premio. Lo mismo hizo Colin, pese a que Chloé no consideraba que fuera digno de un caballero apostar por su propio caballo.

—Yo también les puedo organizar el transporte —se ofreció Fence, diligente—. Además, me gustaría... Me refiero..., ¿qué piensan... humm... de una pequeña comisión?

Colin apretó los labios. Sabía que iba a discutir con Chloé por lo que estaba a punto de decir, pero, por otra parte... ese sujeto era justamente lo que necesitaba...

—Puede llevarlo usted mismo. Le ofrezco el puesto de caballerizo en Coltrane's Trotting Jewels Station. ¿Acepta? —Le tendió la mano a Eric.

El marido de Violet se la estrechó.

Por la noche, en el hotel White Hart de Christchurch, Colin y Chloé Coltrane se pelearon e hicieron el amor. La noche transcurrió exactamente como le gustaba a Colin: Chloé, por muchos modales de dama que tuviera, podía exhibir un temperamento insospechado cuando se la enfurecía de verdad y uno se reconciliaba luego con ella en la cama. A ese respecto, era igual que Matariki, aunque por lo general le cansaba más. Colin pensaba con cierta nostalgia en la complaciente joven maorí. Chloé era mayor y mucho más conservadora. No se quedaba tiesa y reservada debajo de él, como siempre se temía que haría una dama, pero tampoco mostraba la frescura y fantasía de la grácil y flexible Matariki. En fin, uno no podía tenerlo todo. Colin volvió a servir champán a Chloé e intentó excitarla otra vez.

Eric Fence celebraba su nuevo empleo en Brown's Tavern,

pero llegó a casa a tiempo de confirmar que Violet había asistido otra vez a un encuentro de la Liga Antialcohólica, las sufragistas o las rebeldes de turno. ¡Eso tenía que acabar! Era de esperar que el criadero de caballos de ese Coltrane estuviera algo apartado, allí no podría unirse a ningún grupo. La satisfacción que eso le producía no le impidió mostrar a Violet su desaprobación cuando esta llegó. Pero también propinó una paliza a la espantosa hermanita, que de nuevo se disponía a retirarse en un rincón y garabatear el caro papel con el caro lápiz rojo. Al final, Rosie lloraba en silencio, Joe berreaba y Roberta gritaba como si la estuvieran matando. Eric esperaba encontrar en Invercargill un dormitorio que pudiese cerrarse. Pese al jaleo poseyó a Violet. Las perspectivas de un nuevo trabajo le habían animado y todavía no tenía ganas de dormir.

—¡Mañana empaquetas nuestras cosas! —decidió—. El señor Coltrane me espera en Southland. Nos mudaremos lo antes posible.


Tres días más tarde, Sean y Heather Coltrane se quedaron atónitos delante de la cabaña en la que Violet había vivido durante casi un año. Sean había estado pensando largo tiempo qué hacer para volver a ver a la joven sin que ninguno de los dos se pusiera en un compromiso. El deseo de Heather de volver a ver a su amiga le había venido a pedir de boca. Compró lápices de colores para Rosie, un vestidito para Roberta y un animal de trapo para Joe. Llevar un obsequio a Violet habría sido inadecuado, pero la joven se alegraría de esos detalles para sus hijos. Heather llenó además una cesta de comida. En sus cartas, Violet se había pronunciado vacilante acerca de su situación económica y Sean todavía con más cautela, pero Heather trabajaba en la beneficencia y podía imaginarse lo que era una familia obrera. El cobertizo en el patio trasero del *pub* escandalizó a los dos hermanos.

El arrendatario, Brown, se limitó a encogerse de hombros.

—¿Qué significa dignidad humana? —gruñó—. Bastante hice con dejarlos vivir aquí, señora. Y ahora no me venga con la taberna, el whisky y que yo tiento a los chicos. Fence no se emborracha más que los otros, se gasta el dinero en las apuestas. ¡Y yo con eso no gano ni un penique!

Heather y Sean se miraron impotentes, pero no podían hacer nada más. Violet, Eric y los niños se habían ido. A un nuevo trabajo en un lugar del sur. Tendrían que esperar a que la joven diera de nuevo señales de vida.

Si es que lo hacía.

## 2

Amey Daldy tenía cincuenta y cuatro años, pero nunca había mantenido una entrevista tan rara como la de la joven Matariki Drury. Esta había viajado a Ponsonby, a la calle Hepburn, y llegado en medio del jaleo de una mudanza con ocho niños. La señora Daldy había enviudado cuatro años atrás, pero había vuelto a casarse con un viudo también, el comerciante y político William Daldy. Ella había esperado seguramente dedicarse a partir de entonces a sus objetivos y deberes políticos, pero algo se había interpuesto. La hija de William falleció, y poco después del luctuoso suceso también su esposo había muerto, con lo que habían dejado a los Daldy al cuidado de sus ocho hijos, algunos de ellos todavía pequeños. La decidida Amey alquiló sin demora la casa contigua a la suya, contrató a un ama de llaves y acogió allí a los niños. Cuando Matariki llegó a Auckland justamente estaban cambiándose de residencia y Amey habría preferido postergar la entrevista con la joven maorí.

Sin embargo, Matariki movió la cabeza sonriente.

—Pero no, señora Daldy, ¡necesita usted ayuda! Y ahora yo estoy aquí, y tanto sé leer cuentos en voz alta como preparar una comida u ordenar un armario. En mi hotel, por el contrario, no haría más que quedarme ahí sentada. Y allí no miran a *Dingo* con buenos ojos.

Señaló a su perro callejero de patas altas y color marrón claro, que la acompañaba para horror de la señora Daldy. Pero el animal parecía tener buen carácter. Dos de los niños que estaban quejándose y llorando, enseguida se habían sentado en el suelo con él y se quedaron encantados cuando el perro, con expresión seria, les dio la patita. Matariki ya tenía en brazos a una de las niñas pequeñas.

—¿Qué pasa, cariñito? —Rio—. ¡Venga, señora Daldy, déjeme que la ayude! Tampoco tiene que sentirse mal por eso. —Con cara traviesa, Matariki miraba a la severa matrona—. Si no me necesita como profesora, a lo mejor podría escribirme una recomendación como niñera.

Matariki había temido en un principio que el regreso a la Isla Norte la deprimiera. A fin de cuentas, había atravesado la región por última vez con Colin, a quien se había entregado. Tampoco los recuerdos de la conquista de Parihaka eran agradables. Pero enseguida la fascinó ese paisaje tan distinto y, sobre todo, la mayor actividad de la parte septentrional del país, mucho más colonizada. En la Isla Norte había ciudades más grandes, más *pakeha*, pero también muchas más y más interesantes tribus maoríes.

Matariki se tomó su tiempo para recorrer el terreno a caballo. Disfrutó del clima más cálido y de la diversidad de los paisajes. Había ahí más bosque que en la Isla Sur, las montañas no eran tan altas y escarpadas, sino medianas, y el terreno ondulado. Matariki no cabalgó a lo largo de la costa, sino de lo que sería la línea de ferrocarril de Wellington hasta Auckland. Pensó nostálgica en Taranaki y dio un rodeo, con un escalofrío, para evitar Hamilton. Se acordó de Kupe. Seguía estudiando en Wellington; Koria, a quien esperaba volver a ver en Auckland, no tenía, sin embargo, contacto directo con él. Por otra parte, había oído que volvía a estar con Pai. Matariki pensó en volver a establecer el contacto con ellos. Si Kupe se había decidido definitivamente por Pai y el asunto de Colin se había cerrado para Matariki, no había motivo ninguno de rencor. Por otra parte, Colin nunca pasaría completamente a ser parte del pasado y Matariki no estaba segura de lo que Kupe diría respecto al recuerdo que el *pakeha* había dejado en ella...

Finalmente llegó a Auckland y se quedó una vez más embelesada ante la ciudad entre los dos mares: al este el océano Pacífico, al oeste el mar de Tasmania. La población se había construido sobre un terreno antes volcánico y la actividad del volcán, ahora ya extinto, había esculpido el paisaje en forma de colinas y lagos, islas y lagunas. Auckland ya le había gustado cuando se había instalado allí con Kupe. En esos momentos se alegraba de vivir en medio de un paisaje variado y poder ver cómo crecía la ciudad... Si es que le caía bien a Amey Daldy. No era nada seguro que la rígida metodista mostrara comprensión por una joven que, a ojos vistas, no se había tomado nada en serio el tema de la castidad.

Matariki se alegró de que esta conversación se retrasara un par de horas por cambiar la ropa de los niños. Y aprovechó su oportunidad: por la noche, la señora Amey Daldy sabía que Matariki Drury era trabajadora.

Para asombro de la matrona, la joven puso a dormir a los niños pequeños sin que protestasen.

—Venga, ya podéis ir a dormir solos. No tengáis miedo, *Dingo* irá con vosotros y se cuidará que no os agobie ninguna pesadilla y, si aparece un fantasma, se lo comerá.

Los niños medianos habían aprendido una canción infantil en maorí y la ilustraban con un dibujo, mientras que los mayores estaban convenientemente ocupados vaciando las maletas y llenando los armarios.

—¡Pues claro que sabéis hacerlo solos! —los animó Matariki—. Cuando vayáis a la High School o a la universidad no tendréis a ninguna doncella que os ayude. ¿Cómo? ¿Qué ya vais a la High School? ¿A qué curso? ¡Ah, es el año en que se lee a Shakespeare! ¿Representaréis *Romeo y Julieta*? Tenía una amiga que siempre quería hacer el papel de Julieta, pero era gorda como una ballena.

Matariki reía y charlaba con los niños, que se olvidaron así de la pena y del miedo ante un hogar nuevo y una severa abuela.

Cuando por fin se restableció la calma y el ama de llaves se sintió un poco más tranquila, la señora Daldy se llevó a su casa a su futura ayudante para entrevistarla. Respecto a su formación en Dunedin y el período pasado en Parihaka, las referencias le parecieron más que satisfactorias. Pero ¿cumplía la joven la exigencia de llevar una vida virtuosa, tal como se esperaba precisamente de las profesoras?

—Señorita Drury... Yo... ¿Me equivoco al suponer que usted... humm... se encuentra en estado de buena esperanza? —Amey Daldy lanzó una muy breve y desaprobadora mirada al vientre de Matariki.

La joven asintió.

—Sí, pero esto no influirá negativamente en mi trabajo. Al contrario. Tengo que trabajar con mujeres maoríes y casi todas tienen hijos. La práctica *pakeha*, según la cual las profesoras no deben casarse, les resulta totalmente incomprensible. Una *tohunga* está orgullosa de poder transmitir sus conocimientos a sus propios hijos y nietos.

—¡Pero no está usted casada! —observó con severidad la señora Daldy.

Matariki hizo un gesto de negación.

—No. Pero tampoco esto afectará a las mujeres. En las tribus cualquier niño es bien recibido, tanto si la madre ha elegido al hombre como esposo como si no.

Amey Daldy casi perdió el control.

—Señorita Drury, es cierto que buscaba a alguien que conociera las costumbres de los nativos... Pero... pero no tiene que adoptarlas todas usted.

Matariki sonrió.

—Tampoco estaba así planificado —admitió—. Bueno, en realidad iba a casarme...

—¿Y el hombre la dejó plantada? —preguntó la señora Daldy, y en sus palabras resonaron tanto la compasión como la censura—. Cuando supo, que usted... usted estaba en estado de buena esperanza.

Matariki se mordió el labio.

—No del todo —respondió—. Cuando me di cuenta de que estaba esperando... los maoríes dicen simplemente estar embarazada, será difícil enseñarles eso de «en estado de buena esperanza»... habría podido casarme con él. —Matariki estaba segura totalmente de que en ese caso Michael y Lizzie habrían transigido y le habrían dado la dote—. Pero mire... siempre se ha dicho que la mejor manera de prevenir todos los fastidios que se pueden sufrir en un matrimonio es uniéndose a un esposo de moral sólida, vinculado a los valores cristianos y capaz de moderación...

—¿Y? —preguntó la señora Daldy, ahora interesada a pesar suyo.

Matariki se encogió de hombros.

—Pues bien, me di cuenta a tiempo de que el mío era un infame.

Amey Daldy no podía remediarlo, pugnaba consigo misma para no echarse a reír.

—¿A tiempo? —preguntó—. Yo diría que más bien un poco tarde.

Matariki arqueó las cejas.

—Mejor tarde que nunca —replicó.

La señora Daldy se controló con todas sus fuerzas.

—Está bien, señorita Drury, es posible que las mujeres maoríes con las que va a trabajar en primer lugar lo vean así, pero también se relacionará con ingleses. Vivirá entre los blancos... usted y su... hijo.

—*Pakeha* —corrigió Matariki—. Nosotros los llamamos *pakeha*. Y claro que cotillearán acerca de mí... Humm... disculpe, señora Daldy, quería decir, naturalmente, que me arriesgaré a ser objeto de murmuraciones. Pero ya estoy prevenida. —Sonriente, sacó un pequeño anillo de plata del bolso—. Aquí tiene. Diremos que soy viuda. Y en cierto modo, así es. El hombre en cuestión ha muerto para mí.

Amey Daldy era una mujer muy seria, buena cristiana, antialcohólica íntegra, luchaba con vigor por los derechos de sus compañeras de género. Pero su capacidad de dominarse se veía superada por Matariki Drury. Soltó una fuerte y sonora carcajada.

—Está bien, señorita... ¿Cómo se pronuncia su nombre? ¿Mar-tha-icky?

Matariki le sonrió.

—Por mí, puede llamarme Martha.

Matariki se instaló en una habitación en la casa contigua a la de los Daldy y con el trajín que reinaba en las casas compartidas se sintió agradablemente transportada a Parihaka. Se ocupaba de los huérfanos, ponía a *Dingo* como guardián de noche contra las pesadillas y encontró, pese a que la señora Daldy solo lo aprobaba en parte, un lugar en el vecino establo de alquiler para su caballo.

—¿Para qué lo necesita? —preguntaba la matrona, enfadada—. Es una ciudad grande, hay carros de alquiler.

—Demasiado complicado —observó Matariki—. Ya verá como sacamos partido de *Grainie*.

Algún tiempo después, Amey Daldy tuvo que darle la razón. Mientras que solo unas pocas mujeres maoríes se atrevían a acudir al seminario de la señora Daldy en la ciudad, daban a Matariki una bienvenida más cálida en sus poblados. La región de Auckland había sido ocupada anteriormente por los ngati whatua y los waikato tainui, y todavía en la actualidad vivían *iwi* de esta y aquella procedencia en las cordilleras Hunua y Waitakere. Para sorpresa de Amey Daldy los hombres no criticaban allí que sus mujeres y muchachas estudiasen inglés y fuesen, guiadas por Matariki, a la ciudad cuando se celebraban reuniones políticas sobre el derecho de la mujer al voto o también sobre el tema acerca del derecho a votar de los maoríes.

Matariki celebró como un primer logro que las más aventajadas de sus alumnas incluso tomaran allí la palabra.

—Yo esto no entiendo del todo —decía Ani te Kaniwa, una música de la tribu de los hauraki. La sufragista Helen Nicol acababa de comunicar desde el estrado que las mujeres no tenían que ser por obligación, según su parecer, miembros del Parlamento, pero que sí deberían tener derecho a votar—. ¿Por qué mujeres no tener... querer... ser jefas?

—¿Es cierto que hay dirigentes tribales que son mujeres? —preguntó después la señora Nicol, atónita, a Matariki.

Esta lo confirmó.

—Tenemos, precisamente, una cultura muy avanzada —rio—. ¡Ya es hora de que los *pakeha* aprendan de nosotros!

Matariki reunía a mujeres maoríes y *pakeha* y se esforzaba por superar el abismo que el problema de las guerras maoríes había abierto entre los nuevos y los antiguos colonos de la isla. En el mismo Auckland no se había producido un gran derramamiento de sangre, pero el gobernador había utilizado la ciudad como punto de partida para sus ofensivas y los nativos estaban asustados de la fuerte presencia militar y de los soldados de uniforme, con frecuencia poco diplomáticos, que habían llegado. Por añadidura, las enfermedades que habían introducido los *pakeha*, como la viruela y la tuberculosis, habían diezmado la población maorí. Matariki pronunciaba ahora conferencias sobre estas afecciones y las formas de combatirlas. Conducía a las mujeres por las escuelas de los ingleses y les explicaba que nada mejor podía ocurrirles a sus hijos que estudiar. Por otra parte, invitaba a los círculos femeninos de anglicanos y metodistas a los poblados, donde presenciaban el ritual *powhiri* y paticipaban en la preparación de un *hangi*.

Al principio las mujeres *pakeha* se asombraron de que las maoríes se comportasen de forma tan desenfadada, pero Matariki recomendó a las mujeres de las tribus que se cubrieran los pechos cuando esperaban visita de Auckland. No obstante, siempre encontraba divertido el momento en que las severas inglesas, con sus cofias y corsés, iban saliendo de su reserva y se entendían con pies y manos con las maoríes. Al final solían acabar riendo y cantando, y las tiesas matronas *pakeha* intentaban entre risas conseguir arrancar algún sonido de las flautas *koauau* con la nariz. Entre las mujeres maoríes gozaba de gran popularidad *Give to the Winds Thy Fears*. Sus *tohunga* se imaginaban muy bien entregando al viento sus propios miedos. Matariki acabó traduciendo el himno al maorí y las mujeres en torno a Amey Daldy sorprendieron a los conferenciantes invitados a las reuniones interpretando la canción en las dos lenguas. Matariki —y luego las mujeres a las que habían enseñado inglés— solían añadir un par de comentarios sobre el derecho de los maoríes al voto: el mismo país, las mismas preocupaciones, las mismas necesidades entre mujeres y niños. ¡Derecho al voto para todos!

Lo único que no agradó a los maoríes fue la idea de la abstinencia. La Temperance Union tan solo se ganó las simpatías de unas pocas mujeres aisladas que o bien estaban casadas con *pakeha* o bien tenían a sus maridos trabajando en fábricas donde habían adoptado las malas costumbres de sus colegas *pakeha*. Salvo por esos casos, los nativos siguieron gozando de los sentidos y disfrutando del whisky. A la señora Daldy esto le preocupaba, aunque a Matariki le daba igual. Se sentía mucho mejor entre las tribus que entre los rígidos cristianos de las comunidades *pakeha*, pese a que siempre iba a rezar allí por su esposo Colin Drury, lamentablemente fallecido en la flor de la edad. Para el nacimiento de su hija, se instaló con los ngati whatua, mientras la señora Daldy mentía a sus amigas, diciendo que la señora Drury se había refugiado con su familia en ese período difícil.

«En parte es verdad», pensaba Matariki, recordando a su padre Kahu Heke. Seguro que guardaba cierto parentesco con los ngati whatua.

Atendida por una *tohunga* del *iwi*, una diáfana mañana de otoño trajo al mundo a una niña. La pequeña lanzó su primer grito cuando el sol naciente bañaba de una suave luz rojiza el poblado.

—Atamarie —dijo la comadrona, mientras colocaba en brazos de la agotada y feliz madre a su hija.

«Salida de sol» era entre los maoríes uno de los nombres de niña favoritos.

Matariki suspiró.

—Un nombre precioso. Pero me temo que los *pakeha* la llamarán Mary.

# 3

El futuro criadero de caballos de Chloé y Colin Coltrane se hallaba junto a Invercargill, una pequeña ciudad en las llanuras de Southland. Las fértiles planicies proporcionaban pastizales para los animales y la línea Main South de ferrocarril unía la costa meridional con Christchurch y Dunedin, por lo que era fácil acceder al hipódromo desde las grandes ciudades.

Pero lo principal era que en Invercargill se había puesto a la venta una extensa granja que se ajustaba de forma sorprendente a los objetivos de Colin. La había construido un decenio atrás el descendiente de una familia noble escocesa, pero el hombre se había cansado de criar ovejas. Se trataba de un soltero excéntrico, de quien se rumoreaba que mantenía una relación demasiado pasional con su joven secretario, vivía en Dunedin y era mecenas de arte. Colin había establecido contacto con él en la galería de Heather y Chloé. Su hacienda junto a Invercargill incluía una casa señorial (que para nada hacía pensar en una granja de ovejas, sino más bien en un castillo escocés), así como prados, cuadras para caballos y una cochera.

Era obvio que, al planificar su propiedad, Desmond McIntosh había tenido más en mente la vida en el campo de un aristócrata que la cría de ovejas, y tampoco daba la impresión de que le gustara andar chapoteando con unas botas altas y chaqueta encerada entre la lluvia y el barro. Cuando consideraba feliz la idea, tuvo que confirmar que su pequeño Balmoral salido de la nada sería difícil de vender. El inmigrante medio era un individuo pragmático e inclinado a las construcciones funcionales. Además, al menos había que sufragar una parte de los elevados gastos de las obras, y eso no había recién llegado que lo pagase. Así pues, para lord McIntosh, Colin fue como un regalo caído del cielo.

—El terreno es ideal para usted, la casa satisfará las exigencias de su esposa y en lo que se refiere al establo, solo tiene que modificar un poco los cobertizos de esquileo para contar con sitio para cien caballos.

Colin examinó de inmediato la hacienda y estuvo encantado, pero, por supuesto, el conjunto no era barato. Al final, toda la herencia de Chloé fue a parar a la adquisición de la propiedad y a la construcción del hipódromo. Solo quedó una pequeña cantidad que debía destinarse a la compra de caballos.

Las yeguas del futuro criadero eran bastante diversas, como comprobó Chloé durante el primer paseo por los establos. El semental era muy prometedor, pero, en cuanto a las yeguas, Colin había comprado cantidad en lugar de calidad. En realidad, solo cumplían los requisitos de Chloé *Dancing Jewel* y una purasangre, mientras que las otras ni siquiera le parecían apropiadas para aparearlas con el semental. Pese a que no quería volver a discutir tan pronto, estuvo a punto de decir lo que pensaba. Pero mientras Colin le enseñaba la casa, no llegó a echarle en cara todos sus reproches.

—Está amueblada con mucho gusto —había asegurado Desmond McIntosh con cierto pesar.

Era evidente que se alegraba de desprenderse de la propiedad rural, pero no así de los muebles. Chloé lo comprendió muy bien cuando entró en la sala de estar, donde en ese momento la luz del sol entraba a raudales a través de los altos ventanales.

—¡Es increíble! —exclamó admirada, mientras caminaba por las mullidas alfombras, acariciaba los espesos tapices de brocado y admiraba los muebles, asombrosamente trabajados y en apariencia ligeros, de antigua madera de kauri—. ¡No vienen de Inglaterra ni de Escocia! —advirtió. Enseguida había reconocido que los armarios dorados de la moderna sala de baño eran artículos de importación.

Colin negó con la cabeza.

—No, nuestro esteta Desmond los mandó hacer. Según sus propios esbozos... o los de su querido secretario, ambos tienen una vena artística. Vamos arriba, ¡tienes que ver la cama! De una fabulosa decadencia... Se podría pensar que en ella fueron alumbrados reyes.

—Es poco probable —bromeó Chloé, haciendo alusión al vínculo entre Desmond McIntosh y su secretario—. Pero podemos intentarlo alguna vez con los pequeños Coltrane.

Lo intentaban muchísimas veces, pese a que Chloé tenía que luchar una y otra vez con el sentimiento de culpa hacia Heather. Desmond McIntosh había concebido tanto lujo para sí mismo y su secretario sin avergonzarse demasiado, por lo visto, de ello. ¿Lo que había unido a Heather y Chloé era comparable a la relación entre el aristócrata y su joven amigo? ¿Habría McIntosh cambiado a su secretario por una mujer tan despreocupadamente como Chloé había sustituido a Heather por su marido? El rico lord seguramente no tenía motivos de queja por falta de candidatas. El secretario no era una solución de emergencia ni parecía que nadie lo considerase así. En cambio, cuando eran mujeres las que convivían, la gente se burlaba alegremente de ellas llamándolas solteronas que se hacían compañía por pura amistad, a falta de hombres adecuados con quienes casarse. Nadie parecía imaginar que pudieran acostarse juntas.

Pero, en brazos de Colin, Chloé se olvidaba tanto de Heather como de sus reflexiones acerca del criadero y al día siguiente siempre estaba firmemente convencida de haber hecho lo correcto con ese matrimonio. Y ello a pesar de que amenazaba con producirse nuevas discusiones acerca de las yeguas y ya estaba horrorizada ante la llegada del nuevo caballerizo.

En cuanto a este, Chloé primero pensó que era un gitano al ver entrar en el patio el carro de Eric cargado hasta los topes de enseres de la casa, tirado por un poni flaco y conducido por una mujer de aspecto agotado contra la que se apretaban una niña mayor que parecía asustada y dos niños pequeños. Lo seguía, no obstante, *Lancelot,* el castrado purasangre, elegante y bien cuidado, que ahora respondía al nombre de *Spirit's Pride.* Eric Fence lo montaba con orgullo, pero para detener al caballo tiró torpemente de las riendas. Chloé, que observaba la escena desde la ventana de su vestidor, se sintió al momento invadida por la rabia. ¡Así no se había imaginado el traslado del valioso ejemplar! Si durante todo el tiempo el hombre había atormentado tanto al animal, este habría perdido la sensibilidad que necesitaba para correr en las carreras. Un caballo duro de boca no se podía mantener en el trote cuando los demás lo pasaban por delante, sino que tiraba de las riendas del jinete y se ponía al galope. Era bastante evidente que Eric Fence no tenía ni idea de montar, y en cuanto al cuidado de caballos en general... ¡su poni necesitaba urgentemente más comida! Como los niños. Exceptuando el niñito realmente gordo, los demás daban la impresión de estar muertos de hambre.

En realidad, Chloé había ido a cambiarse para asistir a una velada en Invercargill. Los notables de la pequeña ciudad enseguida habían invitado a sus celebraciones a los nuevos vecinos, en parte para comprobar que realmente pertenecían a la alta sociedad. Hasta el momento, los Coltrane siempre habían causado una impresión fabulosa. Para Chloé, representar era algo natural, y también Colin sabía ser encantador. Este asistía a los actos, pero no de buen grado; Chloé con frecuencia tenía la sensación de que su esposo disfrutaba más en el *pub,* tomando un whisky mientras charlaba de apuestas y de caballos, que en las conversaciones ligeras con empresarios y barones de la lana. Solo participaba porque esperaba establecer contactos y nuevos clientes. Respecto a esto, también tenía mucho éxito.

Colin dejaba totalmente claro a los propietarios de las fábricas de lanas y los grandes almacenes, todos ellos nuevos ricos, que ser propietario de un caballo de carreras era una de las cosas que convertían a un individuo en un caballero. Dos de sus nuevos conocidos ya estaban sopesando seriamente la posibilidad de comprarse un trotón o un caballo de galope y que los entrenara Coltrane. Chloé esperaba que se cumplieran sus expectativas. Las carreras al galope pertenecían sin duda a la esfera de la High Society, pero en lo que a las carreras de trotones se refería, eran, por el momento, justo lo contrario. Fuera como fuese, esa noche había una cena en casa del propietario de una de las fábricas y Chloé ya había sacado su vestido de noche de Lady's Goldmine. En ese momento, sin embargo, se lo volvió a pensar y se puso el vestido de estar por casa. Tenía que presenciar la invasión que se producía abajo.

El carro con adrales todavía estaba en el patio cuando Chloé apareció, al igual que el poni enganchado. Su esposo y el nuevo caballerizo se habían limitado a llevar a *Pride* al establo. El hermoso ejemplar negro se encontraba en un *box* al lado del semental, inquieto por esa razón: en cualquier caballo macho veía al principio un rival. La mirada de Chloé volvió a oscurecerse. ¡La mitad del establo estaba vacía! ¿Es que no había otro *box* para el castrado? Su enfado se convirtió en pena cuando vio a la joven y sus hijos en el pasillo de las cuadras, todos ellos amedrentados. La señora Fence sostenía a la hija más pequeña en brazos, mientras la mayor se agarraba a ella y el niño se sujetaba con firmeza a su falda. A diferencia de la madre y las niñas, en la mirada del crío no había miedo, sino más bien interés por el brioso semental.

La señora Fence parecía vacilar sobre si debía seguir a su marido y a Colin hacia el cuarto de los arreos. Pero no tenía valor para pasar junto a *Spirit*.

Chloé le sonrió, a lo que la joven respondió sin mucho entusiasmo. Parecía todavía muy joven y extraordinariamente hermosa pese a su evidente desgaste. A Chloé le resultó extrañamente conocida, aunque estaba segura de no haberla visto nunca antes. Esa criatura delicada, con el cabello de un intenso color castaño y los enormes ojos turquesa era demasiado llamativa para poder olvidarla.

Chloé señaló el semental.

—Pase tranquilamente. No ha de tener miedo de *Spirit*. Hace todo un espectáculo, pero en el fondo es muy pacífico. Y del *box*, de todos modos, no sale nada.

La mujer y su hijo se miraron con idéntico escepticismo.

—¿No escupe? —preguntó el niño.

Chloé soltó una sonora carcajada, pero no pudo evitar plantearse algunas cuestiones. ¿Reaccionaría así el hijo de un mozo de cuadra? No se diría que hubiese crecido en un establo.

—¡Los caballos no escupen! —le aseguró—. ¡Puedes creerme! Y ya de paso, soy Chloé Coltrane. Y usted es...

—Violet Fence —respondió la joven, estrechando la mano que Chloé le tendía. Al parecer habría encontrado más natural hacer una reverencia delante de la señora—. Mi marido... mi marido va a trabajar aquí.

Chloé asintió, esperando que Violet no percibiese que le disgustaba tal decisión.

—Lo sé. Pero nadie me había dicho que vendría con toda una familia. En primer lugar, tendremos que ver dónde se alojan. Pero, por supuesto, no tiene que quedarse en el pasillo del establo, domando sementales que escupen. —Chloé sonrió a los niños. El jovencito le devolvió la sonrisa, la niña se la quedó mirando con unos ojos enormes—. Acompáñeme, vamos a desenganchar primero a su caballito y luego iremos a casa para pensar dónde pueden instalarse.

Violet señaló hacia el cuarto de los arreos.

—Creo que vamos a vivir allí —dijo a media voz.

Chloé frunció el ceño y recordó la dependencia de los mozos de cuadras, que estaba junto al cuarto de los arreos y la cocina donde se preparaba el forraje. ¡Colin no hablaría en serio!

Chloé dijo a Violet y los niños que aguardasen allí y siguió a los hombres a las instalaciones de servicio. La pequeña habitación era realmente agradable, suficiente para un mozo joven. Contenía una cama, mesa y silla y un armario. En la habitación del forraje había una pequeña cocina.

—Claro que es un poco pequeña —apuntaba Colin en esos momentos—. Yo no sospechaba que usted ya tuviese familia. Pero...

—Mi esposa está acostumbrada a vivir modestamente —contestó tranquilo Eric Fence—. Y, si disponen de una cama, su hermana puede dormir en la habitación del forraje. Los pequeños, seguro. Nos apañaremos.

Chloé lanzó una mirada incrédula a su marido y a Eric, y a continuación a los ojos desorbitados de la joven que había pasado junto a *Spirit* y contemplaba horrorizada su nuevo domicilio. Parecía que iba a decir algo, pero la mirada amenazadora del hombre la hizo callar. La niña pequeña también la había visto y al momento escondió el rostro tras la falda de Violet.

—Al menos no hay goteras —dijo la joven madre, resignada.

Chloé fulminó a su marido con la mirada.

—¿Habéis perdido la razón? —preguntó enfadada—. ¿Cinco personas en este espacio? ¿Todo el mobiliario de una casa y los niños? ¿Un bebé en una habitación de forraje polvorienta? ¿Y dónde van a hacer los deberes los niños? ¿En el cuarto de los arreos? ¡Venga conmigo, Violet! —Chloé no concebía llamar «señora Fence» a la joven—. Voy a preparar un té y luego ya miraremos con más detenimiento qué encontramos. Debe de haber un ala para el servicio.

Colin esbozó una mueca de disgusto. Chloé no tendría que haberle sermoneado delante de su nuevo empleado. Además ese Fence parecía controlar a su esposa y su familia. Su rostro ya expresaba en ese momento prepotencia. En resumidas cuentas: Colin no podía permitir esa muestra de rebeldía por parte de su mujer.

—¡Me da igual! —replicó con voz cortante—. El caballerizo tiene que dormir con los caballos, como se ha hecho siempre. Imagínate que una... una yegua pare y que no hay nadie ahí que pueda ayudarla... o... o que un caballo tenga un cólico.

Chloé puso los ojos en blanco.

—Las yeguas paren en primavera, Colin —observó burlona, y reprimió la pregunta sarcástica de a cuántos potros había ayudado a nacer Eric Fence—. Y pocas veces de forma totalmente inesperada. El señor Fence puede pernoctar en el establo cuando llegue el momento, pero entonces realmente en el establo, señor Fence, no junto a la habitación del forraje. El caballo tendría que dar gritos para que usted lo oyera. Y los cólicos los verá antes de irse a dormir, en la ronda nocturna. Durante la cual es posible que nos encontremos, ya que a mí me gusta echar un vistazo a los animales antes de acostarme.

Chloé sostuvo la mirada enojada de Colin sin esfuerzo. Ya la noche anterior se habían peleado a causa de sus paseos de inspección nocturnos. Colin afirmaba que una dama no tenía nada que hacer en un establo por las noches.

—¡Nada de eso sería necesario si el señor Fence durmiera aquí! —insistió Colin, obstinado.

Eric Fence asintió gravemente, mientras Chloé sentía que la rabia bullía en su interior. El hombre debería haberse percatado de que sería más cómodo alojarse en la casa que en ese cuchitril del establo. Pero el caballerizo parecía estar dispuesto a complacer a su nuevo jefe. Se estaban formando ya dos facciones: Colin y Eric Fence contra Chloé como única contrincante. Era un juego de poder en el que no estaba dispuesta a participar.

—Está bien —contestó con una sonrisa sardónica—. Si insistes, Colin, así será. Entonces que el señor Fence duerma aquí y yo alojaré a la señora Fence y los niños en casa. ¡Apreciamos que se tome usted tan a pecho su trabajo, señor Fence! Por favor, lleve también el caballo castrado al segundo establo para que el semental deje de gritar. Y desenganche su poni y dele una buena porción de avena, el carro es demasiado pesado para ese animal, como usted, siendo caballerizo, ya debería saber. Por favor, Violet, coja a los niños y acompáñeme.

Chloé contempló satisfecha el efecto de sus palabras. A Eric y Colin se les atragantó cualquier réplica en la garganta. No habían esperado ese desenlace, que sin duda no había de ser del agrado de Fence. Chloé ya veía que estaba dándole vueltas a la cabeza, pero que no se le ocurría ninguna objeción. Procuró disimular su sentimiento de triunfo y a continuación se volvió hacia la mujer y los niños. Sería interesante observar su reacción. ¿Lamentarían tener que separarse de su marido y padre?

La mirada que Violet y la niña mayor, que se prendía a su falda, dirigían a su nueva patrona no mostraba disgusto. La expresión de ambas era más bien de incredulidad, estaban tan atónitas como si Chloé hubiese sacado un genio de la botella. ¿O tal vez como si hubiese vuelto a meterlo dentro?

La mujer y la niña parecían liberadas.

Delante del *box* del semental volvieron a vacilar. Violet cogió al hijo de la mano y Chloé casi se asustó cuando unos dedos fríos como el hielo se cerraron sobre la suya. La niña mayor. Debía de tener nueve o diez años. Chloé le apretó la mano y le sonrió.

—¿Cómo te llamas? —preguntó afablemente.

Violet ya iba a responder por la niña cuando se detuvo sobrecogida.

Muy bajito, casi ahogada, resonó la voz de su hermana.

—Soy Rosie...


Por supuesto, en la casa señorial de Coltrane's Trotting Jewels Station, como Colin había llamado a su granja, había depedencias para el servicio. Chloé encontró dos habitaciones contiguas que habían sido pensadas para el mayordomo y una criada.

—Sería preferible que fuesen tres, con tantos niños —caviló, mientras Violet miraba sin dar crédito las habitaciones—. Pero necesitaremos más personal. Al menos una sirvienta y tal vez una cocinera.

En su casa de Wellington, Chloé disponía además de una doncella, pero en Invercargill las fiestas eran más modestas y el protocolo, menos exigente. Así que bastaría con que la sirvienta estuviese bien instruida y la ayudase alguna vez a vestirse. El personal maorí habitual (sus nuevos conocidos reclutaban el servicio de los poblados de los alrededores) no serviría para eso. Pero tal vez...

Chloé estudió a su nueva inquilina. En uniforme Violet ofrecería al menos un aspecto bonito, y Rosie no menos.

—¿Le apetecería ayudar en el cuidado de la casa, Violet? Y a lo mejor también podríamos instruir a la pequeña. —Señaló a Rosie.

Violet ya la estaba mirando con expresión agradecida, pero en ese momento parecía a punto de romper a llorar.

—No pensaba —susurró, frotándose la frente—. Rosie... No pensaba que se le pudiera llegar a ofrecer un puesto... Pero si usted... si usted... —La voz de Violet amenazaba con quebrarse, pero entonces se irguió y se forzó a adoptar un tono cordial y profesional—. Me temo que la cocina no es una de mis mayores habilidades, señora. Si bien trabajé durante un tiempo en un comedor para pobres, allí era más importante la cantidad que la calidad. No creo, sin embargo, que sus invitados lleguen a dar valor ninguno al hecho de comprobar lo mucho que puede estirarse una sopa de tres boniatos.

Chloé rio, maravillada por la elegancia con que se expresaba Violet. Pero la joven siguió hablando.

—Aun así, si le conviniese a usted aceptarme como sirvienta, creo que podría satisfacer sus expectativas. Trabajé en Greymouth como niñera y la familia Biller estaría dispuesta a escribirme una carta de recomendación. Y también trabajé en una tienda de modas para señoras...

Al mencionar la tienda de modas, Chloé recordó de repente la invitación para la noche. Sería terriblemente descortés dejar de asistir sin haberse disculpado previamente. Y si querían llegar con cierta puntualidad, tenían que darse mucha prisa.

—Está bien, Violet —dijo lacónica—. Que puede encargarse de niños, lo creo, y sobre la carta de recomendación ya hablaremos después. Pero si realmente alguna vez ha ayudado a vestirse a una señora, puede demostrármelo de inmediato.

Los niños siguieron a Violet hasta el vestidor de Chloé y la primera respiró apaciguada cuando su nueva señora no puso ninguna objeción en que se llevase a Roberta y la acostase sobre un sillón. A partir del día siguiente seguramente se concretaría que Rosie se encargase de vigilar a los niños mientras ella trabajaba, e incluso tal vez pudiese convencerla de que se quedase con los pequeños en su nueva habitación. Pero esa noche todo era demasiado nuevo, todos se asustarían si Violet los dejaba solos.

—No pasa nada —la tranquilizó Chloé cuando la recién llegada se disculpó por este asunto. Ahora estaba concentrada en su guardarropa—. ¿Le ha ceñido el corsé alguna vez a una señora?

Chloé gimió cuando Violet le apretó el corsé. Luego se echó a reír.

—¡Vaya si sabe! Muchas gracias, Violet. Y ahora el vestido. Tenga cuidado, es de una seda muy fina y los lacitos enseguida se sueltan.

Violet deslizó la fina tela sobre el polisón y controló con precisión los lacitos que adornaban de forma juguetona el dobladillo y la parte inferior de la cintura. El vestido era blanco como la leche; las cintas, azul aguamarina. La etiqueta indicaba que el vestido de noche formaba parte de la última colección de Lady's Goldmine.

—¡Yo trabajé allí, señora! —exclamó Violet alegre y se ganó una mirada recelosa—. ¿Quiere que también le recoja el cabello? No tengo mucha experiencia en eso, pero...

Enrojeció después de que casi se le escapara decir que la puta Clarisse había sido la última con la que había practicado ese arte.

Chloé asintió y se quedó encantada cuando se miró al espejo.

—El puesto es suyo, Violet —anunció brevemente—. Como sirvienta y doncella. Y Rosie también ayudará, ¿verdad, pequeña?

En silencio pero concentrada, la niña había estado dando a su hermana las horquilla y cintas.

—¿Qué tal en Lady's Goldmine? Pero ya hablaremos de eso mañana, ahora tenemos que irnos de verdad. Espero que su marido también haya sido diligente y haya enganchado el caballo al carruaje.

Naturalmente, Eric no había enganchado ningún caballo, sino que se había enfrascado con Colin en una conversación de expertos acerca de los trotones. Los dos se ganaron así otra reprimenda de la arrogante patrona, lo que enseguida endureció más los frentes. Colin pasó toda la velada de mal humor y discutió acaloradamente con Chloé cuando ella insistió en dar una vuelta por los establos al regresar a fin de supervisar el estado de los caballos. La tensión aumentó cuando ella descubrió una pequeña herida en la frente del semental.

—Seguro que no se la ha hecho en las dos últimas horas, sino durante el espectáculo que ha montado a causa del castrado. ¡Tu fabuloso caballerizo tendría que haberla visto! —advirtió enfadada, mientras aplicaba en la herida un ungüento, cuyos vestigios Violet necesitaría horas para eliminar de la tela del vestido blanco como la nata—. Y ahora sostén la linterna, tenemos que examinar bien al castrado. Este tampoco se ha reprimido a la hora de patear las paredes del *box*. ¡No vaya a ser que tu valioso caballo de carreras tenga mañana las patas hinchadas!

Ya era más de la una de la madrugada cuando Colin y Chloé se fueron a la cama.

Eric Fence o bien se había dormido o bien había ignorado deliberadamente la discusión que el matrimonio había mantenido en el establo. ¿O acaso se había reunido con su esposa? Furiosa, Chloé decidió controlar que realmente pernoctase donde habían estipulado. Y ella misma tampoco iba a entregarse esa noche a Colin.

La decisión, sin embargo, fue perdiendo terreno cuando Colin la siguió y desabrochó los complicados cierres de su vestido. Se había separado de él con obstinación, pero ahora se estremecía de placer mientras él le besaba la nuca... Colin era un amante maravilloso, mucho más experimentado que su primer esposo. Pese a toda su resistencia, también esa noche el joven consiguió arrastrarla a los más arrebatados delirios del deseo... como siempre que una pelea precedía al juego del amor. Era frecuente que Chloé no se reconociese a sí misma de ese modo, hasta el momento siempre había pensado que solo la ternura y la armonía conducían a la satisfacción. Terrence siempre la había acariciado y besado largo tiempo antes de penetrarla, y ella lo había disfrutado. Colin, por el contrario, parecía aburrirse con tales preludios. Prefería poseerla después de que una discusión la hubiese trastornado o, en ocasiones, incluso cuando todavía estaba iracunda. Ella de vez en cuando protestaba primero contra sus «intentos de reconciliación», pero después se dejaba convencer a través de la fuerza y la habilidad de él. Al final estaba satisfecha y agradablemente cansada, pero le quedaba un regusto algo insípido y casi se sentía un poco disgustada consigo misma. Al concluir no habían llegado a discutir nada a fondo ni habían arreglado ningún punto de fricción. Colin la había vuelto a persuadir. Su matrimonio se le aparecía a veces como un combate que él ganaba cada noche.

Chloé permaneció largo tiempo despierta también esa vez y luchó con el amargo reconocimiento de que Colin Coltrane no la dejaba insatisfecha, hacer el amor con él era más excitante que con Terrence y no tenía punto de comparación con las caricias vacilantes y tímidas que intercambiaban con Heather, pero nunca existiría entre ambos la afinidad espiritual que ella había esperado cuando en Dunedin él la embaucó con los proyectos comunes en torno al criadero de caballos y la formación de una familia.

Pese a todas las diferencias, al principio Chloé Coltrane no dudó del éxito de su matrimonio, mientras que su aversión hacia Eric Fence fue creciendo en los meses que siguieron hasta convertirse en puro odio. Chloé podía tolerar sin problemas que los conocimientos y formación del hombre respecto al cuidado de los caballos no fueran demasiado extensos. Bien, su marido le había dado un puesto de responsabilidad como caballerizo, pero eso tampoco implicaba mucho más que mantener el establo limpio. Claro que Eric también tenía que dar de comer y lavar a los caballos, engancharlos y ensillarlos, pero Colin era demasiado soldado de caballería para dejar, en especial, esto último en manos de un mozo de cuadras. Chloé controlaba la alimentación, aunque a su marido no le parecía bien. Sin embargo, no estaba dispuesta a ceder en este aspecto: ¡no iba a permitir que la excluyeran de la dirección del criadero de caballos!

Así pues, enseguida quedaron a la vista y se censuraron los errores y negligencias del caballerizo, aunque Eric demostró su capacidad de aprendizaje. Pese a ello, Chloé habría sido partidaria de un cuidador que irradiara más amabilidad y que fuera más sensible a la hora de manejar al animal, pero cualquier ama de casa tenía que soportar el fastidio de un servicio deficiente. Peor todavía era la influencia que Eric Fence ejercía sobre Colin Coltrane, ¡o este sobre Eric! Para ser sincera, Chloé debía admitir que, en cuanto a irregularidades, los dos estaban a la par. Todo empezó con pequeños embustes, como andar diciendo que el caballo negro *Lancelot* era hijo del semental *Spirit*. Ahí sí que los cálculos de ambos habían salido bien: *Lancelot*, alias *Spirit's Pride*, ganaba una carrera tras otra y la gente hacía cola para que, por mucho dinero, el pretendido progenitor del campeón cubriese sus yeguas.

Chloé todavía era capaz de hacer la vista gorda acerca de esta treta. *Spirit* también era un trotón fuerte y era de esperar que dejara en herencia sus dotes. Sin embargo, cuando un día descubrió a su marido hablando con un cliente a quien Eric había colado una yegua infecunda como animal de cría no se contuvo, mientras que Colin se quedaba tan tranquilo.

—¿Es eso lo que le ha dicho mi caballerizo? —preguntó incrédula, dirigiéndose al indignado y nuevo propietario de la yegua *Annabell*—. Bueno, no hace mucho que trabaja aquí, puede haberse equivocado. Pero seguro que no tenía la intención de estafarle. Mire, para nosotros las aptitudes para la crianza son, naturalmente, importantísimas, se trata de consolidar al trotón como raza. Pero en general... En fin, señor Morton, su yegua *Annabell* corre kilómetro y medio en dos minutos. En el fondo sería una pena hacerla criar. Deje que durante dos años compita en las carreras y luego podría volver a intentarlo.

El comprador intentó replicar, pero Colin se limitó a mover la cabeza con aire condescendiente.

—¿Qué opina? ¿No cree que sea realmente rápida? —Colin bajó la voz como si estuviera confesando al propietario de *Annabell* un secreto bien guardado—. ¿La ha montado alguna vez, señor Morton? ¿No? ¡Lo ve, esto lo explica todo! Entre los jinetes *Annabell* no sobresale, en eso le doy la razón. Pero el futuro está en la Harness Racing.

Chloé estaba furiosa cuando al final el hombre se marchó, sin devolver a *Annabell* y sin reprocharles de nuevo que lo hubiesen engañado. Colin rio irónico cuando ella le exigió explicaciones.

—Colin, nos habíamos puesto de acuerdo en deshacernos de la yegua porque ni es rápida ni puede criar. ¡Lo mejor hubiera sido que no la hubieses vendido! En cualquier caso, lo suyo sería tirar de un carro ligero, en la ciudad tal vez. Es obediente, podría engancharse a un pequeño carro de reparto y en ocasiones a un carruaje de dos plazas. ¡Pero el señor Morton tiene una cuadra de carreras! ¡No necesita ningún caballo que tire del carro de la leche! ¿Qué os ha llevado a engatusarlo con esa yegua?

Colin rio.

—Ese no hará gran cosa con su caballeriza. En cualquier caso, no mientras tenga tan pocos conocimientos. Pero estos se obtienen con la práctica, Chloé, cariño, y desde ese punto de vista...

—Habéis ayudado al hombre a aprender a base de golpes. ¡En realidad debería estaros agradecido! —Chloé estalló—. Increíble, Colin Coltrane. Te comportas como un chalán. ¿Es que no piensas en nuestra reputación? Ve ahora mismo a buscar al hombre y ofrécete a recuperar la yegua si no gana el próximo domingo.

Chloé respiró aliviada cuando Colin fue en efecto tras el señor Morton. Se había temido otro forcejeo para ver quién podía más, pero el hecho de que su marido cambiase de conducta la confirmó en la opinión de que era sobre todo la influencia de Eric Fence la responsable de que Colin adoptara esos malos hábitos. En lo que a comercio de caballos concernía no había nada que realmente la sorprendiera; en Dunedin ya la habían prevenido frente a Colin. Tendría que controlarlo, pero se veía capaz de hacerlo.

Chloé dejó pues el establo más o menos tranquila, pero cuando la yegua *Annabell* ganó la carrera al domingo siguiente se quedó pasmada. Delante de un nuevo y ligero carro de dos ruedas que recibía el nombre de *sulky*, fue la primera en llegar a la meta a trote, seguida por *Spirit's Pride* y otro caballo entrenado por Colin.

—Han tenido un mal día —respondió Colin a la pregunta recelosa de cómo la mediocre *Annabell* había podido ganar al velocísimo *Lancelot* y al mucho más prometedor *Rasty*.

Hacía alarde de una calma manifiesta, lo que aumentó la cólera de Chloé. En general, Colin era un mal perdedor y se enfadaba cuando uno de sus caballos llegaba el segundo o el tercero a la meta. Al fin y al cabo, eso reducía las ganancias, que en la carrera de trotones tampoco eran muy altas. Ahí se podía ganar dinero, como mucho, apostando, y al día siguiente Chloé se enteró por Violet de que ese día Eric se había embolsado una buena suma en las carreras. Violet no se interesaba por los nombres de los caballos, pero a Chloé la asediaban unas perspicaces preguntas que ni se atrevía a plantear a Colin. ¿Había apostado el caballerizo por *Annabell*? ¿Y no solo el billete de diez chelines obligatorio, sino más dinero de su jefe? ¿Habían retenido de forma consciente los cocheros de *Pride* y *Rasty* (ambos mozos de cuadras y aprendices de Colin y Eric) a los caballos?

Por escéptica que Chloé se sintiese respecto a Eric Fence, su amistad con la familia de este iba creciendo con cada día que pasaba. Violet demostraba su eficacia tanto en el mantenimiento de la casa como en sus tareas de doncella, y ni Joe ni la pequeña Roberta eran niños difíciles. Rosie, en especial, le había llegado al corazón, sobre todo cuando Violet le habló de todos los años que había pasado en un silencio que solo había roto con Chloé. Naturalmente, Rosie siguió manteniendo su casi total mutismo, pero a Chloé no le daba la impresión de que fuera retrasada y se indignó cuando Eric habló con Colin sobre su pequeña cuñada como si fuera una chiflada. También se sintió conmovida cuando la niña, tras pasar solo dos días en el criadero, abandonó las faldas de Violet para agarrarse a las de Chloé. No importaba adónde fuera esta, Rosie la seguía como un perrito.

—Debe de resultarle una carga —señaló Violet inquieta, cuando su hermana salió del establo tras Chloé, cubierta de paja—. Seguro que le dan miedo los caballos y quiere ir siempre de la mano...

Chloé rio y miró a Rosie con una expresión de genuino orgullo.

—¿Miedo de los caballos? ¡Acaba de cepillar un poni! Y después ha subido conmigo en el *sulky*. Pero no deprisa, Rosie, solo un poco para que se mantenga en forma, ¿verdad? Para que *Jewel* no deje de hacer del todo ejercicio ahora que va a tener un potro.

Rosie asintió con gravedad y miró con veneración a Chloé. No tenía ningún miedo de los caballos, ni le importaba que fueran deprisa o despacio. ¿De qué iba a tener miedo mientras la señora Coltrane estuviera a su lado? ¡La señora Coltrane, que había sido la única que había tenido el poder para salvarla! Ella había conseguido en cierto modo que Eric Fence ya no irrumpiera en sus noches como un monstruo. Que ya no golpease a Violet y no atemorizase a Rosie y Joe. La niña apenas podía entender ese milagro: por la noche, Violet se limitaba a cerrar la puerta de la segunda habitación detrás de Rosie y los niños, y todos podían dormir toda la noche sin que nadie los molestase.

Claro que a veces Joe tenía pesadillas o Roberta gritaba, pero entonces Rosie los cogía en brazos y los mecía sin temor a que Eric le gritara o la zarandease. Las primeras noches, sin embargo, él había acudido con frecuencia a la habitación de Violet, pero llegaba hasta ahí por el pasillo, sin importunar a Rosie y los pequeños. Los niños habían dormido tranquilamente, mientras Rosie escuchaba amedrentada los pasos en el corredor. Cuando él ya se había ido, la pequeña se deslizaba a la habitación de su hermana mayor para cerciorarse de que todavía seguía con vida. Esta le aseguraba una y otra vez que Eric no le haría nada, pero Rosie opinaba de otro modo. ¡Y ahora, incluso esas visitas nocturnas habían terminado! Rosie no sabía la razón, pero estaba convencida de que la señora Coltrane era la artífice de ese milagro.

Violet atribuía ese menor interés de su esposo a una causa menos sobrenatural, aunque también estaba dispuesta a dar las gracias al cielo por ello. De hecho, a Eric le resultaba demasiado complicado hacer el esfuerzo de colarse por las noches en la casa, todavía más por cuanto Chloé encontraba divertido controlar su presencia en el establo por las noches. Pero, sobre todo, los ingresos del hombre habían aumentado tras aceptar el empleo de Coltrane. No era solo porque Colin pagaba bien y le daba algún extra por algunas «pequeñeces», sino porque Eric también ganaba en las apuestas. Gracias a Coltrane disponía ahora por fin de un conocimiento interno, una información que se podía tomar de vez en cuando al pie de la letra. Colin y Eric no amañaban las carreras con frecuencia, solo lo suficiente para que de vez en cuando ganase un *outsider*. Pero entonces se forraban de verdad y Eric podía permitirse pagarse una puta en Invercargill sin el menor esfuerzo. También las chicas de Christchurch o Dunedin —donde los caballos de Colin participaban a veces en las carreras y adonde Eric lo acompañaba en ocasiones para jugarse cantidades importantes por *outsiders* en despachos de apuestas suprarregionales— eran baratas y más divertidas que la pusilánime y siempre tensa Violet.

A Violet le daba igual si el dinero que Eric antes se gastaba en beber y jugar, ahora iba a parar a los bolsillos de prostitutas o a otro lugar. Por fin ganaba su propio sueldo como sirvienta y doncella de Chloé y esta, que les daba de comer a todos, había contratado una cocinera extremadamente eficaz. Una mejor alimentación y la falta de preocupaciones les habían hecho bien tanto a ella como a Rosie, las dos habían engordado un poco y Violet se gustaba cuando se miraba en el espejo. Llevaba uniforme de criada y pensaba que su aspecto era el de una mujer aseada y competente.

Chloé la confirmaba en esa nueva conciencia de sí misma. Cada vez le agradaba más la joven y, más tarde, cuando volvió a mencionarse el nombre de Lady's Goldmine, supo de dónde creía conocer a Violet.

—Es usted la *Muchacha con flores*, la *Muchacha de rojo* y la *Muchacha en el bosque*, ¡toda la serie de retratos de Heather Coltrane! —recordó sin dar crédito a esa coincidencia—. Unos cuadros preciosos, lo mejor que Heather ha pintado. Vendió una parte de ellos, pero otros todavía cuelgan en nuestra... en su casa de Dunedin. Estuve...

Chloé se interrumpió. No podía confesar a la joven que casi había sentido celos cuando había visto los retratos de la joven en la casa que compatían Heather y ella. La artista tenía que haber amado a esa niña... aunque no como amaba a Chloé. Violet estaba tan bonita, tan joven, inocente y vulnerable en los cuadros... Heather había conseguido en cierto modo captar su historia. La historia de un ser cuya confianza en el mundo había sido traicionada, pero que siempre estaba dispuesta a sorprender y amar. En la mirada de Violet había entonces algo dolorosamente lleno de esperanza. Heather la había pintado como si fuese una promesa de futuro.

En comparación, a Chloé le dolía el alma cuando contemplaba a la joven en la actualidad. Violet seguía siendo bonita y su expresión conservaba la fuerza de antaño. Pero Eric Fence había necesitado tan solo un par de años para arrebatarle cualquier esperanza y destrozar su futuro. Violet Paisley había sido dulce y conmovedora; Violet Fence era más dura, vigilante y experimentada. Chloé creía percibir la rabia que se ocultaba tras su resignación. Consideraba a Violet una luchadora, por más que ella misma no lo hubiera visto con claridad hasta el momento.

Chloé se preguntaba cómo pintaría Heather ahora a la joven... y de nuevo volvió a añorar a su amiga. Cada vez con más frecuencia se veía obligada a admitir que extrañaba dolorosamente a Heather. Añoraba el refugio de armonía y entendimiento mutuo en que ella y Heather se habían protegido desde la infancia. Heather y Chloé no siempre habían estado de acuerdo, pero sus diferencias nunca habían sido tan amargas como esa lucha incesante con Colin. Si bien Chloé no quería estar batallando sin tregua, el mero hecho de tener que sopesar hasta la última palabra en cada momento del día para no estar reprendiendo a Colin continuamente le resultaba agotador. A esas alturas ya casi podía sentir la rabia y el recelo de su marido siempre que ella entraba en el establo y observaba a los hombres trabajar con los caballos.

Colin también se ocupaba ahora de los entrenamientos, lo que Chloé observaba con escepticismo; a fin de cuentas, su marido no tenía ninguna experiencia con los caballos de carreras. Pero por otra parte, la formación de soldado de caballería era extensa, y Colin era sin la menor duda un jinete excelente. Cuando los demás propietarios de caballos le confiaban sus animales ella no podía objetar nada en contra, aunque le molestaba la manera, a menudo brutal, con que trataba a los animales y algunos de los métodos de entrenamiento a los que recurría le parecían dudosos. Chloé sabía que Eric y los aprendices la tenían por una pedante y una sabihonda incorregible. Estaba harta de tanta tensión. A esas alturas lo que deseaba era descansar por fin, sentir la mano fría de Heather sobre su frente y hablar con mayor franqueza.

Por supuesto, podía escribir a su amiga y lo intentaba a menudo. Pero cada vez que se sentaba con la pluma al precioso escritorio —con toda certeza elegido por el joven amante de lord Desmond—, sus ideas se desvanecían y se le paralizaba la mano. Chloé no conseguía describir su cotidianeidad tal como la sentía. Sus cartas acababan siendo interminables descripciones de los caballos y de los acontecimientos sociales, y en ella hablaba un poco de Violet y mucho de Rosie...

Su orgullo le entumecía los dedos. No podía reconocer que su vida con Colin Coltrane era toda una decepción y su matrimonio, un completo error.

# 4

Heather Coltrane se debatía entre los compromisos que Chloé había contraído para la galería antes de su matrimonio, y se sentía cansada y explotada. Claro que no era algo realmente malo, junto con Chloé habría disfrutado incluso de las distintas exposiciones y *vernissages*. De las dos mujeres, Chloé era sin duda la más abierta y extrovertida. Por regla general era ella la que organizaba las inauguraciones y cuidaba de los artistas y quien solía encargarse de los acompañantes y familiares de estos, a veces difíciles. Habitualmente, Heather solo colaboraba a la hora de colgar los cuadros, supervisar que los huéspedes estuviesen bien atendidos y, sobre todo, conversar con la gente con la que se sentía a gusto. Chloé se ocupaba mucho más de asesorar a los clientes y de vender los cuadros; a fin de cuentas, Heather era quien pintaba y para ello necesitaba tiempo. En ese momento le correspondía a ella organizarlo todo: desde pedir los vinos y los canapés para el *vernissage* hasta conversar con los invitados de honor, pasando por la venta de los cuadros. La joven se dedicaba a todo ello con tenacidad, pero no experimentaba una auténtica ilusión. Un excéntrico artista de Wellington la tuvo ocupada casi durante todo el día con sus deseos especiales y su juicioso hermano había logrado ponerla a salvo de un verdadero escándalo después de que ella hubiese contestado espontáneamente con un bofetón a las torpes tentativas de otro artista de intimar con ella. Sean envió a una temblorosa Heather a casa y guio sin dificultades al pintor, borracho ya como una cuba, a través del *vernissage*.

Heather no se sentía a gusto con todo eso. Le gustaba la galería, pero sobre todo quería pintar. Y añoraba a una persona a quien se sintiera unida.

Heather quería a Chloé.

Finalmente su descontento y tensión desembocó en un torrente de lágrimas cuando recibió la primera carta de Violet desde Invercargill. En el mismo correo, llegó también una misiva de Chloé. Ambas mujeres parecían contentas.

Heather trataba de convencerse de que también debía alegrarse de que sus amigas se hubieran conocido y de que Chloé se ocupara ahora de Violet. Pero en realidad no estaba nada contenta, sino trastornada y profundamente herida. Chloé tenía a su querido marido, tenía el criadero y ahora también a Violet y los niños. Heather se había quedado sin nada.

Rabiosa de celos, avergonzada de la envida que sentía, desdichadísima y sola, se atrincheró en una sala contigua a la galería. Entre cuadros todavía sin desembalar, cajas de cartón con vasos y bolsas con etiquetas de precios, lloró largo y tendido. Y eso que tenía muchas otras cosas que hacer. Al lado colgaban los cuadros de una artista de París, o en realidad rusa, que respondía al impronunciable nombre de Svetlana Sergejewna. Pintaba paisajes afiligranados de una forma particular que encantaba a quienes los contemplaban. Heather se la imaginaba como una especie de hada que se deslizaba flotando por encima del suelo cuando caminaba. El galerista londinense con el que Chloé había organizado la exposición de Lucas Warden la había recomendado.

«Te daré un soplo: los cuadros todavía no son caros, pero eso va a cambiar. Y ella está loca por ver Nueva Zelanda. Los paisajes de allí deben de tener algo especial... O eso es al menos lo que le han contado. Para resumir: si organizan una exposición para ella y venden tantos cuadros que con el dinero pueda viajar un poco, estaría feliz... Por supuesto, ella misma pagaría el viaje en barco, solo tendrían que alojarla en algún lugar de Dunedin. A ser posible privado, no es rica.»

Naturalmente, Chloé había aprovechado la oportunidad al momento y había puesto a disposición de la señorita Sergejewna la habitación de invitados de la vivienda que compartía con Heather. Y ahora, esta tendría que andar peleándose con una desconocida que, posiblemente, ni siquiera hablaba inglés.

Una vez más, todo empezó a salir mal antes de la exposición. Los cuadros habían llegado antes que la artista y Heather tendría que haberlos colgado, pues el *vernissage* se celebraba esa misma tarde. Por experiencia sabía que eso siempre provocaba tensiones, pues a los artistas nunca les gustaba cómo ordenaban los galeristas sus cuadros y esta vez tampoco había encontrado un lugar para todos. No cabía duda de que la señorita Sergejewna desaprobaría la selección de Heather. Por añadidura, todavía no habían traído el vino; la cocinera, que tenía que apañárselas para preparar en esa cocina diminuta unos canapés, no daba señales de vida; y la sirvienta maorí de los Dunloe, que había de ayudar a servir a los invitados, también se tomaba su tiempo. Si no llegaba pronto, la misma Heather tendría que sacar brillo a las copas. Y ahora, encima, las cartas de Chloé y Violet...

Heather sabía que debía sobreponerse, pero, simplemente, no lo conseguía. Lloraba, lloraba y lloraba.

—¡Hola! ¿Hay alguien aquí? —Una voz grave sobresaltó a Heather—. ¡Y yo que había pensado que dejaban mis cuadros colgados sin nadie y la puerta abierta para que alguien los robara!

Heather levantó la vista y vio un rostro ancho y de tez clara enmarcado por un derroche de cabello rojo zanahoria. Tan rojo que, de hecho, el color no parecía natural. Si Heather no hubiese estado ocupada en otros asuntos se habría ruborizado. Todavía no había conocido a una mujer que se tiñera el pelo; por lo que ella pensaba, solo las actrices y las putas lo hacían. Y además esa mujer llevaba ese torrente rojo sin recoger, de forma que la melena le caía en espesos rizos sobre los recios hombros. Todo en Svetlana Sergejewna era exuberante. No estaba gorda, pero era alta y robusta, tenía el rostro ancho y los labios carnosos. Bajo las espesas cejas y las pestañas largas asomaban unos ojos azules inteligentes, redondos y dulces que conferían a su semblante una expresión algo asombrada, casi infantil. En esos momentos miraban con simpatía a la llorosa Heather.

—¿Cómo se puede llorar cuando al lado cuelgan unos cuadros tan bonitos? —La mujer sonrió, colocó el índice bajo la barbilla de Heather y le levantó la cabeza—. No hay razón para estar triste, el mundo es hermoso.

Heather podría haber hecho alguna puntualización al respecto, pero la invadió un sentimiento de vergüenza delante de la recién llegada. Era evidente que se trataba de la artista, la invitada de honor. Y ella...

—Yo... yo... Disculpe, señorita Sergejewna... Yo... debería haber ido a recogerla a la estación Y... los cuadros... no han cabido todos en las salas de la galería. Es decir, tendría que haberlos colgado todos, pero no obraban ningún efecto si los apiñaba tanto...

Heather buscó un pañuelo de bolsillo. ¡Tenía que dejar de llorar! Svetlana Sergejewna metió la mano en el bolsillo de su holgado vestido reforma —parecía rechazar los corsés y la prenda que llevaba parecía más bien un caftán—, que brillaba con todos los matices posibles de azul y turquesa. Sacó un pañuelo y se lo tendió a Heather.

—¡No has de llorar por eso! Yo no soy un paquete, nadie tiene que recogerme, ¿o qué? Hasta ahora siempre encuentro mi camino. Y mejor muchos cuadros que pocos, ¿no? Vendemos cinco... seis... y luego colgamos otros. No problema. ¿Tú lloras por eso?

Svetlana Sergejewna sonrió. Al menos no parecía ser una persona difícil.

Heather movió la cabeza negativamente.

—Discúlpeme, por favor, señorita Sergejewna. Debe de pensar que soy una histérica. No lloraba por eso, desde luego. Es solo... que la cocinera no ha llegado, la sirvienta tampoco, todavía no he marcado el precio de los cuadros, el vino... y...

Era todo una insensatez. Heather intentó respirar hondo.

La rusa rio. Fue una risa profunda y resonante, como su voz al hablar. No tenía absolutamente nada en común con un hada, más bien con una osa.

—¿La gente viene a comer? ¿Viene por el vino? ¡Qué va! ¡Viene por los cuadros! Y todavía tenemos tiempo, podemos cocinar nosotras. Compramos caviar y preparamos *blini*. Muy ruso, ¡encantará a la gente! No llore más, señorita... ¿Edmunds?

Heather rompió en llanto una vez más y sintió que la envolvía un abrazo de oso. Lamentablemente compungida, se liberó del abrazo.

—Lo siento, señorita Sergejewna. Soy... soy Heather Coltrane. La señorita Edmunds me ha... humm... nos... ha abandonado. —Por fin consiguió tranquilizarse.

—Svetlana. Llámeme Svetlana. O Lana, es más corto. ¿Qué significa «abandonado»? ¿Se ha muerto?

Heather volvió a sentirse como una tonta. ¿Cómo podía haberse expresado con tanta torpeza? Sonrojándose, se corrigió.

—No, no, claro que no. Solo... se ha casado.

Svetlana lanzó una mirada escrutadora a Heather y a continuación se echó a reír.

—Niña —soltó—. Niña, ¡no suele ser lo primero mejor que lo segundo!

Media hora más tarde, Heather y Lana ya habían reído tres veces juntas. Heather no recordaba haber estado tan a gusto con alguien después de la partida de Chloé. Y también los problemas se fueron resolviendo por sí solos. La cocinera no apareció, pero sí la muchacha maorí. Heather la envió al comerciante de vinos para reclamar la entrega mientras ella y Lana iban a comprar. Una tienda de exquisiteces tenía salmón y caviar, nata encontraron en la lechería, y para hacer las diminutas tortitas, que mantuvieron ocupada a Lana hasta la exposición, solo se necesitaba agua y harina. Antes de ponerlas al fuego, ayudó a Heather a colocar el precio en los cuadros. La artista rusa encontró brillante la selección de Heather.

—¡Y eso que tú no eres la galerista, sino la artista! La señorita Edmunds me dijo por carta que pintas retratos.

Lana se tronchaba de risa cuando Heather le confesó que la mayoría de sus modelos tenían cuatro cascos o pezuñas.

—Pero ¿sabes?, ¡los quieren! —dijo la recién llegada—. Una

amiga de Londres retrataba a mujeres ricas. Muchas veces estaban tristes. Es difícil pintar bien cuando no te quieren.

—¿Tristes porque estaban casadas? —Rio Heather.

El vino había llegado entretanto. Lana se había apresurado a abrir una botella y las dos mujeres estaban algo achispadas después del segundo vaso.

—¡Se puede ser muy feliz casada! —afirmó Svetlana, abriendo los ojos ingenuamente y soltando unas risitas—. Creo que tenemos que comer unos *blini*. O todos pensarán que hemos bebido vodka.

—Enseguida te enseñaré algunos retratos de modelos de dos piernas —prometió Heather—. Cuando estemos en casa. Cielos, tenemos que cambiarnos, en una hora llegarán los invitados. ¿Dónde tienes tus cosas?

Heather indicó a la sirvienta que sacara el polvo de las copas, esperando que no tocara la botella de vino. Pero Lana enseguida resolvió el problema.

—¡Nos llevamos el vino! ¡Ayuda a elegir el vestido!

Heather se atrevió a ponerlo en cuestión, pero estaba demasiado alegre y animada para impedir que su nueva amiga se pusiera la botella bajo el brazo. Esta la siguió contenta un par de calles más allá, pasando por Lady's Goldmine, y en la casa de Heather contempló admirada el mobiliario.

—¿Tú has vivido aquí con Chloé?

Heather asintió, de nuevo afligida, y para cambiar de tema mostró a Lana los retratos de Violet. La rusa los observó con una seriedad inesperada.

—Es bonito —dijo pensativa—. Tú eres auténtica artista. Y esta chica... muy bonita, pero muy... muy... tengo un poco de miedo por ella. Un cuadro muy bueno. Al verlo te sientes feliz y triste. Te toca el corazón. Como la chica te toca a ti...

Svetlana volvió a dirigir a Heather una mirada que esta no supo calificar. ¿Inquisitiva? ¿Tierna?

—La quería mucho —dijo Heather, tensa—. Como... como a una hija.

Lana asintió.

—¿Qué ha pasado con ella? —preguntó, y sonrió cuando vio que el rostro de Heather volvía a ensombrecerse—. Deja que adivine, ¡se casó!

Heather se echó a reír, aunque con cierta amargura.

—Te lo explicaré otro día. Ahora tenemos que darnos prisa, de verdad. Aquí está la habitación de invitados... Y hay una plancha, por si tienes la ropa demasiado arrugada. Pero, por desgracia, no tengo sirvienta. Los Dunloe me prestan la suya una hora al día, pero ahora está sacando brillo a las copas.

Lana se encogió de hombros.

—Yo tampoco tengo sirvienta. Es demasiado caro. Yo ya sé planchar.

Corrió hacia la habitación de invitados para volver acto seguido. En el brazo llevaba un vestido de distintos tonos dorados y azules, y solo iba vestida con ropa interior de cuerpo completo, una sola pieza abotonada cuya parte superior sustituía la camisa y el sostén y que acababa por abajo en unos pantalones anchos que estaban fruncidos por encima de las rodillas con un adorno de encajes. En el escote, los pechos de Lana resplandecían enmarcados por puntillas. Heather se quedó sin respiración.

—No te asustas, ¿verdad? —preguntó Lana despreocupada y llenó diestramente la plancha de Heather con brasas de carbón.

Esta todavía llevaba el vestido de la tarde. Dudaba entre dos trajes de vestir. En realidad para esa noche prefería el azul humo al granate, pero tenía que apretarse mucho el corsé. No estaba segura de poder conseguirlo sola. Quizá... ya que Lana se paseaba por ahí medio desnuda, no le molestaría...

Heather se sonrojó cuando pidió a su nueva amiga que le ciñera el corsé. Chloé y ella se habían ayudado mutuamente, pero se conocían, naturalmente, de toda la vida. Heather sonrió al recordar su primer corsé. Las dos amigas se habían ceñido tanto que casi se habían ahogado.

—A mí no me importa, pero ¿y a ti? ¿No sabes que no es sano? Te destroza el cuerpo, lo dicen los médicos.

Heather rio.

—Pero para presumir hay que sufrir. ¡Siempre ha sido así!

Lana ya tenía los cordones del corsé en la mano, pero no tiró de ellos. En lugar de eso, Heather sintió su aliento cálido en la nuca.

—Tú no tienes que sufrir para estar bonita. Tú eres preciosa. ¡Siempre!

Heather contuvo el aliento cuando los labios de su nueva amiga acariciaron sus hombros. Lana la besó con naturalidad y ternura. Heather sintió que se le ponía la piel de gallina, que la invadía la calidez. Se sentía liviana, pero también firmemente arraigada en la tierra. Su cuerpo parecía vibrar y se inclinaba hacia Lana. El corazón le palpitaba más deprisa.

—¿Te gusta? —preguntó Lana.

Heather asintió vacilante.

—¿Lo has hecho antes? ¿Con Chloé?

Heather no sabía qué responder. Había compartido la cama con Chloé, habían dormido abrazadas, la había besado por la noche y la había acariciado un poco. Pero ¿eso? ¿A la luz del día y casi desnuda?

—De hecho, no —susurró.

Lana rio.

—¡Entonces eres virgen! —exclamó—. Yo te enseño cómo...

Svetlana abrió el corsé de Heather y esta pensó que se moría de placer cuando los dedos de Lana fueron deslizándose en movimientos circulares por su columna vertebral mientras los labios le acariciaban la nuca. Pero tenía que controlarse. En treinta minutos, medio Dunedin la estaría esperando en la galería.

—¡Entonces seguiremos más tarde! —Para su sorpresa, Lana enseguida cedió cuando con voz temblorosa ella le indicó que apenas tenían tiempo. La rusa rio y cogió los cordones del corsé—. ¡Te ataré como un paquete de correos y luego te abriré como un regalo!

El *vernissage* de la exposición de Svetlana Sergejewna marcó un punto culminante en la agenda de exposiciones de Dunedin, no solo a causa de las impresionantes obras de arte, sino gracias también a la traviesa frescura de la artista y a la introducción relajada y natural que realizó la galerista.

Sean Coltrane solo había visto en contadas ocasiones a su hermana tan entusiasmada y feliz, y lo relacionó, no sin cierto asombro, con las noticias llegadas de Invercargill. Chloé Coltrane se ocupaba de Violet y sus hijos. Sean más bien habría esperado que su hermana se sintiera celosa, pero al parecer su generosidad era mayor de lo que él había estimado. Para Violet, mudarse a Invercargill seguro que había sido una mejora. Comparado con el cobertizo en el que se había alojado antes, el ala de servicio del «castillito» debía de parecerle el cielo. Pero en el fondo, su situación no había cambiado. «Ni tampoco un gran amor...» A Sean no se le iba de la cabeza la mirada triste de Violet, como tampoco su conmovedora belleza. En las últimas semanas se había sorprendido varias veces visitando la casa de Heather solo para ver los retratos de Violet, aunque desde entonces la joven había cambiado.

Sean se obligó a concentrarse en la gente de la galería y en los peculiares paisajes de la artista. Ahora no podía proponer a su hermana, sin segundas intenciones, que fueran a visitar a Violet. Sean, en efecto, había salido elegido. A partir del mes siguiente formaría parte del Parlamento en Wellington y en los días siguientes se mudaría.

—Qué buena noticia —se limitó a decir cuando Heather le enseñó las cartas—. Por favor, dales muchos saludos de mi parte a Chloé y Violet.

Heather asintió, pero los emocionantes acontecimientos que se estaban desarrollando en su propia vida pronto le hicieron olvidarse de los saludos de Sean a sus amigas. Heather y Lana regresaron a casa de la primera hacia medianoche, mareadas y achispadas por el vino y el éxito. La exposición había sido todo un triunfo, solo durante la inauguración Heather había vendido ocho de los veintitrés cuadros. Pero eso no era todo lo que hacía de esa velada algo especial. Mucho más excitantes fueron los dedos de Lana que diestramente abrieron el «regalo». Necesitó una eternidad para desabrochar todos los botones y deshacer todos los lazos del vestido de Heather, mientras sus labios se desplazaban por los cabellos de esta y su lengua le lamía las orejas. Entre un sinfín de caricias, liberó a Heather del corsé y al final también de la camisa y los pantalones.

Heather se puso como un tomate cuando a la luz de las velas que Lana había encendido se quedó desnuda ante ella... y contuvo el aliento cuando también su amiga se quitó el vestido.

—¡Eres tan bonita! —djo Lana con su voz oscura, y soltó con dedos temblorosos el cabello de Heather—. Eres como Eva en el paraíso...

Heather llevó a su amiga al dormitorio. No iba a aguantar mucho más.

—Si yo soy Eva, ¿quién eres tú? —susurró entre besos.

Lana soltó su risa tintineante.

—La serpiente, ¿no te habías dado cuenta? Y esta vez no dejaremos que Adán participe en el juego...

# 5

—¿De verdad quieres irte? —Heather estaba a punto de ponerse otra vez a llorar.

En los últimos meses se había sentido como en un cuento. Lana no tenía ese aspecto, pero para Heather había sido el hada que la había salvado. Con dulzura y prudencia, la artista la había conducido hacia los secretos del amor entre dos cuerpos muy similares pero, pese a ello, distintos. A Heather la invadían unas sensaciones que nunca había pensado que fueran posibles, seguía a su amiga hacia el mundo del deseo y a su vez aprendía cómo conducir hacia él a Lana. Al principio se sentía intimidada y vergonzosa, pero con el tiempo su fantasía y audacia al amar a la pintora rusa fueron creciendo. Además, el entorno tampoco las ofendía con el tipo de bromas que se dirigían a las parejas de hombres que no escondían su relación. Heather siempre había observado a gente como Desmond McIntosh y su secretario y había comparado preocupada su unión con el vínculo que la unía a Chloé. Esto todavía era más válido ahora. Comparadas con lo que Lana y Heather hacían juntas por las noches, las pequeñas confianzas que se había tomado con Chloé eran totalmente inofensivas. Pero nadie parecía encontrar raro que Heather se presentara con Lana a las veladas en las que estaba invitada y a funciones de teatro, nadie pensaba mal de la amistad entre las dos mujeres. Aunque Heather lo encontraba extraño, le resultaba sumamente alentador. A Lana, en cambio, no la sorprendía.

—No creen a las mujeres capaces de nada —dijo en francés, una lengua con la que se expresaba más fácilmente que en inglés—. En la cama no sentimos nada, ya nos lo explican nuestras madres. Tenemos que quedarnos quietas y aguantar; luego, como recompensa, obtenemos un llorón.

Lana dibujó juguetona con los dedos el contorno del cuerpo de su amante. Acababan de hacer el amor y ninguna de las dos se había quedado quieta. Ahora era cuando Heather yacía relajada en brazos de Lana.

Heather se encogió de hombros.

—A mí no me importaría tener un bebé —replicó.

Lana le hizo cosquillas con su largo cabello rojo.

—¡Entonces búscate a un hombre! —se burló—. Alguno debe de haber con el que sea divertido hacerlo. Pero conmigo no... —Suspiró.

—¿Lo has intentado? —preguntó Heather sorprendida, al tiempo que se enderezaba.

Lana puso los ojos en blanco.

—Lo he probado todo con todos, cariño mío. Pero ninguna fruta fue tan dulce hasta ahora como tú. —Sonriente, se inclinó sobre Heather y empezó de nuevo a besarla—. No me puedo saciar de ti...

De ahí que Heather se sintiera tan desdichada cuando Lana le informó de que había planeado marcharse al día siguiente hacia Christchurch y desde allí salir a conocer las Llanuras.

—A lo mejor hago el retrato de un par de ovejas. —Pensaba seguir después hacia la costa Oeste—. Quiero ver los Alpes y la costa Oeste. Dicen que hay rocas que se parecen a los *blini*.

—Las Pancake Rocks —sonrió Heather entre lágrimas.

Lana la miró escrutadora.

—¿Otra vez lloras? ¿Por qué? Si no quieres quedarte sola, ¿por qué no vienes conmigo?

Heather levantó la cabeza, desconcertada.

—¿Quieres que te acompañe? Pero... pero...

—¡Claro! Me encantará. Es más divertido ir de viaje si somos dos. ¡Tú también sabes pintar ovejas! —Rio y dio un codazo amistoso a Heather.

—Pero la galería..., mi trabajo... —Heather dudaba.

Lana movió la cabeza.

—Ahora no trabajas. Me pintas a mí...

Eso era cierto, Heather había concluido un par de esbozos de Lana y pensaba en desarrollar una serie similar a los retratos de Violet. Volvía a sentir la sensación de poder retener el ser de una persona amada en un lienzo. Era a un mismo tiempo arrebatador y desconcertante.

—Y la galería no te hace feliz. Ahora está vacía de todos modos. Así que, ¡vente conmigo!

Svetlana tenía razón. Todos sus cuadros, hasta la última acuarela, se habían vendido, y aún faltaba un tiempo para la siguiente exposición. Heather podía cerrar la galería de un día para el otro, y más aún cuando la primavera pronto habría pasado. En verano no había *vernissages* y el comercio del arte se paralizaba. Heather hasta podía justificar que su viaje tenía por objeto la compra de arte maorí. Ella misma no se había interesado por los cuadros y artefactos de los nativos, pero Chloé siempre había hablado de que había que intentar dar ese paso.

—¿De verdad quieres que esté contigo? —preguntó otra vez Heather.

Lana la besó.

—¡Mi pequeño kiwi! A veces eres como ese pájaro que se entierra de noche y yo siempre tengo que desenterrarte. Pero no me importa, me divierte. Veremos pájaros, Heather, y montañas y lagos. ¡Nos lo pasaremos muy bien!

Así pues, Heather hizo por primera vez en su vida algo realmente espontáneo y que no había pensado, cerró la galería y se fue de viaje con Lana. Por deseo de la artista rusa, no cogieron el tren, sino que engancharon el caballo de sangre caliente de Heather delante de un carruaje ligero, lo que les daba autonomía. Heather enseñó Christchurch a su amiga. «Se parece a Inglaterra. ¡Aburrido!» Y luego se la llevó a la vastedad de las Llanuras. Conocía allí a varios criadores de ovejas entre los cuales los invitados siempre eran bien recibidos y pese a sentir cierta inquietud, presentó a Lana a los Barrington y los Warden. Las mujeres permanecieron un par de días en Kiward Station, donde Heather retrató dos caballos y un perro, mientras Lana pintaba con acuarelas unos paisajes maravillosos.

Para desconcierto de Lana, Gwyneira Warden pagó por los cuadros de sus animales casi tanto como lo que había ganado la artista rusa con toda su exposición. Sus propios cuadros solo encontraron la aprobación de una mujer maorí llamada Marama, quien murmuró algo así como: «Pintas mis canciones.»

A Lana le parecieron maravillosos tanto la granja como sus habitantes. Heather se rio de eso.

—¡Tú sí que eres maravillosa! —le dijo—. Los demás son normales.

En cierto modo era verdad. Heather quería a Lana, pero no la veía ni mucho menos como una parte o un complemento de sí misma. Con Chloé había sido distinto: Chloé era como un segundo yo de Heather. Aunque un poco más abierta y despreocupada, pero en última instancia similar: modesta y amable, educada y metódica, siempre disciplinada. Lana, por el contrario, a veces parecía un animal salvaje apenas domado. Hablaba decidida y sin rodeos, podía ser caprichosa y transformaba cualquier habitación de invitados en un abrir y cerrar de ojos en un colorido caos de vestidos y chales, joyas de oro y plata de inspiración oriental, aromas de perfume y polvos corporales, aceites y frutas. Heather pasaba horas buscando sus cosas en el desorden creado por Lana y tropezaba constantemente con los zapatos de la rusa, que solía descalzarse en cuanto entraba en su habitación.

También tendía a ir sin ropa. Por principio dormía desnuda y exhortaba a Heather a que hiciese lo mismo. Cuando todavía estaban en Christchurch hizo desaparecer el corsé de su amiga y fue con ella de tiendas para buscar vestidos más cómodos. A Heather eso le resultaba desagradable, aunque con los vestidos estilo imperio por los que al final se decidió se sentía francamente bien. Tampoco se la veía gorda así vestida, al contrario, los pliegues realzaban su esbeltez. Pero hubo de someterse a las preguntas de sus anfitrionas, como Gwyneira Warden y lady Barrington, interesadas en saber si su ropa respondía a los esbozos recientes de Lady's Goldmine.

—¡Mi madre me mataría! —se lamentó, pero Lana se limitaba a reír.

—¡Qué tontería! Al contrario. Sin corsé vivimos más.

Lana defendía esa opinión despreocupadamente en público y no se contenía a la hora de exponer los fundamentos de la tesis con detalles anatómicos que congelaba la sangre en las venas a Heather y a otras damas de la alta sociedad. Era obvio que el concepto de «buen tono» no figuraba en su vocabulario, ni en inglés ni en francés.

La artista no era nada tímida ni con mujeres ni con hombres. Heather observaba maravillada que nunca bajaba los ojos avergonzada ni se ruborizaba. Cuando las dos pusieron rumbo a Arthur's Pass, insistió en avanzar junto a la línea de ferrocarril y planteó sin ceremonias preguntas a los trabajadores cuando encontraron cuadrillas de obreros. Aceptó que la invitaran a comer y soltó unas sonoras carcajadas con los hombres, mirando divertida sus poderosos músculos. Heather intentó hacer un par de dibujos de los arroyos cristalinos en los hayedos, mientras que Lana desenvolvió sus colores y esbozó uno de sus locos cuadros en el que un ferrocarril sobre un grácil puente se abría camino entre el cielo y la tierra, las montañas y los lagos.

A Julian Redcliff el cuadro le pareció tan logrado que lo compró sin vacilar. Animada por Heather, Lana pidió tanto como lo que había pagado la señora Warden por el retrato de sus animales. Y se quedó totalmente atónita cuando el director de obra aceptó sin rechistar.

Heather se encogió de hombros.

—La gente paga cualquier precio por un cuadro que le gusta —señaló, tomando un nuevo apunte de Lana.

La rusa soltó una risita.

—Entonces tendría que cobrarte por hacer de modelo —dijo.

—O pintarme a mí alguna vez —sugirió con timidez Heather. A veces le dolía que Lana no hiciera además de ponerse a ello.

Lana le plantó risueña un beso en la frente.

—Ya te pintaré, querida. Pero hasta ahora... no sé, prefiero pintar algo cuando... cuando está consumado.

Heather frunció el ceño.

—¿Significa eso que me harás un retrato en el ataúd? —preguntó, indignada.

Lana volvió a reír.

—Espera, no seas impaciente. Ya verás tu retrato.

El caballo de Heather tiró sin esfuerzo del carruaje por el paso de montaña y, como para entonces ya era verano, Lana se deleitó con las bellezas de la naturaleza. Disfrutó con el oro de las colinas cubiertas de tussok, estudió la estructura de las rocas que parecían como pulidas a causa de los neveros y se inspiró en las formaciones de nubes sobre unas montañas cubiertas de nieve para crear un mundo de fantasía. Al final llegaron a la costa Oeste, que, como consecuencia de las cartas de Violet, Heather había imaginado cubiertas de carbonilla, mientras Lana pensaba en ballenas y focas. Nada de ello se confirmó. Lana y Heather dejaron las ciudades mineras a la izquierda y se adentraron en la neblina verde de la selva pluviosa. Heather retrató a Lana en un vestido de helechos: la artista rusa yacía en un suelo cubierto de líquenes y levantaba la vista hacia las plantas verdes y plumosas, altas como árboles.

—¿Son kauris? —preguntó.

Heather movió la cabeza en sentido negativo.

—No, son helechos. Los grandes kauris están en la Isla Norte.

—Es el próximo lugar adonde vamos —anunció Lana.

Se rio divertida del remolino de las Pancake Rocks, se maravilló ante las focas y la colonia de alcatraces que Heather encontró para ella, y pintó los pájaros como habitantes de una ciudad peculiar y sumida en sus sueños en el fin del mundo. Las mujeres navegaron en una barca de pescadores alquilada («En realidad ahí no hay nada que ver, señoras») a lo largo de la costa y admiraron pendientes rocosas y cascadas. Siguieron a continuación su camino hacia Blenheim, donde cogieron el transbordador hacia Wellington.

—¡Yo no me mareo! —afirmó Lana, para pasar después media travesía asomada a la barandilla.

Heather se burló de ella. Durante el viaje iba adquiriendo más seguridad y libertad, y ya no se preguntaba continuamente qué pensaría la gente de ella. Lana le sentaba bien, aunque seguía añorando a Chloé. Una y otra vez se sorprendía mirando a través de los ojos de su añorada amiga ese lago, esa roca o esa granja. Y ahora la Isla Norte, donde había vivido...

La capital, Wellington, casi le resultó familiar. Chloé se la había descrito con todo detalle. Lana y Heather investigaron la ciudad, contemplaron asombradas el edificio del Gobierno, que supuestamente era una de las casas más grandes del mundo construidas con madera, y visitaron el despacho de Sean en el segundo piso. Lana, en especial, se sorprendió un poco cuando les abrió la puerta un fuerte maorí con la cara tatuada como un guerrero. A Heather no la impresionó tanto; a fin de cuentas su hermano ya había representado con frecuencia en Dunedin a tribus maoríes en asuntos de tierras. Más bien se asombró del perfecto inglés del joven y de sus modales intachables.

—El señor Coltrane las recibirá enseguida —anunció cortésmente—. ¿Desean entretanto un té o café?

Mientras Heather y Lana esperaban, el joven volvió a sumergirse en la montaña de expedientes que descansaba sobre su mesa en la antecámara de Sean. Al parecer trabajaba de secretario.

La visita pilló a Sean desprevenido. Ignoraba que Heather fuera aficionada a viajar y la sincera amistad de su hermana con Lana también le sorprendió. Su mirada escrutadora inquietó a Heather quien, por primera vez, tuvo la sensación de que alguien sospechaba cuál era su auténtica relación.

—¿Has vuelto a saber algo de Chloé?

Heather se odiaba por eso, pero se ruborizó. ¿Por qué Sean se interesaba de repente así por su amiga?

—Yo... pues...

No encontraba respuesta tan deprisa. De hecho había escrito un par de veces a Chloé, pero siempre cartas breves contándole el viaje. De ella no había recibido ninguna carta. ¿Cómo iba a hacerlo? Lana y Heather pocas veces se quedaban más de un par de días en un lugar.

—¿Y de... esto... Violet?

Heather volvió a relajarse. ¡Así que de eso se trataba! El interés de Sean por su antigua protegida ya le había llamado la atención en Dunedin. Respondió que no.

—Pero voy a visitarlas en cuanto vuelva. Y entonces te explico. ¡Prometido! —Heather habló deprisa con una alegría forzada. Lana la miró de soslayo, pensativa—. ¿Vais progresando con... esto... lo del derecho de la mujer al voto? —Lo mejor era sin duda preguntar a Sean por su trabajo.

Él se encogió de hombros.

—Primero necesitamos el derecho general al voto. Mientras solo los terratenientes y los contribuyentes puedan votar no será posible que ganen los liberales. Y mientras no tengamos la mayoría, tampoco habrá ninguna oportunidad para las mujeres y los maoríes. Pese a que los nativos presentan ahora la tesis de que sus mujeres ya tendrían que poder votar ahora, porque son propietarias de tierras. En cualquier caso, seguimos en la brecha, y no será por falta de solicitudes. Amey Daldy está harta de escribirlas y qué decir de Kate Sheppard. Lo lograremos, pero es lento. Como todo en política. —Suspiró—. ¿Así que está usted dando una vuelta por la Isla Norte, señorita Sergejewna? ¿En busca de nuevos motivos? La exposición de Dunedin me gustó mucho. Y tú, Heather, ¿también pintas ahora paisajes?

Heather volvió a ruborizarse. Naturalmente, Sean se preguntaba por qué estaba de viaje con Lana.

—Yo...

—Heather hace más retratos —respondió Lana tranquilamente—. Por el momento me pinta a mí. Pero podría pintar a otros también, tiene un gran talento, ve el interior del alma. Heather, ¿por qué no pruebas a retratar ese... cómo se llamaba...

maorí? Su secretario, señor Coltrane, es maorí, ¿verdad? Un rostro fascinante. ¿Por qué tiene a un maorí de secretario?

Heather no sabía si tenía que enfadarse por la falta de tacto de Lana o admirarla por su habilidad para cambiar de tema.

Sean rio.

—Oh, Kupe es bilingüe, lo cual resulta de gran ayuda. No buscaba específicamente a un maorí, sino a un estudiante de Derecho, sin más. Kupe trabaja aquí solo por horas, todavía está formándose. Es el mejor del curso. Su origen era algo secundario.

—A lo mejor podría interceder por nosotras —sonrió Lana—. Nos gustaría visitar una tribu. Heather dice que se interesa por el arte maorí.

Lana posó como si nada la mano sobre el muslo de Heather y esta se sofocó bajo su mirada enamorada. Se apartó a un lado avergonzada.

Sean ignoró el intercambio mudo entre las dos mujeres y meneó la cabeza.

—En eso Kupe no podrá ayudarla. No tiene tribu en sentido propiamente dicho, sino que creció en un orfanato. Una historia trágica, una víctima de las mil peleas y malentendidos en la relación entre maoríes y *pakeha*. Pero seguro que viajarán a Auckland, ¿no es así? Hablen allí con Matariki Drury, ella seguro que les busca enseguida un contacto.

Sean escribió una dirección en una hoja.

—¿Sigues en contacto con Matariki? —preguntó Heather, atónita—. Pensaba... pensaba que no podía ni oír el nombre de «Coltrane»...

Heather y Chloé habían pensado que la muchacha se había marchado a Auckland para olvidarse de Colin Coltrane sobre todo.

Sean arrugó la frente cuando Heather planteó esa idea.

—Claro que mantengo la relación con Matariki. —Sean le tendió una hoja con la dirección—. Casi todas las semanas. Trabaja para Amey Daldy, es decir, escribe solicitudes. Para el derecho al voto femenino, para los sindicatos, para las instalaciones de recintos sociales... ahí siempre falta algo. Matariki es casi más activa en esto que la señora Daldy. Este es con toda certeza su trabajo ideal, es posible que algún día se convierta en la primera mujer maorí que entre en el Parlamento. Y Colin nunca la olvidará: el bebé es igual que él. O que nuestra madre Kathleen, según cómo se mire. Será sin lugar a dudas una belleza.

—¿El bebé? —preguntó Heather, perpleja—. Quieres decir que... que...

Sean se encogió de hombros. Los ojos le brillaban.

—Exactamente —dijo—. El muy cabrón la dejó embarazada, y disculpen las señoras la expresión.

Svetlana soltó una sonora carcajada. Hasta entonces el joven diputado le había parecido algo envarado, pero ahora lo veía lleno de pasión.

—Para eso hay que ser dos, señor Coltrane —observó complacida.

Sean asintió.

—Matariki también es de la misma opinión. Dice que quería ese hijo, insistió en ello. Pero luego se dio cuenta de que en realidad Colin solo quería el dinero y decidió abandonarlo. A continuación él se enamoró de inmediato del dinero de la señora Boulder...

—¡Vaya, qué cariño le tiene a su hermano, señor Coltrane! —se burló Svetlana—. ¿Es usted también tan claro en el Parlamento?

—Eso procuro, señorita Sergejewna —respondió Sean con una sonrisa.

Heather suspiró aliviada cuando vio la cálida mirada de su hermano. Por lo visto, le gustaba Svetlana. En ese momento llamaron a la puerta y entró Kupe, el secretario.

—Disculpe, señor Coltrane, pero sir John Hall desearía hablar con usted. Solicita que vaya a su despacho cuando haya concluido. ¿Puedo comunicarle a su secretario cuándo puede contar con usted?

Sean le sonrió.

—Voy enseguida, Kupe. Y ya de paso... Acaba de conocer a mi hermana, la señorita Heather, y a su amiga, la señorita Sergejewna. Las dos verán dentro de poco a Matariki Drury. ¿Deberían saludarla también de su parte?

Los rasgos en general afables del alto guerrero maorí se ensombrecieron.

—No, muchas gracias, señor Coltrane —respondió con sequedad—. Yo... yo no tengo interés en conservar el contacto con la señorita Matariki.

Sean movió la cabeza.

—No sea usted tan rencoroso, Kupe. Ella sabe que trabaja para mí. Cada vez que me escribe me pide que le salude. Todos luchamos por la misma causa. No puede guardarle resentimiento por toda la eternidad.

El maorí se mordió el labio inferior, un gesto que Heather conocía de Matariki. ¿Lo habría adquirido de ella? ¿Habían intimado ambos en alguna ocasión?

—Deje que me encargue yo de eso, señor Coltrane —dijo Kupe, y el tono con que se esforzó en suavizar sus palabras quitó aspereza a la contestación.

Conmovida, Heather se volvió hacia su hermano. Era el momento de cambiar de tema.

—Ese niño... Qué locura enterarse así, ¿lo saben mamá y Peter? ¿Y Chloé?

Sean se encogió de hombros.

—Chloé seguro que no lo sabe, de lo contrario tú ya estarías al corriente. Y en el caso de mamá y Peter, dependerá de si Lizzie y Michael se lo han contado o no. Matariki no lo mantiene en secreto, pero tampoco es que vaya dando voces sobre el nacimiento.

—¿Y qué ha sido? —preguntó Heather—. ¿Niño o niña?

—Una niña —respondió Sean y ya iba a añadir algo más cuando su secretario le interrumpió irritado.

—Atamarie, «salida de sol», un nombre maorí para el hijo de un *pakeha*. ¡Una vergüenza para Parihaka!

El guerrero agarró un expediente y abandonó la habitación sin decir palabra.

Heather lo miró confusa.

—¡Qué impertinente! —señaló.

Lana la cogió dulcemente de la mano.

—Pienso que la ha amado mucho, eso es todo —dijo amablemente.


—A mí no me importa, pero tal vez no deberíais mostrarlo tan claramente —observó Sean unas semanas más tarde. Heather y Lana habían terminado su viaje por la Isla Norte y querían coger el transbordador rumbo a Blenheim al día siguiente. En esos momentos, pasaban su última noche de nuevo con Sean—. Y si siempre vas con una mujer tan... humm... dominante, tampoco es probable que llegues a encontrar un hombre. —Sean había llevado a sus visitantes a cenar a un restaurante de pescado en el puerto y la velada había sido muy afable. Lana y Heather le habían contado sus experiencias. La pintora rusa estaba entusiasmada con las playas, los volcanes y los enormes kauris, a los que había dedicado toda una serie de cuadros. Heather, por el contrario, estaba encantada con su sobrina Atamarie. Acababa de enseñarle a Sean los retratos que había hecho de la pequeña. Lana acababa de salir un momento y Sean le preguntó a Heather por la relación con su amiga—. He... he oído decir que a veces las mujeres van... van con otras mujeres... no sé cómo expresarlo. Pero diría que tu relación con Lana... —Heather enrojeció al momento—. Me parece... humm... muy íntima... —murmuró Sean.

Heather tragó saliva.

—La quiero —dijo—. ¿Tienes algo en contra? —Se esforzó por ser dura, pero sonó un poco como una niña pequeña que pide permiso a su hermano.

Sean negó con la cabeza.

—Es solo que... —prosiguió—. Es raro. Las mujeres deberían amar a los hombres, no a otras mujeres. Además... siempre había pensado que querías tener hijos. Primero con Violet... y ahora este entusiasmo por Atamarie... Deberías casarte.

Heather movió la cabeza, agitando de ese modo los bucles.

Ya no llevaba el cabello tirante y recogido, sino peinado en una cola de caballo.

—¡Ni hablar! —replicó con firmeza—. Yo... yo nunca me atrevería. Cuando... cuando pienso en casarme, me acuerdo... me acuerdo siempre de cómo nuestro padre pegaba a mamá.

Apretó los labios y separó el plato. Como siempre que recordaba esa imagen, sintió malestar.

Sean la miró atónito.

—¡Es imposible que te acuerdes de eso, Heather! —replicó—. ¡Eras muy pequeña!

—¡Me acuerdo perfectamente! —afirmó ella con vehemencia—. Todavía recuerdo que me escondía debajo de la manta y que oía solo los golpes ahogados. Y los gemidos sofocados de mamá porque no quería gritar para que no nos asustásemos. Y, además, Sean, ¿por qué no estás casado tú? Admítelo, ¡te da miedo! Como a mí. Por otra parte, también me da miedo estar sola. —Suspiró—. Desearía... desearía poder casarme con una mujer.

Sean no pudo reprimir la risa y señaló con la barbilla a Svetlana, que volvía a entrar en el restaurante. Como siempre, todas las miradas la siguieron cuando cruzó el local. Sus vistosas y vaporosas ropas, su altura y su silueta exuberante, la melena roja ondeando y la mirada orgullosa parecían hechizar a cuantos la contemplaban.

—Bueno, yo no me atrevería a preguntárselo —bromeó.

Heather rio.

—No necesito hacerlo. Ya me ha pedido que me vaya a Europa con ella.

Sean estudió a su hermana con la mirada.

—¿Y qué? ¿Te marchas?

—¡Claro que se va! —Lana se acercó ruidosamente tras haber oído, al parecer, las últimas palabras—. ¡Es una artista! No puede enterrarse en el fin del mundo. No quieres pintar perros y caballos para la eternidad, Heather, ¿o qué? ¡En Europa... en Londres, París... hay muchas, muchas como nosotras! Mujeres que pintan, que escriben... Hay muchas galerías, museos, coleccionistas de arte... ¡te amarán, pequeña kiwi! ¡Nuestra vida será una fiesta!

Heather sonrió y logró acceder a que Svetlana pusiera la mano en público sobre la de ella. Una cosa era segura, ahí, en «el fin del mundo», no podía proseguir con esa relación. Normalmente nadie indagaba en lo tocante a las amistades entre mujeres, siempre que las personas involucradas guardaran un mínimo de discreción. Svetlana, sin embargo, parecía más que dispuesta a provocar. Tal vez eso no fuera un problema en París, pero en Nueva Zelanda la gente acabaría chismorreando sobre esa pareja tan extraña. Y Heather no quería ser blanco de burlas.

—¿Debo irme? —susurró en voz baja al oído de su hermano, cuando Sean al final de la velada la abrazó para despedirse.

Sean la besó dulcemente en la mejilla.

—Si no hay nada que te retenga aquí...

# 6

En Dunedin, a Heather le aguardaban cartas de Chloé y Violet. Se diría que la última estaba casi eufórica. Le gustaba trabajar para Chloé, Rosie decía eventualmente un par de palabras y ayudaba en el cuidado de los caballos, Roberta crecía y se desarrollaba, al igual que Joe, naturalmente. A Eric no lo mencionaba, pero nunca se había expresado con demasiado detalle acerca de su marido. Heather seguía ignorando cómo se había producido en el pasado ese matrimonio tan precipitado.

Chloé informaba minuciosamente acerca de los caballos —sus cartas a veces semejaban informes de carreras—, de sus vecinos en Invercargill y de Rosie, de la que estaba totalmente prendada. Por lo visto había contagiado a la pequeña su pasión por los caballos. Las dos estaban como locas por los primeros potros de *Dancing Jewel*. Otras cartas parecían descripciones paisajísticas. Chloé se refería a la belleza de las Fjorndlands, las montañas escarpadas, los bosques siempre verdes, el variado mundo de las aves. Apenas mencionaba a Colin. Pese a toda su minuciosidad, las cartas decepcionaban a Heather. Las leía una y otra vez intentando interpretar algo entre líneas: estados anímicos, sentimientos, miedos... Durante toda su vida, las amigas lo habían compartido todo. Pero ahora eso había desaparecido: las cartas de Chloé eran como las de una extraña.

—Deberíamos viajar allá —dijo Heather abatida a Lana, después de haber leído un extenso tratado acerca de si el elevado juego de rodillas del hackney durante las carreras de trotones era deseable o no—. Pasa algo raro.

Lana hizo un gesto de impotencia.

—Cuando se casan, siempre se vuelven raras. Es como funciona el mundo. No lo puedes cambiar.

—Pero yo... —Heather se frotó la frente. Las cartas de Chloé le producían dolor de cabeza.

Lana la cogió del brazo.

—Mira, pequeña kiwi: ahora tiene marido, tiene caballos, tiene casa. Ya no piensa en ti...

Heather meneó la cabeza.

—¡Eso es imposible! Siempre hemos... bueno, también estuvo casada con Terrence Boulder. Pero entonces sus cartas tenían otro aire. Se notaba que era feliz...

Lana alzó la vista al cielo.

—¿Y ahora? —preguntó—. ¿Se le nota infeliz? Míralo así, kiwi: ¿te invita? ¿Tiene mucho interés por tu vida? ¿Te pregunta por mí? No hace nada de eso. Escribe por obligación. Porque la obligación pide a las chicas buenas que escriban cartas a sus amigas. Es así, pequeña kiwi. Y ahora deja de pensar en Chloé y céntrate en Londres. ¡Mira esto!

Tendió a Heather una de sus propias cartas, la misiva de su galerista en Londres. Durante el viaje le había ido enviando sus trabajos más recientes y, por lo visto, en Londres había desatado con ellos auténtico furor. De repente todos querían a Svetlana Sergejewna. El galerista reclamaba urgentemente que volviera a Europa y que hiciera acto de presencia.

«Todos están sumamente interesados en usted, están esperando presentarla en los mejores círculos sociales.»

Heather leía con una punzada de envidia. Así que Lana iba a convertirse en alguien famoso de verdad. Y ella misma... ¿pintaba retratos de bebés?

Lana se puso en pie deprisa para reservar un pasaje en uno de los nuevos barcos de vapor.

—¡Y ahora ya tienes que saberlo, Heather! ¿Vienes conmigo?

En octubre de 1884, Heather Coltrane y Svetlana Sergejewna embarcaron en Dunedin, en una línea directa hacia Londres. Heather se lo comunicó a Chloé en una carta formal a la que esta respondió con unos deseos de felicidad no menos ceremoniosos.

Heather volvió a llorar, pero luego decidió que, dadas las circunstancias, ya no había nada que la retuviese en Nueva Zelanda. Estaba preparada para amar a Svetlana y para el período más emocionante de su vida.

Como el galerista había descrito, Londres recibió a la artista rusa con los brazos abiertos. A Lana la esperaba una *suite* en uno de los mejores hoteles que, por supuesto, compartió con Heather. Desde el primer día fueron enlazándose un *vernissage,* una cena, un concierto y una obra de teatro. Pese a que la rusa protestó, Heather había llevado prácticamente toda la nueva colección de Lady's Goldmine a Europa, donde causó furor.

Además, Lana la presentaba tan a menudo como le era posible como una joven artista de gran talento.

—¡Todos oirán hablar de Heather Coltrane!

Al principio, el galerista de Lana no estaba del todo entusiasmado con los trabajos de Heather.

—No cabe duda de que tiene usted talento —sentenció—, pero todavía ha de ocurrir algo. Por el momento, estos trabajos me resultan demasiado dulces... Estos retratos infantiles... son monos, ¡pero no es arte! El mejor consejo que yo puedo darle es el siguiente: vaya usted a París con la señorita Sergejewna, siga estudiando... y luego ya hablaremos.

Heather encontró Londres fascinante, pero a las pocas semanas de estar en la metrópolis británica, Svetlana ya se aburría.

—¡Es siempre lo mismo! —exclamaba, quejándose de las conversaciones banales en las galerías, los castillos y las residencias urbanas nobles a las que se solía invitar a las artistas—. Siempre se habla de qué caballo ha ganado el Derby, quién se ha casado con la princesa tal, lo que hace la reina. Y resulta que la reina siempre hace lo mismo. ¡Es la persona más aburrida que hay en la Tierra! ¡Yo añoro París! Decidido: nos vamos a París y alquilamos juntas un *atelier.*

Svetlana ya hacía tiempo que había ganado dinero suficiente como para permitirse un taller profesional en el barrio más solicitado de la capital francesa, y por su parte Heather no tenía que dejarse mantener. Kathleen la había dotado de un generoso salario mensual, aunque Svetlana no le gustaba especialmente... o precisamente por eso.

—¡No dependas de ella! —había aconsejado a su hija—. No cuelgues de sus faldas, o acabará todo exactamente igual que con Chloé. En algún momento aparecerá un... hombre... —Kathleen enrojecía, sabía perfectamente que ni Svetlana ni Heather se interesaban por amores masculinos, pero era demasiado digna para llegar a expresarlo—. Y luego otra vez te dejarán tirada.

Heather había reflexionado largo tiempo acerca de las palabras de su madre. ¿Era cierto que había estado agarrada a las faldas de Chloé? ¿Le había resultado pesada? Heather se esforzó por tomar en consideración la advertencia y en Londres guardó cierta distancia con Svetlana. Esta apenas si se dio cuenta de ello, pues su nueva vida de mujer rica y de pintora famosa la llenaba demasiado. Ser rica, sobre todo, parecía vencerla. Pasaba de una fiebre de compras a la otra, adquirió vestidos y sombreros para Heather y ella, y tantos muebles extravagantes que Heather no podía por menos que mover la cabeza.

—¿Cómo vas a llevar todo esto a París? ¿Y dónde lo colocaremos? ¿Piensas alquilar todo un palacio? ¿Es solo para nosotras dos?

Svetlana reía y la hacía girar en vilo.

—¡No solo para nosotras dos, pequeña kiwi! Tendremos compañía cada noche. Organizaremos fiestas, conocerás a grandes pintoras. Veremos magníficas exposiciones, el Salon de Paris y el Salon des Indépendants... ¡Será muy emocionante, ya verás!

En efecto, París era en la década de 1880 la metrópolis europea del arte. Quien tenía fama y renombre, o estaba lo suficiente seguro de sí mismo y dotado para conseguirlo, peregrinaba a la capital francesa. Por primera vez, Heather vio cuadros impresionistas y se quedó cautivada cuando Svetlana le presentó a Berthe Morisot, una pintora impresionista especializada en retratos. En la misma fiesta —Svetlana había alquilado un taller al lado del Salon de Paris y celebraba la inauguración, aunque todavía no había llegado ni un mueble— también estaba invitada Rosa Bonheur y Heather casi se desmayó al tener el honor de conocer a la gran pintora de la flora y la fauna. Mademoiselle Bonheur conocía a Svetlana desde hacía mucho tiempo, la saludó con los besos en las mejillas habituales en Francia y se quedó fascinada con Heather.

—¡Es tan bonita como la habías descrito! —dijo con una sonrisa, y a continuación le presentó a su propia compañera.

En las esferas artísticas no parecía que nadie se extrañara de que hubiese mujeres viviendo con mujeres y hombres viviendo con hombres. Proporcionalmente, los cambios de pareja eran más frecuentes y nadie parecía conocer la palabra «discreción». Heather siguió de cerca, apenada, las furibundas peleas entre la joven escultora Camille Claudel y su mentor y amante, Rodin. Pronto empezó a reírse de que la amiga de Svetlana, Alicia —una retratista de fama que se había concentrado en esposas desdichadas y que ahora también vivía en París—, consolase a sus modelos. Esas mujeres, con sus decentes corsés y trajes abotonados, se hallaban totalmente fuera de lugar entre las artistas que vestían trajes holgados y para quienes no había tema demasiado íntimo para no hablarlo con el grupo de amigos. Al principio, Heather trató de comunicarse con ellas, pero enseguida comprobó que tanto Alicia como Svetlana eran posesivas y celosas. Ambas montaron una escena en plena fiesta a sus respectivas amigas porque se habían estado riendo juntas. Debido a ello, Heather se mantenía alejada de otras mujeres de quienes sabía que amaban a mujeres.

En cuanto el taller estuvo amueblado, Lana se entregó a la creación de óleos de gran formato, algo que hasta entonces no había podido permitirse debido al precio prohibitivo del material y el espacio del taller. Heather experimentaba con cierta prudencia, hasta que por fin se atrevió a mostrar sus cuadros a

Mary Cassatt. Mary era estadounidense y no desvelaba su preferencia hacia hombres o mujeres. En cualquier caso, vivía con su madre y su hermana, y Svetlana no se enfadó cuando Heather empezó a visitar a la artista de vez en cuando por su cuenta. Mary Cassatt elogió sus nuevas obras, pero en especial la serie de cuadros de Violet.

—Todavía es un poco convencional. ¡Tienes que pintar con libertad! No te concentres tanto en si las imágenes se parecen. Ahora ya tenemos la fotografía y con ella el retrato convencional ha caído en desuso. Tienes que expresar lo que ves en los seres humanos... y puedes hacerlo, seguro. Esta niña... —señaló uno de los cuadros de Violet— provoca el llanto con su hermosura. Pero todavía podrías poner más en el cuadro.

Al ver el retrato que Heather había hecho de Svetlana se echó a reír.

—Oh, no, pequeña, ¡mejor que tires esto! A nuestra Svetlana no la has mirado con los ojos de una artista, sino con los ojos del amor. ¡Cielos, pintas a este pedazo de mujer como si fuera la Virgen María! —Heather no comprendía del todo lo que quería decir, pero era demasiado tímida para preguntar. Aunque se puso muy contenta cuando Mary enseguida se mostró dispuesta a darle clases—. Únete a nuestro círculo. Te presentaré a Degas y los otros Indépendants. ¡Te gustará! Y ve a los museos. ¡No solo a mirar! Tienes que copiar los cuadros de los grandes maestros, sentir su genio. ¡Encontrar un estilo propio es lento, se tarda tiempo!

El furor en torno a Svetlana duró unos dos años y durante ese tiempo Heather se quedó dócilmente a su lado en el estudio y reprodujo cuadros de Tiziano y Rubens. Al principio no lograba nada de ese modo y, desanimada, tampoco se atrevía a trabajar en una obra propia. Pero luego fue mejorando y varias de sus copias consiguieron una similitud notable.

—Ahora tienes que decidir si quieres ser artista o falsificadora —dijo Alicia—. Venga, eres retratista. ¡Enséñanos de una vez lo que sabes!

A Heather le habría gustado volver a retratar a Svetlana, pero todavía recordaba la risa de Mary. Así pues, probó primero con Alicia y, unos días más tarde, Mary, Berthe, Svetlana y Alicia miraban fascinadas la acuarela terminada. Heather había pintado a Alicia trabajando, con la paleta en la mano y el retrato casi acabado de una modelo delante. La imagen de la mujer se reflejaba refinadamente en una ventana situada detrás de la figura de Alicia y la representación de esa desconocida aristócrata parisiense desvelaba casi tanto sobre cómo veía Heather a Alicia como el mismo cuadro de la pintora.

—Se aprecia que ama a sus modelos y que se compadece de ellas. Pero también tiene potencial destructivo. Espera mucho de ellas y esas mujeres no pueden satisfacer sus expectativas. Seduce y decepciona y puede ser cruel. —Berthe parecía distinguir toda una historia en el cuadro de Heather.

—¡Yo no soy cruel! —protestó Alicia—. Precisamente en este cuadro no lo soy. La imagen es muy amable, ¡muchas gracias, Heather!

—Cada persona ve algo distinto en el cuadro —observó sorprendida Heather—. A veces, más que yo misma. Es...

Las otras rieron.

—¡Eso es justo lo que necesitas, Heather Coltrane! ¡Vas por el buen camino! —dijo Mary.

Mientras Heather iba desarrollando poco a poco su propio estilo, la estrella de Svetlana comenzó a apagarse. Había deseado dar vida a lienzos de gran tamaño, pero se evidenció que la pintura al óleo no se ajustaba a ella. Los mundos soñados por Svetlana eran miniaturas, sus cuadros de pequeño formato habían obrado el efecto de bolas de cristal en las que el espectador se lanzaba a la búsqueda de misterios y hallazgos. Llevados al formato grande producían un efecto de pesadez, poca naturalidad y *kitsch*, algo que nadie se atrevía a decir a Svetlana, claro. Solamente los acompañantes varones de sus amigas mostraban una sonrisa condescendiente, pero, puesto que Svetlana reaccionaba a toda crítica con accesos de histeria, también ellos se callaban.

—Y, sin embargo, esas fiestas que se celebraban en el estudio también deberían servir para desarrollar una crítica mutua

—se lamentó Mary, después de que su acompañante, Edgar Degas, se retirase en silencio y con una botella de champán a un rincón donde no tenía que ver ninguna de las chapuzas de Svetlana—. Pero con Lana solo damos nuestra opinión sobre la calidad del champán.

Acerca de eso, no había nada que criticar. Lana seguía ganándose bien la vida, ya que durante los dos primeros años después de su gran triunfo sus cuadros continuaron vendiéndose sin problemas. El galerista renunció a los *vernissages* y negociaba con inversores extranjeros. Pese a ello, sus expectativas en torno a una subida de los precios de venta no se vieron colmadas, pero en eso el mundo del arte no tenía escrúpulos: se vendía lo que había a quien no tenía ni idea. De vez en cuando eso le recordaba a Heather el negocio de caballos de su hermano, lo que la llevaba a pensar de nuevo, dolorosamente, en Chloé, con quien seguía intercambiando amables cartas carentes de contenido. Violet escribía con mucha más viveza y ahí sí que Heather creía poder leer entre líneas. La joven mencionaba desacuerdos, a veces expresaba su preocupación en torno a que Rosie fuese víctima de los enfrentamientos ajenos.

«Nunca hubiese creído que mi tímida hermana pequeña se convirtiese en una auténtica y atrevida moza de cuadras. Solo le falta ponerse pantalones, pero el señor Colin lo prohibió estrictamente cuando la señora Chloé una vez lo sugirió. Limpia los caballos y los engancha, conduce los carros por esa pista a una velocidad que a mí me da miedo y me inquieta. También habla con los caballos, aunque con nosotros sigue sin apenas hacerlo. Entiende las instrucciones que le dan, y a veces parece hacer las cosas mejor que los mozos del señor Colin. La señora Chloé se alegra de ello; a mí, por el contrario, me preocupa.»

Heather habría querido preguntar con más detalle, pero las cartas de Nueva Zelanda tardaban meses en llegar a Francia, y viceversa. Era imposible mantener una auténtica conversación.

Además, bastante trabajo tenía ya Heather con su propia vida. Sorprendentemente, sacó partido de la caída de Lana, pues todos los visitantes de su taller decían unas cuantas frases hechas sobre los trabajos de Lana pero, por el contrario, se explayaban detalladamente sobre la calidad de las obras de Heather. De ese modo asumió críticas positivas y negativas, aceptó que la ayudasen y se corrigió con las observaciones ajenas. Y se quedó atónita el día en que Berthe le propuso que expusieran juntas.

—Los cuadros son buenos, pero una exposición en solitario no funcionará. Es París, se celebran *vernissages* uno tras otro, nadie irá a la exposición de una novata. Pero si presentas conmigo, digamos que, el programa secundario...

Al principio, a Lana no le gustó ese acuerdo.

—¡Ya eres lo bastante buena, lo conseguirás tú sola! ¡Y si has de exponer con alguien, que sea solo conmigo! ¿Qué se ha creído esa persona de nosotras?

—Pero Berthe Morisot pinta retratos de mujeres —contestó Heather—. Como yo. Encaja. Con tus cuadros...

—¡No irás a decir que no te gustan mis cuadros!

Svetlana montó en cólera. Últimamente cada vez reaccionaba con más rabia. Ella misma tenía que reconocer que había traspasado el cenit de su fama, pero no parecía dispuesta a dar marcha atrás y recuperar su anterior estilo.

Heather enseguida lo negó.

—Solo quiero decir que tus temas no encajan con mis obras.

Svetlana agitó la melena, que últimamente se teñía de negro.

—He dicho que no, ¡y basta!

Heather tenía lágrimas en los ojos cuando le comunicó a Berthe la decisión de su amiga.

Su interlocutora frunció el ceño.

—Disculpa, Heather, pero quién ha pintado los cuadros, ¿ella o tú? Por lo que veo, tengo ante mis ojos Coltranes auténticos, unos mejores que otros. Eres tú sola quien debe decidir dónde quieres exponer tus cuadros. ¡No dejes que te den órdenes, Heather, libérate de Lana!

Cuando el galerista de Berthe acudió a recoger los cuadros de Heather, Svetlana reaccionó con un ataque de ira digno de una gran tragedia. Precisamente esa noche, Lana organizaba otra fiesta y los primeros invitados se presentaron en medio de una furiosa pelea entre las dos mujeres.

—¡Si te llevas los cuadros, ya puedes irte tú también con ellos! —gritó Lana, tras lo cual Heather empezó a empaquetar sus cosas.

Media hora más tarde, Lana le suplicaba entre lágrimas que la perdonase, y la neozelandesa volvió a deshacer las maletas.

La exposición con Berthe supuso una entrada digna de consideración en el mundo del arte parisiense. Heather vendió todos sus cuadros y sorprendió con sus planes de viaje a Svetlana, por una parte orgullosa y por otra tremendamente enojada.

Quería ir a Italia y España, a Verona, Roma, Siena y Madrid.

—Tengo que estudiar de cerca a los grandes maestros —le explicó Heather—. Y ahora tengo dinero para hacerlo.

No confesó que ya antes había tenido el dinero, llevaba tiempo sin gastar todo lo que Kathleen le enviaba. Pero Heather tenía la ambición de llegar a mantenerse por sí misma.

—¿Vas a abandonarme? —preguntó Svetlana, afligida.

Heather movió negativamente la cabeza.

—¿Por qué no te vienes conmigo? —preguntó con timidez—. Va a llegar el verano, Lana, aquí no pasa nada. Puedes cerrar el taller un par de meses y venir conmigo de viaje.

La rusa agitó la cabeza enojada.

—¿Y quién pintará mis cuadros? ¿Quién ganará el dinero para subsistir?

Heather calló. En los últimos meses había sido ella quien con más frecuencia había comprado para las dos, aunque Lana todavía ganaba lo suficiente para mantener el taller.

—Antes fui yo quien te acompañó —le recordó Heather—. Ahora podrías acompañarme tú.

—¡Era distinto! —replicó Svetlana—. Lo mejor sería que te quedases aquí y que practicaras un poco más con tus retratos... —señaló en tono arrogante.

Heather movió la cabeza.

—Me voy dentro de una semana.

—¿Sola? —preguntó Svetlana. Casi había malicia en esa palabra.

Heather se enderezó.

—¡Completamente sola! —respondió.

Pero eso no fue del todo así. Por muy dispuesta que estuviera Heather a reunir valor para ello, sus amigas le desaconsejaron que emprendiese el viaje sin compañía.

—Con una doncella y cochero, todavía —señaló Mary—. Pero completamente sola... Cuestionarán tu reputación, Heather, ni siquiera te alquilarán una habitación en un hotel.

Las otras mujeres le dieron la razón.

—Es una locura —apuntó Alicia—. Con tu amante puedes ocupar una *suite* de matrimonio en los mejores hoteles y nadie te mirará mal, pero una mujer que viaja sola ni siquiera puede presentarse en sociedad.

—¿Y ahora qué hago? —inquirió Heather, indecisa.

Alicia sonrió.

—Te buscaremos una acompañante. Yo ya tengo dos sugerencias: Mademoiselle Patout, hija de profesión, pues su padre es un rico comerciante que le permite cualquier cosa a su querida niña. Es una pequeña salvaje. La tengo de alumna, pero estaría encantada de sacármela de encima. De vez en cuando necesito dormir un poco... La segunda es Madame Mireille de Lys. Aristócrata, muy, muy desdichada en el matrimonio y muy interesada por el arte. Todavía algo melindrosa en la cama, tendrás que espabilarla.

Hacía tiempo que Heather había dejado de sorprenderse de las conquistas de Alicia. Se decidió por Madame de Lys, precisamente porque esperaba no tener que espabilarla. Engañar a Svetlana no figuraba en sus planes. Por otra parte, le molestaba que su pareja pasara noches fuera desde que ella le había anunciado su viaje... y Mireille de Lys era de una delicada belleza.

Así pues, las buenas intenciones de Heather no duraron mucho tiempo, sobre todo porque Mireille estaba deseando emprender una aventura que iba más allá de la mera contemplación del arte. Ya en la primera noche de hotel se metió en la habitación de Heather y, a partir de la segunda, reservaron una doble. Mireille ansiaba amor como una loca, pero era inexperta. Por primera vez, Heather se vio en el papel de seductora y pronto comprobó que le gustaba transmitir las artes amatorias de Svetlana a Mireille. Esta aprendía deprisa, tal vez demasiado. Ya en Verona se hizo evidente que Heather era demasiado tranquila para la *lady* de sangre caliente. En la primera fiesta a la que las mujeres acudieron invitadas en un taller (Mary, Berthe y Alicia le habían dado a Heather una lista de amigos y amigas artistas que estarían encantados de conocerla), desapareció para siempre con una americana de cabello rubio casi blanco.

En Castelvecchio, Heather tropezó con una «rosa inglesa» que no hablaba ni una palabra de italiano y estaba totalmente perdida en Verona, pero que quería estudiar arte a toda costa y citaba maravillosamente a Shakespeare. La muchacha se llamaba Emma, pero odiaba ese nombre, así que Heather la llamaba Juliet. Emma contraatacó llamándola Romea, y las dos exploraron Verona siguiendo las pistas de los famosos amantes. A continuación siguieron viajando a Florencia, alquilaron un taller y se pusieron a trabajar a conciencia.

Heather animaba a Juliet a copiar a los antiguos maestros y las dos pasaban horas en los Uffici. Por desgracia, Emma no mostró la menor capacidad para ser artista por mucho que Heather se esforzase por ayudarla. Casi se sintió aliviada cuando, tras pasar tres meses juntas, Svetlana apareció de forma inesperada, montó una escena increíble y echó a Juliet a la calle. Heather protestó, pero enseguida quedó sometida al encanto de la rusa, quien, una vez más, se había hartado del color del cabello y, como no podía desteñirse el negro, se había cortado el pelo al uno. La reconciliación fue espectacular. Heather y Svetlana lo celebraron con sus nuevos amigos y después se divirtieron disfrazándose: la neozelandesa con unos pantalones y dejándose suelta la melena, mientras Lana se apretaba un corsé, sonriente.

—Pareces una puta de la Edad Media que alguien haya sorprendido in fraganti, embetunado y puesto plumas —se burló uno de sus nuevos conocidos—. Luego les afeitaban la cabeza...

Svetlana encontró esa idea fascinante y no se separó en toda la noche del joven pintor. Al día siguiente, al regresar después de haber pasado la noche con él, Heather no la dejó entrar. De nuevo hubo disculpas, ira, lágrimas y reconciliación, pero otra vez llegó el otoño y Svetlana tenía que regresar a París. Había aceptado una plaza de profesora en una escuela de arte, otro indicio más de que su carrera de artista estaba en declive. Naturalmente, nadie aludía a ello.

Heather siguió trabajando en Florencia durante el invierno y en primavera conoció a una italiana cuyo rostro era como el de una *madonna* de Tiziano. Gianna era frágil a primera vista, pero se había matriculado en escultura y debido a la dureza del trabajo tenía unos músculos propios de un hombre. En verano la joven escultora acompañó a Heather a Roma, una ciudad que las mantuvo a las dos durante meses maravilladas. Luego Gianna se enamoró de un picapedrero, lo que no sorprendió a Heather. Hacía mucho que sabía que muchas mujeres cambiaban sus preferencias y que amaban incluso al mismo tiempo a hombres y mujeres. Lentamente dejó de guardar rencor a Chloé por ese motivo. No había traicionado a Heather al preferir primero a Terrence y luego a Colin en lugar de a ella. También podría haber sido una Svetlana.

A ese respecto, Heather ya era a esas alturas lo suficiente experimentada para poder retener a sus amigas. Incluso Svetlana se sorprendió de su destreza para el amor cuando apareció en la primavera siguiente, también sin anunciarse.

—Esta vez no te he pillado, pequeña kiwi, pero sé que no me has sido fiel.

Heather no hizo comentarios al respecto para no tener que oír mentiras. Svetlana le había sido igual de infiel, pero ¿eran todavía pareja?

Svetlana la convenció durante un par de semanas de verano de que la necesitaba a ella más que a nadie. Se hallaba poseída por un nuevo arrebato creativo y fue realmente fiel a Heather durante ese período, sobre todo porque se instaló día y noche en su pequeño estudio y cubrió unos lienzos enormes con sus impresiones sobre Roma. Heather empezó a echar de menos a Juliet, quien rompía en llanto a causa de sus fracasos. Svetlana, por el contrario, solo deseaba ser elogiada. Desde este punto de vista, Heather se alegró de que llegara el otoño y la rusa regresase a París con sus obras de arte. La despedida se desarrolló entre lágrimas.

—¡Tienes que regresar pronto! Yo no puedo vivir sin ti, no puedo trabajar... Y tenemos juntas el taller grande...

Eso significaba que Svetlana no podría seguir pagándolo sola por mucho tiempo. Heather le aseguró que sopesaría la posibilidad de volver pronto, pero viajó primero a Madrid. Sola, pues ya no tenía miedo de viajar sin compañía. En general, ya se sentía protegida por las faldas pantalón por las que tenía entonces predilección ante avances no deseados. Esa prenda identificaba a Heather como una «medias azules» y sufragista: ningún hombre decente, y sobre todo ninguna mujer virtuosa y buena, se acercaría demasiado a ella. A Heather le daba igual, había dejado de bajar la mirada tímidamente cuando alguien le hablaba y no se resignaba vacilante y sumisa cuando en el hotel le daban la peor habitación o en un restaurante le reservaban la mesa que estaba al lado de la entrada de la cocina. Heather Coltrane seguía siendo amable y educada, pero sabía imponerse.

Madrid era enorme y estimulante, Heather se unió a una clase de arte para mujeres para poder practicar el dibujo de desnudos. Se reía de sí misma cuando recordaba que apenas tres años atrás se sonrojaba solo de pensar en una mujer sin ropa.

En la escuela conoció a Ana, una chica grácil y menuda, flexible como una bailarina y sensual como una gata.

—Gatita... —la llamaba, practicando sus recién adquiridos conocimientos de español.

Dicho lo cual sintió que las uñas de Ana se clavaban en su espalda.

—¡Nunca llames gatita a una tigresa!

Heather regresó en la primavera de 1891 a París. Sin felinos, pero con un contrato para exponer sola en una de las mejores galerías de la ciudad: había enviado algunas de sus últimas obras al galerista de Svetlana, quien de inmediato le reclamó que volviera y organizó un *vernissage*.

—¡Sencillamente fantástico! —afirmaron Mary, Berthe y sus amigos.

Alicia se quedó sin palabras ante los retratos que Heather había pintado de Mireille y Juliet, Gianna y la Tigresa, y luego llevó a todas sus amigas a la galería para interpretar una y otra vez los cuadros.

Solo Svetlana parecía no querer contemplar los trabajos de Heather. Todavía conservaba el taller, pero lo compartía con estudiantes que iban cambiando, en su mayoría muchachas de la academia de arte en la que daba clases, pero a veces también con chicos jóvenes. Heather se enfadó cuando descubrió a uno de ellos medio desnudo en su baño, pese a que Svetlana le había asegurado que el joven solo iba a pintar. En realidad, las relaciones en ese caso no habían tenido nada de condenable, ya que el casero de François había echado al chico de la habitación donde vivía simplemente porque no había pagado el alquiler. Heather aguantó tres semanas al muchacho en la casa hasta que este encontró otro lugar donde albergarse. A partir de entonces asumió ella el alquiler del taller y prohibió a Svetlana que trajera a otros alumnos privados. Svetlana se sentía castigada y se pasaba de la raya. Heather pintó de nuevo a su amiga, esta vez como una mujer que se consumía en su propio fuego.

—Sí —se limitó a comentar Mary, después de que Heather mostrase vacilante el cuadro al círculo de los Indépendants—. ¿Celebramos ahora la mirada íntegra de la artista o lloramos la pérdida de los ojos del amor?

A la noche siguiente, Heather comunicó a Svetlana que tenía la intención de abandonarla.

—He pagado el alquiler del taller por tres meses, Lana, pero dentro de una semana me voy a Londres, asisto a la inauguración de una exposición y luego cojo el primer barco de vuelta a casa. Es mejor así, Lana, hemos terminado.

En el fondo había creído que Svetlana se tomaría el asunto con calma, pero la mujer reaccionó con su histerismo habitual.

—¡Tú a mí no me puedes dejar, pequeña kiwi! ¡No puedes! ¡Yo no puedo vivir sin ti y tú no puedes vivir sin mí! ¿Lo entiendes? ¡Kiwi!

Svetlana se agarró a su amante como si se estuviera ahogando, pero Heather sabía que era cuento. Lana tal vez necesitara a alguien, pero seguro que no era a la mujer en que Heather se había convertido.

Heather se marchó. Con dulzura, pero con determinación, le dijo al despedirse:

—No vuelvas a llamarme como a un pájaro tonto y ciego.

Heather pasó las últimas semanas de París en un hotel. Arregló sus asuntos y empaquetó sus cosas cuando sabía que Svetlana estaría en la academia. El último día encontró las habitaciones vacías. También la rusa se había marchado. Al parecer no quería vivir ni trabajar allí a costa de Heather.

En el caballete, en el centro del taller, había un solo cuadro, no demasiado grande, y Heather se quedó sin respiración al ver su retrato. Svetlana había cumplido su promesa: había pintado a su amante. El cuadro mostraba a una joven que atravesaba un velo. Llegaba a un país soñado, formado por las playas de Cabo Reinga, los volcanes de King's Country, los imponentes kauris del norte y sonreía al viento que soplaba contra ella. Heather llevaba el cabello suelto, su rostro era resplandeciente y joven, decidido y fuerte. Con una belleza consumada, con una libertad consumada.

Conmovida, Heather abrió la carta que reposaba al lado.

No contenía una despedida, ni tampoco una firma. Para qué: el cuadro ya estaba firmado por Svetlana.

Lo último que le decía estaba compuesto por tres palabras: «¡Saludos a Chloé!»

# 7

Heather Coltrane llegó a Dunedin el verano del año 1892 tras una tranquila travesía en barco. Inspirando hondo, expuso su rostro al viento de su hogar al tiempo que disfrutaba del aire transparente como el cristal tanto como de la belleza de las montañas que se alzaban tras la ciudad y que parecían tan cercanas que uno creía posible llegar a ellas en una breve cabalgada.

Ya desde el barco se había sentido arrebatada por las largas y desiertas playas, los acantilados y las colinas boscosas.

—¡He perdido la costumbre de tanta soledad! —confesó a un compañero de viaje, un comerciante de Christchurch—. Después de pasar tantos años en la bulliciosa Europa...

—Tampoco está esto ahora tan solitario —objetó el hombre, sonriéndole—. La población no deja de crecer, se funda una localidad tras otra o alcanzan el grado de ciudad. La construcción de una vía férrea está en marcha... y, como siempre, la población masculina es mucho más extensa que la femenina. Seguro que aquí no se sentirá sola, señorita Coltrane.

No entendió qué encontraba Heather de tan divertido en ese comentario.

En Dunedin no se habían producido muchos cambios. Comparada con Roma, Madrid y París, toda Nueva Zelanda se le antojaba un poco adormecida y atrasada.

—¡Pero no en lo que respecta a la política! —aclaró Kathleen, quien esos días celebraba el regreso de dos de sus hijos. Un día después de Heather, Sean llegó de Wellington con motivo de una potente campaña electoral en Canterbury y Otago—. Desde que gobierna el Partido Liberal tenemos la legislación social más avanzada del mundo. Y ahora estamos a la espera de que la mujer obtenga el derecho de voto. En cualquier caso, Kate Sheppard moviliza todo lo que sea posible, hasta ahora ha realizado más de setecientas recogidas de firmas. Por desgracia la iniciativa fracasa por el momento a causa de la Cámara Alta, que está llena de conservadores. Pero Sean es optimista y cree que el próximo año por fin se conseguirá. Pasado mañana hay un mitin en Dunedin. Vas a ver lo que pasa. ¡Nueva Zelanda atrasada! ¡Espera y verás!

Heather se disculpó riendo cuando Kathleen le mostró, acto seguido, la nueva colección de Lady's Goldmine. También en Nueva Zelanda parecía estar a punto de guardarse el corsé en el armario, y Kathleen diseñaba unos refinados trajes reforma y elegantes faldas pantalón.

—Claire es la única que se resiste —explicó con una sonrisa—, supongo que en parte debido a que en estos últimos años ha engordado un poco. Ella asegura que con el corsé no se notan los kilos, mientras que con los nuevos vestidos se aprecia cualquier gramo de más. Una soberana tontería, claro, pero en eso es conservadora.

Heather aprovechó que había mencionado a Claire para preguntar por Chloé. El rostro de Kathleen se ensombreció de inmediato.

—No lo sé, hija... —Kathleen hizo un gesto de ignorancia, pero su expresión no señalaba nada bueno—. No cuenta nada y nosotros la vemos muy poco. En realidad, Invercargill no está tan lejos. Colin lleva a Christchurch caballos para que compitan, pero cuando viaja solo nunca viene a visitarnos. Chloé le acompaña una vez al año como mucho, si es que lo hace. Entonces viene para tomar el té, siempre con prisas, como de paso. Hablamos un poco y nos comportamos educadamente, pero nadie sabe lo que le pasa de verdad. Claire y Jimmy viajan de vez en cuando a Invercargill, para ver alguna carrera, pero no puedo convencer al reverendo de que también nosotros lo hagamos, aunque, la verdad, a mí tampoco me interesa. Así que todavía no he visto la casa. Aunque Claire dice que es preciosa, que todo el entorno es maravilloso. Chloé no se quita el traje de montar en todo el día y siempre está ocupada con los caballos. El ambiente es raro, según Claire. Indiferente, dice. Pero también es bonito, no puedo decirte nada más.

Heather encontró estas observaciones lo suficiente alarmantes de por sí.

—¿Todavía no tiene hijos? —preguntó, aunque estaba segura de que Chloé se lo habría notificado por carta.

Kathleen movió la cabeza negativamente.

—No. Y creo que es una lacra para el matrimonio. Ella quería tener descendencia. Al parecer algo no va bien. Sea como fuere, está absorta en la cría de caballos y hace las veces de madre de la pequeña Rosie.

—Bueno, tampoco debe de ser tan pequeña ahora —observó Heather. La hermana de Violet tenía cinco años cuando llegó a Nueva Zelanda. Para entonces debía de haber cumplido los dieciocho.

—Hay también otros niños —añadió Kathleen—. Violet está casada... ¿Vas a visitar a Chloé? A lo mejor tú averiguas algo más.

Heather asintió.

—Por eso estoy aquí —dijo tranquilamente.

Le habría gustado marcharse al día siguiente, pero también le interesaba el mitin en el que se esperaba que participase Sean. Desde luego, su hermano habría sufrido una terrible decepción si ella no hubiese presenciado su intervención como orador.

—¡También enriquecerás el acto! —exclamó Sean sonriente, al tiempo que lanzaba una mirada de aprobación a su hermana—. ¡Tienes un aspecto estupendo! Y no se trata solo de la nueva ropa. ¡Es todo lo que irradias! Me encantaría que subieras conmigo al estrado. *Voilà*, Nueva Zelanda: ¡la mujer moderna!

Heather sonrió.

—De ese modo asustarías a la mitad de los presentes —respondió—. Pero ¿cómo te va a ti, hermanito? Exceptuando que el cabello se te ha aclarado un poco, no has cambiado en nada. ¿Todavía sigues pasando la mitad de la noche en el despacho? ¿Con tu secretario? —Guiñó un ojo a Sean—. ¿Todavía trabaja contigo el apuesto maorí?

Sean puso los ojos en blanco.

—¡No me desacredites, Heather! Kupe y yo mantenemos una relación puramente profesional. Y espera ingresar él mismo en el Parlamento. Está trabajando por el derecho general de voto de los maoríes y las circunstancias no pintan nada mal. Si se consigue, tendrán pronto más escaños que los dos que los *pakeha* les hacen el favor de permitirles.

—¡No te apartes del tema, Sean! —le censuró Heather—. No quiero escuchar ninguna lección sobre el estado del Parlamento, quiero echar un vistazo al corazón de Sean Coltrane. ¿Qué sucede con Violet?

El rostro de Sean se entristeció.

—No he sabido nada de ella en todos estos años... Yo pensaba que... Antes iba a las reuniones de la Temperance Union, y yo esperaba saber de ella a través de Kate. Pero Invercargill está en el rincón más apartado del mundo... o si se quiere expresar de forma más benigna, es un lugar apacible en extremo. Un entorno campestre, un solo *pub* en el que, al parecer, nadie bebe más de la cuenta... o al menos a nadie se le ha ocurrido la idea de manifestarse delante de él. Hasta ahora tampoco ha habido un grupo local de la Union... así que de Violet solo me llega algo de vez en cuando a través de mamá, cuando Chloé se extravía una vez al año en Dunedin. Por consiguiente, le va bien. En fin... —Sean bajó la vista.

Heather lo indagó con la mirada.

—Pero ¿todavía piensas en ella?

—La tengo en mi mente como si la hubiese visto ayer —reconoció Sean—. Aunque es absurdo. Después de tantos años...

—De todos modos, pasado mañana viajaré allí —anunció Heather—. ¿Por qué no me acompañas? Ya lo habíamos planeado otra vez y sería como haberlo postergado unos años. Seguro que no representa ningún problema en Invercargill. Apostaría cualquier cosa a que en ese pueblo todo sigue como hace diez años.

Sean movió la cabeza.

—Tengo que ir pasado mañana a Christchurch. El mitin de Dunedin es solo el principio, hacemos una campaña enorme en Canterbury. Nuevas solicitudes, nuevas recogidas de firmas, toda la gente importante estará presente, incluso John Ballance...

—¿El primer ministro? —preguntó Heather, impresionada.

Sean asintió.

—Sí. Canterbury es el centro. Ahí empezó Kate y también sir John Hall procede de esa zona. Ahora nos concentraremos todos allí, también para ponernos de acuerdo brevemente sobre las últimas tareas. Tenemos que formar un verdadero equipo, al igual que con los maoríes. Kupe ya se ha quedado allí... y ojalá no se encuentre con Matariki, porque se desencadenaría una tempestad.

—¿Todavía hay diferencias entre ellos? —preguntó Heather.

Sean suspiró.

—Todavía hay silencio.

Heather bostezó y se estiró, un gesto que antes nunca se habría permitido en presencia de un hombre.

—¡Insisto, este país está adormecido! —advirtió—. De acuerdo, en las manifestaciones vociferáis por los megáfonos. Pero salvo por ello: silencio entre Claire y Chloé, silencio entre Sean y Violet, silencio entre Riki y Kupe... ¡Ya ha llegado el momento de que alguien haga ruido!

En el mitin de Dunedin reinaba por descontado cualquier otra cosa menos silencio. Cientos de mujeres —e incluso un par de hombres— cantaban himnos del movimiento, agitaban pancartas y desfilaban por las calles. Kate Sheppard leyó sus «Diez razones para el derecho de la mujer al voto» y la vitorearon. Meri Te Tai Mangakahia, una joven maorí muy hermosa y cultivada, habló sobre los derechos de la mujer en su cultura y declaró que tenía la esperanza de que todas las materias de Aotearoa fueran mejor negociadas con la reina cuando las mujeres ejercieran de embajadoras.

—A fin de cuentas, es mujer: ¡escuchará a sus hermanas!

Sean Coltrane explicó con serenidad y mucho conocimiento de causa la razón de que las campañas anteriores por el sufragio femenino hubiesen fracasado. Hasta el momento el proyecto de ley había perdido por poco la ratificación y Heather se quedó perpleja ante la explicación de Sean.

—La cuestión no es si el Parlamento considera a las mujeres inteligentes o lo suficiente cultivadas para votar. Exceptuando a un par de ignorantes retrógrados, cualquiera reconoce que mujeres como Kate Sheppard, Meri Te Tai Mangakahia, Ada Wells y Harriet Morison... —Heather se percató de que nombraba selectivamente a mujeres que estaban presentes y cuyos nombres eran vitoreados— podrían representar a este país de forma tan competente como cualquier político varón. No se duda de su integridad ni de su sentido común. La cuestión en los partidos es más bien esta: ¿A quién o qué votarán las mujeres? ¿Qué partido apoyarán, qué programa de gobierno? Resumiendo: ¿nos resulta ventajoso el derecho de voto de la mujer o más bien no?

El público reaccionó con gritos de indignación.

—Por el momento nadie sabe con exactitud qué votarán las mujeres —prosiguió Sean—. Exceptuando un único tema: la Ley Seca. Todo el movimiento por el sufragio femenino se desarrolló a partir de las sociedades por la temperancia y contra el alcohol. Así pues, debemos partir del hecho de que las votantes femeninas apoyarán los eventuales proyectos de ley relacionados con la prohibición del alcohol, mayor severidad en cuanto a respetar las horas de cierre, menor adjudicación de licencias para la venta de licores y todo lo que vaya en esta dirección. ¡Y con ello, damas y caballeros, nos hemos ganado unos poderosos rivales! Toda la industria del alcohol intenta poco a poco descomponer con mucho dinero y destreza el movimiento por el derecho de la mujer al voto. Los miembros de este *lobby* presionan a los diputados. Ellos son los que financian las campañas y los mítines contra el sufragio femenino. Y la fracción de quienes están en contra de la Ley Seca es grande e interviene en los partidos. Precisamente entre los liberales también hay muchos diputados que están en contra de una prohibición tajante del alcohol. Y así, esta votación sobre el derecho a elegir de la mujer se convierte en una piedra de toque para la interpretación que cada uno de los diputados hace de la democracia: ¿negamos a la mitad de la población pensante y mayor de edad el derecho de votar solo porque a lo mejor no nos gusta lo que pueda decidir? ¿O somos honestos y defendemos con nuestros argumentos el voto de todo el pueblo? ¡Yo abogo por esto último y en el Parlamento lucharé por ello!

Entre los vítores del público, Sean abandonó el estrado.

—Nadie se había expresado antes así —observó Lizzie Drury, quien con su amiga maorí Haikina estaba con Kathleen y Heather—. ¿Cree realmente Sean en una prohibición general del alcohol?

Kathleen asintió.

—Hay proyectos de ley acerca de esto. —Sonrió—. Peter también está preocupadísimo. Con lo que le gusta el tinto...

Lizzie le guiñó el ojo.

—Siempre tendrá el mío —señaló—. Yo seguro que no dejo de prensar uva. —Lizzie prosiguió con la broma—. Y en caso de duda, Michael puede abrir de nuevo una destilería. Todavía volveremos a estar como en Irlanda, Kathleen. Cuídate de que no descubran a Peter robando grano.

Las mujeres de Dunedin respondieron a las indicaciones de Sean con la fundación de la Women's Franchise League, una asociación en la que por vez primera no se daba importancia a la palabra «cristiano» y que desde el comienzo se ocupaba del derecho de voto, y no de la abstinencia y el alcohol. La presidenta, Anna Scout, recibió grandes ovaciones; un sentimiento de esperanza impregnaba todo el ambiente.

Sean pidió a Heather que postergara dos semanas la visita a Chloé, pues quería acompañarla en cuanto hubiese terminado la campaña en Canterbury. Pero Heather se negó.

—Ya he esperado mucho. Tal vez demasiado. Mañana cogeré el tren de primera hora y al mediodía habré llegado a Invercargill. He tenido suerte, pues es día de carreras. Colin estará ocupado y tendré a Chloé solo para mí.

# 8

—¿Por qué no dejas que conduzca Rosie?

Chloé sabía que abogaba por una causa perdida, pero *Dancing Rose* era su caballo, la última hija de su querido *Dancing Jewel*, y ese día participaba en su primera carrera. Y no le hacía ninguna gracia que Eric Fence fuera a sentarse en el pescante del *sulky*.

—El caballo es muy sensible —argumentó, desesperada—. Si Eric lo maneja con dureza se saldrá de la pista y es posible que choque con la valla. Rosie tiene la mano mucho más ligera.

La cuestión de quién iba a presentar a la yegua *Dancing Rose* en su primera carrera ya había provocado varias discusiones hasta que Chloé y Colin por fin se pusieron de acuerdo en un joven jockey del club de hípica. Por desgracia, el muchacho había tenido una mala caída en una de las carreras al galope. Era impensable que participara en otra prueba ese día.

Colin levantó los ojos al cielo.

—Chloé, si descubren que dejamos que una chica corra, tendremos un gran problema —aclaró.

La mujer resopló.

—Hace dos semanas no os molestó, cuando el conductor del castrado bayo no se presentó.

De hecho, Rosie Paisley ya había competido en varias ocasiones conduciendo un carro. Cuando se ponía pantalones y se escondía el cabello debajo de la gorra, que ya llevaba bastante corto, la delicada y joven muchacha podía pasar por un chico. Naturalmente, los caballos nunca habían sido favoritos, sino que en su mayoría tomaban la salida para apoyar a otro caballo del establo de los Coltrane. Antes de la meta, Eric u otro cochero con su trotón adelantaban a Rosie y nadie se preocupaba del muchacho que llegaba a la meta en sexto o séptimo lugar con un caballo desconocido. Con *Dancing Rose* el asunto se perfilaba de otro modo: la yegua alazana tenía muchas posibilidades de ganar y Rosie tampoco se dejaría adelantar con ella. A fin de cuentas, el animal no solo llevaba su nombre: la muchacha la había criado, la había acostumbrado al arnés y la había amaestrado para el tiro. Ahora estaba deseando llevar a *Dancing Rose* a la carrera. No cabía duda de que a Rosie se le partía el corazón mientras Eric tiraba de su querida yegua sin ninguna palabra amable para sacarla del *box. Dancing Rose* levantaba la cabeza enojada y hacía escarceos nerviosa cuando, al embridarla, el bocado le golpeaba los incisivos.

· Chloé vio que Rosie luchaba consigo misma. A la joven le habría gustado acariciar y tranquilizar al animal, pero para eso tendría que haberse acercado a Eric, y eso sí que no lo hacía. Rosie había progresado mucho en los últimos años. Todavía hablaba poco, pero ya no manifestaba sobre el papel su miedo, rabia o dolor con los lápices rojo y negro, sino que pintaba caballos. Cuando le preguntaban, contestaba, y demostraba ser muy diestra en los aspectos prácticos del establo y de la casa. Sin embargo, seguía odiando igual que siempre al marido de su hermana.

—Pero ahora me fastidia —se limitó a responder Colin, sin dignarse mirar ni a su esposa ni a Rosie—. No quiero chicas en el pescante. La yegua tiene posibilidades de ganar, no voy a correr el riesgo de que la conduzcan con torpeza.

—¿Con torpeza? —saltó Chloé—. ¡No debo de estar oyendo bien! Rosie es con diferencia la mejor conductora de este hipódromo. Si fuera chico, todos los entrenadores se pelearían por ella. Es tranquila y tiene una mano fabulosa.

—¡Solo que no utiliza el látigo! —respondió Colin burlón—. No es agresiva y es chica. Punto, Chloé, se acabó la discusión. —Colin se volvió hacia otro lado.

—¿Tirante, jefe? —preguntó Eric, ocupado en los correajes.

—¡No! —gritó Chloé.

Rechazaba rotundamente el empleo de esa correa auxiliar destinada a impedir que el animal moviera la cabeza con libertad. Por otra parte evitaba que el trotón se pusiera al galope y reducía con ello el riesgo de que fuera descalificado.

Colin reflexionó unos instantes. Eric siempre era partidario de emplear la correa auxiliar. Seguía careciendo de sensibilidad como conductor, pero era muy decidido. En la recta final solía utilizar el látigo demasiado fuerte y con frecuencia lo único que le salvaba de que el caballo galopase era el tirante. Colin, por el contrario, ponía esa correa solo con candidatos inseguros, pues la presión frenaba a los caballos, según su opinión, en el trote. En esos momentos dudaba entre la sensatez y la voluntad de imponerse. De mala gana, dio la razón a Chloé; *Dancing Rose* solía reaccionar con mucha viveza a la limitación del movimiento. Ya se había encabritado en una ocasión delante del *sulky* y Colin no quería correr ningún riesgo. Además, en este caso no sería inteligente sacar de quicio a Chloé. La yegua era suya. Podía retirar la inscripción si estaba dispuesta a armar un escándalo.

—Sin —respondió a su pesar.

—¡Y ojo con el látigo! —añadió Chloé, pero nadie la escuchó.

Desanimada, permaneció en el establo cuando los hombres sacaron al caballo.

—¿No subimos a ver la carrera? —preguntó Rosie en voz baja. Cuando estaba a solas con Chloé, de vez en cuando le dirigía la palabra.

Chloé hizo un gesto negativo.

—Ve tú, Rosie. Yo no iré. Me... me duele la cabeza.

Rosie se marchó de mala gana. Para ella era una prueba de valor ir al hipódromo sin Chloé, pero por su querida yegua estaba dispuesta a hacerlo. Chloé volvió a sentir que de nuevo la invadía una cólera impotente contra Colin y Eric. ¡No era honesto! Rosie debería haber participado en la carrera y llevado a la victoria al potro al que Chloé había puesto el nombre de la muchacha después de que ella fuese la primera que se había dado cuenta de que iba a nacer. Eric estaba en el *pub*, pero nunca servía para nada durante los partos.

No era del todo seguro que hubiesen descalificado a Rosie y el caballo después de la victoria. Por el momento no había reglas vinculantes para participar en una carrera de arnés. Según el reglamento, lo que las muchachas no podían hacer era solo montar sobre el caballo.

Chloé se frotó la frente. La cabeza realmente le dolía, como siempre que discutía con su marido sin sacar nada en claro. Ni ella misma sabía por qué seguía discutiendo con él. Ya hacía tiempo que Colin le había marcado sus límites, llevaban años sin reconciliaciones ni compromisos. Desde hacía mucho controlaba él solo la Coltrane's Trotting Jewels Station. Como propietario de caballos, comerciante y entrenador se había establecido —aunque no se había ganado necesariamente el afecto—, al igual que su caballerizo Eric Fence. Nadie mencionaba ya que todas las instalaciones se habían financiado con el dinero de Chloé, quien ya se había arrepentido hacía tiempo de no haber insistido en incluir su nombre, al menos como copropietaria, en los documentos.

Pero en aquel momento no había querido escuchar los consejos de nadie, sino comportarse como la mayoría de las mujeres casadas decentes: Colin se había quedado con la dote y firmado los contratos de compra de la casa y las tierras. A Chloé solo le pertenecía un caballo: cuando *Dancing Rose* nació, había registrado a su nombre el potro. Colin se había asignado los anteriores descendientes de *Jewel* sin que Chloé se percatara de ello. Hasta que un día protestó porque maltrataban a un joven semental y Colin le mostró riendo los documentos. *Jewel* había parido antes de su muerte un solo potro más y la toma de posesión que Chloé realizó del pequeño caballo había sido el último esfuerzo que había hecho para rebelarse. Después capituló ante la estrategia de Colin: indiferencia, malicia e indirectas formaban parte del día a día.

En el fondo era la estrategia de Eric: desde que se sentía seguro en el establo de Coltrane solía pasar simplemente por alto las indicaciones, accesos de cólera y prohibiciones de la señora de la casa. Por supuesto, ella se quejaba de esto a Colin, pero este no hacía nada por meter en vereda a su caballerizo. Al contrario, muy pronto también él empezó a ignorar a su esposa en el establo. La humillaba en presencia de los aprendices y empleados y al final solo le sonreía con suficiencia cuando ella gritaba a alguien o intentaba despedir a algún mozo de cuadra especialmente impertinente.

El malestar se había recrudecido unos meses antes, cuando Eric y Colin regresaron de un viaje triunfal a Woolston. Habían llevado a competir dos caballos y se habían lucido, seguro que también habían apostado y al final habían vendido en Dunedin uno de los animales obteniendo unas ganancias considerables. Fuera como fuese, estaban en óptimas relaciones y Eric por fin sacó el tema que desde el primer día le preocupaba. No quería seguir durmiendo en el establo y deseaba arrancar a su esposa de la protección de su señora.

Al día siguiente, Colin comunicó su decisión a Chloé.

—Le he dado permiso a Eric para que arregle la pequeña casa del jardín para él y su esposa. No es normal que él duerma en el establo y Violet aquí.

—¡Pero si fue él quien lo pidió! —observó Chloé con voz meliflua.

Colin la miró con aire de desprecio.

—Déjate de una vez de tonterías, Chloé, los dos sabemos de qué se trata. Y yo ya estoy harto. No voy a seguir manteniendo a ese hombre separado de su mujer a causa de tus caprichos, y esto también es en interés de ella. A lo mejor le hace otro hijo... que podrá andar contigo todo el día como Rosie. Ya que tú no tienes ninguno...

Chloé lo miró iracunda.

—¿Cómo sabes que eso depende de mí? —preguntó—. ¡A lo mejor es problema tuyo! ¡A lo mejor tu jugo no vale nada!

Estaba tan iracunda que ni se sonrojó cuando utilizó esa expresión que había escuchado en una ocasión respecto a la incapacidad para procrear de un semental.

Colin se le rio en la cara.

—Te equivocas, tesoro —replicó—. En lo que a mí respecta, puedes felicitarme. Me enteré ayer. Tu querida mamá habló más de la cuenta, y eso que todos mantenían la boca cerrada para no herir a la pobre Chloé... ¡Ya tengo un hijo, guapa! ¡La pequeña Matariki dio a luz a una hija mía! ¡Así que si aquí no hay herederos, querida, es por tu causa!

Algo en Chloé había muerto con estas palabras. Ya no había protestado por el hecho de que Eric dejase el establo y desde entonces se mantenía apartada de los asuntos del criadero. Sabía que Violet lloraba a escondidas, pero no podía protegerla. Aun así, intentó que Rosie se quedase en la habitación del ala de servicio, a lo que Violet hizo un gesto negativo.

—Rosie tendrá miedo ahí —dijo—. Y Eric no permitirá que se quede con nuestros hijos. Tengo que llevarla con nosotros a la casa del jardín o... ¿No podría dormir con usted, señora Coltrane? Junto a sus habitaciones, como si fuera su doncella personal. Sí, ya sé que no tiene mucho talento para ayudar a vestir y todo eso, y su marido...

Violet se ruborizó. Había oído las fuertes voces de Colin y Chloé al pelearse, pero también las furiosas reconciliaciones. Seguro que Colin no permitiría que Rosie compartiese las estancias de su esposa.

Chloé hizo un cansino gesto de abandono.

—Es una idea estupenda, Violet —dijo entonces—. Gracias, no se me había ocurrido. Lo haremos así, por supuesto. Y no se preocupe por mi marido. No... no volverá a entrar a mis habitaciones.

Desde entonces, Rosie durmió en el vestidor de Chloé y esta se preocupaba de cerrar con llave sus habitaciones privadas. Colin lo había asumido sin replicar.

Chloé se frotó la frente y salió de la cuadra hacia la casa. Tenía que reflexionar sobre el final de ese matrimonio.

Heather preguntó en la estación por la casa de los Coltrane y enseguida le indicaron el hipódromo.

—Pero hasta allí no llegará a pie —le informó el quiosquero, que también vendía los programas de las carreras—. Tome un coche de punto, hoy hay carreras y esperan delante de la estación.

En efecto, Heather enseguida encontró un coche de punto que compartió con un propietario de caballos de Dunedin cuyo trotón participaba en una carrera por la tarde.

—Es un caballo joven —le contó a Heather—. Normalmente está en Woolston, pero promete mucho. Con el tiempo, quiero que corra en otros sitios, pero probaremos primero aquí.

A Heather no le interesaban especialmente las carreras, pero hubo algo en las palabras del hombre que la intrigó.

—¿Por qué aquí primero? —inquirió—. ¿No es una pista reconocida?

El hombre se mordió el labio.

—No... no vale mucho —respondió al final—. Bueno, entre los iniciados en el tema. Se apuesta bastante. Pero los grandes criadores evitan que sus caballos compitan aquí. De ese modo se reducen las carreras al galope, se va perdiendo el *glamour*, ¿entiende?

Heather asintió.

—¿Y por qué retiran sus caballos los Barrington, Beasley o como quiera que se llamen? —insistió, mencionando de paso y de forma consciente los nombres de los criadores.

El hombre resplandeció.

—Ah, ¡veo que está usted algo iniciada en el tema, milady! Estupendo. Pero entonces también se habrá enterado...

—He estado mucho tiempo en el extranjero —advirtió Heather.

El hombre asintió.

—En fin... —Por lo visto no acababa de decidirse, pero luego el cotilleo venció sobre la discreción—. En fin, no es que yo quiera ir contando chismes, pero el dueño del hipódromo, Coltrane, no goza de muy buena fama en los círculos relacionados con los caballos. Ha vendido varias veces ejemplares como si fuesen muy prometedores y luego... en fin, no estaban a la altura de lo dicho. Al menos en otros sitios. Uno o dos de ellos han ganado varias veces aquí, en Invercargill.

Heather se enderezó.

—¿Sospecha que se amañan las apuestas?, ¿que hacen trampas?

El hombre se encogió de hombros.

—No se ha comprobado. Solo se comenta. Y es suficiente para que la *crème de la crème* se retire. En cambio nosotros, pobres diablos —esbozó una sonrisa de disculpa—, nos registramos aquí sin problema. Precisamente traemos a los caballos jóvenes, que necesitan experiencia, que al principio quizá no participan para ganar y que es posible que en algún momento fracasen de forma estrepitosa. Porque nadie cae en el descrédito porque haya perdido en Invercargill.

Heather asintió. No era que estas noticias la sorprendiesen especialmente. Más bien se habría asombrado si le hubiesen descrito a Colin como un modelo de integridad. Pero ¿qué pensaba Chloé de todo ello? ¿Lo sabría?

El coche de punto se detuvo por fin delante del hipódromo y el nuevo conocido de Heather se marchó rumbo a los establos, hacia las instalaciones del club hípico en los que se alojaban los caballos invitados. Coltrane ya no alquilaba *boxes* a corto plazo. También eso constituía una mala señal. A fin de cuentas, alquilar alojamientos para los caballos daba dinero, y quien no tenía nada que esconder tampoco temía la presencia de jockeys, entrenadores y propietarios desconocidos.

Heather dejó el hipódromo a la izquierda y se dirigió hacia el acceso a la casa y a los establos de los Coltrane. Un rótulo estupendo, escrito en oro y rojo indicaba el camino: «COLTRANE'S TROTTING JEWELS - STUD AND TRAINING STABLES.»

Demasiado ostentoso para el gusto de Heather, Chloé no lo había elegido.

En el camino hacia la casa le salió al paso una chica joven que, a primera vista, le recordó a Violet. El rostro fino, los pómulos altos y los labios carnosos de la que antes había sido su protegida todavía permanecían frescos en la memoria de Heather, como si la hubiese visto el mismo día anterior. Pero esa muchacha tenía el cabello más claro, no castaño oscuro, sino rubio. Y no tenía los ojos luminosos y color turquesa de Violet. Heather percibió brevemente la mirada temerosa de esos ojos azul claro. Entonces, cuando Heather iba a pararse a hablar con ella, la joven desvió al instante la vista hacia otro lugar y escapó corriendo. Heather la siguió desconcertada con la mirada. La similitud con Violet era evidente. Pero no podía ser su hija. Así que era Rosemary, ¿la hermana menor? Rosie había sido una niña cariñosa y abierta. Heather sonrió al recordar su dulce voz cuando cantaba canciones infantiles. ¿Podía haberse convertido en esa criatura esquiva y amedrentada?

Reflexionó acerca de si Sean había mencionado algo al respecto, pero entonces el camino describió una curva y justo después vio la casa y el edificio con el establo y sus servicios. El corazón de Heather dio un brinco cuando vio salir a una mujer de las cuadras. Algo inclinada, insignificante en su desteñido traje de montar y en cierto modo abatida, acongojada. ¡Pero no cabía duda de que era Chloé! Heather no pudo contenerse. Gritó el nombre de su amiga y corrió hacia ella.

Chloé oyó que alguien gritaba su nombre y al principio creyó que se equivocaba. Pero entonces vio a Heather precipitándose hacia ella y en ese mismo instante se sintió transportada a los viejos tiempos. Heather tampoco había podido esperar de niña a que su amiga desmontara del burrito delante de la granja de los Coltrane. Chloé todavía la veía bajar dando brincos los escalones de la descuidada granja y echarle los brazos al cuello. «Chloé, Chloé, mira lo que he encontrado, he pintado, he visto...» Después había salido de la casa parroquial de los Burton a su encuentro, y luego a los pasillos de la universidad, cuando las jóvenes se habían separado para asistir a distintas clases y volvían a reunirse.

Pero la Heather que llegaba en ese momento ya no era la estudiante discreta y aplicada que llevaba el cabello virtuosamente recogido y vestidos oscuros y formales para no llamar la atención de profesores y compañeros. La mujer joven que ahora se precipitaba hacia Chloé llevaba el cabello suelto, que caía sobre sus hombros en largos rizos. El vestido verde manzana y holgado se inflaba sobre los pantalones verde oscuro, fruncidos por debajo de la rodilla y adornados con unas puntillas a juego. Encima llevaba una chaquetita corta verde oscuro. En las orejas brillaban unos pendientes de rubí —Chloé solo se habría atrevido a llevar algo tan extravagante en los grandes bailes—, y una cadena apropiada le rodeaba el cuello.

—¡Chloé!

Heather se detuvo al llegar a su lado, algo jadeante y sin saber si podía abrazar a su amiga. Esta no dijo nada. La miró. Sus ojos brillantes, su mirada resplandeciente... Por primera vez en años, Chloé contempló un rostro en el que no se podía ver nada más que amor incondicional. Abrazó a Heather y empezó a llorar desconsoladamente.

Heather había contado con diversas reacciones al llegar a Invercargill, pero, desde luego, no con tal torrente de lágrimas. Ya a primera vista, el aspecto de Chloé la había alarmado y ahora, cuando distinguió el cansancio y el desánimo en sus rasgos, se asustó. ¿Había llegado en un buen momento? Heather sostuvo a su amiga con firmeza y la dejó llorar, como años atrás la había dejado llorar a ella Svetlana. El recuerdo tenía algo de peculiar..., ¿o era mágico?

Heather sonrió cuando Chloé dejó de sollozar y se separó del hombro de su amiga.

—¿Mejor? —preguntó con dulzura.

Chloé sacudió la cabeza y se secó las lágrimas de los ojos.

—Menuda forma de comportarme —murmuró—. Vienes de visita por primera vez en años, y no se me ocurre nada mejor que llorarte mis penas. Ven, más vale que te enseñe la casa... y los establos... Todo... todo es muy bonito... ¿Te... te acuerdas todavía de *Dancing Jewel*? Tiene una hija preciosa. Y tenemos a un hijo suyo con nosotros, como semental para la cría... O... ¿o prefieres que prepare un té?

Chloé se volvió diligente hacia la casa. Parloteaba y se enfadaba por ello, pero todavía no podía abrirle su corazón a Heather. Hasta el momento no se había confiado a nadie. Siempre había fingido que era feliz, precisamente para no tener que admitir que todos los que la habían advertido sobre Colin habían tenido razón. Y ahora precisamente Heather... No podía confesarle que su vida y su amor eran una pura farsa.

Heather cogió a Chloé por el hombro y la detuvo. La atrajo hacia sí y la obligó a mirarla a los ojos.

—Chloé, no quiero ver tu casa ni tampoco tomar un té. Los hijos de *Dancing Jewel* seguro que son fantásticos, pero no he venido hasta aquí por ellos. He venido por ti, Chloé Edmunds Boulder Coltrane. Te he echado de menos. Y si ahora me miras y me dices que a ti no te ha pasado lo mismo, que tú no me has añorado, entonces me doy media vuelta y me voy. —Heather estudió a su vieja amiga con la mirada.

Chloé bajó los ojos.

—No —respondió—. No te vayas... Te echaba de menos. Te he extrañado tanto...

Heather sonrió.

—Bien... Y a la gente a quien se echa de menos, porque... bueno, porque a lo mejor se la quiere un poco... a esa gente no se le miente, ¿verdad?

Chloé negó con la cabeza, pero todavía no miraba a su amiga a los ojos.

—No te engaño —susurró—. No engaño a nadie. Solo... solo a mí misma.

Como quedó demostrado, Heather había elegido realmente el día ideal para visitar a su amiga. Las dos tenían la casa para ellas solas. Colin estaba en el hipódromo y Chloé le había dado el día libre a la cocinera.

—De todos modos, Colin se marcha luego al *pub* —explicó

nerviosa—. Con... con lo que no quiero decir que pase mucho tiempo allí. En... en el fondo es muy hogareño, aunque tiene que viajar mucho, claro, los caballos también corren en Woolston y...

—No te disculpes por él —señaló Heather con sequedad—. Y, por favor, no hables en plural cada vez que te refieres a todo ese negocio que hay ahí fuera. ¡Ahí no estás tú, Chloé! Ese rótulo arrogante, el comercio de caballos... y posiblemente las apuestas se manipulan. Espero que tu nombre no se vincule con todo esto. Chloé, cuando se haga público, los dos estaréis hundidos.

—¿Apuestas amañadas? —preguntó Chloé, desconcertada—. No sé de qué... de qué estás hablando.

Heather suspiró.

—Lo suponía. Pero eso puede esperar. En cualquier caso, no me cuentes ahora lo bueno que es Colin. Mejor me cuentas cómo te ha desterrado aquí. ¡Ah, sí!, ¿dónde está Violet?

Chloé le contó que también le había dado el día libre.

—Women's Franchise League —señaló, como si eso lo explicase todo—. Acaba de fundarse ahora y Violet está allí, pese a que Eric le hace la vida imposible por este motivo. Cada día escucho nuevas excusas para explicar cómo le han salido los cardenales, ese tipo la muele a palos. Pero ayer tenía que ir a Dunedin. Cogió el tren con un par de mujeres de la zona y se marcharon todas para escuchar el mitin por el derecho de voto de la mujer.

—¿Y tú no? —preguntó Heather con un deje de reproche.

—¡Yo tengo otras preocupaciones! —replicó Chloé—. En cualquier caso, Eric estaba de viaje. Fueron a recoger no sé qué caballo a algún sitio, un semental pequeño, no tengo ni idea. Ha de participar hoy... en la Zukunftsrennen. Pero a mí no me cuentan nada. —El tono de su voz era amargo—. Violet confía en que su marido no se entere de que duerme fuera. Pero no va a tener suerte. Joe lo soltará todo en cuanto Eric aparezca esta noche por la puerta. Ese niño adora a su padre.

Heather se frotó la frente. Siempre ocurría lo mismo... En ese momento era el hijo de Violet, en el pasado fue su hermano Colin. También él educado en el establo de su padre, donde estafaba, trataba con caballos y absorbía como una esponja el odio del padre hacia la madre.

—Está bien —dijo Heather—. De eso nos ocuparemos más tarde. Y ahora háblame de ti y Colin. ¿Cuál de los dos fue el primero en dejar de amar al otro?

Chloé tomó una profunda bocanada de aire. Quería hablar de los primeros años, de sus frecuentes discusiones pero de las maravillosas reconciliaciones. El deseo en los ojos de Colin después de haberse insultado y humillado. Al principio seguro que sentían algo el uno por el otro, y en el caso de ella había sido amor. Pero Colin...

—Creo —dijo Chloé— que Colin solo me odió desde el principio. Si alguna vez amó a alguien, fue a Matariki Drury.

—Y tampoco a ella lo suficiente —protestó Heather con sequedad. Luego abrazó a su amiga—. Y ahora cuenta. ¿Cómo es que ya no participas en el hipódromo? Era tu dinero. ¿Qué ha ocurrido?

Chloé le habló de las compras de caballos de Colin, de su política personal y sus turbias maquinaciones.

—Y yo me di cuenta demasiado tarde de que mi nombre no figuraba en ningún certificado de propiedad —concluyó.

Heather puso los ojos en blanco.

—Pero, Chloé, era evidente. Cuando se cierra una compra hay que firmar. Quien no firma tampoco suele ser el propietario.

—Una vez firmé un papel —recordó Chloé—. Una especie de contrato previo, con Desmond McIntosh. Pero ya no tuve que asistir a la segunda cita con el notario. Fue poco antes de la boda.

—¿Poco antes de la boda? —insistió Heather—. Te debieron abandonar todos los espíritus buenos. Pero Sean tiene que ocuparse de ello, u otro abogado. Vamos a ver cómo podemos sacarte de esta.

—¿Sacarme? —preguntó, indefensa.

Estaban en el salón y Chloé se recordó que debía cumplir con las obligaciones de una anfitriona. Abrió atolondrada una de las vitrinas y sacó un servicio de té.

Heather volvió a frotarse la frente.

—Chloé, no querrás seguir con él. No puedes seguir engañando al mundo y a ti misma toda tu vida. Además, he vuelto. Quería pedirte que vinieras conmigo, Chloé. Como... como mi esposa.

Chloé casi dejó caer la tetera que acababa de sacar del armario. Miró sin dar crédito a Heather, que estaba tranquilamente sentada en el sofá.

—Como tu...

Heather se puso en pie y cogió la tetera. Luego tomó la mano de Chloé y atrajo a su amiga hacia sí, sentándola a su lado en el sofá. Le habló sosegadamente de Svetlana, de Mireille, de Juliet, de Ana.

—Ahora sé, Chloé, en qué me aventajaba Colin —concluyó con una sonrisa—. Y, naturalmente, él y todos los demás hombres siempre tendrán algo que yo no tengo... Pero, hazme caso, no lo echarás de menos.

Chloé tragó saliva. Había estado escuchando sin pronunciar palabra, primero incrédula y luego admirada. Londres, París, Roma, Madrid... En realidad siempre había sido ella la única de las dos amigas que había emprendido una aventura tras otra. Y ahora la tímida Heather se había atrevido a dar el salto y traspasar las fronteras. No solo las de Inglaterra, Francia o Italia, sino también otras celosamente guardadas.

—¿Te refieres a que en Francia eso es totalmente normal? —preguntó vacilante Chloé—. Que... que dos mujeres...

Heather negó con un gesto.

—No es del todo normal que las mujeres tengan una relación y vivan juntas —reconoció—. Pero pasa. En los círculos artísticos con mayor frecuencia. Y... no se quedan juntas para siempre necesariamente. A veces vuelven a separarse. A algunas solo les gustan las mujeres, a otras también los hombres. Y yo... yo te amo a ti, Chloé. Y te quiero. Si es para siempre, estupendo; si no lo es, ya volverá a aparecer un Terrence o un Colin. Pero me gustaría al menos intentarlo.

Chloé jugueteó con uno de sus largos y oscuros bucles. Se

había recogido el cabello en lo alto, pero durante la encendida disputa con Colin sobre *Dancing Rose* se le habían soltado algunos mechones.

—Nunca más volverá un Colin —aseguró—. Qué puede suceder con otro, eso no lo sé, pero ahora... ahora no sé nada en absoluto. Salvo que tú estás aquí. Y que siempre te he querido más que a ningún otro ser en el mundo. Incluso... Incluso si... o... bueno si... ¿Qué haces ahí, Heather? ¿Es que no quieres besarme?

Heather hizo el amor con Chloé suave y lentamente. La besó en los labios y en el rostro, le desabrochó el traje de montar y el corpiño y le acarició los pechos. Y Chloé se dejó llevar. Al principio tal vez solo se tratase de curiosidad o de alegría por sentirse de nuevo amada, tocada, acariciada y admirada. Pero luego Heather desató en ella unas sensaciones que no tenían nada que ver con el cariño y el amor, sino con el deseo. El cuerpo de Chloé vibraba bajo los labios de Heather y sus hábiles manos. Ardía en deseo como solo lo había sentido las primeras noches con Colin, cuando de forma espontánea lo habían hecho a veces sobre una alfombra o en ese sofá donde Heather ahora la amaba. Justo antes de llegar al clímax, Chloé pensó que habría sido mejor ir con Heather a sus habitaciones privadas. Ahí cualquiera podía entrar en el momento menos pensado, alguien podía descubrirlas... Pero Colin estaba en el hipódromo y con él el hijo de Eric y Violet, Joe. Roberta se había marchado con la cocinera y Rosie estaba ocupada con los caballos. No podía ocurrir nada.

Y después Chloé dejó de pensar, se irguió hacia su amiga. Su compañera del alma, su amor, su segundo yo. Su esposa.

Colin estaba disgustado. *Dancing Rose* tendría que haber ganado, había apostado por ella. Y se había comportado colosalmente cuando los caballos se encontraban en la línea de meta, seguro que el pequeño semental de ese tipo de Dunedin nunca la habría adelantado. Pero Eric, según él mismo se había justificado, no había querido correr riesgos. Al llegar a la meta había utilizado el látigo y tirado de las riendas para evitar el galope. Colin llevaba años intentando que abandonara esa costumbre, pero Eric lo repetía siempre en el ardor de la carrera. Y el efecto en esa yegua sensible había sido catastrófico. *Dancing Rose* se había asustado al instante y se había puesto al galope; a partir de entonces, no había podido volver al trote. Había corrido aturdida hasta la meta y había seguido corriendo después, fuera del hipódromo y hacia el establo. Eric había perdido totalmente el control.

Por fortuna, Rosie esperaba a la salida y pudo detener al caballo y tranquilizarlo. En un primer momento, Colin hubiera matado tanto al caballerizo como a la yegua, pero luego se había dirigido a él el propietario del vencedor. Un cretino de Dunedin que pretendía explicarle a toda costa que era consciente de que los rumores sobre el hipódromo de Invercargill eran totalmente falsos. Sin duda los demás propietarios tenían que disculparse por todas esas habladurías acerca de que las carreras estaban amañadas. Esa, lo había visto con sus propios ojos, no estaba en absoluto manipulada, su pequeño semental había ganado justamente, pero, claro, lo lamentaba por la hermosa yegua que se había puesto al galope.

Al principio Colin no había prestado atención a esas palabras. Por supuesto, la carrera no se había manipulado, tendría que estar loco para hacerlo a diario. De hecho, Eric y él discurrían muy a fondo cuándo habían de retener a un caballo para que otros ganasen o cuándo debían aplicar un par de gotas del líquido apropiado en el borde coronario del casco de un campeón, un tratamiento que llevaba con bastante seguridad a un paso y un galope irregulares. Ese día, en cualquier caso, Colin Coltrane había apostado por el enorme talento de *Dancing Rose* y, debido a la necedad de Eric, había perdido cien libras. Pero luego escuchó más atentamente lo que el comerciante de Dunedin le contaba. El hombre estaba construyendo un hipódromo pequeño pero elegante. Todavía compraba caballos... El interés de Colin iba en aumento. Tal vez la pérdida podía todavía compensarse. El semental que Eric había llevado el día antes...

Colin ignoraba lo rápido que era, pero lo había registrado para la última carrera del día. No era importante, y hasta dos candidatos sin probabilidades de éxito presentaban caballos que Coltrane entrenaba. Tres de sus aprendices los conducirían... o no, el mejor de los chicos podía colocarse detrás del semental nuevo mientras Eric guiaba al más rápido de los demás caballos. Este podía pelear en la vuelta final y, en el último momento, Eric podía cometer el mismo error que acababa de hacer con *Dancing Rose*...

—Puede que tenga un caballo de su interés —anunció Colin—. Le contaré un secreto: lo he comprado al azar, no tengo ni idea de cómo correrá.

Poco tiempo después supo que el comerciante de Dunedin era de aquellos que pensaba que una carrera se ganaba con papeles. Justo como Chloé. ¡Esa absurda idea de que la ascendencia de un caballo determinaba si era un buen o un mal trotón! Naturalmente, toda la cría de caballos de carreras inglesa se basaba en la idea de que el apareamiento de ejemplares especialmente rápidos solía dar a la larga corceles cada vez más veloces, y a largo plazo esto era sin duda alentador. Pero Colin no pensaba a largo plazo; él creía en la casualidad, y cuanto mayor era la casualidad, más alta la cuota.

—Tal vez quiera ver los documentos del semental en cuestión, señor Willcox. No estoy seguro, pero por lo que creo recordar tiene antecesores purasangre por parte de madre, descendientes de *Godolphin Barb*.

El señor Willcox sí quería. No cabía duda de que había mordido el anzuelo. Y ahora simplemente tenía que ocuparse que siguiera de buen humor hasta que llegasen a casa. Colin se preguntaba si todavía tendrían champán. Si el hombre estaba algo ebrio, la victoria del caballo le parecería maravillosa, y además, en esas condiciones, el precio, no demasiado alto. Colin solo planeaba pedir el doble de lo que él había pagado por el animal.

Heather y Chloé se sobresaltaron al oír los pasos en el recibidor.

—Entre, señor Willcox, tome asiento, voy a buscar los documentos.

Los certificados de origen estaban en el despacho, en las habitaciones de Colin. Y para llegar allí había que cruzar la sala de estar.

Chloé, que estaba tendida sobre Heather y acababa de probar las nuevas artes recién aprendidas, intentó cubrir con una manta los cuerpos desnudos de ella y su amiga. Pero demasiado tarde: Colin no pudo dejar de ver a la pareja en el sofá. Y su reacción todavía lo empeoró todo.

—¡Mataré a ese hombre!

A primera vista, Colin solo reconoció dos cuerpos desnudos entrelazados y el cabello oscuro de su esposa, que en ese momento se inclinaba sobre su amante. Se acercó a la pareja hecho una furia, agarró a Chloé por el pelo y tiró brutalmente de ella para descubrir al supuesto amante que estaba debajo. Se quedó boquiabierto frente a su hermana.

Heather empleó la insolencia como forma de evasión.

—¡Hola, hermanito! —dijo.

Colin alzó la mano y la abofeteó en la cara. La golpeó sin pensar y lanzó una patada a Chloé, que trataba de ayudarla.

Esta esquivó el golpe y trató de separar a Colin de Heather. Y entonces vio a otro hombre en el pasillo, entre el recibidor y la sala de estar, que observaba atónito la escena. Chloé se olvidó de que iba desnuda, se olvidó de que esa situación iba a comprometerla para toda la eternidad.

—¡Haga algo! —gritó al visitante—. ¡Va a matarla!

—Pero... pero es una mujer... —tartamudeó el hombre.

Chloé golpeaba desesperada la espalda de Colin con los puños.

—¡Por eso! —gritó—. No puede defenderse. ¡Por favor!

El hombre por fin reaccionó. Por fortuna era fuerte y estaba en forma. Un solo tirón bastó para separar a Colin de su hermana. Este hizo el gesto de ir a golpear al salvador, pero un leve gancho de izquierda lo envió en un momento a otro mundo. Colin cayó sobre la alfombra inconsciente.

A continuación, el hombre se quedó de nuevo mirando lleno de desconcierto a las dos mujeres.

—Esto... esto no es natural... —murmuró—. Y usted... usted...

En ese momento reconoció a la joven con quien había coincidido en el coche de punto. La mujer con la falda pantalón holgada. Tal vez ese detalle ya debería haberle parecido raro.

Chloé corrió hacia Heather para ayudarla. Tenía el labio abierto y sangraba, igual que la mejilla. Además, los puños de Colin la habían alcanzado en las costillas. Sin la ayuda de Chloé no habría podido enderezarse. El ingenuo propietario del caballo procedente de Dunedin se encontró de repente frente a dos mujeres desnudas en el sofá.

—¿Quién... quién es?

En su desconcierto se dirigió a Colin, que acababa de volver en sí y se incorporaba fatigosamente.

—Permítame, le presento a mi esposa —dijo en tono sarcástico—. Y a mi hermana. Maldita sea, ¿golpea siempre así? Debería boxear en vez de llevar caballos a las carreras.

—¿Y... y qué hacemos ahora? —Willcox todavía se encontraba en una especie de pasmo.

Colin intentaba levantarse.

—Sugiero que vaya usted con su caballo. Yo seguiré con mis asuntos aquí.

Cerró los puños. Hasta ese día nunca había golpeado a Chloé, pero en ese momento estaba más que dispuesto a hacerlo. Y luego la poseería. Le sacaría a golpes el recuerdo de su hermana y...

—Señor Coltrane, por mucho que comparta sus sentimientos, no puede usted golpear a una mujer.

La situación casi era cómica y mucho más tarde Heather y Chloé se reirían de ella. Ahí estaba ese hombre, la integridad personificada como era evidente, cuya imagen del mundo se había visto sacudida en sus cimientos. Pero sobre la indignación que con certeza compartía con el marido engañado de una de esas mujerzuelas depravadas, venció la educación de un *gentleman*.

—¿Que no puedo? —preguntó Colin, haciendo el gesto de volver a abalanzarse sobre las mujeres.

El puño de Willcox golpeó esta vez debajo del ojo. Colin cayó al suelo como una piedra. Willcox le lanzó una mirada casi de disculpa antes de volverse hacia las mujeres.

—Señora... humm... Coltrane... Creo que de este modo les he dado... esto... un respiro. A lo mejor... esto... podría ponerse... humm... algo por encima. Y luego... humm, yo me quedaré aquí hasta que se haya ido. Porque... querrá... humm... sin duda marcharse. ¿O... o puede aclarar esto de alguna forma? ¿Es... humm... un malentendido?

Heather consiguió sonreír.

—¿Ha sido un malentendido, Chloé? —preguntó.

Su amiga movió la cabeza.

—No —respondió serena, al tiempo que recogía sus cosas y las de Heather—. Si nos disculpa un momento, señor...

—Willcox —dijo el hombre, inclinándose formalmente.

Heather no podía evitarlo. Cuando Chloé tiró de ella fuera de la habitación, se puso a reír como una histérica. Le dolía todo el cuerpo al hacerlo, seguro que Colin le había roto un par de costillas.

Sin tomárselo a risa, Chloé la ayudó a ponerse la pieza única de ropa interior.

—Para ya y vístete antes de que se lo piense mejor. Por Dios, Heather, ¿has visto la cara de Colin? ¡Es capaz de matarnos a las dos!

Heather asintió, ahora en serio.

—He visto la cara de mi padre... —dijo en voz baja— cuando pegaba a mi madre. ¿Quieres llevarte algo, Chloé?

Esta dudó unos segundos, pero luego cogió los papeles de *Dancing Rose*.

—Lo único que con toda certeza me corresponde —dijo—. Tenemos que mandar a alguien que recoja al caballo. Y... y a

Rosie... y... y a Violet... También tenemos que ocuparnos de ellas. —Temblaba.

Heather asintió.

—Mañana lo organizaremos todo —dijo—. Ahora hemos de llegar lo antes posible a Dunedin. A lo mejor Sean todavía está allí. Necesitas un buen abogado, a ser posible el mejor.

Cuando las mujeres regresaron, el señor Willcox todavía estaba sentado junto a Colin, que seguía inconsciente.

—Nos vamos ahora —anunció Heather—. Muchas, muchísimas gracias.

Chloé pasó junto a su salvador avergonzada y con la cabeza gacha, pero la levantó de nuevo.

—Ah, y señor Willcox... Ignoro qué caballo quería endosarle mi marido. ¡Pero mejor no lo compre!

# 9

Cuando Violet regresó de su expedición prohibida, al principio se sintió aliviada. Las carreras todavía no habían concluido, oía el golpeteo de los cascos al trotar y los gritos del público alentando a los corredores. Era muy posible que Eric no la hubiese echado de menos. Tampoco se cruzó con nadie en el camino de vuelta, pero en la casa del jardín la esperaba Rosie, escondida en un rincón como en sus peores momentos. Violet se llevó un susto de muerte. ¿Qué podía haberle pasado a su hermana? Si volvía a callar podían pasar horas hasta averiguarlo. Pero en cuanto Rosie la reconoció, la bombardeó con tanta información que, para lo que era habitual en ella, parecía sufrir un ataque de verborrea.

—*Rose* ha perdido, la ha golpeado con el látigo. Y la señora se ha marchado. Con otra mujer. Tengo que decirte que volverá a recogernos. Pero no lo creo. Se escapa. Se escapa del señor Colin.

Violet entendió solo la mitad. ¿Chloé se había marchado? Lo consideraba factible, creía totalmente capaz a su admirada señora de abandonar en un momento dado a su marido. Pero ¿tan de repente? ¿Sin preparación ninguna? ¿Huyendo? ¿Porque alguien había golpeado a su caballo? Violet decidió llegar al fondo de la cuestión.

—Quédate aquí, Rosie, voy a la casa —anunció—. De todos modos, tengo que ir a buscar a los niños. ¿Están con la señora Robertson?

Rosie intentó hacer al mismo tiempo un gesto afirmativo y negativo con la cabeza.

—Roberta. Joe estaba en las cuadras.

Violet gimió. Tendría que haberlo supuesto. De hecho, había mandado a los niños que se quedasen con la cocinera. La señora Robertson visitaba en los días de fiesta a su hermana, que también tenía hijos. A Roberta le encantaba jugar con ellos y ese día se suponía que los dos pequeños incluso dormirían en la casa de sus amigos. Pero Joe prefería quedarse con su padre y Colin, y era evidente que, una vez más, se había salido con la suya. Eso significaba que se había enterado de que Violet había dormido en Dunedin y seguro que se lo habría contado a Eric.

Para su sorpresa, encontró a su hijo en la casa. Estaba delante de Colin, este sentado en el sofá y hecho polvo, y le sostenía una bolsa con hielo contra la mejilla.

—¿Qué haces aquí, Joe? —le preguntó al niño—. Deberías estar con la cocinera...

Colin Coltrane volvió hacia Violet un rostro bastante magullado en el que dominaba una enorme hinchazón debajo del ojo derecho, que casi estaba cerrado. El hombre casi le inspiró lástima. Violet sabía por propia experiencia que al día siguiente tendría el ojo inyectado en sangre y rodeado de manchas azules y verdes. Enseguida pensó en Eric. ¡Pero seguro que él no había hecho algo así!

—Está ayudándome —masculló Colin, dirigiendo al chico una mirada de reconocimiento. También tenía los labios muy hinchados.

—Porque la puta se ha ido —añadió Joe.

Violet frunció el ceño y miró fijamente al niño. Que Dios la perdonase, pero no conseguía sentir algo así como amor o al menos cariño cuando lo miraba. Por añadidura, cada vez se parecía más a Eric. Ya creía reconocer su mirada taimada en él. Y ahora esto...

—¡Joseph Fence, como vuelvas a decir una vez más esa palabra te lavaré la boca con jabón! —advirtió con severidad. Aunque el crío seguro que solo repetía lo que había escuchado—.

Y usted no diga delante de él estas cosas, señor Colin, por favor —reprendió también a su jefe—. Él no sabe lo que esa palabra... que empieza con pe significa.

—¡Claro que lo sé! —replicó Joe—. Una puta es una mujer que va con otros. En la cama. ¿Por la noche? —inquirió con la mirada a su madre.

Violet no entendía lo más mínimo, pero no le gustaba lo que oía. En realidad parecía como si los hombres hubiesen estado despotricando porque ella se hubiese ido a Dunedin con otras mujeres. Y Joe había pillado algún comentario. Pero ¿quién había dejado a Colin tan maltrecho?

—Esta es mi casa, maldita sea, y utilizo las palabras que me da la gana —ladró Colin—. Tanto si le gusta a la señorita Violet como si no. Pon un poco de orden aquí, Violet, y luego preparas algo de comida. Esta noche no iré al *pub*, pero el chico... Sé bueno, Joe, y ve a buscarle a tu señor Colin una botellita de whisky... Le dices al tabernero que la anote en mi cuenta.

—¿No pretenderá enviar al niño al *pub*? —preguntó horrorizada Violet.

El día anterior había oído hablar tanto sobre la relación entre la Ley Seca y el sufragio femenino que casi estaba inclinada a hacer concesiones en asuntos de abstinencia. Primero tenía que imponerse el derecho al voto, luego ya discutirían sobre si cerrar las tabernas tenía algún sentido o no. La actitud de Colin la convenció de repente de lo contrario.

Colin sonrió irónico.

—La farmacia está cerrada los domingos. Y necesito algo contra el dolor. Le envío a por medicina, Violet, ni más ni menos. Y ahora vete, Joe...

Joe lanzó a su madre una sonrisa triunfal antes de emprender el camino. Violet empezó a ordenar el salón en silencio. Estaba claro que allí se había desarrollado una especie de pelea. Un par de sillones estaban volcados, de la mesa se había caído un jarrón. Violet recogió los trozos. Entonces se atrevió a preguntar.

—¿Dónde está la señora Coltrane, señor Colin? Rosie me ha dicho...

—La señora Coltrane ya no existe...

Violet descubrió en ese momento un vaso y una botella vacía sobre la mesita auxiliar que había junto al sofá. Al parecer, Colin ya había empezado a beber y solo necesitaba reservas. De hecho, se había sorprendido de que enviase a Joe, en realidad los Coltrane siempre tenían whisky y también vino y champán.

—Como tu hijo ha dicho, la puta se ha ido. Y Eric también se pondrá firme contigo. No te creas que no se ha dado cuenta de que ayer por la noche no estabas. ¿Tienes a otro? Con lo guapa que eres podrías tener a diez. ¿O es una mujer? ¿Es que os habéis vuelto todas locas?

Violet no hizo comentarios al respecto. Bastante malo sería ya someterse al interrogatorio de Eric. Pero Rosie parecía tener razón: una mujer debía de haber llegado y había convencido a Chloé para que se marchase con ella. ¿Heather? A Violet le dio un vuelco el corazón. Si Chloé estaba con Heather, entonces tal vez sería cierto que las dos regresarían para recogerla. Y donde estaba Heather quizás estuviera también Sean.

El recuerdo de Sean Coltrane ayudó a Violet a superar esa noche infinita. Después de la carrera, Eric tampoco se fue al *pub*, sino que se emborrachó con su patrón en la sala de estar. Algo así no había sucedido hasta entonces: Chloé siempre se había opuesto a la inapelable fraternidad entre Eric y Colin. Pero empezaba una nueva era y, como siempre, Eric tuvo olfato para reconocerlo. Primero se acercó a Colin sumiso y con más malas noticias. El nuevo caballo había sufrido una derrota espectacular, pero el comprador potencial ya se había retirado antes. Y el atontado del aprendiz, que debería haber perdido en la última competición, se había dejado llevar por un delirio de grandeza y había rivalizado al final con el supuesto ganador cabeza contra cabeza. Al cruzar la meta, su yegua había adelantado el hocico... Más pérdidas, pues, en las apuestas. Colin hizo un ademán de rechazo. De todos modos, mejor olvidarse de ese día... Eso se propusieron señor y sirviente con ayuda del whisky. Y Joe se quedó sentado con ellos, contemplando a uno y a otro con la misma veneración.

En cuanto la señora Robertson hubo regresado, Violet envió a Roberta a la casa del jardín. La cocinera, que dormía en el ala de servicio, quiso convencer a Rosie de que ocupara allí una habitación. Esa noche, la muchacha no podía quedarse en ningún caso junto a las habitaciones vacías de Chloé.

Al final, Colin se emborrachó lo suficiente para contarle a Eric lo sucedido con Chloé, Heather y el señor Willcox. Supuestamente había echado de la casa a base de golpes primero a las dos putas y luego al potencial comprador de caballos que las había defendido.

Violet suponía que las cosas no se habían desarrollado de ese modo: Rosie habría estado todavía más afectada si su querida señora Chloé hubiese exhibido huellas de malos tratos. También ella se preguntaba qué habrían hecho juntas en un sofá Chloé y Heather para que Colin se hubiese enfadado tanto, pero en el fondo le daba igual. Con un poco de suerte Eric se emborracharía hasta quedarse inconsciente y no la molestaría. Pero poco importaba lo que ocurriera: al día siguiente cogería el primer tren para Dunedin con sus hijos, aunque ya sabía que no sería fácil. Joe se querría quedar a toda costa con su padre y Rosie con su caballo. Pero Violet estaba decidida a imponer su voluntad.

Suspiró cuando ya avanzada la noche pudo escabullirse de la casa grande sin que los hombres se dieran cuenta, arrastrando consigo a Joe, que casi caminaba dormido. Por unos instantes pensó en irse con la señora Robertson, así no le pasaría nada. Pero era posible que Eric montase en cólera si no la encontraba, que la buscara y que la sacara a viva fuerza de los alojamientos del servicio. Ya lo había hecho en una ocasión y a Violet le horrorizaba el escándalo.

Así pues, se marchó a la casita del jardín y deseó que la noche fuera tranquila, aún más porque al llevar a Joe a la cama, descubrió a Rosie abrazada con Roberta en su rincón. Si Eric le hacía algo, tendría que soportarlo en silencio. Rosie no tenía que volver a enmudecer de miedo.

Sin embargo, los temores de Violet no se cumplieron. De

hecho, Eric llegó tarde a la casa del jardín, pero sorprendentemente despejado. Era probable que hubiese dormido con Colin en el salón y dos horas más tarde se hubiese despertado algo sobrio. En ese momento se dirigió tambaleándose a su vivienda, un alojamiento de dos habitaciones y una pequeña cocina. Primero se entraba en la habitación grande, en la que había una mesa y sillas, y donde los niños dormían por la noche. La habitación pequeña servía de dormitorio a Violet y Eric, y podía cerrarse. Después de volver del *pub*, el hombre solía cruzar a tientas el dormitorio de los niños sin hacer demasiado ruido y sin encender la luz. Pero en esa ocasión llegaba de la casa grande con una linterna. Y lo primero que vio fue a Rosie y Roberta durmiendo abrazadas.

—¿Aprovechas la oportunidad? —gritó—. ¿En mi propia casa? ¿Mi hija? ¡Voy a enseñarte a seducir a mi hija, putilla! También te lo has montado con la señora, ¿verdad? ¿Te ha enseñado tu señora Chloé? —Eric sacó a Roberta y Rosie de la cama y arrastró a esta última por la habitación—. ¡Te has puesto la mar de guapa, Rosie! ¡Ya ha llegado el momento de que alguien te monte! No solo tu querida señora.

Eric se acercó a la muchacha, que lo esquivó temerosa, pero él la apretó contra la pared y le metió la lengua en la boca a la fuerza. Rosie le dio patadas, gritó...

Sin embargo, Violet ya estaba ahí y se interpuso entre los dos.

—¡No, Eric, por el amor de Dios, con la niña no! ¡Compórtate, Eric! No estás enfadado con Rosie. Ella no se ha ido. Me he ido yo, Eric. Yo... yo me he ido con las mujeres de la Women's League... Pero en el mitin también había hombres...

Violet se obligó a pasarse la lengua por los labios en un gesto seductor, esforzándose, desesperada, por copiar a Clarisse y sus prostitutas cuando querían atraer a los hombres.

Eric se separó de Rosie.

—Conque quieres confesar —dijo sonriente—. Lo admites... tú siempre te llevas algo entre manos. Hasta en Woolston, ¡lo sabía! Ese señor Stuart, tan fino él, ¿verdad?

Violet se fue retirando de espaldas hacia su habitación al

tiempo que lanzaba miradas lascivas a Eric y suplicantes a Rosie. «No te quedes en el rincón y en silencio, Rosie. Escápate. Escápate, por Dios, y llévate a Roberta. ¡No dejes que Roberta vea cómo me pega!»

—El señor Stuart era... un hombre amable... —susurró Violet—. Muy amable...

Eric la siguió a la habitación. El primer golpe la lanzó a la cama.

Violet no cogió el tren de la mañana al día siguiente. Sobrevivió a esa noche, pero casi no fue capaz de salir de la cama. De todos modos, cuando se despertó al amanecer comprobó que Rosie y Roberta se habían ido. También Joe se había marchado, pero ahora no podía ocuparse de eso. Le habría gustado lavarse o preparar un té, pero las piernas no la sostenían y el dolor que sentía en la cabeza y la espalda era insoportable. A lo mejor Rosie podía encargarse más tarde de ella, ¿o tal vez la señora Robertson? Violet no estaba segura de qué sabía la cocinera de los estallidos de Eric, pero creía que había intercambiado a veces miradas con Chloé cuando Violet a duras penas había conseguido ir a trabajar. En cualquier caso, tenía que reunir fuerzas. A mediodía había un tren, y era su última oportunidad. No podría superar otra noche como la que había pasado. Se acercó tambaleando a la cama de Roberta. En cuanto se tendió volvió a perder el conocimiento.

Rosie cepillaba a la yegua *Dancing Rose*. Había pasado la noche a su lado en el *box*, mientras Roberta, que tenía miedo de los caballos, se había ovillado en la paja. La pequeña se había deslizado al amanecer a la cocina. Quería a la señora Robertson tanto como Rosie quería a *Rose*. Y en esos momentos disfrutaba de la soledad con ella, aunque en la cuadra no iba a reinar el silencio por largo tiempo. Los aprendices podían dormir hasta que quisieran el día después de la carrera, Colin siempre les dejaba la mañana libre. No se podía hacer nada con ellos después de que se pasasen la noche en el *pub*. Colin y Eric llegarían pronto, como siempre, a entrenar. Rosie tenía miedo, pero no sabía exactamente qué hacer. ¿Marcharse corriendo? ¿O conduciendo un carro?

A la joven no se le daba bien la reflexión. Hacía tiempo que no pensaba, porque pensar le causaba dolor. Eso significaba recordar, recordar los gritos, la sangre y la muerte. Sin embargo, recientemente había vuelto a reflexionar. También porque ahora tenía recuerdos más bonitos. *Dancing Rose* había sido un potrillo tan precioso... y además no tenía que olvidarse de todo lo que la señora Chloé le había enseñado sobre caballos. Cómo engancharlos, cómo acostumbrarlos al bocado y a las correas... «¡Reflexiona siempre antes de actuar, Rosie!», le había dicho la señora Chloé. «Intenta pensar como un caballo, entonces sabrás lo que has de hacer.»

Un caballo se escaparía.

Rosie pensó en qué vehículo necesitarían y en si *Rose* conseguiría tirar de él. Hasta el momento solo había ido delante de un *sulky*, pero si Violet, Roberta y Joe tenían que marcharse con ella, necesitaban un carruaje más sólido. Pero otro arnés...

Mientras Rosie comprobaba el correaje del cuarto de los arreos para ver qué arneses se le podían poner a *Rose*, Eric entró en la cuadra. Estaba de mal humor, Colin le había gritado cuando había entrado en casa para ir a verlo. Estaba enfermo y se quedaría en cama, así que Eric debería ocuparse solo de los caballos. Y los mozos de cuadras y los aprendices tenían la mañana libre...

Eric soltó una maldición. Tendría que mover solo a todos los caballos que se estaban entrenando, uno tras otro. Pero al menos ahí estaba, en el pasillo del establo, el primero cepillado y listo para que lo enganchasen. La yegua de la señora... Rosie tenía que andar por ahí. ¿Qué le pasó ayer por la noche? Eric no se acordaba con exactitud. Solo que, maldita fuera, estaba hecha toda una mujer.

—¡Buenos días, Rosie!

La muchacha estaba en el cuarto de los arreos. Y cuando Eric se dirigió a ella, Rosie lo miró como si viese al diablo en persona.

—Arréglame la yegua enseguida, me la llevo a correr. Pero ¿qué haces, chica? ¿Vas a engancharla a un carro? Qué locura, pequeña... El *sulky*, Rosie, con el arnés que siempre lleva. Ah, sí, y el tirante. La muy desgraciada se me escapó ayer, hoy le enseñaré yo modales.

Eric echó un vistazo a la yegua y comprobó que eso le levantaba los ánimos. Le gustaba enseñar buenos modales a las hembras. A las de cuatro patas igual que a las de dos.

Mientras Rosie enganchaba el caballo, Eric podía controlar si le había dado de comer bien. Seguro que habría cometido alguna equivocación.

Rosie estaba como inmovilizada de espanto y miedo. Obedecer..., no pensar, entonces el demonio tal vez la dejara en paz. ¿O no? A Violet nunca la había dejado tranquila, por más que ella se esforzara. Y el día anterior por la noche él la... Rosie no quería pensar en eso. No pensar. Pero entonces volvería a hacerlo. Y ahora le pondría a *Dancing Rose* la odiada correa auxiliar. Y luego volvería a pegarle. Y al día siguiente volvería a hacerlo.

Rosie cogió el arnés de trotón. Él no tenía que repetir una vez más todo eso. Tenía que impedírselo. Rosie pidió perdón al caballo cuando le colocó el tirante.

—Solo hoy —susurró—. Solo por esta vez.

Acto seguido, condujo a la yegua entre las tijeras del carro y se puso a engancharlas. Se anudaba además a derecha e izquierda una correa de cuero alrededor de los largueros de las tijeras, una unión ligera para que, en caso de que se produjese un accidente, los caballos, que solían ser finos, pudiesen desprenderse deprisa del carro antes de empezar tal vez a moverse asustados hasta el punto de fracturarse las patas. Rosie colocó la izquierda como le habían enseñado. En la derecha solo pasó una vez la correa alrededor de la tijera, descuidadamente.

Luego condujo caballo y *sulky* delante del establo. El corazón le palpitaba con fuerza. Chloé habría supervisado el enganche, siempre lo hacía. Pero el demonio...

—¿Has dado de comer al nuevo semental, Rosie?

El demonio salió del establo echando pestes.

—¿Cinco kilos de avena para un jamelgo inútil? ¿Qué te has creído, que al señor Colin le sobra el dinero? ¿Cuánto tiempo llevas haciendo esto, chica? ¡Años! Pero no te entra nada en esa cabeza de chorlito. Demasiado boba para llenar el pesebre con dos granos de avena.

*Dancing Rose*, nerviosa, hacía escarceos de un lado a otro. Eric arrancó las riendas de las manos de Rosie.

—Ya hablaremos de esto más tarde, chica. Ahora que la señora se ha ido, vamos a ponernos más serios contigo... Vas a ver... ¡Te voy a enseñar yo modales!

Eric subió de un salto al asiento del carruaje de ruedas altas y golpeó con las riendas el lomo de *Rose*. Esta enseguida se puso al trote y subió la pendiente hacia el hipódromo con brío. Rosie la seguía con el corazón desbocado. Hasta que no llegaran a la pista, no tenía que ocurrir. Si *Rose* circulaba por la calle, se pondría a correr aturdida y en algún momento chocaría con otro caballo o con un árbol o con lo que fuera. Podía matar a algún transeúnte... y a sí misma.

Rosie suspiró aliviada cuando Eric cruzó el portón que daba a la pista, pero se echó a temblar de nuevo cuando se detuvo un momento para hablar con otros entrenadores. Esa mañana no pasaba gran cosa, pero los caballos de las competiciones al galope ya habían corrido y Rosie distinguió otros dos *sulkys* en la pista. Los aprendices movían a los animales siguiendo las indicaciones del entrenador del club de hípica. Como se dieran cuenta...

Pero los otros entrenadores no prestaron atención a Eric, pues tenían a sus propios pupilos. Uno de ellos abrió la barrera para dejar pasar a *Dancing Rose* a la pista. Debería haberse percatado, pero estaba a la izquierda del caballo. Rosie lo había hecho bien: el enganche era correcto. Eric puso de nuevo a *Dancing Rose* al trote y Rosie suspiró. A ese ritmo nadie vería nada. Ahora dependía de *Rose* y del Dios a quien Violet había rezado formalmente con los niños cada día. Por su parte, Rosie había dejado de hacerlo cuando Colin le dio a Eric la casa del jardín.

*Dancing Rose* trotó una vuelta y media antes de que se desprendiera la correa del lado derecho. Y tal vez habría aguantado si no se hubiese resistido. Pero Eric hizo exactamente lo mismo que el día antes en la carrera: atizó a la yegua con el látigo en la recta de llegada. *Rose* fue a galopar, bajó para ello la cabeza y se encontró con el tirante rígido. El repentino tirón en la boca la hizo detenerse de golpe, una reacción que Eric preveía y que intentó evitar atizándola de nuevo con el látigo.

*Dancing Rose* se encabritó en el enganche, pero volvió a lanzarse hacia delante para eludir el azote cuando todavía estaba sobre las patas traseras. Entonces la correa se deslizó del soporte, el sencillo nudo se deshizo y *Rose* sintió el peso del *sulky* solo en el lado derecho. Se asustó primero de la carga lateral y luego de la correa que arrastraba por el suelo a la izquierda. La yegua se desvió a la derecha, se puso a correr y, presa del pánico, ya no sintió que Eric tiraba de las riendas, aunque este las perdió enseguida. Con la tracción solo a un lado, el ligero carruaje estaba sin control. *Rose* galopaba más y más deprisa, el hombre no sabía si saltar o intentar mantenerse en su sitio. Y ahí estaba la valla...

Cuando *Rose* derrapó en dirección a la separación de la pista, Eric ya no tuvo tiempo de tomar una decisión. Lo único que sintió fue que el *sulky* era arrojado contra la valla, la rueda se rompía y el banco saltaba por los aires. El conductor vio los asientos de madera de los espectadores abalanzarse sobre él. Y después ya no vio nada más...

Violet se despertó cuando alguien llamó a la puerta de la casa del jardín.

—Debe de estar aquí dentro. —La voz de la cocinera sonaba extrañamente sofocada—. No ha ido a la casa grande y nunca entra en los establos. Dios mío, espero que no le haya pasado nada... Sería...

—Sería como si un rayo hubiese caído dos veces sobre la misma casa.

Violet no reconoció la voz tranquila que pronunciaba estas palabras. Tenía que abrir, así que se forzó a levantarse. Se encontraba un poco mejor que al amanecer. Como tenía que ser. Tenía que llegar al tren de la tarde.

Delante de la casa estaban la señora Robertson y un hombre a quien Violet ya había visto en alguna ocasión. En efecto, había sido en el hipódromo, pues se trataba del señor Tibbot, un entrenador del club de hípica con quien Chloé había hablado un par de veces.

La señora Robertson gritó cuando vio el rostro magullado de Violet.

—Hijita —susurró—. Hijita... tenemos... tenemos que darte una mala noticia.

Violet empalideció.

—¿Rosie? —preguntó.

El señor Tibbot movió la cabeza.

—Su esposo —respondió—. Pero viéndola así, no sé si la noticia es realmente mala... —Carraspeó y se ruborizó—. Disculpe, señora Fence, se me ha escapado, claro. Pero su marido... Su marido ha sufrido un accidente... Por Dios, señora Robertson, ¿cómo se lo digo ahora? Y... ¿se lo traemos aquí? ¿Lo amortajamos... aquí... o... en la casa grande?

Violet miró al señor Tibbot con dificultad, pues tenía los ojos casi cerrados por la hinchazón. Sintió la lengua seca como madera, por lo que tuvo que hacer dos intentos antes de conseguir pronunciar las palabras.

—¿Está muerto? —preguntó.

Los hombres llevaron el cuerpo de Eric Fence a la casa de Colin, pero el oficial de policía sometió al propietario del hipódromo a un interrogatorio bastante severo. Dos hombres que habían estado bebiendo juntos: uno al que era evidente que habían atizado, y el otro que al día siguiente se rompía el cuello porque había fallado algo con el caballo y el tiro... Cuando menos, levantaba sospechas. La señora Robertson podía confirmar, de todos modos, que Colin no había abandonado la casa y que ninguno de los aprendices y mozos de cuadra se habían ocupado del caballo. Incluso ahora, dijo, solo se hallaba en el establo la muchacha deficiente mental que después del accidente se había encargado del animal.

—Al parecer se trata efectivamente de un accidente —resumió el oficial más tarde frente a Violet. Los otros hombres del hipódromo lo habían llamado enseguida, después de que recogiesen a Eric y tranquilizasen, con ayuda de Rosie, al enfurecido caballo. Había podido ver los restos del *sulky* y el arnés—. Una negligencia. Su esposo... —El oficial se mordió el labio, pero decidió expresarse. La mujer tenía que saber ya en qué estado se encontraba su marido el día anterior. Parecía en ese momento más recuperada. La cocinera la había ayudado a lavarse y vestirse—. Su marido había bebido mucho la noche anterior y no... no dedicó la atención necesaria a... al tiro. Sea como fuere, el carro se ha soltado, el caballo se ha visto invadido por el pánico, ha corrido contra la valla...

—¿Al caballo no le ha pasado nada? —preguntó Violet, ausente. Estaba preocupada por Rosie.

—A primera vista, nada serio. —El oficial parecía confuso—. Su marido ha sido lanzado por encima del borde de la pista. Ha muerto en el acto.

Violet asintió. Apenas conseguía entenderlo. No tendría que coger el tren. Eric no volvería a tocarla.

—Si desea verlo... Los hombres lo han llevado a la casa, pero está... humm... no es una visión agradable. Hemos avisado a la funeraria. Lo amortajará.

Violet volvió a asentir.

—Yo... yo tengo que ir a ver a mi hermana —dijo a media voz—. Sí... si me disculpa usted. —Esperaba que la señora Robertson se ocuparía de Roberta y Joe. Sobre todo de Joe. Ojalá no se hubiese enterado de todo. Por Dios, tenía que encargarse de él... Pero solo podía pensar en Rosie. Había estado en el establo.

Y de deficiente mental no tenía nada.

Violet trató de correr, pero solo consiguió avanzar cojeando. Delante de la cuadra, atada, vio a la yegua alazana. Gracias a Dios no parecía que al animal le hubiese ocurrido nada. Y Rosie cuidaba de él, no se la veía asustada ni callada en un rincón del establo.

Al contrario, cuando Violet se acercó, percibió su voz. Pero lo que oyó le heló la sangre en las venas.

Rosie cantaba. Una cancioncilla alegre, una melodía que Caleb Biller le había enseñado. Lavaba al caballo, sonreía al hacerlo, ensimismada y cantando.

Llevaba años sin hacerlo.

Violet iba a retirarse para reflexionar acerca de lo que acababa de ver, pero entonces Joe salió del establo. Su rostro estaba cubierto de una palidez mortal, en las mejillas se distinguían las huellas de las lágrimas y tenía los ojos desorbitados. Iba a correr hacia Violet cuando de pronto vio a Rosie y entrecerró los ojos. Un odio desnudo se reflejó en ellos.

—¡Fue ella! —gritó, señalando a Rosie—. Ella lo hizo.

Violet olvidó que siempre había querido ser una buena madre para ese niño. Le propinó un bofetón en la cara.

# 10

El caballito resolló cuando Violet por fin lo detuvo delante de la casa del párroco. Ya no estaba tan delgado, pero no avanzaba deprisa tirando del carro. Además, Violet se había equivocado varias veces de camino antes de encontrar el suburbio donde se encontraba la iglesia del reverendo Burton, así que ya era casi medianoche y estaba tan oscuro como había estado años atrás, cuando Violet y Rosie habían buscado cobijo allí.

Peter Burton pensó que ya había vivido con anterioridad esa misma situación cuando al abrir la puerta, después de que unos golpes en la misma lo hubiesen sacado de la cama, vio a la joven y a la niña frente a sí. Esta vez, sin embargo, no era Rosie quien extenuada se agarraba a Violet, sino Roberta. Rosie se había quedado con el caballo, que, atado al carro, las había acompañado. *Dancing Rose*, explicó Violet, nunca se había alejado de su casa. Tendría miedo.

—¿Está Heather? —preguntó la madre sin detenerse en un saludo o en una de las reverencias que antes eran tan frecuentes en ella.

La luz de la lámpara de aceite que el reverendo sostenía en la mano cayó sobre el rostro de Violet y Peter distinguió las huellas nefastas de los golpes, pero también el agotamiento y el pánico. Movió la cabeza negativamente. Heather y Chloé habían llegado a Dunedin, pero vivían en su casa, encima del banco de Dunloe y de Lady's Goldmine. Kathleen había contado que estaban allí y que Heather no se sentía muy bien. Pese a ello, no parecía nada grave. Sean había hablado con las mujeres y después había resuelto otros asuntos en la ciudad que probablemente estaban relacionados con el aplazamiento de su viaje a Christchurch. En cualquier caso, se quedaría hasta el día siguiente; pernoctaba en la casa parroquial, pero había llegado cuando Peter y Kathleen ya dormían.

—Aquí solo está Sean —anunció Peter sin tener la menor idea de lo que con ello estaba desatando.

—¿Sean está aquí? —preguntó Violet sin dar crédito—. ¿Sean está... aquí mismo?

Peter se preguntó qué encontraría ella de tan extraño en eso, a fin de cuentas esa era más o menos la casa de sus padres. ¿Por qué iba a dormir el joven en un hotel?

—¿Podría... podría hablar con él?

Violet se desplomó sobre los escalones de la puerta de entrada y empezó a llorar amargamente.

La mención del nombre de Violet no solo arrancó al instante a Sean Coltrane de un sueño profundo, sino que lo empujó también a una actividad febril. ¿Vestirse? Desde luego, no iba a reunirse con ella en batín. ¿Afeitarse? Peter había dicho que era urgente, así que mejor no hacerlo... Cielos, ¡ojalá no tuviera aspecto de trasnochador o de resacoso! Sean no era abstemio, por la noche había bebido champán con Heather y Chloé y luego whisky con los antiguos compañeros del bufete. ¡Qué iba a pensar ella de él si percibía el olor! Tenía que cepillarse los dientes, enjuagarse la boca... Pero ¿qué debía de haber pasado para que Violet estuviera allí en plena noche? Había acordado con Jimmy Dunloe que volverían juntos a Invercargill en cuanto Sean concluyera sus obligaciones en Christchurch. Para entonces, Colin se habría tranquilizado lo suficiente para hablar con él. Los hombres querían recoger las pertenencias de Chloé y el caballo, y ofrecer a Rosie un puesto en Dunedin. Sean había planeado hablar también con Violet. Chloé se había manifestado dispuesta a encargarse de ella y los niños si se decidía a abandonar a Eric.

Y ahora la joven madre estaba sentada junto a la mesa de la cocina, llorando de desolación, la cabeza apoyada en los brazos. Él solo vio su cabello castaño enmarañado. Si realmente se lo había recogido, había sido con poco esmero. Junto a ella se encontraba derecha y obediente su hija, una niña delicada y bonita, un calco exacto de la madre. Roberta iba bien vestida, pero Sean no comprendió por qué una niña tenía que ir totalmente de negro. La pequeña bebía a sorbos una taza de chocolate y su aspecto era de extremo cansancio y de preocupación por su madre.

—Rosie todavía está en el establo, con el caballo de Chloé —indicó Kathleen. Iba en bata y se estaba tomando un té. También había preparado el chocolate—. Peter le está enseñando dónde puede alojarlo.

—¿Y el chico? —preguntó Sean. Se acordaba perfectamente de que Violet iba acompañada de tres niños cuando la había visto en el mitin de Christchurch.

—¡Se ha escapado! —gimió Violet—. Le... le he pegado y se ha ido, ahora se lo dirá a todos y... No pueden encerrarla, Sean, por favor, usted es abogado, usted...

Levantó la cabeza y miró directamente a los ojos de un verde aterciopelado de Sean. Una expresión de sobresalto surgió en el rostro noble del joven al ver los párpados hinchados y los labios partidos de la mujer, pero también un afán amistoso y sincero.

El cabello oscuro de Sean había clareado un poco y se veía mayor, pero ahora más serio, más distinguido. Violet se sintió mejor de inmediato. Era como magia.

—Señora Fence... Violet... ¿Podría usted tranquilizarse y contarme una cosa tras otra? Seguro que todo se aclarará, no se encierra a alguien tan deprisa. A no ser que se trate de la persona que le ha hecho a usted esto. —Señaló el rostro de Violet—. A esa persona se la puede encarcelar enseguida.

Violet agitó la cabeza.

—El responsable se está consumiendo ya en el infierno —respondió con serenidad—. Y fue Rosie quien lo mató.

—Así que, se mire por donde se mire, no podemos hablar de asesinato —aclaró Sean, después de que Violet le hubiese contado todo lo que creía saber y que era bastante probable que Joe hubiese visto—. Si se lleva a cabo una investigación, cosa que no creo, se podría señalar como mucho que Rosie cometió una negligencia. Y en cualquier caso, el señor Fence tuvo parte de la culpa. Debería haber supervisado el enganche, al igual que se comprueba la cincha antes de subir a un caballo que ha sido ensillado por un mozo.

Violet asintió. Desde que Sean hablaba con ella se sentía más segura. Segura como nunca antes en su vida. Pero se moría de cansancio... Lo único que quería era dormir... y le habría encantado apoyarse en el hombro de Sean. Naturalmente, no debía ni pensar en algo así. Se forzó a seguir escuchándolo con atención.

—Pero Joe se lo contará al señor Colin y es posible que al oficial de policía —insistió ella—. Y el señor Colin dirá que Rosie es deficiente mental y tal vez la envíen entonces a un asilo.

Sean sacudió la cabeza.

—¡Ni mucho menos! —dijo—. Claro que se lo contará a Colin, fue un error pegar al niño y luego dejarlo escapar. Debería haberse quedado usted hasta que volviera a aparecer. Y lo mejor habría sido no darle el bofetón e intentar hacerle cambiar de opinión. En fin, eso ya lo sabe usted misma... Pero no creo que mi hermano acuda a la policía por iniciativa propia. Todo esto caerá en el olvido, Violet, hágame caso. Pero tendrá que regresar y estar presente en el entierro. Ha de recoger a su hijo. Si... si quiere, yo la acompaño.

Violet levantó incrédula la vista hacia Sean.

—¿Usted... usted... me acompañaría? —Su maltrecho rostro dibujó una leve sonrisa.

—¿No tenías que ir a Christchurch, Sean? —preguntó sorprendida Kathleen.

Sean se enderezó.

—En Christchurch se apañarán sin mí —respondió decidido—. Pero esto —deslizó la mirada por encima de Violet y también él sonrió con ternura—, llevo mucho tiempo postergándolo.

Joe Fence puso el grito en el cielo porque no quería marcharse de los establos de Colin. Violet había pasado todo un día descansando en casa de los Burton: su maltrecho cuerpo se negaba a trabajar, y el médico al que llamaron al día siguiente le había recomendado que permaneciera en cama al menos una semana. Luego, Sean la acompañó realmente a Invercargill como había prometido. Roberta fue con ellos, con el vestido de luto que la señora Robertson le había puesto justo después de la muerte de Eric. Rosie se quedó con Heather y Chloé.

Tal como esperaba Sean, Colin no mencionó las causas del accidente durante los funerales. Se había encargado de organizar el entierro, sin consultar al oficial de policía, y el reverendo habló junto a la tumba del desdichado acontecimiento, pero no se reprimió e hizo un par de alusiones al demonio del alcohol que, en este caso, también había puesto sus garras en el juego. Joe estaba entre Colin y Violet y escuchaba con el rostro abatido. Con el traje de los domingos y la gorra de su padre, que no se quitaba tras el accidente, parecía el fantasma de Eric. Violet tenía que hacer esfuerzos para ser amable con él.

—¡Se ha portado mal! —señaló también la señora Robertson—. Quería ocuparme de él porque usted lo había olvidado... No le estoy reprochando nada, Violet, entiendo que todo el asunto la sobrepasó. Pero el niño estaba rabioso y decía cosas horribles sobre la pobre Rosie. Que tenía la culpa de lo que le había pasado a su padre. ¡Rosie! ¡La mudita que no mataría ni a una mosca! ¡Acabé lavándole la boca con jabón!

Violet dirigió a su hijo, que callaba obstinado, una mirada de disculpas. Él no la respondió. La medida adoptada por la señora Robertson había sido drástica, pero efectiva. No volvió a referirse a la muerte de Eric. Por lo demás, el niño seguía rebelde e insistía en quedarse en Invercargill.

—¡El señor Colin me quiere de aprendiz! —informó con determinación—. ¡Me lo ha prometido!

—Pero todavía eres demasiado joven —le contestaba Violet abatida.

Sean estudió al niño con la mirada. Joe tenía once años, algo pronto para ponerse a trabajar, pero tampoco demasiado. Además, era alto y fuerte. Al contemplar al jovencito, el abogado pensó en Colin. Debía de tener esa misma edad cuando se negó a dejar a Ian Coltrane y marcharse con Kathleen y sus hermanos. En aquel entonces, Kathleen había abandonado a su hijo. Y ahora Violet...

—Todavía tendrías que ir a la escuela —insistía Violet. Cumpliendo con sus obligaciones, había enviado a sus hijos a la escuela cada día, pero sabía que Joe con frecuencia faltaba a clase y prefería ayudar en el establo.

—No pienso ir a ningún sitio —advirtió Joe.

En ese momento se acercó Colin y Sean se preparó para otra discusión. Los hermanos se habían visto unos minutos antes del sepelio, pero solo habían intercambiado unas pocas palabras.

—¡Vaya, mi maravilloso hermano! ¿Quién te envía de ángel protector de nuestra Violet? ¿Mi querida hermana o mi amada esposa?

Colin ni siquiera se molestó en sonreír, sino que lanzó a Sean una mirada asesina.

—Ni la una ni la otra —contestó sin perder la calma—. Ya no ejerzo como abogado, aunque tendrás noticias, claro, de Chloé. Heather renunciará a denunciar las agresiones, la situación era de hecho un poco... humm... embarazosa.

—¿Embarazosa? —vociferó Colin—. Dos putas desnudas en mi...

—¡Cierra la boca, Colin! —ordenó Sean enérgicamente—. ¿O quieres contar a todo Invercargill que tu esposa te ha dejado por otra mujer? En lo que a mí respecta, solo estoy aquí como amigo de Violet. Quiere liquidar sus asuntos domésticos, lo que sin duda encontrarás correcto. Y sobre todo quiere llevarse también a su hijo.

Colin negó con la cabeza.

—El pequeño se queda aquí, lo habíamos hablado con Eric. Aprenderá conmigo.

—¿La trata de caballos? —preguntó Sean con una sonrisa irónica.

—Esto es un hipódromo reconocido —replicó Colin—. Y debería usted alegrarse, señora Fence, de que su hijo desempeñe un trabajo y se gane la vida. Bastantes dificultades tendrá usted para mantener al resto de su familia.

Violet se mordió el labio. No le faltaba razón. Eric no le había dejado nada de dinero, y Roberta acababa de cumplir los diez años. Tendría que buscarse un lugar donde vivir y un empleo. Era posible que no pudiese siquiera permitirse enviar a una sola hija a la escuela, para qué hablar de dos. Buscando ayuda, miró a Sean.

—Usted decide, Violet —dijo él con calma.

Ella dudó.

—Se lo está pensando —le comunicó Sean a Colin—. ¿Quiere ir a su casa, Violet? —Posó con delicadeza la mano sobre el hombro de la mujer. Habría preferido estrecharla entre sus brazos, se la veía tan indefensa y perdida... Pero no debía precipitarse. Violet necesitaría tiempo—. Querrá recoger un par de cosas, ¿no es así?

Violet hizo un gesto negativo. En realidad había puesto todo lo que necesitaba en el carro antes de partir. Estaba acostumbrada a las mudanzas rápidas y no poseía gran cosa. No obstante, permitió que Sean la condujera a casa. A lo mejor podía preparar un té. Sería bonito estar a solas con él tomándose un té.

—Mamá, ¿es verdad que ahora ya no tenemos nada que comer?

Roberta se volvió encogida a su madre cuando entraron en la casa del jardín. Sean contempló las habitaciones, pequeñas pero aseadas. Así que ella había vivido ahí. Bastante mejor que en el cobertizo de Woolston, pero aun así... Allí sin duda no se les había ocultado a los niños lo que ocurría entre sus padres.

Violet rodeó suavemente a su hija con el brazo y la estrechó contra sí. El parecido entre ambas era sorprendente. Como Violet en el pasado, su expresión era demasiado seria y demasiado inteligente para su edad.

—Es cierto que somos pobres, hija mía —dijo Violet con

dulzura—. Pero ya encontraré un trabajo, no te preocupes. Y entretanto...

—Entretanto podrías apostar en las carreras —señaló Roberta, desprendiéndose del abrazo.

Mientras Sean y Violet se la quedaban mirando pasmados y la madre buscaba una respuesta adecuada que al menos no dejara a Eric como un maleante, pero que, aun así, diera a entender a la niña que la pasión por el juego era una vileza, Roberta sacó una libreta roja de un rincón que su padre llamaba con arrogancia su «despacho».

—Aquí —dijo Roberta, tendiéndole el libro a su madre—. Joe me lo enseñó. Ahí está qué caballo va a ganar.

—¡Es increíble! —exclamó Sean después de que él y Violet hubiesen estudiado los apuntes que Eric había introducido con su torpe caligrafía.

Al principio, los nombres de los *pubs* y despachos de apuestas y las listas de nombres de caballos no les decían demasiado, pero luego Violet recordó.

—El hecho de que ganara —dijo, señalando el nombre de la yegua *Annabell*— causó en aquel entonces sensación. La señora Chloé se peleó con el señor Colin por eso. Lo había comprado como caballo de carreras, pero según la opinión de la señora Chloé no lo era. Se trataba de un animal lento... tampoco apropiado para la cría. El señor Colin tenía que retirarla, y él le dijo que lo haría si a la semana siguiente no ganaba la carrera de trotones.

—¿Y? —Sean algo se temía.

—Ganó, efectivamente. Y la señora Chloé se quedó pasmada.

—¡Por lo visto, a la señora Chloé la cegaba entonces el amor! —resopló Sean—. Violet, si no me equivoco demasiado, esta es una lista de trampas en las apuestas. Su marido se anotó todos los fraudes que hizo su patrón.

—Pero ¿por qué? —preguntó Violet, estupefacta—. Me refiero a que... él estaba involucrado. Siempre iba de un lado para otro y apostaba en distintos lugares. Yo ya había pensado que había algo turbio en eso, también podía jugarse su billete de diez chelines en uno de los caballos del señor Colin.

Sean rio.

—Apostaba más de diez chelines. Mire, cien libras en Christchurch, cincuenta en Dunedin... —señaló en las pulcras listas que documentaban las apuestas en los distintos despachos.

—¡Pero no podía apostar tanto dinero! —protestó Violet—. No ganaba tanto.

Sean movió la cabeza.

—¡Claro que no! Apostaba por Colin. Y es probable que también los aprendices y jockeys que trabajaban aquí estuvieran metidos en el asunto. Eric era quien realizaba las apuestas, lo más lejos posible de aquí para que no se descubriese nada y probablemente con un nombre falso, y Colin cobraba.

—¿Y Eric tenía que hacerlo porque el señor Colin no podía apostar por sus propios caballos? —preguntó Violet.

Sean se encogió de hombros.

—Es probable que uno pueda apostar por sus propios caballos. No lo sé con exactitud, yo no juego en las apuestas. Pero no se debe amañar la carrera. Y si mira con atención, el ganador está apuntado antes de hacer la apuesta. Roberta tiene toda la razón: en el cuaderno aparece qué caballo va a ganar.

—Pero ¿por qué lo ha escrito? —Violet hojeaba el cuaderno. Durante todos esos años, Eric había hecho sus anotaciones—. Esto le inculpa a él tanto como al señor Colin.

Sean hizo un gesto de ignorancia.

—A lo mejor tenía mala memoria y debía anotar el nombre de los caballos por los que tenía que apostar. O a lo mejor quería, en caso de duda, tener una carta en la manga contra Colin. En caso de que un día lo despidiera, para Chloé era como una espina que llevaba clavada. A lo mejor apuntaba también contra ella. Antes habría conservado a Eric o le habría pagado por su silencio que traicionado a su marido.

—¡Pero la señora Chloé nunca lo habría descubierto! —dijo Violet, totalmente convencida.

Sean sacudió la cabeza.

—No. Quizás habría abandonado a Colin cuando se hubiese enterado. Pero habría temido el escándalo público. No lo habría denunciado. Y todo habría sucedido a gusto del señor Eric Fence.

Violet se rascó la frente mientras Sean siguió hojeando la libreta.

—La cuestión es qué hacemos ahora —advirtió—. ¿Vamos a la policía? ¿O a la unión de criadores de caballos? Tenemos que impedir que Colin siga haciendo esto, pero para serle sincero... también yo temo un poco el escándalo. —Violet reflexionaba—. El oprobio también recaerá sobre Chloé —siguió hablando Sean—. No saldrá indemne de esta. Solo de pensar en la prensa... y ahora esta relación con Heather...

—¿Por qué no cogemos un billete de diez chelines y lo apostamos al caballo ganador? —preguntó Roberta con ingenuidad. Hasta el momento había estado allí tranquila y escuchando lo que decían los adultos. Aunque, por lo visto, no había entendido nada—. Nos prestará un billete de diez, ¿verdad, señor Sean?

Sean sonrió.

—Y dos también, Roberta. Pero lo que planteas no es demasiado honesto, ¿sabes? Apostar es como un juego, por eso no se debe decidir antes quién va a ganar.

Violet se irguió.

—No lo escuches, Roberta —dijo con frialdad—. El señor Sean dice esto porque siempre ha tenido suerte en este juego loco que se llama vida. Pero este juego no es honesto, Roberta, y, lamentablemente, antes de la carrera ya está determinado casi siempre quién va a ganar. Las personas como nosotros solo podemos tratar de sacar lo mejor de ello. De vez en cuando nos cae un comodín en la mano. Como este cuaderno. Lo siento, señor Sean, pero no puedo limitarme a tirarlo, como posiblemente fuera de su conveniencia. Y de la señora Chloé. Tengo que hacer algo con él, es la única herencia que Eric ha dejado a su hijo. Pero puede usted acompañarme, señor Sean.

Violet se metió el libro en el bolso, dejó la casa del jardín y se encaminó hacia el hipódromo. Sean la siguió sin plantear ninguna pregunta. La pista estaba desierta, hasta el día siguiente no entrenarían a los caballos. Violet cruzó la carretera y entró en la zona del club de hípica.

—¿Está el señor Tibbot todavía ahí? —preguntó a un par de jóvenes que hablaban en el pasillo del establo mientras limpiaban los arreos.

Algunos caballos asomaron curiosos la cabeza fuera de los *boxes*. Sean acarició a uno de ellos por encima de los ollares.

—¿Quién es el señor Tibbot? —preguntó a Roberta.

La niña corría obediente detrás de su madre, pero encogía la cabeza delante de los caballos. Cuando pasaron junto al *box* de un semental algo nervioso, aferró atemorizada la mano de Sean. Él se la apretó conmovido.

—El señor Tibbot entrena a los trotones —dijo la niña en el tono algo amanerado que le era característico—. Es el rival principal del señor Colin.

Una niña a la que ya en la cuna le habían leído en voz alta la enciclopedia. Sean algo presintió. Violet, mientras tanto, ya había encontrado al entrenador. Se trataba de un hombre bajo y robusto, de rostro franco y rubicundo en el que brillaban unos pequeños ojos azules. Sin duda era irlandés de origen. Sean lo saludó cordialmente y Roberta hizo una reverencia.

—¡Señor Tibbot! —Violet tendió formalmente la mano al entrenador, que la saludó con una inclinación.

—De nuevo mi más sentido pésame, señora Fence. Si... si puedo hacer algo por usted...

Parecía que lo decía sinceramente. Se intuía que al señor Tibbot no le había caído especialmente bien Eric Fence. Tampoco había asistido al funeral.

—Sí, puede —dijo Violet, serena—. Desearía que aceptase a mi hijo como aprendiz. Todavía es un poco joven, lo sé, pero los aprendices de jockey empiezan siempre pronto y sé que sus chicos viven en su casa y que su esposa cocina para ellos. Por favor, eso es lo que yo desearía para Joe.

El entrenador se frotó las sienes.

—Señora Fence... No sé..., ya tengo dos aprendices... Y Joe... es bastante alto y pesado, como jinete no sirve.

—Puede conducir un carro —apuntó Violet—. O entrenar. O limpiar los establos, qué sé yo. Pero deseo que trabaje para usted y no para el señor Colin Coltrane. Deseo que él...

La situación estaba resultando bastante desagradable para el señor Tibbot, e intentó eludirla.

—Señora Fence, yo... yo no quiero decir nada sobre su esposo y el señor Coltrane. Pero... los dos ya han influido mucho en Joe. Yo, por ejemplo, no me fiaría mucho de su... humm... discreción. Y no puedo arriesgarme a que vaya contando en el establo de al lado todo lo que vea y aprenda aquí.

Violet sacó el cuaderno del bolsillo.

—Mi hijo trae esto, señor Tibbot. Y si usted lo emplea correctamente... pronto no habrá un establo contiguo.

El señor Tibbot y los todavía jóvenes entrenadores, jinetes, conductores y criadores de trotones huían del escándalo tanto como Sean y Chloé Coltrane. El cuaderno de Eric Fence no alcanzó, pues, las manos de la policía ni de la prensa. Su contenido llegó, sin embargo, a oídos de entrenadores y propietarios de caballerías, pero nunca se confirmó la estafa de las apuestas. Pese a ello, se sospechaba, y con más dureza de lo que hubiera provocado la justicia legal y el escándalo en la prensa.

El entrenador Tibbot rezó una oración por Colin Coltrane y filtró el cuaderno a un corredor de apuestas asentado en Invercargill. Este a su vez lo dio a otros representantes de su gremio en Christchurch y Dunedin. Los hombres necesitaron un par de días para calcular sus pérdidas. Al cabo de ese plazo aparecieron los ejecutores en casa de Colin Coltrane y le exigieron el pago.

# 11

La primera palabra de Atamarie Drury fue «mamá» y la segunda, «abuela»: así llamaba a Amey Daldy, como los nietos de esta, entre los cuales crecía. Pero la tercera fue «solicitud», pues en torno a este concepto giraba todo el trabajo de su madre.

«Vengo enseguida, cariño, tengo que escribir todavía esta solicitud.» «Atamarie, ve a la señora Daldy y pregúntale si ya ha firmado la solicitud.» «No, nena, el domingo no podemos ir a la playa. Tengo que salir a buscar firmas para la solicitud de Kate Sheppard.» Después de la tercera palabra, Matariki dejó de contar, pero estaba bastante segura de que «sufragio femenino» era uno de los primeros diez conceptos que había aprendido su hija.

Matariki había comenzado a trabajar con Amey Daldy como profesora y mediadora entre *pakeha* y maoríes, pero desde que la lucha por el derecho a votar de la mujer había entrado en su fase álgida se encargaba casi exclusivamente de eso. Sin embargo, el trabajo le resultaba aburrido.

—¡En otros sitios las mujeres van por la calle y atacan a la policía con sus sombrillas! —se quejó a sus padres cuando estos fueron a visitarla a Auckland—. Y las encierran, cantan himnos en el calabozo... ¡al menos se mueven! Y nosotras, ¿qué hacemos? Redactar solicitudes, solicitudes y más solicitudes. En total ya llevamos más de setecientas, sin contar todas las cartas que hemos enviado a cada uno de los miembros del Parlamento. ¡Seguro que hemos talado medio bosque para conseguir tanto papel!

Michael y Lizzie se reían. Los dos estaban de excelente humor. Lizzie volvía a llevar un atrevido sombrerito en su cabello rizado y cada vez más gris, además de un vestido reforma nuevo de la colección de Kathleen. En los últimos años había engordado un tanto y se alegraba de no tener que ceñirse ya más el corsé. En esos momentos tomaba a sorbitos el champán que Michael había pedido como aperitivo y se complacía en la exquisita comida que iban a tomar en uno de los mejores restaurantes de Auckland. Los Drury habían invitado a Matariki y a Atamarie, que ya tenía nueve años. La primera había protestado porque lo encontraba demasiado caro, pero su madre no cedió. Cuando iban a la ciudad, Lizzie quería un local con una larga y selecta carta de vinos, si bien a veces era difícil encontrar un restaurante que sirviera alcohol. La Temperance Union celebraba sus triunfos precisamente donde pocas veces se abusaba del alcohol. Mientras los *pubs* surgían como setas, los restaurantes familiares dejaban de servir vino y cerveza.

—En fin, lo lamento por los bosques, pero yo me siento mejor sabiendo que estás por ahí escribiendo solicitudes y que puedo visitarte en Aucklanad y no en la cárcel —bromeó Lizzie con su hija.

—Y no quiero ni pensar en las fianzas que deberíamos pagar para que te dejaran en libertad —añadió Michael, sonriendo—. No podríamos tolerar que nuestra preciosa nieta creciera en presidio.

Lanzó una mirada sumamente complacida a Atamarie, quien, como niña bien educada, estaba sentada entre los abuelos y estudiaba la carta con atención. Michael no se cansaba de mirar a la pequeña, lo que provocó un par de comentarios punzantes por parte de Lizzie. Atamarie no debía su tez clara y el cabello dorado a sus antepasados maoríes. De ellos solo procedían los rasgos exóticos, el tono más oscuro y los ojos color castaño en los que a veces brillaban unos destellos ambarinos. Salvo por eso, la niña se parecía a su abuela paterna: Kathleen Burton, el amor de juventud de Michael. Pero ese día Lizzie tenía otra cosa que hacer que reprender a su marido. Estudiaba concienzudamente la carta de vinos.

—Creo que para acompañar el cóctel de gambas nos quedaremos con el champán —decidió finalmente—. Pero luego, si acabamos decidiéndonos por el cordero, el Burdeos del 87. ¿O prefieres pescado, Matariki? En ese caso, un chardonnay.

A juzgar por la expresión de Lizzie, hubiese pedido los dos. La elaboración del vino y el cuidado de las viñas seguían siendo la ocupación predilecta de la dama, y desde que ya no trataba de hacer un pesado vino tinto, sino que se concentraba en el vino blanco y ligero, cuyas uvas eran más fáciles de cultivar con el clima de Otago, los resultados que obtenía se bebían muy bien.

—Chardonnay, mamá, y no me saltes al cuello si bebo en el vaso de agua. —Matariki sonrió irónica—. La señora Daldy me matará si averigua que he bebido alcohol. Y encima en público. —Amey Daldy era una estricta practicante de la abstinencia y pedía a todos sus empleados que rechazaran el alcohol. Otra cosa más que a Matariki la enervaba—. ¡Ya haría tiempo que tendríamos el derecho al voto si no fuera por esta desafortunada Ley Seca! —se lamentó mientras se llenaba entristecida el vaso de agua con champán—. A la mayoría de los hombres les da totalmente igual que votemos o que no votemos, pero cuando les dicen que lo primero que vamos a hacer va a ser cerrarles el grifo de la cerveza, agarran un berrinche. Y esto hasta los más altos cargos. Incluso parece que el señor Ballance ha declarado que él aboga por el derecho al voto, pero que es posible que las mujeres votaran a los conservadores porque entre ellos hay más abstemios.

A Matariki no le importaba renunciar al alcohol, pero tampoco lo veía como la raíz de todos los males. Los McConnell, sus torturadores de Hamilton, habían sido unos abstemios radicales y, pese a ello, no tenían nada de buenas personas. El reverendo Burton, por el contrario, se pasaba la vida haciendo buenas acciones y disfrutaba despidiéndose del día con un whisky.

—Pero ahora también existe la Women's Franchise League, sin la palabra «abstinencia» —apuntó Lizzie.

Matariki asintió.

—Sí, por fin. Allí en Dunedin finalmente han propuesto algo sensato. Y la nueva campaña para reunir firmas por el derecho de la mujer al voto está obteniendo unos resultados fenomenales. El mes pasado acarreamos veinte mil firmas al Parlamento.

—¡Sí, la señora Sheppard las colocó realmente en una carretilla! —añadió Atamarie divertida—. Todos la acompañamos y pintamos pancartas y cantamos. Pero no nos dejaban entrar en el Parlamento, de eso se encargaron el señor Hall y el tío Sean. —Por lo visto había reinado una atmósfera festiva.

Lizzie aguzó el oído.

—¿Sean Coltrane? —preguntó—. ¿Tienes contacto con él?

Matariki asintió.

—Claro, aunque no muy a menudo. El mes pasado estuvimos en Wellington y nos lo encontramos. Nos lo pasamos bien, ¿verdad, Atamarie?

La niña enseguida se puso a hablar entusiasmada de la capital y del encuentro con su tío. Michael escuchaba lleno de orgullo: aunque al principio le había parecido algo sospechoso que Sean —¡el hijo de un rebelde irlandés!— representase a los británicos en el Parlamento, con el tiempo se había hecho a la idea. Ahí ya no había ingleses ni irlandeses, solo neozelandeses. Y Sean hacía más en el Parlamento por la gente sencilla que lo que los Drury habían hecho jamás en Irlanda. Si bien Sean probablemente habría sostenido que suministrar a la población whisky destilado en la clandestinidad no era ninguna acción social. Nunca se había creído del todo que su padre biológico hubiese luchado por la libertad.

A Lizzie le interesaban otras cosas totalmente distintas.

—En Wellington también está ese chico maorí, ¿no? ¿Cómo le va?

Matariki se mordió el labio. Era típico de su madre llevar la conversación hacia el tema de las relaciones masculinas. Lizzie estaba algo preocupada por su futuro y le habría gustado tener más nietos, pero tal como estaban las cosas, tendría que esperar hasta que Kevin y Pat se casaran, lo que todavía podía alargarse.

Los dos hermanos de Matariki todavía acudían a la Universidad de Dunedin. Sin embargo, la joven no rechazaba hacer nuevos conocidos. Colin no le había roto el corazón en absoluto, como se había temido Lizzie, y de hecho tampoco se había reprimido del todo esos últimos años en Auckland. Allí solía ir con frecuencia con las tribus maoríes como invitada y de vez en cuando había cedido a los avances de alguno de los jóvenes después de haber pasado la noche con su gente sentada junto al fuego, bebiendo y hablando de Parihaka. No obstante, no se había enamorado de ninguno de ellos y había dejado esas aventuras en cuanto Atamarie fue lo bastante mayor para darse cuenta de algo y contárselo seguramente a Amey Daldy. Pues pese a toda la apertura hacia las costumbres maoríes, la rígida metodista esperaba de sus profesoras una abstinencia total y Matariki solo permanecería con ella como viuda. La joven también había dado por concluidas las oraciones dominicales por su esposo muerto cuando Atamarie empezó a comprender mejor, pero no establecía nuevos contactos con hombres *pakeha*. De todos modos, tampoco se le presentaba oportunidad para ello, pues Matariki trabajaba prácticamente solo con mujeres. Por supuesto, de vez en cuando coincidía con un puñado de políticos varones que apoyaban con convicción el sufragio femenino, pero exceptuando a Sean Coltrane, todos estaban casados y en ninguna circunstancia se habrían permitido coquetear con una sufragista.

—Kupe no quiere saber nada de mí —respondió pesarosa a su madre—. Escribí una vez a Pai, con quien estuvo él en Parihaka y luego en Wellington. Me contestó: le había enseñado mi carta pero él no la había querido leer. Con el tiempo que ha pasado es algo que no puedo entender. Todavía está disgustado porque me enamoré de Colin y me marché con él. Y eso que él ya no estaba en Parihaka. Lo habían detenido, aunque Colin quería evitarlo.

—¿Lo quería realmente? —preguntó la sagaz Lizzie—. ¿O tuvo él algo que ver en ello? A lo mejor temió que Kupe fuese un rival y se lo quitó de en medio. Por otra parte, Chloé Edmunds lo ha abandonado.

Matariki asintió no demasiado interesada.

—Lo he oído decir. Bravo por Chloé. Él se ha quedado con la casa, los caballos y todo lo demás. Mientras que ella no ha visto nada a cambio... Pero, por favor...

Señaló discretamente con la barbilla a Atamarie. No quería que la niña escuchara los rumores acerca de su padre biológico. De vez en cuando Lizzie se preguntaba cuánto sabría al respecto. Según la costumbre maorí, Matariki debía ir informando a su hija sobre su progenitor, pero, por otra parte, la niña tenía que fingir que era huérfana delante de los *pakeha*.

—En cualquier caso, me gustaría volver a ver a Kupe —afirmó Matariki, reanudando el tema anterior—. Pero está claro que me evita. A lo mejor cuando obtengamos el derecho al voto... Entonces me ocuparé seguramente de asuntos maoríes. Ahí todavía quedan temas por arreglar.

De hecho, Matariki tenía previsto dejar su trabajo con Amey Daldy en un tiempo no muy lejano. Últimamente se hablaba cada vez más de Meri Te Tai Mangakahia, cuyo esposo, Hamiora, acababa de ser elegido primer ministro del Parlamento maorí. Matariki la había conocido en Christchurch y de inmediato había simpatizado con ella. Meri era tan solo algo más joven que Matariki, también había disfrutado de una educación *pakeha* en el St. Mary's Convent de Auckland, y, como ella, era hija de un jefe tribal. No obstante, su padre había sido elegido en 1890 *ariki* de su tribu, pero no se había visto expuesta a las extrañas costumbres de algunas de las tribus de la Isla Norte o de los hauhau. En la actualidad no solo luchaba por el sufragio femenino, sino que quería conseguir que al menos en el Parlamento maorí se permitiera también la participación de diputadas. Ya lo había defendido delante de la Cámara: las mujeres maoríes no se quedaban dócilmente delante de la puerta cuando los hombres celebraban una sesión.

Fuera como fuese, Matariki tenía ganas de volver a trabajar con gente más joven y dejar a las señoras, a veces realmente rancias, que se reunían en torno a Amey Daldy. Tampoco se trataba de batallar en la calle con la policía, pero Matariki esperaba de su compromiso político algo más que estar escribiendo cartas.

Pese a ello no había contado con que precisamente la inofensiva comida festiva con sus padres la catapultaría al centro de los acontecimientos. Tampoco se temió nada malo cuando, a la mañana siguiente, Amey Daldy reclamó su presencia. Su jefa la recibió en la sala de estar, pero no le dijo que tomara asiento en uno de los sillones de terciopelo. Ella misma estaba sentada a un pequeño secreter en el que solía encargarse de la correspondencia privada. Todo estaba ahí pulcramente ordenado y no como en el escritorio de Matariki, donde se amontonaban las solicitudes y había pilas de códigos de leyes.

—¿Estuvo usted ayer en el Four Seasons? —inquirió la señora Daldy con severidad.

Apenas había envejecido en los últimos diez años, y si lo había hecho solo se la veía un poco arrugada y reseca. «Una vida estrictamente contemplativa conserva», pensó con insolencia Matariki, «pero no otorga un esplendor especial».

Matariki asintió. Se lo había temido. La Temperance Union tenía ojos por doquier.

—Con mis padres —dijo sosegadora—. Y solo bebí un poco de vino.

—¡Era alcohol en público, Matariki! —replicó sin poder contenerse la señora Daldy—. Dos caballeros me lo dijeron. Bebió: champán, vino y aguardiente. Y estuvo riéndose.

—¡Pero reír en público no está prohibido! —protestó Matariki extrañada—. Y solamente me mojé los labios con el coñac. Mi madre me dijo que tenía que probarlo. Mi madre...

—Según los datos de mi informante, el hombre que estaba ahí tampoco podía ser su padre —dijo la señora Daldy—. Y me describieron a su madre como una persona extremadamente frívola. ¡Si es que realmente era su madre! ¡Matariki, esto no puede seguir así! Precisamente nosotras, que abogamos por el derecho de la mujer a la igualdad en la sociedad, debemos ser un modelo de virtud y de abstinencia. En su caso ya resulta de todos modos cuestionable. De acuerdo, usted no me ocultó que

Atamarie era una... humm... una hija natural. Pero nos habíamos puesto de acuerdo en que fingiría ser viuda. ¡Ahora Atamarie anda contándole a todo el mundo que Sean Coltrane es su tío!

Los dientes de Matariki mordisquearon de nuevo el labio. ¿Cómo iba a explicarlo? Al final decidió lanzarse.

—Sean Coltrane es, por así decirlo... es más o menos su tío por ambas partes. Cómo explicarlo... Sean es mi hermanastro por parte de padre, que, como usted ha comprobado acertadamente, no es realmente mi padre, mientras que Colin Coltrane, pese a ser el padre de Atamarie, no es realmente el hermano de Sean porque...

Amey Daldy se pasó la mano por la frente.

—¿Y la niña está al corriente de estas relaciones familiares?

Matariki se encogió de hombros.

—Más o menos. Bueno, no creo que sepa que Sean es en realidad el hijo de Michael. Pero...

—¡Matariki, esto no puede seguir así! —repitió Amey Daldy—. Escuche, siempre he hecho la vista gorda con usted, y debo reconocer que está realizando una labor fantástica. Pero si ahora Atamarie comienza a ir contando que su padre no está muerto...

—¡No puedo obligarla a mentir! —objetó Matariki—. Puedo pedirle que no hable de ello, pero en cierto modo está orgullosa de su tío Sean y se parece a él.

—Lo que todavía complica más el asunto —señaló Amey Daldy—. Desde la entrega de la última solicitud, en Wellington corren rumores acerca de usted y Sean Coltrane. Les han visto juntos...

—¡No hemos bebido vino! —aseguró Matariki. Y en ningún caso se había visto en secreto con Sean, sino en un gran restaurante.

—Eso no significa nada. El comedimiento, la temperancia, Matariki, deben determinar nuestras vidas. Ni siquiera debemos inspirar la sospecha de que escondemos algo. En resumen, llevo tiempo reflexionando acerca de ello y no me ha resultado fácil tomar una decisión. Pero lo que sucedió ayer por la noche... He decidido prescindir de usted, Matariki. —Aun así, miró directamente a los ojos de la que llevaba años siendo su ayudante.

La joven calló.

—Yo también —dijo entonces—. Bueno... Yo... yo también quería despedirme. Pero ¿justo ahora? ¿Cómo va a hacerlo usted todo, señora Daldy? La siguiente solicitud... ¡El objetivo son treinta mil firmas! El año próximo tiene que aprobarse la ley y la señora Sheppard confía en nosotros. Quién escribirá todas las cartas y enviará todos los telegramas y...

—Las personas que siempre lo han hecho —respondió secamente Amey Daldy—. Mujeres virtuosas y cristianas. Necesitaremos a un par más de voluntarias. Lo lamento, Matariki, pero es mejor reducir un poco nuestras exigencias antes de traicionar nuestros principios.

Matariki se apartó el cabello del rostro. Normalmente lo llevaba recogido, pero siempre se le desprendía algún mechón. Si bien eso solía irritarla, en esos momentos casi sentía nacer en ella la alegría y el orgullo. Su cabello no se dejaba domar, como tampoco ella. No luchaba por los derechos de la mujer para tener que ceñirse después el corsé de la virtud y de los principios de sus compañeras de género.

—Entonces, asunto arreglado —dijo serenamente—. Voy a buscar a Atamarie a la escuela y luego nos vamos a Wellington. Seguiré luchando, señora Daldy, no reduciré mis exigencias. Y usted y sus partidarios de la abstinencia tendrán que reflexionar sobre si realmente desean el sufragio femenino. Si lo consiguiéramos, a lo mejor votaríamos algo con lo que no estén de acuerdo. Algo como reír y beber alcohol, incluso es posible que en compañía de hombres. Tal vez haya usted encabezado la lucha equivocada, señora Daldy. Tal vez no solo quiera dar el derecho de voto a las mujeres, sino también quitárselo a los hombres. Para que luego un par de dechados de virtudes vanidosos nos digan qué es lo que goza del beneplácito de Dios. —Matariki fulminó con la mirada a su jefa, que la observaba desconcertada. Pero le dirigió una sonrisa—. ¡De todos modos, nos veremos en septiembre delante del Parlamento! —dijo conciliadora—. Solo nos faltaría pelearnos entre nosotras... ¡Ha sido agradable trabajar para usted señora Daldy!

Matariki saludó de nuevo a su jefa antes de abandonar la sombría sala de estar para salir a la luz del sol. Casi llegó bailando a la escuela de Atamarie. Un instituto severo; su hija estaría contenta de salir de ahí. Y luego mandaría un telegrama a Meri Te Tai. Había mucho que hacer. Y Matariki se alegraba de ello.

# CAMELIAS BLANCAS

*Isla Norte, Wellington*

1892-1893

# 1

Matariki y Atamarie no se mudaron de inmediato a Wellington, sino primero a Waipatu, donde vivía Meri Te Tai Mangakahia con su familia y donde, en junio, se había constituido el primer Parlamento maorí. Te Kotahitanga, tal era el nombre del movimiento, quería contraponer al gobierno de los colonos blancos de Wellington una representación de las tribus. Acordaba proyectos de ley que luego deberían ser defendidos por los dos diputados maoríes que desde hacía tiempo eran miembros del Parlamento *pakeha* y aprobados por todos. No obstante, esto se desarrollaba con esfuerzo, sobre todo porque no había una colaboración perfecta. Por el momento, a las mujeres maoríes les iba igual que a las mujeres blancas: no participaban en la elección de los diputados de Wellington. De ahí que sus representantes fueran votados por los blancos, quienes, por supuesto, elegían antes a unos hipócritas que a unos luchadores por la libertad. Como Matariki y Meri esperaban, también eso cambiaría en las próximas elecciones.

—¿Y por qué deliberáis aquí, en un rincón del mundo? —preguntó Matariki. La belleza del paisaje la había impresionado, las playas blancas, la vegetación casi tropical y los asentamientos maoríes, ricos en tradiciones—. ¡Es en Wellington donde se hace política!

Meri Te Tai, una mujer muy hermosa y de cabello oscuro que siempre iba vestida siguiendo la última moda *pakeha*, se encogió de hombros.

—Eso tendrás que preguntárselo a los hombres, yo no lo decido. Pero se trata de autonomía. No podemos permitir que los blancos nos den órdenes sobre dónde y cómo hemos de tomar nuestras decisiones. Nuestra representación se reunirá cada vez en un lugar distinto del país y será acogida por diferentes tribus.

—Pero todo esto dificulta aún más las cosas —opinó Matariki—. ¿No crees que deberíamos tener algo así como... un despacho? ¿Una agencia estable en Wellington?

Meri sonrió.

—Esto es lo que Sean Coltrane también nos ha aconsejado. Y estamos considerándolo. Al menos nosotras, las mujeres, deberíamos tener una representación; a fin de cuentas luchamos en dos frentes por el derecho al voto: como maoríes y como mujeres. ¿Te gustaría dirigir una agencia de este tipo? En lo que respecta a la financiación... estamos reuniendo donaciones.

Matariki asintió complacida.

—Conozco una tribu en la Isla Sur —señaló— que cuenta con... bueno... mayores recursos y que siempre ha apoyado generosamente las aspiraciones de libertad de las tribus.

Con una sonrisa taimada pensó en los intentos apenas encubiertos de extorsión de Kahu Heke. Los ngai tahu lo habían maldecido, pero también le habían pagado. Haikina y su tribu se sentirían más satisfechos apoyando movimientos de emancipación pacíficos. Y no les resultaría difícil. Todavía había mucho oro en el arroyo junto a Elizabeth Station.

El despacho en Molesworth Street, en diagonal respecto al Parlamento, se inauguró en noviembre de 1892, a tiempo para apoyar enérgicamente la última solicitud de Kate Sheppard para el sufragio femenino.

—Pero oficialmente no podemos poner la representación en manos de una sola mujer —señaló pesaroso el marido de Meri Te Tai, el primer ministro Hamiora Mangakahia—. Si se tratara únicamente del derecho al voto, entonces tendrían que volver a cerrar el despacho en cuestión de dos meses, si los espíritus lo quieren. Pero se convertirá en una representación del Te Kotahitanga, el Parlamento maorí en Wellington, y no podemos ocuparlo solo con mujeres.

Matariki ya había llamado a dos de las alumnas que tenía al comenzar a trabajar para Amey Daldy para que colaborasen con ella.

—¡Pero yo ya pensaba que iba a encargarme de la dirección del despacho! —objetó con determinación—. Además, soy yo quien ha organizado la mayor parte de la financiación.

Hamiora asintió. Había llegado a Wellington con la única intención de abrir el despacho y hablar con Matariki.

—Y lo hará. Pero con un hombre, ¿comprende? Sean Coltrane nos ha recomendado un jurista sumamente capacitado, activo desde hace mucho tiempo en el apoyo de la campaña por el derecho de voto, y por lo tanto... acostumbrado a mujeres... humm... con *mana*.

Matariki sonrió irónica.

—Pero ¿no es un *pakeha*? —preguntó.

Hamiora negó con la cabeza.

—No, un maorí de pura raza. Aunque, lamentablemente, ignora con qué canoa arribaron sus antepasados a Aotearoa. Debería llegar aquí de un momento a otro, he quedado con él a las tres. —Consultó el reloj de pared.

—¿Y a qué viene tanto secretismo? —preguntó Matariki, algo disgustada—. ¿Por qué no me lo explicaron antes?

En realidad, no le sorprendía demasiado que le pusieran un colaborador varón, aunque siempre había esperado que contasen con ella para elegir entre los candidatos. Mientras buscaba otros argumentos y objeciones, llamaron a la puerta.

Hamiora abrió.

—Sean Coltrane era de la opinión de que tal vez fuese mejor presentarle los hechos consumados —respondió tímidamente.

Delante de la puerta se hallaba un maorí cuyo musculoso cuerpo casi rasgaba el formal terno. Llevaba el cabello corto, pero también los tatuajes propios de un guerrero. No completos, solo los signos más importantes. Con ellos el joven no producía un efecto excesivamente peligroso. También sus ojos castaños, en los que brillaba alguna mancha dorada, obraban un efecto más amable que amenazador.

Kupe miró a Matariki con la misma incredulidad con que ella lo contemplaba a él.

—¿Tú? —preguntaron ambos casi al mismo tiempo.

Y entonces resonó un gimoteo debajo del escritorio de Matariki. El ya viejísimo *Dingo* se levantó como pudo y saludó a su viejo amigo. Siempre había querido a Kupe, lo que nunca había sucedido con Colin.

Kupe acarició al animal, lo que le permitió dejar de mirar a Matariki. Pero, claro, en algún momento tendría que alzar la vista.

—No lo sabía —dijo el joven.

Matariki hizo un gesto de impotencia antes de sonreír.

—Yo tampoco. Pero me alegro de volver a verte.

Kupe la miró y sintió la tentación de contestarle con acritud, pero se dominó. No conseguiría dejarla en la estacada, simplemente. ¿Y cómo iba a explicarle a Hamiora Mangakahia que no aceptaba ahora el trabajo que consideraba ideal para él?

Matariki le tendió la mano.

—Por una colaboración fructífera —dijo, decidida.

Kupe calló y se limitó a estrechar la mano de la muchacha en silencio.


Matariki y Kupe lograron trabajar juntos casi medio año en el despacho sin intercambiar ni una sola palabra. El silencio procedía de Kupe, Matariki encontraba su actitud nada más que rara. No obstante, en un momento dado se enfadó y también dejó de hablar, lo que seguramente no le habría resultado tan fácil si Sean Coltrane no hubiese gestionado otro trabajo y con ello colocado un parachoques entre ambos representantes de los maoríes: en febrero, Violet Fence ocupaba un escritorio en el despacho del Te Kotahitanga.

—Aquí tenéis sitio —había dicho Sean, cuando expuso a Matariki y Kupe su proyecto—. Y Kate Sheppard y su Women's Christian Temperance Union necesitan urgentemente una representación fija en la capital mientras dure la campaña.

—¿Y tiene que venir especialmente alguien de la Isla Sur? —preguntó Matariki enojada. Los conceptos «cristiano» y «temperancia» le producían cierta alergia—. ¿Es que no hay ninguna metodista abstemia en Wellington que pueda solucionar todo eso desde la sala de estar de su casa?

Sean se rascó la nariz y se humedeció los labios antes de contestar. Ya se esperaba una pregunta de este tipo y en ese momento lanzó una mirada suplicante a Kupe. Después del mitin en Dunedin, Kupe lo había representado en Christchurch, así que debía de sospechar al menos que quería tener cerca a Violet Fence por razones personales.

—Violet no... no es... ninguna fanática. Es una mujer muy sensata, te caerá bien, Matariki. Y... y tiene que salir urgentemente... Necesita un trabajo.

—¿Y no hay ninguno en Dunedin ni en Christchurch para una mujer sensata que sabe leer y escribir? —preguntó Matariki en tono burlón—. En fin, me da igual, a fin de cuentas será solo por un par de meses. Dile, por favor, de mi parte que seré tan complaciente con ella que ni siquiera beberé en su presencia. A cambio le pido que no rece, por favor. Si esto queda claro, sin duda nos entenderemos.

De hecho, Violet no tenía ninguna intención, por supuesto, de ponerse a rezar en el despacho y, en cuanto a la bebida, a los dos meses de trabajar con Matariki dejó que esta la convenciera para probar el nuevo vino que Lizzie había enviado esperanzada a Wellington: «¡Dime que no es peor que el chardonnay del Four Seasons!»

Al principio, Violet encontró un poco peculiar estar sentada entre dos personas que, por lo visto, dominaban perfectamente tanto el inglés como el maorí y que hablaban complacientes con cualquier persona, pero no entre sí. En general, intentaban no comunicarse en absoluto, pero cuando no les quedaba otro remedio, recurrían a Violet como intermediaria:

—Por favor, dígale a Kupe que vuelva a recordarle a Sean lo de la copia de la carta del señor Fox, cuando lo vea.

—¿Sería tan amable de decirle a la señorita Drury que han entrado más firmas?

Violet no se quejó durante un tiempo, si bien se ruborizaba cada vez que eso ocurría. Nunca había trabajado en un despacho y se preguntaba si ese comportamiento sería normal entre secretarios y ponentes, aunque no lograba concebir algo así. Pese a ello, no quería pecar de indiscreta. Estaba demasiado contenta de trabajar para Kate Sheppard, que además le facilitaba la proximidad con Sean Coltrane, y mantenerse alejada del campo de influencia de Colin. Habían surgido algunos problemas hasta que había convencido a Joe de que no trabajara de aprendiz con Colin sino con Tibbot. Violet tenía que reconocer que sin el apoyo del abogado no habría conseguido enfrentarse a Colin y justificar su decisión. Naturalmente Coltrane se había puesto furioso cuando ella le reprochó que hubiera inducido a su hijo a realizar prácticas comerciales turbias. Él, por su cuenta, la acusó de maledicencia y perjudicar su negocio extendiendo tales rumores. A Violet eso la había asustado, pero Sean solo se había mostrado indiferente.

—Aquí no se trata de si eres o no un tratante de caballos, Colin Coltrane —observó—. En cualquier caso, no eres el tutor de Joseph Fence. Desde el punto de vista jurídico el chico es sin lugar a dudas menor de edad, lo cual significa que es su madre quien determina su lugar de residencia y el contrato de aprendizaje. Joe quiere trabajar con caballos y la señora Fence ha encontrado un entrenador con cuya familia el chico puede vivir durante su formación. Tú no puedes ofrecerle algo así, puesto que tu esposa, lamentablemente, te ha abandonado, lo que (debo admitir) tal vez sí tenga algo que ver con la cuestión de si eres un tratante de caballos o no. Sea como fuere, no puedes ofrecer a tu aprendiz una familia que lo acoja, así que Joe se va con el señor Tibbot. O con su madre a Dunedin. —Se volvió hacia Joe—. ¡Y ahora no te pongas a gritar, joven! Estas son las dos únicas opciones, así que ya puedes decidirte por una de ellas.

Después de este discurso, Violet se había limitado a mirar a Sean con admiración. Conocía todas las palabras utilizadas, pero ella nunca hubiese sido capaz de argumentar de forma tan elaborada. En cualquier caso, Colin no abrió la boca y Joe, sorprendentemente, tampoco. Violet jamás lo había visto tan dócil como bajo la dirección tranquila pero firme de Sean Coltrane.

—Será usted un buen padre —le había dicho no sin cierta timidez cuando Joe se quedó felizmente con su nuevo maestro y se despidió con una amable inclinación—. Cuando se case, me refiero. —Acto seguido se ruborizó de nuevo.

Sean fingió no haberse percatado de nada.

—Y usted, Violet —observó con una sonrisa—, es una madre excelente.

Antes de mudarse a Wellington, Violet oyó decir que Colin Coltrane atravesaba por graves problemas financieros. Naturalmente, supuso que eso podía estar relacionado con las notas de Eric. Cuánto exactamente, lo ignoraba, aunque por otra parte le resultaba indiferente. De todos modos, en caso de que Colin averiguara que tenía algo que ver con eso, ella estaría en la Isla Norte mucho más segura que cerca de su área de influencia.

Finalmente Violet preguntó a Sean acerca de las extrañas circunstancias que se daban en el despacho. A veces el abogado las recogía a ella y a Roberta el fin de semana en la habitación que madre e hija habían alquilado en la gran residencia de una viuda, mientras que Rosie se había quedado en Dunedin para trabajar con Chloé y Heather. En esas ocasiones salían los tres a pasear o iban de excursión; siempre en lugares concurridos, por descontado, pues él no quería ponerla en un compromiso. En esos momentos casi se tronchaba de risa al enterarse de la actividad de Violet como mediadora entre Kupe y Matariki.

—No, Violet, de normal eso no tiene nada, se lo aseguro —respondió—. Pero tampoco sé qué es lo que ocurrió en el pasado entre ambos.

—Atamarie dice que Kupe está enamorado de su mamá —intervino Roberta. Ya el primer día de llegar a Wellington se había hecho amiga de la hija de Matariki, que era un año más joven que ella, y desde entonces se había desprendido un poco de su timidez.

Violet frunció el ceño, pero Sean volvió a reír.

—Ya me imaginaba algo así, Roberta, pero no es conveniente hablar directamente de ello con la gente. —Dirigió un guiño de complicidad primero a la hija y luego a la madre—. Pregúnteles un día a cada uno de ellos por qué no habla con el otro, Violet, simplemente. Me interesaría saber qué le contestan.

Lo cierto es que ella se había atrevido a preguntárselo a Matariki, pero no se había sentido capaz de hablar con Kupe. Matariki se encogió de hombros, invitó a su compañera de trabajo a comer en el café cercano y le habló de Parihaka.

—Siempre fuimos buenos amigos —dijo—. De acuerdo, estaba enamorado de mí y yo no de él, pero eso no influyó en la relación. Hasta que apresaron a Kupe y yo me fui con Colin a Dunedin. Sobre todo lo que le ocurrió después, no sé nada. Pero si eso es lo que él quiere, por favor, yo no tengo obligación de hablar con él. ¡Esperemos a ver quién aguanta más!

Esto último sonaba a terquedad. Matariki parecía tener la intención de convertir el asunto en una especie de apuesta. Y tampoco parecía que Kupe le resultase realmente indiferente... Violet se preguntaba si eso que se llevaban entre manos no sería una forma de lo que la enciclopedia llamaba «coqueteo».

En el transcurso de la comida juntas también se enteró de la relación sentimental de Matariki con Colin Coltrane y, al mismo tiempo, de algunos de los antecedentes del matrimonio con su venerada señora Chloé.

—Puede ser muy encantador, no puedo tomar a mal que Chloé cayera en sus redes —apuntó Matariki—. Y tiene también... otras cualidades, si entiendes a qué me refiero...

Matariki hizo un gesto que Violet no reconoció como obsceno. Tampoco entendió a qué se refería, al menos hasta la noche en que las mujeres por fin abrieron juntas el vino de Lizzie y se contaron con él sus secretos.

—Lo mires como lo mires, Colin fue el mejor amante que

jamás he tenido —se sinceró Matariki—. Pero salvo por eso, un cabrón.

—¿Y piensas que de verdad una se lo puede pasar bien? —preguntó Violet vacilante, una vez que Matariki ya le había hablado de otras relaciones con hombres—. ¿Lo hiciste voluntariamente? Pues yo... yo lo encuentro horrible. —Solo de pensar en los abrazos de Eric aparecía en su rostro rechazo, asco y terror.

Matariki la tomó de la mano y la condujo junto a la ventana.

—Mira fuera, Violet —dijo con cierto énfasis tras haberse bebido tres vasos de vino—. Ahí está la noche. Forma parte de la vida, no puede obviarse. Y claro que a veces parece amenazadora, y no siempre injustificadamente, pues en algún lugar rondan asesinos y ladrones. A veces también resulta atroz, cuando uno tiene que desenvolverse en la oscuridad, cuando llueve o hay tormenta y el granizo choca contra la piel como flechas. Pero también puede ser maravillosa: aterciopelada y cálida, e iluminada por la luna llena y con miles de estrellas alumbrándote el camino. Si todo transcurre correctamente en tu vida, Violet, si puedes elegir, entonces solo sales en noches estrelladas, cuando puedes bañarte a la luz de la luna y los antepasados te envían una sonrisa a través de las estrellas. Pero si no se desarrolla bien, si debes huir en noches oscuras y peligrosas, o si vives en un entorno en el que siempre nieva y llueve, entonces llegas a odiar la noche. Igual sucede con el amor. Si te fuerzan, si el hombre es brutal y si no lo quieres, entonces es horrible. Pero con un hombre bueno, un hombre con experiencia, uno de quien estés enamorada, es lo más bonito del mundo. —Matariki miraba a su amiga con tal resplandor que parecía a punto de convertirse en una estrella.

—¿Y qué sucede cuando se está enamorada? —preguntó Violet.

El éxtasis de Matariki se transformó en desconcierto.

—¿No lo sabes? ¡Vaya, no lo hubiese pensado nunca! Por el modo en que miras a Sean Coltrane, cuando te atreves a mirarlo a los ojos...

Tras esta y otras noches con Matariki, Violet empezó a vestirse de forma más consciente y con colores más alegres, e intentaba no bajar siempre los párpados cuando se encontraba con Sean Coltrane. Con cada día que pasaba en Wellington se encontraba más joven y más feliz. Por primera vez en su vida tenía una amiga de verdad, leía novelas de amor en lugar de la enciclopedia y se gastaba el dinero que ella misma había ganado en vestidos nuevos.

Y se atrevió a admitir ante sí misma que amaba a Sean Coltrane.

Durante los primeros meses del año 1893, Kupe y Matariki siguieron sin hablarse. Fueron meses emocionantes para las sufragistas y sus partidarios. La lista de firmas bajo la solicitud de Kate Sheppard se hacía cada vez más larga, pero al mismo tiempo, también los contrarios al derecho de la mujer al voto se movilizaron. Enemigo acérrimo del movimiento era un político de Dunedin, Henry Smith Fish (miembro, claro está, del *lobby* de la industria del alcohol). Fish escribía instancias y solicitudes casi con el mismo celo que las mujeres, y reunir firmas le resultaba fácil: una ronda por los *pubs* de Dunedin el sábado por la noche y tenía tantas firmas como Kate tras pasarse un fatigoso mes llamando a las puertas. Pese a ello, una vez tuvo mala suerte y cayó en un *pub* en el que Peter Burton y un compañero de oficio católico, que tampoco era reacio a tomar una cerveza bien servida, estaban rematando la tarde. Los dos sacerdotes observaron sin inmutarse a Fish mientras este pronunciaba primero un discurso encendido y luego pedía a cada uno de los presentes en la taberna que firmase tres veces. Naturalmente, dieron a conocer el suceso y a partir de entonces se consideraba a Fish una persona de poco crédito. John Ballance, primer ministro, lo citó expresamente en su despacho y lo reprendió. Entretanto, Ballance se había declarado partidario de las mujeres y todos contaban con ganar en septiembre.

Pero entonces, un tranquilo día de abril, Sean Coltrane entró desconsolado en el despacho de Te Kotahitanga. Estaba pálido y ni él mismo parecía capaz de creerse lo que iba a contar a Kupe, Matariki y Violet.

—¡Ha muerto! —soltó a bocajarro—. John Ballance. En su despacho. Suponemos que de un infarto... Su secretario estaba con él. Dijo que toda la mañana se había sentido algo mal... y de repente se llevó la mano al pecho... y se desplomó... el médico no pudo hacer nada por salvarlo.

—¡Pero esto es una catástrofe! —exclamó Matariki—. Para él y su familia en primer lugar, pero también... también para nosotros. ¿Y qué pasa ahora? ¿Quién lo sustituirá?

Sean lo ignoraba.

—Es posible que Richard Seddon. Cuando Ballance se ponía enfermo siempre lo nombraba su suplente. Formalmente dirige la Cámara Alta desde hace casi un año —respondió Kupe, olvidándose de que estaba dirigiendo la palabra a Matariki—. Pero él...

—¡Él no es un auténtico liberal! —completó Matariki la frase—. Para él no cuentan los objetivos políticos, sino la influencia. Y los liberales constituyen el partido con más afiliados.

—¡Es un populista! —añadió Kupe.

Por enésima vez, Violet dio gracias a Caleb Biller por su enciclopedia.

—Dicen que no siente ninguna simpatía por las mujeres ni por los maoríes —intervino tímidamente.

Los demás asintieron apesadumbrados.

—Esto ya es casi demasiado —gimió Sean—. Ese hombre es... bueno, uno de los conservadores lo definió una vez como «cuanto menos parcialmente civilizado». De todos modos... me parece bastante... irreverente hablar ahora del sucesor. John Ballance era una buena persona. Deberíamos rezar por él.

Violet bajó la cabeza y rezó el padrenuestro cuando Sean lo recitó en voz alta. Kupe y Matariki musitaron dócilmente las palabras de la oración cristiana, pero al concluir se miraron. Como tanto tiempo atrás en Parihaka, no necesitaron expresarlo. Simultánea y armoniosamente empezaron a cantar un *haka*. Ambos tenían una voz bonita y el llanto fúnebre de los maoríes resonó en las calles de Wellington. John Ballance había tomado partido por el entendimiento entre los pueblos y había puesto en marcha muchas leyes provechosas tanto para maoríes como para *pakeha*.

Si Richard Seddon seguiría por ese camino o no, estaba escrito en las estrellas.

En el pequeño despacho de Te Kotahitanga y en la Women's Christian Temperance Union, John Ballance siguió ocupándose de forma póstuma de que reinara la paz y la reconciliación: desde el día de su muerte en adelante, Matariki y Kupe volvieron a hablarse. No mucho, no con frecuencia y sobre nada personal. Pero se había roto el hielo.

Como Sean y Kupe ya esperaban, el día después de la muerte de Ballance el gobernador nombró a su suplente, Richard Seddon, primer ministro. Un duro revés para las mujeres, los maoríes y todos los grupos de población que tenían problemas con que se los reconociera. De repente, Sean tuvo que enfrentarse a las protestas de inmigrantes chinos a los que Seddon había calificado de monos, se vio obligado a pelearse con nuevos ministros que habían obtenido la cartera por su amistad con el recién nombrado, y les contaba a Matariki y Violet sobre acalorados debates acerca del sufragio femenino. Consecuentemente, Seddon lo rechazaba, al tiempo que abogaba con el mismo apasionamiento en contra de cualquier proyecto de ley relativo a las restricciones en la distribución del alcohol.

—A este le pagan todas las fábricas de cerveza y destilerías de whisky del país —sospechaba Sean—. Que son también los que torpedean cualquier avance en dirección hacia el derecho de voto de la mujer.

—Queda por plantear qué tiene contra los maoríes —suspiró Kupe—. No se nos puede reprochar una falta de afinidad en el consumo del alcohol...

Matariki sonrió irónica.

—Mi padre les enseñó, al menos a los ngai tahu, a destilar ellos mismos —observó—. Su amigo Tane todavía suministra a media Isla Sur.

—¡Yo eso lo sigo encontrando vergonzoso! —intervino Violet, alterada. Los chistes sobre el tema del whisky seguían sin hacerle ninguna gracia—. La igualdad de razas y géneros pertenece a los principios básicos de la política liberal. Ese Seddon no puede presumir de jefe de partido ni de primer ministro si lo niega.

—Eso mismo le ha dicho a la cara Robert Scout —terció Sean, sonriendo—. Y con palabras parecidas. ¡Llegará el día en que pronuncie usted discursos, Violet! ¡Espere y verá!

—¡Todos pronunciaremos discursos! —exclamó Matariki, decidida—. Justo ahora duplicaremos todos los esfuerzos. De ahora en adelante un mitin seguirá a otro, gritaremos tanto al manifestarnos que el señor Seddon no oirá ni sus propias palabras.

La WCTU, la Women's Franchise League, su correspondiente maorí y los sindicatos de modistas hicieron realidad la amenaza de Matariki. Las organizaciones femeninas se superaban unas a otras escribiendo solicitudes e invitaciones a mítines. Las mujeres protestaban delante del Parlamento, donde reunían firmas prácticamente a diario. Como emblema de su misión se adornaban los vestidos o los sombreros con camelias blancas.

Atamarie y Roberta, las hijas de Matariki y Violet, participaban con verdadero fervor. Las chicas pintaban juntas pancartas, las llevaban por las calles en los desfiles de protesta y sugerían a sus madres que salieran juntas a la captura de votos.

—Si vamos de dos en dos nadie nos hará nada, podemos ir de un lado a otro recogiendo firmas.

Matariki y Violet les dieron permiso, al menos en sus propios mítines, y las chicas se llenaron de orgullo cuando, primero Matariki y luego, en efecto, también Violet Fence, subieron al podio y abogaron fervientemente por el derecho al voto de la mujer.

Violet empezó su discurso con la frase: «Me gustaría contarles una historia...», exactamente tal como lo había hecho Sean al iniciar su alocución en Christchurch. Con palabras claras y desapasionadas describió su matrimonio y cómo a través de la Temperance Union se había vinculado a la lucha por el sufragio femenino.

—Ignoro ahora si estaría aquí tratándose de un acto a favor de una prohibición estricta del alcohol —aclaró a continuación—. Hay argumentos a favor y en contra, y cada mujer y cada hombre deberá sopesar si lo que está en debate es realmente si es el whisky el que mete el diablo en el cuerpo de nuestros maridos o si hay otros motivos para que nos maltraten y nos desprecien. Pero una cosa sé seguro: hombres y mujeres son capaces en igual medida de pensar, evaluar y decidir. Deben ser iguales delante de la ley. Por lo tanto, ¡concedednos el derecho al voto!

Atamarie y Roberta la aclamaron con entusiasmo y acompañaron a voz en cuello a las mujeres cuando se pusieron a gritar: «¡Derecho de voto a la mujer, ahora!» Roberta se ruborizó cuando, acto seguido, un hombre se dirigió a ella de mal talante.

—¡Vamos a ver, vosotras, descaradas, todavía sois pequeñas para votar! ¿Qué forma es esta de comportarse en público?

Pero Atamarie no se dejó intimidar. Se echó a reír en la misma cara del hombre y señaló hacia las mujeres que estaban en el podio.

—En efecto, señor, somos todavía demasiado jóvenes. Pero esto cambiará. Las que están ahí arriba, señor, nuestras madres, ellas quieren votar. Y ya que estamos en eso, también queremos ser votadas. Permítame que me presente, señor: ¡Atamarie, primera ministra en 1920!

—¡Sería una buena idea! —opinó más tarde Matariki cuando Atamarie le contó lo que había dicho—. Roberta en el Parlamento *pakeha* y tú en el maorí. Entonces por fin se realizaría un trabajo en colaboración.

—Lo que faltaba —resopló Kupe.

Dejó abierto si pensaba en una soberanía femenina en general o solo desaprobaba a Atamarie en el cargo de primera ministra. A fin de cuentas, no era una maorí de pura raza: cada vez que Kupe miraba a la muchacha, reconocía los rasgos de su rival.

# 2

Dos semanas antes de la resolución de la Cámara Alta en septiembre, John Hall y un par de diputados más entregaron al Parlamento la última solicitud de las mujeres afines a Kate Sheppard y, con ella, más de treinta y dos mil firmas. En total, una cuarta parte de la población femenina de Nueva Zelanda se había declarado partidaria del derecho de la mujer al voto, y Kate insistió en pegar con su propia mano entre sí todas las hojas de firmas y enrollar la lista en un palo. John Hall la presentó teatralmente desenrollándola por el largo pasillo que separaba las Cámaras de los diputados. Mientras presentaba la solicitud, fueron desfilando los miles de nombres entre los parlamentarios. Al final, el palo vacío cayó con un chasquido sordo.

Como se esperaba, el proyecto de ley fue aprobado por la Cámara de los Comunes con gran mayoría.

—Pero eso ya lo hemos conseguido varias veces —señaló Sean Coltrane—. Depende de la Cámara Alta. El ocho de septiembre...

Unos días antes del 8 de septiembre, Violet y Matariki echaron de menos a Roberta y Atamarie. Habían quedado con las chicas en verse después de la escuela para comer tarde y tenían la intención de reunirse también con Kate y Sean. La primera había llegado el día antes, pues quería estar presente en las elecciones de Wellington.

Violet se puso nerviosa cuando, diez minutos después de la hora fijada, Roberta todavía no había llegado.

—¿Dónde se habrá metido? Siempre es muy puntual. —Violet ya había concluido su trabajo y miraba impaciente la calle a través de la ventana.

Matariki, que todavía cerraba sobres, estaba menos preocupada.

—Pensaba que Atamarie ya había llegado —observó desconcentrada—. *Dingo* ha movido la cola, al menos.

El anciano perro permanecía tendido debajo del escritorio de Matariki y solía estar demasiado cansado para levantarse y saludar a los recién llegados. No obstante, solía dar la bienvenida a sus amigos moviendo la cola y gimiendo, y solía percatarse de su llegada antes de que abriesen la puerta.

—*Dingo* mueve la cola a todo el mundo —señaló Violet poco convencida.

Matariki cerró la última carta.

—*Dingo* solo lo hace por nosotras y las chicas, Kupe y Sean —precisó—. Y Kupe se ha marchado hace más de una hora a comer con Hamiora. ¿Por qué iba a regresar, una vez en la calle, subir, bajar y volver a marcharse?

—¿Y por qué iban a venir las chicas y luego a volver a marcharse? —preguntó Violet.

Seguía preocupándole que Colin Coltrane se propusiera tomar venganza en algún momento. Joe ya no contaba nada acerca de él, pero también era cierto que escribía poco. Heather, por el contrario, informaba de que el abogado de Chloé había encontrado hacía poco a Colin en un estado bastante maltrecho: el criadero de caballos se estaba liquidando. Ya no había mencionado nada más y, en el fondo, ninguna carta incluía observaciones concretas de que Violet estuviera amenazada. Sin embargo, había vivido tanto tiempo con miedo que ahora, al menos en opinión de Sean y Matariki, se imaginaba peligros inexistentes.

Matariki se encogió de hombros.

—A saber qué le rondará a Atamarie por la cabeza. A lo mejor se han olvidado de las camelias blancas.

Atamarie y Roberta se sentían orgullosísimas de sus distintivos como sufragistas por muy jóvenes que fueran todavía. Seguro que no se reunirían con Kate Sheppard sin sus flores en el ojal.

—¿Las dos? —puso en duda Violet. Mientras Matariki ordenaba su escritorio, ella empezó a pasear arriba y abajo por las dos salas del despacho como un tigre en una jaula—. ¡Voy a buscarlas! —anunció, cuando las jovencitas se retrasaban ya casi veinte minutos—. ¿Te quedas aquí para que haya alguien?

Matariki puso los ojos en blanco.

—Podemos ir al restaurante y dejarles una hoja en la puerta. No sé tú, pero yo estoy muerta de hambre.

Matariki no estaba nada preocupada. Atamarie era autónoma, seguro que no se perdía.

Violet hizo un gesto de negación.

—¿Cómo puedes pensar en comida? —preguntó con un deje de reproche—. Las niñas son de fiar. ¡Debe de haberles pasado algo! —Y dicho esto, salió.

Matariki se quedó moviendo la cabeza, pero se puso a escribir tranquilamente el borrador de una carta. Violet tenía razón respecto a Roberta. Su hija era muy puntual cuando estaba sola, pero a veces Atamarie la llevaba a cometer tonterías. En realidad, Violet también debería saberlo.


Violet intentó concentrarse y pensar con claridad. Si admitía que al menos una de las jóvenes había estado en el despacho antes de la hora y que la otra llegó después... ¿Qué harían a partir de ahí?

Paseó la mirada por la calle amplia y flanqueada de altos árboles y se detuvo en el edificio del Parlamento, en diagonal. El juego favorito actual de las chicas era el de «primera ministra». ¿Y si se les había ocurrido ir a echar un vistazo a sus futuros lugares de trabajo? A lo mejor alguna puerta lateral de la noble institución se había quedado abierta para un grupo de limpieza o un recadero, y las niñas habían aprovechado la oportunidad de colarse en el interior... Explorando el gran edificio era normal que se hubiesen olvidado de la hora.

Violet decidió probar al menos si se podía entrar sin problemas. No sabía exactamente si llegado el caso se atrevería a pasar al interior, pero estaba demasiado nerviosa para quedarse esperando. Así pues, cruzó la calle y descubrió, en efecto, un acceso lateral que estaba abierto de par en par. El pasaje conducía a los jardines de la parte posterior del Parlamento; dos jardineros maoríes entraban y salían con regaderas, sacos de abono y plantas. La puerta también conducía a las dependencias de servicios en el piso inferior.

Los maoríes saludaron a Violet con un amable *kia ora*, por lo visto no hablaban inglés y no se extrañaban de que ella fuera a entrar en el edificio. Lamentablemente, no comprendieron cuando les preguntó si habían visto entrar a dos niñas. Pero pese a todo, Violet estaba casi segura. Atamarie no hablaba tan fluidamente el maorí como su madre, pero lo suficientemente como para engañar a los jardineros respecto a lo que ella y Roberta iban a hacer en el edificio del Parlamento. Violet hasta la veía capaz de un «*Kia ora*, somos las futuras primeras ministras y venimos a echar un vistazo».

Dudó unos segundos en si entrar sola a buscar a las niñas o volver al despacho y pedirle a Matariki que preguntase a los jardineros. En realidad la asustaba meterse en un edificio extraño y al cual estaba prohibida la entrada a las mujeres. Por otra parte, la casa estaba abierta. Y era su casa, al igual que pertenecía a todos los demás neozelandeses y neozelandesas. Violet se decidió por la desobediencia civil. Entraría y sacaría a las niñas de ahí.

Los jardineros no se lo impidieron y, exceptuándolos a ellos, Violet tampoco se cruzó con nadie en las dependencias de servicio. Atravesó trasteros y archivos que estaban a rebosar de escritos. Posiblemente sus propias solicitudes de los últimos meses descansaran allá... La rabia que la invadió le dio un nuevo impulso. En esos momentos, más curiosa que preocupada, subió las escaleras, admiró los trabajos de marquetería y las columnas de los espaciosos pasillos, y al final contempló llena de respeto la gran sala de sesiones. De las niñas no había huella, pero ya llevarían largo tiempo en el primer piso.

Así pues, Violet subió las escaleras, también ahí había archivos, bibliotecas y despachos. De uno de ellos, al que se accedía por una puerta sumamente trabajada, salían las risitas típicas de unas niñas excitadas.

—Venga, ¡siéntate en la silla, Robby! Para que tengas una idea de lo que es. ¡Primera ministra señorita Roberta Fence! ¿O se dirá señora?

Sin lugar a dudas era la voz de Atamarie. Violet miró la placa que había junto a la puerta del despacho. Claro: primer ministro señor Richard Seddon.

Violet abrió la puerta de par en par y encontró a las niñas desaparecidas pasándoselo en grande detrás del escritorio del jefe del Gobierno. Roberta incluso se había puesto cómoda en la butaca del primer ministro. Atamarie disfrutaba de la vista desde la gran ventana del despacho.

—¿Os habéis vuelto locas? —las regañó Violet—. ¡Nosotras la mar de preocupadas y vosotras invadiendo el despacho del señor Seddon! ¿Qué pensáis que os va a hacer si os descubre?

Ella tampoco lo sabía, por supuesto, pero andar fisgando por el centro del poder con toda certeza estaría severamente castigado. Roberta se levantó de un brinco cuando vio a su madre, pero Atamarie no se asustaba tan pronto.

—Solo queríamos traerle una camelia blanca —dijo—. Pensábamos que era una buena idea, así se preguntaría quién se la habría dejado en el despacho y luego...

—Es la idea más absurda que he escuchado en mi vida —se lamentó Violet—. El hombre se imaginaría cualquier cosa y posiblemente Sean, el señor Fox y otros partidarios de la ley que defendemos tendrían problemas. Ahora salid de aquí, ya hablaremos más tarde de qué castigo daros. Pero alguno os tocará. Me habéis dado un susto de muerte.

—¡Calla, mamá!

Roberta se llevó el dedo a los labios y miró amedrentada hacia la puerta. También Violet oyó algo en ese momento. Las tres intrusas se quedaron petrificadas.

—¡Venga! —retumbó una voz amenazante—. Vamos a mi despacho. Hablaremos mejor con un whisky.

Por un segundo, Violet esperó que el hombre se refiriese tal vez a otro despacho, pero no lo creía. Mientras tanto, Atamarie buscaba por su cuenta una salida de escape.

—¡Entrad aquí! —susurró a las otras.

Junto al armario de pared se hallaba una puertecita que conducía a una especie de trastero. Era diminuto, pero ofrecía suficiente espacio para dos niñas y una mujer menuda. Las tres se apretujaron y Roberta cerró la puerta cuando los hombres ya estaban entrando. En el cuartito reinaba la más completa oscuridad. Violet solo esperaba que Seddon no almacenase ahí sus provisiones de whisky. Pero el primer ministro no tenía nada que esconder.

—Con la mano en el corazón, no se opondrá usted a un buen trago, Bromley. A usted tampoco le gustaría que en el futuro tuviésemos que conseguir la bebida bajo mano.

Desde el cuartito las intrusas oyeron el sonido de la puerta del armario al abrirse y el tintineo de los vasos.

—A su salud, amigo mío.

Silencio, los hombres bebían.

—Un whisky espléndido, señor —sentenció el huésped de Seddon—. Y tiene usted toda la razón: ninguno de nosotros desea que se prohíba el alcohol. Pero en eso no tenemos que ponernos de acuerdo. Se trata del derecho de la mujer al voto, y ahí...

—Una cosa vale por otra —respondió Seddon—. En el momento en que demos el poder a esas histéricas, Sheppard y compañía nos cierran los *pubs*. Ya puede usted contar con ello, Bromley. ¡Están a la que salta!

Bromley parecía estar pensando qué respuesta dar.

—Naturalmente, eso sería lamentable, señor —dijo al final—. Pero todavía no se ha pronunciado la última palabra al respecto. Y aunque así fuera... Nueva Zelanda es una democracia. Si el pueblo quiere cerrar los *pubs*...

—Seguro que el pueblo no lo quiere —tronó Seddon—. Eso

solo lo quieren unas pocas moralistas y fanáticas como esa Daldy, que hasta prohibirían el vino de misa si las dejasen.

—Entonces el pueblo tampoco lo votará. Soy un liberal, señor. Trabajo en este partido porque tengo el convencimiento de que todos los hombres son iguales ante la ley. Y esto significa...

—¿Que de ahora en adelante nos tienen que gobernar las mujeres y los negros? —vociferó Seddon. Pero luego se calmó—. De acuerdo, Bromley, en esto tenemos opiniones distintas. Usted representa principios liberales, lo que es de alabar, pero yo veo nuestro partido, sobre todo, como el defensor de la gente sencilla. Y el pueblo llano quiere su santa familia y sus *pubs*. No unas sufragistas enloquecidas que no les permitan beberse una cerveza después del trabajo. ¿Es que no podemos ponernos de acuerdo en eso, Bromley?

Las tres intrusas no oyeron nada, pero era de suponer que Bromley asentía de mala gana.

—¡Pues entonces! —Era Seddon de nuevo—. Llegados a este punto puedo partir de la convicción de que usted, Bromley, volverá a pensar en su postura en relación al proyecto de ley existente para el escrutinio, ¿no es cierto? Usted ya sabe que quedan varias vacantes de importancia, hasta ahora apenas he cambiado nada, por... por...

—Conmiseración —le ayudó Bromley. Seddon no contaba con una enseñanza superior y sin duda tampoco había consultado una enciclopedia.

—Exacto. Pero luego hay que reestructurar el Gobierno, de eso puede estar seguro. Y yo no suelo olvidarme de mis amigos.

Silencio en el despacho.

—¿Otro whisky? —preguntó Seddon.

Bromley rechazó la invitación.

—Ahora tengo que irme, señor. Pero... bueno... reconsideraré la idea. Con lo que el puesto de... de tesorero... Sabe, procedo de una familia de banqueros...

Violet tragó saliva. No podía dar crédito a lo que estaba escuchando.

—Hablaremos de eso cuando llegue el momento —indicó Seddon a su nuevo amigo—. Espere, le acompañaré afuera.

Violet rezaba para que el ministro no cerrase el despacho con llave. Se oyó el ruido de la puerta al golpear, y ninguna llave dio la vuelta en la cerradura. Atamarie abrió de inmediato el trastero y boqueó en busca de aire. Era un cálido día de primavera y las tres asustadas intrusas salieron de su cárcel bañadas en sudor.

—¡Han bebido alcohol! —señaló Roberta en tono de reproche, mirando los vasos—. ¿Eso no está prohibido aquí?

—¡Han hecho algo mucho peor! —replicó Violet—. Y planean algo todavía peor. Tengo que hablar inmediatamente con Sean. Pero primero, salgamos de aquí. No quiero ni pensar en lo que ocurriría si nos descubriesen. Abuso de influencia sobre diputados... ¡Incluso corrupción!... ¡Esto... esto tendrá consecuencias!

Violet dejó que las niñas se adelantaran y explorasen el terreno. Entretanto ya no le parecía tan importante que las descubriesen. Seddon no vería nada amenazador en dos niñas traviesas dentro del edificio parlamentario. Pero a una representante de la WCTU...

Pero los temores de Violet carecían de base. Seddon y Bromley hacía tiempo que habían abandonado el edificio por la entrada principal cuando Atamarie regresó en busca de Violet. Entretanto, Roberta vigilaba la escalera que conducía al piso inferior.

—El primer ministro ya ha salido —susurró Atamarie, disfrutando con toda seguridad de la aventura—. Pero es posible que los jardineros tampoco estén. Entonces tendremos que salir por la ventana.

Violet esperó fervientemente ahorrarse una salida así, pero por fortuna los maoríes todavía estaban ahí cuando las tres abandonaron el edificio por el mismo camino por el que habían entrado. Atamarie les dirigió un par de bromas y los hombres respondieron divertidos y saludaron con afabilidad a Violet y las niñas.

—Sabe, no hemos hecho nada prohibido, señora Fence —aclaró a Violet—. Antes pregunté cortésmente si podíamos entrar y me dijeron que sí. Por eso...

—Las prohibiciones son relativas —dijo Violet con un suspiro, recordando uno de los dichos favoritos de Caleb Biller—. Al aparecer, con esta jugarreta vuestra habéis salvado nuestra ley. O eso espero, en cualquier caso. Ya veremos qué dice Sean al respecto.

Matariki, por supuesto, no se había quedado esperando en el despacho, sino que había cedido al hambre y les había dejado una nota a Violet y las niñas en la puerta.

«Estoy en el Backbencher. Venid si Violet todavía no os ha asesinado.»

Las chicas rieron, pero la mujer echó furiosa un vistazo al interior.

—¡No se toma nada en serio! —refunfuñó, pero luego se puso en camino a toda prisa rumbo al Backbencher, un restaurante de la Molesworth Street sumamente apreciado entre diputados, lobbistas y empleados del Gobierno.

También ese día estaba muy concurrido. Violet buscó a Sean con la mirada, pero solo distinguió a Matariki, Kate Sheppard y Meri Te Tai Mangakahia. Meri, como siempre, iba de punta en blanco y probablemente era la última sufragista que todavía se ponía corsé.

Violet se dirigió hacia ellas.

Matariki le sonrió levantando la vista del plato.

—¿Qué, las has encontrado? ¿Dónde estabais, Atamarie? Violet estaba preocupadísima.

—¡Explícales dónde estábamos! —dijo Violet, severa—. Busco a Sean, Matariki. Es urgente, Tengo que...

—El señor Coltrane está ahí —dijo Kate Sheppard con una sonrisa—. Pero ¿no quiere saludarnos antes, Violet? ¡Por todos los santos, parece como si hubiese visto un fantasma!

—A un fantasma no, pero... —soltó Atamarie.

Violet le pidió que callase con un brusco manoteo.

—¿Dónde está Sean? —insistió.

Kate Sheppard señaló desconcertada un rincón en el que Sean estaba reunido con dos miembros de la Cámara Alta bebiendo cerveza. Kate tenía que desaprobarlo, pero en este caso era posible que considerase que el fin justificaba los medios. Los dos eran conocidos por su oposición al sufragio femenino. Sean hablaba animadamente con ellos, intentando hacerles cambiar de opinión.

—El señor Coltrane se ha sentado con ellos cuando hemos entrado —explicó Kate—. Los encuentros casuales siempre son los mejores para intercambiar opiniones.

Violet asintió y se acercó con paso enérgico al abogado.

—Sean, disculpe que le moleste... —Ya hacía tiempo que Violet y Sean se tuteaban en privado, pero ahí le pareció más adecuado el trato formal—. Acabo de enterarme de algo... Yo...

Sean levantó la vista con el ceño fruncido. Por regla general solía alegrarse de verla, pero ese día era obvio que la interrupción le había molestado.

—Enseguida hablaré con usted, Violet, pero ahora estoy en medio de una discusión.

Ella sacudió la cabeza.

—Podemos hablar aquí mismo —declaró con voz firme—. Los señores diputados pueden escuchar tranquilamente. De hecho, deberían estar al corriente de lo que voy a decirle.

Sean y los dos hombres escucharon fascinados a Violet. Al final, Sean se frotó la frente. No parecía ni tan satisfecho ni tan aliviado como Violet había esperado.

—En fin... —musitó, mirando a sus compañeros de mesa—. Yo no sé ustedes, pero a mí me gustaría tomarme un whisky después de esto. ¿Qué opinan si nos retiramos al *pub* más cercano y hablamos de si el Partido Liberal todavía puede salvarse? —Cuando los hombres asintieron compungidos, se volvió hacia Violet—. ¿Podría usted cuidar de que este asunto permanezca en silencio? También con respecto a Matariki y sobre todo a Kate y Meri. Me debe usted un favor, ya sabe. Entonces evitó el escándalo de un modo digno de admiración; por favor, deme ahora a mí la oportunidad de evitar este. Si esto sale a la luz, Violet, Seddon cae, y con él todos nosotros.

Naturalmente, las otras mujeres acribillaron a Violet a preguntas. Aunque las chicas ya les habían contado su aventura, ninguna de las dos habían comprendido el alcance de lo que habían oído, solo habían contado que el señor Seddon tenía whisky en su despacho y que al señor Bromley le gustaría ser tesorero del nuevo gobierno.

—¡Y también han hablado del derecho de la mujer al voto! —agregó Roberta cuando Violet llegó.

El silencio de Violet decepcionó profundamente a Matariki, Kate y Meri, que ya estaban atando cabos.

—¿Y si solo nos confirmara lo que pensamos? —preguntó Kate Sheppard al final.

Violet negó con un gesto.

—Ahora tengo que comer algo —declaró, limitándose en realidad a pasear la comida en el plato. Atamarie y Roberta, por su parte, comieron con apetito. Hasta el momento nadie las había reñido por entrar en el Parlamento.

—Bueno, si lo de ser primeras ministras no nos sale bien, también podemos convertirnos en espías —anunció Atamarie—. Era muy emocionante estar en el cuarto. ¡No me importaría hacer estas cosas cada día!

La casera de Violet se enfadó bastante cuando Sean Coltrane llamó por la noche a la puerta.

—¿Es que no sabe lo tarde que es? —preguntó indignada, y olfateó al hombre sonoramente. No cabía duda de que Sean olía a whisky.

Violet, que ya lo había oído, salió de su habitación.

—Déjelo, señora Rudyard, es importante —dijo—. ¿Podríamos a lo mejor y de forma excepcional hablar en su salón recibidor?

La severa señora Rudyard ya se lo había permitido con frecuencia. En realidad no tenía nada en contra de la relación de la joven viuda con el sumamente distinguido diputado del Parlamento. Aun así, siempre cuidaba de la decencia. Y esa noche el joven parecía bebido.

—¡Aquí, no, Violet! —señaló Sean mientras ella todavía reflexionaba—. Señora Rudyard, sé que de este modo estoy poniendo en un compromiso a la señora Fence, pero es importante. Y tiene que quedar entre nosotros. Ven, Violet.

Ella ya se había echado por encima un chal y, antes de que la casera pudiese protestar, pasó deprisa por su lado para seguir a Sean escaleras abajo hasta la calle. Él se detuvo cuando estuvo seguro de estar fuera de la vista de la anciana señora que, sin duda, los estaba mirando a través de la ventana.

—Lo siento, Violet, también lamento oler a whisky —empezó diciendo—. Pero entre hombres se habla de esto mejor con un trago. Y... y además me habría faltado el valor para arrancarte hoy de las garras del dragón de la señora Rudyard.

—¡Me habría muerto de la angustia! —le reprochó Violet—. Y Matariki y las otras han pasado horas insistiéndome. Ya sospechan algo, lo siento. Pero claro, las niñas han hablado.

—A pesar de todo, guarda el secreto, Violet; solo faltan tres días. Y nosotros... Bueno, el señor Leicester, el señor Torrance y yo hemos acordado que nada de lo que has oído debe hacerse público. Seddon representa al Partido Liberal, lo que haga repercutirá en todo el Gobierno. Si hablas con la prensa le forzarán a dimitir, es posible que se convoquen nuevas elecciones y eso tampoco nos convendría.

Sean miró a Violet con aire suplicante.

—Pero si Bromley vota en contra de la ley... —protestó Violet.

Sean negó con la cabeza.

—Mañana hablaré con el señor Bromley. Y Leicester lo hará con Seddon. Además, tengo un acuerdo con Leicester y Torrance. Les he garantizado que no pondrás en entredicho al Partido Liberal y a cambio ellos votarán por el derecho de la mujer y de los maoríes al voto. Ganaremos por veinte a dieciocho. Solo tienes que decir que sí, Violet.

Ella asintió de mala gana. Estaba indignada con Seddon y le habría gustado que saliera perjudicado, pero Sean y muchos otros de su partido eran gente noble que estaban empeñados en hacer de Nueva Zelanda un estado con la legislación más progresista de la Tierra. No debía permitir que la necedad de un político de provincias sin formación que había tenido suerte en la vida lo destruyera todo.

Sean sonrió aliviado cuando ella dio su aprobación. La había estado mirando con atención mientras ella reflexionaba. El joven amaba su rostro serio, las arrugas que se formaban en su frente, por lo general tan tersa, cuando examinaba un problema que en realidad era demasiado difícil para la pequeña Violet Paisley de Treherbert. Y amaba su sonrisa triunfal cuando encontraba una solución.

No debería haber bebido whisky. Pero por otra parte tampoco se habría atrevido a besarla si no lo hubiese hecho...

Sean se inclinó hacia Violet mientras ella, sonriente, levantaba la vista hacia él. Era tan pequeña, tan delicada y, sin embargo, siempre había protegido a todos. Sean esperaba que permitiera ahora que fuera él quien se ocupase de ella.

Violet había visto con frecuencia cómo se besaba la gente. Pero nunca lo había hecho. Claro que había tenido que soportar la lengua de Eric en su boca, pero para ella eso nunca había sido un beso. En ese momento, sin embargo, abrió los labios para Sean y sintió junto a una incipiente excitación una especie de emoción. Él tenía que haber pasado por casa para cepillarse los dientes. Así que lo había planeado.

Se lo dijo sin rodeos cuando se separaron.

Sean asintió.

—Ya he dicho que tenía que beber para darme ánimos. Hasta ahora nunca he puesto en un compromiso a ninguna mujer, Violet Fence. Y seguro que mañana la señora Rudyard difundirá el rumor por todo Wellington. Tu reputación no será la única que saldrá mal librada.

Violet tomó una profunda bocanada de aire. Pensó en cómo reaccionaría Matariki en una situación así. O Atamarie. Esta probablemente habría dicho que una primera ministra tendría que tomar decisiones totalmente distintas.

Violet miró a Sean con aire pícaro.

—Habría una manera de evitar el escándalo —dijo—. Pero entonces... entonces tendrías que volver a plantearme una pregunta y yo tendría que volver a contestar que sí.

Sean sonrió. Y a continuación le planteó la pregunta.

# 3

El día anterior a que se votase la ley relativa al sufragio femenino, el primer ministro Richard Seddon dio un sorprendente giro de ciento ochenta grados. De repente se declaró partidario de los principios fundamentales liberales y explicó con gran énfasis que la igualdad ante la ley exigía el derecho al voto de las mujeres y de los maoríes.

Sus partidarios en el Partido Liberal y los conservadores sobre todo no entendían nada. Sin embargo, fuera del Parlamento se festejaba la conversión del jefe de Gobierno. La popularidad de Seddon creció entre la población, las mujeres le vitoreaban delante del Parlamento.

—Desde luego, ha conseguido sacar provecho de ese asunto —comentó Sean.

Violet y él habían acordado poner al corriente a Matariki y Kupe. Matariki había conseguido por su cuenta sonsacar a su hija con bastante exactitud la conversación entre Bromley y Seddon, el resto podía deducirlo. Además, Sean en especial necesitaba un público con el que desahogarse.

—Un populista nato —opinó Kupe—. ¡Os lo advierto! Con él tendremos mucho que hacer, creo que nos aguardan unos años interesantes.

Sean negó con la cabeza.

—Tal vez a ti, Kupe, si te presentas para que te voten en el Parlamento. Con los votos de los maoríes y de las mujeres seguro que lo consigues. Pero yo no sigo. Bajo el mando de Seddon no conseguiré ningún logro, ya es conocido el modo en que trata a sus oponentes. Y ya no tengo ganas. Si esto sigue así, no me quedará más remedio que luchar exclusivamente contra la corrupción y la sandez. No estoy hecho para esto. Naturalmente, me quedaré hasta noviembre, pero luego no me presentaré a las elecciones. Volveré con Violet a Dunedin, abriré un bufete de abogados y apoyaré a la congregación de Peter en asuntos jurídicos.

—¿Te especializarás en divorcios? —se burló Matariki.

—Y en propiedades de tierras —le contestó Sean—. Creo que volveré a echar un vistazo al asunto de Parihaka. A lo mejor hasta recibís todavía alguna indemnización.

—Sí, cuando los cerdos vuelen —refunfuñó Kupe.

Matariki miró por la ventana. Volvía a llover en Wellington.

—Pues no sería imposible —señaló—. A lo mejor los dioses se conmueven un día si Rangi llora sin cesar.

El 19 de septiembre, cuando el gobernador firmó la ley que permitía a las mujeres votar y con ello por fin la puso en vigor, el sol resplandecía sobre Wellington, y las mujeres bailaban unas con otras por las calles. Matariki abrazó a Amey Daldy quien, naturalmente, había llegado para presenciar el triunfo en la capital.

—¡Lo hemos conseguido, señora Daldy! —se alegró—. ¡El derecho de voto para nosotras y también para las mujeres maoríes! ¡Había imaginado que esto pasaría, entonces, cuando empezamos a enseñarles inglés!

Amey Daldy le sonrió con aire benevolente. Ese día hasta parecía algo frívola. En lugar de ponerse uno de los trajes negros o marrones que solía llevar, se había vestido con uno verde claro y un sombrero de flores a juego. En cualquier caso, perdonaba a Matariki todos los errores cometidos y esta, por su parte, renunció a proponerle que brindaran por la victoria con una copa de champán. Estaba desbordante de alegría y totalmente fuera de sí como consecuencia de los esfuerzos realizados los días anteriores.

Como Sean había vaticinado, el 8 de septiembre la ley se aprobó por 20 votos contra 18, pero luego pasó a discutirse con vehemencia en el ámbito del Parlamento. Los contrarios a las sufragistas esperaron hasta el último momento que el gobernador la vetara e intentaron influirlo en este sentido. Las solicitudes y las contrasolicitudes se sucedían, las mujeres que estaban al frente no tenían ni un minuto de descanso. A esas alturas, todos los ciudadanos llevaban una camelia o bien blanca o bien roja como señal de que aprobaban o rechazaban el sufragio femenino. Pero el gobernador, lord Glasgow, no se dejó impresionar. A diferencia de Richard Seddon, a quien ahora le perseguía el apodo de Rey Dick, no tenía ninguna debilidad por la política «a la manera despótica». La ley se proclamó y su firma no pasó de ser una formalidad.

Las mujeres respiraron aliviadas cuando final y definitivamente la batalla se ganó. Matariki quiso abrazar a Kupe, pero él la rechazó.

—Me gustaría saber qué ocurrió entre ambos —susurró Violet a Sean. Pero Matariki la oyó.

—A mí también —musitó—. ¡Por el amor de Dios, es imposible que todavía esté enfadado conmigo porque hace más de diez años me enamoré de un *pakeha*!

El 28 de noviembre volvía a ser un soleado día de principios de verano. «Las flores resplandecían compitiendo con los vestidos de colores de verano de las mujeres que, orgullosas, se dirigían por vez primera a las urnas», escribió más tarde un periódico de Christchurch, plasmando con bastante exactitud el ambiente de las calles.

—Esperemos que con las elecciones no se produzcan disturbios —señaló preocupada Matariki, cuando a eso de las once se encontró con sus amigos para asistir a la festiva votación.

Algunos diarios habían expresado los temores pertinentes y corrían rumores de que se había reforzado la presencia de la policía junto a los colegios electorales.

—¡Lo conseguiremos hoy también! —dijo animada Violet.

Ese día resplandecía tanto como el sol. Roberta había pasado la noche anterior con Matariki y Atamarie, y Violet se había reunido con Sean. Tras una cena festiva en el Commercial, lo siguió con el corazón en un puño a la pequeña vivienda que tenía alquilada junto al Parlamento.

—No tienes que hacerlo, Violet —le dijo el joven con dulzura, cuando vio la palidez de su semblante—. Podemos esperar a la boda.

Violet negó con la cabeza.

—No soy una mojigata —explicó—. Es solo que...

Sean la besó tiernamente.

—Que no puedes imaginarte que mi amor vaya a hacerte feliz. No puedes imaginar que...

—Que no duela —susurró Violet.

Sean la tomó entre sus brazos y la miró directamente a los ojos.

—¡Nunca te haré daño! —aseguró—. Te lo prometo. Tampoco cerraré ninguna puerta ni te tendré atada. Cuando quieras dejarlo...

Violet movió la cabeza.

—Sujétame fuerte —murmuró al tiempo que se estrechaba contra su amado, cuando él la tomó en brazos para cruzar el umbral del austero apartamento.

Al principio se quedó totalmente quieta en la cama, pero luego ayudó a Sean a desabrochar y deshacer los lazos del vestido.

—No... no hay que... hacerlo también... —musitó llena de vergüenza a Sean al ver que no apagaba la luz.

Sean rio.

—No, no hay que estar a la fuerza desnudo, pero tengo muchas ganas de verte, Violet. Y tú también deberías verme. Nos veremos, escucharemos, sentiremos y paladearemos los dos: quiero ser uno contigo.

Violet pensó brevemente.

—Como... ¿como en la Biblia? —preguntó la joven—. ¿Eva... «conoció a Adán»?

Sean asintió con seriedad.

—Exactamente, Violet, primero nos conoceremos mutuamente. Y para empezar, voy a besarte.

Sean cubrió su cuerpo con besos, y para Violet comenzó una noche fascinante. Al final se entregó a él llena de alegría e incluso exploró el cuerpo delgado y nervudo de él. Para cuando se acurrucó entre los brazos de Sean para dormir, había olvidado todo su pasado. Entre lo que Eric había hecho con ella y lo que Sean y ella habían experimentado juntos se extendían océanos. Nunca había «conocido» a Eric y nunca había querido conocerlo.

Violet pestañeó en la mañana soleada cuando despertó junto a Sean. ¡El día de las elecciones! ¡Un comienzo fabuloso! Había tantas cosas de las que alegrarse... De repente Violet vio ante sí su vida como una calle iluminada de júbilo y satisfacción. No era extraño que con su belleza y su resplandor interior resaltara entre todas las demás mujeres que ese día se reunieron con ella.

—Pero el vestido te queda especialmente bien —señaló Matariki, que saludó a su amiga y a su hermanastro con ojos chispeantes—. ¿Regalo de tornaboda?

Violet se ruborizó de inmediato, pero Sean asintió sonriente.

—Un regalo de compromiso —la corrigió—. Y doy gracias al cielo de que la talla sea la correcta.

El vestido imperio de un azul aguamarina y con el sombrerito a juego era de Lady's Goldmine. Sean había pedido que se lo enviasen y Kathleen había calculado las medidas de Violet. Con muy buen tino, como era evidente.

Matariki llevaba un vestido estampado rojo y dorado que combinaba con su cabello oscuro y la tez oro viejo. Parecía como si Kupe no pudiese apartar los ojos de ella, aunque siempre desviaba la vista con discreción cuando peligraba cruzarse con la mirada de ella. Matariki le dirigió una sonrisa maliciosa. En realidad, le habría gustado normalizar su relación con Kupe... y puede que algo más. En Parihaka, y antes en Waikato, Kupe solo había sido un amigo para ella, y además uno al que tampoco tomaba tan en serio. Todavía tenía demasiado viva en el recuerdo la implicación del chico con los hauhau.

Pero con el tiempo el asunto había cambiado. Durante los

meses que habían trabajado juntos, había descubierto en Kupe a un joven abogado sumamente competente, amable, pero muy perseverante tanto en el trato con los maoríes como con los *pakeha*. Hablaba ya las dos lenguas con fluidez, su porte era distinguido y seguro de sí mismo, y hasta con su terquedad impresionaba a Matariki. No sabía cómo había llegado a herirlo tanto para que ahora todavía le guardase rencor, pero la firme decisión del joven de no volver a intimar más con ella, la movía a poner a prueba todas sus artes para seducirlo. El vestido nuevo y muy escotado era una de ellas. Había sido francamente caro, pero Matariki creyó que la ocasión lo requería. Se encontraba con él en consonancia con todas las mujeres de la isla que ese día de las elecciones salían a pasear con sus prendas más elegantes. Las mujeres de Nueva Zelanda parecían decididas a convertir el primer día que votaban en una fiesta de verano, y lo lograron. No se realizaron las temidas protestas y los portadores de las camelias rojas se comportaron como unos buenos perdedores: dejaron sus flores en casa y en las calles dominaba el blanco.

El primer ministro Seddon tendió demostrativamente un ramo de camelias blancas a la representante de la Women's Franchise League de Wellington, una vez que esta hubo votado.

—¡Por los liberales, espero! —dijo él, galantemente.

La mujer no sabía qué cara poner. Sean, que iba de un colegio electoral a otro y que presenció la escena, se llevó las manos a la frente.

—¿Quieres realmente ser miembro de este Parlamento? —preguntó a Kupe.

Este se encogió de hombros. No se había presentado para esas elecciones, tenía la intención de dirigirse a Waipatu y trabajar primero en el ámbito del Te Kotahitanga. Él también era abogado y se había especializado en asuntos territoriales. El Parlamento maorí le había pedido por ello su asesoramiento.

—Alguien tiene que hacerlo. Y ahora que ya podemos votar, no habrá más hombres de paja de los *pakeha* en la Cámara de los Comunes. ¿Vamos a comer a algún sitio? Me está entrando apetito.

Matariki, Violet, las chicas, Sean y Kupe comieron en un café donde, para disgusto de Matariki no servían champán.

—¡Es una injusticia! —se lamentó—. Los hombres se encuentran en los *pubs*, discuten de los resultados hasta que se han contado los votos y brindan con una copa. Nosotras, en cambio...

—Todavía tengo dos botellas de champán en mi despacho —anunció Sean, guiñando un ojo—. Antes no me he atrevido a traerlas conmigo. Y sabéis lo que piensa Meri al respecto...

Meri Te Tai Mangakahia había estado por la mañana con ellos. Pero todavía no había podido votar, ya que hasta el 20 de diciembre no se elegirían los escaños maoríes en el Parlamento, pero se encontraba en Wellington con su esposo para presenciar el triunfo de las mujeres. No obstante, los Mangakahia estaban invitados a una cena y se habían ido después de que Matariki y Violet hiciesen uso de su flamante derecho, no sin hacer antes unas observaciones sarcásticas acerca del hecho de que Matariki ya votase ese día y no más tarde con sus compañeros de tribu. Pero ella no tenía elección. Como hija oficial de Michael Drury era irlandesa, aunque Meri Te Tai había prescindido de ese detalle.

—Mejor, de lo contrario no me hubiese confiado la dirección de su despacho —advirtió complacida Matariki.

Meri Te Tai podía ser de vez en cuando tan rígida como Amey Daldy, y era igual de estricta respecto al alcohol.

—¡Pues entonces volvamos a nuestro despacho y bebamos allí! —sugirió contenta Matariki—. Me presto voluntaria para sacar el champán del Parlamento. ¡Tú me guías, Atamarie!

Violet sonrió con aire indulgente. Matariki no se había repuesto del hecho de que ella y las chicas ya hubiesen explorado el Parlamento, mientras que la misma Matariki todavía no lo había visto nunca. Esta vez, sin embargo, Atamarie cruzó con aplomo la entrada principal y, aunque la prohibición de que entraran mujeres no se había levantado, nadie la detuvo. Mientras Sean y los otros se dirigían al despacho del Te Kotahitanga, Matariki admiró la sala de entrada del Parlamento.

—Los despachos están arriba —la urgió Atamarie.

Le resultaba incómodo permanecer tanto tiempo en la zona pública del edificio. A fin de cuentas, ese día la Cámara no estaba vacía. Era probable que durante la noche se mudasen nuevos diputados y se marchasen otros antiguos, por lo que tal vez alguno querría celebrarlo en su despacho y otros apagar con alcohol su frustración allí y no en público.

Atamarie tiró de su madre hacia arriba y se puso a buscar el despacho de Sean, que por suerte no fue difícil de encontrar. El joven les había descrito con exactitud dónde estaban las botellas.

—¡Hasta ha pensado en el hielo! —señaló sonriente Matariki, al tiempo que sacaba una cubitera del archivador en que las botellas de champán francés se mantenían frías—. ¡Yo también podría enamorarme de Sean!

—¡Mami! —exclamó Atamarie en tono de censura.

En ese momento, las dos miraron a la puerta a la vez. Habían oído unos pasos en el pasillo, pero no se habían preocupado. Sería uno de los parlamentarios camino de su despacho.

Sin embargo, los pasos de ese hombre se detuvieron delante de la puerta de Sean como si fuera a leer el nombre del diputado que ocupaba el despacho. No se trataba pues de nadie familiarizado con el lugar. Matariki tuvo un mal presagio en cuanto el pomo de la puerta giró. Instintivamente se escondió detrás de la voluminosa mesa de Sean. La reacción del viejo *Dingo*, que había seguido pacientemente a Matariki y Atamarie escaleras arriba, fue extraña. Se levantó protector delante de Matariki y empezó a ladrar y gruñir.

El hombre que entró era rubio, seguía estando delgado, pero más pesado de lo que lo recordaba Matariki. Sus ojos de un castaño verdoso eran tan penetrantes como antes, pero Matariki se sobresaltó cuando vio el rostro de Colin Coltrane. Sus rasgos, antes tan agradables, estaban destrozados. La nariz se había roto en varias ocasiones y había curado mal, la mandíbula estaba deformada y una ancha cicatriz le cruzaba la ceja dándole un aire diabólico.

—¡Colin! —exclamó, asustada—. Por el amor de Dios, ¿qué te ha ocurrido?

Colin Coltrane estaba tan sorprendido como ella, pero se repuso enseguida y contrajo el rostro en una sonrisa... ¿O era una mueca sardónica? Matariki era incapaz de distinguirlo, pero pensó en la sonrisa triunfal que exhibía en el pasado.

—¡Mira por dónde, Matariki! —contestó. Tenía la voz ronca, tal vez a causa de la mandíbula deformada. Cuando abrió la boca, Matariki vio que le faltaban algunos dientes—. Te encuentro aquí... guapa como antes... y desbocada. —Rio y miró el champán—. No me digas que ahora haces feliz a mi hermano.

—Tu hermano está prometido —contestó Matariki serenamente—. Y tú todavía estás casado, ¿o se ha separado de ti Chloé?

Colin se acercó a ella.

—Estoy libre de nuevo —sonrió irónico—. Aunque esa desgraciada mantiene mi nombre. Le va estupendamente, así ahora se llama como su puta. Quien no las conoce las toma por unas hermanas que se tienen mucho cariño. —Soltó una risa maligna.

Matariki consideró que era un arreglo justo.

—Bueno, tú también has conservado la casa —señaló—. Un criadero de caballos, un hipódromo, una mansión señorial... No está mal a cambio de un simple apellido.

Colin se llevó la mano al rostro destrozado.

—Lo único que he recibido —dijo sin el menor atisbo de humor—, es esto... Y no tengo la menor idea de cómo han averiguado esos cabrones que las apuestas estaban amañadas. Habría jurado que Chloé lo ignoraba. Ella me lo habría echado en cara, con todas las disputas que teníamos últimamente.

—¿Amañadas, las apuestas? —preguntó Matariki con prudencia. Estaba al corriente de lo relativo al cuaderno de Eric Fence, pero era mejor no confesar a Colin nada respecto a que Violet estaba involucrada en ese tema.

Colin miró por la ventana hacia el veraniego Wellington y fingió que la vista le complacía.

—Así lo llaman, en cualquier caso. En realidad no fue para tanto. Un empujoncito a este caballo, una herradura mal clavada por ahí...

—¿Herraste caballos para que cojeasen? —se indignó Matariki. Violet no había entrado en detalles cuando le había hablado de las prácticas que realizaban—. Y así no podían ganar, claro. ¡Qué miserable, Colin! —Matariki miró iracunda al padre de su hija. Nunca lo hubiese creído capaz de hacer daño a un caballo.

*Dingo* gruñó.

—Todavía tienes al perro —observó Colin—. ¿También hace tanto teatro cuando se te acerca Sean? —Se aproximó amenazador hacia Matariki—. Estás guapa, cielo, no debería haberte dejado marchar entonces. —Colin propinó una patada a *Dingo* cuando este le mordió los pantalones y agarró a Matariki.

Ella se liberó de él con destreza.

—¡Quieto, Colin! —exigió con severidad—. ¿Qué estás haciendo aquí? ¿Buscabas a Sean?

Colin asintió.

—Ah, sí, cariño. Pensaba interrogar a mi hermanito acerca de a quién le debo la traición. Alguien debe de haberlo soplado a los corredores. Y el primero que me envió su banda de matones era de Dunedin.

Matariki señaló la cara de Colin.

—¿Eso... eso te lo hizo... una gente que quería cobrar el dinero?

Colin sonrió.

—¡Lo has pillado, Riki! —respondió—. Y con eso se contesta la pregunta sobre el criadero, el hipódromo y la casa. Todo vendido, cielo. Como compensación por las ganancias perdidas en las apuestas, según lo expresaron los señores. Un pago exigido con mucha energía. —Volvió a tocarse la mandíbula—. Pero es agradable verte aquí. A lo mejor con tu ayuda puedo pedir alguna compensación a Sean. ¿Qué opinas? ¿Pagará algo por ti si te llevo conmigo? —Agarró el brazo de la joven y se lo retorció tras la espalda con un hábil movimiento—. También nos llevaremos el champán y así disfrutaremos más de la velada. Y mañana le enviaremos una nota a Sean..., a lo mejor en el collar de tu perro. —Volvió a dar una patada a *Dingo*—. Un perro muerto...

—¡Cabrón! —Matariki intentó liberarse, pero Colin la sujetaba con fuerza.

—Cielo, es mejor que me acompañes voluntariamente, no vaya a ser que luego tu aspecto sea como el mío, ¿no crees?

Mientras Matariki pensaba desesperada cómo sonsacarle alguna información sobre adónde quería llevarla —a fin de cuentas Atamarie lo escucharía e informaría después a Sean y la policía—, la puerta se abrió de par en par.

—¡Suéltala inmediatamente! —gritó Kupe, y por primera vez Matariki lo vio como un auténtico guerrero.

No cabía duda de que la transformación no se debía al tatuaje, y seguro que tampoco al *haka* que había bailado Kupe en Parihaka. En realidad era la ira lo que convertía en un furibundo guerrero a ese hombre dulce e inteligente. Kupe saltó hacia Colin, le arrancó a Matariki y le clavó el puño en el rostro. Colin cayó la suelo.

—¡No! —gimió, intentando protegerse con las manos la nariz, que de nuevo empezó a sangrar.

A Matariki casi le dio pena. Antes no había sido un cobarde, pero las bandas de matones de los bajos fondos de Dunedin, Christchurch y donde fuera que Eric había apostado por Colin lo debían de haber desmoralizado.

—Vaya, conque el señor no desea una pelea limpia —le escupió Kupe—. ¡Pero siempre tuvo usted dificultades tratándose de disputas honradas, sargento Coltrane!

—Yo no tuve nada que ver con su detención —se quejó Colin—. ¡Tiene que creerme!

—¡No! —respondió Kupe—. ¡Pero con el hecho de que después pasara seis meses en ese cuchitril de Lyttelton y casi me muriese, en eso sí que tuvo usted mucho que ver!

Matariki miró a Kupe desconcertada y luego deslizó la vista hacia Colin.

—Yo le pregunté —susurró—. Me dijo que no sabía dónde estabas.

Kupe rio.

—¡Y tú le hiciste caso! Entonces solo tenías ojos para él y habías perdido la razón. ¿Cómo pudiste escaparte con él, Matariki? ¿Cómo pudiste? —Se volvió con la mirada llena de desesperación hacia la joven.

Matariki tragó saliva.

—Pero, Kupe, ¿a quién le habría servido que también yo me dejara apresar? Me contó que a todos nos esperaban meses en la cárcel. Y que él me sacaría de ahí a escondidas... y... y yo tenía miedo. Tú habías desaparecido, cada día se llevaban a más gente afuera...

—¡Los dejaban libres de nuevo a tres kilómetros de Parihaka! —se burló Kupe—. Y los últimos días ya no apresaban a nadie, Matariki. O bien los llevaban por el camino más corto a su casa o los soltaban en la selva. Con una excepción. —Miró lleno de odio a Colin—. ¿Quién le dijiste que era yo a ese Bryce, Coltrane? ¿Un cabecilla? ¿Un criminal que se había escondido en Parihaka? Por el modo en que me trataron, sospecho que fue esto último. Me enviaron a la Isla Sur, Matariki, encadenado. En ese agujero asqueroso que era la prisión a la que llevaron también a los arrieros, a quienes retuvieron durante meses sin hacerles juicio ninguno. Si un par de periodistas y creyentes no hubiesen estado atentos, nos habrían olvidado allí. A pan y agua, aunque de la segunda a veces nos privaban complacidos. Como también se olvidaban de la limpieza de las celdas y de algo con que calentarnos en inverno. Hacía frío y humedad en las celdas, Matariki, y los retretes rebosaban. ¡Nosotros sufríamos el cólera y gangrena pulmonar mientras tú disfrutabas con tu *pakeha*! No nos sacaron de ahí hasta que murieron los primeros. Directos al hospital más cercano, lo superamos por los pelos. Y mientras tanto, la señorita Matariki planeaba abrir un criadero de caballos con el señor Coltrane. Probablemente con un par de salvajes maoríes como mozos de cuadras. —En los ojos de Kupe había puro odio.

Matariki, a pesar de todo, le sostuvo la mirada.

—Yo no sabía nada de eso, Kupe —dijo en voz baja—. Volví a tener noticias tuyas cuando empezaste a estudiar en Wellington. Gracias a las otras chicas jóvenes, primero a través de Koria y luego de Pai. Ella me dijo que no querías saber nada más de mí y yo tenía la impresión... tenía la impresión de que habías vuelto con ella.

Kupe resopló.

—Pues te equivocaste. ¡Incluso quise cuidar de ti cuando me enteré de que ese cabrón te había abandonado después de dejarte embarazada! —Hizo el gesto de propinar una patada a Colin, pero este se volvió gimiendo antes de que el pie tan solo se acercara. Kupe rio y le escupió.

—¡Kupe! —le censuró Matariki. Pero entonces se lo quedó mirando dudosa—. ¿Nos buscaste? —preguntó a media voz—. Pero no éramos difíciles de encontrar, Atamarie y yo.

—Recibí una carta de Amey Daldy —explicó con gesto cansado—. En ella me hizo saber que una chica perdida trabajaba para su causa. Que eras viuda, pero que no sabía nada de un tal Colin Coltrane. Bien, entonces arrojé la toalla. Dos *pakeha* tan deprisa uno después del otro y casada con uno... —Esbozó una sonrisa amarga—. Yo había esperado pasar por algo así como un príncipe azul que te salvaba de todos los peligros. A fin de cuentas, ya tenía experiencia en ello. Pero nunca te fijaste en mí.

Matariki levantó la vista hacia él con expresión grave.

—En cualquier caso, hoy de nuevo me has salvado —confirmó y deslizó la mirada sobre Colin, que había vuelto el rostro hacia un lado. Una mirada llena de desdén. Luego se recompuso. Si Kupe por fin hablaba ahora... si por fin le confesaba por qué le tenía tal rencor...

»¡Pero luego tuviste que enterarte de que yo no estaba casada! —insistió para sonsacarlo, intentando evitar el reproche—. A más tardar en Wellington. ¡Sigo llamándome Drury!

Kupe asintió.

—Solo tuve que mirar la cara de tu hija para saber que no había ningún otro más que... ese miserable. —Señaló a Colin—.

Pero ya habías llegado tarde, Matariki. Yo ya no tenía ganas. —La expresión de sus ojos desmentía sus palabras.

Matariki sonrió.

—Pero a lo mejor yo ahora sí —respondió—. Y creo que ha llegado el momento de disculparme. Tenía dieciocho años y estaba enamorada.

—¡Y yo! —replicó con dureza Kupe—. Cuando tu padre te llevó con los hauhau, yo tenía dieciocho años y estaba enamorado. ¿Y qué? ¿Me sirvió de algo?

—A mí tampoco me sirvió de nada —observó Matariki—. A ti te mintió la señora Daldy y a mí me mintió Pai... ¿Es que no podemos volver a empezar? —Se acercó a él—. ¡Soy Matariki Drury! —dijo sonriendo—. Hija de un jefe tribal. Voy en busca de un guerrero con mucho *mana*.

Kupe la miró dudoso.

—Yo no soy un guerrero —adujo.

—¡Yo diría que sí! —exclamó Matariki, señalando los tatuajes—. Usted está luchando por su pueblo, señor Kupe, ¿no es así? ¿Acaso no ha logrado una victoria decisiva?

Kupe no pudo contener la risa. Llevaba mucho tiempo dominándose, aunque ella siempre le había resultado irresistible.

A continuación se irguió y adoptó el porte de un guerrero maorí a punto de recitar su *pepeha*.

—De acuerdo, Matariki Drury. Pero me he reservado una sorpresa para usted. Ya no soy Kupe a secas. Mi nombre es Paikeha Perejura Turei, de la tribu de los ngati porou. Mis antepasados llegaron a Aotearoa en la *Nukutaimemeha*. Hikurangi es la montaña (*maunga*) y Waiapu el río.

—De acuerdo, tampoco necesito saberlo con tanta exactitud —interrumpió Matariki el discurso que a ojos vistas se había aprendido de memoria. Un *pepeha* podía durar mucho tiempo y en realidad Matariki no estaba interesada en retroceder hasta la quinta generación para conocer los orígenes de Kupe—. Pero ¿cómo lo has averiguado? Siempre se decía...

Kupe resplandeció por haber conseguido sorprenderla.

—Hamiora me lo contó hace poco. Han estado investigando en la zona de donde procedía mi tribu porque no querían enviar al Parlamento a nadie que no conociera su antigua canoa... Pues sí, y el Te Kotahitanga es capaz de hacer factibles algunas cosas.

Esta vez permitió que Matariki se le acercara un poco más, como si esperase que ella lo abrazara. Pero la joven no lo hizo, tan solo apoyó la nariz y la frente en el rostro de él según el *hongi*, el saludo tradicional.

—*Haere mai*, Paikeha Parejura Turei —dijo afectuosamente—. De este modo quedas liberado de la maldición.

—¿Maldición? —preguntó atónito Kupe.

Matariki puso los ojos en blanco.

—¡Por todos los santos, Kupe! ¿Una mujer se toma la molestia de maldecirte y ni siquiera te acuerdas?

Él se echó a reír.

—¿Te refieres a Pai con aquel arrebato infantil? ¿El espíritu de Parihaka me abandonará mientras lleve el nombre que tú me has dado?

Matariki asintió.

—¡No te burles! —le advirtió—. Últimamente, yo, al menos, no he notado mucho del espíritu de Parihaka. ¿O es que tal vez tú estabas tranquilo?

Colin Coltrane gimió. Hizo gestos para volver a levantarse, pero al mirar a Kupe se sentó de nuevo.

—¿No querrás echarme en cara que haya pegado a este desgraciado? —preguntó Kupe dubitativo.

Matariki esbozó una mueca.

—No. Solo pensaba en el perdón y el olvido en relación a la hija de un jefe tribal.

Kupe sonrió complacido y la rodeó con sus brazos. Matariki levantó el rostro hacia él, pero justo en ese momento *Dingo* se puso a ladrar.

—¡Otra vez, no! —protestó Matariki, pero se percató de que el perro se dirigía a Colin, que había aprovechado la oportunidad para levantarse apoyándose en la puerta con intención de escaparse.

Kupe soltó a Matariki, se dirigió a él y le ayudó a erguirse.

—Lárguese, y dé gracias al espíritu de Parihaka —farfulló—. Deje a Matariki en paz. Si lo que quiere es hablar con su hermano, hay un horario de consultas.

Colin casi salió arrastrándose y Matariki sintió algo parecido a la compasión. Pero entonces, mientras Kupe la besaba, se olvidó de él y de todo lo que la rodeaba. Fue mejor que entonces, bajo las estrellas de Auckland. Por entonces ella había sentido lástima del joven guerrero, pero amaba al luchador perseverante de hoy.

Kupe y Matariki se sobresaltaron cuando Atamarie salió a rastras de debajo de la mesa. Matariki se había olvidado de ella y Kupe se sintió incómodo.

—Lo siento, Atami —murmuró—. No sabía que estabas aquí, de lo contrario me habría expresado con mayor prudencia. Me refiero a ese Coltrane. Aunque es un miserable...

Atamarie se apretó contra su madre, parecía no hacer caso a Kupe y sin duda le preocupaban otras cosas que las palabras que él había utilizado. Estaba pálida y temblaba.

—Mamá —susurró—. Mamá... es... ¿es verdad que ese hombre malo y horrible es mi padre?

Matariki no supo qué decir. ¿Qué explicación darle a la niña? ¿Qué había entendido Atamarie de todo lo que había estado hablando con Kupe? ¿Qué sabía de Colin?

Kupe cogió a la niña por los hombros y la desprendió dulcemente de la falda de su madre, volviéndola de este modo hacia él. Por vez primera, el hombre no vio en el rostro de la pequeña los rasgos odiados de Colin, sino que descubrió los ojos ligeramente rasgados de Matariki, la boca del rojo de la grosella, siempre a punto de dibujar una sonrisa traviesa, y el brillo dorado de su tez. A partir de entonces solo veía en ella a Matariki. Y en ese momento... levantó un instante la vista hacia Matariki con una expresión entre el ruego y el perdón. Luego miró a la niña a los ojos.

—No, Atami —dijo con determinación—. Yo soy tu padre.

# 4

—¿Quiere usted vivir en la Isla Norte pero nos trae a la niña?

Miss Partridge, quien seguía siendo la directora de la Otago Girl's School de Dunedin, llevaba ese día unas gafas todavía más gruesas que veinte años atrás. A Matariki le pareció viejísima, pero llena de vigor, y todavía conseguía deslizar sobre sus futuras alumnas y sus padres esa mirada extremadamente severa. Atamarie, sin embargo, no se amedrentó. Sonrió a la mujer segura de sí misma.

—Queremos volver a Parihaka —explicó Matariki.

Se imaginaba muy bien cómo su madre, muchos años atrás, se había encogido frente a la mirada de Miss Partridge, hasta ella misma estuvo a punto de hacer una reverencia al volver a ver a la directora. En el despacho de la anciana no se había cambiado prácticamente nada desde los tiempos de su período escolar y Matariki se sentía casi como si volviera a ser la pequeña de once años que habían convocado para el escrupuloso interrogatorio de la directora...

—Tal vez haya oído hablar de...

Miss Partridge contrajo el rostro.

—¡Sé leer, hija mía! —exclamó dignamente—. Soy vieja, pero ni ciega ni sorda ni ignorante. Un interesante experimento. Pero ¿no lo destruyeron?

Matariki asintió educadamente.

—Sí, Miss Partridge. Disculpe... —Hizo un esfuerzo—. Pero

ahora vuelve a renacer. Te Whiti y su gente están reconstruyendo el poblado. Mi marido y yo queremos colaborar en ello. Él trabajará como abogado y yo dirigiré la escuela elemental. También hemos comprado tierras. Nadie volverá a sacarnos de allí.

—Ah... —Con aire de desaprobación, Miss Partridge contempló la ropa de Matariki, una especie de compromiso entre el traje tradicional maorí y la indumentaria *pakeha*. La joven llevaba una falda negra, pero la parte superior estaba tejida con los colores de la tribu y llevaba el cabello suelto y largo hasta por debajo de la cintura. No respondía exactamente a la imagen que Miss Partridge tenía de una profesora, y por añadidura, su antigua alumna parecía ¡haberse casado! Para la directora, una profesora con familia propia era algo impensable—. En fin... los tiempos cambian. —Observó sin mostrar demasiado entusiasmo.

Matariki asintió, parecía resplandecer desde su interior.

—Esperemos que para mejor —señaló, contenta por el hipotético acuerdo—. Pero al principio no tendremos todavía una High School y actualmente tampoco hay chicas de la edad de Atamarie. —Su rostro se ensombreció—. Y eso que antes abundaban los niños.

—Sea como fuere, Atamarie no puede progresar como le corresponde en los centros de Parihaka —añadió Kupe, una presencia que requería de la directora cierto tiempo para acostumbrarse a ella. Esta intentaba conservar su cortesía y no quedarse mirando los tatuajes—. Y puesto que su mejor amiga, Roberta Fence, vivirá a partir del próximo curso en Dunedin y también asistirá a esta escuela, pensamos que sería una buena idea matricular a nuestra hija aquí.

—Los fines de semana puede ir a casa de mis padres —terció Matariki—. Y al poblado de mi tribu. Me gustaría mucho que pasara más tiempo con los ngai tahu. Hasta ahora nunca hemos vivido en un *marae*.

La mirada insobornable de Miss Partridge pasó de su antigua alumna y el esposo de esta (cuya distinguida forma de expresarse se hallaba en franca contraposición con su aspecto marcial), a la pequeña. Miró con complacencia el cabello rubio de Atamarie, su tez para nada oscura y sus ojos castaños salpicados de chispas doradas. Salvo por su forma algo achinada y por unos rasgos ligeramente exóticos nunca habría distinguido en ella a una maorí.

—¿Es ella de verdad... su... su auténtica hija? —preguntó con rigidez—. Me refiero a que...

Matariki inspiró hondo.

—Sí, sí —respondió Kupe sin la menor vacilación—. Atamarie Parejura Turei.

Miss Partridge suspiró. También ella creyó haber retrocedido veinte años atrás.

—Y... humm... ¿hija de las estrellas? —inquirió con una mueca en los labios.

Atamarie negó con la cabeza y por vez primera intervino en la conversación. Hasta ese momento se había limitado a mirar fascinada cómo esa anciana dama conseguía intimidar a su madre.

—¡No! —dijo ansiosa—. Lo ha entendido mal. Matariki sí tiene que ver con las estrellas. Atamarie significa «salida de sol». Dice mi abuela que es muy bonito. Aunque siempre me llama Mary.

Miss Partridge no pudo contener, a pesar suyo, una sonrisa. No sabía qué vínculo tenía ese guerrero maorí licenciado en Derecho con la niña, pero esta era sin duda alguna hija de Matariki.

—¿Cuántas abuelas tienes, entonces... Anna Marie? —preguntó.

Kupe reprimió una sonrisa. Al parecer Matariki o los Drury le habían contado la conversación que había mantenido Matariki al ingresar en esa escuela.

—¡Dos! —respondió Atamarie con voz segura, y Matariki respiró aliviada. Atamarie se refería a Lizzie y la señora Daldy. Hacía poco que había conocido a Kathleen Burton, pero todavía no se había percatado del parentesco.

—¡Esto ya es un adelanto! —señaló Miss Partridge concisa y jugueteó con sus gafas. Parecía añorar el antiguo monóculo—. Pero supongo que esto cambiará en adelante, cuando pases más tiempo con la tribu.

—¿Tengo que hacer un examen ahora? —preguntó impaciente Atamarie—. Mi mamá dice que tuvo que hacer sumas y leer con usted cuando era pequeña. Yo ya lo sé hacer bastante bien. Y escribir. Lo que más me gusta es pintar pancartas... para las manifestaciones.

Miss Partridge frunció el ceño.

—Últimamente tienen ustedes aquí un parlamento escolar, ¿no es cierto? —preguntó cortésmente Kupe—. Para practicar procesos de determinación democráticos, desarrollos electorales y todo eso. Ha sido muy importante para nuestra hija.

—¡Para nosotros también es muy importante! —aseguró Miss Partridge y de repente pareció rejuvenecer veinte años—. Ahora que las mujeres tenemos el derecho al voto y más influencia. Estamos muy orgullosas de Elizabeth Yates. Sabe que ha sido elegida alcaldesa de Onehunga, ¿verdad?

Kupe y Matariki se sonrieron. Al parecer, Sean y Violet habían olvidado informar a Miss Partridge de en qué habían estado ocupados los últimos años.

—¡Claro, conocemos a Elizabeth! —respondió Matariki relajada—. Ya hace tiempo, trabajé con ella en Auckland. Incluso fuimos a Onehunga para felicitarla.

Atamarie asintió con los ojos brillantes.

—La señora Yates es muy amable. Me regaló su camelia.

Miss Partridge ofreció a su antigua alumna y también a la futura la primera sonrisa franca y feliz de ese día.

—Entonces, seguro que tú también quieres ser un día alcaldesa, Atamarie —dijo.

Matariki tomó nota con satisfacción de que en esa ocasión pronunciaba bien el nombre de su hija. Atamarie pareció encontrarse también en ese momento en concordancia con la severa directora de la escuela y adoptó una expresión de complicidad.

—Primera ministra —puntualizó.

Miss Partridge se inclinó someramente y volvió a echar un vistazo al nombre de Atamarie en el certificado de inscripción.

—Haremos todo lo que esté en nuestras manos, Atamarie Parejura, para ayudarte a que lo consigas.

Matariki sonrió. Nadie en la escuela llamaría a su hija Mary.

# Nota de la autora

Con la ley del derecho de la mujer al voto, Nueva Zelanda pasó a establecerse como el país pionero absoluto en cuanto a una legislación social progresista. Hasta 1919 no consiguieron tal logro las sufragistas de Inglaterra y Alemania. No obstante, el derecho de voto pasivo para las mujeres en el ámbito nacional no se consiguió tan deprisa como desea Atamarie en esta novela. Si bien podían dedicarse a la política municipal inmediatamente después de obtener el derecho a votar general, las mujeres no consiguieron hasta 1919 el derecho de ingresar como diputadas en la House of Representatives. La Cámara Alta (el consejo legislativo de Nueva Zelanda) les fue inaccesible hasta 1941. La primera vicePrimera ministra fue Helen Clark en 1989 y la primera primera ministra, Jenny Shipley en 1997. Desde entonces son muchas las mujeres que han ocupado estos puestos.

Esta novela trata de la emancipación en muchos aspectos. Traza un amplio arco entre las guerras maoríes, la considerable ausencia de derechos y el desamparo de las mujeres en las colinas mineras, y la legislación de 1893, que elevaba formalmente a la misma categoría a distintas razas y sexos. He intentado, como siempre, que mis personajes ficticios actuasen ante un fondo lo más auténtico posible. Siguen a continuación algunos datos y explicaciones adicionales acerca de puntos particulares de la trama: el papel de Kahu Heke en el movimiento hauhau se inspira en el personaje histórico de Patara, quien también recibe el calificativo de «auténtico fundador de los hauhau». Al igual que mi Kahu ficticio, también Patara era un conocedor de la sociedad *pakeha* que se sentía sumamente insatisfecho con el dominio de esta sobre su pueblo. Se adhirió al movimiento hauhau y se dirigió con un grupo de guerreros a Opotiki para vengarse de una epidemia de fiebre tifoidea que sin duda habían introducido los blancos. En estas circunstancias mató al misionero C. S. Völkner, lo que condujo inevitablemente a conflictos militares entre él y las tropas *pakeha*. Perdieron la vida maoríes que no participaban en el asunto, lo que también hizo de Patara una figura controvertida entre los de su propio pueblo. Era impensable que ocupase un cargo político serio como representante del pueblo maorí. Se mantuvo oculto un largo tiempo durante el cual el *kingi* le concedió asilo. Más tarde sus huellas se perdieron en la oscuridad de la historia.

Característico de los hauhau fue volver a dar vida a antiguas costumbres de la Polinesia y mezclarlas con un confuso ideario cristiano. Entre otras acciones se aventuraron en la práctica del canibalismo y es cierto que se perpetraron los crímenes mencionados. He tratado de describir lo más correctamente posible los ritos del movimiento hauhau, pero no se encuentra ningún rasgo general en relación con el conjunto de las costumbres maoríes. Los ritos y la invocación de los espíritus difieren de una tribu a otra.

Claramente ficticia es la idea de Kahu Heke de incluir la función tradicional de la hija del jefe tribal como diosa de la guerra en su interpretación del movimiento hauhau. No hay ninguna prueba documentada de que en los ritos de los hauhau participaran muchachas.

Por el contrario, lo que sí se encuentra detalladamente documentado son todas las descripciones que realizo sobre la vida en Parihaka y el declive final de esa población ejemplar. Sin duda, Te Whiti fue un precursor de la resistencia pacífica, pese a que ello no le valiese el respeto mundial de que disfrutó posteriormente Mahatma Gandhi. Debe de ser amargo para el pueblo maorí que este último sea celebrado como un héroe de la paz, mientras que Te Whiti y sus compañeros de lucha casi han sido relegados al olvido. Con todo, Parihaka se reconstruyó de hecho y todavía existe como lugar conmemorativo. La tumba de Te Whiti sigue cuidándose hasta ahora y una vez al año ese lugar se convierte en escenario del Parihaka International Peace Festival, una festividad con música y conferencias.

En el asalto a Parihaka se emplearon voluntarios, pero también miembros de la Armed Constabulary Corps, en el que he introducido al personaje de Colin Coltrane. Los *armed constables* eran una mezcla de miembros del cuerpo de policía y de las tropas del ejército, en Nueva Zelanda, en el marco de las guerras de las Tierras o guerras maoríes, y se reclutó de entre sus filas a un elevado número de jóvenes. En este incremento de las tropas sin duda desempeñó un papel importante cierta histeria. En comparación con otras guerras coloniales los enfrentamientos entre *pakeha* y maoríes no pueden recibir realmente la denominación de guerras. Más bien se debería hablar de batallas o combates que pocas veces costaron vidas humanas, aunque ambos mandos se enfrentaban con miles de combatientes. En la batalla de Ohaeawai del primero de julio de 1845 hubo que lamentar treinta muertos; en el motín de Wairau, el 17 de junio de 1843, veintiséis.

Ya poco después de 1872 apenas si se requerían *armed constables*. Exceptuando a unos pocos hombres que se emplearon en el servicio de la policía, las tropas se destinaron, en efecto, a la construcción de puentes y ferrocarriles, posiblemente también la de la Midland Line. Julian Redcliff, el jefe de la cuadrilla de obreros de la construcción, es también un personaje ficticio, los lectores fieles puede que todavía lo recuerden como el marido de Heather Witherspoon en *La canción de los maoríes*.

Los hechos menos seguros y peor datados con que me enfrenté son los relativos a la historia de las carreras de trotones en Nueva Zelanda. Resulta difícil sobre todo situar temporalmente su desarrollo con exactitud. Esto se debe a que los informadores se concentran más en las anécdotas que en la historia. Se cuentan hechos sumamente chistosos sobre acontecimientos concretos, como la huida de un poni ciego que acabó en un río, sobre los tiempos alcanzados en las carreras y los sujetos de dos piernas y cuatro patas implicados. Pero en cambio ha sido complicado investigar cuándo y cómo, por ejemplo, se celebró la primera carrera, y cuándo se realizaron competiciones de enganche y se abandonaron las de trote sentado, o cuándo y exactamente quiénes inauguraron los primeros hipódromos. Brown's Paddock, la instalación de la primera carrera celebrada en Woolston, es, por ejemplo, solo un nombre que ha llegado a la posteridad. Si realmente fue allí donde el sagaz propietario de un establo de alquiler supo percibir el estado de las cosas y construyó un hipódromo —que tomaría Colin Coltrane como referente para Invercargill— podría deducirse de la palabra «Paddock», pero no está documentado. Los clubs hípicos mencionados en el texto existieron, pero se cerraron de nuevo en parte y las poblaciones que los acogieron no parecen estar tan orgullosas de ellos como para que se encuentren mencionados de forma especial en los archivos municipales.

Lo que sí es seguro, de todos modos, es que en el período que nos ocupa tanto en Woolston como en Invercargill había hipódromos en los que se celebraban carreras de trotones y al galope. Las primeras transcurrían más o menos como están descritas, era totalmente normal que el caballo que tiraba del carro de la leche compitiera con el poni del pastor. Muy al principio, las carreras de trotones también se realizaron en calles públicas, pero la carrera de beneficencia en Caversham es ficticia. Ignoro si en Nueva Zelanda o en algún otro lugar se ha celebrado un acto de esta índole.

Baste mencionar para los interesados en caballos que la correa auxiliar también llamada tirante a la que se alude en este libro todavía se utiliza en las carreras de trotones y en las de ambladores, así como otros instrumentos de manipulación en extremo pérfidos. En el ámbito alemán la variante de la carrera de trotones de la correa auxiliar se conoce por el nombre de *Overcheck*, y es de suponer que en la época del personaje de Colin Coltrane ya se llamaba así en inglés. Pese a ello, me decidí por la traducción alemana porque parecía más auténtica en el contexto. Me sitúo de este modo en óptima compañía: también en las traducciones antiguas de *Black Beauty* de Anna Sewell se utiliza esta palabra: la autora ataca el empleo de la correa auxiliar en los caballos de carruaje de las clases altas.

En este libro la pareja singular está formada, sin ninguna duda, por Chloé y Heather Coltrane, también al respecto desearía aportar un par de datos de fondo. Naturalmente, siempre ha existido el amor homosexual entre mujeres, al igual que entre hombres. Mientras que los homosexuales masculinos casi en todos los períodos de la historia han sido blanco de burlas o incluso han sufrido con frecuencia persecuciones, el amor entre las mujeres prácticamente nunca se tematizó. Fue Sigmund Freud y sus sucesores los primeros en estigmatizarlo como una forma no natural de la histeria. El fenómeno apenas parece haber sido conocido fuera de la vanguardia, artistas como Rosa Bonheur no escondieron sus relaciones lésbicas. Tampoco había ninguna denominación general.

Fue a principios del siglo XX cuando aparecieron palabras como «lésbico», «lesbiana» y «lesbio». Los hombres y las mujeres de mi novela no las conocían y por eso yo tampoco las he utilizado en la narración. Pero si el amor entre dos mujeres de un ámbito burgués se hacía público, los esposos debían de reaccionar como mis personajes de Colin, las amigas o los parientes, pero también de forma liberal como Sean y Matariki. En el siglo XIX era corriente que las muchachas se tratasen de modo muy cariñoso, y las fronteras entre el afecto y el amor lésbico de las amigas se difuminaban.

Para concluir, unas pocas palabras sobre el movimiento de las sufragistas con el que se comprometen tanto Matariki como Violet. He dejado que interviniesen Kate Sheppard, Amey Daldy y otras muchas personalidades históricas, y algunas veces Matariki discute con Amey Daldy. Desde el punto de vista actual —al igual que como desde el punto de vista de Matariki, profundamente impregnada por las tradiciones maoríes—, la feminista Daldy se nos aparece como una figura proclive a la moralina y cursi en comparación con el vivaz multiculturalismo del actual movimiento feminista. Sin embargo, Amey Daldy fue para su tiempo una mujer sumamente liberal y progresista, aunque ella —al igual que muchas sufragistas, en especial de Nueva Zelanda— procedía del ámbito de la Iglesia metodista y de los movimientos a favor de la abstinencia. Esas mujeres no solo estaban influidas desde la infancia por unos principios de una moral extremadamente rígida, sino que también eran testigos en su labor social de las horribles secuelas que dejaban en las mujeres y los niños el abuso del alcohol, que estaba tan extendido en esa época entre las capas sociales más pobres de Nueva Zelanda. El camino de Violet hacia el movimiento feminista es mucho más típico que el de la mimada y despreocupada «hija de las estrellas» Matariki. De ahí que la rígida defensa de la señora Daldy, Meri Te Tai y otras mujeres de los valores conservadores y de la imagen de la mujer conservadora resultan comprensibles y no debieran criticarse. Al contrario: su lucha por el derecho de voto todavía es más admirable, pues para conseguirlo tuvieron que vencerse a sí mismas con mucha más frecuencia que las generaciones posteriores.

En este contexto resulta también necesario referirnos al seudónimo de Femina, quien escribió los primeros artículos feministas ya en 1869. Violet descubre sus textos en casa de los Biller. Su marido era juez de primera instancia y miembro del consejo de la provincia de Nelson y sin duda se habría ido a las barricadas si hubiese tenido conocimiento de las actividades de su esposa.

Pese a todo, Mary Ann Müller seguía escribiendo.

# Índice